# LES GENS DE MOGADOR

DU MÊME AUTEUR
*CHEZ POCKET*

*LES GENS DE MOGADOR*

JULIA
LUDIVINE
DOMINIQUE

ÉLISABETH BARBIER

*LES GENS DE MOGADOR*

***

# DOMINIQUE

JULLIARD

ISBN 2-266-14363-8

## *BRANCHE VERNET*

- Armand **Vernet** 1778 - 1854 — *Élodie Richard-Lacroix* 1797 - 1879
  - Rodolphe 1825 - 1875 — ***Julia Angellier*** 1834 - 1914
    - Cyprien 1856 - 1861
    - Amélia 1856 - 1876
    - Henri 1859 - 1887
    - Frédéric 1864 - 1913 — ***Ludivine Peyrissac*** 1874 - 1918
      - Isabelle 1891
      - Anne 1893 — *Gaspard de Barcarin* 1888
        - Jean 1919
        - Édith 1923
      - Christine 1895 - 1917 — *Alban Marquet-Rageac* 1889
      - François 1898 - 1917
      - **Dominique** 1898
    - Adrienne 1866 — *Charles Guillermin* 1857 - 1932
    - Hubert 1871 - 1932 — *Madeleine Brun* 1891
      - Frédéri 1913

## *BRANCHE ANGELLIER*

- Alfred **Angellier** 1798 - 1858 — *Constance de Sauzade* 1817 - 1879
  - **Julia** 1834 - 1914 — *Rodolphe Vernet* 1825 - 1875
    - *Voir branche Vernet*
  - Constant 1835 - 1924 — *Dorothée Eysserie* 1849 - 1875
    - Edmond 1866 - 1900
    - Émilie 1868 — *Julien de Clarens* 1861 - 1900
      - Marguerite 1894 — *Jean Hirigaray* 1893
        - Yvonne 1920
        - Robert 1923

- **Antoine** 1836 - 1897, *Lucie Aillaud* 1839 - 1896
  - **Raoul** 1860, *Laure Cabanis* 1868
    - **Numa** 1888 - 1943, *Alice Frauenhöfer* 1889
      - **Michel** 1920
    - **Agnès** 1891, *Henri Fauvelly* 1886
      - **Pierre** 1912
      - **Miette** 1920
    - **Lucien** 1898, *Marie Estellon* 1908
      - **Marie-Laure** 1927
      - **Jean-Loup** 1930
  - **Georges** 1862 - 1923
  - **Léon** 1870, *Blanche Angellier* 1875
    - **Laurent** 1895, *Henriette Royer* 1900
      - **Constance** 1922
      - **Edmond** 1925
    - **Antoinette** 1898, *Roger Dutrieux* 1892
      - **Georges** 1923
  - **Caroline** 1872

- **Sophie** 1843 - 1905

- **Blanche** 1875, *Léon Vernet* 1870
  - **Laurent** 1895, *Henriette Royer* 1900
    - **Constance** 1922
    - **Edmond** 1925
  - **Antoinette** 1898, *Roger Dutrieux* 1892
    - **Georges** 1923

*Pour ma sœur, Suzanne,*
*en mémoire d'une autre SUZANNE GUERIN,*
*qui l'eût aimée.*

# PREMIERE PARTIE

## 1

— ... Et, l'année prochaine, conclut Dominique, d'un ton allègre, nous allons pouvoir enfin...

Subitement, elle se sentit seule. Jetant un coup d'œil sur son oncle, elle s'avisa qu'il ne l'écoutait plus.

Depuis combien de temps, assis en face d'elle, de l'autre côté du bureau, se tenait-il ainsi, les mains étalées à plat sur la double page du registre des comptes, immobile, enfoncé dans cette opacité de pierre ?

Un instant, sans qu'il s'en aperçût, elle considéra le visage tanné dont le soleil semblait avoir mangé les chairs, et vit, comme elle ne les avait jamais vus, les cheveux grisonnants, les rides plus claires, le pli creusé aux commissures de la bouche, la fatigue et le déliement de tout l'être, sur ce visage auquel les paupières baissées donnaient l'air absent et secret des statues.

Une petite panique la prit :

— Oncle... appela-t-elle doucement. Puis, plus fort : Oncle Hubert !...

Les mains tressaillirent, le visage s'anima d'une sorte de crispation. Mais le regard flou qui se leva jusqu'à la jeune fille était encore celui d'un inconnu.

— Oui ?

Devant l'expression décontenancée de sa nièce, Hubert se reprit :

— Oui, mon petit. Continue.

— Je vous disais... — Incertaine d'être écoutée, elle hésitait à poursuivre. — Maintenant que les hommes rentrent, l'embauche va redevenir...

A développer ses projets, Dominique retrouva de l'assurance. L'approbation de l'oncle Hubert ne faisait guère de doute, se répétait-elle, une fois de plus. Il venait de constater la bonne marche de l'exploitation, en dépit de toutes les difficultés du temps de guerre.

A présent, l'épreuve touchait à sa fin, et Dominique prévoyait déjà la campagne de 1919.

Elle savait très précisément ce qu'elle allait faire, pour y avoir beaucoup réfléchi. A soixante-six ans, Ranguis devenait trop âgé pour courir chaque jour d'un bout à l'autre du domaine.

— ... Il me l'a dit lui-même, vous savez, Oncle. Ce n'est pas rien d'être baïle à Mogador. Il conservera la jouissance du bâtiment de ferme qu'il occupe, bien entendu ; mais, dès le retour de son gendre, il lui cédera ses fonctions. Vigouroux était déjà bien au courant, depuis le temps qu'il travaillait avec lui, il s'y mettra vite.

Hubert hochait la tête.

Un nouveau baïle. « ...Quand Ranguis a remplacé Trestaillon, c'était... voyons... ce devait être vers quatre-vingt-trois. Oui : Mère m'avait déjà mis au collège. C'est Henri qui l'a engagé. J'avais douze ans, à peu près. »

— ... Et l'aîné de Tonin, qui vient de rentrer. Lui aussi, avant de partir au front, abattait sa part de bon ouvrage, récapitulait Dominique.

« ...Douze ans. Un gamin. » Une vie qui paraissait

alors si longue à vivre. « Et Maman. Et mes frères. Henri, Frédéric... » Tant de richesses à soi.

Retournant ses mains fortes, durement veinées, aux ongles taillés ras, Hubert en examina les paumes vides, avec une sorte de stupeur.

Dans cette pièce même, où Dominique, son tour venu d'administrer Mogador, s'était tout naturellement installée, cette petite pièce à l'angle nord-est de la maison, mal éclairée par le jour triste de son unique fenêtre, avec son papier peint marron vétuste qui exhalait une odeur de poussière et d'humidité, son bureau couvert de taches d'encre, ses cartonniers hors d'âge, ses râteliers de pipes accrochés au mur, son sofa affaissé dont la peluche sans couleur montrait la trame, était-il possible à l'enfant d'ignorer la permanence des ombres qui l'avaient habitée ?

Hubert les y voyait bien, lui. « Mère », fragile et redoutable, debout, toute petite, dans sa robe éternellement noire ; et, profilée derrière elle, la stature massive de ce père qu'il avait si peu connu. « Henri... », en costume de chasse, allant, venant, se heurtant distraitement aux angles des meubles, dans ses enjambées. « ...La veste beige à grosses côtes qu'il portait, les derniers temps. Il devait l'avoir, le jour où... — *Vernet, au bureau du Père Préfet, vite. Il est arrivé quelque chose chez vous*. Pauvre Henri... — *J'ai un fameux cheval pour toi, quand tu seras capable de le monter proprement... Alors, cette carabine, on y va tous les deux, l'essayer ?... La dernière fois que je te sauve la mise. Si Maman apprenait...* », cette voix fraternelle, éteinte depuis plus de trente ans. Et la grimace familière de Frédéric, vautré sur le sofa, nonchalant, ironique, la pipe aux dents, la lèvre retroussée sur une taquinerie.

Et, « là devant... », accoudée, avec le sourire d'un

printemps aboli, et cette très ancienne robe jaune, « ...qui lui allait si bien »...

Dans un vertige, la pensée d'Hubert se raccrocha éperdument à la jeune fille assise maintenant à cette même place ; la détailla, en un fiévreux inventaire :

La douceur des yeux gris-vert, « ...clairs comme ceux de Mère », le dessin délicat du nez « ...hérité de Mamé Angellier », la finesse presque exagérée des traits, la transparence rose du teint, l'arrondi du menton et des pommettes légèrement piquetées de quelques taches de rousseur, la sagesse de la bouche ; et l'épaisse coque plus blonde que châtaine d'où s'échappaient des cheveux bouffants ; le col fermé par un nœud d'écolière ; les longues jambes cachées sous la table, dont il se rappelait la trop grande minceur. Une joliesse discrète, une réserve rougissante, une gaucherie, aussi... : « Non, elle ne ressemble pas à Ludivine. Certes non. »

Et même, ce courage, cette ténacité, ce bon sens, tellement reconnaissables, cette aptitude à commander, que révélait la tâche accomplie, ces derniers mois, à Mogador, dans le deuil et la solitude, n'étaient-ils pas, aussi bien, « ...pourquoi non ? ceux de Mère, après tout ! » s'affirma-t-il, luttant contre l'invasion de l'angoisse que la seule évocation de Ludivine faisait monter à ses tempes.

Dominique se troublait, sous cet examen muet. Pour s'y soustraire, elle quêta un avis qui tardait :

— Qu'en pensez-vous, oncle Hubert ? Si je puis avoir aussi Gusto, ou Toine Mondet, pour remplacer le pauvre Louiset de Tonin sur le tracteur, je crois que cela ira, aux labours de printemps.

Il se leva pesamment, et fit le tour de la table pour venir poser sa main sur l'épaule de la jeune fille.

— Va, tu es bien une Vernet, toi aussi. Une vraie.

L'affection d'Hubert n'était pas prodigue de tant de chaleur. Etonnée et ravie, Dominique laissa aller sa nuque contre la poitrine de son oncle, les yeux clos afin de mieux goûter la sécurité de cette protection.

Hubert caressait avec une tendresse machinale le front encadré de frisons, « ...tellement lisse », sous ses doigts.

— Alors, pour les décisions à prendre, murmura Dominique, je peux... ?

— Tu peux.

Il s'écarta de la jeune fille pour se fouiller, à la recherche d'une cigarette.

— Si nous sortions un peu, fillette ?

Un élan mit Dominique debout.

— Oh ! volontiers. — Elle consulta sa montre : — Il nous reste une bonne heure de jour. Voulez-vous faire un tour du côté des terres ?

Hubert tâtait les poches de sa veste. « Du feu... ? Où ai-je mis... ? »

Autrefois, sur le bureau, à portée, voisinant avec les crayons, le porte-plume, la gomme, et les agrafes, dans le plumier, il y avait toujours eu une boîte d'allumettes. Mais « ...Evidemment, une femme ne fume pas ».

Il finit par retrouver son briquet.

Tandis qu'il gagnait la porte, sa nièce rangeait factures et livres comptables dans leurs cartonniers.

Du seuil, il suivit ses mouvements.

Elle mettait à présent de l'ordre sur la table. Un ordre à elle, différent de celui qu'il avait connu.

Mais le passé seul, entre ces murs, appartenait encore à Hubert Vernet. Et cette jeune vivante, elle, n'en avait que faire, si elle voulait continuer.

Comme en réponse à ses réflexions, Dominique dit :

— Il faudrait pourtant que je me décide à transformer cette pièce : elle en a besoin. Je crois que l'on n'y a rien changé depuis au moins trois bons quarts de siècle que grand-père a dû l'aménager.

« Probablement, en effet », songea Hubert. Lui-même l'avait toujours vue telle.

Dominique promenait son regard autour de soi :

— Une tapisserie claire, le plafond reblanchi... un bureau moderne, avec des tiroirs en quantité... peut-être un classeur... des sièges convenables, au lieu de ce sofa qui a perdu tous ses ressorts... — Elle y rêva, durant quelques secondes. — Mais... Oh ! oncle Hubert, je ne parviens pas à m'y résoudre. Il me semble que Papa et Maman ne le permettraient pas. N'est-ce pas ridicule, dites ?

Tournée vers lui, elle attendait, comprit Hubert, qu'il décidât en leur nom.

Il n'en avait pas la force.

« Tranche dans le vif. Ouvre grandes portes et fenêtres, pour faire entrer ce peu d'avenir qui t'est dévolu. » C'était cela qu'il eût fallu dire : « *Laisse les morts enterrer leurs morts.* »

Mais pourquoi le lui demander, à lui, qui n'en aurait jamais fini d'enterrer une morte ?

« Le jour où ce bureau ne sera plus là... » Il sentit la pointe remuer dans sa plaie.

La petite ne savait pas, ne pouvait pas savoir.

— Fais comme tu voudras. Tu es seule juge.

Que lui importait de la décevoir ? S'il se dérobait, qui lui en eût fait le reproche ? se dit-il. Mogador lui restait, à Dominique. « Alors que moi... »

« A elle, à ses sœurs... » Cette fille-oiseau, Anne, envolée jusqu'en Amérique. Et l'autre, là-bas, près de Montpellier, ensevelie dans son couvent ; la plus semblable à leur mère : « Sabel... », qui jamais non plus ne reviendrait.

« — *Vous comprenez, plus tard, François sera le*

*maître, ici, lorsque son père et moi...* » Au fond de sa poche, il serra le poing sur son trousseau de clés, jusqu'à se meurtrir. « Non, Ludivine. Non, ma chère. Pas François. »

Dix-neuf ans pour exister, et un trou boueux dans la terre meusienne : tout ce qui l'attendait en ce monde, François, depuis la minute où il y était entré. D'y penser, le chagrin remontait à la gorge d'Hubert, inextricablement mêlé à un affreux sentiment de revanche. « Vous vous êtes trompée, Ludivine. Pas François, le fils de votre orgueil. Mais la petite dernière... », qui, tôt ou tard, échangerait pour un autre le nom des Vernet.

Le bout de la cigarette, entre ses dents, devenait un magma de tabac et de papier.

— Je suis prête, annonça Dominique.

Hubert fit surface, la tête bourdonnante, la vue trouble, comme un nageur de grands fonds.

— Allons-y.

Il jeta sa cigarette, en alluma rapidement une autre, et, tout en se dirigeant vers la petite entrée de derrière, posa sur son dos un sayon de berger en peau de mouton, tandis que Dominique décrochait, en passant, une grosse cape suspendue dans le couloir.

Dehors, l'éclat du jour glacé leur fit brutalement cligner des paupières.

Un rayon oblique du soleil d'hiver, rond, couleur de paille, allumait des reflets dans les branches hautes des arbres sans feuilles.

Le petit nuage de leur haleine monta devant eux, blanc et gris, mélangé à la fumée que rejetait Hubert.

Il avala une grosse bouffée chaude, et remonta le col de sa veste.

Dominique se serrait dans les plis de sa cape ramenée devant soi. Elle sourit timidement à son oncle qui la regardait :

— Christine la mettait, là-bas, sur sa tenue d'infirmière, dit-elle, croyant lui devoir une explication. Alban nous l'a rapportée parmi ses affaires. J'aime bien m'en servir.

Comme pour se justifier, elle ajouta :

— Elle est très chaude.

— Sûrement, articula Hubert, avec une conviction exagérée que fêlait le même sentiment de gêne.

Ils se mirent en marche, côte à côte, essayant d'accorder leurs pas. Le gel prenait déjà, comme un masque, sur la peau de leur figure.

Dominique ne savait comment rompre le silence retombé entre eux.

— Votre gilet, oncle Hubert... Vous devriez l'endosser pour de bon. Si tante Madeleine vous voyait... Le nord est traître, de ce côté de la maison.

— Je sais, grogna-t-il, pressant le pas.

« Madeleine, Adrienne... Et, maintenant, celle-ci... » Il abhorrait le soin que prenaient ces « sacrées femmes » de le rappeler au souci de sa santé. Comme si sa blessure de Verdun eût fait de lui « ...un traîne-la-patte !... Bon Dieu ! tout de même, j'en ai vu d'autres ! ».

— C'est vrai, balbutia la jeune fille, démontée par le ton de rebuffade. Comme je suis sotte ! j'oublie toujours que vous êtes né ici.

« Ici, oui. Et longtemps avant toi. » Autrefois, les jours de mistral, Frédéric et lui... « Le vent nous prenait de face et nous gelait les paroles dans la bouche », pendant qu'ils couraient, hurlant ce qu'ils avaient à se dire, à demi courbés en avant, d'une traite, jusqu'aux écuries, pour y prendre leurs chevaux.

D'un geste du menton, il désigna le long toit de tuiles romaines dépassant du rideau de fusains, à une cinquantaine de mètres :

— C'est vide, là-dedans ?

— Bien sûr.

« Bien sûr ! » A quoi bon le demander ? A la Gloriette aussi, les gens de la réquisition étaient passés.

« Si Maman avait dû supporter de voir partir pour la guerre tous les chevaux de Mogador... » Cela, du moins, pensa-t-il, aurait été épargné à la vieille Julia.

Parvenus au tournant abrité, sur l'ouest de la façade, ils ralentirent leur allure.

Hubert s'emplissait les yeux de la vue du parc étalé devant eux, sans s'arrêter aux corbeilles défleuries, ni à l'herbe de la pelouse, jaunie par la gelée. Il respira largement l'air mordant qui mettait dans sa poitrine le feu d'une brûlure.

Les arbres de Judée découpaient la nudité de leur bois noir sous le ciel d'un bleu sauvage.

— Où sont les paons ?

— Ma foi, je... Je n'en ai vu aucun depuis longtemps, dit Dominique, rougissant de façon invisible, sous la carapace de froid qui luisait sur ses joues sans poudre.

Hubert la regarda de biais, et ne dit mot.

« Une enfant, qui se disculpe... Et, tout de même... », elle gouvernait Mogador toute seule, sans accrocs, depuis huit mois.

Traversant l'allée d'honneur, ils prirent par le sous-bois.

La jeune fille rythmait sa marche sur celle d'Hubert, sans plus tenter de rompre ce mutisme qui, sans doute, excluait sa présence.

« La jeunesse qu'ont eue ses sœurs... », leurs toilettes coûteuses, leurs bals, leurs amusements ; la fête perpétuelle de leurs rires, de leurs appels, du haut en bas de la maison ; le piano d'Isabelle, et les folles roulades dont Anne lui donnait la réplique ; « ...et tous ces garçons qui se bousculaient autour d'elles... ».

De nouveau, Hubert jeta un coup d'œil sur la silhouette emmitouflée, à son côté : de lourds souliers de chasse pour marcher, chaque jour, sur la terre défoncée d'entre les sillons, la vieille cape de Christine, et « ...cette grosse écharpe... » Il venait de la reconnaître — une écharpe qui avait appartenu à François.

Il en perdit le souffle.

« Cette petite... »

Eprouvait-elle donc un vide si déchirant, qu'elle s'acharnât ainsi à poursuivre quelque trace de leur présence corporelle ? Ou pourquoi se fût-elle approprié les défroques de ses frère et sœur disparus ?

Une vague de pitié déferla sur le cœur d'Hubert.

Soudain, il avait envie de crier : « Ote-moi ça !... Rejette ces dépouilles qui n'ont rien à te rendre. Assez de regrets ! Assez de mort autour de toi ! Laisse ceux qui ont épuisé l'espoir continuer ce genre de dialogue, si c'est tout ce qui leur reste. Mais toi !... Vis ta vraie vie, qui commence à peine, et façonne-la, si tu le peux, à ton propre usage. Alors, ceux que tu pleures n'auront pas existé en vain ! »

A travers l'épaisseur du vêtement, il empoigna le bras de la jeune fille.

— Ecoute, mon petit, chambarde-le, ce bureau, puisque tu en as envie. Chambarde-le, et vite, tu m'entends ?

Dominique s'arrêta, interdite.

— Mais... Vraiment ? Vous croyez que... ?

— Ecoute ce que je te dis. C'est la première chose à faire.

— Mais, tout à l'heure, vous n'étiez pas...

Il coupa :

— Tout à l'heure, j'avais tort. Fais-le. Suis mon conseil.

Il mettait toute sa véhémence à la convaincre,

sachant bien qu'il ne parviendrait pas, l'eût-il tenté, à exprimer l'essentiel de sa pensée à cette jeune fille qui ne partageait avec lui aucune intimité réelle.

Dominique, elle, demeurait émerveillée. « Tout ce temps, depuis que nous sommes sortis... » L'oncle Hubert n'avait donc fait, au fond de soi, que s'inquiéter d'elle, pesant ses problèmes, et jusqu'au plus humble ? L'oncle Hubert qui, jusqu'à ces derniers mois, lui marquait si peu d'attention, lors même qu'il s'adressait à elle.

— Alors, c'est bien entendu, insistait Hubert, pendant ce temps. Dès cette semaine, tu fais venir un peintre. Et, pour tes meubles, tu n'as qu'à aller voir Samain, à Avignon. Compris ?

Il lui parlait, remarquait-elle, comme, souvent, elle l'avait entendu parler à son frère.

Consciente de son audace, elle dit joyeusement, comme l'eût dit François :

— Compris, mon capitaine.

Aussitôt épouvantée à l'idée que son oncle pût l'imaginer avide des prérogatives dont, seul auprès de lui, parmi les enfants de Mogador, avait joui François, après le départ de leur sœur Isabelle.

Anxieuse, elle guettait sa réaction.

Il n'en eut aucune. Et Dominique se demanda s'il l'avait entendue — incertaine de le souhaiter.

L'odeur des feuilles pourrissantes montait du sol encore imprégné par les pluies de novembre.

Hubert enfila sa peau de mouton, tout en marchant ; puis, rattrapa la jeune fille par le coude.

— Pressons-nous, mon petit. Sans quoi nous n'aurons jamais le temps. Le soleil tombe vite.

Lorsqu'ils atteignirent l'orée des arbres, ce fut lui, cependant, qui s'arrêta.

— Regarde-moi tout ça.

Un vague sourire détendu sur les lèvres, il embrassait du regard, sur quelque deux kilomètres de largeur, entre la fourrure sombre de l'allée des pins et la ligne dénudée des platanes de la route qui, plus près d'eux, bornait Mogador au ponant, le domaine entier, avec ses champs, ses haies de cyprès, ses murets de pierres sèches, et ses vallonnements hérissés de vignes, montant jusqu'à la faille des rochers du barrage, au flanc des premières pentes de l'Alpille, sous l'immense pan de ciel qui prenait insensiblement les couleurs du soir.

— C'est beau, hein ?

Dominique acquiesça du menton.

Le brouillard se levait au-dessus du creux de l'étang, et commençait à former une nappe. Nul bruit ne venait des fermes accroupies, çà et là, que signalaient leurs fumées blanches. Un bref aboiement, très loin, mourut dans le silence.

— Quand j'avais ton âge, dit Hubert, à mi-voix, je pensais que, sur toute la terre, rien ne pouvait exister qui fût plus beau que Mogador.

Il promena son regard, encore une fois, d'un bout à l'autre du paysage, avant d'achever :

— Et maintenant encore, je le pense.

Sa voix ne se ressemblait plus tout à fait, remarqua Dominique.

Envahie par l'émotion, elle cherchait en vain des mots capables de traduire pour son oncle l'accord de ses propres sentiments.

La cloche de Fontfresque se mit à sonner l'angélus.

Chaque son descendait lentement à travers le ciel, s'intégrant à cette paix indicible.

La jeune fille pensa soudain avec ferveur que régnait à présent la même paix sur presque toute la terre, où les grands troupeaux d'hommes avaient enfin cessé de mourir.

Brusquement :

— J'ai envie de rester, ce soir, dit Hubert.

— Vous... ?

Dominique doutait d'avoir bien entendu.

— A moins que cela ne te dérange ?

La main de la jeune fille jaillit hors de la cape pour s'accrocher à la manche d'Hubert.

— Oh ! oui, restez donc ! Restez, je vous en prie.

Etonné de cette ardeur, Hubert dévisagea sa nièce. En cédant à son impulsion, il n'avait pas pensé à elle. Quel plaisir pouvait-elle bien retirer de sa présence ?

« Evidemment, cette vie qu'elle mène, isolée de nous tous... »

— Bon. Alors, c'est dit.

Dominique s'illumina.

« Pourquoi diable... », se demanda Hubert, devant l'évidence de cette joie, n'avait-il jamais eu cette idée, auparavant ? A cette minute, de bonne foi, il ne s'en souvenait plus.

Il alluma une nouvelle cigarette, prit Dominique par l'épaule, et la ramena contre la sienne.

— Fatiguée ?

— Moi ? Oh ! non. Vous voulez rire ?... — Non sans fierté, elle lui rappela : — Je marche dix fois autant, presque tous les matins.

La bicyclette n'était pas d'un meilleur secours que l'automobile, pour parcourir les terres coupées de murets et de canaux d'irrigation.

« Ma petite courageuse. » Hubert resserra l'étreinte de son bras.

— Bientôt, nous retrouverons des chevaux. Allons, viens. Je voudrais pousser jusqu'à l'allée des pins.

Ils repartirent, sur le lé qui ourlait la lisière du parc, juste assez large pour y tenir deux de front.

— Oncle Hubert... je me demande... — Dominique

avait peur qu'il ne se ravisât. Pourtant, que faire, sinon le lui dire, puisqu'il n'avait pas l'air d'y songer ? — ... s'il ne faudrait pas envoyer quelqu'un prévenir tante Madeleine ?

Vite, le surveillant du regard, elle suggéra :

— Je pourrais tout simplement, en passant devant chez Tonin, le prier de faire un saut jusqu'à la poste du village pour téléphoner à Boulbon ?

Hubert ne se hâtait pas de répondre.

— Si tu veux... dit-il enfin. Quoique... A Boulbon, ce serait bien le diable s'il se trouve quelqu'un, à cette heure-ci, pour monter le message jusqu'à la Gloriette.

Le cœur battant, Dominique s'attendit à la déception inévitable. « A présent, il va me dire qu'il préfère partir. »

Elle en eût pleuré. « C'est trop bête... Pour une fois que... Pourtant, je ne pouvais pas... Pour Madeleine... »

Son oncle tirait à petits coups sur sa cigarette.

— Mais, tu sais, ça n'a pas beaucoup d'importance. Il m'arrive de ne pas rentrer. Elle a l'habitude. Ne te tracasse pas.

— Ah ! bon.

Se tracasser, certes, elle n'en avait pas envie.

« Comme on est bien. » Sa peau, insensibilisée, ne ressentait plus la gifle coupante du gel. Ou peut-être était-ce l'accalmie du crépuscule ?

A son côté, Hubert s'était mis à siffler *la Madelon*.

La cadence leur fit allonger le pas.

Qu'elle durât, cette promenade insolite, en équilibre sur le bord de la nuit, importait seul, pour l'instant, à Dominique.

L'air froid, sur son front et ses joues, la débarbouillait de ses soucis, de ses peines, de ses craintes.

C'était une heure où tout devenait possible.

Quelqu'un d'autre que l'oncle Hubert, rêva-t-elle,

eût pu se trouver là, un bras passé de la même manière autour de son épaule.

« Un jour... bientôt, peut-être... » Elle frémit de douceur à l'imaginer ; et sourit secrètement au visage qu'elle portait en elle, dans l'ombre grandissante, assez dense, à présent, pour cacher ce sourire.

La suspension monumentale éclairait de haut les deux convives réunis, face à face, sous sa couronne, dérisoirement perdus au milieu de la longue table.

Dominique vit avec soulagement Victor apporter les fruits et les confitures accompagnés de la traditionnelle bouteille de rasteau.

Ce dîner, dont elle avait implicitement attendu qu'il consacrât l'étape franchie dans ses rapports avec son oncle, la laisserait sur une déception d'autant plus navrée que le revirement d'Hubert lui demeurait indéchiffrable.

Le menu, cependant, pas plus que le service sans défaut du vieux maître d'hôtel, n'en portaient la faute.

Dès le potage — Vous voyez, Berthe s'est souvenue que vous aimiez l'aïguo boulido [1] au fromage —, Hubert avait glissé de nouveau vers l'humeur taciturne qui lui était devenue habituelle, malgré le défilé-surprise de ses mets favoris d'antan confectionnés en hâte, dans le joyeux affairement que l'annonce de sa présence au repas du soir avait suscité à l'office. A peine y avait-il touché.

— Qu'est-ce qu'elle lui fait tant manger, sa dame, pour qu'il boude ma cuisine, à présent ? Pourtant, je veux dire... Quand il était ici, fallait pas lui en promettre, vous vous rappelez !... Il est pas bon, mon gra-

1. *Aïguo-boulido* : eau bouillie (soupe à l'ail).

tin, peut-être ? Dites un peu, vous autres : il est pas bon ?

La tablée des domestiques affirmait et prouvait hautement le contraire, dans un cliquetis empressé de couverts. Mais Berthe n'en tirait qu'une consolation médiocre.

— Un petit que j'ai toujours vu dévorer depuis qu'il est né !... C'est vrai, redit-elle à Eugénie et à Mathilde qui, cent fois, le lui avaient entendu dire : la maîtresse était grosse de lui, quand je suis entrée comme fille de cuisine. Y a tout à l'heure cinquante ans de ça !...

— Pas tant, tout de même, protesta Victor, en s'installant à son tour devant une assiette.

Berthe s'emporta :

— Ah ! vaï[1] ! marchand de « pas tant » !... Tu as besoin de me chercher garouille, pour deux ou trois ans qu'y s'en manque ?... C'est que moi, des gens de Mogador, j'en ai connu quelques-uns. Même que j'en ai vu pas mal, aussi, passer l'arme à gauche. Pour ça... Plus que vous autres, vous en verrez venir au monde, c'est moi qui vous le dis. Parce que, maintenant, pour ce qu'il en reste... vous m'avez compris !... Et Monsieur Hubert, avec le régime qu'il fait, eh ben, il tardera pas d'aller les rejoindre, si c'est ça qu'il cherche.

Elle promena un regard lourd de défi et de sous-entendus sur l'auditoire, mais ne vit que des têtes penchées, aux mâchoires en plein effort de mastication.

Nul ne pipait devant la doyenne, dont l'autorité avait crû sans limites depuis la mort de Philo, bien que, même la dernière venue parmi eux, Mathilde, eût pu se prévaloir de ses quelque vingt-sept années de service dans la maison.

Victor se contenta de choquer le fond de son verre

1. *Vaï !* : Va !

sur le marbre de la table, pour attirer l'attention de sa femme, avant de le lui tendre.

Elle poussa dans sa direction le panier sur lequel reposait, allongée, la bouteille chenue, retournée presque intacte de chez les maîtres.

— Si c'est pas dommage !... Un châteauneuf que tu lui avais choisi... — Elle ramena le panier et assura ses lunettes pour lire le millésime, après qu'il se fut servi : — ... De la réserve à part, encore, si ça vous fait rien !...

... S'en versa précautionneusement une rasade, but une gorgée, la sirota, et, l'ayant avalée, fit claquer sa langue.

Les autres attendaient.

Avec le même cérémonial, Berthe remplit les verres. Celui du rousseau, d'abord :

— Tiens, Gustave.

Puis, ceux d'Eugénie, et de Mathilde.

Et les regarda déguster en silence.

— Il se laisse boire, qué[1] ?

Les hommes approuvèrent de la tête, gravement.

— Puisqu'il est ouvert, autant le finir, décida-t-elle. C'est pas Mademoiselle qui s'inquiétera de savoir s'il en reste. Ah ! là, là !... Un vin pareil, qué malheur !...

Et, se tournant vers Eugénie :

— Ma pauvre, y a des fois que je me demande pourquoi je m'échine à te montrer le tour de main, pour ce que ça servira !... — Elle conclut : — Allez, sers ton homme, verse-m'en encore un chiquet, et finis le reste avec Mathilde. Victor, il en a assez. A son âge, lui en faut pas plus.

---

1. *Qué ?* : N'est-ce pas ?

Dans la salle à manger, les efforts que tentait Dominique pour maintenir un semblant de conversation devenaient harassants.

Hubert jouait fébrilement avec les débris de coquilles amoncelés dans son assiette.

« Deux cuillerées d'aïguo-boulido, un morceau de banon, une poignée de noix... à peu près tout ce qu'il a mangé », songeait sa nièce, attristée.

Il ne répondait guère que par monosyllabes, laissant errer son regard sur le désert de la table, l'alignement des chaises inoccupées, la soierie verte brochée de palmettes et de couronnes d'un or éteint dont les murs étaient tendus, les rideaux de peluche galonnés d'une grecque dorée qui calfeutraient la pièce, les consoles aux colonnes incrustées de têtes de sphynges, le vaissellier, la desserte, dont l'acajou massif se détachait mal contre le noyer ciré de la boiserie, le plafond à caissons d'où descendait le lustre de bronze.

Tout ce cadre aux vastes proportions paraissait tellement immuable, dans sa richesse sévère, qu'Hubert, tourné vers la porte, s'attendit un instant à la voir s'ouvrir pour laisser entrer « Mère, au bras d'Henri... », et, derrière eux, Frédéric, Ludivine, Adrienne, et lui-même, à sa place, en queue du cortège.

« Pourquoi Ludivine ? » se demanda-t-il, avec une révolte douloureuse. Elle, qui n'était pas encore devenue des leurs, du vivant d'Henri. « Pourquoi elle ? et non pas mon père, ou ma sœur Amélia... ? »

« Parce que c'est moi », semblaient proclamer le port de la tête fière, le sourire hautain et charmant qui revenaient le hanter, à cette minute même.

Elle, qui s'était encore arrangée, en partant, pour lui clouer sa mort au cœur.

« Bon Dieu... » Hubert se passa la main sur les yeux.

Qu'était-il revenu chercher, ce soir, dans cette maison ?

Mais il savait aussi que, loin de Mogador et de ses pièges tendus au souvenir, à quelque moment que ce fût, seul ou parmi une foule, au plus anonyme détour d'un chemin où jamais « elle » n'était passée, nulle part il n'était à l'abri de voir surgir le pire : cette face sans regard de leur ultime rencontre, entre deux cierges à demi consumés, aussi intolérablement indifférente à son pardon qu'à sa haine.

— ... La dérivation... aboutir aux écuries, et, de là... jusqu'à la maison...

Qui parlait ? Des mots lui parvenaient, comme du fond d'un immense entonnoir. « Ah ! oui : Dominique. Mais... De quoi... ? Voilà. Oui... » De cette ligne électrique, qui passerait non loin, sur la route de Tarascon à Fontfresque.

— ... Songez, comme ce sera commode, quand nous l'aurons ici, mon oncle.

Au hasard, il interjeta :

— Oui, évidemment.

Incapable de maîtriser plus longtemps le besoin qu'il ressentait de fumer, il chercha une cigarette dans sa poche. Et se souvint alors qu'il avait achevé la dernière avant de se mettre à table.

Victor entrait sur des semelles feutrées pour venir chuchoter à l'oreille de sa jeune maîtresse.

— Oncle Hubert, préférez-vous prendre votre café à table, ou au salon ?

Dominique le regardait. Victor aussi. Ces yeux braqués... « On ne peut pas... » Il ne pouvait plus vivre sous le regard des autres. « Qu'on me foute la paix ! » Qu'on le laissât au silence, à la nuit. Ses paupières lui brûlaient.

— Comme tu en as l'habitude, mon petit.

Il le lui tendait, ce « mon petit », comme une offrande, afin qu'elle en fît l'aliment de sa patience, et qu'elle cessât, « au moins pour ce soir », d'attendre quelque chose de lui.

— Alors, au salon, dit-elle à Victor, en se levant.

« Tant mieux. » Hubert se leva, lui aussi. « Peut-être qu'en changeant de place... »

La pénombre frileuse du hall lui fit l'effet d'un baume, le temps qu'il pénétrât dans le salon à la suite de Dominique.

Une flambée y brûlait clair. Le bois craquait, sifflait, grésillait, parmi les ronrons voraces des flammes qui communiquaient leur vie à la pièce endormie.

— Venez vous asseoir ici, oncle Hubert. Tenez, dans la bergère de Maman.

— Non !...

Son propre recul lui fit honte. « Un animal apeuré... »

Mais le dossier et le coussin du siège conservaient trop fidèlement l'empreinte du corps qui les avait creusés chaque jour, durant les années d'une existence.

— Non... — Hubert cherchait une excuse décente. — J'ai horreur de ces monuments où l'on s'enfonce...

Il avisa un léger fauteuil Louis XVI :

— Celui-là fera l'affaire. — ... L'empoigna par un des accoudoirs, le planta près du feu, et s'assit. — Voilà.

Dominique s'installa devant l'âtre, sur un tabouret.

Derrière elle, Victor maniait discrètement la cafetière, le sucrier, et les pinces d'argent, disposés sur un guéridon. Il présenta une tasse à la jeune fille.

— Et pour monsieur Hubert, toujours un seul morceau ?

Cérémonieux jusque dans cette pointe de familiarité

qu'il s'accordait, il attendit, courbé, un sourire tremblotant sur ses bajoues flasques.

Hubert le gratifia d'une bourrade amicale :

— Toujours, mon vieux.

Dominique vit la face de Victor s'empourprer de contentement.

Retournant derrière son plateau, il officia, et revint, d'un air sacerdotal, servir son ancien maître.

— Dis donc, tu n'aurais pas une cigarette ? quémanda Hubert, en lui rendant la tasse après l'avoir vidée d'un trait. J'ai fini les miennes. Tâche de m'en trouver une.

Dominique rougit à son tour, mais de confusion. Comment n'avait-elle pas veillé à ce qu'on regarnît le coffret où François, après leur père, avait tenu les siennes ?

Victor, lui aussi, était penaud.

— C'est que... Personne ne fume ici. Monsieur Hubert sait bien. Et, par malheur, il n'y en a... Oh ! mais... — Son œil s'éclaira. — Je sais : je vais aller demander à Gustave.

L'émotion de se trouver pris en défaut chevrotait dans sa voix.

Il s'éloigna, aussi vite que le lui permettaient sa dignité et ses vieilles jambes.

L'oncle et la nièce le suivirent du même regard apitoyé. Son corps, jadis replet, amaigri par l'âge, semblait tenir dans sa peau comme dans un sac trop large.

— Voici trois semaines environ, on lui a fait une petite fête, à l'office, pour ses soixante-quinze ans, dit Dominique, résumant leur commune pensée.

Hubert hocha la tête.

— Pauvre vieux. Un jour ou l'autre, il va lui falloir s'arrêter...

La jeune fille avait souvent pensé, elle aussi, ces

temps derniers, à ce que signifierait, pour elle comme pour la maisonnée, l'échéance, inéluctablement proche, qui la priverait de Victor et de Berthe.

— Je suppose qu'ils voudront, sa femme et lui, demeurer ici jusqu'au bout, comme Philo. Après tout, Mogador est leur foyer depuis près d'un demi-siècle. Où iraient-ils, en le quittant ? Qui s'inquiéterait d'eux ? Qui les soignerait, en cas de besoin ?

Entraînée par sa conviction, elle en oubliait sa timidité pour exposer à son interlocuteur, tout au long, le raisonnement qu'elle s'était tenu, maintes fois.

— ... Ici, n'est-ce pas, ils feront ce qu'ils pourront, pas davantage. Je ne suis pas exigeante, et le service n'est guère pénible. Il y a tant de pièces fermées, à présent. Mathilde a pris la charge du ménage. Gustave, depuis qu'on l'a réformé, s'occupe de son mieux, dans la maison ; il se plaignait beaucoup de n'avoir plus rien à faire aux écuries. Je crois qu'il s'acquitte très bien de tous les gros travaux. Tout cela réduit au minimum la tâche de Victor. Et Berthe, de son côté, a trouvé un sérieux renfort : Eugénie s'est mise à la cuisine sous sa direction. D'ailleurs, même s'ils ne pouvaient plus rien faire, quelle importance... ? Rappelez-vous, quand Philo...

Elle se tut. Victor revenait, portant sur son plateau un paquet de « troupes ».

Une expression jubilante éclairait sa figure pareille à une pomme jaune trop longtemps oubliée sur sa claie.

— Les chiens sont rentrés, Mademoiselle. Et, Monsieur Hubert, Gustave s'excuse pour les cigarettes, c'est tout ce qu'il a.

Dominique s'était dressée d'un bond.

— Où sont-ils ? Dans la cuisine ? Vous permettez, une seconde, oncle Hubert ?

— Va, va...

Demeuré seul avec Victor, Hubert fit sauter la bande de papier, et se servit :

— Sauvé ! Tu remercieras Gustave.

... Aspira voluptueusement une goulée, l'avala. Tira une seconde bouffée. Et entr'ouvrit les lèvres pour la laisser échapper avec lenteur.

— Quels chiens ? Ceux de François ?

— Oui, Monsieur. Ils étaient en chasse depuis huit jours. Mademoiselle se tourmentait pour eux.

Les tasses empilées, Victor faisait le tour de la pièce, rectifiant l'aplomb d'un bibelot, la croisure des rideaux, la disposition de deux roses dans une flûte de cristal.

— Ce sont les dernières de l'année, dit-il à Hubert qui le regardait faire.

— Je parie qu'elles viennent toujours du rosier de la serre, hein ? Celui qui est dans le coin du cagnard, derrière le banc ?

— Monsieur Hubert se le rappelle ?

Ils échangèrent le coup d'œil complice des vieux autrefois.

Hubert dit, impulsivement :

— Laisse-moi tout ça tranquille, et viens t'asseoir une minute.

Il vit qu'il avait choqué Victor.

— Oh ! monsieur Hubert !... Vous ne... ce n'est pas possible... vraiment, je ne peux pas... mon travail... bafouilla celui-ci, manifestement au supplice.

Hubert en eut vergogne.

Feignant de se méprendre, il adopta un ton dont la taquinerie ne sonnait pas très juste :

— Quoi ! Tu as peur de faire attendre la Berthe, c'est ça, hein ?

Avec un sourire pudique, Victor se jeta sur la perche tendue :

— Hé oui, Monsieur.

Tout ce que le vieux serviteur avait pu voir à Mogador, et l'affection même qui le liait aux maîtres, n'abattaient pas certaines barrières. Tricher avec elles ne menait à rien.

« Pourtant... » Hubert réprima un soupir. « Qui, au monde, depuis que Maman et mon frère sont morts... », en savait davantage sur eux tous que ce vieil homme ?

« Ce matin d'août 1902... », où il était parti, à la petite aube, « ... qu'ont-ils pensé, à la cuisine ? », en apprenant que le jeune maître vivrait désormais à la Gloriette, en exil. « Qu'ont-ils su ? Comment ont-ils jugé... ? »

Il secoua impatiemment l'inutile faix des interrogations sans réponse possible. « Ce n'est pas cela que j'aurais voulu... » Si seulement Victor eût accepté, pour un soir, de l'aider à refaire ses comptes, avec l'inépuisable monnaie des jours heureux.

Mais Victor, qui l'aimait, cependant...

Dominique rentrait. Quelque chose de son contentement était passé dans sa démarche.

— On leur a fait une grosse soupe, ils mouraient de faim. Et si vous voyiez l'état dans lequel ils sont... J'aurais voulu vous les amener, mais vraiment... Ils ont sali toute la cuisine. Gustave les savonnera, demain matin, dans un baquet d'eau chaude. Ce soir, c'est à peine s'ils tiennent encore sur leurs pattes.

— Je me souviens... — Hubert ébaucha un sourire, au sein de la fumée qui l'entourait. — ... à la Gloriette, il y a quelques années, j'en avais un qui...

La jeune fille rapprocha son tabouret du fauteuil de son oncle, et se rassit, les coudes sur ses genoux, les poings sous le menton, la tête levée, pour écouter, pareille à une enfant, dans sa robe de laine noire au col blanc empesé.

Elle riait de tout son cœur, lorsque Victor, leur ayant souhaité le bonsoir, les laissa ensemble, un carafon de vieux marc à la portée d'Hubert, après avoir réglé la mèche de la lampe.

Une veillée paisible, dans la lumière basse et chaude du foyer qui les enfermait comme dans un cocon.

A raconter des histoires de chiens et de chevaux, Hubert s'aperçut tout d'un coup, non sans étonnement, en entendant sonner onze heures, que le temps avait coulé sans bavures.

— ... Moi, j'aurais bien passé ainsi la nuit entière. Quelle bonne soirée je vous dois, oncle Hubert !

Le feu se mourait, la provision de bûches épuisée. La tabagie, autour d'eux, roulait en épaisses volutes.

— ... Mais vous viendrez sûrement chez tante Adrienne, pour Noël, dites ?

Deux jours plus tôt, sa femme avait posé la même question à Hubert. « *Puis-je écrire à Adrienne que nous acceptons ?* » Cette voix timide, dont la douceur lui glaçait l'âme d'un remords rancuneux. Il avait fait semblant de ne pas entendre Madeleine, et refermé la porte sur soi, bruyamment, pour éviter d'avoir à répondre.

— Sûrement. Quand est-ce, au fait ?... De mercredi en huit, déjà ?... Bon. Alors, si tu veux, le mardi, nous passerons te prendre, dit-il, flattant la joue de la jeune fille, ému de la voir se pousser du front contre sa main, « ...comme une pouliche ».

Il écrasa le reste de sa cigarette dans le cendrier qui débordait.

— Au lit, fillette, il est l'heure.

A regret, Dominique se leva, et alla éteindre la lampe.

A la lueur des braises rougeoyantes, ils gagnèrent le hall. Hubert avait passé sous le sien le bras de sa nièce.

— Victor vous a fait préparer votre ancienne chambre. Cela vous convient-il ?

— Oui, très bien.

Que répondre d'autre ?

L'air glacé de la nuit se glissait sous la grande porte. Hubert perçut le frisson qui parcourait le corps de la jeune fille. Il resserra son bras.

— Froid ?

— Un peu. Ce vestibule est impossible à chauffer.

Quelqu'un d'autre, toute une vie auparavant, déjà, avait prononcé la même phrase, se souvint-il.

Et, de nouveau, l'angoisse le lancina.

La veilleuse projetait bizarrement leurs ombres confondues sur toute la hauteur de la cage d'escalier.

Dominique avait conservé, au premier étage, la chambre contiguë à l'appartement de ses parents, qu'elle avait prise durant la maladie de Ludivine.

— Je monte avec vous, oncle Hubert, m'assurer que vous avez tout ce qu'il vous faut, chuchota-t-elle.

— Mais non ! Ce n'est pas la peine.

A présent, il tardait à Hubert d'être seul.

Moins brutalement, il ajouta :

— Tu sais bien que Victor n'oublie jamais rien.

Cette discussion à mi-voix l'excédait. Il accompagna Dominique jusqu'à sa porte, au fond du couloir ; l'embrassa, dissimulant sa hâte :

— Bonsoir, mon petit. A bientôt. Ne descends pas pour moi, demain matin. Je partirai de bonne heure.

— Mais voyons, oncle Hubert, je puis très bien...

— Obéis-moi, je t'en prie.

A travers le chuchotement qui répondait au sien, elle reconnut la note d'irritation latente ; et, mortifiée, céda pour ne pas se rendre importune.

— Bien. Alors, au revoir. A Noël... ?

— Madeleine t'écrira pour te fixer l'heure.

A quoi bon parler bas ? Dans chacun des deux appartements, qui s'ouvraient à gauche et à droite du palier, n'habitait plus personne qu'un bruit de voix pût encore réveiller, se répétait Hubert, en reprenant l'escalier jusqu'au second étage.

Il reconnut le grincement du bouton de cuivre sous ses doigts, avant même d'être entré. Et l'odeur de bois bien ciré. Et la blancheur du drap entr'ouvert sur le lit bateau, éclairé par la lumière horizontale de la lampe posée, comme autrefois, sur la table de chevet. Et l'étagère, où manquaient seuls les quelques livres qu'il avait emportés, seize ans plus tôt, le matin de son départ.

Mais ce garçon insouciant et tendre qui, longtemps, soir après soir, avant de monter, avait toqué, en bas, chez la vieille Julia : « *Je ne vous dérange pas, Maman ? Juste cinq minutes...* » lui, ne resurgirait pas de l'ombre, fût-ce pour disputer son domaine à l'étranger qui revenait.

« Non plus que Mère. Non plus que... »

Et cependant, las de se défendre contre le cheminement insidieux de la tentation qui l'avait assailli tandis qu'il prenait congé de sa nièce, lorsqu'il fut à peu près certain que la jeune fille s'était définitivement retirée chez elle pour la nuit, comme un voleur, pieds nus, de peur de faire craquer les marches, il redescendit jusqu'à la chambre de Ludivine, écouter follement le silence accumulé derrière la porte close. Retenant son souffle, les yeux fermés, dans un effort dément pour percevoir l'imperceptible.

« Ludivine... — *Quand je serai morte, vous vous rappellerez ce que vous avez osé... Je ne sais pas où je serai, mais, à mon tour, n'attendez pas que je vous pardonne.* » Un gémissement se formait au plus creux de lui-même, tandis que, dans sa tête fiévreuse, tournoyaient de nouveau, sous un éclairage livide, les derniers mots qu'elle lui avait jetés, avant la fin. « Oh Dieu ! Oh Dieu !... Ludivine !... Je n'ai pas voulu... je ne pouvais pas savoir que, si vite... Ludivine... »

Il demeura en suspens, une sueur aux tempes, espérant soudain contre tout espoir ; et cessa de respirer pour guetter encore le bruit, infiniment léger, qui venait de naître de l'autre côté du mur.

Puis, il comprit : « Ce n'est que... »

Ce ne serait plus jamais rien, sinon Dominique, déplaçant un objet quelconque dans la salle de bains.

## 2

Chaque matin, vers neuf heures, le facteur accotait sa bicyclette contre le mur de la cuisine, pour entrer boire « la gouttelette de café » que Berthe lui tenait en réserve.

Quoi qu'elle eût à faire, Dominique surveillait l'heure, et s'arrangeait toujours pour demeurer à proximité dans la salle à manger, même s'il lui fallait, pour cela, revenir parfois d'assez loin.

— Le courrier, Mademoiselle.

Elle prit sur le plateau de Victor la pincée d'enveloppes qu'il lui présentait, et en examina rapidement les suscriptions : « *Grand Garage du Progrès* » : la note de graissage de la voiture. Des offres de service. Une réclame pour un nouvel engrais chimique. La petite écriture ronde, bien nette, de l'oncle Constant. Et les journaux.

Rien d'autre.

Elle mordit sa lèvre, du même réflexe qu'elle avait petite fille, quand ses aînés la rudoyaient.

Un jour de plus à passer dans la même somnolence grise ; un jour de plus, perdu pour le bonheur. « A vingt ans, Anne et Christine, elles, étaient déjà mariées. »

Une fois encore, la jeune fille reprit ses déductions : « Dans sa dernière lettre... dû l'envoyer aux alentours de la Toussaint, afin qu'elle me parvienne juste... »

« *...Ces fêtes tristes, qui vont ramener toutes tes pensées sur ceux de Mogador qui ne sont plus là... Je voudrais que tu sentes combien je te suis proche... Ferme les yeux, et pose ta tête sur mon épaule... Où que tu ailles, durant ces deux jours, je t'accompagnerai... Ma douce petite fille... Et ne va pas t'imaginer jamais, serait-ce pour un instant, que tu es seule.* » Des phrases qu'elle savait par cœur.

« Bientôt sept semaines. Que fait-il ? Pourquoi... ? »

Une fois, déjà, l'attente avait duré aussi longtemps. Une lettre égarée.

« Mais, du moins, à présent... », se rassura-t-elle, c'en était fini de trembler. « Même s'il tarde... »

« Et peut-être veut-il me surprendre. S'il était libéré pour les fêtes... Si... »

Elle défaillit presque, à se le représenter, cheminant entre les arbrcs, tcl qu'au moment de leur adieu devant la gare de Tarascon, bardé de sacs et de musettes dont les bretelles s'entrecroisaient sur la capote bleue déteinte, le bonnet de police posé de travers sur sa tête rousse, son éclatant sourire indéchiffrable à fleur des lèvres.

A la lumière de ce sourire, l'hypothèse même de la maladie ne résistait pas. Bon pour les civils, entassés dans les grandes villes, de mourir de la grippe espagnole, au fond de leurs lits trop chauds.

« Peut-être, tout à l'heure, au tournant de l'allée... Peut-être vers midi, s'il arrive par le train à Tarascon. Ou peut-être, à la nuit tombante, tout à coup, il sortira du brouillard, là, devant moi... » Désormais, l'espoir était au bout de tous les instants.

Et sans doute, alors, délivré de la menace, rendu à l'avenir, il prononcerait enfin les paroles que, si longtemps, Dominique avait souhaité entendre.

Restait seulement à patienter encore un peu.

Revenant à la réalité du moment, elle décacheta l'enveloppe postée à Maillane, se reprochant son manque de hâte à lire ce que lui écrivait l'oncle Constant.

*« Je ne veux pas laisser à ta seule cousine Antoinette le soin de te rappeler que nous comptons sur ta venue, après le Jour de l'An. Sache bien que, non seulement elle et Marguerite, mais nous tous, ici, espérons avoir la joie de te garder quelque temps... Caroline est arrivée, et, pour Noël, Raoul et sa femme viendront la rejoindre, avec Georges. Pour peu que l'armée se décide à lâcher aussi Léon, c'est toute une génération des Vernet de la branche camarguaise qui pourrait ainsi se trouver réunie, sous un toit Angellier. »*

Pas un mot sur Numa, parmi toutes ces nouvelles que son grand-oncle lui transmettait à propos de ceux de Tourvieille. « Il est vrai que ni Lucien, ni Agnès et son mari... » n'étaient davantage mentionnés. Dominique supposa que le cadet passerait les fêtes chez le jeune ménage qui, l'hiver, habitait, à Arles, l'hôtel de Maître Fauvelly, le père d'Henri.

La fin de la lettre disait, en quelques lignes, que Blanche était impatiente de voir rentrer son mari ; que Léon, atteint d'ailleurs par la limite d'âge, attendait cette démobilisation d'un instant à l'autre ; qu'Emilie avait toujours ses malaises, — rien que de très banal, à son âge, assurait le médecin ; et que Laurent n'allait pas plus mal.

Dominique replia pensivement la feuille.

Un moment, elle imagina son frère, rentrant, lui aussi, pour cracher, miette par miette, interminablement, la pourriture de ses poumons brûlés par l'ypérite. « Pauvre Laurent... », dont les vingt-trois ans n'étaient promis qu'à une agonie sans merci. François, lui, du moins, était à l'abri de tous les maux, de toutes les déchéances.

« Il a dix-huit ans pour l'éternité. Et Maman n'aura jamais connu le calvaire que doit endurer cousine Blanche. »

« J'irai les voir », se promit-elle.

Dès qu'elle serait fixée sur le retour de Numa.

D'ailleurs, peut-être voudrait-il, en rentrant, passer quelques jours là-bas. Il s'entendait à merveille avec son oncle, Léon Vernet. « Tout comme François... » songea-t-elle, s'était entendu avec l'oncle Hubert. Et il aimait aussi beaucoup Constant Angellier, le grand-oncle de Dominique, bien que nulle parenté véritable ne le liât directement au vieux maître de la Sarrazine.

« Si, par hasard, il avait envie de m'y retrouver... »

Elle repartit très consciemment dans son rêve éveillé. A la Sarrazine, dans la demeure où, jadis, le grand-père Rodolphe était allé chercher Mamé Julia, leur petite-fille pouvait tout autant glaner son propre blé de lune. Le parc aurait bien quelque coin propice, où celle-ci pût écouter, à son tour, l'aveu qu'un autre Vernet y viendrait peut-être lui faire.

Dominique sourit à l'image cachée sous ses paupières.

« *Où que tu ailles, je t'accompagnerai*. Numa... oh Numa !... »

« Dix heures moins vingt. Déjà... Il faudrait pourtant que je m'avance jusqu'au village, voir s'ils peuvent le réparer sur place, ce tracteur. Je suis d'une paresse, ce matin... » Etait-ce dû à la soirée prolongée de la veille ?

L'oncle Hubert, lui, était parti bien avant le jour, sitôt avalé le bol de café que lui avait servi Berthe, à peine descendue : « *Sur le coin de la table, dans la cuisine, il a voulu le prendre, tellement il était pressé.* »

De son lit, avant de couler de nouveau dans le sommeil lourd de la petite aube, la jeune fille avait vaguement entendu le moteur de la voiture renâcler à se mettre en marche.

Elle bâillait, s'étirait un peu, sans pouvoir se décider à quitter la salle à manger.

Un bruit subit de roues prenant le tournant au frein, sur le gravier de l'allée d'honneur, la fit bondir vers la fenêtre la plus proche, le cœur fou.

« Est-ce, enfin... ? », se demanda-t-elle, essuyant maladroitement, à grands gestes nerveux, la buée qui couvrait la vitre.

Mais la silhouette inconnue qui sortit de la portière ouverte, au bas du perron, péniblement, en s'aidant de deux cannes, n'avait rien de commun avec celle de son cousin.

De grands coups désaccordés lui martelaient encore la poitrine.

Déçue, elle vit, sans grande curiosité, l'automobile repartir, et le soldat monter l'escalier, la tête entre les épaules, tellement courbé qu'on ne pouvait distinguer ses traits noyés sous une mèche pendante de cheveux blonds.

La première marche gravie, il releva le front pour souffler ; et se recoiffa gauchement, avec ses doigts, encombré de la canne.

« Mon Dieu ! Mais c'est... »

Retrouvant ses esprits, Dominique se rua vers le

hall, ouvrit à la volée la lourde porte de chêne, comme le visiteur allait l'atteindre...

— Maurice ! C'est toi !

... Et lui jeta ses bras autour du cou, dans un élan irréfléchi.

Le choc fit vaciller le jeune homme.

— Eh là ! doucement, grande chèvre !... A-t-on idée ? Tu as failli me fiche par terre.

Il avait pâli, et réprimait une grimace, mais la joie pétillait au fond de ses prunelles, tandis qu'ils s'embrassaient, à plusieurs reprises.

— Je t'ai fait mal ? Mon Dieu !... Quelle idiote je suis ! Mais aussi, tu m'as... balbutia Dominique, confuse. Quand es-tu arrivé ? Entre vite t'asseoir. Veux-tu mon bras ?

Maurice se dégagea.

— Ça non, ma fille !... Qu'est-ce que tu crois ? Que je ne peux pas me débrouiller seul ?

— Oh ! si, si. — Dans son exultation, elle trépignait presque. — Oh ! Maurice, mon petit Maurice... Je suis tellement contente ! Je...

Il avait franchi l'entrée, et avançait, à présent, d'un pas après l'autre, sur le dallage poli du vestibule, déplaçant sa jambe droite au prix d'un effort qui faisait perler la sueur sur sa peau.

Dominique s'élança dans une glissade jusqu'au salon où Victor, surpris par le laisser-aller de cette irruption brusquée, cessa de passer un doigt soupçonneux sur chacun des meubles que venait d'astiquer Mathilde, pour suivre du regard les évolutions incohérentes de sa jeune maîtresse.

— Ce fauteuil. Non, tiens, celui-ci. Ou plutôt...

Devant le maître d'hôtel de plus en plus stupéfait, elle en déplaça plusieurs, en attira un près de la cheminée, le recula, le rapprocha de nouveau.

— C'est Maurice Royer, Victor !... Il est là. Il marche. Maurice, tu peux venir jusqu'ici ?

Le jeune homme atteignait le seuil de la pièce. Il se raidit.

— Tiens, pardi ! Pourquoi pas ?

Et fit de son mieux pour assurer sa démarche, sous la double paire d'yeux suspendus à ses mouvements.

Enfin, parvenu jusqu'au fauteuil, il tendit ses cannes à Dominique, et entreprit de s'asseoir, en se cramponnant des deux mains aux accoudoirs.

— Ouf ! Ça y est tout de même.

Tirant son mouchoir de sa poche, il se tamponna la figure et le cou.

Victor s'approchait, embarrassé d'une pitié qui déteignait sur sa joie.

— Ce vieux Victor !... Ça va toujours ? Et votre femme ? Et Mathilde ?... Ça fait plaisir de se revoir, pas vrai ?

— Oh ! pour ça, oui, monsieur Maurice.

« Quel coup de vieux il a pris, le pauvre ! » constatait à part soi Maurice, tout en lui serrant les mains avec chaleur.

— Toujours gaillard, hein ? Sacré Victor !... bouffonna-t-il pour couper court, à la vue du voile brillant qui montait entre les paupières bordées de rouge du vieillard.

— Oh ! Monsieur Maurice... exhala Victor, écarlate, et comblé.

Maurice lui donnait de petites tapes affectueuses sur la manche :

— Quand je pense à toutes les blagues qu'on a pu s'amuser à vous faire, lorsque je venais jouer ici !... Vous vous souvenez ?

Dominique se tenait derrière lui, accoudée au dossier du fauteuil. Elle posa ses mains, d'un geste ingénument possessif, sur les épaules du compagnon de son enfance.

— Tu veux prendre quelque chose ?... Victor, si vous lui apportiez un peu de café ?

Le jeune homme se carra sur ses coudes.

— Hé ! ma foi... Avec un ou deux de ces petits biscuits de Berthe, tu sais ? ceux que tu mettais dans les colis ?... si, par hasard, elle en a encore ?

— Sûrement, monsieur Maurice. J'y vais, dit Victor, jubilant. Ah ! quand les autres vont savoir... !

Dominique reprenait sa place favorite, sur le tabouret bas, près de l'âtre.

— Je te regarde, murmura-t-elle, je te regarde... Et je puis à peine croire que te voilà.

— Si tu te figures que j'y crois moi-même, dit Maurice, déboutonnant le col de sa vareuse. Quand l'auto de la Croix-Rouge s'est arrêtée devant la maison, hier soir, je me croyais en train de faire un rêve. Et lorsque j'ai vu Maman et Hiette traverser le jardin en courant, alors là... ! Depuis onze mois, j'avais fini par me demander si je le quitterais jamais, leur bon Dieu d'hôpital. Et, tu vois, finalement...

Surprenant un signe de Dominique, il s'interrompit, et tenta de se soulever pour regarder derrière soi, vers la porte, à qui s'adressait ce geste.

Mais, déjà, Mathilde arrivait précipitamment.

— Monsieur Maurice... Oh ! Monsieur Maurice !

Sans barguigner, elle lui prit la tête entre ses grosses mains rugueuses qui sentaient la lessive, et lui fit claquer sur les joues, alternativement, une série de baisers mouillés.

Maurice marmonna, d'une voix qui s'éraillait :

— Ne pleure donc pas comme ça, grosse bête, ou bien, moi aussi, je vais...

Mathilde s'essuya du coin de son tablier.

— Oui, monsieur Maurice. C'est que, vous comprenez... en plus... ça me fait aussi un peu comme si...

Eperdue, elle loucha vers sa maîtresse, n'osant achever.

Dominique se leva, et vint s'appuyer contre le vaste corsage soutenu par un corset à busc, à l'ancienne façon, qui, longtemps, avait été, pour elle, l'abri le plus sûr, toujours disponible, dans son incommodité.

— Oui, tu as raison.

Avec son inséparable *alter ego*, c'était aussi un peu François qui revenait.

— Y a Gustave, dit Mathilde, en reniflant. Et son Eugénie. Et Berthe, qui a dit qu'elle laisserait personne d'autre vous servir votre café.

Tous étaient là, en effet, à se presser dans l'entrebâillement de la porte, montrant à la dérobée leurs bonnes faces impatientes.

Ils entrèrent, catapultés par Berthe portant, calé sur son ventre, un plateau de belle dimension, dont le contenu eût suffi à satisfaire plusieurs affamés.

— Toi aussi, mon pauvre ami, paraît qu'ils t'ont un peu amoché, ces sacrés Boches ? Bah ! que veux-tu ? Faut pas se plaindre, du moment qu'on s'en tire, pas vrai... ? T'en fais pas, va ! Des bourrins, tu en retrouveras bientôt, plein ton écurie. Tu verras... Plus que tu n'en pourras soigner ! — Pas vrai, Nique ? — Ah ! dis donc ! c'est que j'y compte, moi aussi, mon vieux. Faut bien que tu en aies à me faire monter, d'ici quelque temps, lorsque je viendrai te le demander. Comme avant, tu te rappelles ?

Dominique l'écoutait, et voyait s'épanouir Gustave.

« Oui, si François était rentré... », pensa-t-elle, il eût parlé le même langage.

Aux vieux serviteurs de Mogador qui l'avaient vu

grandir avec les enfants de la maison, Maurice ramenait l'ombre du jeune maître.

A l'air ragaillardi, voire guilleret, avec lequel tous, et Victor lui-même, se retiraient, elle mesura combien, quel que fût leur dévouement envers elle, une présence masculine leur avait manqué.

Comme Mathilde repassait le seuil, bonne dernière de leur théorie aux figures pavoisées, elle lui cria :

— Envoie-nous les chiens !

Que les favoris de François fussent aussi de la fête !

Leur invasion faillit porter un coup fatal aux victuailles amoncelées, que Maurice avait déjà commencé d'échantillonner avec méthode, sous la surveillance extasiée de Berthe.

— Ote-moi ça une minute, Coco, ou ils vont tout renverser !

— Achève au moins ton café pendant qu'il est encore chaud ! insista Dominique se voyant confier la garde du plateau en péril.

Elle rit, d'assister à la bousculade des deux bergers qui, dressés sur leurs pattes de derrière, mendiaient les caresses de Maurice, avec des jappements joyeux et plaintifs, tour à tour, selon qu'il flattait l'un ou l'autre.

— Jamais je n'aurais cru qu'ils me reconnaîtraient si vite. Mais regarde donc s'ils sont heureux !

« Oui, les chiens aussi... », se disait Dominique, avec un soupçon de mélancolie. Comme tout eût été plus facile, « si j'avais pu être un garçon ».

Finalement, ils se couchèrent aux pieds de Maurice, *Nahum* à sa droite, *Habakuk* à sa gauche, ainsi qu'ils en avaient eu l'habitude, auparavant, avec François, lorsque celui-ci était à table. Guettant du coin de la prunelle, pour les happer au passage, les morceaux qu'il leur jetait alors, de la même manière, les matins où Ludivine n'assistait pas au déjeuner.

Maurice s'était lancé dans les détails concernant ses blessures.

Il fit le récit de l'engagement au cours duquel il les avait reçues ; narra les discussions des toubibs autour de son cas, les transferts dans des hôpitaux successifs, les interventions subies, les camarades de salles, la gentillesse d'une infirmière, les tracasseries d'une autre, l'intrigue sentimentale aussitôt dénouée, les étapes douloureuses d'une trop longue convalescence :

— Tu vois, ils prétendaient que je ne marcherais probablement jamais plus. Pourtant, je marche. Et ce n'est qu'un début. J'y mettrai le temps qu'il faudra, mais je redeviendrai comme tout le monde. Ça, je t'en fiche mon billet.

— Bien sûr, approuvait Dominique, buvant ses paroles, bien qu'elle n'ignorât pas grand-chose de tout cela. Bien sûr !...

— Le plus dur est fait, pas vrai ? Et, je te jure, ça n'a pas été rose, au commencement. Il y a eu des séances où je regrettais qu'ils ne m'aient pas laissé crever. Mais, à présent, je tiens le bon bout. Mon père a travaillé la question avec le plus grand spécialiste de France, tu sais : ce ponte de Montpellier, qui est venu me voir avec lui, au Val-de-Grâce, avant ma sortie. Ils sont certains du résultat, au point où j'en suis arrivé. Je m'en vais te suivre un de ces petits programmes de rééducation, quelque chose de maousse. Tu veux parier que, d'ici un an, je vous gratte de nouveau à la course, Hiette et toi ?

Dominique rit.

— Tu n'y auras pas grand mérite. « *Les filles ne savent pas courir*. » Tu nous as bien assez fait bisquer, en nous le cornant aux oreilles, durant des années. Mais, à propos, comment l'as-tu trouvée ?

— Qui ça ? Hiette ? Eh bien !... pas très brillante.

La jeune fille se dirigeait vers la table de marqueterie pour y déposer l'assiette dont elle venait de le débarrasser.

Maurice continua, dans son dos :

— Que veux-tu ? L'armistice, le retour des autres... C'est un mauvais moment à passer, pour elle. Evidemment, ça lui fait plaisir de revoir son frère. N'empêche que... Le problème Hiette, j'aurais autant aimé ne pas l'aborder tout de suite... Mais, après tout...

Il s'exprimait avec hésitation, sans regarder vers la jeune fille, les yeux fixés sur le feu.

— Elle vient souvent ici, je crois ?

— Oui, dit Dominique, revenant s'asseoir près de lui. Et je vais souvent aussi chez Marraine. Deux ou trois fois par semaine, nous déjeunons ensemble...

A son propre insu, déjà, elle était sur ses gardes.

— ... Tu le sais bien, insista-t-elle. Je te l'ai dit et répété, dans mes lettres. Tantôt ici, tantôt à Barbegal. Mais Hiette préfère que nous soyons seules toutes les deux, pour pouvoir parler de François.

Maurice l'enveloppa d'un regard où l'agacement le disputait à la pitié. « Nous y voilà. Ces petites... »

Il se les figurait assez bien, toutes deux, consommant, à s'en rendre malades, d'énormes rations de souvenirs et de regrets, poisseux comme les sucreries du jeune temps.

De tout cela, lui, la guerre l'avait délivré. Il savait la ténuité du fil qui sépare la vie de la mort, et comme la rupture en est simple. Les corps tombés autour de lui, dans l'abandon ultime, dont certains n'auraient jamais même une sépulture, lui en avaient appris la leçon.

« Mais les filles, et leurs herbiers sempiternels de *vergiss mein nicht*... »

— Justement, mon pauvre chat, c'est très mauvais pour elle. Comment veux-tu qu'elle s'en sorte, de cette façon-là ? Et crois-tu que, François, ça lui serait agréable, qu'elle pleure et se désole, à longueur de journée ?

Refusant de voir la stupeur révoltée de Dominique, il prévint d'un geste ce qu'elle allait dire :

— Non, écoute-moi d'abord. Il faut regarder les choses sainement. Elle l'a aimé. Bon. Comme elle n'aimera sans doute jamais quelqu'un d'autre. D'accord. Et Dieu sait que personne n'en était plus content que moi. Ça me bottait tout à fait, d'avoir François comme beau-frère. Elle ne l'oubliera pas. Ça aussi, nous le savons, toi et moi. Ce n'est pas la question. Mais elle n'a pas encore dix-neuf ans ; et il lui reste probablement une longue suite d'années à vivre. Tu comprends ? C'est comme ça. On n'y peut rien. Ni nous, ni elle, ni personne. Alors... ? Hein... ?

Il attendit.

Le front baissé, Dominique pétrissait son mouchoir. Elle en fit une boule, y enfonça son pouce, en tirant sur l'ourlet, dont le coin se déchira.

— Que veux-tu que je fasse ? — Sa voix était comme décolorée. — Que je renonce à la fréquenter ? C'est cela ?

— Imbécile, dit Maurice, tendrement.

Il se pencha, non sans difficulté, pour lui relever le menton, et planta ses yeux dans les siens.

— Sacrée petite imbécile !... Que tu renonces à broyer du noir avec elle. Que tu la secoues, au lieu de la bercer. Que tu lui dises ce qu'il faut lui dire, tu m'entends ? Et que toi seule pourras lui faire admettre : que François, là où il est, ne se soucie guère de la voir ruminer son chagrin jusqu'à la vieillesse. Qu'elle peut reprendre goût à l'existence sans aller s'imaginer que ce serait le trahir. Et qu'il ne lui en voudra pas, au contraire : Ah ! cré nom ! mais il s'en régalait bien trop, lui, de l'existence, pour ne pas souhaiter qu'elle en prenne toute sa part...

Dans son désir de la convaincre, il avait harponné Dominique aux épaules. Et la sentait rétractée, durcie de tous ses muscles afin d'échapper, le plus possible, à l'emprise des doigts qui s'incrustaient.

— ... Imagine-toi à la place d'Henriette, mets François à la mienne. Si tu crois qu'il t'aurait parlé autrement que je le fais... alors... c'est que tu ne connaissais pas ton frère.

La laissant aller, il remua un instant ses pensées...

— ... D'ailleurs... Ce n'est pas non plus ton père qui me donnerait tort, s'il était encore là, lui qui espérait toujours tout du lendemain.

... Attendit une réplique qui ne vint pas. Et conclut :

— Demande plutôt au mien. Ou à n'importe quel homme qui soit un homme.

Devant le mutisme obstiné de la jeune fille, au bout d'un moment, il ajouta encore :

— Je sais ce que tu es en train de penser. C'est entendu, je m'en suis tiré, tandis que François... Mais, tout dc mêmc, dis, tu nc crois pas quc j'ai payé un assez bon prix pour avoir le droit de t'expliquer ?... Non ?

Dominique mettait toute sa loyauté à réfléchir, en dépit de l'atteinte que venait d'infliger Maurice à des sentiments qu'elle avait, jusqu'alors, considérés comme intangibles.

« Papa... ? Oui, sans doute. » Ce père qui avait semé à pleines mains l'émerveillement et l'allégresse tout au long de leur enfance, avant d'aller jeter sa voiture contre un arbre pour épargner un petit garçon.

Et cette même générosité, François l'avait héritée de lui. Peut-être, en effet, eût-il souscrit de bon cœur à l'exigence d'un avenir qui n'existait plus que pour les autres.

A la mémoire de Dominique revint s'imposer l'insistance déployée, la veille, par son oncle Hubert, pour la persuader de la nécessité de transformer le vieux bureau.

Sans doute avait-il essayé de lui faire entendre quelque chose d'assez semblable.

Là, devait être ce qu'on pouvait appeler : la raison.

« Si seulement..., pensa-t-elle, déchirée, ...les femmes parvenaient à y attacher la même importance. »

Elle esquissa un faible sourire tout tramé de tristesse. Et, timidement, effleura de la main le genou de Maurice.

— Oui, probablement.

Mais retirer à Henriette ces instants où sa belle saison d'amour disparue retrouvait encore un peu d'illusoire survie... Cela aussi pouvait être cruel.

« Moi, si l'on m'arrachait à mes songeries... », pour lointain, pour inaccessible que demeurât celui qui les emplissait toutes, « ...que me resterait-il, qui vaille la peine de recommencer, chaque matin, le travail de vivre ? »

« Un autre, peut-être un autre viendrait-il, alors », insinua la raison évoquée à la rescousse par Maurice.

De toutes ses forces Dominique se défendit :

« Et quand bien même... ? Que ferais-je d'un autre ? C'est Numa seul que j'ai toujours voulu. » Personne, sinon lui.

« Mais, bien sûr, Numa... » était en chemin vers elle, réel, vivant, jusqu'à la pointe de ses cheveux. « Ses cheveux... », dont le coiffeur militaire avait taillé les dures boucles de métal rouge. « *C'est que, tu sais, les totos... bien oui, quoi : les poux, mon innocente...* »

Numa reviendrait. Numa, un jour prochain, la serrerait sur son cœur.

— Tu tâcheras de raisonner Hiette ?

Certes, Maurice ne paraissait pas soupçonner combien ce serait douloureux, et difficile. « Il me demande de marcher sur la tombe de mon frère », se dit-elle.

Aussitôt, honteuse de son mauvais romantisme, elle résolut d'en porter la peine :

— J'essaierai, oui.

— Bonne fille...

Elle secoua la tête avec rancune.

— Ça va bien. Tu dis toujours ça quand je fais ce que tu veux.

Et François aussi, le disait, se souvint-elle, lorsqu'il avait obtenu qu'elle lui cédât, comme d'habitude.

Maurice la considérait, envahi d'une légère émotion amusée, à la retrouver tellement identique au souvenir qu'il avait conservé d'elle : mangeant sa lèvre, et toute recroquevillée sur son tabouret bas, comme si elle eût craint d'usurper trop de place.

La pensée le traversa que, dès le ventre de leur mère, où ils s'étaient trouvés gémellés, François avait dû occuper largement plus que la sienne.

« Pauvre gosse... »

Et, « oui... », cela paraissait inconcevable que le copain de toujours dût ne jamais plus entrer soudain dans cette salle trop calme, pour la remplir immédiatement de sa gaieté, de sa chaleur, de son désordre. « *O Maurice ! Tu viens jusqu'aux Baux, étrenner la voiture ? On redescendra par le Val d'Enfer, pour voir ce qu'elle peut donner dans les virages.* »

« Oh ! cré nom !... Si, moi aussi, maintenant, comme les petites, je me mets à... »

Le museau posé sur le soulier du jeune homme,

*Habakuk* poursuivait un sommeil de chien heureux ; Maurice tendit la main vers *Nahum* qui, de l'autre côté, se pressait contre sa jambe, et gratta délicatement la peau rose tendre, au-dessus de la truffe, sous le poil floconneux que gonflait un reste d'humidité.

La béatitude arrachait à l'animal de petites plaintes voluptueuses.

— Ça te plaît, hein, crapule ? dit Maurice.

Clignant de l'œil vers Dominique, il observa :

— Dis donc, tu les bichonnes. Ils ont leur niche dans ta salle de bains ? Ou quoi ?

— Tu ne l'aurais pas dit, ce matin, si tu étais entré dans la cuisine. Cela puait à te faire boucher le nez, malgré toute ton expérience des tranchées. Gustave a dû aller chercher l'étrille pour en venir à bout.

L'estimait-il si sotte qu'elle pût traiter des chiens de berger en ornements de boudoir ?

Elle s'efforçait de sourire avec naturel, mais Maurice reconnaissait la petite crispation, au coin de sa bouche.

« C'est vrai qu'il ne lui en faut pas beaucoup... » Il avait oublié à quel point elle était sensitive. Sans doute allait-il devoir, entre autres choses, réapprendre les jeunes filles.

En attendant, se dit-il, mieux valait changer de conversation.

— A part ça, si tu me mettais au courant de ce que fabriquent les autres... ? Et d'abord : Robert Antonetti ? Chez moi, on n'a rien pu me dire, à son sujet.

Dominique n'en savait pas davantage.

— Tant pis. J'irai voir sa mère. En tout cas, je suppose que c'est bon signe, pas vrai ? Quand un malheur est arrivé, en général, tout le monde est au courant... Et Alban Marquet-Rageac ? Et Louis Bresson ? Francis Lallier ? Tous, enfin ?

Elle rassembla toutes les informations récemment recueillies, çà et là, pour le satisfaire.

La plupart dataient déjà.

Son beau-frère Alban avait été nommé major, et muté dans une autre ambulance, sur le front de l'Aisne. Des trois frères du Roveret, Jacques venait de rentrer de captivité...

— Armand, lui, hélas...

— Oui, pour eux, je sais. Maman est allée faire une visite à madame du Roveret. Ce pauvre diable d'Armand... Pas de veine. A quelques jours de l'armistice...

— Les Lallier ont eu récemment de bonnes nouvelles de Salonique. Francis rejoignait son corps quand la Bulgarie a déposé les armes. Tante Adrienne a reçu un mot de Louis Bresson qui se remet à l'hôpital d'une crise de dysenterie. Tu te souviens que son frère Auguste venait tout juste d'épouser Juliette Arnal, la pauvre, lorsqu'il a été porté disparu ? Jean Arnal a fait une guerre très brillante : plusieurs blessures, un tas de citations, avancement, Légion d'honneur, croix de guerre avec palmes, tout et tout...

Son regard se posa brusquement sur le haut de la vareuse de Maurice. Les deux fils de ruban étaient si minces qu'elle ne les avait pas encore remarqués.

— ... Mon Dieu ! Que dois-tu penser ? Je ne me rappelais plus que, toi aussi, tu... Et je ne t'ai pas même félicité !

Maurice paraissait encore plus mal à l'aise qu'elle-même.

— Mais si. Voyons, tu m'as envoyé une lettre tout exprès. Tu ne t'en souviens pas ? Ça, alors !...

— Non, mais... Enfin, c'est-à-dire : si... Mais je veux dire : depuis que tu es là, j'aurais dû... bafouillait Dominique.

Il balaya ces piteuses excuses :

— Allez, ça n'en vaut pas la peine. Laisse tomber. Tu parlais de Jean Arnal. Tu l'as revu ?

— Oh ! non. Non, tu sais, sa famille ne nous a jamais pardonné la rupture avec Isabelle.

— Ça, mon petit... ! Faut les comprendre, ces gens-là. C'est tout de même un drôle de tour qu'elle lui a joué, avoue-le. A tant faire que de lui préférer le bon Dieu pour finir, elle aurait pu se décider tout de suite.

Quiconque touchait au clan... Maurice, qui avait aussi oublié ce détail, vit Dominique sortir ses griffes.

— Laisse Sabel tranquille, s'il te plaît. Tu n'as pas à la juger. Que sais-tu de ses motifs ? Comment peux-tu, à la légère...

— Là ! là ! là !... coupa-t-il. Eh bien !... Ne t'énerve pas comme ça, Coco. On ne va pas recommencer à se chicaner, le jour même où l'on se retrouve ?... Les histoires de ta sœur, tu penses si je m'en fiche !... C'était seulement pour te dire, puisque tu as commencé d'en parler, qu'une fille qui me ferait droguer de cette manière, ben !... que veux-tu ? Moi, je la trouverais saumâtre. Reconnais tout de même qu'il y aurait de quoi.

En manière de conciliation, il enchaîna :

— Et Anne ? Ça va ?

Hostile, l'instant précédent, le visage de Dominique s'éclaircit comme un ciel d'avril après la giboulée.

— Oh ! très bien. Tu sais qu'elle attend son bébé pour la fin du mois prochain ? Gaspard est radieux, paraît-il. Mais la famille de Barcarin regrette bien, pour la tradition, que la naissance ne puisse avoir lieu au mas.

« Anne... un bébé ! Quelle bonne farce ! » Maurice se retint de demander : « Que va-t-elle bien pouvoir en faire ? », réprimant un sourire à l'idée de la réponse qui s'ébauchait d'elle-même, en son for intérieur : « Bah !

on ne doit pas manquer de nurses expérimentées, en Amérique. »

Rendu prudent par sa précédente expérience, il garda pour soi ses commentaires, et préféra reprendre son tir d'interrogations coupé de brefs développements :

— Que devient ton cousin Laurent ? Le pauvre vieux... Une belle cochonnerie, ces gaz... Et les autres, à la Sarrazine... ?

D'une nouvelle question, il relançait la jeune fille, lui laissant parfois à peine le loisir d'y répondre.

— ... La petite Antoinette ? Dis donc, elle doit se faire plutôt gentille ?... Bientôt vingt ans ? Non ! Tu veux rire ? Au fait, c'est pourtant vrai qu'elle est à peu près de ton âge !... Et tu dis que Claire Guillermin aussi... ? Ça ne m'étonne pas. Encore une gamine qui promettait.... Alors, Marguerite de Clarens est là, en ce moment ?

Dominique ne se fût pas doutée qu'elle avait tant à raconter. Ce temps qui avait coulé, incolore et plat, se révélait, après coup, bourré d'événements innombrables.

— Oui, cousine Emilie a fini par céder aux instances de tous quand la Bertha s'est mise à tirer sur Paris. Dès le début, à plusieurs reprises, des obus sont tombés dans le voisinage de leur appartement, rue du Bac. Cela l'a décidée à venir attendre la fin de la guerre à la Sarrazine. Et maintenant, avec cette épidémie qui se prolonge, sans compter le manque de charbon, et l'approvisionnement que l'on dit pire que jamais, elles resteront sans doute encore jusqu'au printemps.

Maurice était devenu rêveur.

— Toujours aussi sémillante, Marguerite ?

— Toujours.

Le surveillant du coin de l'œil, Dominique ajouta malicieusement :

— Elle te plaisait bien, quand tu es parti.

— Bah !... Tu sais... J'étais encore jeunot, dit Maurice, sans se compromettre.

Victor entrait pour regarnir le feu.

Tous deux le regardèrent construire un nouveau monument de rondins et de bûches, entre les chenets, admirant la dextérité du vieillard à domestiquer la flambée.

— Je me demande ce qu'on peut trouver d'agréable à vivre à Paris. Surtout lorsqu'on est de par ici, dit enfin Maurice, suivant d'un regard pensif la gamme sautillante des flammèches lancées à l'assaut d'une grosse souche noire qui bavait une salive aqueuse. Sans compter qu'en ce moment, les gens y meurent comme des mouches. Moi, à force de contempler de mon lit ce foutu ciel gorgé d'eau et de suie, j'en devenais enragé. Si je me remets, ce ne peut être qu'ici. J'ai besoin du soleil, du grand air, et du vent dans les pins de Barbegal.

Il chercha une autre position dans le fauteuil, et, l'ayant trouvée, se détendit, après la contraction de souffrance qui venait de réveiller son corps de l'engourdissement.

— ... Vois-tu, poursuivit-il, Père souhaitait que je tienne son cabinet après lui, je le sais ; et ça m'embête de le décevoir, mais... Moi, au fond, tu vois, la vocation m'a toujours manqué. Même si je pouvais retourner l'an prochain à la faculté, je ne m'en sens pas le courage. Reprendre le collier des examens après les années que je viens de passer, merci bien. Le premier prof un peu tracassier sur lequel je tomberais, je ne pourrais pas m'empêcher de l'envoyer se faire... oui, enfin... Tu vois d'ici la corrida que ce serait.

Dominique l'écoutait, dans sa posture familière, le menton sur les poings.

Elle respecta les réflexions dans lesquelles il parut s'abstraire, durant quelques secondes.

Le ronflement du feu, la respiration bruyante des chiens assoupis, créaient autour d'eux un climat ouaté.

Maurice reprit :

— Non, quelques facilités que l'Etat puisse accorder aux étudiants démobilisés, ça ne me dit plus rien. Ma jeunesse à moi, elle est loupée — et c'est pourquoi je suis d'autant plus décidé à ne pas laisser Hiette gâcher la sienne. Papa... ? Que veux-tu ? il aura Edouard pour prendre sa suite à ma place. Paraît qu'il en met un coup, le petit Doudou. Les études, lui, il aime ça. Tandis que moi... Ah ! si je pouvais trouver à m'occuper d'une terre !... La travailler, lui faire rendre son maximum... Ah ! bon Dieu ! ça, oui, ça m'irait. Et comment !...

Il abaissa son regard vers Dominique, et rencontra celui de la jeune fille, attentif et grave.

— Tu comprends ça, toi, pas vrai ?

— Mmmm !

Ils savourèrent en silence leur identité de vues.

— Tiens, quand je serai guéri tout à fait, pense à moi, si jamais tu dois te mettre en quête d'un bon pelot[1] pour Mogador. — Maurice rit doucement. — A moins que, d'ici là, comme il se pourrait fort, quelqu'un ne vienne te décharger de ce genre de souci. Une jolie fille, et un beau domaine... Tu penses : les amateurs ne vont pas tarder à rappliquer en ribambelles. Qu'est-ce que tu paries que, d'ici l'été...

— Oh ! écoute : assez ! l'interrompit Dominique.

Il tentait le sort, il allait lui porter malheur.

— ... Avec ta manie des paris stupides !...

Maurice plissa les paupières pour la dévisager der-

1. *Pelot* : administrateur.

rière ses cils. Une moue railleuse lui retournait la lèvre inférieure.

— Bon, bon. Pardon, excuse !...

Les pommettes enflammées, Dominique chercha une ligne de repli :

— Aussi, tu me cherches !... Et si, à mon tour, je m'amusais à t'interroger sur tes... tes affaires personnelles... ?

Il lui rétorqua, flegmatique :

— Peut-être bien que je te répondrais sans faire tout ce foin, s'il y avait quelque chose qui mijote.

La jeune fille secoua la tête, afin de dissimuler sa rougeur.

— Mais s'il n'y a rien, que veux-tu que je te dise ?

— Rien, mon chat. Rien du tout.

Cet air de supériorité indulgente, un peu complice, un peu narquoise...

Elle préféra encore ne pas insister.

— En attendant, dit Maurice, j'oubliais de te prévenir que tu manges chez nous, à midi. Oui : comme Père avait pas mal de visites à faire, c'est Sauveton, du clos des Agasses[1], qui m'a déposé en passant. Mais j'ai promis à Maman que tu me ramènerais. On va fêter en famille le retour du héros.

— Ah ! oui ? Eh bien ! il était temps que tu m'en parles.

Un peu de ressentiment vibrait encore dans la voix de Dominique.

— ... Et si la voiture était en réparation... ? Si j'avais eu des courses impossibles à remettre... ? Si tu ne m'avais pas trouvée ici, en arrivant... ? Si je m'étais absentée pour la journée entière... ?

Il haussa les épaules.

---

1. *Agasse* : pie.

— Un risque à prendre. Coco, tu es une défaitiste. Prépare-toi, ça vaudra mieux. Et active un peu, ajouta-t-il, après un coup d'œil à sa montre. Je n'ai pas encore vu Edouard. Maman a téléphoné au collège : il doit arriver vers onze heures et demie, avec mes grands-parents Daubenois.

Dominique capitula :

— Bien. Je monte changer de robe.

— Pourquoi ? Celle-ci est très bien.

Ce fut à elle de hausser les épaules.

— Ma tenue de travail ! Tu m'as l'air de t'y entendre. Que penserait madame Daubenois ? Mais ne t'inquiète pas. Il y en a pour deux minutes. J'avertirai Berthe, à l'office, en redescendant.

En passant près de Maurice, elle ne peut se tenir de fourrager d'une main dévastatrice, à rebrousse-poil, dans l'épi de sa coiffure « à l'embusqué ».

— Allez... folle ! protesta-t-il, sans déplaisir. Et dépêche-toi, tu feras mieux, je te le répète.

Il était insupportable, se disait Dominique, grimpant allégrement les marches de l'escalier, deux par deux. « In-sup-por-ta-ble. D'ailleurs... » Il l'avait toujours été.

Toute leur enfance durant, si loin que remontât sa mémoire, les deux garçons ne s'étaient jamais occupés d'elle que pour la tyranniser, la taquiner, la tarabuster sans cesse, bien qu'elle revînt toujours, ses larmes à peine taries, s'accrocher à leurs basques.

Et malgré tout, maintenant encore, à sentir Maurice installé en bas, elle éprouvait comme une envie soudaine de se mettre à chanter.

# 3

Le halètement de la torpédo, dans la dernière montée, avait signalé leur approche aux habitants du Cigalier. En débouchant au sommet de la côte, sur le plateau, ils virent Maxime Guillermin, suivi de sa sœur Claire, qui accouraient à leur rencontre.

Au moment où la Delaunay amorçait une large courbe vers la terrasse dallée sur laquelle, flanquée du cyprès de bon accueil, s'allongeait la maison de maître, Maxime, empoignant le rebord de la portière, bondit sur le marchepied, au ravissement du petit Frédéri, assis, bien emmitouflé, entre sa mère et sa cousine, sur la banquette arrière.

— Massime ! Massime !...

— Déri, voyons, reste tranquille encore un instant, l'exhorta Dominique.

Gênée par le voile de son chapeau de deuil, dans ses efforts pour retenir le petit corps qui se trémoussait, elle rattrapa au vol le polo de laine blanche, et le tendit à Madeleine Vernet qui, tant bien que mal, en recoiffa la tête blonde ébouriffée.

— Vous êtes les premiers, leur annonça Maxime. Oncle Fernand a écrit qu'il ne pourrait quitter l'étude avant six heures. Ils vont sûrement nous faire dîner en retard.

Claire courait à présent à côté de la voiture. Comme Hubert ralentissait encore, elle parvint à y prendre pied, elle aussi.

— Claire, tu vas tomber !... Fais attention ! criait Adrienne, qui venait d'apparaître, avec son mari, à l'angle de la maison.

— Mais non, Mamie. Cela ne risque rien.

— Ne vous en faites pas ! lui lança Maxime, une main en porte-voix.

— Toujours la même, ma pauvre sœur, maugréa Hubert, venant de stopper avec précision devant l'entrée.

Tandis que Charles Guillermin enlevait dans ses bras son petit filleul, et s'empressait auprès de Madeleine et Dominique, il coupa le contact, descendit, empoigna Adrienne qui arrivait, lui mit un baiser de travers au coin du nez...

— Mère poule, va !

... L'éloigna de lui à bout de bras :

— Fais-toi voir. Mais ma parole, tu rajeunis chaque fois. L'air du Cigalier te convient.

... Refusa d'entendre ses protestations dolentes :

— ... Des quantités de rides ! Et vois donc comme mes cheveux blanchissent.

— Bah ! pour deux ou trois...

... Gratifia Maxime et Claire du baiser rituel. Et ponctua d'une solide claque sur l'omoplate la poignée de main chargée d'affection qu'il échangeait avec son beau-frère.

— Toi aussi, tu as bonne mine.

Charles Guillermin, lui, était déjà tout blanc. Mais sa figure ronde, moins rouge qu'autrefois, demeurait lisse, malgré les soixante et un ans bien sonnés.

Laissant les femmes à leurs effusions, tous deux se mirent en devoir de tirer les valises du coffre à bagages.

Un vieux serviteur, sorti de la maison, les emportait, à mesure, dans le vestibule.

Ils allèrent ensuite garer la voiture ensemble.

— C'est vrai que l'air est bon, ici, dit Charles, comme ils revenaient, en voyant Hubert s'approcher du parapet de la terrasse.

Bâti sur le bord extrême du mourre[1] surplombant, à sa gauche, les terres baussenques[2], le mas dominait, d'une hauteur de deux cent cinquante mètres, en une série d'à-pics, la plaine du Paradou jusqu'à la Crau du pays d'Arles, et, bien au-delà, cette ligne incertaine, scintillante, au ras de l'horizon démesuré, à quoi se réduisait, devinée de si loin, la mer.

— La vue porte à une belle distance, aujourd'hui, remarqua Hubert, fermant à demi ses yeux de chasseur.

Il s'accouda, pour regarder plus à son aise.

— En effet. Ce sont les jours d'hiver comme celui-ci qui donnent la meilleure lumière, lorsqu'il n'y a pas de brume. Si elle ne se lève pas, d'ici tout à l'heure, tu verras ces couleurs, au crépuscule.

Le jeune Maxime, qui les avait suivis, se tenait derrière Hubert, pareil à un jeune chien sur les talons de son maître.

— C'est rudement beau, vous ne trouvez pas ? hasarda-t-il.

— Oui, dit Hubert.

La splendeur du paysage lui ôtait toute velléité de soutenir l'effort d'une conversation. Sans se retourner, il lança pourtant à Maxime :

— Alors, garçon, ça va ? En vacances ?

— Oh ! seulement depuis ce matin.

Charles s'agitait.

— Oui, ma chérie, je viens ! finit-il par crier, de loin, en réponse à sa femme qui multipliait les signes à son adresse.

Il posa la main sur le bras de son hôte :

— Tu m'excuses, une minute ?

Hubert se perdait dans sa contemplation.

---

1. *Mourre* : sommet.
2. *Baussenque* : (adjectif) des Baux.

— Je t’en prie, acquiesça-t-il, vaguement.

Demeuré seul avec lui, l’adolescent se rapprocha, jusqu’au coude à coude, sur la pierre grisâtre rongée du lichen jaune de la sécheresse.

— Dites...

— Oui... ? — Hubert reprenait pied. — Eh bien ! quoi, fiston ?

— Il y a des perdreaux, du côté de la grande combe. Le garde les a entendu « rappeler », encore ce matin.

Hubert considéra les yeux brillants attachés sur lui.

— Bon. Laisse passer Noël. On ira voir ça ensemble, sur la fin de la semaine.

« Les enfants... » Le fils du douillet, du pacifique Charles, aimait avec passion le risque, l’exercice physique violent, la chasse, les longues battues silencieuses, les patients affûts, aux côtés d’Hubert qui ne lui était rien. « Tandis que le mien... »

Pourquoi ne pouvait-il accorder davantage d’intérêt à ce garçonnet, dont les cinq ans faisaient le tendre orgueil de Madeleine ?

Tout l’en éloignait : un manque de turbulence, des câlineries de chaton trop bien léché, une blondeur, un air de petit prince, si peu Vernet, — et jusqu’à ce prénom de Frédéric, dont avait tenu à l’affubler Madeleine. « *...en souvenir de ton frère* ».

Les intentions de sa femme étaient toujours touchantes, il devait se l’avouer. « C’est moi qui ne les... » Mais *Frédéric...*

Pour Hubert, il n’y avait jamais eu qu’un Frédéric Vernet, ce frère aîné tant admiré, tant jalousé, tant aimé.

Et qu’eût-il pu reconnaître, de lui, dans ce marmot blanc et rose, perpétuellement cramponné aux cotillons maternels ?

Le beau-fils d'Adrienne était plus proche de son cœur.

— Tu viens ? dit-il à Maxime. On doit se demander...

En réalité, il rentrait afin de rompre avec les pensées qui lui envahissaient l'esprit, même en ce soir de veille de la Nativité.

Les femmes avaient pris leurs quartiers dans la grande salle du mas, autour de l'enfant qu'Adrienne dépouillait de ses guêtres et de ses lainages, comme un oignon de ses peaux, trouvant de visibles délices à cet épluchage.

— Qu'il est beau !

— Comme il a grandi !

— Tu reconnais Tatie, mon petit roi ?

— Et moi, dis, qui suis-je ?

Elles en avaient pour un moment, à bêtifier, augura-t-il. Heureusement, Charles revenait.

— Là, tout a été monté dans vos chambres. Je pense qu'il n'y a pas eu d'erreur. De toute façon, vous êtes voisins.

Hubert le prit par le bras :

— Où en es-tu, avec tes abeilles ?

La question fit s'empourprer Charles de plaisir. Sa femme ni ses enfants ne portaient un intérêt bien vif à ce qu'ils appelaient sa marotte.

— Elles dorment. En septembre, j'ai reçu les ruches Dadant que j'avais commandées. Juste à temps pour les y installer. C'est pratique, ces cadres mobiles. Tu veux les voir ?

— Allons-y.

Ils s'esquivaient, escortés de Maxime, quand la voix d'Adrienne les rejoignit, plaintive :

— Vous sortez de nouveau ? Mais on va servir le

goûter dans une minute. Charles, mon ami, Hubert a conduit, pour venir, il est certainement fatigué...

« Conduit... » Cela s'appelait-il « conduire », pour un ancien coureur automobile qui avait « fait » le Ventoux, et mis le Mont Boron à son palmarès ? « Quand donc ma sœur comprendra-t-elle... ? »

Agacé, déjà, Hubert trouva néanmoins un geste lénifiant pour écarter l'argumentation. Et poussa vivement vers la porte son beau-frère, qui hésitait.

— Mais toi, au moins, mon petit Maxime, reste avec nous. Il y a des sablés comme tu les aimes ; et un savarin ; et de la mousse au chocolat.

Tenté, quoi qu'il en eût, Maxime balançait, à présent.

— La voix des sirènes, hein ? dit Hubert, narquois.

Sur le canapé, Claire enlaça Dominique pour lui chuchoter à l'oreille, en riant.

Le garçon eut la conviction qu'il était question de lui. D'un seul coup, la braise lui monta aux joues.

— Tout à l'heure, Mamie.

— Tu n'es pas raisonnable. Enfin... Couvrez-vous bien, au moins. Il va geler, dès la nuit tombée.

— Ne crains rien, ma chérie. Nous sommes là tout de suite, promit Charles. Le temps que tu nous verses un peu de ta carthagène...

« Cette pauvre Adrienne... » pensait Hubert, confondu, comme toujours, par la longanimité de son beau-frère, et son inaltérable courtoisie. « S'il me fallait subir... »

Avant de disparaître, il adressa un sourire à Madeleine, et la vit se transfigurer.

« Celle-là... » Soumise, silencieuse, accoutumée à ne jamais laisser éclater un seul mot de reproche, « même s'il me prend envie de découcher sans l'avoir prévenue... ».

« Une douce, une chère créature » songeait-il, tout en accompagnant de nombreux hochements de tête convaincus les explications que multipliait Charles. « Jolie, jeune... » — vingt ans de moins que lui — « ...et toujours amoureuse. Et le diable m'emporte si quelqu'un peut comprendre pourquoi elle tient encore tant à moi !... » Bien qu'il préférât, le plus souvent, ignorer cet amour, qui lui était à charge.

« Et pourtant, comme le bonheur lui irait bien !... » se dit-il encore, avec un remords accru, en revoyant par la pensée cette lumière qui, un instant plus tôt, avait envahi le visage de sa femme, « ...si seulement j'étais fichu de lui en donner un peu ».

Soudain, les paroles prononcées autour d'elle commencèrent à perdre leur sens.

Petit à petit, Dominique s'enfonçait dans son propre remous au milieu de la conversation, devenue générale, avec la fin du repas.

« C'est que je n'ai plus l'habitude » se dit-elle encore, avant de se retrouver tout à coup, comme on rejoint les paysages familiers du sommeil, dans le silence de la salle à manger de Mogador, devant la table trop vaste, à laquelle, le jour de Noël de l'année précédente, elle s'était assise en face de sa mère.

Du Cigalier, de la Sarrazine, de Tourvieille, tous avaient écrit, les adjurant de ne pas demeurer seules, ce jour-là. En vain. Ludivine avait refusé de quitter la maison, laissant à la jeune fille le soin de décliner les invites reçues.

Dominique se rappela l'étrange plénitude si parfaitement désolée dans laquelle avait baigné le jour entier ; et le calme de pierre, apparu, vers le soir, toute fièvre tombée, sur le visage de sa mère, comme si, dans son long périple taciturne, celle-ci eût enfin atteint la frontière passée laquelle se défait de toute signification la notion même du désespoir.

Peut-être, ce soir-là, Dominique avait-elle su, d'une confuse prescience, que sa mère ne pourrait plus revenir tout à fait sur ses pas.

« Maman chérie, vous avez cessé de vous dévorer de chagrin, à présent. Tout est bien. »

La veille, au retour de la messe de minuit à laquelle tous étaient allés assister, dans le somptueux infini de la nuit clignotante d'étoiles au-dessus des Baux, elle avait éprouvé, jusqu'à la certitude, la présence, confondue avec la sienne, de ceux qu'elle ne verrait plus.

Non plus : « Maman, Papa, François, Christine, Mamé », chacun isolément aux prises avec cette affreuse mort terrestre, où la pourriture a le dernier mot. Mais un souffle unique, dont l'amour protecteur l'enveloppait, pour tout le reste de sa propre vie — du moins le lui avait-il semblé, à ce moment-là.

« Papa, et vous, Maman, et vous tous, je vous aime », leur redisait-elle, muette, soulevée d'une joie surnaturelle, au milieu de ses compagnons de route ; toute tendue vers ceux-là, revenus pour elle seule.

« J'ai tous les nôtres qui m'entourent, et je vous ai, vous aussi », songea-t-elle, de nouveau, souriant à cette assemblée de convives qu'elle voyait à travers une transparence un peu trouble, tandis que sa tête bourdonnait de leur bruit. « Et j'existe. Nous existons ensemble, maintenant et à jamais. » Comme ces constellations existaient dans le ciel, bien que le souvenir eût disparu de milliards et de milliards d'êtres qui les avaient contemplées.

— Deux sous pour connaître vos pensées.

Elle tressaillit, et tourna la tête, confuse, rougissante, comme toujours.

Louis Bresson se penchait vers elle.

— Je... Vous allez vous moquer de moi. Je me disais que je suis en vie, et que c'est extraordinaire. Que c'est... ah !... Je sais bien que je suis absurde, s'excusa-t-elle, découragée par l'impossibilité d'enfermer dans des mots, à l'usage d'autrui, ce qu'elle éprouvait.

Mais Louis Bresson se contenta de répéter après elle :

— Extraordinaire, oui. Extraordinaire, de vivre, et de savoir qu'on vit.

Sa main refermée sur le verre de cristal, agitait, d'un mouvement circulaire, l'or pailleté du vin demeuré dans le fond.

Le regard de Dominique se posa sur la manche de drap militaire, jadis bleu horizon.

Avant la guerre, à Mogador, on disait d'eux, indistinctement : « Les frères Bresson ».

La tentation lui vint de savoir s'il éprouvait comme une réalité mutilante la disparition d'Auguste.

Elle eut l'impression que Louis avait pénétré sa pensée, lorsqu'il lui dit :

— Je n'ai pas encore revu ma belle-sœur Juliette. Savez-vous ce qu'elle fait ?

Nulle trace, dans sa façon de s'exprimer, de ce ton précautionneux, feutré, avec lequel les vivants marquent la distance entre leurs morts et eux.

— Je crois qu'elle est toujours infirmière.

— Oui. Cela, ma mère me l'a dit. Elles s'écrivent, de temps à autre. Mais les lettres, vous savez... N'importe, c'est une fille courageuse. Je suis sûr qu'elle aura pris le dessus.

Dominique crut qu'il allait aussi lui parler du mari de Christine, mais il ne le fit pas. Sans doute le comportement d'Alban Marquet-Rageac ne pouvait, dans l'esprit de son ami, donner matière à la moindre incertitude.

— Et la petite Royer ?

Prise de court, elle s'aperçut qu'à cette question-là, elle n'avait aucune envie de répondre. Sans bien démêler si sa crainte que la réponse n'impliquât une sorte de trahison concernait Henriette, ou la mémoire de François.

— Elle n'est pas très bien portante, ces temps-ci, éluda-t-elle.

Puis, très vite, changeant de sujet, elle continua :

— Savez-vous que Maurice Royer est rentré depuis huit jours ? Il recommence à marcher, contrairement à tous les pronostics. Il a une telle volonté...

Louis Bresson approuvait de la tête.

— Ça ne m'étonne pas. En 1914, c'était déjà un fier petit bonhomme. — Il sourit. — Dès qu'ils m'auront démobilisé, j'irai le voir. Pour l'instant, vous le savez, je n'ai qu'une courte perme de convalescence.

Adrienne se levait de table.

A sa suite, tous retournèrent dans la grande salle, près de la cheminée, où l'énorme souche d'olivier consacrée par le maître de maison, la veille, avant le repas calendal, avait brûlé toute la nuit.

Charles Guillermin s'agenouilla pour rebâtir lui-même, dans l'âtre, un méticuleux échafaudage de morceaux de chêne bien secs ; et les femmes se regroupèrent devant la flambée qui repartait avec de joyeux grondements, tandis que le corpulent maître Bresson choisissait non loin, un fauteuil à sa convenance, pour y entamer sa digestion.

Lourd de crèmes et de chatteries, le petit Frédéri s'amusait sur le tapis, avec les jouets cueillis, le matin même, à l'arbre de Noël dressé dans la bibliothèque de son parrain Charles.

Réunis dans l'embrasure d'une fenêtre, Louis Bresson, Hubert Vernet, et le frère de Madeleine, Dieudonné Brun, arrivé de Beaucaire avec le notaire et sa famille, s'absorbaient déjà dans un colloque dont Maxime était l'auditeur attentif.

Claire s'en indigna, lorsqu'elle vint leur présenter leurs tasses de café.

— Miséricorde !... Faut-il que, même un jour comme aujourd'hui... ?

Elle retourna prendre la sienne des mains d'Adrienne.

— De quoi croyez-vous qu'ils parlent, ces hommes, ma pauvre Mamie ? Du repas que vous leur avez servi, peut-être ? Ou de ce premier Noël de paix ? Ou des projets que l'on va pouvoir faire, à présent ?... Pas du tout !... Ils se racontent de bonnes petites histoires de tranchées !

« ...Et, tiens... continua-t-elle, en allant rejoindre Dominique, écoute Louis, qui rit. Non ! mais écoute-le !

La jouvencelle s'assit près de son amie.

Elle ressentait l'impression d'être dupe.

Cette guerre, dont l'horreur avait tant éprouvé les siens, devait bien avoir une autre face, ignorée. Ou comment la mystérieuse complicité que sa loi terrible établissait entre les gens les plus dissemblables pouvait-elle susciter ce même rire, plein d'une entente scellée, aux lèvres de son cousin Louis, de Dieudonné Brun, et même d'Hubert Vernet ?

Dominique avait posé sa main sur celle de Claire, et, d'un mouvement du menton, lui faisait signe d'écouter.

Instinctivement, elle aussi cherchait la clé de l'univers viril, comme si le secret, l'eût-elle découvert, lui eût permis de cheminer sur une route sûre qui l'eût menée droit jusqu'à Numa.

Claire se tut, et tendit l'oreille.

En pure perte.

La tante Emmeline et Adrienne racontaient quelque chose à Madeleine Vernet, Frédéri accompagnait d'un bruitage approprié le roulement de son train mécanique. Charles Guillermin et maître Bresson disposaient, l'une après l'autre, — ... *clac... clac...* — les pièces d'ivoire sur le plateau de buis de l'échiquier, avant d'entamer une partie.

Dans un trou de silence, comme s'éteignait une nouvelle risée de gaieté, la voix d'Hubert devint subitement perceptible :

— Ça me rappelle, une fois, au Transvaal : nous étions engagés depuis deux jours sur la Modder. Voilà que, la seconde nuit, mon copain Lepeltakheeft...

— ... Eh bien ! croyez-moi si vous voulez, elle lui a répondu : « Chère madame, je regrette, mais la place d'une jeune fille de bonne famille n'est pas dans un hôpital militaire. » Textuellement !

Couvrant tout le reste, le soprano bien timbré d'Emmeline Bresson éclatait comme les accents de la trompette céleste. Les commentaires d'Adrienne, et ceux de Madeleine, reprirent dessous, en forme d'orchestration.

Les deux jeunes filles s'entre-regardèrent ; et, se levant, sans s'être plus explicitement concertées, quittèrent la pièce.

— Ouf !... dit Claire, en tournant le coin de la terrasse. Ce n'est pas précisément la solitude de Mogador. A te voir, tout à l'heure, à table, au milieu du brouhaha, je me disais que tu la regrettais peut-être... Non ?

— Non, bien sûr ! protesta Dominique. C'est bon, de se retrouver en famille, même si l'on n'y est plus accoutumée.

C'était bon, en effet. Et, d'autre part, comment tenter d'expliquer à cette compagne, intacte, et duvetée, pareille à un fruit encore dans sa fleur, qu'il n'y avait pas de véritable solitude, à Mogador, malgré les apparences ?

« Le premier être chéri qui disparaît se tient désormais tout près, quelque part, dans votre ombre. Et, aussitôt, il commence à vous tirer de son côté. Même si l'on ne s'en doute pas tout de suite. »

Mais cette grande fillette d'hier, qui essayait son personnage tout neuf de jeune fille, sous la sauvegarde attendrie de la famille, commencerait toujours trop tôt à s'en apercevoir. « Je n'en savais pas beaucoup plus qu'elle, à son âge. »

Dominique se revit, trois années, et des siècles auparavant, à dix-sept ans et demi, encore si loin de ce genre de révélation. « Bien que Papa, et Mamé, nous aient déjà quittés, en ce temps-là. »

« Nous ». C'est quand on ne peut plus dire « nous », sinon au passé, que se brise la coquille protectrice de l'enfance, découvrit-elle. Et c'était alors, seulement, en la voyant en morceaux, que l'on s'avisait avec stupeur à quel point la matière en était fragile.

Entre les oliviers, le soleil achevait de descendre. Il allait se coucher au bas de la montagne, du côté d'Arles. Rouge, dans des écharpes de brume violettes, roses, et grises.

Claire se plaignit, avec une impatience un peu ivre d'elle-même :

— Oh !... Que je voudrais être plus vieille de six mois !... Qu'il ne soit plus question de cette guerre !... Pense à cette époque bénie d'avant quatorze, où les filles de notre âge, tes sœurs, par exemple, n'avaient d'autre souci que de choisir leurs robes de bal. Mais nous, quand irons-nous danser ?

La vue du gros manteau de lainage noir de son amie lui fit soudain l'effet d'un rappel à la décence :

— ... Ma pauvre Nique, pardonne-moi ! Je... — Elle s'accrocha plus étroitement au bras de Dominique. — Je devrais avoir honte de te parler de tout ça...

— Mais non, mais non... répétait celle-ci, avec gentillesse.

— ... Mais tu comprends bien que ce n'est pas avec Mamie, toute bonne qu'elle est, que je puis... Il n'y a que toi qui me comprennes. Si je te disais ce qui me tourmente... Au moins, tu ne te moqueras pas ?... Non ? Bien vrai ?

Elles firent encore quelques pas.

Muette, les yeux au sol, Claire débusquait du bout de son pied, en marchant, les cailloux ronds, à fleur de terre, sur le sentier à peine frayé qu'elles suivaient, entre les plaques de thym, les herbes rêches en touffes, les chardons, la rue, les euphorbes, les pousses de mourven [1], les buissons de myrte ou de petit-chêne, qui couvraient la garrigue.

« Ce soir, Tatie... », qui voyait toujours ces choses-là, songea Dominique, découvrirait, consternée, la pointe littéralement pelée des fins souliers à boucles : « *Ma chérie, vraiment, tu aurais dû penser à changer de chaussures, pour aller te promener* ! »

— Souvent, reprit Claire, se décidant enfin à poursuivre, je me demande... — Sa voix s'était assourdie. — ... avec tous ces jeunes gens qui sont morts..., si celui qui m'était destiné se trouve encore parmi ceux qui reviendront.

Le mince feuillage des oliviers frissonnait à peine, dans l'air glacial, au vent du soir qui se levait.

Dominique serra son col de fourrure autour de son cou.

1. *Mourven* : genévrier.

— Veux-tu parler de quelqu'un en particulier ? Ou bien seulement... ?

Claire fit un signe de dénégation.

— Pense donc, j'avais treize ans, quand ils sont partis. A ce moment-là, je me croyais amoureuse de...

Elle lança vers Dominique un coup d'œil troublé.

Celle-ci attendit un peu. Puis, avança, doucement :

— De... ?

De nouveau, la petite secoua sa tête, dont le chignon était un ornement récent.

— Bah !... A quoi bon ?... Il est mort.

Après un court silence, elle ajouta :

— ... Mais je sais que ce n'était pas lui. Je m'étais seulement monté la tête.

« Qui ? » se demandait Dominique. « Son cousin Auguste ? Ou François ?... Ou encore Camille Béraud, Fernand Reyne, Armand du Roveret ?... » Elle repassait la longue liste de ceux qui n'étaient plus qu'un nom. « Ou, peut-être... » A treize ans, maintes fillettes se prennent de passion pour des hommes d'âge mûr. « Peut-être, alors, un des amis de Père : le beau Romain Caussade. Ou bien Louis Gattencourt... », le gros petit explorateur, au nez curieusement tordu, dont l'incompréhensible séduction défiait l'analyse. « Ou... »

Un bizarre instinct possessif se rebellait, en elle, devant une autre hypothèse : « Ou bien Père ? »

Non sans soulagement, elle réfléchit que le décès de Frédéric Vernet remontait à près d'un an avant l'époque de la déclaration de guerre. Impossible, donc, que Claire... « Non, non, sûrement. Ni lui, ni... »

Ce ne pouvait être Numa non plus. « Puisqu'elle a dit... »

Mais si sa cousine s'était abritée derrière un mensonge ?

Elle eut honte de ses pensées comme d'une traîtrise, devant le regard transparent qui cherchait le sien.

— Et toi, ma Nique ? Dis-moi... N'y a-t-il pas un homme dont tu attendes le retour ?

— Moi ?... — Dominique s'efforça de rire. — J'ai bien d'autres chats à fouetter. Je cherche du personnel à engager. Je passe des marchés pour la prochaine campagne. Je surveille de près le matériel qui n'en peut plus. Je calcule les sommes dont je pourrai disposer pour le remplacer, dès qu'on pourra en trouver. Je m'inquiète du bétail, des labours... L'an dernier, même, comme on ne trouvait personne, Ranguis et Tonin étaient débordés, j'ai conduit le tracteur, figure-toi.

Claire hocha la tête. Elle se rappelait avoir entendu son père le raconter, à table.

— Juste un moment ? Ou... ?

— Non. Des journées entières, à la file. Plus d'une semaine durant. Tant qu'il est resté de l'ouvrage à finir. D'ailleurs tu sais, ce n'était pas tellement pénible...

... Avec Numa, invisible, auprès d'elle, sans cesse, pour lui tenir compagnie, qui lui redisait tout bas, dans le vacarme du moteur, les phrases de ses lettres, tandis que les sillons se creusaient d'un bord à l'autre du terrain, en belles lignes parallèles.

Mais cela, nul ne le saurait.

« Sauf lui, peut-être, si jamais, un jour... Quoique... » Non, pas même lui. Les hommes rient de ces enfantillages.

— Retournons, suggéra Claire. Je commence à me sentir transie.

Elle se perdait à chercher pourquoi, mystérieusement, le fil d'entente, qui circulait entre elles, avait cessé, depuis quelques minutes, de se recharger en courant.

« Evidemment... » Tout le monde admirait Dominique. « *Je n'ai jamais rencontré quelqu'un de plus courageux* », proclamait Papa. Mamie, elle, citait toujours en exemple sa réserve, sa sagesse, sa « modestie », comme elle disait. Et Louis, en apprenant qu'on se réunirait, pour les fêtes, au Cigalier, avait demandé tout de suite « *Est-ce qu'il y aura Dominique Vernet* ? »

« A côté d'elle, moi... J'ai dû la choquer, tout à l'heure. Elle pense certainement que je suis une tête vide, un abîme de frivolité... »

Dominique pensait seulement à une lettre.

« Qui sait si elle n'est pas en route ? Ou à la poste de Fontfresque, attendant la distribution de demain ? »

Elle la voyait, cette enveloppe, toujours la même, posée sur le petit plateau d'argent guilloché dont se servait Victor pour présenter le courrier.

« Oncle Charles a promis de passer samedi, voir si tout va bien, en allant faire ses courses à Tarascon. Si elle est arrivée... Il la rapportera, sûrement. »

— Qu'étiez-vous devenues ? s'enquit Louis Bresson en les voyant paraître sur le seuil de la salle.

Il s'avança à leur rencontre :

— Ce n'est pas chic d'être sorties en catimini. Si vous aviez voulu de moi, je vous aurais bien accompagnées.

Dans la longue pièce aux solives apparentes, la fumée du tabac s'épaississait sous le plafond bas.

Le petit Frédéri dormait, allongé sur la litoche, les jambes recouvertes d'une écharpe de laine, indifférent au bruit des grandes personnes, après avoir pleuré et trépigné pour obtenir que sa mère ne le portât point dans sa chambre.

— Il a fallu que ton oncle Hubert le menace d'une fessée, en prenant son air de loup-garou, raconta Maxime.

Louis Bresson tâtait, du revers de ses doigts, la joue de sa jeune cousine :

— Mais tu es gelée, ma pauvre chatoune !

Il s'empara de la main de Dominique.

— ... Et vous aussi !... Venez donc vous réchauffer.

Sur le canapé, il se glissa au milieu d'elles, et passa familièrement un bras autour des épaules de Claire, tout en se tournant vers Dominique :

— Une aubaine, de se retrouver serré entre deux jolies filles. Il y a une éternité que cela ne m'était plus arrivé.

Dominique lui sourit avec amitié.

Un silence tomba.

— Que deviennent les Barcarin ? questionna Louis pour le rompre.

Il était en train de se rappeler l'adresse avec laquelle Anne Vernet savait autrefois remorquer un garçon, fût-il le plus timide, sur la voie des compliments et du badinage amoureux. Plût au ciel que sa jeune sœur eût possédé une once du même talent !... Ou qu'il n'eût pas, lui-même, désappris la manière de s'y prendre, ruminait-il.

Tandis que, naïvement persuadée de le satisfaire, Dominique, saisissant la perche tendue, accumulait les détails sur l'existence actuelle de son aînée.

« Bien sûr, au fait, c'est vers 1909 que... » On chuchotait alors, dans la famille, à propos des intentions d'Auguste, qui trouvait mille prétextes pour venir, presque quotidiennement, à Mogador. Le plus souvent, son cadet l'accompagnait. Louis aussi, à l'insu de tout le monde, devait avoir soupiré pour Anne, crut-elle pouvoir déduire, remarquant l'intérêt avec lequel il paraissait l'écouter.

Plus à l'aise avec son interlocuteur, à présent que sa sœur était en cause, elle rapportait avec vivacité, en leur communiquant un tour personnel où se révélait son sens de la drôlerie, les traits de mœurs américaines dont la description agrémentait les lettres d'Anne.

Lassée, Claire abandonna un entretien qui dérivait vers des réminiscences peuplées des silhouettes de gens dont elle ne se souciait guère.

Emmeline Bresson et Adrienne quittèrent la pièce. Puis, revinrent, un moment après.

En retrouvant le couple des jeunes gens toujours absorbés dans leur bavardage, les deux belles-sœurs échangèrent un regard satisfait. Si ces deux-là voulaient se choisir, nul n'y verrait d'inconvénient, bien au contraire.

D'un signe discret, Adrienne les désigna à l'attention de Madeleine, qui battit des paupières, et sourit.

Assise près de Dieudonné Brun, la jeune femme goûtait un moment de profonde détente, en écoutant son frère et son mari discuter de leurs exploitations respectives.

— Vous autres, dans la Vaunage, l'eau vous fait tout de même moins faute, disait Hubert. Mais, à la Gloriette, quand les citernes sont vides, comment veux-tu...

Chaque jour de leur vie, songeait-elle, eût pu ressembler à ce moment-là, si Hubert, avant de la connaître, n'eût pas rencontré cette autre femme, dont l'amour n'avait jamais été pour lui.

Pour quelques heures, il était là, pacifié. Et, la nuit prochaine, il resterait à ses côtés, sans qu'elle eût à se tenir en éveil, le cœur tressautant au moindre bruit. « *Il se rhabille. A cette heure, où peut-il aller ?... Pourquoi... ? Quand rentrera-t-il ?... Que fait-il ?...* » Incertaine de le voir jamais revenir, jusqu'à l'instant où il reparaissait, dans le jour blême d'un petit matin d'insomnie, ou à toute heure d'une mortelle journée d'attente, hâve, les yeux fibrillés de rouge enfoncés dans leurs orbites, la bouche amère, les joues ombrées de barbe, les souliers crottés. Pour manger en silence, avec l'avidité d'une bête, et se jeter ensuite de tout son long en travers du lit, sans même le défaire.

Avec une sorte de gratitude, elle dit à Charles qui venait se joindre à leur groupe :

— On est bien, chez vous.

— N'est-ce pas ? acquiesça-t-il, en toute simplicité. C'est ce que je me dis chaque fois que je remonte, après une journée en ville, ou même seulement sur les terres. Adrienne s'entend si bien à vous capitonner l'existence !...

Le coup d'œil reconnaissant dont il enveloppa sa femme, comme celle-ci s'approchait à son tour, corroborait l'évidente sincérité de l'assertion.

Hubert, le surprenant, en convint, vis-à-vis de soi.

« Ce bon Charles... Pantoufles chaudes, bouillottes, plats sucrés, fauteuils moelleux, coussins dans le dos... » Quant à cela, oui, elle s'y entendait, Adrienne : « D'abord, Mère. Puis Charles... » Elle s'était toujours déniché quelqu'un à dorloter. Mère, autrefois, regimbait de la belle manière, en butte à tant de petits soins. Avec Charles, apprécia Hubert, sa sœur tenait enfin une victime hautement consentante.

Appuyés l'un à l'autre, Adrienne, plus grande, penchée vers l'épaule de son mari, tous deux offraient l'illustration de la parfaite entente conjugale, à l'usage des livres de prix pour écoliers modèles, ironisa-t-il encore. « Moi, une existence pareille me... »

Au même moment, il prit conscience de l'indéfinissable bien-être, au sein duquel il se laissait aller, depuis le début de l'après-dîner, dans cette ambiance inhabituelle pour lui.

« Ces gens... », le notaire, qu'il tenait pour un

homme ennuyeux à l'extrême, et son Emmeline, volubile, bénisseuse, et « de bon ton »... Charles, « *ce bon Charles* », comme l'on disait de lui, une fois pour toutes... Adrienne, et ses attentions perpétuellement en batterie... Dieudonné Brun... le jeune Louis Bresson... tous ceux-là, avec lesquels il n'avait rien, ou si peu, à partager, de ses sentiments ou de ses pensées... Leur réunion, dans cette salle, donnait néanmoins, — par quelle subtile transmutation ? — son charme paisible à ce jour de fête.

Tout pouvait-il donc être si simple ?

Il suivit du regard Madeleine qui abandonnait son coin sur la causeuse, pour emporter Frédéri dans ses bras, accompagnée d'Adrienne.

Elle aussi, paraissait plus à son aise, ici, qu'au mas où elle était maîtresse.

« J'ai mal agi, quand je l'ai épousée. »

Pourquoi Dieudonné Brun, au lieu de le traiter avec sa bonhomie coutumière, ne lui réclamait-il pas des comptes ?

« S'il m'attirait dehors pour me casser la gueule..., honnêtement, je n'aurais pas le droit de me défendre. Jamais... jamais je n'aurais dû... »

Peut-être n'y avait-il pas eu de sa faute, uniquement.

« De la tendresse, au début... », il en avait trouvé à donner à cette mariée, jeunette, encore éblouie de son sort.

« Si la guerre... » n'était pas venue jeter tout à bas, du fragile équilibre, à peine conquis.

« Si... surtout !... », si la mort de Ludivine, les circonstances mêmes de cette mort, dont il portait le poids, par moments, presque intolérable, n'avaient pas transformé la vieille blessure, mal cicatrisée, en ce chancre, dont le remords creusait et creuserait, jusqu'à sa propre fin, la purulence...

« Si Maman, si Frédéric... » n'avaient pas laissé, derrière eux, un tel vide... « Si, du moins, j'avais pour rester à la maison... »

Il n'avait plus rien à soi, songeait-il. Sauf cette jeune femme étrangère à son passé.

« Quant à Mogador... » Dans quelles mains s'en démettrait-elle, l'enfant qui riait, coquetant, sans doute, avec Louis Bresson, sur le canapé, à l'autre bout de la pièce ?

Maxime se glissa près de lui.

— Dites... J'en viens. Il y en a, vous savez. C'est sûr. Le garde m'a emmené les entendre. Pas moyen de s'y tromper. Ils font comme ça... écoutez.

Courbé, en confidence, vers Hubert à demi retourné, il imita pour lui l'appel des perdreaux, derrière sa main en écran.

— Alors, dites... ? Demain...

Il piaffait.

Et s'inquiéta de la lente façon dont les yeux d'Hubert remontaient jusqu'à lui. Décontenancé d'y voir naître une ombre d'amusement.

— ... On y va, hein ? insista-t-il.

Dru, tenace, ardent.

Le sourire d'Hubert s'élargissait d'approbation.

— Tu parles !

Maxime écrasa son menton sur le bord du dossier, afin de se mettre au niveau de l'oreille d'Hubert.

— A quelle heure on part ? Je dirai à Nanon de nous soigner le casse-croûte, hein ? Et pour les chiens, lesquels on emmène ? Si on prenait seulement *Taïaut*, hein ?

A quelques pas, le clan des dames se reconstituait.

— Il ne s'est pas même réveillé quand je l'ai mis sur son pot, disait Adrienne.

Et toutes de s'attendrir.

— A cet âge, vous pensez...

— Le pauvre trésor n'en pouvait plus.

« Les voilà bien à leur affaire », s'impatienta Hubert, à part soi.

Leurs voix flûtaient par-dessus le chuchotement de Maxime.

— ... Vingt mois de plus que Frédéri... Tout le portrait de son grand-père.

A présent, se dit-il, elles parlaient du fils d'Agnès Vernet, le petit Fauvelly.

Dominique avait entendu, elle aussi.

Tout en poursuivant tant bien que mal sa conversation avec Louis Bresson, elle s'efforça d'écouter ce qui se disait à côté d'elle, sur ceux de Tourvieille.

— Laure... — Henri... — Agnès... — Raoul... — Lucien... — Les prénoms s'entrecroisaient, à l'exception du seul qu'elle espérait saisir.

Et c'est alors, tandis qu'elle s'exténuait à tendre son attention dans le sillage de ces voix, que, beaucoup plus proche, — si proche, que, d'abord, elle n'arrêta pas son esprit sur les premiers mots — celle de Louis lança, négligemment :

— Au fait, c'est assez drôle : l'autre jour, à Paris, quelques heures avant de prendre mon train, comme je passais devant le ministère de la Guerre, je me suis heurté à Numa Vernet qui descendait de taxi.

— Numa ? Oh ! par exemple !...

On se récriait. Maître Bresson énonça, sur les coïncidences nées du hasard, une vérité première troussée en forme de sentence.

— Il va bien ? s'informa Adrienne.

— Ça m'en a tout l'air. Il était là pour quarante-huit heures, avec un ordre de mission. Nous n'avons pu échanger que quelques mots. On l'attendait au ministère.

« Merci, mon Dieu, oh ! merci. »

Par contenance, Dominique fit mine d'arranger les épingles de son chignon.

Puis, craignant que l'on pût s'apercevoir du tremblement de ses mains, elle les ramena, jointes, serrées au creux de sa jupe.

# 4

La lettre était là, sous plusieurs autres, dont, à la seule vue de leurs suscriptions, Dominique pouvait dire qui les avait rédigées : « Anne... Caroline Vernet... Isabelle... Alban Marquet-Rageac », « ...Tiens ?... Au fait : ses vœux, probablement. »

Escortée des chiens, la jeune fille les emporta dans le petit bureau, jeta son chapeau sur le sofa, et s'assit, sans même déboutonner son manteau, près du poêle, où le feu, allumé par Victor, une demi-heure plus tôt, commençait seulement à prendre.

*Nahum* et *Habakuk* s'allongèrent à ses pieds.

« *Mademoiselle Dominique Vernet. Domaine de Mogador, par Fontfresque.* » Elle caressa de ses doigts, longuement, les caractères tracés par Numa. Le cœur lui battait, devant cette enveloppe, encore close sur le secret de ce qu'elle contenait.

Afin de se concilier le sort, comme lorsqu'elle était petite fille, elle choisit de s'imposer une pénitence : « D'abord les autres... »

Et commença par la lettre de son beau-frère : « *Permettez-moi, chère Dominique... à l'occasion de la nouvelle... vous souhaiter tout ce que...* » C'était bien cela.

Celle de sa cousine Caroline contenait, elle aussi, un message d'affection : « *... Réunis à la Sarrazine... pen-*

*sons beaucoup à toi... chère enfant... espérons tous que l'an qui vient t'apportera...* »

Dominique replia la feuille, non sans un peu d'émotion. Tous, en effet, dans la famille, songea-t-elle, multipliaient à son égard les témoignages de leur attachement.

« Voyons Isabelle. » Un billet, comme toujours, plutôt qu'une lettre. Bref et grave ; et, cependant, laissant couler, comme d'une source, une mystérieuse lumière.

« Sabel... Il faudra que j'aille la voir. »

Elle rechargeait ses forces, au cours de ces visites au parloir des Bénédictines de Montpellier, entre les trois murs clairs et l'ombre de la grille massive derrière laquelle se tenait sa sœur.

« Et maintenant, Anne. » Elle tira de l'enveloppe au chiffre gravé une liasse de feuillets couverts de l'écriture montante, longue et lâche, si familière.

« Mon Dieu !... Elle a fait bonne mesure. *Chérie, Gaspard et moi... toutes nos tendresses... terriblement occupée... réceptions officielles à l'ambassade... arbre de Noël pour les enfants du personnel... le docteur me trouve dans une forme splendide. Et Gaspard dit que jamais je n'ai eu un teint aussi... un garçon... absolument sûre... pas même choisi de prénoms pour une fille... une layette dernier cri... L'ambassadrice prétend... mon état. Dommage... un charmant petit attaché qui vient d'arriver...* Oh ! Anne, Anne !... »

Ses yeux effleuraient rapidement chaque ligne, accrochant, çà et là, un mot ou un membre de phrase.

« Jusqu'au bout. Ou bien celle de Numa ne sera pas telle que je la... *Hier, aux grands magasin Macy's...* » A présent, elle sautait d'un paragraphe à l'autre. « *...et Gaspard m'a offert un flacon... ici, les parfums de Paris valent une fortune... retenu ma place à la clinique...* »

« La clinique... comme c'est drôle. » Dominique pensa au grand lit de ses parents, là-haut, « ...où Maman nous a tous mis au monde. » Comme, à Fiélouse, la mère de Gaspard avait donné le jour à ses enfants dans la même alcôve d'où étaient sorties tant de générations de Barcarin.

Elle comprit le regret des beaux-parents d'Anne, devant la fin de leur tradition.

« Quand ce sera mon tour... Mon fils, à moi, ne naîtra nulle part ailleurs qu'à Mogador... Mon fils... »

La jeune fille revint à la réalité. « Grand Dieu !... » il n'était pas temps, encore, d'y songer.

Un coup d'œil, au vol, sur les deux dernières pages...

« Maintenant !... Maintenant, je puis... Enfin ! »

Prise tout à coup d'une hâte fébrile, elle glissa le coupe-papier au coin de l'enveloppe, en tira une mince feuille, qu'elle déplia, d'un geste devenu malhabile.

« Une seule... »

Mais il n'en écrivait jamais beaucoup plus long.

« *Mon tout petit...* Mon tout petit. » Avidement, Dominique avala cette gorgée de douceur.

Elle reconnaissait le ton habituel, où la tendresse retenue se laissait fugitivement surprendre, au fil d'une phrase, parfois, à la faveur d'une expression, qui prenaient alors la valeur d'un aveu, pour celle qui l'y cherchait avec tant d'ardeur.

« *Niké, ma petite victoire ailée, cette fois, je puis te le dire, c'est bien vrai : on en voit la fin. Dans quelques semaines, je vais quitter cette défroque militaire, et rentrer chez moi, reprendre mes occupations d'homme libre, au point où je les ai laissées. Si tu savais comme je vais mordre à même la vie... Le besoin d'être heureux me gonfle la poitrine de désirs que tu ne peux même imaginer, toi, ma sage petite fille...* »

« Oh si ! je peux !... »

Une lame se tendait dans son corps, fendu, ouvert, habité, l'espace d'un instant.

« Pas si petite, Numa. Ni si sage. Tu le sauras, le jour où... »

A demi renversée, sur cette chaise étroite, au dossier bas et dur, comme elle l'eût été entre les bras de son cousin, dépossédée de soi, les paupières alourdies, la bouche entr'ouverte, haletante, elle éprouvait déjà, jusqu'aux confins de la souffrance, l'extase que ce serait.

Une courte lettre. Plutôt plus courte, et moins abandonnée que d'autres, dont elle gardait chaque terme enchâssé au cœur de son cœur.

Aucun détail, aucune précision ; ni sur l'endroit où il se trouvait, ni sur le voyage qu'il avait fait à Paris, ni sur la date probable de son retour. Aucune réponse aux questions posées par Dominique, dans sa lettre précédente.

« On dirait toujours qu'il n'a pas lu les miennes. »

Mais qu'importait ? « Il revient. Et qu'aurait-il besoin de me dire encore, alors qu'il... ? »

Victor entra, et vint soulever le couvercle du poêle.

— Savoir s'il va se décider à partir, ce matin ? On voit que le temps est bouché. Mademoiselle a passé de bonnes fêtes ? Mademoiselle Henriette est venue, hier. On attend Mademoiselle à Barbegal, à midi, pour déjeuner.

Il tournait autour de sa jeune maîtresse, comme si l'absence de celle-ci se fût prolongée bien au-delà de cette simple semaine.

— Le temps nous a duré de Mademoiselle, ici.

— C'est vrai, mon bon Victor ? dit-elle, touchée.

A son tour, précédée de l'arôme du café fumant, Mathilde parut :

— Il est tout frais de maintenant. Avec ce temps, Berthe a pensé...

— Bonne idée ! Je la remercierai, tout à l'heure.

Dominique sourit, entre deux gorgées, au vieillard et à la lourde femme grisonnante, qui mettaient une complaisance attentive à la regarder boire.

— Si je ne vous avais pas, que deviendrais-je ?

Mathilde se dandina d'un pied sur l'autre. Victor, lui, abritait son ravissement derrière un air penché.

La jeune fille lui rendit la tasse vide :

— Délicieux. Personne qui sache le faire comme Berthe. Je me sens toute réchauffée.

« Ne jamais... », jamais oublier que nulle offrande ne devrait être accueillie à la légère ; que tout être trouve sa meilleure justification d'exister dans le seul besoin qu'ont de lui d'autres êtres. Cela, Dominique le savait déjà d'expérience, elle qui, longtemps, avait regardé ses frère et sœurs dévorer à pleines dents le gâteau quotidien, sans oser s'approcher pour en prendre la part qu'ils ne pensaient pas toujours à lui réserver.

— Dis-moi, reprit-elle, s'adressant à Mathilde. Je voudrais mettre mon tailleur de serge, pour aller à Barbegal. Avec le corsage mille raies, noir et blanc, tu sais ? Est-ce que... ?

— Vous pouvez. Le corsage vous attend, tout propre, dans la penderie. Et je viens de détacher la jupe.

— Déjà ? Mais comment as-tu fait... ?

— Ben, dès que je l'ai vue en ouvrant la valise, comme je sais que c'est votre costume préféré... Mais elle m'a donné un mal, cette jupe !... Que vous pouvez pas vous le figurer !

Son air glorieux proclamait assez le résultat de la peine qu'elle avait prise.

— Oh si ! va, je m'en doute.

La jeune fille effleura d'une main caressante le gros poignet noueux et gercé qui, jadis, tant de fois, au moment de la débarbouiller, avait tenté de se faire plus souple, pour manier le gant de toilette frotté de savon.

— C'est le petit Frédéri, l'autre soir. Il a renversé son assiette. Je ne me suis pas aperçue tout de suite qu'il m'avait éclaboussée, sans quoi j'aurais prié Nanon de...

Sans achever, elle se leva, et, quittant son manteau, le tendit à Mathilde.

— Mais bien sûr, reprit-elle, toi, tu auras réparé ça beaucoup mieux qu'elle n'eût été capable de le faire.

— Peuh !... Une tache, quand on l'enlève sans attendre, ça s'en va comme rien, concéda Mathilde, dédaigneuse. Après, pardi, c'est plus la même chose. Faut savoir.

Tandis qu'elle allait prendre le chapeau demeuré sur le sofa, Dominique la suivit des yeux.

« Bonne vieille Mathilde... » Elle avait ses recettes de ménagère. Et, sans doute, la Nanon des Guillermin, qui devait bien avoir aussi les siennes, n'eût-elle pas apporté, au nettoyage de cette jupe, le même cœur que mettait celle-ci à servir l'enfant qu'elle avait élevée.

L'instant allait venir, incessamment, des vœux réciproques, des gratifications et des cadeaux préparés pour chacun de ceux qui faisaient partie de Mogador. Mais quels cadeaux, quels gages, pensa Dominique, eussent jamais rétribué à leur valeur la sollicitude et le dévouement dont elle se sentait entourée.

Elle se souvint que Mathilde avait été la nourrice de sa sœur aînée, et la rappela, comme elle sortait du bureau.

— Sabel a écrit. Elle t'embrasse. Elle va bien. Anne aussi. Toutes les deux envoient leurs affections et leurs vœux à la maisonnée, comme d'habitude.

C'était vrai, pour Isabelle. Anne, elle, y songeait rarement.

« Mais elle vit au milieu d'une telle agitation. » Dans cette Amérique aux dimensions démesurées, il devait être difficile de recréer l'image de la maison familiale, et de ceux qui la peuplaient encore.

Peut-être, dans la pensée d'Anne, ce Mogador, qu'elle n'avait pas revu depuis trois ans, finissait-il par rejoindre les royaumes légendaires de l'enfance.

« Moi-même, parfois... »

Certaines soirées d'hiver, où le feu cessait insensiblement de monter ses ronrons en léchant une bûche presque consumée, n'avait-elle pas eu l'impression, quand la lettre de Numa se faisait par trop attendre, que rien n'était tout à fait réel, d'elle, ni de son espoir en suspens, dans les espaces infinis de la destinée du monde.

« Après la guerre... », se surprit-elle à penser, une fois de plus.

Mais la guerre était finie. La lettre était là. Sans que rien fût encore changé.

« L'impatience... » Etait-elle si coupable, cette impatience, qui émergeait de la stagnation, après tant de deuils et de tourments ? Louis Bresson, Maurice, Claire, éprouvaient, revendiquaient la même, sans fausse honte.

Et Numa, « ...comment, déjà... ? » Elle reprit la feuille, dans son sac, où elle l'avait serrée. « *Le besoin d'être heureux me gonfle la poitrine de désirs...* »

La sonnette de l'entrée retentit, la faisant sursauter.

Sur le cri de l'huis, une rumeur confuse de piétinements et de voix, s'engouffrant dans le hall, parvint jusqu'au bureau. Réveillés, les chiens grondaient sourdement.

Dominique les fit taire.

Hâtivement, elle se regarda dans le vieux petit miroir au tain trouble, que la fenêtre éclairait d'un jour indécis. Les taches d'humidité envahissaient l'image.

« Me coiffer comme Claire... ? Qui sait si cela m'irait ? Il faudra que j'essaie. Numa remarque toujours la mode... »

Le bruit avait cessé.

Derrière la jeune fille, au fond de la glace, le reflet déformé de Victor s'encadra dans l'embrasure de la porte :

— Ranguis et Tonin sont là, avec tout leur monde, pour la bonne année. Je les ai fait entrer au salon.

Elle se retourna vivement, impressionnée, quoi qu'elle en eût, par l'imminence de cette manière de cérémonie, dont les rites allaient se dérouler, cette année-là, ordonnés autour d'elle seule, pour la première fois.

— Tout est prêt ? L'apéritif ? Les paquets aussi ? Où les avez-vous disposés ?

— Sur la grande table, Mademoiselle.

« Père, autrefois, les leur suspendait à l'arbre de Noël... L'an prochain, moi aussi, j'en ferai un », s'affirma-t-elle, par-dessus le léger tremblement qui l'avait saisie. « Et si Numa... »

— Bien, dit-elle à Victor.

Elle prit, dans le tiroir du bureau, une série d'enveloppes préparées au nom de chacun, et en vérifia la liste.

— Rassemblez aussi la maisonnée, voulez-vous ? Je grimpe une minute jusqu'à ma chambre. Juste une minute, et je vous rejoins.

Quand, derniers de tous, les serviteurs de la maison eurent regagné l'office, emportant les présents reçus dans leur emballage mal replié, Dominique remonta chez elle pour mettre son tailleur.

L'excitation de la réunion qui venait de se terminer, jointe à celle de plusieurs verres d'apéritif absorbés pour trinquer, et trinquer encore, avec chacun, lui rosissait les pommettes d'une chaleur joyeuse.

Les quelques mots prononcés posément par le vieux baïle chantaient dans sa tête, mélangés à ceux du petit compliment que lui avait tourné Victor.

Ce qu'ils avaient dit, l'un comme l'autre, la consacrait, devant tous, comme la maîtresse, en qui, désormais, s'incarnait Mogador.

Mathilde l'avait précédée dans la chambre : les vêtements que la jeune fille allait mettre s'étalaient, soigneusement disposés sur le lit.

— Je vous aide, ma galineto[1] ?

« *Ne la laisse donc pas t'affubler ainsi, à tout bout de champ, de noms ridicules. Aussi bien, elle le ferait en présence de n'importe qui.* »

Comment Maman, que tant d'adoration avait portée sur une sorte de piédestal, eût-elle compris le besoin que l'on pouvait éprouver de s'entendre, de temps à autre, appeler de ces noms-là ?

Jamais, au grand jamais, Dominique n'eût échangé la râpeuse tendresse de sa bonne contre le service stylé d'une jeune femme de chambre.

« *Alors, forme-la. Après tout, on le peut toujours, au moins dans une certaine mesure. Regarde ce que j'ai fait d'Eugénie. Je ne te dis pas que ce soit une perle. Mais enfin, elle est présentable.* »

« Non, Mère : pour vous, c'était différent. Mais pour votre fille Dominique »... qui jamais n'acquerrait un

1. *Galineto* : poulette.

soupçon de votre prestige, la simplesse de Mathilde convenait assez bien.

— Pas la peine. Tu vois, c'est fait. Trouve-moi plutôt un ruban noir. Large d'un doigt, à peu près.

La servante s'en fut fourrager dans des boîtes.

— Vous en faut beaucoup ?

— Oh ! non... Juste un peu plus que mon tour de tête : de quoi l'attacher. Tu en as un ? Passe-le-moi, veux-tu ? Que j'essaie... Là, voyons un peu...

Dominique se regarda, s'étudia, sous tous les angles du jeu de glaces de sa coiffeuse.

— Pas mal.

« Pas mal du tout. Je le garde ? ou bien... ? Et pourquoi pas... ? »

Elle refit son chignon, plus bas, plus profilé.

« Comme ça, oui. Les épingles tiennent beaucoup mieux. »

— Toi, qu'en penses-tu ? demanda-t-elle, en se tournant vers sa bonne.

Mathilde tordait son nez entre ses doigts.

— Moi ? Eh bé... ma foi... ! Moi, vous savez...

Abandonnant son peigne, la jeune fille se leva, et la prit par le cou :

— Tu n'aimes jamais ma coiffure, lorsque j'en change, dis, rébousière[1] !

— C'est pas ça. Seulement... me faut le temps de m'habituer.

— Mais oui, bien sûr, chantonnait gaiement Dominique, souriant à son double qui cajolait la grosse femme au fond de la glace.

1. *Rébousière* : contrariante.

A Barbegal, Maurice dit, en la voyant entrer dans la salle à manger où il se tenait assis, près de la fenêtre :

— Parole !... Mais c'est la Joconde qui nous arrive !

Il modula un sifflement.

— Eh bien ! Dis donc... Tu en fais, des frais. Serait-ce pour moi, par hasard... ?

Piquée, Dominique lui rit au nez.

— Tiens... Tu penses !

— Je la trouve très bien coiffée, de cette façon, intervint aussitôt madame Royer, sensible au raidissement de sa filleule.

Henriette vola à la rescousse :

— Moi aussi. C'est tout à fait ton genre, Nique.

— Son genre !... — Maurice ne semblait nullement prêt à désarmer : — Pas possible ? C'est vrai, ça, Coco, que c'est ton genre ? J'aurais plutôt cru que c'était celui de madame Sarah. Lorsqu'elle est venue donner une séance à l'hosto, elle portait justement...

— Cela prouve que tu n'as plus vu de femmes convenablement mises, depuis les temps préhistoriques, et voilà tout, trancha Henriette, avec une sécheresse qui laissa son amie bouche bée.

Démontée, les joues brûlantes, Dominique voyait le frère et la sœur se défier à son sujet.

— Plus vu... ? Ça, alors !... Mais ma pauv'fille, d'ici qu'il en défile à Barbegal, pendant l'année entière, autant que dans ma salle, chaque jour de la semaine... Et parfumées, et pomponnées, et tout. Avec deux oranges enveloppées dans un chaste sourire, pour chacun de « ces pauvres blessés ». Les garces !... acheva-t-il, entre ses dents.

— Mon petit...

Elise Royer considéra son fils avec plus de tristesse que de reproche.

Elle tâtonnait pour apprendre à le connaître, depuis

son retour, ce jeune homme vieilli, amer, souvent brutal, que le temps de la guerre avait modelé, sans rien laisser, apparemment, de l'adolescent parti en septembre 14.

Sous son regard, il céda du terrain, à regret.

— C'est bon, Maman. Tu as pourtant dû en rencontrer, même dans ton hôpital de Tarascon, de ces femelles premier choix, qui se régalent à venir renifler le sang et la sueur des pauvres bougres. Ne me dis pas le contraire. J'en connais bien une ou deux, dans le coin, qui n'ont pas dû laisser passer une occasion pareille.

— Je ne sais pas, dit Elise, doucement. Je puis seulement te certifier que, ta sœur et moi, avons fait de notre mieux pour soulager de la souffrance ; et que nous n'étions pas les seules, loin de là.

Elle prit sa filleule par l'épaule, et la ramena contre elle, comme si elle eût voulu la protéger :

— Veux-tu venir un moment, me tenir compagnie dans la cuisine, ma chérie ? Il me faut surveiller le rôti ; j'ai envoyé la bonne en course, au village. Tu me raconteras comment tu as passé les fêtes.

— Je vous rejoins. Dès que j'aurai fini de mettre le couvert, lança la voix d'Henriette, derrière elles, avec un ton de provocation qui semblait s'adresser à Maurice, pour le rejeter hors de l'entente des trois femmes.

— C'est plus fort que lui. Il faut lui pardonner, dit Elise, dès qu'elles furent seules. Ce matin, il était tout heureux à la pensée que tu allais venir. Mais... les jours comme aujourd'hui, il souffre terriblement de sa jambe. Elle lui fait mal jusque dans la hanche. Alors, il se monte la tête. Il désespère. Et il s'en prend à tout le monde. Ce n'est pas facile, à son âge, de toujours supporter...

— Je comprends, murmura Dominique.

Devant elle, madame Royer, penchée sur la buée du four grand ouvert, arrosait la viande, plus longtemps qu'il n'eût été nécessaire, avec une maladresse fort éloignée de l'habituelle sûreté de main qu'elle apportait à remplir chacune de ses tâches.

La voussure de ce dos émut Dominique de compassion.

— C'est seulement ce mauvais temps, Marraine. Dès qu'il pourra sortir, de nouveau, il recommencera à faire des progrès. Et alors, vous verrez...

Elise se redressa et lui sourit.

La jeune fille eut l'impression qu'elles se regardaient au travers d'une vitre embrumée.

— Oui, ma chérie. Oui, tu as raison. Je suis inexcusable de me laisser aller à des plaintes, quand j'ai la chance qu'il m'ait été rendu.

Elle détourna les yeux.

Puis, au bout d'un instant, reprit, avec une autre voix :

— Mets-toi là, tandis que je prépare la vinaigrette.

Dominique s'assit.

Les pieds ramenés sur le barreau de la chaise paillée, elle se sentait redevenir fillette, en suivant de l'œil chaque geste de sa marraine.

— Louis Bresson aimerait le voir. Il m'a dit qu'il viendrait dès que cela lui serait possible. Croyez-vous que sa visite fasse plaisir à Maurice ?

Elise leva les épaules.

— Je le suppose. Que sait-on ?... Si tu l'entendais se disputer avec Henriette... Parfois, je me demande comment il a le cœur de rudoyer si fort cette pauvre petite qui...

Elle s'interrompit, jeta un regard coupable vers la jeune fille. Et changea de sujet, en hâte :

— Mais toi, raconte-moi. As-tu bien profité de ton

séjour ? Qui y avait-il, là-bas ? Ton oncle Hubert était-il des vôtres ? Comment va-t-il ?

Tout le monde demandait toujours comment allait l'oncle Hubert, avec, dans le ton, cette note apitoyée, que rien ne justifiait, à la connaissance de Dominique.

« Après tout... » Madeleine, sa jeune tante, eût bien davantage mérité qu'on la plaignît, de rester si souvent seule. « Un mari qui disparaît, plusieurs fois la semaine, pour aller chasser, Dieu sait où, loin du mas... »

L'entrée d'Edouard dans la cuisine la tira de ses réflexions.

Le plus jeune des enfants Royer, à seize ans, voyait pousser sa première ombre de moustache, tandis que sa taille et sa carrure atteignaient sensiblement celles d'un adulte. Des trois, il était celui qui ressemblait le plus à leur père.

— Qu'est-ce qui se passe, Man ? En sortant de ma chambre, je viens de trouver Hiette en train de pleurer toutes les larmes de son corps, là-haut, sur le canapé du palier.

Sa voix, oscillant entre le grave et l'aigu, le rattachait encore à l'enfance.

Il découvrit la présence de Dominique :

— Tiens, tu es là, Nique ? Salut !... Et bonne année, mon chou. On se la souhaite ?

Tous deux s'embrassèrent.

Elise Royer atteignait déjà la porte donnant sur le vestibule.

— Vous devriez me laisser y aller, Marraine, suggéra Dominique, par-dessus l'épaule du jeune garçon.

Elle avait parlé en dépit de soi-même.

Certes, Henriette lui inspirait une immense compassion, se disait-elle. « Mais... », elle n'était pas sûre de trouver dans ses propres ressources de quoi la consoler.

La perspective lui pesait, de cette tâche pour laquelle elle s'était offerte. « Si Marraine pouvait refuser... n'insisterai pas... Après tout, sais-je ce que Maurice a bien pu... ? »

Madame Royer réfléchissait.

— Tu crois ?... Oui, peut-être as-tu raison. Si cela ne t'ennuie pas trop...

En s'écartant pour laisser le passage à Dominique, elle soupira :

— Ma pauvrette, il ne te manquait plus que d'assumer, de surcroît, une part de nos peines.

La jeune fille se sentit honteuse comme d'un abus de confiance.

Ce que sa marraine croyait connaître d'elle n'était qu'une fiction, aussi dérisoire qu'une imagerie d'Epinal dans ses rapports avec la réalité.

« Hiette, Maurice, la peine des autres... Bien sûr, mais... »

« Mais le mien s'en est tiré. Le mien revient intact », se ressassait-elle, en montant l'escalier. Légère, si légère...

Ellc s'assit à côté d'Henriette, passa un bras autour de l'épaule de son amie...

Et la même certitude continuait à vibrer en elle, comme une flèche victorieuse au centre du but.

Si fort, qu'elle demeura muette, tout d'abord. Incapable de s'arracher de soi.

Henriette tamponnait ses paupières, se mouchait.

— Il est odieux, dit-elle à mi-voix. Figure-toi qu'il me reproche de me cramponner — oui, c'est le terme dont il s'est servi —, de me cramponner au souvenir de François. Il prétend que je refuse la réalité. Il appelle cela de la mollesse, de la lâcheté...

De nouveau, les larmes affluaient. Elle regarda droit devant elle, dans le vague, sans souci de les essuyer.

— ... Seize mois ! Seize mois seulement que François... Et il ose... Lui qui se prétendait son meilleur ami...

— Il l'était, commença Dominique avec précaution. C'est vrai, tu le sais bien. Personne, peut-être, ne l'a mieux connu. Pas même Papa et Maman, ou moi. Pas même toi, Hiette. Avec toi, probablement, François se montrait différent. Mais tu sais ce que c'est que deux copains. Tu n'as qu'à te rappeler combien leur amitié nous rendait jalouses, quand nous étions enfants.

Basse et mesurée, sa voix agissait comme un calmant sur le chagrin d'Henriette.

Celle-ci protesta néanmoins :

— Quel droit cela lui donne-t-il de...

— De parler en son nom ? coupa doucement Dominique.

Henriette baissait un front buté.

Elle recula sur le canapé, se dérobant au bras qui l'enlaçait.

— ... De me parler comme il me parle. Cela, crois-tu que François le lui aurait permis ? La façon dont il me traite, la méchanceté, l'acharnement qu'il y met...

Un sanglot l'empêcha de poursuivre.

Dominique mordillait sa lèvre.

Comme le silence s'alourdissait, elle reprit, du même ton apaisant :

— Ce que François permettrait ou non, nous n'en avons aucune idée. Toi et moi, ignorons comment il serait, s'il était revenu...

« Et Numa, alors... ? Est-ce que Numa, aussi, pourrait avoir tellement changé ?... »

Elle frémit. Mais se rassura tout de suite : « Numa, lui, était un homme fait, lorsqu'il est parti. »

— ... Et ce qu'ils ont appris, et par où ils sont passés, continuait-elle.

— François m'aimait, gémit Henriette. François n'aurait jamais...

Elle ressemblait à l'un de ces oiseaux piégés que les garçons ramenaient jadis. Pris à la glu, ils continuaient encore à battre des ailes.

« Pourquoi se défend-elle ? Pourquoi m'oblige-t-elle à insister ? »

L'espace d'un éclair, Dominique détesta son amie. Puis, aussitôt, se détesta.

— Peut-être, hasarda-t-elle, peut-être qu'il t'aimait assez pour vouloir, avant tout, que tu vives une vie normale, heureuse. Avec ou sans lui.

Elle était soulagée qu'Henriette ne songeât point à la regarder.

— ... Peut-être est-ce justement cela que Maurice essaie de te faire admettre. Sa dureté, essaie, à son tour, de la comprendre : tu as tout ce qu'il n'a plus : une jeunesse, et des forces neuves, un corps capable de répondre sans défaillances à tout ce que tu pourrais en exiger. Et tu sembles ne pas t'en soucier. Tandis qu'il est là, lui, Maurice, à s'arracher chaque mouvement au prix d'une douleur, s'il veut se servir de sa jambe. Tu gaspilles devant lui quelque chose d'irremplaçable, dont lui-même se trouve frustré.

Henriette mordait le misérable petit chiffon humide qui avait été son mouchoir.

Elle dit enfin :

— C'est ce que tu penses, toi aussi ?

— Je...

La détresse des prunelles bleues mouillées qui, subitement, venaient de se fixer sur Dominique, la fit balbutier :

— ... Il ne s'agit pas de moi.

Elle avait l'impression d'accomplir un travail de bourreau.

Mais Henriette insista, la voix blanche :

— Il n'y a pas si longtemps... cet après-midi, que nous avons passé, à parler de ton frère... tu te le rappelles ?

A Mogador, dans la chambre demeurée telle que l'avait laissée le jeune homme. Elles avaient allumé du feu, sans rien demander à personne, pour se tapir devant, à la nuit tombée, éclairées par la seule lueur des flammes. Dominique se le rappelait, oui. « Evidemment... »

Et, à la fin, il avait semblé qu'une ombre étrangère fût venue supplanter François, au rendez-vous où l'appelait sa fiancée.

Du moins, Dominique avait-elle éprouvé, pour sa part, jusqu'au malaise, le sentiment d'une présence désolante, lourde, comme jamais n'eût pu l'être celle du garçon vif, rieur, taquin, et séduisant, qui s'était nommé François Vernet.

— Je me rappelle, bien sûr.

Timidement, elle avança la main, pour la poser sur celle d'Henriette, inerte :

— Mais, Hiette... Peut-être que c'était une tricherie.

— Et après ? Le bon Dieu a bien triché avec moi, lui !

Dominique aima mieux se faire sourde à ce cri de révolte. Ou comment eût-elle trouvé la force de passer outre ?

— ... Peut-être que les gens qui se piquent à la morphine ne font pas autre chose.

« Et moi... »

Cette contrée imaginaire, où, à chaque moment de la journée, elle parvenait à se transporter, afin d'y rejoindre, tels qu'elle les rêvait, Numa, et leur amour, empiétait largement sur son existence quotidienne.

« Tous parlent de mon courage. Mais s'ils savaient

de quoi il est fait... Je triche, moi aussi. Autant qu'elle ; et davantage. Seulement, moi, je me méfie. Personne ne doit savoir. Personne. Pas plus Hiette, que... »

D'ailleurs, comment eût-elle osé le lui avouer ? « Moi qui ne fais qu'escompter l'avenir... »

A la réflexion, que cet avenir existât lui paraissait être sa seule excuse.

Au bas de la cage d'escalier, la comtoise marquait la mesure du temps avec une fausse lenteur.

La voix d'Edouard leur parvint depuis la salle à manger, à travers la porte fermée. Il avait dû y retrouver Maurice.

— Hiette... Hiette, ma chérie, sois raisonnable, chuchota Dominique. A présent, va te laver la figure. Ton père va rentrer d'un instant à l'autre. Et... ne sois pas fâchée contre moi. Je sais ce que tu éprouves.

Au fond d'elle-même, elle savait qu'elle pouvait seulement essayer de se le représenter.

L'absence lui serait épargnée, à elle, dont la pensée se tournait vers Numa comme se tourne vers le nord l'aiguille aimantée de la boussole — cette absence-là, sans espoir, sans fin, avec son vide inexorable, et la tentation, trop dangereusement douce, d'abandonner la lutte, pour se laisser flotter entre les eaux mortes du passé toutes tramées de moirures.

« Numa, oh Numa !... »

Son cœur bondissait vers lui.

Et qu'avait-elle à faire de l'amour des autres, de la détresse des autres, quand il y avait, pour elle, cette fabuleuse promesse de bonheur, à l'étroit, dans sa poitrine prête à éclater ?

Profitant un peu lâchement de la morne docilité d'Henriette, elle parvint à l'entraîner jusqu'à la porte de la chambre, l'y laissa :

— Courage, ma chérie. Dépêche-toi. Je vais dire à Marraine que tu me suis, n'est-ce pas ?

Et respira largement, une fois seule dans l'escalier, en commençant à descendre.

## 5

Il y eut d'abord, au lendemain des fêtes, le grand remue-ménage des travaux de Dominique.

Qui d'autre eût dirigé le peintre, et veillé, ensuite, à l'installation du mobilier neuf qu'elle était allée choisir à Avignon, suivant le conseil de son oncle Hubert ?

Lorsque tout fut achevé, au bout de trois semaines, ce fut alors l'attente d'un câble de Washington, qui l'immobilisa.

Dès qu'elle l'eut enfin reçu, la jeune fille prit quarante-huit heures pour aller à Montpellier, se réjouir avec Isabelle de la naissance du neveu que venait de leur donner Anne.

A peine avait-elle réintégré Mogador que lui parvint, le matin du 1er février, un volumineux colis portant le cachet postal de Meurthe-et-Moselle.

Il contenait une grande poupée en costume d'Alsacienne, accompagnée d'un billet succint : « *Bon anniversaire, Niké. A bientôt. Pense à moi, qui ne t'oublie pas. Numa.* »

— Boudiou [1] !... qu'elle est belle ! s'ébahit Mathilde, qui lui avait monté le paquet.

Dominique demeura silencieuse.

« Une poupée... »

Mais il s'était souvenu de la date.

Elle serra contre sa joue la froide petite figure de

1. *Boudiou !* : Bon Dieu !

porcelaine. Puis, enferma le cadeau de Numa dans son armoire, à l'abri des regards, avant d'aller s'assurer avec Victor que tout était prévu pour le repas de cérémonie qui allait réunir autour d'elle l'oncle Constant, Hubert, Madeleine, et les Guillermin, en l'honneur de l'échéance de sa majorité.

Au sujet de Numa, nul, parmi la famille, ne paraissait rien savoir de précis. La réponse de Laure Vernet aux souhaits de Nouvel An exprimés par sa petite-cousine mentionnait seulement : « *Quelques mots reçus hier nous laissent espérer sa prochaine libération.* »

« S'il s'arrêtait au passage, entre deux trains, pour venir jusqu'ici... »

A présent, elle différait autant que possible les courses à Tarascon ou à Barbegal ; et n'allait plus même jusqu'à Fontfresque sans recommander à Victor :

— Au cas où quelqu'un viendrait me demander, faites patienter. Je rentre tout de suite.

Chacun des messages qu'elle envoyait à ses cousins de la Sarrazine, en réponse aux leurs, imputait aux raisons les moins discutables le retard apporté au séjour qu'elle devait faire chez eux.

C'était, à présent, le gendre de Ranguis, Vigouroux, récemment démobilisé, qui, dès la mi-février, devait prendre ses nouvelles fonctions de baïle. Certes, Ranguis était là pour lui en aplanir les commencements. Mais l'absence de la maîtresse de Mogador, au moment de cette passation de pouvoirs, n'eût pas été concevable.

Pas davantage n'eût-elle pu s'en remettre à quiconque pour engager, à mesure que les hommes reparaissaient au village, l'effectif du personnel agricole nécessaire à la marche normale de l'exploitation, selon le programme qu'elle-même avait minutieusement établi.

— Il semble malgré tout que, dorénavant, tu puisses t'absenter un certain temps sans grand risque, avait dit l'oncle Hubert, aux alentours du mois de mars, lors d'une rapide visite à Mogador.

Mais la lettre que Dominique s'était remise à guetter n'arrivait toujours pas. Et les jours se succédaient, sans amener Numa.

Une semaine plus tard, Hubert revint à la charge.

— Le printemps est là, pour peu que tu tardes encore. Et tu sais bien qu'en avril, cela te sera beaucoup plus difficile de prendre quelques jours.

L'oncle Hubert n'avait que trop raison. A l'époque où la menace des gelées nocturnes reviendrait peser sur les fruits en boutons, la jeune fille ne pourrait plus quitter le domaine.

Et comment, en outre, balancer plus longtemps devant les instances que renouvelaient, l'un après l'autre, tous ceux de la Sarrazine ?

A contrecœur, et non sans en avoir averti Numa par un mot, Dominique finit par se mettre en route.

Enfant, elle avait toujours aimé venir en visite dans sa famille de Maillane.

Sous les enjolivements démodés dont le goût ambitieux d'une jeune grand'tante tôt disparue, quelque trente ans avant sa propre naissance, avait surchargé la vieille demeure, Dominique retrouvait avec plaisir ce charme, qui venait d'une époque beaucoup plus ancienne, encore préservée, dans certaines pièces comme en maints endroits du parc.

Constant Angellier, ce grand vieillard maigre aux beaux cheveux blancs, semblait lui-même issu des confins du XVIII$^{e}$ siècle tout d'urbanité et de finesse.

Les mêmes cheveux blancs, admirablement coiffés, adoucissaient les traits osseux de sa fille aînée, Emilie.

« Madame de Clarens n'a jamais dû être une beauté, cela se voit », avait un jour déclaré Numa. « Mais, pour ce qui est de la branche, fichtre !... il n'y en a pas deux comme elle. Quelle femme !... Même ma mère ne peut soutenir la comparaison. »

« Pourtant... », songea Dominique, regardant sa cousine évoluer devant les vitrines du salon dont elle tirait, une à une, les pièces les plus précieuses de la collection de jades et d'ivoires de son père pour les essuyer avec mille soins.

Pourtant il n'était pas possible de se vêtir avec plus de simplicité.

Les toilettes que la jeune fille avait vu porter à Ludivine comme à Laure Vernet lui étaient apparues souvent bien plus remarquables.

Il lui était arrivé d'en discuter avec Numa.

« Justement, le chic du chic, c'est de ne pas... »

Il l'avait prise par le menton, en riant, malgré les efforts qu'elle faisait pour se dégager : « Mais allez donc cssayer de faire comprendre ça à une gamine, jamais sortie de sa cambrousse. »

Plusieurs années après, le souvenir de cette inflexion railleuse causait encore à Dominique le même genre d'élancement que celui d'une écharde qui fût demeurée, tout ce temps, enfoncée dans son pouce.

— Cousine Emilie, est-ce que vous aimez ma robe ?

La question atteignit Emilie de Clarens à l'improviste. Elle déposa délicatement, dans son écrin de peluche bleue, un porte-cartes sur chaque face duquel tenait, ciselée, une merveilleuse petite scène exotique, grouillante de personnages enturbannés, d'éléphants caparaçonnés, de plantes entrelacées à de fines arcatures persanes.

Et, se retournant, prit le temps de considérer la jeune fille.

— Mais... oui. Pourquoi ?

— Je voudrais apprendre à m'habiller comme vous.

Emilie sourit :

— Tu ne t'habilles pas mal du tout, ma petite enfant. Voyons, marche un peu. Tourne, à présent. Non, vraiment, je ne trouve rien à redire.

— Si vous... — Une chaleur montait aux joues de Dominique. — Si vous vouliez bien m'accompagner chez Leroy-Bartet, quand j'irai commander mes effets, pour cet été... ?

La requête fit derechef sourire Emilie.

— A Avignon ?... Mmmm... oui. Certainement. Du moment que cela te fait plaisir. Mais... Si tu venais me voir, lorsque je me serai réinstallée à Paris, je te mènerais chez mon couturier. Tu aurais ainsi un fonds de garde-robe irréprochable.

Dominique se faisait habiller, ainsi que sa mère lui en avait donné l'exemple, chez la meilleure faiseuse d'Avignon, dont la pratique se recrutait alors dans toute la Provence, et jusqu'à Nîmes, parmi les femmes les plus fortunées. A sa connaissance, Blanche et sa belle-sœur Laure Vernet, leurs filles : Agnès Fauvelly et Antoinette, de même qu'Adrienne Guillermin et Emmeline Bresson, faisaient partie de cette clientèle.

Jamais elle n'eût imaginé qu'une telle référence pût être si négligemment accueillie par sa cousine Emilie.

« Mais puisqu'elle trouve que ma robe me va bien... ? »

« *Bien*... Bien, pour ici, pour la campagne », lui souffla l'esprit d'humilité, renforcé de sens commun.

Mais qu'en pourrait penser un homme ayant eu, depuis peu, l'occasion de coudoyer, dans les milieux parisiens, de véritables femmes du monde ?

« Bah ! ce ne sont pas mes vêtements qu'il regardera. »

Il les regarderait, cependant. A quoi bon se leurrer ? Il en ferait la critique, comme toujours, avec cette indulgence attendrie et moqueuse qui mettait Dominique au supplice.

Elle se décida à pousser un autre pion.

— Et... et ma coiffure ? J'ai essayé, une ou deux fois, de porter un ruban. Croyez-vous que je puisse... ?

Si Numa devait reprendre à son compte les brocards que lui avait prodigués Maurice Royer...

Emilie avait peine à dissimuler son amusement. Cette envie subite de coquetterie, qui prenait là la sage petite Dominique, s'expliquait, de toute évidence, par l'intention de plaire à quelqu'un.

« Grand Dieu ! c'est de son âge. Qu'elle vienne donc, au plus tôt, nous annoncer ses fiançailles, avec l'un ou l'autre de ces charmants garçons qui fréquentaient à Mogador, avant cette guerre ! »

C'en serait alors heureusement fini, pour ceux qui aimaient cette enfant, de se la représenter, toute perdue, dans sa grande bâtisse déserte.

Elle étudia le problème précis que lui posait l'« enfant », avec beaucoup de sérieux.

— Un ruban sur le front, veux-tu dire ? Naturellement, tu le peux. Mais je crains que cela ne te banalise. Trois jeunes filles sur quatre en portent. Bientôt, ce sera devenu un uniforme. Non, pour toi, je verrais mieux quelque chose de très sobre, qui accuse davantage le dessin de tes traits...

Elle prenait du recul, penchait la tête, pour mieux juger de ce visage sous tous ses angles, tandis que la jeune fille, impressionnée par l'examen, se retenait de bouger.

— ... Mais, tiens, si tu veux... Aide-moi donc à

remettre ces ivoires à leur place. Nous monterons ensuite chez moi, étudier ce qui pourrait t'aller. Il faut jouer de la masse de tes cheveux, et de leur couleur ; en faire valoir les reflets... En somme, créer ta propre mode, en t'inspirant des lignes actuelles, au lieu de te conformer platement à celle du plus grand nombre. Comprends-tu ?

Dominique écoutait, dans l'état d'esprit de Cendrillon, entre le miracle de la citrouille et celui du cocher.

Parvenues en haut de l'escalier, elles croisèrent Blanche Vernet, qui sortait de la chambre de son fils.

— Se sent-il mieux qu'à déjeuner ? interrogea Emilie.

Sa cadette s'adossa contre le mur, la tête renversée, dans une attitude qui trahissait la fatigue.

— C'est toujours pareil... On croirait qu'il va se déchirer les poumons. J'ai fait prier le docteur de venir après son cabinet.

A travers la porte close, on entendait, en effet, Laurent tousser presque sans répit.

Emilie suggéra :

— Penses-tu qu'une petite visite le distrairait un moment, tout à l'heure, quand il aura passé le plus fort de son accès ?

— Oh ! oui, si nous pouvions... si cela lui faisait plaisir... appuya Dominique dans un élan timide.

Blanche lui tapota la joue.

— Non, va, ma jolie. Son grand-père est avec lui. Ils m'ont mise à la porte. Je crois que Laurent préfère rester « entre hommes » quand la crise le tient.

Pensive, Dominique dit :

— Les jours où Maurice Royer souffre davantage de sa jambe, lui aussi nous supporte mal, Henriette et moi.

— Tu vois ! Tous les mêmes.

Par quel prodige, se demanda la jeune fille, Blanche parvenait-elle à conserver la rondeur de ce sourire sans amertume et cette égalité de caractère ?

— Comment va-t-il, ce petit Maurice ? Souhaitons qu'il parvienne à la guérison complète. Madame Royer le mériterait bien, disait Blanche.

« ...Et à s'intéresser aux autres, à les plaindre, pauvre, pauvre cousine Blanche. »

« A en croire Papa et Maman... », Blanche Vernet avait été ravissante, en son temps. Sans doute comme l'était maintenant sa Toinou.

Mais rien ne demeurait, de cette joliesse, sur la petite dame boulotte au visage empâté. Sauf l'eau pure du regard.

Des deux sœurs, l'aînée, laide, disait-on, avait porté jusqu'à leur plus haut point la distinction et l'élégance. Tandis que la cadette semblait les avoir oubliées, en perdant sa fraîcheur.

— Nous allons rechercher une nouvelle coiffure pour Dominique, annonça Emilie.

— Excellente idée !

Blanche attarda complaisamment son regard sur la jeune fille dont la confusion était visible.

— Tu vas voir, ma chérie, ma sœur est une fée lorsqu'il s'agit de donner un tour flatteur à n'importe quelle espèce de cheveux, et, comme les tiens sont magnifiques...

De nouveau, elle la gratifia d'un tape légère sur la joue, et conclut avec satisfaction :

— Eh bien, c'est parfait. Je regrettais tellement que tu n'aies pu accompagner Caroline et les petites à cette réunion. Il faut avouer que ce serait encore un peu prématuré pour toi, d'assister à une sauterie — quoique...

En bas, la porte cria.

Un cri différent de celui que Dominique entendait à

Mogador. Il commençait à lui devenir familier, depuis plusieurs jours qu'elle était là.

— C'est Léon qui rentre, dit Blanche. Mes enfants, excusez-moi.

Elle descendit les marches en courant.

Penchée par-dessus la rampe, Dominique vit, en bas, s'embrasser longuement ce gros homme rougeaud, un peu chauve, et cette femme grasse, sans coquetterie.

Se voyaient-ils réciproquement, eux, tels que le temps les avait faits ?

Ou gardaient-ils toujours, l'un de l'autre, la même vision enivrée, qui leur avait jadis apporté l'amour ?

A côté d'elle, sa cousine Emilie, qui regardait aussi, soupira sans bruit.

Pour celle-là, le visage de Julien de Clarens s'estompait irrémédiablement, depuis dix-neuf ans que s'était produite la double noyade.

Comme, pour Caroline, celui d'Edmond Angellier.

« — *Caroline ne s'est jamais consolée* », racontait, une fois, Anne, qui possédait ses sources d'information personnelles, touchant la chronique familiale.

Mais elle avait vécu ces dix-neuf années. A Paris, le plus souvent, dans l'intimité d'Emilie. Tenu le ménage de son frère Georges, reçu les peintres célèbres qu'il fréquentait. Séjourné — rarement — chez elle, à Tourvieille, où elle trouvait, bien assurée dans son règne, la femme du frère aîné, Laure — et Anne prétendait savoir que les deux belles-sœurs ne s'entendaient guère — ou, plus volontiers, à la Sarrazine, auprès de Léon et Blanche, et de l'oncle Constant qui, n'ayant pu la voir devenir sa fille, ne l'en avait pas moins adoptée parmi les siens...

Louis Bresson et Maurice eussent-ils tenu pour blâmable ce long refus d'effacer de soi les traces d'un sentiment qu'Edmond Angellier — d'après Anne, toujours — n'avait pas même partagé ?

Pour autant qu'on en pût juger, Caroline aimait à sortir, elle était gaie, elle semblait prendre intérêt à tout ce qui se présentait.

Se pouvait-il donc que l'on parvînt à subsister, une vie durant,avec, pour seul viatique, le souvenir de quelques mots échangés, peut-être d'un regard ou deux ?

Assise, un peignoir d'Emilie jeté sur ses épaules, Dominique se retrouva devant la glace de la coiffeuse, acculée dans l'impasse où l'avaient menée ses ruminations.

— Baisse la tête. Là... Tourne-toi un peu de mon côté... Attends, je crois que j'ai saisi ce qu'il te faut.

La jeune fille obéissait, sans plus participer à l'enthousiasme créateur qui s'était emparé de sa cousine.

« Et si Numa... ? » La hantise dont elle avait cru triompher depuis des mois revenait affleurer ses pensées, conscientes. « Si je m'étais figuré, à tort... ? »

Si, elle aussi, comme Caroline, devait attendre vainement qu'on lui rendît amour pour amour... ?

« Mais non. Quelle sottise ! »

Elle repassa, de nouveau, dans sa tête, des fragments de lettre, dont la chaleur, plus précieuse d'être secrète, transparaissait cependant assez pour nourrir son espoir.

— Tu rêves, petit chat ? Je te demande une épingle.

D'un mouvement automatique, elle tendit à Emilie celle qu'elle tordait entre ses doigts, sans s'en être aperçue.

— Voilà.

Fût-il venu, sans cela, jusqu'à Mogador, à chacune de ses permissions ? Eût-il eu certains regards, certaines attitudes ? « Et le jour où il m'a embrassée... »

— Maintenant, vois si cela te plaît.

Elle-même ? Etait-ce bien elle, cette figure plus aiguë sous le gonflement des cheveux qui dégageait le front, ramenés sur le sommet de la tête dans un enroulement aux remplis élargis de coquillage ?

— C'est moi ? Vraiment moi ?

Emilie avait pris une distance de quelques pas, pour juger de son œuvre.

— Es-tu contente ?

— Oh ! cousine Emilie !... — Penchée tout contre le miroir, la jeune fille ne pouvait se détacher de son image. — Oh ! cousine Emilie !... répétait-elle.

De toutes manières, « il » l'aimerait.

— Bon, reprit madame de Clarens, sur un ton pratique, je vais te montrer comment t'y prendre. C'est plus simple que cela n'en a l'air. Regarde bien. Ensuite, ce sera à toi de le refaire.

Il semblait que la figure contemplée dans la glace eût communiqué à Dominique la sûre aisance d'un personnage différent du sien.

Au dîner, elle reçut, sans se troubler, le tribut des compliments dont l'assistance se montra prodigue.

L'oncle Constant la détaillait, rêveur :

— Curieux, ce que peut faire un coup de peigne. Voilà, tout à coup, que, sans lui ressembler réellement tu me rappelles ton arrière-grand-mère Constance, au temps où nous étions jeunes, ma sœur et moi. Je te montrerai un vieux daguerréotype, où elle me tient sur ses genoux, tandis que Julia s'accroche à sa jupe.

Dominique mit dans sa réponse une pointe de malice :

— Oncle Hubert, lui, dit toujours que je suis une véritable Vernet.

— Et c'est vrai aussi. Exactement comme ta cousine Antoinette en est une. — Le vieil homme sourit.

— Il semble que cela tende à devenir une habitude, à chaque génération, chez les filles Angellier, que l'une d'entre elles fasse souche de Vernet.

Son regard effleura Blanche, puis Léon :

— Une bonne habitude. Je ne m'en plaindrai certes pas, quant à moi.

Son gendre lui jeta un vif coup d'œil, par-dessus la cuillère à potage, à laquelle il imprimait un va-et-vient d'une régularité remarquable.

— Merci, père. Je ne m'en plains pas non plus.

Le seul qui s'en fût plaint, celui qui, de toutes ses forces, avait haï la perspective même d'une alliance avec les Vernet, songea l'oncle Constant, évoquant intérieurement les fureurs irréductibles de cet ennemi des « Bleus » qu'avait été Alfred Angellier, celui-là reposait depuis longtemps dans le cimetière de Maillane. L'offense faite à ses mânes n'avait jamais bourrelé son fils d'un remords excessif :

« Blanchette aura eu le meilleur des maris. » Et la Sarrazine avait retrouvé un maître, tel qu'il le lui fallait. « Il n'est pas bon qu'une grande propriété reste en de trop vieilles mains. Encore moins qu'elle tombe en quenouille. »

Ses réflexions le ramenèrent à Dominique.

La jeune fille se penchait au-dessus de la nappe, pour parler à Antoinette, qui lui faisait vis-à-vis.

La gracilité de cette nuque découverte frappa Constant Angellier d'une sorte d'étonnement alourdi de tristesse.

« Certes, elle fait de son mieux. Et elle réussit, on ne peut le nier. »

Mais ce n'était là qu'une prouesse temporaire. Un tel fardeau ; et cette nuque...

« Celle-ci, à Mogador. Ici, notre Laurent qui, hélas !... » L'avenir demeurait gros de soucis et de peines. « Espérons, du moins, que cette petite trouvera bientôt l'homme qui... »

Le bas-bout de la table poursuivait une discussion dont le nouvel aspect de Dominique faisait les frais. Laissant à Caroline Vernet le soin de rapporter le butin de menus faits et de nouvelles, glanés au cours de la réunion d'où elles revenaient, les jeunes filles ne cessaient de commenter la métamorphose de leur cousine.

Antoinette, surtout, y retrouvait matière à des cogitations personnelles.

— Tante Emilie, lança-t-elle, vers l'extrémité opposée de l'assemblée, assez fort pour attirer l'attention sur soi, dites, vous m'apprendrez à faire mon chignon dc la même manière que celui de Nique ?

— Ma pauvre amie, constata Léon, exprimant l'opinion générale, vous ne savez pas quel bâton vous êtes allée chercher pour vous faire battre.

La dérision des adultes laissa parfaitement impavide la jeune personne.

— Ma petite tante, vous voulez bien ?

— Tais-toi, nigaude, je te montrerai, s'évertuait à lui souffler Dominique, sans parvenir à se faire écouter. Tu n'as pas besoin de...

Emilie prononça son arrêt :

— De la même manière ? Non. Ce serait te rendre un médiocre service.

Elle laissa l'intéressée face à sa déception, durant un malicieux temps, avant de préciser :

— Mais, peut-être d'une autre, qui convienne à ton type.

Pour le plaisir rafraîchissant de voir, peu à peu, s'éclairer le visage modelé comme celui d'un Renoir, gracieux jusque dans la bouderie, sous les frisons fous, couleur de cuivre clair.

— Mon Dieu ! dit Blanche, considérant sa progéniture non sans un orgueil assez mal dissimulé. Elle est déjà bien assez vaine, pour quelques malheureux petits avantages qu'elle s'imagine posséder. Ne va pas encore lui fournir matière à se monter un peu plus la cervelle.

Essuyant les larmes de la toux au coin de ses yeux, Laurent émergeait des efforts d'une longue quinte, que chacun avait tacitement feint d'ignorer. Il se détourna pour expectorer dans son mouchoir, puis se jeta, tout de go, dans la conversation.

— Ma foi, Mérotte, dites ce que vous voudrez ; mais n'oubliez pas que, des garçons, il n'en va pas rester suffisamment pour satisfaire à la demande. Les demoiselles qui voudront en aganter[1] un seront bien avisées de mettre une provision d'atouts en réserve.

Au milieu des commentaires et des protestations ironiques, grimaçant un sourire teinté d'une sollicitude affectée, il apostropha sa sœur, point trop ravie du renfort qui lui arrivait sous cette forme équivoque.

— Par conséquent, à toi, mignonne. A vous, femmes... Démenez-vous afin d'être assez belles pour nous plaire. Et surtout, prenez garde d'oublier que vous n'êtes rien d'autre que le repos du guerrier !... Nous nous allongerons sur des peaux d'ours et de tigres ; et nous fumerons le narguilé tout en vous regardant exécuter en notre honneur les danses polovtsiennes.

Ses yeux trop brillants firent le tour de la table, et s'arrêtèrent un instant sur Marguerite de Clarens qui, gênée, pâlit un peu et déroba les siens.

Personne n'avait plus guère envie de rire.

— ... Avis à qui voudra me séduire !... Personne ne se présente ? Une fois, deux fois !... Quoi ? Personne ?

1. *Aganter* : attraper.

L'accent de défi sonnait, âpre, dans la salle devenue tout à coup lourdement silencieuse.

Tous furent reconnaissants à la domestique d'entrer à ce moment, pour changer les assiettes.

— ... Personne ?... Sinon toi, mon lapin ?

Dominique vit la crispation des lèvres de Laurent se résoudre en un retroussis moqueur, tandis que son cousin se penchait vers elle pour conclure :

— Eh bien ! tu vois ? Avec moi, au moins, tu as toutes tes chances.

Déjà, Caroline, d'un prompt réflexe, reprenait la balle à la volée :

— Tiens, tiens, voyez-moi cela ! Tu nous l'avais caché.

Trop heureux de la diversion, l'oncle Constant entra dans le jeu lui aussi :

— Mon gaillard, si nous te gênons pour faire ta cour...

La jeune fille pouffait, par réaction, sa joue appuyée contre la manche bourrue du costume de Laurent.

— Tu es bête... Mon Dieu ! Mais que tu es donc bête !

— N'est-ce pas ? C'est ce que je me dis toujours.

Par-dessus cette nuque inclinée, il n'apercevait, de Marguerite, qu'un profil inexpressif.

Les bavardages qui reprenaient effacèrent par degrés le malaise encore latent.

A côté de Dominique, sa cousine Marguerite s'y mêlait délibérément, laissant celle-ci continuer avec Laurent un dialogue dont les plaisanteries avaient cessé d'être incisives.

Surprenant l'attention avec laquelle Blanche Vernet suivait, de sa place, cet aparté, Dominique y lut clairement l'espoir en train de naître.

Comme les autres étaient aveugles. Ignorait-elle

donc, cette mère sur le qui-vive, que l'entente, la compréhension, la tendresse, si paisible, entre une fille et un garçon, ne trouvaient un terrain propice que là où jamais ne pousserait l'amour, avec ses chardons et ses orties ?

« Laurent... Pauvre Laurent. »

Dominique, elle, connaissait le nom qui occupait toutes les pensées de Marguerite. Et ce n'était pas celui-là.

Dix jours peuvent-ils donc s'écouler si vite, malgré cette attente plantée au cœur, que chaque mouvement irrite ?

Dominique se le demandait, cet après-midi-là, le dernier qui lui restât à passer à la Sarrazine.

Le lendemain, à Mogador, elle retrouverait le silence, et l'isolement.

Fines, les bonnes promenades à trois, dans le vieux parc où bourgeonnaient mille et une promesses.

Ici, les feuilles précoces pointaient, prêtes à se déplier sur le marronnier rose. Sur les chênes et les platanes de Mogador, ce devait être encore l'hiver.

Fini, le trio de rires, de chuchotements, de cachotteries, qui, en peu de temps, venait de rendre son âge véritable à Dominique. Fini, de partager les épanchements confidentiels de Marguerite, les rêves d'avenir ingénus auxquels se complaisait Antoinette. Finis, les rites et les mots de passe chers à toutes les franc-maçonneries de jeunes filles.

Fini, tout cela ? Non. Dominique ne pouvait s'y résigner.

Elle ébauchait des projets : « Dès mon retour... trouver de l'aide pour Mathilde et pour Berthe... Si la nièce de Tonin voulait... Pour quelques jours... A la Coupe d'Or, puisque les hommes sont rentrés, ils m'enverront bien la plus dégourdie des filles... »

Ainsi pourrait-elle inviter ses cousines.

— Vous aurez froid, d'ici une heure ou deux, mes petites. Pensez à prendre de quoi vous couvrir.

Laissant tourner le moteur au ralenti, Dominique arrêta la voiture devant l'escalier, pour répondre à Blanche qui les interpellait du haut de la terrasse.

Il faisait un de ces temps doux, ensoleillés et pâles, un peu humides, un peu brumeux, d'avant-printemps, qui ressemblent à l'automne.

— ... Un temps traître, insistait Blanche. Mettez donc vos cravates de fourrure. Un rhume est vite attrapé, à cette époque-ci.

— Un rhume !...

Les jeunes filles éclatèrent de rire.

L'odeur brune et douceâtre de la sève montait partout autour d'elles, sous la vieille écorce. Les oiseaux revenaient. Entre les tas de feuilles ramassées par le vent, qui achevaient de pourrir, l'herbe nouvelle poussait, verte ; si verte que jamais vert comparable n'avait dû exister auparavant.

Soudain, le moteur se tut.

— Allons, bon ! s'exclama Dominique.

Avec humeur, elle atteignit la manivelle sous la banquette, et descendit.

Comme elle se baissait pour la mettre en place, par derrière, quelqu'un la lui ôta des mains.

— Donne-moi ça. J'aurai plus vite fait que toi, dit Laurent.

Le col de son veston relevé, il arrivait par l'une des deux petites allées en pente qui desservaient les arrières de la maison, contournant avec symétrie les flancs de la terrasse pour se rejoindre devant l'escalier, au pied de la façade.

Sans doute avait-il emprunté ce chemin afin d'échapper à la vigilance de sa mère.

— Oh ! Laurent !... exhala Blanche, le voyant s'exposer ainsi à peine couvert, au sortir de l'atmosphère douillette de sa chambre.

Sans s'attarder aux reproches qui se bousculaient dans sa tête, elle rentra précipitamment, en quête d'un vêtement chaud à apporter au jeune homme.

« Un garçon de vingt-trois ans passés... qui a fait sa guerre... » Si, par de perpétuelles remontrances, on lui ôtait le peu de goût à vivre que lui laissait la maladie...

La voiture ronronnait de nouveau.

Laurent se redressa, et tendit la manivelle à sa cousine :

— Tiens, ton outil.

Il remit les mains dans ses poches, et se campa, pour respirer largement.

— Fait bon, aujourd'hui. Où allez-vous, les filles ?

— A Maillane, dit Dominique.

— ... Mettre à la poste le courrier de Papa, compléta gaiement Antoinette.

Laurent humait l'air.

— Pour un peu, je vous accompagnerais. Qu'en pensez-vous ?

Il se rapprocha pour caresser le capot pareil au mufle d'un gros animal tressautant.

Sa main, observa Dominique, semblait frémir, au même rythme, d'une impatience mal contenue.

— Hein ? J'enfile mon cache-poussière, et j'arrive. Nique, tu me cèdes le volant ?

— Je veux bien, commença-t-elle, hésitante, inquiète. Mais que va dire...

— Tu es fou ! Tu es complètement fou ! protesta Marguerite. Avec ce temps !... — Quoi, « ce temps » ? Et alors... ? — Il se tourna vers elle avec brusquerie :

— Ça t'ennuie que je vienne, hein ? Dis-le. Mais dis-le donc ! Ce sera plus franc.

— Pourquoi veux-tu... ? C'est ridicule. Je te fais simplement remarquer que l'air est humide...

La figure, étroite et longue, parcourue d'une risée d'agacement, la grande bouche à l'expression hautaine et butée, le front pâle entre les cheveux noirs... A la place de Marguerite, un instant, Dominique crut revoir sa sœur Christine.

— Bon, bon, bon !... J'ai compris. Je vous laisse. Allez, monte, Nique.

L'attention de la jeune fille se reporta sur son cousin dont le teint blafard se tachait de plaques pourpres.

— Laurent !... balbutia-t-elle.

Sa dernière journée auprès d'eux. C'était... « Tout cela... Oh ! »... si lamentable, si désolant.

Elle s'accrocha au revers de la veste du jeune homme :

— Laurent ! ne sois pas stupide. Tout le monde à envie que tu viennes. Seulement...

Il lui ferma la bouche du bout des doigts.

— Te fatigue pas, petite. Allez, en voiture, je te dis ! Monte. Toinou, pense à me rapporter tout ce que tu trouveras comme journaux.

Blanche descendait en hâte, une cape de berger sur le bras :

— Mon chéri, je t'en prie...

— Oui, dit Laurent avec lassitude, oui, Maman, votre chéri rentre toute de suite, voyez ! Retrouver le bon petit coin de feu qui l'attend.

Dominique demeura les yeux baissés sur les gants qu'elle enfilait, jusqu'à ce qu'il eût remonté l'escalier de la terrasse.

Comment eût-elle pu blâmer Marguerite ? « Puisqu'elle ne l'aime pas.. Et cependant, pour lui, c'est... »

Avant de s'installer au volant, elle serra furtivement le bras d'Antoinette, assise à côté d'elle.

Celle-ci n'avait pas prononcé une parole durant toute la discussion.

Elles roulèrent un moment en silence.

Puis, Dominique prit sur soi :

— Margot avait raison. Ce n'eût vraiment pas été prudent.

— Je sais bien, soupira Antoinette.

Leur cousine s'accouda au dossier, derrière elles.

— Toinou, ce n'est pas ma faute, si...

— Non, je sais bien, répéta la sœur de Laurent.

Leur gaieté avait pris la fuite. Elles parlèrent peu, jusqu'au village, retirées chacune en soi.

Marguerite appelait, de toute son ardeur, l'homme qui reviendrait trancher pour elle, par sa seule présence, un nœud gordien fait d'affection, d'impatience et de pitié. Antoinette, la plus jeune des trois, revoyait, saisie d'appréhension, la face de défaite que venait de lui découvrir cet amour vers lequel convergeaient toutes ses rêveries.

Et Dominique se disait sans y croire que le bonheur devait bien pouvoir exister encore pour quelques-uns.

« Si seulement j'étais capable de m'élever jusqu'à la certitude... »

Alors, elle n'eût eu, sans doute, qu'à tendre la main pour le saisir. « *Si vous aviez de la foi, gros comme un grain de sénevé...* Numa !... même si j'ai trop souvent manqué de force, et de courage, pour te garder ma confiance... maintenant, où que tu sois, entends-moi... Et viens ! »

Tendue dans sa prière, elle crispait les mains sur le volant.

« Tout de suite, Numa ! Tout de suite ! »

Mais quelle chance qu'il pût apparaître au même

instant, sur ce chemin communal, qui n'allait nulle part ailleurs qu'à Maillane ?

Elles se retrouvèrent, désœuvrées, dans la rue du village. Le plaisir d'être ensemble s'effilochait.

Avant de quitter le bureau de poste, devant la boîte aux lettres, Marguerite venait de tirer de la poche de son manteau une enveloppe timbrée d'avance, pour la glisser dans la fente, à la suite de celles qu'y avait jetées Antoinette.

Elles entrèrent à l'église, se confesser, et faire une prière à l'autel de sainte Agathe.

Puis, chez la boulangère, attirées par le monceau d'oreillettes poudrées de sucre, en montre, à la devanture — et s'aperçurent, sitôt chargées d'un sac où elles commencèrent à puiser, qu'aucune des trois n'en avait réellement envie.

Puis, chez la mercière, qui tenait un éventaire de livres et de journaux voisinant avec des bocaux de bonbons.

Tandis qu'Antoinette payait divers achats, ses cousines inventoriaient nonchalamment les titres des nouveautés.

— Si je lui rapportais un roman... ? hasarda Marguerite, comme la sœur de Laurent les rejoignait devant l'étalage.

— Non, va. Laisse.

Dominique traduisit la pensée d'Antoinette :

— A quoi bon lui fournir l'occasion de se méprendre ? Il recommencera une fois de plus à espérer. Et, puisque tu ne peux pas...

« L'espoir », se disait-elle, « ne jamais pouvoir supprimer l'espoir... » C'était cela, le pire.

A quatre heures, sans s'être consultées, elles retournèrent vers la voiture pour rentrer.

Le jour s'était terni. L'irisation du ciel virait au gris plombé.

— Nous aurions de l'eau, cette nuit, que ça ne m'étonnerait pas, leur dit la femme du maréchal-ferrant, qui s'était avancée sur le pas de sa porte, afin de voir s'installer dans l'automobile les demoiselles de la Sarrazine.

— Attendez, je vais vous appeler mon fils.

Elle s'avança jusqu'à l'entrée de la forge et, penchée vers la pénombre éclaboussée de gerbes d'étincelles violettes, cria, pour dominer le vacarme des coups de marteau sur la ferraille :

— Marcel !... O Marcel !... Viens un peu aider les demoiselles à repartir.

Marcel parut, le soufflet à la main. Un garçon râblé sur de courtes jambes, qui respirait la force débonnaire. Il s'essuyait les paumes sur son tablier de cuir.

— Vous voyez, il s'est déjà remis à l'atelier. Et *Moussu* Laurent ? Ça fait un bail qu'on l'a plus vu, au village.

— Il va mieux. Vraiment beaucoup mieux, répétait pauvrement Antoinette.

A sa propre impatience douloureuse, Dominique mesurait celle que devait éprouver sa cousine.

— Prends par la Pierre-Plantée, veux-tu ? proposa celle-ci. Tu me laisseras devant l'Oustalet. J'ai promis à la petite Gauthier, qui est paralysée des jambes, de venir lui porter des bonbons au coquelicot.

Peut-être, obscurément, allait-elle chercher le réconfort d'une infortune plus irrémédiable que celle dont étaient frappés les siens.

— Voilà, dit-elle, lorsque la voiture l'eut déposée sur le bord du chemin, à quelques pas de l'entrée de la ferme. Continue par là, entre les terres. Tu aboutis droit au garage.

Dominique repartit.

Marguerite avait changé de place pour s'installer à son côté, sur la banquette.

— Je pense que nous allons regagner Paris, Maman et moi, dès que Pâques sera passé, dit-elle, au bout d'un moment.

Dominique gardait les yeux fixés sur la route, étroite et bosselée à cet endroit.

— Cela vaudra mieux, acquiesça-t-elle.

Les laboureurs au travail dans les vignes s'arrêtaient, une main sur les yeux, pour suivre le panache de poussière grise qui s'enflait derrière l'automobile cahotée.

Après un autre long silence, Marguerite dit encore, comme honteuse :

— Tu sais, jamais je ne lui ai donné à croire... C'est lui tout seul qui a commencé, lorsqu'il est revenu. Je cherchais à le distraire, à lui faire prendre son mal en patience, rien de plus. Malheureusement, il s'est figuré... C'est si facile, n'est-ce pas, d'interpréter dans le sens que l'on souhaite... ?

— Oui... disait Dominique. Oui, je comprends.

« *Si facile d'interpréter...* » Le doute la reprit, sourdement. « Mon Dieu ! pourquoi n'a-t-il pas écrit, depuis bientôt... »

A la suite du court billet reçu pour son anniversaire, deux mois, presque, avaient passé.

Elles garèrent la voiture, et, traversant le sous-bois, débouchèrent derrière la maison du côté des cuisines.

La vue, à travers le carreau, de la vieille Thérésou plumant une volaille, les fit obliquer en tapinois vers la petite porte qui ouvrait directement dans l'office.

— Vite, vite, par ici. Ou, sinon, il va falloir subir ses radotages.

Par extraordinaire, aucune servante ne traînait aux alentours. Un rire muet à fleur des lèvres, les jeunes filles se coulèrent sur la pointe des pieds vers le passage donnant accès dans le vestibule.

Le bruit de voix qui leur parvint du salon, une fois franchie cette zone de silence, atteignait, au contraire, un diapason inaccoutumé.

— Tiens, remarqua Dominique, il y a des visites.

Elles s'entre-regardèrent.

Les oreillettes abandonnées sur la desserte de l'office leur avaient graissé les doigts. Un masque de poussière leur paraissait coller à leur peau.

— Qui que ce soit, chuchota Marguerite, un peu de toilette préalable s'impose.

Elles grimpèrent prestement jusqu'à l'étage, poursuivies par les bribes d'exclamations, les brefs éclats de voix, les rires qui fusaient par-dessus la rumeur indistincte bourdonnant derrière la porte close.

— Bonté du ciel ! gémit Marguerite, je suis sûre que c'est la mère Dumarlier avec ses bringues de filles. Elles se sont annoncées pour bientôt, l'autre dimanche, à la sortie de la messe. Tu peux soigner ton extérieur, crois-moi. Elle n'a pas les yeux dans sa poche, la vieille rate-penade [1]. Ni la langue, d'ailleurs, je t'en préviens. Pas de chance, ma pauvre Nique !... Dire qu'à vingt-quatre heures près, toi, du moins, tu pouvais éviter ce fléau !... Enfin, il va falloir boire le calice.

Néanmoins, lorsque Dominique, recoiffée, la figure rafraîchie, ayant changé de robe, vint un quart d'heure plus tard toquer, en passant, à la porte de sa cousine, Marguerite, sans doute résignée à vider sa coupe jusqu'à la lie, était déjà redescendue.

Elle en fut marrie. Opérer seule son entrée dans une pièce pleine de monde était le genre d'épreuve en face duquel elle n'avait encore pu s'aguerrir.

---

1. *Rate-penade* : chauve-souris.

Avec lenteur, tentée de remonter dans la chambre, elle parvenait au bas de l'escalier, quand la porte du salon s'ouvrit brusquement, en même temps que résonait, soudain très nette, la voix de Marguerite :

— Mais oui. Nous sommes rentrées ensemble. Je vais la chercher.

« Qu'est-ce que... ? »

Elle n'eu pas le temps d'esquisser un recul.

— Ah ! te voici, Nique. Viens vite. Ce sont sont nos cousines de Tourvieille.

Elle entra, remorquée ferme par Marguerite.

C'étaient Raoul et Laure Vernet, avec Lucien, leur fils cadet, et aussi...

... Qui se levait et venait au-devant d'elle, en souriant, c'était...

— Bonjour, Niké.

— Numa !

Il la serra un court instant sur sa poitrine, à la seconde même où elle se sentait sur le point de défaillir. Puis l'embrassa — un baiser sur chaque joue. Avant de la laisser aller, la tête encore perdue de vertige.

Les effusions enfin terminées à la ronde, Dominique, à demi consciente, se retrouva sur le canapé, assise à côté de Laure. Le sang cognait contre ses tempes, si fort qu'il l'empêchait d'entendre ce qu'on lui disait.

Elle suivait machinalement l'absurde gymnastique des lèvres, sans lui trouver aucun sens ; et hochait la tête, au hasard, bridant, de tout ce qui lui restait de volonté, le désir, qui la faisait trembler, de se retourner vers Numa, de poser son regard sur cette silhouette, et ce visage, de se saouler longuement de leur contemplation.

Mais à présent, une mitraille de questions s'abattait sur elle.

— Ainsi, Anne a eu un garçon !... Est-elle heureuse ? Il est beau, paraît-il ?

— Cela s'est bien passé, n'est-ce pas ?

— Quand pensent-ils venir ?

— Crois-tu que...

Elle s'efforça de répondre.

« Mon Dieu ! je dois leur paraître stupide ! »

Puis, l'attention se détourna. « Enfin !... » Laure entamait un dialogue avec Blanche.

L'œil de Dominique put atteindre furtivement son but.

« Il a grossi... Sa... Mais, comment ? Sa moustache... ? Il ne l'a plus ! »

Maintenant, elle commençait à le voir pour de bon.

« Numa... » Si pareil, et si différent.

« Ses cheveux ont foncé. » Le roux des mèches encore presque rases, qui repoussaient, touchait au brun, dans l'éclairage des lampes qu'on venait d'allumer.

Cela fit un peu mal à Dominique. Comme si on l'eût dépossédée d'un de ses biens secrets.

Il causait avec Laurent ; et Marguerite était venue s'asseoir près de lui, pour l'écouter.

Pourquoi Dominique ne pouvait-elle les rejoindre, avec le même naturel, et se mêler à leur groupe, elle aussi ?

Devrait-elle donc, au contraire, se rapprocher d'Antoinette qui, rentrée depuis peu, se trouvait déjà lancée dans un aparté plein d'animation avec Lucien, à l'autre bout de la pièce ?

On n'avait-elle nulle part sa place ?

« Numa... » L'avoir tant attendu, et... « Mon Dieu ! ce n'est pas ainsi que je m'étais figuré le revoir. Vous le saviez, mon Dieu. Alors, pourquoi... ? Pourquoi ne pouvons-nous, lui et moi, nous retrouver seuls, face à face ? Un instant, mon Dieu ! rien qu'un petit instant... »

Son regard croisa celui de Numa posé sur elle, lourd d'une telle douceur qu'elle en frémit, un peu consolée.

Ce fut Marguerite qui l'appela :

— Si tu entendais ce que Numa raconte !... Viens donc par ici, avec nous.

Laurent lui céda son fauteuil, et s'assit en équilibre sur l'un des accoudoirs.

— Ce Numa !... Toujours présent, partout où il se passe quelque chose, dit-il en riant, à Dominique. Il a même parlé à la petite princesse Ileana.

— Où cela ? Dans l'Est ?

— Mais non, nigaude, à Paris, dit Numa.

— Mais je croyais...

Il était donc à Paris, de nouveau, lors du séjour de la reine, au début de mars ? Dominique se mordit la lèvre.

— Oui ? Que croyais-tu ?

Dégagé, plein de sa même gentillesse pareillement insondable, qui, jadis, donnait déjà si fort à Dominique le sentiment de sa propre insignifiance.

— Non, rien. Je ne sais plus ce que je voulais dire.

Après le dîner, seulement, au moment où les visiteurs s'apprêtaient au départ, alors qu'elle n'espérait plus rien, la jeune fille se trouva tout à coup isolée dans l'embrasure d'une fenêtre. La carrure de Numa s'interposait devant elle.

— Tu es belle, ce soir, Niké.

Sa voix était sourde. Au dîner, placé entre elle et Marguerite qui l'accaparait — « sans vergogne », estimait-il, avec rancune —, il avait beaucoup parlé, et beaucoup bu.

Elle dit, irritée contre elle-même :

— Pourquoi ne m'as-tu pas répondu ? Tu as bien dû recevoir mes deux lettres ?

— Non. Tu m'as écrit ? — Son étonnement paraissait sincère. — Ces corniauds ne les auront pas fait suivre. Ou alors, elles se sont perdues. — Il eut l'air perplexe. — Ecoute, mon petit...

Auprès d'eux, s'échangeaient déjà les adieux.

— Embrassez bien Agnès et Henri pour nous tous, recommandait Blanche.

Dominique se sentait devenue tout froide.

— Tu es rentré à Tourvieille depuis dix jours, nous a dit ta mère ?

— Depuis... ? — De nouveau, il parut réfléchir. — Oui, c'est possible. Ça doit faire à peu près ça. Tu sais, j'ai été tellement pris par la famille...

— Bien sûr, je comprends.

Le nombre de choses que l'on était censé comprendre.

Dominique s'entendit parler sur un ton extrêmement calme :

— Je ne m'attendais guère à te rencontrer ici, ce soir.

Numa se pencha sur elle :

— Tu repars demain ?

— Oui.

— Je viendrai à Mogador. Il faut que je te voie. — Il plongea ses yeux dans les yeux dilatés : — Seule.

Ses grandes mains d'homme se refermaient avec force sur les épaules de Dominique, frissonnante, muette.

— Niké, mon tout petit...

— Oui, souffla-t-elle, tout entière, cette fois, dans ce souffle.

Tous les autres s'acheminaient en groupe vers le vestibule.

— Numa, où es-tu ? appela Laure, de l'autre côté.

— J'arrive, Mère.

Dominique n'était plus, de la tête aux pieds, qu'une vibration douloureuse.

Rapidement, Numa lui prit la main, et appuya sa bouche au creux de la paume moite.

— A bientôt, Niké.

# 6

Veiller à tout, parcourir les terres du matin au soir, arbitrer les conflits qui opposent journellement Tonin au nouveau baïle, représenter à Vigouroux que trente-trois années de soins et de sueurs donnés au domaine ont acquis au vieux contremaître le droit de se faire écouter, et à Tonin que la raideur du commandement ne se perd pas tout de suite, chez un homme qui, parti simple « deuxième classe », a fini la guerre avec le grade d'adjudant-chef...

A la Sarrazine, durant ces dix jours écoulés, Dominique avait presque oublié de quelle tâches était pétrie son existence quotidienne.

A présent, elle en reprenait mal l'habitude. Peut-être parce qu'elle ne leur portait plus tout à fait le même intérêt.

Un pas derrière une haie, le roulement d'une automobile sur la route longeant Mogador, la tenaient en haleine.

« Il va venir. Il veut me voir. C'est lui-même qui... »

Quel jour, quel moment, choisirait-il ?

Dominique reprenait ses vieux paris superstitieux : « Si le dernier sillon est tracé avant que je n'aie entendu sonner l'heure à Fontfresque... Si je compte jusqu'à cent avant d'avoir le courrier... Si je vois trois pies d'ici le plan Roussi... »

L'air bleu, tout clair au-dessus des champs labourés, recélait une immense promesse.

Mais au crépuscule frileux de cette demi-saison, il lui fallait rentrer, lasse, avec son espoir émoussé, qui retrouvait de sa force, comme elle se rapprochait de la maison.

« S'il était là, à m'attendre ?... Victor lui aura dit : « — Elle va rentrer, c'est son heure. » Et, pour être sûr de ne pas me manquer, il s'est assis près du feu. »

On venait à sa rencontre, au milieu des champs labourés :

— Mademoiselle, y a quéqu'un qui vous demande.

Et le cœur fou cognait à grands coups sourds, comme un moteur déréglé.

Mais c'était un représentant en machines agricoles. Ou un journalier qui avait entendu dire qu'on embauchait à Mogador.

Ou, ce jour-là, Henriette Royer :

— On ne te voit plus. C'est à peine si tu as passé chez nous une petite heure, le lendemain de ton retour. Es-tu tellement occupée ? Ou bien est-ce à cause des taquineries idiotes de Maurice ?

Dominique tomba des nues.

— Maurice ?... Non ! mais comment peux-tu croire... ? D'ailleurs, l'autre jour, il ne m'a fait que des compliments. Ou enfin... Venant de lui, cela pouvait passer pour tel.

Elle sourit à se remémorer l'accueil :

« — *Oh ! oh !... On a astiqué le poil de la mule, dis donc, mon Coco. Qu'est-ce qui t'arrive ?*

« — *Quoi !... j'ai changé de coiffure, voilà tout. Naturellement, tu vas encore dire que celle-ci aussi me va mal ?* »

Ce jour-là, devant Maurice, qui prenait du recul et clignait un œil connaisseur, jouant le peintre devant son modèle, Dominique avait éprouvé une bouffée d'ardeur combative.

Mais il s'était contenté d'arborer une curieuse expression de gaieté, au coin de la bouche :

« — *Non... ça, non... Je ne peux pas le dire.* »

Une curieuse expression. Elle la revoyait encore. De plus en plus accentuée, à mesure que le jeune homme détaillait, en sifflotant, les fines bottines lacées à hautes tiges qui gainaient ses mollets jusqu'aux genoux, la robe noire élégante, les ongles soigneusement manucurés.

« — *Qu'as-tu fait, là-bas ? Qui as-tu vu ? Raconte.* »

« — *Pas aujourd'hui. Je n'ai pas le temps. La prochaine fois que je viendrai.* »

— Je n'ai vraiment pas pu, Hiette, je t'assure. Tu ne te figures pas tout ce qui m'attendait d'urgent, depuis dix jours. Je pensais venir, d'ailleurs. Oui... demain.

Elle avait l'impression que le mensonge se lisait sur sa figure.

— Je t'assure, répéta-t-elle.

« Hiette ni personne... » ne devaient rien savoir, jusqu'à ce que tout fût éclairci entre Numa et elle.

— Alors, viens déjeuner avec nous, proposa Henriette aussitôt.

Pourquoi les autres, lors même qu'ils ne pouvaient comprendre, ne décelaient-ils pas, si obscurément que ce fût, ce qu'on voulait leur taire ? Juste assez pour vous épargner tant de détours.

— Déjeuner... ? Eh bien ! c'est-à-dire que... Je préférerais que vous...

Et, non, elle ne pouvait pas non plus les inviter à Mogador : « Si Numa... »

— ... Ecoute, se reprit-elle, attends jusqu'à la semaine prochaine...

« A ce moment-là... » calcula-t-elle avec fièvre, il serait venu, sans doute.

— ... Oui, c'est ça. Je ne puis me libérer actuellement, mais la semaine prochaine, je te promets... Tiens, mercredi, par exemple. Ou jeudi ? Plutôt jeudi ?

Cela laissait encore, ainsi, une marge de sécurité.

Enlaçant Henriette, elle tenta de l'entraîner vers le salon :

— Mais viens donc t'asseoir. Tu as bien un instant, toi, ma chérie ?

— Moi, oui. Mais je ne voudrais pas te déranger, dit Henriette, réticente.

— Hiette, je t'en prie !

« Bien sûr, elle n'est pas dupe. » Et comment Henriette l'eût-elle été ? « Je suis si maladroite. Je bafouille, je me contredis... » pensa Dominique, découragée.

Mais elle avait envie de la compagnie de la jeune fille, ce soir-là, où s'amenuisait la chance que Numa pût encore surgir, à pareille heure.

— Et si... — Une idée lui venait, susceptible de tout concilier. — ... si je venais dîner ce soir ? Oui, tout de suite ?... Tant pis, je puis remettre ma comptabilité à demain, affirma-t-elle, devant l'étonnement d'Henriette, sans plus se soucier de la contradiction.

A Barbegal, la tendresse de sa marraine, et celle d'Henriette, la bonté tranquille du docteur Royer, comme, aussi, les tracasseries fraternelles de Maurice, la replongeraient dans cette ambiance familiale, à laquelle ne l'avait que trop réaccoutumée son passage au foyer de ses cousins de la Sarrazine.

Avec plus d'entrain que Dominique ne lui en avait

vu manifester depuis longtemps, Henriette décida, sans barguigner :

— Je reprends mon vélo, et je pars, devant, prévenir tout de suite qu'on ajoute ton couvert.

Maurice, lui aussi, paraissait tout heureux de sa venue. Avant le dîner, il avait fait avec elle le tour du jardin.

— Il y a du progrès, hein ? Encore quelques semaines, et je lâche mes cannes, tu verras.

Pour la veillée, tous s'installèrent près du feu que l'on allumait encore dans le cabinet du docteur Royer.

— On est bien, murmura Dominique, en se laissant aller contre le dossier de son fauteuil. Mon Dieu ! comme je suis contente d'être venue !

La fumée de la pipe de Vincent Royer, celle de la cigarette de Maurice, le son même de leurs voix mêlées emplissaient la pièce de cette chaleur masculine, éteinte à Mogador, depuis le jour où François, lui aussi, l'avait quitté.

— Alors, tu dis que Margot va retourner à Paris ?

Maurice revenait au sujet qui paraissait l'intéresser.

— Dommage ! j'aurais bien voulu la revoir.

— Moi, c'est Antoinette, que j'aimais bien, dit Henriette.

Dominique la dévisagea ; elle semblait sincère.

« Toinou, la favorite de François, quand nous étions enfants... » Henriette avait souvent pleuré, le voyant afficher sa préférence lors des jeux où les garçons choisissent celles qu'ils prendront dans leur camp. « Ne se souvient-elle plus ? » Ou était-ce, précisément, cette dilection marquée par François qui revêtait Antoinette de prestige, aux yeux de celle qu'il avait fini par élire ?

— Et Laurent, que fait-il ? s'informa Elise Royer.

Le pauvre enfant ! Comme je plains ta cousine Blanche.

Etrange, que chacun eût tant de pitié à revendre.

Dominique repartit dans ses réflexions. Les gens pratiquaient-ils tout naturellement un tel oubli de soi ? « ...Et pourquoi, alors, moi seule, suis-je si personnelle ? » Ou bien cherchaient-ils, au contraire, à se prouver que leur misère n'atteignait pas à celle des autres ? Elise, comme Blanche, étaient-elles capables de tricher, elles aussi ?

« Mais si je me mets à remuer de pareilles idées... »

Que lui resterait-il alors de solide, à quoi se raccrocher ? « Si personne n'est plus vrai, plus entier dans son unité, plus sûr que je ne le suis moi-même... ? »

Elle se retrouvait aux prises avec l'une de ses angoisses latentes :

« Qui existe ? » Qui est autre chose que la somme, à chaque instant variable, de ses propres imaginations et de celles d'autrui ?

« Et peut-être que je ne crois véritablement à rien de ce que je fais, ni de ce que j'éprouve. Comment savoir ? Peut-être est-ce comme une sorte de pièce de théâtre que je me regarde jouer. Peut-être... »

Rencontrant le regard sagace de Vincent Royer arrêté sur elle, Dominique se hâta d'établir le barrage de son sourire le plus usuel.

« Non. » Un sentiment, au moins, demeurait intangible, en elle, pour sa joie et son inquiétude.

« Et, mon Dieu, je sais bien que ce n'est pas raisonnable, pardonnez-moi, si j'aime un homme, comme vous seul devriez être aimé. Moi qui ne suis pas Isabelle, qui ne... »

— Ma parole, elle s'endort, dit la voix de Maurice, du sein d'une spirale de nuées.

Et celle d'Henriette, aussi lointaine :

— Que faut-il faire, Maman ? Nous ne pouvons pas la laisser...

Et celle d'Elise :

— Pauvrette ! Elle n'en peut plus, à la fin de sa journée.

Dominique gardait les yeux clos, paresseusement, éprouvant une délectation indéfinissable à les sentir tous réunis autour d'elle, occupés d'elles.

— Je vais lui préparer le lit de la chambre d'Edouard, dit encore la voix de sa marraine. Elle n'aura qu'à rentrer demain matin à Mogador.

« Et si, demain, très tôt, Numa... ? » Impossible.

A regret, Dominique rouvrit les yeux.

Vincent Royer posa sa pipe sur le coin de la cheminée :

— Eh bien, fillette ?

— Je... Je crois que... excusez-moi, bégaya-t-elle.

A présent, elle sentait refluer en soi une énorme vague de confusion. La comédie qu'elle s'était laissé aller à leur donner lui devenait incompréhensible.

Non sans débats, elle put décliner l'offre de passer la nuit à Barbegal ; puis, la proposition que lui fit alors le docteur Royer, de la reconduire.

Jusqu'à Maurice, qui l'admonestait :

— Tu crois que c'est malin, Coco ? Et si tu piques un autre petit roupillon, sur la route... ?

Chacune de leurs instances ajoutait à sa honte, sous laquelle persistait néanmoins l'euphorie singulière où elle avait baigné, quelques instants auparavant.

Mais elle voulait sa liberté entière, pour le lendemain.

— Non, vraiment, ce n'est pas la peine. Je suis tout à fait réveillée, maintenant. D'ailleurs, j'aurai absolument besoin de l'auto, demain, dès la première heure.

L'on pouvait donc énoncer tant d'excellentes raisons, à part la vraie ? Et même, à la fin, se convaincre de leur importance, voire de leur sincérité ?

Pour tout arranger, Vincent Royer décida de la suivre, dans sa voiture.

— ... Mais, voyons vous aussi, vous devez vous levez tôt, essaya-t-elle de protester.

Et les journées de médecin étaient de rudes journées, elle le savait. Incomparablement plus dures, et plus longues que les siennes. Tout à l'heure encore, à table, n'avait-il pas parlé d'un malade pour lequel il craignait qu'on ne vînt le déranger au cours de la nuit ? Et, malgré tout, à sept heures, le lendemain, il reprendrait sa tournée.

Le remords qu'éprouvait Dominique lui barbouillait le cœur d'une sorte de nausée.

— Bah ! je serai dans mon lit d'ici une demi-heure, à peine, conclut le docteur Royer. Et plus tranquille pour dormir, si je te sais en sûreté dans le tien. Henriette va monter avec toi. De cette manière, au retour, elle me tiendra compagnie, ajouta-t-il, avec bonne humeur, sans vouloir remarquer la mine soucieuse de sa femme.

La jeune fille dut céder, quoi qu'elle en eût.

Durant le trajet, Henriette bavarda presque sans discontinuer. Ce qui, observa Dominique, n'était guère dans ses habitudes.

Peut-être se reprochait-elle d'avoir obtenu, par ses objurgations, que Dominique l'accompagnât chez eux. Elle croyait à sa lassitude. Tous y avaient cru, et s'apitoyaient.

« Ils craignent que je ne me rendorme au volant. »

Le docteur Royer courait seul à la campagne, jour et nuit. C'était afin de veiller sur elle, qu'il avait requis Henriette.

De telle sorte qu'il n'eût plus même été possible à

Dominique de les détromper sans leur infliger, à son égard, une déception sans commune mesure avec l'enfantillage dont elle se reconnaissait coupable, véniel somme toute, du moins dans ses intentions.

« Si l'on se doutait... si l'on pouvait prévoir... » ce que déclenchera un mot prononcé, un geste accompli à l'étourdie.

Elle savait qu'elle se rappellerait longtemps, avec un malaise tenace, sa minuscule supercherie, et ce retour en caravane, dans le tunnel de lumière creusé par ses phares, à même la nuit.

L'après-midi commençait à peine. Numa survint, comme elle se disposait à sortir.

Pour être là de si bonne heure, pensa Dominique, il avait dû quitter Tourvieille avant le repas.

— Tu dois avoir faim. Entre vite. Berthe ou Eugénie vont te cuisiner quelque chose, offrit-elle, s'efforçant de dissimuler son trouble.

Il résista, et la retint par la main.

— Pas la peine, j'ai déjeuné. Et même très bien...

Leurs regards se fuyaient.

— ... A Arles, chez Thévot...

Comme si le détail eût présenté le moindre intérêt.

— ... Avec deux hommes de mon bataillon, figure-toi. Je suis tombé sur eux par hasard, devant le marché, au coin des Lices.

— Ah !

A la place de son cousin, dès qu'elle eût pu se rendre libre, Dominique fût accourue d'un trait. « Mais, pour les hommes, ce n'est jamais pareil. »

S'apercevant qu'il la dévisageait à la dérobée, elle se réfugia de nouveau dans la banalité de son rôle d'hôtesse :

— Alors, peut-être, une tasse de...

Numa lui coupa la parole :

— Rien. Je n'ai besoin de rien. Sinon de te voir, Niké.

Dans le ton, comme dans les manières, Dominique, secrètement aux aguets, crut déceler la fausse note d'une désinvolture tout juste un peu trop appuyée pour demeurer naturelle.

Ils n'avaient pas même échangé ce baiser de circonstance, que justifiait normalement leur parenté.

La jeune fille se guinda, cherchant à masquer sous son vain affairement, non sans gaucherie, la déroute intérieure qui s'emparait d'elle, précipitant les battements de son cœur.

— Mais... Ne veux-tu pas entrer ?

Sans savoir pourquoi, elle éprouvait le sentiment, très vague, qu'à l'intérieur de la maison, elle se trouverait plus à son aise. Derechef, elle voulut entraîner son cousin vers le perron, et, derechef, il résista.

— Entrer. Pour quoi faire ? Par ce soleil, on est mieux dehors. Voir des arbres qui ne soient pas réduits à l'état de bois mort, et des champs en ordre, où les récoltes ont continué de pousser, tu ne peux imaginer ce que ça représente, quand on revient de là-bas.

Il promenait un œil ébloui sur les massifs de lauriers-tin et de buis taillés à neuf ; sur le velours miraculeux de la pelouse, que célébraient les fusées épanouies en longues étincelles des forsythias, et le sourire rose vif du prunus ; sur l'élan du cèdre fourré de bleu, dont le reflet trempait, vert et argent, dans l'eau tranquille toute traversée de rayons, où commençait de s'épaissir le brouillard vert des feuilles nouvelles, hors de la gaine des bourgeons éclatés.

— Quel cauchemar ce devait être, dit timidement Dominique.

Numa posa sur elle le regard de quelqu'un qui vient, en effet, de se réveiller. Ses prunelles se chargèrent d'une sorte d'étonnement, à la voir là, devant soi.

« Des prunelles de chat », pensa-t-elle, une fois de plus. Claires et insondables, elles étaient vertes, vraiment vertes, au grand jour ; à peine bordées de brun, et presque sans pupilles.

— Un cauchemar, oui. On peut bien le dire, maintenant que c'est fini.

Il enlaça la taille de la jeune fille et prit droit devant soi, le long des noisetiers, la direction du bosquet de chênes.

Dominique s'abandonnait à la joie toute simple d'accorder son pas à celui de son cousin, pesant un peu sur le bras qui la soutenait si fermement.

Tous deux marchèrent un moment sans parler.

Puis, Numa répéta, sortant de sa méditation :

— Un cauchemar... Un cauchemar tel qu'au réveil, nous étions tout prêts à nous conduire comme de fameux imbéciles, dès la première occasion.

Un pli amer sillonnait le coin de sa bouche. Dominique rêva de l'effacer en y passant le doigt.

Numa inclina le menton vers le visage levé :

— Tu comprends ?

Au hasard, elle acquiesça, d'un hochement de tête.

— Tu comprends toujours tout, toi. N'est-ce pas, Niké ?

Se moquait-il ?

« Sa voix... ? » Non, rien, dans sa voix, qui...

L'attention en alerte de Dominique ne discerna non plus rien d'autre qu'une gravité ressemblant à de la mélancolie, dans l'expression de ces traits qui se superposaient mal à ceux qu'avait fixés l'absence, dans sa mémoire.

« Mais... » A cette minute, bizarrement, elle n'avait pas l'impression qu'il fût revenu pour de bon.

Ils atteignaient les abords de la montagnette.

Numa la ramena plus étroitement contre soi, pour gravir, de front avec elle, le sentier qui montait au flanc du talus, envahi par les longues tiges rampantes des pervenches.

Dominique ignorait qu'au sommet de cette petite butte, sous le vieil althéa tout en fleur alors, s'était déjà résolu l'avenir de sa sœur Isabelle.

L'eût-elle su, d'ailleurs, qu'elle ne s'y fût pas moins laissé conduire, avec la même confiance fervente.

— Viens, proposa Numa. Asseyons-nous sur ce banc. Tu n'auras pas froid ?

Froid ? A présent que sa nuque reposait appuyée sur l'épaule de son cousin, Dominique était prête à croire qu'elle n'aurait plus jamais froid, le reste de sa vie durant.

Un chant d'oiseau prenait son vol dans l'arbre voisin.

— Tu entends ? dit Numa.

Toujours enlacés, ils écoutèrent les froissements d'ailes, l'herbe qui bougeait au passage d'un insecte, la brise se faufilant entre les ramilles, chargée d'un souffle tiède, avant-coureur de l'été.

— J'ai rêvé d'un moment comme celui-ci pendant des années, dit Numa à mi-voix. Me croiras-tu ? Au feu, même, parfois, quand ça pilonnait dur, il m'est arrivé d'y penser, par éclairs. Et... voilà... Maintenant, je le vis.

Le son de ses paroles n'exprimait pas le bonheur, découvrit tout à coup Dominique, frappée au milieu de celui dans lequel elle flottait.

Inquiète, elle leva la tête :

— Et tu es déçu ?

— Tais-toi ! Tu ne sais pas ce que...

Sans achever, il lui ramena la figure contre sa poitrine, presque brutalement :

— En tout cas, j'aurai toujours eu cela, quoi qu'il arrive.

On eût dit qu'il lançait un défi.

Dominique s'étonna :

— Mais...

Le bras gauche de Numa la tenait serrée contre lui. De sa main droite, il prit la sienne, avec un léger mouvement de torsion, afin de l'amener jusqu'à sa bouche. Et, comme il l'avait fait le soir de la Sarrazine, se mit à l'embrasser au creux de la paume.

— Oh ! Numa, Numa !... gémit doucement la jeune fille. Mais, que veux-tu qu'il arrive ? La guerre est terminée... Tu es là...

Il continuait ses baisers, sans répondre, la face enfouie dans cette main dont il caressait fiévreusement le dos, les phalanges, le poignet...

L'anxiété gagnait peu à peu Dominique, malgré la faiblesse extasiée dans laquelle la plongeait cette manière de possession.

— Numa !... Que peut-il y avoir ?... Parle-moi !

Il accentua son étreinte.

— Je suis venu pour cela. Mais laisse-moi encore une minute. Crois-tu que ce soit facile... ?

Elle respira.

Si ce n'était que l'orgueil... « ou quoi d'autre... ? », qui le retenait au bord de ce qui lui restait encore à dire, elle pourrait attendre tant qu'il plairait à Numa, ainsi blottie contre le cœur de son cousin.

— Numa, tu sais que...

— Chut !

Il voyait s'entr'ouvrir, frémissantes, si proches des

siennes, les lèvres que lui tendait inconsciemment la jeune fille.

D'un effort, il rejeta la tête en arrière.

— Niké ! Niké !... Tu me rends tout dix fois pire.

— Mais pourquoi ?

Cachant le visage de Dominique contre sa veste, il la berça, comme il eût fait d'un enfant.

— Mais petite fille chérie... Ma jolie petite à moi...

Très bas, près de son oreille, elle osa soupirer :

— Oui, à toi.

Pendant un laps de temps qui lui parut infini, elle se demanda, les pommettes en feu, s'il l'avait entendue.

Maintenant, il demeurait immobile, muet.

Puis, elle le sentit se raidir.

— Ecoute... J'ai toujours agi contrairement au bon sens. Et, en ce moment même, avec toi, je suis en train de me conduire comme un goujat, et...

— Numa !

— ... Et comme un lâche. Non, ne dis rien, supplia-t-il, prévenant précipitamment la protestation qu'il sentit monter du corps même de la jeune fille. Attends d'abord de savoir. Tout à l'heure, tu trouveras sans doute que ces épithètes-là sont encore ridiculement faibles.

Elle eût voulu le regarder, face à face, jusqu'au fond de ses yeux. Mais il ne le lui permettait pas.

— Ne bouge pas. Reste encore un peu contre moi. Ou je n'aurai jamais le courage d'aller jusqu'au bout.

Réunissant ses forces, elle le repoussa pour l'interroger du regard, avec angoisse.

Ce qu'elle lut sur la figure de Numa la rejeta contre lui, transportée :

— Numa, tu m'aimes, dis ?

De nouveau, il referma ses bras sur elle, comme s'il allait la broyer.

Ceux de Dominique se nouaient autour de son cou.

Il sentit le contact soyeux et souple des cheveux de la jeune fille. Puis, celui, brûlant, de sa joue.

Elle insistait :

— Tu m'aimes ? Dis-le-moi, je t'en prie !...

— Oui, je t'aime, tu le sais bien, gronda-t-il, avec une sorte de désespoir coléreux. Mais tu aurais mieux fait de ne pas... Ça ne sert à rien, de te le dire, tu m'entends ? A rien tout !... C'est avant, que j'aurais dû...

— Numa !...

Elle commençait à deviner que quelque coup allait la frapper, tout à l'heure, qui nécessiterait toutes ses ressources pour y faire face. Mais cet instant qu'elle vivait, dût-il être unique, rien ne l'empêcherait d'en exprimer le suc prodigieux.

— Tu m'aimes... tu m'aimes...

Joue contre joue, Numa continuait, sur la même lancée, son acte de contrition :

— Mais voilà... je me persuadais que c'était plus élégant de te laisser ta liberté, jusqu'au moment où je pourrais revenir te chercher, si j'en réchappais. Et, de cette façon, en même temps, je profitais largement de la mienne. Mais ça... C'était sous-entendu. Le genre de raison, assez peu reluisante, qu'on se garde bien de formuler, même tout au fond de soi....Et puis, tu étais loin. Moi, je me battais, je risquais ma peau... Alors, je me disais : « Elle peut bien m'attendre. » Je n'étais pas même certain, vois-tu, que ce fût si sérieux. Il a fallu que je te revoie, pour saisir à quel point je tenais à toi. Tu comprends ?... Oui, tu comprends, je le sais bien.

Après un bref silence, il ajouta :

— Je crois même que tu serais capable de me pardonner.

Sa véhémence était empreinte d'un sentiment qui ressemblait à de la rancune. Comme si la seule perspective de ce pardon eût alourdi le fardeau qu'il devait porter.

Dominique n'y prit pas garde :

— Pourquoi non, puisque je t'aime ?

En guise de réponse, il la pressa convulsivement contre lui.

Le visage écrasé sur le tissu rugueux et les boutons du gilet de Numa, elle respirait l'odeur de tabac et d'eau de cologne qui l'imprégnait, avec celle, plus secrète, émanant de ce corps d'homme. Tentée follement du désir, âpre comme la soif, d'écarter le vêtement pour atteindre la chair dure du torse dont elle sentait la chaleur.

Mais il la retenait prisonnière.

— Et si je te pardonne... ? insista-t-elle, glissant sa tête plus haut, jusqu'au creux du cou de Numa, à la recherche instinctive de la peau nue pour y poser ses lèvres — ... Si je te pardonne, sans vouloir rien entendre de ce que tu te reproches... ? Dis... ? Est-ce que cela ne peut pas suffire ?

Numa déglutit péniblement de l'air, dans une contraction perceptible aux lèvres de la jeune fille.

— Non, articula-t-il, enfin. Non, ça n'arrangera rien. Au contraire. J'aimerais mieux... je ne sais pas, moi... que tu m'envoies à tous les diables, que tu me gifles, que tu me craches à la figure, quand je t'aurai dit... Alors, ça me ferait quand même un poids de moins...

Il détourna la tête.

Sur le profil qu'il lui dérobait, au bout d'un long instant, Dominique, saisie, aperçut une traînée luisante partant du coin de la paupière.

Comment la joie la plus pleine, et la peur la plus diffuse, pouvaient-elles se mélanger ainsi, au fond d'elle-même ?

D'une voix basse, chargée d'amour, elle l'adjura :

— Qu'est-ce que tu as fait ? S'il faut absolument que je le sache, dis-le maintenant.

— Niké...

L'intonation de Numa devenait méconnaissable.

— ... En ce moment... je devrais être en train de te demander de m'épouser, si... si je n'avais pas...

Les mots sombrèrent dans une espèce de gargouillis rauque, issu de sa gorge.

Les tempes prises dans un tourbillon, muette, se refusant à imaginer ce qui allait suivre, Dominique attendit qu'il poursuivît.

— ... Mais c'est fini... Je ne pourrai jamais t'avoir pour femme. Dans quelques semaines, je vais...

Une fois encore, il s'arrêta court.

Puis, reprit de l'élan :

— ... Je vais en épouser une autre. Voilà.

Dans le silence qui suivit, il acheva, d'un ton gris, tout uni :

— Depuis huit jours, je sais qu'il n'y a que cette solution.

D'abord, Dominique demeura inerte, comme anesthésiée, dans les bras de Numa.

Puis, elle se dégagea doucement, et s'écarta, sans qu'il osât risquer un geste pour la retenir.

Le même oiseau continuait à moduler, par intervalles, ses trilles brefs. L'air bourdonnait de la même quiétude.

Quiconque fût passé par là n'eût rien vu d'autre qu'un jeune homme et une jeune fille devisant côte à côte, correctement séparés par la distance suffisante pour satisfaire au code des convenances.

L'esprit hébété de Dominique resta un instant suspendu aux évolutions d'une fourmi qui courait en tous sens sur le banc, près de sa main.

Enfin, elle articula :

— C'est à Paris, que tu l'as connue ?

Ces multiples déplacements à Paris, qui avaient semé, en elle, une crainte imprécise...

Tiré de la prostration dans laquelle l'avait laissé son aveu, Numa s'étonna :

— A Paris ? Non. Pourquoi... ?

Un morne sourire de dérison lui vint.

« Pauvre petite », qui semblait se représenter Paris comme une énorme nasse béante, où se piégeaient les hommes. A Paris, où le plaisir est innombrable, et facile, rien ne fût advenu.

— Non, c'est à Avricourt. Un trou, avec une centaine de maisons plus ou moins démolies, autour d'une gare réduite à des décombres. Nous y avons cantonné, après l'armistice. Je logeais chez ses parents, avec deux camarades. C'est un des rares endroits restés à peu près indemnes, dans la ville. Nous y succédions aux Allemands. Ça a été... comment t'expliquer ?... une espèce d'explosion... de folie débridée, qui nous a pris, tous tant que nous étions...

— Elle aussi ? questionna durement Dominique.

— Elle aussi, sans doute. Plusieurs années d'occupation ennemie, tu ne sais pas ce que cela représentait de risques de toutes sortes, de terreur, de haine rentrée, d'humiliations... Sans compter le canon, à proximité, les bombardements, bref, l'insécurité permanente... — Numa parlait, les yeux à terre. — Ne la juge pas, Niké. Tout est de ma faute. Je n'ai pensé à rien d'autre qu'à profiter du passe-temps que m'offrait cette intrigue. Ce n'est pas très beau. Ses parents sont des gens honorables, qui ne se sont jamais doutés de rien. Ils n'ont plus qu'elle. Leurs deux fils ont été tués au front. Ils faisaient confiance aux officiers français qu'ils recevaient du mieux possible, sous leur toit. Tandis que moi...

Dominique écoutait cette voix monocorde, racontant une histoire qui jamais ne l'avait concernée. Sans parvenir encore à croire, pour tout de bon, que cette histoire allait changer sa vie.

— ... Cela a duré environ trois mois, disait Numa. J'allais souvent à Paris, aussi, bref, je me distrayais, comme tous les copains, sans y attacher d'importance. C'est à Paris que j'étais, avec mon commandant, quand la feuille de démobilisation m'est parvenue. Je ne suis pas seulement retourné dans l'Est. J'ai écrit, pour prendre congé. Et j'ai chargé les copains de me renvoyer mes affaires.

Hésitant à continuer, il jeta un coup d'œil vers Dominique, et la vit apparemment calme, à peine un peu pâlie, la lèvre mordue, le regard devant soi.

— ... Deux ou trois jours après mon retour, j'ai reçu d'elle une lettre m'apprenant qu'elle craignait d'avoir un enfant.

« Un enfant... Lui et cette... » Les larmes que Dominique refusait de verser s'égouttaient dans sa gorge aride, et la brûlaient de leur sel.

— Tu savais cela, le jour où tu es venu à la Sarrazine ? questionna-t-elle.

— J'attendais le résultat de sa visite chez le docteur. J'espérais encore que, peut-être... Mais la confirmation est arrivée le lendemain. J'ai parlé à mon père. Ça a été un rude coup pour ma mère et lui, tu t'en doutes. Mais il a expédié la demande le jour même. Les fiançailles auront lieu dimanche.

Le silence retomba entre eux un long moment.

Enfin, lentement, la main tremblante de Dominique vint se poser sur celle de Numa.

Il poussa un soupir.

— Si l'on pouvait prévoir les conséquences...

— Oui... souffla Dominique.

Sous ses paupières baissées, c'était la nuit ; elle fonçait, écrasant la route sous ses phares, et une silhouette. indistincte, à côté d'elle, tenait des propos sans raison ni fin.

— Souvent, dit-elle, j'ai prié pour que tu reviennes sain et sauf, même si tu devais appartenir à une autre. Au fond de moi, j'espérais bien être entendue sans avoir à payer le prix. Eh bien ! à présent, le bon Dieu me présente la note.

Ils évitaient de se regarder, laissant leurs mains aveugles se chercher, et se joindre, presque en dehors d'eux.

— Ce n'est pas juste que tu paies, toi, ma Niké.

— Non, dit elle amèrement, ce n'est pas juste. Mais qu'est-ce que qui est juste ?... La mort de François ?... celle de Christine ?... les souffrances de Laurent et de Maurice ? Mamé disait toujours que rien ne nous a été promis pour ici-bas.

— Niké... tu penseras quelquefois que je t'aime ?

— Sûrement !... — La bouche de Dominique prit un pli d'ironie douloureuse. — Il me sera utile de le penser. Chaque soir, par exemple, quand je me retrouverai seule, dans mon lit, pendant que tu t'endormiras auprès de ta femme.

Les doigts de Numa se crispèrent. Mais il ne répliqua rien.

Dominique éprouvait ce détachement glacé des fins de veillées funèbres.

Elle se leva.

— Viens. A quoi bon rester ici, maintenant ?

Elle regarda autour d'elle, en frissonnant, comme naguère, au terme d'une nuit sans merci, elle avait regardé, derrière les persiennes closes de la chambre de sa mère, naître, au-dessus de la pelouse, l'aube du premier matin que ne verrait pas Ludivine.

Numa se leva à son tour.

La race provençale n'est pas avare de ce type d'homme. Son visage glabre, basané, aux méplats durs de Camarguais, l'acuité de ses yeux entre la double épaisseur des cils roux, sa bouche aux lèvres pleines, sa carrure solide, légèrement alourdie, déjà, par la trentaine, qui rappelait celle d'Hubert Vernet, ni même ce casque, sur sa tête, qui recommençait à rutiler en copeaux nerveux, acajou et cuivre, à eux seuls, n'expliquaient pas grand-chose, au bout du compte, de l'amour sans frein que lui avait voué Dominique.

« Mon Dieu ! » pensa-t-elle, prise d'une détresse vertigineuse, tandis qu'il venait vers elle, « pourrais-je jamais renoncer à l'aimer ? »

— Un instant, Numa !... Ecoute... je voudrais te demander...

Elle s'interrompit, et mangea fébrilement ses lèvres.

Numa la dévisageait avec intensité.

— Quoi ? Quoi donc ?... Dis-le. Tu sais bien que, tout ce que je pourrais faire...

— Tu vas peut-être penser que je me conduis, moi aussi, comme...

Elle marqua une hésitation, avant de compléter simplement :

— ... Comme une sans-vergogne...

— Toi, Niké ? Allons donc !...

Elle arrêta d'un geste l'élan de Numa. Elle ne voulait plus rien entendre, hormis les mots qu'elle essayait dans sa tête avant de s'en servir. C'était, déjà, si difficile, de s'abstraire de certaines pensées.

« ...Comme cette... qui me l'a volé. La garce, la... ! Mais si j'avais agi comme elle... »

Le rapprochement lui donna l'audace de poursuivre :

— ... Tant pis, si je te choque. Tu m'as toujours tenue pour une petite fille. Voilà le malheur. Mais j'ai vingt et un ans passés. Je pense, et je sens, en femme. Te rappelles-tu... lors de ta permission de décembre 16... comment tu m'as quittée ?

— Oui, dit-il, laconique.

Leurs regards s'étaient soudés, cette fois.

Dominique ne songeait plus même à rougir.

— La preuve que j'ai changé, c'est que c'est moi qui t'en parle.

Numa enfouit ses poings serrés au fond de ses poches.

— Bon. Alors ?

— Alors... ? Je te l'ai dit : tant pis si tu te scandalises. Voilà : nous allons nous quitter. Dans quelques minutes, je t'aurai perdu. Mais avant, je veux que tu m'embrasses. Une autre fois. Une seule. Comme tu m'as embrassée, ce jour-là.

L'œil aigu et triste de son cousin ne la quittait pas.

— Tu vois, dit-elle encore, pourpre tout à coup, mais sans baisser les yeux. Tu vois, je n'ai pas honte.

Numa aspira une longue bouffée d'air.

Cherchant à retrouver sa maîtrise de soi, il s'avança, tout près de la jeune fille, ceintura, d'un bras, sa taille mince. De l'autre, la soutint aux épaules. Se pencha sur elle.

— Niké, tu le veux vraiment ?

Pour toute réponse, Dominique renversa la nuque, et attendit, regardant, de ses yeux dilatés, ce visage, venu du fond d'un rêve, qui s'approchait du sien.

Les lèvres de Numa étaient sèches. Elles mirent sur celles de Dominique un âcre goût d'amertume.

Mais, peu à peu, dans l'étreinte où le retenaient les bras renoués de la jeune fille, il oublia de se contenir. Et cette bouche fondante, et conquise, qui répondait, à présent, à l'exigence de sa langue, avec la même violente douceur.

— Assez ! oh ! Numa... assez, gémit-elle, à la fin, s'arrachant de lui.

Il retrouva suffisamment d'empire sur soi pour lui obéir.

Vacillante, elle cacha dans ses paumes glacées sa figure en feu.

Ramassé sur lui-même, Numa luttait de toute sa volonté contre le terrible désir qui lui poignait les reins. Ses mains tremblaient.

Sans le regarder, Dominique reprit le sentier, encore chancelante, se retenant d'un arbre à l'autre.

Il la suivit, à quelques pas, sans plus rien tenter pour la reprendre.

Ce fut elle qui lui fit signe, en arrivant près des noisetiers, à l'endroit d'où l'on découvrait la maison. La Voisin de Numa était garée près des buis de l'allée d'honneur, à l'autre extrémité de l'esplanade sablée.

— Viens.

Ils continuèrent leur chemin, l'un à côté de l'autre, silencieux, jusqu'à la voiture.

— Tout le monde ignore que je suis venu te voir, dit enfin Numa, lorsqu'il eut mis le moteur en marche.

Dominique inclina la tête.

D'un revers de main machinal, il repoussa ses cheveux, sans nécessité.

— Bon. Eh bien !... Voilà.

Les paroles n'avaient plus de sens.

Tous deux étaient également blêmes.

Numa prit les mains de Dominique, et les embrassa, l'une après l'autre.

Ses lèvres n'en finissaient plus de s'attarder sur le dernier baiser.

Elle dit péniblement :

— Pars, maintenant. Pars tout de suite. Vite ! Vite ! Numa, tu m'entends ?

Numa se mit au volant, et tourna vers elle une face décomposée :

— Niké...

— Vite ! je t'en supplie !

Il embraya.

« Vite ! », ou bien elle allait tomber, ou éclater en cris, et en larmes, avant qu'il ne fût parti.

Mais elle le suivit des yeux, tandis qu'il manœuvrait avant de disparaître au tournant.

Elle demeura encore longtemps, le corps à demi affaissé contre la bordure de buis qui résistait mollement sous son poids ; aux aguets, espérant encore, sans savoir quel improbable miracle, bien après que le bruit de la voiture, au loin, eut cessé d'être perceptible.

## 7

Elle avait entendu son oncle Hubert l'expliquer un jour à François :

« — *Quand tu reçois le coup, il arrive que, sur le moment, tu le sentes à peine. Ainsi, avec ma ration de fer dans les tripes, je me souviens d'avoir fait encore quelques pas, avant d'aller au tapis pour le compte.* »

Pendant plusieurs jours, Dominique mena son existence habituelle. Vidée de sa substance, elle allait et venait, néanmoins, et donnait ses ordres, souriait, causait, mangeait, ni plus ni moins qu'à l'ordinaire.

Puis, un soir, comme elle rentrait de Barbegal, après avoir, une heure durant, écouté les histoires de collège rapportées par Edouard Royer, que les vacances ramenaient au bercail ; échangé quelques traits avec Maurice, un Maurice tout guilleret des progrès accomplis dans la rééducation de ses jambes ; proposé de les mener, Henriette et lui, à la Sarrazine, avant le départ de Marguerite ; tout à coup, elle se sentit, au retour, incapable de franchir le cap de la veillée, et monta se mettre au lit, sans dîner.

Elle rabroua Mathilde qui ne se décidait pas à quitter la chambre :

— Mais non, ce n'est rien. Un peu de fatigue, tout au plus. Inutile d'en faire un drame. Au lieu de rester à tavanéger[1] autour de moi, va donc plutôt demander à Eugénie s'il lui reste de ces comprimés que prenait Maman pour dormir, les derniers temps.

« Dormir... » Et oublier jusqu'à l'existence de Numa.

Elle en prit deux ; et tomba dans un sommeil de quatorze heures.

L'irruption d'Adrienne vint la tirer de l'atonie dans laquelle, mi-éveillée, mi-somnolente, elle se réfugiait encore, laissant la matinée lancer en vain toutes ses flèches d'or contre les volets fermés.

— Ma petite chérie... Comment, tu dors encore ? Paresseuse !... N'as-tu pas honte, par ce beau temps ?... Ton oncle Charles m'a laissée ici pour un moment. Il voulait voir, à Fontfresque, ce charron, qui t'a si bien réparé le tracteur. Il faut que je t'apprenne une nouvelle absolument inouïe. Figure-toi...

La bombe des fiançailles de Numa venait d'éclater.

Il fallait que l'émoi fût bien fort chez madame Guillermin, pour qu'elle omît de s'inquiéter, en trouvant « la petite chérie » couchée, à pareille heure, ruminait Mathilde, mécontente, mais intriguée. Elle se hâta d'ouvrir grandes les fenêtres, avant de passer dans le

1. *Tavanéger* : bourdonner et se cogner partout comme un taon.

cabinet de toilette attenant, d'où elle pourrait tout entendre.

Au grand jour, cependant, la pâleur de Dominique attira l'attention de sa tante.

— Tu n'es pas malade, j'espère ? Je te trouve mauvaise mine. Voyons, approche ton front, que je... Tu n'as pas l'air d'avoir de la fièvre. Un peu de surmenage, sans doute ? Ou alors, le printemps... ? Tu devrais consulter Vincent Royer.

— Quelle nouvelle, Tatie ? coupa Dominique, prête à ce qu'elle allait entendre, et désireuse d'abréger l'épreuve.

Adrienne s'assit auprès d'elle, sur le bord du lit, et acheva d'ôter ses gants sans se presser, ménageant visiblement l'effet de son coup de théâtre.

— Ton cousin Numa se marie. Oui, ma chérie !... Nous avons reçu une lettre de Laure, au petit déjeuner. Il prend une jeune fille qu'il a connue dans les régions envahies, ces derniers mois. Nous sommes tous invités à la cérémonie qui doit avoir lieu incessamment, à Avricourt.

Dominique ne sut que balbutier :

— Vraiment ? Numa... ? A Avricourt, dis-tu ?

Et parvint à plaquer un faible sourire sur ses lèvres pour ajouter :

— ... Voilà une surprise.

Elle s'en voulait, de savoir si mal donner le change.

Mais rien, dans son attitude, ne parut susciter le moindre soupçon chez Adrienne.

— N'est-ce pas... ? Et, pour ma part, je trouve cela bien précipité. Franchement, ils se connaissent à peine !... Si j'étais Laure, je n'aimerais pas beaucoup voir arriver au mas quelqu'un d'une race si différente de la nôtre... — Adrienne jouait distraitement avec le jabot de son corsage. — ... Mais ton oncle Charles estime qu'il faut savoir élargir son horizon, et que ces jeunes gens ont bien le droit de s'unir tout de suite, après les années que l'un et l'autre viennent de vivre. D'après Laure, en tout cas, la famille est tout à fait bien, et la dot satisfaisante. En outre, la jeune fille sera seule héritière d'une fortune encore coquette, paraît-il, malgré les dommages subis du fait de l'occupation allemande. Raoul et Laure sont absolument enchantés. Elle dit que cette union romanesque la ravit, et que c'est tout à fait ce que l'on pouvait attendre de Numa.

A travers le flot de détails prodigués par sa tante, Dominique voyait s'édifier l'aspect qu'allait prendre ce mariage, dans l'opinion générale.

« *Enchantés...* » Elle se souvint : « *Tu imagines quel coup ç'a été pour eux...* »

Mais peut-être Numa mentait-il, en le lui disant, afin de lui laisser quelques illusions ?

« Numa, qui m'a toujours un peu menti... un peu trop laissé croire à tout ce que j'avais envie de croire... » Que c'eût été par tendresse, ou par insouciance.

« Et, après tout, quelle importance ?... »

Elle rejeta les réminiscences qui l'assaillaient. Qu'il eût menti ou non sur ce point, ne modifiait en rien la situation.

— Et... vous y allez, naturellement ?

Adrienne se leva et s'approcha de la coiffeuse, pour vérifier dans la glace l'aplomb de son chapeau.

— Nous n'avons encore rien décidé, tu penses bien, depuis ce matin seulement que nous sommes informés. Mais le voyage s'annonce tellement compliqué... Mieux vaudrait encore monter jusqu'à Paris, pour prendre la ligne de Strasbourg. Aussi, je crois que ton oncle va y renoncer. D'autant qu'en cette saison...

Elle avait retiré ses épingles à chapeau, et rectifiait

deux ou trois mèches folles qui dépassaient de son chignon.

— ... Quitter le mas n'est pas trop prudent. Numa n'y a guère songé, en tirant ses beaux plans. Que ce soit chez nous, ou à Tourvieille, ou ailleurs, il va bien embarrasser tout son monde. Au plein moment des gelées nocturnes !... Du reste, qui donc a jamais entendu parler de se marier au mois de mai, je te le demande ?

Dominique suivait des yeux, machinalement, les gestes de sa tante.

— On ne doit pas observer les mêmes coutumes, là-bas, remarqua-t-elle, d'un ton neutre.

Adrienne se retourna :

— Tu crois ?

Et soupesa l'argument.

— ... Mon Dieu ! c'est possible. Il n'en est pas moins vrai que Numa, lui, est d'ici. Il aurait pu s'en souvenir. A sa place, je craindrais que cela ne portât pas chance à mon mariage.

Dominique se baissait pour enfiler ses mules.

« De toute manière... », quelle chance aurait un mariage conclu sur ces bases ?

Assise au coin du lit, elle releva la tête, pensive.

« Quelle chance ? Mais toutes, bien sûr. Autant que s'il eût épousé n'importe qui. Un enfant, un foyer... Il oubliera vite l'amourette de jeunesse, et la petite cousine un peu sotte, qui l'aimait si follement... »

D'un mouvement brusque, elle détourna son visage, et feignit, avec nervosité, de chercher la manche de son peignoir.

« Mon Dieu, faites que, moi aussi, j'oublie. Si cela devait durer comme à présent... »

Cette douleur brûlante et sourde, qui lui tordait l'intérieur de la poitrine, qui l'étranglait, qui...

Adrienne se souriait dans le miroir, en replantant la dernière épingle dans sa toque.

La jeune fille s'approcha, derrière elle, pour prendre le peigne et la brosse.

— Tu vas te faire belle, Tatie ?

— Ma foi... — Adrienne fit une moue rêveuse. — ... ton oncle m'emmène tout à l'heure à Avignon commander ma toilette. Je me demande si Leroy-Bartet va vouloir me la faire, en si peu de temps. Mais je te gêne, ma chérie. Tiens, reprends ta place.

Dominique s'assit à son tour devant la table, et se pencha vers la glace.

« Une figure de papier mâché », malgré les longues heures d'un sommeil épais, embrouillé de rêves, dont elle gardait confusément la sensation oppressante, hostile. « ...Les gencives ternes, l'œil terne, la peau terne... S'il me voyait... »

Et cette vague nausée permanente, avec laquelle elle composait, afin de vaquer à ses occupations, « ...comme si c'était moi, la fille enceinte... »

— Bien sûr, qu'elle te la fera, dit-elle, commençant à manier sa brosse, à grands coups rageurs. As-tu une idée ?

— Du satin gris, je pense. Garni de jais, cela fera suffisamment demi-deuil, sans attrister le cortège.

— Oui, le gris te va bien.

Adrienne soupira :

— C'est ta mère, qui m'avait conseillé d'en porter. La pauvre, elle détestait le beige. Mamé aussi, d'ailleurs.

Jamais, sur ce point, Adrienne n'avait écouté Julia. Ç'avait été la seule forme de rébellion, tacite, qu'elle se fût jamais permise contre sa propre mère.

« Tandis que Ludivine... », se souvenait-elle, à cette minute, Ludivine avait su lui faire adopter son goût.

Témoin passif, effacé, résigné à son rôle de comparse, Adrienne, des années durant, avait regardé vivre sa belle-sœur, à Mogador. Il avait fallu la disparition de celle-ci pour qu'elle découvrît en soi, captée par une étrange osmose, au contact de cette autorité piaffante, l'assurance indéniable avec laquelle, dorénavant, elle pouvait choisir ses chapeaux ou ses robes, et gouverner de près son mari comme ses beaux-enfants.

« Dieu sait que je l'aimais sincèrement. Que j'ai toujours fait pour elle tout ce que j'ai pu. Que je l'ai pleurée... »

Mais elle éprouvait, depuis cette mort, le sentiment d'exister davantage.

Son attention se reporta sur l'enfant, si différente de soi, qu'avait laissée Ludivine.

— Et toi, ma petite chérie ? Que comptes-tu mettre ? Ne veux-tu pas venir déjeuner avec nous à Avignon ? Nous pourrions commander ensemble.

A son tour de conseiller, de guider.

Elle ressentit une gêne légère de la satisfaction qui venait de poindre en elle. « Mais, naturellement, aussi... », Dominique était si jeune, et « tellement esseulée, la pauvrette ». Rien que de normal à ce que l'on éprouvât, à son égard, un désir de protection. « Moi surtout, qui l'ai élevée, soignée, couvée, dans sa petite enfance, autant et plus que ne l'a jamais fait sa propre mère. » Ces enfants de Mogador, au fond, n'avaient-ils pas été les siens ?

Quitte vis-à-vis de sa pointilleuse conscience, elle réitéra son offre :

— Viens donc.

Dominique se troublait. La brosse lui échappa des mains.

— Moi ? Mais, Tatie... D'abord, je ne suis pas invitée. Et puis...

— Voyons donc ! Et pourquoi ne le serais-tu pas, je te prie ? Laure nous dit qu'elle va t'écrire, à toi aussi. D'autre part, j'estime qu'au terme d'une année de deuil, tu peux te permettre d'assister, comme nous tous, aux noces de ton cousin, sans offense pour la mémoire de ta mère. A ton âge, elle adorait les réunions et les fêtes de ce genre. Elle serait la première à te...

— Il ne s'agit pas de Maman, jeta nerveusement Dominique. — Elle se reprit : — Enfin... pas seulement d'elle.

Que l'on pût, à ce point, se méprendre sur ses motifs, lui était pénible. « L'hypocrisie de laisser croire... » Que faire d'autre, cependant ?

— ... Il y a aussi que... — Elle trouva enfin, dans un éclair, la justification qu'elle cherchait éperdument : — Mais, toi-même, tu le disais, tout à l'heure : comment veux-tu que je m'absente de Mogador en cette saison ? Avec la première coupe qui va commencer d'un jour à l'autre, les marchés à passer, et les travaux de réfection qu'il va falloir entreprendre, au barrage... Comment pourrais-je remettre ? Depuis le temps que j'attends les maçons. Et cela devient urgent, tu le sais bien. Oncle Hubert me le disait encore, l'autre jour.

C'était là, elle le sentait, le meilleur prétexte qu'elle pût opposer à sa tante.

A présent, Adrienne hochait le menton, d'un air compréhensif.

— Tu pourrais tout de même... pour cinq ou six jours, tout au plus... objecta-t-elle, sans trop de conviction. Si tu le lui demandes, ton oncle Charles viendra bien faire un tour, chaque soir.

Dominique baissa la tête.

— Merci, mais... Non, vois-tu. Tonin se fait vieux,

et il ne s'entend pas très bien avec le nouveau baïle. Si une difficulté imprévue se présentait à n'importe quel moment de la journée, Vigouroux ne pourrait faire face à tout.

Adrienne le lui concéda :

— Evidemment, tu as raison. Mais je trouve désolant que tu doives te priver encore de cette fête.

« Une telle fête !... » songeait Dominique, avec une ironie déchirée. « Voir Numa s'engager à une autre. Le féliciter. Le... Oh ! Numa, si j'étais méchante, j'y viendrais danser, à tes noces. Et rire, et m'en laisser conter, sous tes yeux, par qui voudrait. Jusqu'à ce que tu me croies consolée !... »

— Tu viendras m'en faire le récit, au retour, dit-elle, se levant pour aller répondre au coup léger frappé à la porte.

C'était Victor :

— Mademoiselle, il y a Vigouroux qui voudrait savoir si Mademoiselle pourra venir jusqu'au grand pré, tout de suite après-midi.

— Bien sûr. Je le lui avais dit. J'y serai à une heure et demie.

Victor se permit un coup d'œil inquisitorial sur sa jeune maîtresse.

— C'est que... Comme, hier au soir, Mademoiselle n'était pas trop bien, on se demandait...

— Mais non. C'est passé. J'y serai, tu peux le lui répéter.

La fenaison, les fissures du barrage... Heureusement, il y avait, et il y aurait toujours, ce souci-là.

Elle revint vers Adrienne :

— Tu vois bien, Tatie.

Celle-ci réfléchissait, pour son propre compte.

— Si mon frère voulait prendre sa voiture, pour y

aller, ce serait plus commode. J'aime assez les longues randonnées. Mais conduire longtemps fatigue Charles.

« Voilà ! » pensa Dominique.

Nul ne protesterait beaucoup plus. Ni ne se perdrait en regrets au sujet de son absence.

« Le temps passera. Un jour, je serai vieille, et en paix. Peut-être rirai-je au souvenir de ce que j'endure à présent... » ressassait-elle, lorsque le courage semblait près de lui faire défaut, dans la lutte silencieuse qu'elle soutenait seule.

Le matin du mariage, elle suivit par la pensée le déroulement du cérémonial.

« *La bénédiction nuptiale leur sera donnée le samedi 3 mai, à onze heures, dans l'église de...* » Un beau jour de printemps, déjà chaud et ensoleillé. « Fait-il soleil aussi, là-bas ? »

La roseraie de Mogador croulait sous la profusion rouge, blanche et jaune, des Maréchal Niel, des Guinée, des Talisman, et des Reines des Neiges. « Quels bouquets vous auriez eus sur votre autel, aujourd'hui, Sainte Vierge, si c'était moi qu'il eût épousée ! »

Depuis la veille, quelques signatures à la mairie avaient dû faire officiellement une madame Numa Vernet de cette Alice Frauenhöfer, dont le nom, écrit en belle anglaise, n'avait encore aucune réalité, pour Dominique.

Mais un dernier espoir, irraisonné, indéfinissable, se rattachait encore au laps de temps qui restait avant que la célébration religieuse ne vînt confirmer ce titre. Tout le matin, aux aguets, elle attendit fiévreusement, sans savoir quoi.

« Il doit monter en voiture... A présent, il doit être

dans l'église... La messe a dû commencer... » Et cependant, elle espérait, espérait encore, désespérément.

Jusqu'à ce que le long périple de sa propre journée se fût bouclé, au seuil de sa chambre.

« Et maintenant, ils sont seuls ensemble. » Face à la première de toutes les nuits qu'ils auraient pour dormir, mari et femme, ou pour faire ces gestes du couple, que Dominique ne s'était qu'à peine hasardée à inventer, lorsque la tenaillait, comme une brûlure dans son corps, la trop longue attente de l'amour.

Le faire-part, avec son enveloppe rédigée de la main de Laure Vernet, alla rejoindre, dans le tiroir du bonheur-du-jour où elle les serrait, les lettres que lui avait adressées son cousin.

Cela faisait une liasse assez mince.

« Un jour, je n'aurai plus ce besoin... », un besoin si torturant, de les relire.

Elle se remettait à un autre rêve, d'un avenir indéterminé, où la page se tournerait sur Numa ; où ces lettres ne seraient plus rien d'autre qu'un petit tas de papier. « J'y mettrai une allumette, et je les regarderai flamber, une par une. Jusqu'à ce qu'elles soient devenues de la cendre. Sans que cela me fasse mal. »

Ce n'était pas pour tout de suite.

Chaque soir, enfermée chez elle, avant d'éteindre la lampe, allongée entre ses draps, elle en relisait quelques-unes, s'enivrant encore avec certaines phrases qui, longtemps, avaient nourri son espérance.

Et, parfois, il semblait impossible que toute cette tendresse inexprimée, transparaissant entre les lignes, dût n'appartenir plus, déjà, qu'au passé.

« Reviens, Numa !... Me dire que cette histoire n'est qu'une fantasmagorie ; que cette fille n'existe pas. » Cette fille, que Dominique n'avait pas même le soulagement de pouvoir haïr tout son saoul, dans l'impossibilité où elle était de se représenter ses sentiments, son visage, sa personne.

« ...Que je suis la seule. Et que tu me veux... »

Elle enfouissait sa figure dans l'oreiller, la joue contre le papier rêche, craquant, couvert de mot écrits pour elle, par l'homme qu'elle aimait.

« Où es-tu... Numa, oh ! Numa !... » Qu'avait-il pu arriver, qui n'arrive jamais, dans une vie normale ? « Reviens, je t'en supplie !... Nous retournerons à la montagnette. Tu me reprendras dans tes bras... Tu me... » Ah ! pourquoi ce baiser n'avait-il pas marqué pour toujours ses lèvres d'une trace ? Laissé dans sa bouche cette merveilleuse saveur désolée, dont elle eût encore pu étancher sa soif ?

Puis, les invités, rentrés chez eux, lui rapportèrent maints détails.

Un beau mariage, en somme, où chacun avait pris de l'agrément. Que ce fût au repas, à la qualité des vins et des mets, comme Léon Vernet, Hubert et Charles. Aux réceptions, aux amabilités des dames d'Avricourt, de Lunéville, ou de Nancy, comme Adrienne. Ou aux fastes du cortège, à l'élégance de la mariée, et à leur propre parure, comme Antoinette et Claire, qui avaient en outre beaucoup à raconter sur leurs succès personnels et leurs cavaliers.

Aucun ne fit grâce à Dominique de ses impressions.

— Et... elle ? Comment est-elle ? osa s'enquérir celle-ci, lorsque le récit de Claire Guillermin lui permit enfin de placer une question.

— « Elle » ? Tu veux dire : Alice ?... Eh bien ! mon Dieu... charmante. C'est une grande blonde, avec des yeux bleus, et un teint, comme on dit, « de lys et de roses ». Bien faite, quoique un peu grasse. Le type du pays, tu vois ce que je veux dire ? Elles sont toutes taillées plus ou moins sur ce modèle, qui nous paraît peut-être, à nous, manquer un peu de finesse. Enfin... — Elle baissa la voix pour préciser, en riant : — ... *De ça, et de ça...*, comme je l'ai entendu dire à Raoul Vernet par ton oncle Hubert, qui ne me croyait pas à portée d'oreille. Il a même ajouté : « Ce coquin de Numa aura de quoi se distraire ! »

Claire partie, tout ce soir-là, Dominique détesta son oncle.

Cependant, il fallait admettre le fait accompli.

— Tu sais, ton cadeau a beaucoup plu. Alice nous a dit qu'elle avait hâte de te connaître, afin de pouvoir te remercier.

— Vraiment ?

« Et Numa ?... » Qu'avait dit Numa ? Boirait-il volontiers dans les tasses du service à café en argent qu'avait envoyé Dominique, avec l'espoir qu'il leur fût d'un usage quotidien. Verrait-il sans remords sa femme s'en servir ?

Mais, peut-être, durant ce voyage de noces, découvrait-il déjà de l'agrément à la présence constante de cette Alice, à ses côtés.

Sourde aux nouvelles décevantes dont les échos remplissaient la presse, la France entière se réinstallait allégrement dans le confort d'une existence redevenue quotidienne, bien que la morgue hargneuse des plénipotentiaires conduits par le junker Brockdorff-Rantzau fît mal augurer de l'aboutissement des préliminaires de paix avec l'Allemagne.

Les jeunes combattants de la veille, retrouvant leurs occupations provinciales, après l'immanquable voyage à Paris dont ils venaient de s'offrir la détente, préféraient, lorsqu'ils venaient rendre visite à Dominique, ou à ses amis Royer, discuter entre eux, selon leurs affinités personnelles, avec des mines d'initiés, des cabarets dansants de Montmartre, de l'exposition Tiepolo au Petit Palais ou des La Tour rassemblés au Louvre, de l'envol du capitaine Roget et du lieutenant Coli qui reliaient Paris à Rabat, d'une traite, à 185 de moyenne, du revers imparable de Suzanne Lenglen au tennis, de la cote de *Kara-Bouroum* dans le prix de la Marne à Maisons-Laffitte, de l'entrée à l'Odéon de Shakespeare revu par Gémier et La Fouchardière, ou du triomphe de la *Dame de chez Maxim's* que la Scala venait de reprendre une fois de plus ; encore que certains préférassent *Phi-Phi*.

— Paris !... Paris !... Tu n'entends que cela, grommelait Maurice, fulminant contre Robert Antonetti et Francis Lallier qu'il avait rencontrés, le matin même, à Tarascon. Bon Dieu ! qu'ils peuvent donc être grotesques, avec leur admiration béate pour tout ce qui en vient !... Paris, moi, mes petites chattes, j'en ai pris une de ces gonfles, pour tout le restant de ma vie !

Sa sœur, ni son amie d'enfance, ne songeaient à lui objecter que, durant le temps qu'il y avait vécu, son horizon parisien était délimité par le carré de ciel malade, appesanti comme un couvercle sur les sombres murailles du Val-de-Grâce.

— Ton cousin Numa ne doit pas s'y déplaire, lui. Il me semble que leur séjour se prolonge.

La réflexion d'Henriette, indubitablement dépourvue de sous-entendus, n'en remua pas moins l'aiguillon planté dans le cœur de Dominique.

— Tant que cela, crois-tu ? Il ne me semblait pas... dit-elle, l'air négligent, mais la voix involontairement timbrée sur une note plus aiguë qu'à l'ordinaire.

Troublée par le coup d'œil scrutateur que venait de lui lancer Maurice, elle se crut tenue de souligner :

— ... Je n'ai pas remarqué. A vrai dire, je n'y pensais guère. Tu sais combien je suis prise...

Le frère et la sœur avaient déjeuné à Mogador, ce dimanche-là.

Tous trois se trouvaient réunis, après une longue période durant laquelle les travaux du domaine avaient absorbé tout le temps dont disposait Dominique.

Assis à l'ombre du cèdre, au bord du miroir d'eau, les jeunes gens respiraient la brise tiédie qui apportait de loin l'odeur des charretées de foin cheminant sur les routes, dans toute la campagne environnante.

— Compte donc, reprit innocemment Henriette. Nous voici tout à l'heure à la Fête-Dieu. Cela doit faire plus d'un mois, si je ne me trompe.

Trente-six jours exactement. Dominique n'avait nul besoin de calculer pour le savoir.

— Après tout, ils sont peut-être rentrés au mas depuis longtemps, dit-elle.

Le supplice de ce dialogue, que se contentait d'écouter Maurice...

Elle percevait la densité de cette attention en éveil. Et, à mesure, sentait grandir sa propre gêne.

— Oh ! non. Tu le saurais. Ils vont certainement te faire une visite.

Le malaise de Dominique augmentait, sous le regard qui ne la quittait pas.

Maurice dit soudain, d'un ton sans réplique :

— Mais qu'est-ce que ça peut bien te fiche ?

Il toisa sévèrement sa sœur ébahie, et compléta son intervention :

— Si ça te démange tant que ça, de savoir à quoi elles ressemblent, les filles de l'Est, moi je puis te le dire : elles sont faites comme partout ailleurs, ou à peu près. Reste que... — il se tourna vers Dominique : — ... pour ma part, j'aime mieux les nôtres.

Elle crut reconnaître une touche de sollicitude, sous l'agressivité qu'il arborait. Et s'en effraya.

« Mon Dieu ! est-ce que, par hasard, il soupçonnerait... ? »

— Moi, quand je voudrai une femme, poursuivait Maurice, plus posément, je la prendrai par ici. Et même, conclut-il, avec un clin d'œil destiné à rompre la tension qu'il percevait chez Dominique... même, je tâcherai de me débrouiller pour qu'elle vous plaise. Sans ça, vous m'en chercheriez des histoires !... Hein, Coco ? Et toi, Hiette ?

Apparemment sans difficulté, il se mit debout, pour atteindre le siphon d'eau de seltz posé sur le plateau, hors de sa portée.

De jour en jour, sa démarche redevenait normale, ses mouvements lui coûtaient moins d'efforts. Il avait abandonné l'une de ses cannes, et ne conservait l'autre qu'à titre de précaution, afin de pallier une hypothétique défaillance.

Son humeur suivait la même amélioration.

Mais ses rapports avec sa sœur demeuraient souvent délicats, bien qu'il s'efforçât davantage de la ménager.

Demeurait entre eux, pour les dresser l'un contre l'autre, cette ombre au double visage, de l'ami, et du fiancé, en laquelle chacun se refusait à reconnaître la même.

— François ?... Veux-tu que je te dise... ? Tu n'as rien su de ce qu'il était. Le François que tu pleures, c'est toi qui l'as inventé de toutes pièces.

Leitmotiv fréquent des querelles suscitées par la fougue qui, parfois, entraînait encore Maurice.

Henriette dédaignait de répondre.

Si François ne s'était montré qu'à elle seule dans sa vérité la plus essentielle, pourquoi fût-elle allée révéler le secret qui conservait à son amour l'intégrité et la force d'un sentiment vivant ?

« Son ami s'éloigne de lui... Sa sœur, elle aussi... »

De fait, Dominique éludait à présent les longs colloques chuchotés qui les avait unies, quelques mois plus tôt, leurs souvenirs et leurs larmes mêlés.

« Tant mieux. » Si François, désormais, n'avait plus de refuge qu'en sa fiancée pour survivre, à elle seule, aussi, il appartiendrait. C'était à Henriette de le porter, en un périlleux équilibre, comme ces trapézistes qu'elle et lui avaient vus, une fois, au cirque, travaillant sans filet, à vingt mètres au-dessus de leur mort béante.

Pour l'instant, bien que nul des deux autres ne s'en doutât, ils étaient ensemble, dans le silence retombé, que troublait seul le « floc » d'un poisson venant respirer à la surface du bassin.

Appuyé contre le bord de la table, Maurice imprimait, du poignet, à son verre rempli de fine à l'eau, un mouvement de rotation qui paraissait le captiver.

Les jeunes filles ne disaient rien.

Leur longue intimité s'accommodait de ces moments étales, où ils savouraient le repos d'être réunis et de se taire.

La pénombre bleutée du cèdre, sous l'épaisseur des branches horizontales imperceptiblement balancées, absorbait la moiteur légère de leur peau.

Un bruit de pneus écrasa le gravier.

Ils dressèrent la tête.

— Tu attendais quelqu'un ?

— N... non. Non, je... Personne, bégaya Dominique.

Le sang se retirait de son corps. Un grand creux subit s'épanouissait en elle, laissant battre son cœur éperdu dans une cage vide.

La vue de ses doigts cramponnés au bras du fauteuil

apitoya Maurice. Honteux, comme d'une indiscrétion, il fit quelques pas à la rencontre de la voiture qui, déjà, prenait la courbe de l'allée d'honneur, vers le perron.

— Tiens, mais...

Il s'avança encore, et se retourna pour crier à Dominique :

— Dis donc, Coco, c'est Alban.

— Alban ?... balbutia-t-elle.

— Oui. Avec Louis Bresson.

Il avait envie de lui dire : « Ce n'est qu'Alban, que Louis Bresson ! », afin de lui venir en aide. Tant elle lui apparaissait, à cet instant, privée de soutien, et vulnérable.

Mais elle ne semblait pas disposée à en accepter un, lui vînt-il de son plus ancien camarade.

Henriette ne se doutait certainement de rien, si l'on en jugeait par le naturel parfait de son attitude. « Celle-là... autant dire : aveugle et sourde », songea Maurice.

Mais dans quel sacré labyrinthe errait-elle donc ? se demanda-t-il, réprobateur, et pourtant soulagé de n'avoir à partager avec personne la quasi-certitude à laquelle aboutissaient indices et déductions.

Après avoir accueilli les nouveaux arrivants, Dominique rentra pour donner des ordres à l'office.

Lorsqu'elle revint, quelques instants plus tard, suivie de Victor, elle s'était maîtrisée.

A la voir, souriante, avec cet air de grande jeunesse que lui conférait, ce jour-là particulièrement, la simplicité de sa robe blanche imprimée de pois noirs, Maurice en vint bientôt à se demander s'il n'avait pas laissé courir trop vite son imagination.

Pour la première fois depuis son retour, il s'attachait à la regarder tandis qu'elle évoluait parmi de jeunes hommes. Et s'étonnait, attendri comme s'il se fût agi de sa propre sœur, de découvrir, à la faveur de l'intérêt sans fard que lui portait chacun d'eux, cette grâce émouvante, faite de joliesse et d'apparente fragilité, « ...qui crève les yeux, bon sang de sort !... », bien qu'il ne se fût encore jamais beaucoup soucié de la remarquer.

Il semblait qu'Alban Marquet-Rageac, lui, n'eût pas tant attendu pour s'en convaincre. Tout ce qu'il disait s'adressait d'abord à leur hôtesse.

Certes, la courtoisie de son éducation imprégnait aussi ses manières à l'égard d'Henriette. Cependant un spectateur attentif voyait rapidement s'établir une subtile différence.

Jetant çà et là, entre deux bouffées de sa cigarette, l'aliment d'une phrase dans la conversation, Maurice s'amusait à par soi de se sentir ce spectateur.

Installé entre les deux amies, son verre à la main, le jeune médecin cherchait visiblement à se faire valoir auprès de Dominique.

« Tout de même... sa belle-sœur !... » L'esprit positif de Maurice eut promptement raison de l'objection : « Bah ! après tout... » L'union de Christine et d'Alban avait été de si courte durée. Rien d'étonnant à ce que le jeune veuf souhaitât se remarier. En ce cas, pourquoi pas avec Dominique ?

« Avec cela qu'elle a les revenus et les terres de Mogador derrière soi. » Et que l'héritage du vieux docteur Marquet-Rageac, partagé entre tous, ne laisserait pas grand-chose à chacun de ses enfants.

L'œil de Maurice se reporta pensivement sur sa sœur qui, elle non plus, ne pouvait guère compter sur de grosses « espérances ».

« D'ici à ce qu'elle en retrouve un comme François, qui la veuille, sans se soucier du petit chiffre de sa dot... »

Mais il fallait convenir aussi, pensa-t-il, que, même

sans l'appât de sa fortune, aussi jolie qu'Henriette, avec plus de ressources, l'esprit en éveil, la réplique vive, lorsque sa timidité ne la réduisait point au silence, nimbée de cet indéfinissable charme des filles Vernet, que ses aînées, avant elle, avaient reçu en partage, et répandu à profusion autour de soi, Dominique eût encore bien possédé de quoi faire tourner une tête ou deux.

Inutile, d'ailleurs, pour en découvrir d'autres preuves, de chercher plus loin que Louis Bresson.

« Parole ! il la dévore des yeux », se dit Maurice, de plus en plus intéressé.

Et celui-là, qui recueillerait, un jour ou l'autre, à lui seul, les sacs d'écus et les propriétés du notaire, ne devait guère faire entrer en ligne de compte les biens de la jeune fille dans les sentiments qu'elle paraissait lui inspirer.

— Quel plaisir de te retrouver ici, comme avant, avait-il dit, soulignant la cordialité des paroles et de la poignée de mains, par une bourrade amicale sur l'épaule de Maurice. Pas la peine de te demander si tu es bien rétabli, n'est-ce pas ?

« Un chic type. Sérieux. » Avec qui les rapports seraient toujours chaleureux, et faciles, pour les familiers de Dominique. « Pas bête. Franc du collier... » Le bilan était favorable.

« Bon. Eh bien ! si Bresson peut lui convenir... » Maurice, pour sa part, n'y verrait que des avantages. « Il sera sûrement capable de la rendre heureuse », décida-t-il, en son for intérieur. « Oui, tout bien réfléchi... » Celui-là ferait l'affaire, pour peu qu'elle voulût de lui.

Ce qui restait à espérer.

Tout à ses réflexions, il but une gorgée, reprit sa cigarette...

Son regard et celui de Louis Bresson se rencontrèrent avec sympathie ; puis, se reportèrent ensemble sur Dominique, après avoir pris conscience de l'espèce de complicité qui venait, un instant, de les lier.

Animée, plus rose que tout à l'heure, la jeune fille discutait avec Alban de ses projets immédiats concernant l'aménagement des cultures, à Mogador.

Louis Bresson se lança dans le débat.

— Mais bien entendu, Dominique a raison : il faut aller de l'avant. Dans l'agriculture comme dans tout le reste.

« Allons... », l'action s'engageait, pensa Maurice, fermement résolu à la suivre de près. « D'abord, tout ce qui touche au bien des petites me regarde. François m'en voudrait de ne pas y veiller. »

En admettant qu'il ne se fût pas mépris, une heure plus tôt, « ...si, maintenant, Nique se trouve dans une impasse, il faudra bien qu'elle en sorte. Et elle a suffisamment de caractère pour y parvenir », se rassura-t-il, avec une bouffée d'orgueil fraternel à l'écouter rire et bavarder avec ses hôtes.

# 8

L'après-midi du dimanche suivant les réunit de nouveau sous le cèdre, à l'exception d'Alban Marquet-Rageac chez qui, ce jour-là, venait de débarquer de la parenté.

— Quand j'ai rencontré tout ce monde, en arrivant chez eux, je me suis enfui, expliqua Louis Bresson, un peu confus de se présenter seul.

Il adressa un sourire d'excuse à Dominique :

— Et c'est alors que j'ai pensé que vous accepteriez peut-être de me recueillir à Mogador.

Le prétexte en valait un autre. Riant sous cape, Maurice vint à la rescousse :

— Et tu as un peu bien fait, mon ami. Ici, on trouve toujours le calme, avec une bonne boisson fraîche, et un coin agréable où il fait bon s'installer pour siroter le tout. Pas vrai, Coco ?

Dominique se contenta de manifester son acquiescement par un sourire qui répondait aussi à celui de Louis.

— C'est précisément à quoi je rêvais, en venant, tout le long de la route, depuis Tarascon, dit ce dernier, moins naturel qu'il n'eût voulu le paraître, en se laissant tomber dans un fauteuil de rotin.

Il leva les yeux vers la jeune fille qui lui versait à boire :

— ... Et aussi, bien entendu, à la bonne grâce de l'hôtesse.

Henriette remarqua :

— C'est vrai que les platanes sont tout gris de poussière, sur cette route. Et l'herbe roussit déjà. L'été est là de bonne heure, cette année.

Le premier été dans la paix revenue.

Dominique avait repris sa position nonchalante, presque étendue dans une chaise longue de toile.

« Que ferons-nous de l'été ? Que ferons-nous de la paix ? Et du temps qui vient pour qu'on le dépense ? », songeait-elle. Faucher, moissonner, engranger, cueillir la feuille, ramasser le raisin... « Pour quoi faire ? Pour qui ? »

Près du sien, le doux visage d'Henriette ne reflétait ni gaieté ni chagrin. Peut-être l'espèce d'étonnement un peu las d'une exilée, perdue en pays étranger.

« Où sont les enfants que nous aurions dû avoir, toutes deux ? »

A cet instant même, le premier-né de François n'eût-il pas pu se traîner sur la pelouse ?

« ...Et ceux que m'aurait donnés Numa... », ces tout-petits à leur commune ressemblance, dont elle avait rêvé. Pourquoi ne leur avait-il pas été permis de naître ?

Maurice riait avec Louis, de quelque plaisanterie qu'elle n'avait pas écoutée.

Elle lui jeta un coup d'œil critique.

Quelques jours auparavant, à Tarascon, dans un magasin, une commère avait dit, en sa présence : « *...Quand on voit le fils Royer tourner le coin de la place d'Armes, on peut parier que Nénette va encore vous livrer le ravaudage en retard.* »

« Maurice ?... » Maurice était-il, lui aussi, capable... ?

Elle se mordit les lèvres.

« Bien sûr. » Capable... Ni plus ni moins que les autres. Lui aussi, avait à satisfaire ce besoin d'accomplir avec une fille, n'importe laquelle, des gestes auxquels Dominique n'accordait un commencement d'existence que honteuse, dans la plus secrète solitude, lorsqu'une insomnie, parfois, la tenait, brûlante, arc-boutée de la tête aux pieds entre ses draps ; et qu'il s'agissait d'abolir, coûte que coûte, la pensée d'un couple enlacé, et peut-être heureux, à des kilomètres de là.

« Pourquoi faut-il que toutes les pensées me ramènent toujours... ? » Cette fois, elle était partie de Maurice.

« Maurice... »

... Qui parlait, à ce même instant. Qui lui parlait, à elle.

— ... Maintenant que le soleil baisse, si nous faisions une partie de boules, ou de croquet ?

« Le croquet ! Mon Dieu !... » Anne, Gaspard, Isabelle, Christine, Jean Arnal, les frères du Roveret, Numa, Félicienne... Tous les « grands », qui acceptaient alors, de temps à autre, pour partenaire, une petite Dominique de onze ans. « *Allez, Nique, vas-y. Vise bien. Ce coup-ci, tu passes.* » Soudain, les années écoulées se dispersaient en lambeaux, comme des nuages de pluie que le mistral déchiquète.

Elle bondit sur ses pieds.

Puis s'arrêta court :

— Oui, mais... Je ne sais pas si je vais le retrouver, ce jeu...

Après le départ d'Isabelle, on avait perdu l'habitude d'y jouer.

— ... Il doit être encore dans la resserre, mais qui sait dans quel état ?

Louis se levait à son tour.

— Allons voir.

Ils s'y précipitèrent, tous les quatre. Fourragèrent joyeusement dans la poussière accumulée, entre les sièges de jardin boiteux ou défoncés, les parasols aux baleines tordues, les arrosoirs rouillés, les chapeaux de soleil jaunis, les raquettes hors d'usage, les lainages mités, les boules de pétanque, les cibles, les volants empennés, les seaux d'enfant, les pelles, les palets d'un jeu de crapaud.

Et finirent par récupérer, de-ci, de-là, le matériel à peu près complet.

Sorti pour un instant sur le perron, Victor se crut revenu dix ans plus tôt, en les voyant occupés à planter leurs arceaux. Et rentra aussitôt, radieux, faire part de l'événement à la cuisine.

Henriette, elle-même, retrouvait soudain comme un morceau d'enfance sur lequel l'ombre de François eût omis de se projeter.

Une demi-heure plus tard, rassemblés autour d'un coup délicat à jouer, échu à Maurice, ils étaient tous tellement absorbés que Dominique, pas plus que les autres, ne se retourna lorsqu'une automobile, arrivant au ralenti, stoppa sans bruit de l'autre côté du terre-plein, au débouché de la grande allée.

Maurice, qui se redressait pour placer son maillet, s'aperçut le premier de sa présence, au moment où les occupants en descendaient.

Il les reconnut, hésita une seconde ; puis, annonça rapidement, d'un ton feutré :

— Nique, mon petit, voilà ton cousin Numa et sa femme.

Non, il ne s'était pas mépris. Il le sut tout de suite, en voyant des marbrures violettes et livides succéder à la rougeur, sur le visage de la jeune fille, tandis qu'elle relevait la tête, et s'immobilisait.

Dominique avait l'impression qu'une porte venait de s'ouvrir derrière elle, d'où filtrait dans son dos un courant d'air glacial.

Elle s'efforça d'affermir ses épaules, d'abord ; sa voix, ensuite :

— Mais oui, tu as raison, ce sont eux.

Et s'avança, la démarche raidie, à la rencontre des nouveaux venus.

Maurice regrettait, en cette minute, de n'être pas le véritable frère, dont la place eût été au côté de la jeune fille. Mais il fallait lui laisser courir seule l'épreuve.

Déjà, là-bas, la jonction s'était faite.

Hors de portée des voix, leur groupe demeura dans l'attente, échangeant quelques phrases, sans conviction, dominé par une curiosité commune, dont la matière différait d'ailleurs pour chacun d'entre eux.

Appliqué à tenir le pli du sourire bien en place, aux

coins de sa bouche, Dominique ne sut pas comment elle se trouvait face à face avec Numa.

Le temps de percevoir une pression de mains, une odeur familière, des lèvres sèches posées sur sa joue insensibilisée... :

— Niké, voici Alice.

Evitant de rencontrer le regard de son cousin, elle se tourna vers la jeune femme, plus grande et plus forte qu'elle-même, qui s'approchait ; entrevit les yeux bleu pâle, les cheveux blond pâle, la peau blanche, légèrement tavelée aux pommettes, le front et le menton carrés, les belles dents découvertes dans un grand sourire ; prit les mains tendues ; et entendit quelqu'un articuler à sa place, avec une voix qui ne ressemblait pas à la sienne :

— Je suis très heureuse de vous connaître.

— Et moi donc ! dit Alice Vernet.

Elle se pencha, comme venait de le faire son mari, et, de même, embrassa Dominique.

— ... Toute la famille parle si souvent de vous !... En outre, j'avais hâte de vous remercier pour...

— Oh ! non, je vous en prie !

— Mais si. C'est un très beau cadeau. Nous n'en avons reçu aucun qui me plaise davantage. Et, vraiment, je tenais à vous le dire. Mais, depuis trois semaines que nous sommes ici, il n'y avait jamais moyen d'obtenir de Numa qu'il m'amenât. J'ai fini par le menacer de venir sans lui.

— Vous êtes sûrement très pris, dit Dominique, vite.

— En effet ! Nous avons dû faire le tour de tous les mas de Camargue ; et aussi visiter de nombreuses personnes, à Arles.

Son accent mâchait les consonnes, sur une tonalité très différente du parler provençal.

Dominique le trouvait pénible à entendre.

Numa prit la parole, avec une sorte d'impatience :

— Tu as du monde ?

Le mouvement de son menton désignait, à quelque distance, le trio arrêté, maillet en main.

— Seulement Louis Bresson et les Royer. Mais venez donc vous asseoir sous le cèdre. C'est l'endroit le plus agréable, en cette saison.

Qui donc échangeait de telles phrases, les plus vides, les plus banales, que l'on pût trouver à dire ? Etait-ce Numa ?... Elle-même ?... Ou bien des phantasmes à leur ressemblance ?

Celui dont le baiser d'adieu avait ouvert la déchirure d'un instant défaillant, unique, sur un éblouissement qui devait être le bonheur ?...

Ou le mari courtois, au bras de qui s'appuyait tout naturellement cette étrangère ?...

Et il y avait aussi une Dominique animée, aimable, enjouée, attentive à s'acquitter de tous ses devoirs de maîtresse de maison, cherchant la meilleure place pour y installer la nouvelle épousée, la questionnant sur ses impressions de voyage et d'arrivée, lui versant à boire, lui passant une assiette de biscuits...

Et une autre dont les doigts se crispaient sur la carafe embuée de fraîcheur, dans l'effort qu'elle soutenait pour empêcher la détresse qui couvait dans son cerveau d'éclater en cris de folle, à la vue du contentement paisible, possessif, de la fille qui lui avait volé l'homme né pour elle.

« Grâce au ciel, je n'étais pas seule en face d'eux », devait-elle penser, plus tard, lorsqu'ils furent repartis.

Peu de temps s'était écoulé avant que la réunion ne se scindât, comme la plupart des réunions méridionales, hommes et femmes chacun de leur côté.

Numa, Maurice et Louis s'étaient mis à parler de

Paris, puis des grévistes du métro, puis de BelaKun et de la Hongrie, puis du départ des délégués allemands. Tandis qu'elle-même et Henriette, à la prière de la jeune femme, avaient fait à celle-ci les honneurs de la maison, et des proches abords du parc.

Pas un mot, pas un regard échangé, qui les eût rapprochés, fût-ce un instant, Numa et elle.

« C'est normal. » Il en serait toujours ainsi, dorénavant. Elle devrait s'y attendre, et s'aguerrir.

Les relations avec ses cousins de Camargue, pour s'être relativement espacées depuis l'époque de sa grand-mère, n'en demeuraient pas moins assez suivies.

Cette fille, Dominique la reverrait partout, et à Tourvieille même, acclimatée, mieux établie, de saison en saison, dans ses droits et ses privilèges d'épouse.

« — *Je l'ai trouvée très sympathique. Et toi ?* »

L'amie la plus chère peut poser une telle question, faute de savoir... « Pauvre Hiette. »

« — *Moi aussi, bien sûr.* »

Et, devant elle, Numa ne se garderait pas toujours aussi soigneusement qu'il l'avait fait, cet après-midi, de toute manifestation qui pût évoquer l'intimité du ménage.

Dominique imaginait déjà le jour où elle s'apercevrait que vivre auprès d'une autre n'empêchait pas qu'il fût heureux. Ce n'était pas encore tout, que de le perdre. Il lui faudrait voir à quel point elle l'avait perdu.

« Oh ! je voudrais qu'elle n'ait jamais vécu, cette Alice... qu'elle disparaisse, qu'elle... »

Impossible d'aller jusqu'au bout des mots qui eussent matérialisé le fond de sa pensée.

Et pourtant, « cela » pouvait se produire. Elle avait entendu parler souvent de sa grand'tante Dorette, la femme de l'oncle Constant, morte en donnant naissance à Blanche.

Mais « cette femme... »

Dominique n'avait pas eu conscience de la détailler. Cependant, elle revit avec netteté le corps puissamment bâti, les hanches larges, faites pour l'enfantement facile. Et sentit le désespoir refluer en elle.

Plantée devant la grande glace du vestibule, elle se vit, mince, mais solide, elle aussi. « Et Maman nous a eus, tous les cinq, sans qu'il y parût, à sa taille... Alors, pourquoi pas moi ? Pourquoi pas moi ?... »

La détresse pesait sur ses épaules, tandis qu'elle contemplait son double, notant sans pitié les yeux noyés, la bouche tremblante, que la glace lui présentait, dérisoirement.

Une montagne de haine diffuse la souleva un instant.

« Oh ! je me déteste... Je la déteste... Elle, Numa, tous... Qu'elle meure. Vous entendez, mon Dieu ? Faites qu'elle meure !... Je sais que je ne devrais pas, mais... Ce n'est pas ma faute, c'est elle qui me l'a pris. Mon Dieu, comprenez-le. Je n'en puis plus. C'est trop lourd, tout ce qu'il me faut porter, depuis que Maman... non : François... Non : Papa... »

C'était la mort de son père qui avait démantelé la forteresse familiale, et ouvert le gouffre où s'étaient engloutis tant des siens, à la suite.

Frédéric, eût-il été là, n'eût jamais permis, songeait-elle, que l'injustice atteignît si cruellement sa toute-petite. « Il eût parlé à Numa, avant que... Il nous eût fiancés... »

Cette glace, devant laquelle il était passé des milliers de fois, pour sortir, n'avait pas même gardé dans son tain ancien, qui devenait trouble, le reflet d'un reflet. « Papa, mon Papa, où êtes-vous ? »

Brusquement, des sanglots la secouèrent.

« Pourquoi m'avez-vous laissée ? Vous, Mamé, Mère, François... »

Partis, tous ceux qui l'avaient protégée. Si loin, si loin. Insoucieux du mal qui lui arrivait à présent.

Elle s'exaspéra de chagrin.

« Papa, entendez-moi !... Je vous dis que je n'en puis plus ! Faites quelque chose... Prenez-moi avec vous ! Vous pouvez bien, Papa, dites ?... Je n'ai plus de courage, je n'ai pas envie de continuer... »

La jeune fille s'était laissée glisser jusqu'à terre, et, prostrée sur le dallage, pleurait, à grosses larmes pressées et spasmodiques.

Une tête au poil rêche se fraya le passage entre ses mains, avec de grands coups maladroits, jusqu'à son menton : réveillé de sa sieste, pour laquelle il avait cherché l'ombre fraîche du dessous d'escalier, *Nahum*, inquiet, venait reconnaître la situation.

D'un coup de langue, il torchonna la joue ruisselante et salée. Puis il gémit doucement.

Dominique lui entoura le cou de ses bras. « Le chien de François... » Abandonné, comme elle.

Son chagrin redoubla.

La figure enfouie dans la rude fourrure à l'odeur fauve, elle se vidait, une bonne fois, d'une peine trop longtemps endurée dans le silence.

Mathilde, sortant de la cuisine, la découvrit, toujours pleurante, tassée, pitoyable, tandis que *Nahum* exhalait en de petits aboiements plaintifs sa compassion de bon chien.

— Maï de qu'avès, ma galineto, ma poulido pichote[1] ? Maï de qu'avès ? s'exclama-t-elle, reprenant d'instinct, dans son émoi, le patois natal prohibé par Ludivine.

1. Mais qu'avez-vous, ma poulette, ma jolie petite ?

Elle releva la jeune fille, la berça contre elle, lui tamponna le visage, la moucha, comme au temps de l'enfance, avec le même genre de gros mouchoir pelucheux et raide qu'elle tirait jadis de sa poche, pour essuyer, indifféremment, un genou couronné, une bouche pégueuse [1], ou une figure mascarée [2], comme elle disait alors.

— ... Qu'est-ce qu'il y a ? C'est d'avoir eu la visite des novi [3] ? Mais, espérez un peu, mon ousceloun [4]. Pour vous aussi, il en viendra un, de mari. Vous verrez. Un bien beau, et bien brave.

Honteuse, lasse, la tête nichée dans le cou de Mathilde, ses paupières boursouflées à demi closes, Dominique montait lentement l'escalier, en s'aidant de la rampe, incapable de proférer un mot.

Devant elle, s'étendait la perspective désolée d'une interminable nuit solitaire, faite de toutes celles qui se succéderaient, sans qu'elle pût jamais plus séparer l'image de Numa d'une autre image, dont elle connaissait désormais les traits.

Partie du Cigalier, où la récente épousée, au cours du repas offert en son honneur, avait été prise d'un malaise aisément identifiable, la nouvelle, répandue par Adrienne et ses invités, se propagea comme l'éclair, précédant le couple partout où parents, alliés et amis, se disposaient à lui faire accueil.

Dominique avait obscurément nourri l'espoir que, du moins, la grossesse de la femme de Numa, une fois avérée, mettrait un terme à ce cycle de réceptions.

---

1. Poisseuse.
2. Barbouillée.
3. Nouveaux mariés.
4. Petit oiseau.

Il n'en fut rien.

Le ménage continua de se rendre aux invitations qui se succédaient, dans l'euphorie de la paix enfin conclue et paraphée au son de toutes les cloches de France.

Lorsqu'on les eut conviés à la Sarrazine, puis, chez les Guillermin, puis, à la Gloriette, la jeune fille dut envisager de donner à son tour, pour eux, un repas à Mogador.

Le deuil de sa mère qu'elle portait encore, atténué, n'était plus, après quinze mois, une excuse suffisante pour l'en dispenser. Elise Royer comme Adrienne, consultées toutes deux, en tombèrent d'accord.

— ... Et pour ton premier dîner privé, tu ne peux rêver mieux qu'une réunion familiale toute simple, remarqua cette dernière.

Croyant pénétrer le mobile des réticences qu'elle percevait chez sa nièce, elle proposa :

— Veux-tu que je t'aide à l'organiser ?

Quant à cela, Dominique n'avait besoin de personne. Elle déclina tout net la proposition.

Nulle bévue n'était à craindre : Victor et Berthe se tenaient prêts à endosser toute leur part de responsabilités, trop heureux à la perspective d'assister au réveil de la demeure qui conservait, à travers sa léthargie, le souvenir de tant de fêtes.

Tous deux fouillaient dans les archives de l'office, pour exhiber des menus soigneusement collectionnés.

Certains, au passage, ouvraient leur volet jauni, comme une brusque échappée sur un autre temps, une autre vie : « *Le 4 décembre 1910...* C'étaient les fiançailles d'Isabelle... *16 avril 1908 :* le mariage de Tatie. *Noël 1900* : l'année où Papa a fait cette chute de cheval... *27 février 1898...* mon Dieu ! notre baptême, à François et à moi !... *7 juillet 1890, Mariage de Monsieur Frédéric Vernet et de Mademoiselle Ludivine*

*Peyrissac... 23 mai 1875, Fiançailles de Monsieur Pascal Ladevèze et de Mademoiselle Amélia Vernet...* » Deux noms qui n'évoquaient aucun visage pour Dominique.

Le plus vieux de la pile portait la date du baptême de l'oncle Hubert.

Victor prit glorieusement le précédent :

— Et celui-là, Mademoiselle a vu ? : *« 10 février 1872 »...* Notre repas de noces, à Berthe et à moi. « *Monsieur Victor Allard et Mademoiselle Berthe Gardiol »*, c'est écrit. Ah ! c'est que le maître nous avait fait une belle fête. On a dansé toute la nuit, dans la cuisine, ici, dans le salon, dans les couloirs, partout.

Dominique l'écoutait, pensive.

« Dansé... toute une nuit... », le vieux Victor, dont la carcasse branlante semblait, à présent, un peu plus prête, chaque jour, à se perdre dans les replis de la peau grisâtre. « Et je n'existais pas. Il s'en fallait encore de plus d'un quart de siècle, avant que je... Et Maman... »

Elle fit le calcul avec stupeur :

« ...Et Maman, elle-même, n'existait pas non plus. Pas encore... »

Mais la grande cheminée, les meubles, et les casseroles de cuivre rouge pendues au mur par rang de taille, étaient déjà là.

Et y seraient sans doute toujours, disponibles pour de nouveaux repas de baptême, ou de communion, lorsque Dominique aurait disparu ; elle, et Numa, et Alice... comme tant d'autres, dont les noms, un court moment, pourraient avoir représenté, pour quelqu'un, tout l'amour ou tout le malheur, sur cette terre.

Les longs jours commençaient à peine à décroître. A Paris, le défilé de la Victoire s'apprêtait. Juillet écrasait la campagne provençale, assoiffée, sous son souffle torride. La terre des fossés se craquelait de sécheresse. La moisson avait été médiocre ; les vendanges s'annonçaient somptueuses par leur qualité, mais peu productives.

Tout en passant, aidée de Mathilde, la robe de mousseline de soie grise commandée pour la circonstance, Dominique s'efforçait d'astreindre son esprit à supputer leur rendement probable, pour se fortifier dans le calme, en prévision de ce que la soirée allait exiger d'elle.

La jeune fille achevait de s'habiller, quand survinrent les premiers de ses invités.

De la fenêtre, elle reconnut avec soulagement Henriette et Maurice Royer, que Victor, ganté de blanc, précédait avec solennité vers le hall.

— Hiette ! appela-t-elle. Tu peux monter, si tu veux. Installe-toi, Maurice. J'en ai pour deux minutes.

Quelques instants plus tard, Henriette la rejoignait.

— J'étais sûre que nous serions ridiculement en avance. Mais Maurice n'a rien voulu entendre. Tu le connais. Il s'est contenté de me dire : « Il faut bien que quelqu'un commence. Alors, autant nous que quiconque, non ? »

— Plutôt vous, même ! dit Dominique avec conviction.

Maurice s'était-il douté qu'elle avait craint d'avoir à affronter d'abord Numa et sa femme en tête à tête ? se demanda-t-elle, cependant, avec inquiétude.

Henriette et elle, se tenaient l'une en face de l'autre, embarrassées de se voir vêtues et parées de façon inhabituelle, réciproquement déroutées, devant ces atours qui modifiaient leur aspect journalier.

— Tu as une jolie robe, dit Henriette, gauchement.

— Toi aussi.

— Oui ? Tu trouves ?

Henriette se regarda dans la glace, comme surprise de s'y rencontrer.

— ... C'est Maman qui l'a choisie.

Dominique s'attardait à vérifier ses ongles, sa coiffure, le contenu de son sac, malgré les assurances réitérées de Mathilde :

— Vous avez tout, ma perlette. J'y ai mis le mouchoir que vous vouliez.

— Viens, dit-elle, enfin, passant son bras sous celui de son amie.

Henriette s'étonna légèrement, sans en rien dire, de la sentir trembler, tandis qu'elles descendaient l'escalier.

Un bruit de portières claquées, au-dehors, annonçait d'autres convives.

Mais peut-être Numa, lui aussi, avait-il redouté de trouver Dominique seule, à leur arrivée. Outre son jeune frère Lucien, qui les accompagnait, sa femme et lui, il était allé prendre, en passant par Arles, sa sœur Agnès et son beau-frère Henri, également invités.

Laurent et Antoinette Vernet étaient déjà là, quand le groupe débarqua d'une même voiture.

La confusion qui suivit cette entrée en nombre permit à Dominique de franchir le pas le plus délicat, sans que sa nervosité ne vînt à se trahir.

Lorsque les conversations se furent ébauchées, dans le salon aux fenêtres grandes ouvertes sur le parc où le jour commençait à se teinter de soir, tandis que Victor circulait des uns aux autres, présentant avec onction son plateau chargé d'apéritifs, la jeune fille ne voulut plus s'attacher qu'à remplir son rôle d'hôtesse encore novice.

Sans se le formuler d'une façon nette, elle s'était figuré, naïvement, voir revenir un Numa méconnaissable, après le bouleversement survenu.

La visite rapide, datant de plusieurs semaines auparavant, l'avait ancrée dans cette idée, en le lui montrant tendu, contraint, et assez peu loquace.

Durant tout le repas, assis à sa droite, il se comporta en bon Vernet : mangeant de grand appétit, reprenant de plusieurs plats, buvant en abondance, tout en tenant brillamment sa partie dans les propos qui s'échangeaient.

Autour de la table scintillante de cristaux, montait un joyeux brouhaha.

Et Dominique s'émerveillait qu'il s'orchestrât grâce à elle. Ce dîner de jeunes gens était donc, finalement, une réussite ?

En face de soi, au bout opposé de la table, elle voyait Maurice Royer et Lucien Vernet se pencher tous deux vers Antoinette, placée entre eux ; une Antoinette toute pétillante, plus jolie encore que de coutume, qui leur tenait tête, non sans coquetteries. Tandis que, de l'autre côté, Henriette et Laurent paraissaient absorbés, depuis quelques minutes, dans un dialogue qui rapprochait leurs têtes.

Plus tard, c'était Agnès, racontant quelque chose, « ... assurément quelque chose de drôle » à...

Avec l'impression de se réveiller, Dominique découvrit de nouveau l'existence d'Alice, qu'elle venait, un moment, de perdre de vue.

« Cette femme... », et son rire, et son argent, venus d'ailleurs...

De quel droit se trouvait-elle, ce soir-là, au milieu d'eux, étrangère aux multiples liens qui les unissaient tous, depuis la naissance ?

Dominique baissa les yeux sur la nappe, inquiète à la pensée que quelqu'un pût y déchiffrer la haine forcenée qui venait de l'envahir. Elle la sentait vibrer, cette haine, à larges ondes, comme une sorte d'électricité, par tout son corps.

— Comment ? En pleine ville ?... Des taureaux sauvages, lâchés dans les rues ?... Et les gens ne se sauvent pas ?... Ah ! non. Vous essayez de me mystifier... Dominique, écoutez donc ce qu'ils voudraient me faire croire !

Ce chuintement rugueux de consonnes, à l'entendre, produisait sur les nerfs de Dominique la même irritation douloureuse qu'eût provoquée le bruit d'une scie.

Lorsqu'elle releva les paupières pour répondre, le regard d'Alice l'atteignit en plein visage, franc, direct, et, sans nul doute, amical. La jeune femme semblait requérir son alliance contre les rires qui s'élevaient à l'entour.

— Elle se figure que nous nous moquons d'elle, dit nonchalamment Numa, haussant les épaules. Mais, ma chère, des abrivades, ce n'est pas ce qui manque, en ce moment. Nous sommes à la pleine saison. Je n'ai qu'à te mener, dimanche, à Arles, et tu verras bien.

Soudain, ce fut lui que Dominique détesta, d'être entre elles deux, ni à l'une, ni à l'autre.

Une pointe de pitié fugace la traversa, devant celle-là qui avait quitté ses coutumes, ses amis, sa race, ses horizons familiers, pour ceux d'un homme si peu soucieux de les lui faire aimer, si peu enclin à rien mettre de lui-même dans le partage.

Presque sèchement, elle dit à Numa :

— Il n'est pas sûr que cela lui plaise. Après tout, pour qui n'est pas né, comme nous autres, par ici, avec, peu ou prou, la bouvine dans le sang, cela n'offre peut-être pas un tel intérêt. Pour autant que je sache, tous les pays ont leurs usages propres. Et il doit bien y en avoir aussi...

« ...chez elle, qui nous paraîtraient curieux ou

absurdes, et qui, pourtant, valent les nôtres », avait-elle pensé.

Mais elle n'acheva pas sa phrase.

Le vert insondable des prunelles de Numa pesait sur elle, insistant, plein d'un étonnement qui ressemblait à un reproche.

Elle se débattit contre le sentiment d'avoir trahi son camp. « Mais tout est de sa faute, à lui... Oh ! Numa, si tu m'avais aimée suffisamment, est-ce que jamais... ? »

L'égoïsme, la légèreté, de toute sa conduite...

« Mais, bien sûr : *la petite Dominique*, l'agneau bêlant, marqué d'avance pour le sacrifice... » à qui l'idée ne fût pas même venue de se défendre. « ... *Je suis avec toi, près de toi, si loin que je sois...* » Il postait sa lettre, et il rentrait retrouver Alice, les bras d'Alice, le corps d'Alice, le sale plaisir qu'il prenait dans son ventre. « Mais qu'y a-t-il donc en lui, qui m'oblige à l'aimer ? Il a dix ans de plus que moi. Bientôt, il sera vieux !... » Ces joues, ce menton, dont la ligne avait déjà cessé d'être rigoureuse... « Pourquoi, mais pourquoi... ? »

Elle dévisageait éperdument son cousin, comme si, tout à coup, l'explication de ce mystère déraisonnable eût pu lui apparaître, et la rendre à soi-même, libre, enfin, d'en aimer un autre, et d'être heureuse.

De nouveau, les yeux de Numa rencontrèrent les siens. Débordants, cette fois, d'une tendresse pénétrante, qui la laissa sans forces.

Le souvenir de leur baiser la fouilla dans son corps avec la précision d'une lame tranchante. Elle se demanda s'il y pensait aussi : de si près, elle voyait frémir sa lèvre.

— Niké... murmura-t-il seulement, assez bas pour que nul autre qu'elle ne pût l'entendre.

Puis, se détournant, il se lança, sans transition, au

milieu de la controverse qui mettait aux prises Henri Fauvelly avec Laurent et Maurice, à propos du président Wilson et des clauses du traité avec l'Allemagne.

Jusqu'à la fin du repas, tous deux évitèrent de laisser leurs regards s'affronter.

Après le café, servi dans le salon, Alice, qui paraissait étourdie, alla s'asseoir sur le canapé, devant la fenêtre ouverte.

Dominique prit sur soi pour aller la rejoindre.

— Vous ne craignez pas l'air de la nuit sur vos épaules ?

De belles épaules, à la chair blanche, un peu grasse, que le décolleté de la robe verte découvrait sans parcimonie.

— Non, oh ! non, dit Alice. Il a fait si chaud, aujourd'hui. C'est à peine si l'on commence à respirer. Je me sens simplement un peu lasse. Je pense que cela provient de mon état.

Elle sourit à Dominique :

— ... Vous savez sans doute que j'attends un bébé ?

La jeune fille se troubla.

— Oui, je... je l'avais entendu dire.

Quel motif avait donc cette femme de lui faire une telle confidence ? Crie-t-on ainsi sur les toits l'aveu d'une grossesse ? se demandait-elle, choquée.

Jouant, par contenance, avec les panneaux plissés de sa robe, elle lança un coup d'œil à la dérobée sur Alice. A demi renversée sur le coussin, la jeune femme humait avec béatitude l'odeur du gazon arrosé qui émanait de la pelouse, et celle des roses, qu'une brise légère apportait par bouffées.

— Vous devez être heureuse, dit enfin Dominique.

— Très.

La plénitude même de ce bonheur semblait se situer au-delà des paroles. Du moins Dominique en eut-elle la sensation, aiguë et violente comme un coup de couteau.

Laissant la douleur sourdre en elle, et y faire le vide, elle demeura muette.

La symphonie des rainettes qui emplissait le fond de la nuit monta de ton à ses oreilles, jusqu'à couvrir le tapage des voix mêlées, et le martèlement sec de la jambe artificielle d'Henri Fauvelly, sur les dalles du vestibule que Maurice et lui arpentaient de bout en bout, au rythme de la discussion qu'ils poursuivaient.

Etouffant les vibrations de sa voix, elle feignit le détachement, pour questionner :

— Et c'est pour bientôt ?

— Oh ! pas avant le mois de février. C'est facile à calculer, n'est-ce pas ?

Une seconde fois, Dominique battit en retraite :

— Oui, bien sûr. Suis-je sotte !

Et, voyant approcher sa cousine Agnès, se leva, soulagée, afin de lui céder la place.

Celle-ci la retint.

— Dis-moi, Nique, quand arrivent Anne et Gaspard ?

— Dans trois semaines. J'irai les attendre au débarquement. Mais, ils s'arrêteront d'abord quelque temps chez les Barcarin, à Fiélouse.

— Il te tarde, j'imagine ?

— Tu penses.

Elle suivait des yeux, tout en parlant, la démarche d'Alice qui, les abandonnant à leur conversation, traversait le salon pour rejoindre son mari.

« Elle doit se sangler dans son corset. »

Quoi qu'il en fût, rien n'était encore décelable, dans la silhouette de la nouvelle épousée.

— Quand ils seront là, continuait Agnès, Maman compte bien que vous viendrez tous ensemble passer quelques jours à Tourvieille. Ce sera chic, dis, de se retrouver comme avant ?

— Oui, murmura faiblement Dominique.

« Comme avant... ? » Que restait-il, qui pût encore lui en donner l'illusion ? « ...Jamais, jamais plus... »

Lorsque les Camarguais eurent pris congé, Dominique, les ayant accompagnés jusqu'à leur voiture, revint vers ses autres convives, qui s'étaient avancés sur le perron.

— Il n'est pas très tard. Vous qui n'avez pas un aussi long trajet à faire, restez donc encore un peu. Vous avez bien le temps.

— Ma foi, avoua Laurent, par une nuit comme celle-ci, l'on n'a pas grande envie d'aller suffoquer, étendu sur un drap, entre quatre murs et un plafond.

Maurice renchérit :

— A Barbegal, dans ma chambre, il règne une température de four.

Les jeunes gens guidant leurs compagnes, ils firent quelques pas précautionneux pour s'habituer à l'obscurité étoilée, hors de la zone où les fenêtres de la façade projetaient leurs grands rectangles de lumière.

— Ce n'est pas encore cette nuit qu'il pleuvra, dit Henriette.

Dans le ciel fourmillant de constellations, l'attelage du Grand Chariot paraissait prêt à toucher terre.

Au coin de la maison, près des lauriers-tin, Laurent buta contre une chaise longue demeurée là depuis l'après-midi.

Il l'attira vers Henriette qu'il escortait :

— Tenez, mettez-vous ici, vous serez bien.

Et s'assit par terre, auprès d'elle, tandis que Maurice, Antoinette, et Dominique, ramenant les sièges rassemblés sous le cèdre, s'installaient à leur gré.

— Tu sais, Nique, tu nous as fait passer une soirée délicieuse. Oui, vraiment... — Laurent s'appuya contre le montant de la chaise longue où se dessinait la forme d'un corps étendu : — ... Enfin, pour ma part, je l'ai trouvée délicieuse.

— Nous tous aussi, dit la voix d'Henriette.

On ne pouvait rien distinguer des visages, sinon le vague reflet luisant accroché sur les pommettes, uniformément, par les prunelles perdues au creux des orbites agrandies.

Dominique remarqua seulement la douceur tranquille de cette voix, comme elle venait de remarquer l'intonation joyeuse, et ardente, qui transformait celle de Laurent.

« ...Et il n'y a que trois mois que Margot est retournée à Paris. »

Etait-ce là tout le temps qu'il fallait à un homme, pour remplacer un amour par un autre, se demanda-t-elle.

« Trois mois... Et une seule soirée. »

Puis, elle s'en voulut. Plutôt que d'un amoureux volage, n'était-il pas d'un mort au précaire sursis, ce besoin désespéré qu'avait son cousin de vivre vite, à tout prix, toute sa part d'avenir ?

« Mais quelle folie de s'en prendre à Hiette... » qui, elle, rivée au souvenir de François, s'obstinait à refuser la sienne.

Autour de Dominique, les voix montaient, puis se taisaient, durant de longs intervalles sans poids.

Celle d'Henriette lui parvint de nouveau. Aussi calme, aussi lisse :

— Quelle nuit magnifique ! On se sent détaché, flottant, loin de tout...

— N'est-ce pas ?

« Laurent... Pauvre Laurent ! » Dominique eût souhaité le mettre en garde contre lui-même. « ...Afin que, demain, tu ne recommences pas à souffrir... »

— ... Oui, elle n'est pas mal. Mais, vous savez, moi, ce genre Walkyrie...

C'était Maurice, cette fois, qui répondait à une question d'Antoinette.

« Ils parlent d'Alice », se dit Dominique, enregistrant la phrase au vol.

Aussitôt, sa préoccupation profonde revint la harceler, avec tant de force qu'elle ne put s'empêcher de chuchoter, penchée vers sa cousine :

— Elle n'a pas grossi, depuis leur première visite. On ne voit toujours rien.

— Tu es drôle !... — Antoinette pouffa, sans trop se soucier de n'être pas entendue. — A deux mois et demi, que veux-tu qu'on voie ?

Maurice, qui n'avait rien perdu de leur aparté, intervint malicieusement, pour leur commune confusion :

— Eh bien ! mes petites chattes... Permettez-moi de vous le dire : pour des jeunes filles tout ce qu'il y a de « bien né » et de « comme il faut », vous tenez de ces propos qui ne respectent guère notre innocence, à nous autres garçons, pas vrai, Laurent ?

— Oui ? Quoi donc ?

Laurent n'écoutait pas.

— ... Et, tenez, continua-t-il, à l'intention de la seule Henriette, une nuit où les canons lourds, qui nous pilonnaient depuis des heures, se sont tus, brusquement, j'ai perçu le même silence. Je me souviens de l'endroit. Il y avait un moignon d'arbre tout tordu, à quelques pas du boyau...

Dominique soupira tout bas.

« Tous, tant que nous sommes... »

La plus belle des nuits d'été ne vous délivrait pas pour longtemps de vos obsessions, ni de vos peines.

# 9

La métamorphose de la maison, depuis une semaine, n'avait pas encore épuisé l'étonnement de Dominique. Joyeuse et interdite, la jeune fille assistait, sans y croire tout à fait, à ce réveil qu'elle n'eût osé imaginer.

La chambre d'enfant, là-haut, comme au premier, l'appartement de Mamé, si longtemps clos, étaient de nouveau habités.

Dès le matin, le claquement des volets que l'on rabattait contre la façade, à l'étage supérieur, d'abord, puis, un peu plus tard, au sien ; le cri des portes ouvertes et refermées, le bruit des pas ; les va-et-vient dans les couloirs, le son des voix où dominait, par instants, un timbre masculin, surprenaient Dominique, comme un miracle renouvelé quotidiennement.

Pressant Mathilde, elle dépêchait ses apprêts, et jusqu'à son déjeuner, afin de monter voir plus vite l'enfantelet trônant dans le petit lit regarni de mousselines neuves, qu'elle-même avait occupé, autrefois.

La grande femme vêtue de bleu et blanc strict, à laquelle il était confié, accueillait ces visites avec sa correction muette d'étrangère, arborant, même, une manière de sourire dont les réticences, passé les premiers jours, avaient presque complètement disparu.

Avec une compétence que traduisait l'économie du moindre de ses gestes, elle baignait, poudrait, habillait le bébé, et lui donnait son premier repas, devant Dominique, sans que la présence discrète de la jeune tante parût lui déplaire.

— C'est un fait qu'elle semble t'avoir adoptée, dut constater Anne, dont les tentatives pour jouer avec son fils se heurtaient, en dépit de ses droits évidents, à des mines réprobatrices, voire à une opposition carrément exprimée.

Inintelligible à Dominique, un dialogue rapide, dans lequel percutaient des consonnes comme des balles de mitrailleuses, se terminait généralement par la déroute d'Anne qui battait en retraite, entraînant sa sœur.

— Tu as vu, ce vieux poison ?... Quelle patience il me faut avoir, Seigneur ! Quelle patience !... Mais, que veux-tu ? pour l'enfant, elle est parfaite.

Parvenue devant sa porte, elle retenait Dominique prête à commencer sa journée dans les terres.

— Gaspard est déjà sorti. Entre donc un moment chez moi, le temps que je m'habille. Je t'accompagnerai, ensuite.

Tout en se livrant au long et minutieux cérémonial de sa toilette, elle tenait volontiers audience, au milieu de la vaste chambre dans laquelle, si souvent, jadis, les enfants Vernet s'étaient introduits, sur la pointe des pieds, jusqu'à l'alcôve où les attendait l'aïeule ; résignés à subir ses railleries, afin d'obtenir ensuite, pour solder leurs frasques, l'attention et le secours qu'elle ne leur marchandait jamais.

Depuis la mort de sa grand-mère, il était arrivé parfois à Dominique de s'y glisser, de nouveau, avec l'illusion de pouvoir se démettre, là, d'un fardeau trop lourd, auprès de l'ombre qui devait bien encore séjourner entre ces murs, derrière les rideaux tirés.

Mais, à présent, elle ne parvenait plus à y retrouver le souvenir vivace de Julia Vernet, malgré la permanence du décor de meubles noirs incrustés de nacre, et de draperies à franges, datant de l'époque de la vieille dame de Mogador.

Dans la pièce, envahie par les senteurs compliquées du parfum dont usait Anne, l'intrusion de celle-ci avait mis un désordre, tout personnel, de brosses, de flacons, de colifichets, de lingeries et de bijoux, épars, voisinant avec la robe de chambre, le foulard bordeaux, les mules vernies légèrement éculées et les cendriers débordants de bouts de cigarettes qui signalaient la présence de Gaspard.

Anne bavardait, chantait, riait, houspillait son monde, dans une perpétuelle animation qui remplissait à craquer tout l'espace disponible, partout où elle se trouvait.

— Tu ne m'as encore rien raconté... commençait-elle.

Cependant, à peine Dominique avait-elle eu le temps d'ouvrir la bouche que la jeune femme repartait dans son babil, voletant d'un sujet à l'autre, l'esprit et la langue également véloces, tandis que sa sœur peinait à suivre le fil, de plus en plus ténu, qui bifurquait sans trêve et serpentait en d'innombrables arabesques.

« N'importe... » L'extraordinaire, pour Dominique, était de se trouver réunies, dans une intimité qui n'avait jamais été telle, au temps où les confidences d'Anne se réservaient à l'unique intention de Christine, toutes deux dédaignant de prendre pour auditoire la fillette qu'était alors leur jeune sœur.

Assise sur le bord extrême de la causeuse où s'étalait un tailleur de toile fraîchement repassé, elle regardait Anne procéder à tous les rites d'une coquetterie qui n'avait fait que croître, avec le temps.

La femme de chambre américaine vaquait, sans qu'on l'entendît, à travers la chambre, imperturbable, irréprochablement stylée et, selon toutes les apparences, accoutumée à prévenir les moindres volontés de sa maîtresse.

Dominique reconnaissait la manière qu'avait eue sa mère d'établir, sans difficultés, sur ceux qui l'approchaient, une domination que tous semblaient s'accorder à trouver normale.

Anne éclata de rire, lorsqu'elle le lui dit.

— Tous, sauf Nurse, alors !

Ce rire roucoulé, brillant, orgueilleux, qui finissait de s'égrener en notes hautes, dans quelle vie ancienne avait-il résonné, déjà, comme un chant de triomphe, aux lèvres d'une belle jeune femme, élégamment vêtue, que ses propres enfants révéraient à l'égal d'une idole ?

— Comme tu lui ressembles !

— A Maman ?... Oui, tu trouves ?

Flattée, Anne se penchait vers le miroir, laissant à sa femme de chambre, occupée à la coiffer, le soin de rectifier ses propres mouvements, afin de suivre les siens.

— C'est vrai que j'ai ses yeux.

L'éblouissante parure de ces prunelles d'eau précieuse, d'un bleu presque violet.

— Oui. Et aussi son allure. Son rire. Et même, parfois, ses intonations, ajouta Dominique.

Anne continuait de s'examiner.

— Mais les traits ne sont pas pareils. Ni le teint. Ni les cheveux. Ni le tour de taille, énuméra-t-elle, à son tour, sur un ton de regret. Tout cela, c'est Isabelle qui l'a eu.

Elle fit la moue et conclut :

— Quel dommage, crois-tu ! Pour ce qu'elle en fait !...

Légèrement choquée, Dominique ne put, malgré tout, s'empêcher de rire.

Anne contemplait toujours son image, attentive au grain de la peau, à l'émail des dents, à l'ultime pli que la camériste venait de donner au bouffant des bandeaux mordorés pour parachever la coiffure.

Congédiant cette dernière d'un geste, elle s'empara

d'une glace à main grossissante, prit, dans le tiroir de la coiffeuse, une boîte de rimmel et cracha tranquillement sur la brosse avant de l'enduire. Puis, entreprit de se maquiller les cils.

Sa cadette suivait les mouvements de cet étrange office, comme fascinée par leur précision, née de l'habitude.

— Enfin... reprit Anne, s'arrêtant pour apprécier le résultat, j'ai tout de même, en réserve, deux ou trois petits atouts bien à moi, et suffisamment efficaces. Et, tu sais, ce n'est pas seulement l'avis de Gaspard, mais celui de certains connaisseurs... Tu te souviens de ce charmant petit attaché dont je t'ai parlé ? Pour le nouvel an, au bal de l'ambassade, je portais une robe...

Dominique écarquillait les yeux.

— Tu es allée au bal, cet hiver ? Mais, comment... ? Avec notre deuil !

Anne posa sa brosse à rimmel et sa glace, avec une nuance d'impatience.

— Ecoute, mon chou, il faudrait que tu comprennes que l'on suit la coutume du pays où l'on vit. Là-bas, ce n'est pas reçu, de s'affubler de voiles de crêpe, et de se retirer du monde, plusieurs années durant. Tu dois reconnaître que j'ai fait un effort méritoire, en reprenant le noir et blanc pour venir ici, de manière à ne pas donner prise à la moindre critique. Du reste, rappelle-toi combien Maman, elle-même, avait horreur de ces simagrées. Je l'ai beaucoup pleurée, tu le sais. Mais il faut être raisonnable. La carrière d'un « jeune diplomate d'avenir » ne se fait pas toute seule, crois-moi ; et sa femme a une grosse partie à jouer.

Elle appela :

— Maud !...

Et, se levant, s'approcha de Dominique, silencieuse,

tandis que la femme de chambre venait prendre les vêtements préparés sur la causeuse.

— Eh ! oui, ma pauvre Nique. Pour toi, qui vivotes paisiblement à Mogador, il n'existe guère de problèmes. Cela se voit, conclut-elle, esquissant un baiser sur le front carré de sa sœur, avant de rejeter son déshabillé pour enfiler la jupe du tailleur que Maud lui présentait.

« Non », pensait Dominique, avec révolte, « ...guère de problèmes. Sinon celui de tenir. Tenir et tenir encore, d'un bout de l'année à l'autre, à la place de ceux qui sont morts... » — les seuls dont la pensée, à cette heure, pût lui apporter un soutien.

Les Barcarin renouaient connaissance avec tout le voisinage.

Il y eut des réunions et des repas, plus que n'en eût souhaité Dominique, obligée d'y figurer, tout en tenant tête aux préparatifs des vendanges.

A la cuisine, Berthe s'essoufflait aussi et commençait à grommeler, malgré l'assistance qui se révélait efficiente d'Eugénie.

Repris par son service aux écuries, que Gaspard venait de remonter en achetant un beau pur-sang alezan, démobilisé des effectifs de cavalerie, et une jument racée jusqu'au bout des oreilles, pour les adjoindre aux deux camargue blancs ramenés de Fiélouse, Gustave, comblé au-delà de ses vœux, délaissait la part qu'il avait assumée, les mois écoulés, dans l'entretien de la maison.

— C'est bien simple. Tu n'as qu'à prendre quelqu'un pour le remplacer, dit Anne.

Dominique dut donc se mettre à la recherche d'un journalier de bonne volonté, qui acceptât de troquer contre des besognes domestiques son travail de soleil et de plein vent.

Le trouver n'était pas facile ; le retenir encore moins, si l'homme n'acceptait pas, fût-ce pour un meilleur salaire, la perspective de se plier à l'autorité de Berthe, brochant sur les manies de Victor.

On en essaya deux, puis trois, puis un quatrième, avant de tomber sur un Piémontais bon garçon, dur à la tâche, respectueux de toutes les préséances et galant avec les dames, fussent-elles ridées, moustachues et, de surcroît, grognonnes.

Passèrent, durant le même laps de temps, un certain nombre d'aspirantes aux fonctions de fille de cuisine, qui, prises à l'essai, ne résistèrent pas plus d'un jour ou deux chacune.

« Anne... » songeait Dominique, surmenée, excédée, ulcérée, Anne eût pu consacrer un peu de son temps à choisir elle-même une fille convenable.

Mais Anne disait :

— Tu vas bien nous dénicher cela, mon chou. Tu connais mieux que quiconque les familles nombreuses, chez les paysans des environs. Moi, j'ai perdu de vue tout ce monde.

Et se remettait à polir ses ongles.

— ... A croire qu'elle est servie par les anges, là-bas, à Washington, se plaignit un jour, à Henriette Royer, Dominique, légèrement honteuse de cette trahison délibérée à l'égard de la famille.

La soirée de la veille avait été un succès, dont Anne s'était ouïe congratuler d'abondance par ses hôtes. Mais Dominique, encore ensommeillée de s'être couchée tard et levée tôt, avait subi, ce matin-là, dès le petit déjeuner, les récriminations de Berthe, porte-parole attitré de tout l'office.

— ... Et nous recevons de nouveau cinq personnes,

demain. Et neuf autres, samedi ; dont les Calvet et les Romieu, qui viennent à la maison pour la première fois. Tu imagines ce que dira encore Berthe ! Et il faut avouer que, la pauvre... Sans compter les gens qui vont nous arriver, dimanche après-midi, s'il prend encore fantaisie à Gaspard de les retenir tous à dîner, comme il l'a fait, à l'improviste, la semaine dernière.

Les anciens amis, en effet, avaient renoué avec les habitudes d'autrefois.

Au plaisir de revoir Anne et Gaspard, s'ajoutait, pour beaucoup d'entre eux, la curiosité que soulevait le retour des « Américains », comme on appelait le jeune ménage.

L'Amérique, et tout ce qui s'y rapportait, faisaient l'objet, par toute la province, d'un engouement auquel les démêlés pendants entre Wilson et Clemenceau ne portaient guère atteinte. L'espèce autochtone, dont les quelques troupes cantonnées aux abords d'Arles, sur la route du Pont de Crau, constituaient le spécimen, avait, certes, reçu son content de manifestations de sympathie.

Et les notabilités arlésiennes — celles, surtout, qui avaient intrigué en vain pour faire partie de la délégation officielle chargée d'aller dans les Ardennes, remettre à Herpy, la commune adoptée, les deux wagons de linge et d'objets mobiliers réunis pour elle, en présence des photographes opérant pour *l'Illustration* et les grands quotidiens de Paris — se disputaient l'honneur de traiter à leur table quelqu'un de ces alliés de marque qui avaient traversé l'océan Atlantique tout exprès pour rendre la politesse de La Fayette à ses ayants droit.

Toutefois, l'ignorance réciproque de la langue restreignait fort l'agrément de cette fraternisation, dont elle ne permettait pas de tirer tout le lustre souhaitable, même auprès de relations encore moins favorisées.

L'arrivée des Barcarin, qui venaient de vivre trois ans et demi en Amérique, parlaient l'anglais comme des natifs — du moins à l'appréciation de leurs compatriotes provençaux — et se révélaient capables de répondre à tous les genres de questions, ou, aussi bien, de servir d'interprètes, parut une aubaine, que l'on se mit en devoir d'exploiter à fond.

Fêtée, admirée, adulée, écoutée comme un oracle, Anne se trouvait dans son élément. Il avait fallu peu de temps pour qu'elle remît Mogador au train des beaux étés où ses parents y tenaient jadis table ouverte ; tandis que Dominique s'effaçait, non sans regretter quelque peu, de façon inavouée, ses prérogatives fraîchement acquises et si tôt perdues.

— Quelle joie de voir enfin revivre cette maison ! s'exclama Francis Lallier, dès la première visite qu'il fit, après le retour du jeune couple. Sa somnolence m'avait tellement attristé, les quelques fois où je suis venu saluer Dominique.

— Tu vois ? exultait Anne. Tu vois ? Ils reviennent tous !

Tous. Même Jacques et Richard du Roveret s'étaient enfin décidés, eux qui ne quittaient plus guère la Cantarelle, depuis leur démobilisation.

Mais Armand, leur frère, lui, ne reviendrait pas. Ni Camille Béraud, ni Fernand Reyne, ni Auguste Bresson, pensait Dominique. Ni Romain Caussade et Louis Gattencourt, les deux amis de son père. Pourquoi nul, à part elle, ne semblait-il se soucier de tous ces vides ?

« Et Papa... » Lui non plus n'était plus là pour recevoir ses hôtes. « Papa, Maman... Et Mamé... Et François, et Christine... »

Une fois de plus, la litanie des disparus se déroulait dans la tête de la jeune fille.

« C'est trop, mon Dieu !... »

Tant d'absence gonflait son cœur d'une peine étouffante et lasse, qui se mélangeait d'amertume, devant la liesse des autres.

Ou bien était-ce : « Parce que j'ai perdu Numa... ? »

« *Numa est venu nous présenter sa femme, chez mes beaux-parents, à Fiélouse. Elle n'est pas mal. Un peu Junon. Mais s'il aime ça !... Et, en tout cas, elle n'a pas l'air sotte, et elle est très gentille.* »

« Anne ne se doute pas. Personne ne se doute. Maurice ?... Oh ! non... Comment pourrait-il ?... Non, non. Personne, j'en suis sûre. Heureusement, mon Dieu !... Ou alors, que deviendrais-je ? En face d'eux tous.... Numa ! Numa... »

Pensait-il, lui aussi, à elle, avec cette terrible douceur brûlante qui coulait au milieu du corps parcouru de tremblements de Dominique ? « Oh ! Numa, moi, j'aurais pu t'attendre toute ma vie, sans cesser d'être uniquement à toi. »

L'amour d'un homme n'était-il donc rien d'autre que ce désir, possessif, et peu sûr ?

Elle l'épiait, sans bien s'en rendre compte, sur le visage de son cousin Laurent, qui devenait, à présent, l'un des plus fidèles habitués du dimanche.

Le plus souvent, attirée par la gaieté du cercle de jeunesse qui s'était reformé à Mogador, Antoinette accompagnait son frère.

Mais, avec ou sans elle, la grosse chaleur à peine tombée, il arrivait régulièrement, l'un des premiers.

Plus alerte qu'on ne l'avait vu depuis longtemps, il plaisantait avec l'un, discutait avec l'autre, se hasardant, lorsque les Royer tardaient à paraître, à lancer, avec un détachement feint :

— Maurice ne vient pas ?

Il acceptait, à l'occasion, de tenir sa place dans une partie de croquet ou de boules.

Mais finissait toujours, lorsque le crépuscule plus hâtif de septembre ramenait les groupes disséminés vers l'apéritif servi devant la maison, par se retrouver assis dans le fauteuil le plus proche de celui d'Henriette Royer.

Bien que nul n'eût encore risqué la moindre allusion, il semblait que toute l'assistance mît du sien afin de le lui permettre.

Dominique observait les indices de la conspiration tacite, avec des sentiments assez complexes.

Cette alacrité, dont le renouveau se manifestait chez Laurent, eût sans doute davantage satisfait la jeune fille, si la cause n'en eût été imputable à son amie.

Cela, elle en était à peu près certaine. Mais elle ne pouvait exactement démêler si elle redoutait surtout que son cousin ne se heurtât à l'indifférence d'Henriette, ou bien si, tout au fond de soi, la perspective ne lui était pas insupportable que la fiancée de François pût accepter, un jour, de devenir la femme d'un autre.

« Pourtant... J'aimerais tant voir Laurent heureux.... Et Hiette aussi, bien sûr. »

Cela, c'était l'élan de son cœur. Pour le prolonger, et se punir, en proie à un sentiment vague de culpabilité, elle s'ingéniait alors, à l'instar de chacun, à leur ménager quelque menue possibilité de tête-à-tête.

Mais, tout à coup, le spectacle de Laurent penché sur Henriette, lui chuchotant à l'oreille, l'aiguillonnait d'une bizarre douleur acérée.

« ...Mais c'est qu'il va recommencer à se dévorer de chagrin, comme pour Margot. Pauvre Laurent !... Et que je le plains, moi qui sais que jamais Hiette... »

Elle parvenait presque à s'en convaincre.

Coupant court impatiemment, sur une vague excuse, au dialogue amorcé par Louis Bresson, elle manœuvrait pour se joindre au groupe des amies d'Anne qui, mariées pour la plupart, confrontaient des préoccupations au sujet desquelles nulle d'entre elles n'eût songé à requérir son avis.

Intégrée, du moins en apparence, dans le cénacle, elle était libre de guetter, de loin, apparaissant et disparaissant entre les lauriers-tin ou les noisetiers, le couple des jeunes gens, parmi d'autres pour qui la conversation générale ne présentait guère d'attraits.

C'étaient tantôt les sœurs Marquet-Rageac : Angéline avec Robert Antonetti, et Suzon, sa cadette, avec Jacques du Roveret, tantôt Mireille du Roveret avec Francis Lallier ; ou encore Maurice et la petite Claire Guillermin ; ou Antoinette et Richard du Roveret... à moins que ce ne fût Marcel Bellanger. « Chacune avec le sien », lui ressassait cruellement l'ennemi intérieur qui ne fait jamais grâce.

Mais sa surveillance s'exerçait surtout à l'égard des allées et venues d'Henriette. Jusqu'au moment où, soulagée, elle la voyait enfin, au bout d'un temps plus ou moins long, quitter Laurent pour venir la retrouver.

« Pauvre Laurent ! » se répétait-elle alors, avec sincérité.

Mais un nœud étroit se desserrait dans sa gorge.

« Nous sommes semblables, elle et moi. » Toutes deux aussi dépourvues l'une que l'autre.

Et mystérieusement solidaires, lui semblait-il.

Tapie dans un recoin d'elle-même, le plus noir, le plus inavouable, soudain l'arrière-pensée montrait sa tête hideuse de petit monstre des profondeurs.

Si, un jour, Henriette s'évadait de la prison où l'avait enfermée son chagrin, elle-même demeurerait seule séparée de l'espoir. Seule de son espèce. Seule avec sa destinée boiteuse. Seule, cette fois, pour tout de bon.

Le sort d'Henriette n'était-il donc que le contrepoids nécessaire pour équilibrer la charge du sien ?... La condition lui permettant de supporter son propre faix ?...

« Mais, voyons, je l'aime. C'est mon amie. Je ne souhaite que son bonheur... »

Elle passait un bras autour de la taille d'Henriette, avec précaution, comme si, tout à coup, dans la douteuse lumière du soir, elle eût craint de voir son sentiment le plus secret prendre forme et se dresser entre elles, pour la confondre, aux yeux dessillés de son amie.

Vint le jour, dont Dominique avait appréhendé l'échéance, où, pour répondre à l'invitation plusieurs fois renouvelée par Laure Vernet, Anne, Gaspard, et elle-même, prirent le chemin de Tourvieille, avec la nurse et le bébé, dans la grande limousine de marque américaine des Barcarin.

Les sacs de voyage, l'étui à ombrelles et les mallettes appartenant à Anne, composaient, à eux seuls, le plus clair d'un important fret de bagages que justifiait peu la courte durée du séjour prévu.

— Elle est comme sa mère, observa Gaspard, qui venait de surprendre le coup d'œil appréciateur de Dominique, tandis qu'il bataillait, non sans peine, pour insérer la valise de celle-ci dans le coffre déjà bourré. Un rien lui suffit, lorsqu'elle se déplace : un peigne, une brosse à dents... Voyez plutôt !...

Il en fut pour ses frais : la jeune fille ne répliqua rien. La lèvre mordue, la prunelle vague, elle s'installait au fond de la voiture.

Gaspard l'avait souvent vue, fillette, opposer de ces longs silences blessés à ses aînées, ou à son frère, lorsque leurs taquineries l'avaient trop cruellement atteinte.

Il se souvint aussi, un peu tard, que l'épiderme des Vernet tolérait mal la plus légère flèche décochée par un tiers, n'eût-elle fait qu'effleurer l'un d'entre eux.

Anne, elle-même, perdait tout sens des proportions et de la plaisanterie, sur ce chapitre.

Le regret lui vint d'avoir pu froisser les sentiments de sa jeune belle-sœur. Sans doute avait-elle tort de prendre, à ce qu'il semblait, cette innocente boutade pour un manque de respect à la mémoire de Ludivine Vernet. Mais une explication n'eût fait qu'alourdir la bévue commise, se dit-il, renonçant diplomatiquement à s'en excuser.

Depuis le matin, d'ailleurs, Dominique montrait ce visage docile, poliment clos sur les réflexions sans joie qui l'agitaient intérieurement.

— On croirait réellement que Mogador va tomber en ruine si tu prends trois ou quatre jours de vacances, s'était gendarmée Anne, la veille au soir, lorsque sa cadette avait émis la prétention de se dispenser du voyage.

— ... Les vendanges ? Eh bien ! oui : les vendanges. Et après ?... La belle affaire !... Tu n'as qu'à demander à l'oncle Charles ou à l'oncle Hubert de venir faire un tour.

« — *Tu n'as qu'à...* », disait toujours Anne, brandissant la formule comme une clé magique.

« — *Tu n'as qu'à chercher d'autres domestiques... tu n'as qu'à acheter un nouveau tracteur... Tu n'as qu'à laisser Vigouroux se débrouiller à ta place...* »

Ensuite, elle attendait fermement que le service de la table fût sans reproches, que l'exploitation ne connût aucun déboire, et, pensa Dominique, avec amertume, que sa part de revenus lui fût, quoi qu'il advînt, ponctuellement versée.

— Ne vous chagrinez pas, vous savez bien qu'Anne n'a jamais eu la tête aux chiffres, lui avait dit son beau-frère, témoin d'une récente discussion où celle-ci non sans humeur, avait exprimé sa déception devant les résultats de l'année précédente, dont la jeune fille avait attendu des compliments.

Son aînée ne pouvait-elle, un instant, sortir du sein de ses nuages roses, pour prendre conscience des difficultés dans lesquelles s'étaient débattus, en France, depuis 1914, ceux qui avaient le fardeau d'un domaine à gérer ?

— ... Certes, certes ! Mon père en a connu d'identiques, à Fiélouse. Et, d'après ce que j'ai vu là-bas en arrivant, je ne suis pas certain qu'il ait pu maintenir un rendement aussi honorable. Anne vous doit beaucoup de gratitude. Permettez-moi de vous l'exprimer en son nom. Vous la connaissez : il ne faut pas lui en vouloir...

Non, Dominique ne lui en voulait pas. Mais, devant cette légèreté qui éloignait Anne du souci comme du labeur des autres, il était parfois malaisé à la jeune fille de réprimer une certaine lassitude.

Elle rêvait à la détente qu'eût pu lui procurer cette éclipse de sa sœur, dans la demeure rendue pour quelques jours à sa paix.

« Suis-je donc devenue tellement insociable ? » se demanda-t-elle, avec inquiétude, tandis que défilaient au revers du fossé, les longues lances batailleuses, croisées haut sur le bleu du ciel, de l'armée de roseaux en marche vers l'horizon.

Ce retour d'Anne, tant escompté... Déjà, elle en avait épuisé la joie.

« Il faudra que je m'en ouvre à Sabel, quand j'irai la voir. »

Son esprit erra un moment sur la visite qu'avaient faite les Barcarin chez les bénédictines de Montpellier, peu après leur arrivée. Anne ne s'était pas montrée prodigue de détails :

« — *Elle est toujours belle. On peut dire que ce costume lui va divinement... Oh ! nous avons bavardé de choses et d'autres... Oui, de Maman, de toi, de Mogador, bien entendu... Je lui ai raconté comment nous vivons, à Washington... Elle a trouvé Johnny superbe...* »

« Johnny... Pourquoi Johnny ? Son nom est Jean de Barcarin. »

Dominique jeta un regard sur la petite créature endormie sur les genoux de sa nurse, qui hériterait un jour ce grand mas de Fiélouse, avec sa manade. « Et, peut-être aussi, Mogador, si je ne... »

Qu'en ferait-il ?

« Oh ! Numa... », pensa-t-elle, déchirée de nouveau, « ...le fils que nous aurions eu, à nous deux, comme il l'aurait aimée, sa terre ! »

Ils atteignaient Arles.

Sans réfléchir, Dominique se pencha vers son beau-frère qui tenait le volant :

— Entrez en ville par la porte de la Cavalerie. C'est jour de marché sur les Lices, aujourd'hui.

Déjà, elle eût voulu ravaler ses paroles. L'encombrement qu'elle évitait à Gaspard eût, du moins, prolongé la durée du trajet.

Passé le pont de Trinquetaille, à peine restait-il une quinzaine de kilomètres à faire, pour être à Tourvieille.

« Si nous pouvions ne jamais y parvenir, mon Dieu ! »

Mais le paysage connu se déroulait implacablement.

Au long de la route molle d'une poussière sableuse, où s'étouffait le bruit des roues, la jeune fille retrouvait, un à un, tous les repères auxquels, naguère, s'accrochait son impatience d'arriver : la bifurcation des Plaines, où commencent les enganes[1] ; la première ligne de tamaris bordant une roubine[2] à sec ; le cri des oiseaux palustres, dans la roselière qui sépare la route du marais ; le petit mas devant lequel tourne le chemin ; la draille[3] qui rejoint Vacqueyranne, le rendez-vous de chasse, la tache verte des arbres de Tourvieille ; le scintillement gris de la sansouïre[4] sous le soleil ; celui, au loin, des eaux moirées du Vaccarès... le dernier virage, le grenier à foin, l'abreuvoir...

Ils étaient là, sur la terrasse, alertés par le klaxon de Gaspard, toute la famille réunie, selon le rite, pour accueillir les arrivants.

Laure et Raoul, côte à côte. Puis, Agnès et Henri, tenant par la main leur petit Pierre. Puis Lucien...

Dominique passait de l'un à l'autre, s'acquittant des effusions accoutumées, à la suite de sa sœur et de son beau-frère.

... Puis, Numa. — Deux mains appesanties, un instant, sur ses épaules, deux baisers jetés à la volée au coin de ses tempes. — Puis, la femme de Numa.

« La femme de Numa... »

Dominique avait beau s'y être préparée, le spectacle était cruel de la voir circuler par toute la maison, commander les domestiques, tenir sa place, entre Laure et Agnès, comme si elle eût vécu toute son existence

---

1. Salicornes.
2. Canal d'irrigation ou grand fossé d'écoulement.
3. Chemin rural où les troupeaux ont droit de passage.
4. Terre alluviale, qui est la steppe camarguaise, couverte d'efflorescences salines.

au mas ; et promener insolemment son ventre d'épouse comblée.

Chaque attitude, chaque mot, d'elle, agissait comme un acide sur les nerfs à vif de la jeune fille.

— Nous avons eu la visite de cousine Adrienne, la semaine dernière, disait Alice.

Et Dominique découvrait avec une stupeur coléreuse : « Mais c'est de Tatie qu'elle parle ! »

« *Cousine Adrienne, tante Caroline, tante Blanche...* » Elle se les appropriait, l'intruse. Et même : « Comment ose-t-elle ?... *l'oncle Constant.* »

Tous les Vernet de Tourvieille, à l'instar de Caroline, donnaient, depuis longtemps, ce titre d'oncle, au beau-père de Léon. Et Alice ne faisait rien d'autre que suivre l'exemple de sa nouvelle famille.

Mais Dominique avait envie de reprendre les siens, de les mettre à l'abri, « eux, au moins eux ! » hors de portée de la voleuse.

Le soir, seule, enfin, dans la chambre qui lui était invariablement attribuée, depuis l'enfance où elle la partageait alors avec sa sœur Christine, enfouissant sa figure fiévreuse dans son oreiller, elle tentait de juguler sa rancœur, prise de panique à la sentir s'enfler jusqu'au vertige, nourrie de sa propre substance, tel un chancre ; éblouie d'une souffrance tour à tour fulgurante et nauséeuse.

« Ce n'est pas sa faute... Après tout, elle ignorait que... C'est Numa, le coupable. Lui, qui... »

En vain.

Quoi qu'il eût commis, Numa disposait, pour son absolution, de l'amour qu'elle ne pouvait lui reprendre.

Il fallait bien que cette rancœur, incapable d'accabler l'un, se fixât sur l'autre.

Que Dominique lui pardonnât ou la maudît, au reste qu'importait à celle qui reposait, au même étage, dans le lit où son corps et celui de Numa pouvaient se toucher, et s'étreindre ?

Les nuits de ce long été brûlant et sec qui s'achevait demeuraient accablantes.

Le Vaccarès, sous la lune laiteuse, prenait des luisances de perle noire maléfique.

L'immense nocturne camarguais s'orchestrait de frôlements et d'appels de la sauvagine en éveil. Le vent apportait l'odeur fauve des taureaux au pâtis sur les terres limitrophes de Vacqueyranne. Et, parfois, un mugissement rauque, au loin, évoquait la puissante silhouette noire, aux cornes en croissant, haut dressées, quasi légendaire par toute la Provence, du *Boumian* [1], le seigneur-cocardier de la manade.

Nul bruit, dans toutes ces chambres habitées par des couples.

Ni dans celle de Lucien, dont la porte qui ouvrait juste en face, dans le couloir, craquerait furtivement, un peu avant l'aube.

Dominique, aux aguets, l'entendrait, comme elle l'avait entendue, entre onze heures et demie et minuit.

Non que l'intrigue clandestine de son cousin la préoccupât. Mais elle éprouvait un étrange sentiment de complicité, à l'égard de cet autre amour qui, pas plus que le sien, n'avait droit à la lumière.

Quelque fille de baïle, ou de gardian, apparemment. Il n'y avait personne d'autre, aux alentours.

Quelqu'un que Laure Vernet, la hautaine maîtresse du mas, n'eût eu garde d'accueillir.

« A moins que celle-là aussi... »

Mais toutes ne savaient pas que l'on peut encore jouer sa honte comme une carte d'atout et gagner la partie, se disait Dominique, avec âcreté.

---

1. *Boumian* : Bohémien.

« Lorsqu'il venait chez nous, en permission, si, moi aussi, je m'étais offerte... ? »

Numa l'eût-il accepté, ce don ?

La réponse, à cette question qui la hantait, demeurait incertaine.

« Il m'a aimée telle que j'étais, avec mes gaucheries, mes silences intimidés, ma retenue, peut-être excessive... »

Et, si le temps leur en eût été laissé, « moi, il m'aurait aimée tout entière ». Ce baiser unique le lui avait appris, si ancré que fût en elle le doute de soi-même, et de ce qu'elle pouvait représenter pour Numa.

Mais quel recours trouver dans cette pauvre certitude ? Quelle revanche ? Quand il fallait se dire, à quelques pas de lui, qu'il n'y aurait jamais rien de plus ; que leurs voies s'écartaient chaque jour davantage ; et que le temps de l'espoir était fini.

Plus une draille au soleil, plus une souche de tamarin léchée par l'eau tiédie du Vaccarès, plus un bosquet du parc, d'où la présence interposée de cette femme ne vînt débusquer Dominique, au milieu même d'un souvenir où la jeune fille tentait de trouver un refuge.

— Tiens, vous aussi, vous aimez cet endroit ? A la fraîcheur, j'y viens souvent m'installer pour coudre.

Naguère, c'était Numa que l'on trouvait presque sûrement, à cette heure-là, fumant sa pipe, affalé dans la même chaise longue de toile rayée, qu'il abaissait, lui, jusqu'au dernier cran, afin de pouvoir s'étendre.

Souvent, adolescente, Dominique avait cherché des prétextes pour venir rôder à proximité, se donnant ainsi la chance qu'il l'interpellât.

A présent, elle devait en inventer d'autres, pour fuir Alice, ses ouvrages de layette, ses avances et sa sérénité satisfaite.

Numa et Gaspard demeuraient tout le jour à chasser,

et ne rentraient que pour le repas du soir, souvent après Henri Fauvelly qui revenait d'Arles, sa journée finie à l'étude où il succédait à son père. Tandis que Raoul Vernet parcourait son fief, tout aussi actif que dans sa jeunesse, sous la même apparence désinvolte.

Lucien sortait chaque matin, à cheval, avec Dominique ; mais remontait chez lui, sitôt le déjeuner achevé, compenser par une sieste, à coup sûr nécessaire, ses activités nocturnes.

De leur côté, Anne et Agnès s'isolaient dans leur interminable flux de confidences, qui excluait visiblement tout autre interlocuteur.

Désœuvrée, plus solitaire qu'à Mogador, où les aîtres et le travail quotidien lui tenaient compagnie, la jeune fille s'approchait de leur hôtesse.

Avec l'éclatant sourire que ses trois enfants tenaient d'elle, Laure Vernet, alourdie par la cinquantaine passée, mais encore belle, tapotait la joue de sa petite-cousine, la gratifiait de quelques mots affectueux, suggérait un livre, une baignade dans l'étang, une course à cheval, un but de promenade. Et reprenait la suite de ses occupations, manifestement multiples et absorbantes.

Une fois de plus, Dominique vérifiait que nul n'avait besoin d'elle.

Restait alors à patienter, plusieurs heures durant, jusqu'au repas et à la veillée, où quelques phrases banales, échangées avec Numa, se chargeraient pour elle d'un poids caché, renouvelant son supplice doux-amer.

Venus passer l'après-midi, Angèle et Philippe de Barcarin avaient accepté de rester pour le dîner.

C'était la dernière soirée de Dominique, à Tourvieille. Elle rentrait le lendemain matin à Mogador, laissant Anne et son mari prolonger leur séjour.

Quand les parents de Gaspard eurent pris congé, la jeune fille monta faire sa valise avec la femme de chambre, avant que celle-ci n'allât se coucher.

Lorsqu'elle redescendit, un moment après, les lampes étaient en veilleuse dans le salon déserté.

Une nuit admirable entrait jusqu'au milieu de la pièce par les quatre porte-fenêtres béantes.

Dominique s'avança jusqu'au seuil de l'une d'elles.

Dehors, sous l'ombre dense de mûriers de la terrasse, se dessinaient les lignes floues d'un désordre de sièges encore épars.

Appuyée au chambranle, respirant l'effluve salin qui venait du marais, elle offrit son visage levé à la froideur de la lune qui baignait le mur blanc.

— Ils sont tous partis voir le Vaccarès, dit soudain, très proche, la voix basse qu'elle ne cessait jamais tout à fait d'appeler.

Dominique tressaillit à peine. Quelque part en elle, avait toujours existé la certitude que tous deux finiraient par se retrouver face à face, prêts à reprendre leur dialogue.

L'avait-elle davantage espéré, ou craint ?

— Partis ?... s'entendit-elle répondre, comme dans un songe. Qui ça ?

— Ta sœur, Gaspard, mes parents, Lucien, Agnès et Henri. Ils se sont entassés dans la voiture. Cela fait déjà un bon moment...

— Et ta femme ? demanda-t-elle encore, de la même manière.

— Montée se coucher. Elle avait mal aux reins.

Instinctivement, Dominique leva les yeux vers les fenêtres ouvertes à l'étage, bien qu'elle sût que la chambre des nouveaux époux donnait du côté des arbres, sur la façade nord.

— C'est l'enfant qui la fatigue.

— Je le suppose.

L'ombre d'où sortait cette voix la désincarnait.

Dominique pensa que leurs répliques ressemblaient à celles d'une conversation par téléphone.

Au crissement du rotin, elle comprit soudain que Numa se levait.

— Ne bouge pas, je t'en prie, dit-elle, vivement.

— Mais...

— Ne bouge pas. Ou bien je remonte.

Elle serrait les dents, en proie, tout à coup, à une sorte de frayeur hostile.

— Niké... Pourquoi ?...

Quelque chose se dénoua, par tout le corps de la jeune fille. Contre cet accent imprégné d'une lassitude infiniment triste, elle sentit qu'elle se défendait mal.

Comme s'il eût deviné ce fléchissement, Numa insista, sans élever la voix.

— Ne veux-tu pas t'asseoir ? Ils vont être là dans quelques minutes, tu sais ?

Lentement, après une hésitation, Dominique se détacha du mur, pour gagner le fauteuil le plus proche, sur la lisière de ces ténèbres de feuillage qui lui dissimulaient son cousin.

— Très bien alors... dit-elle, s'efforçant de conserver à son acceptation un ton net et froid.

Elle l'entendit se rasseoir en même temps qu'elle.

Le silence s'établit.

Puis, Numa gratta une allumette.

La courte flamme qu'il promenait sur le fourneau de sa pipe, à fleur des lèvres, montra, un instant, à Dominique, comme un négatif de son visage, éclairé de bas en haut d'une lueur rougeâtre.

A présent, ce point incandescent qui vivait dans le noir permettait à la jeune fille de situer plus matériellement la distance qui les séparait.

— Tu ne dis rien, Niké ?

Elle refoula l'émotion que lui communiquait cette voix à peine timbrée, dont l'ironie avait disparu.

— Que veux-tu que je te dise ?

Numa mit quelques secondes à répondre.

— Oui, évidemment.

Il fit une autre pause qui parut interminable à Dominique. Avant de reprendre :

— Je pensais que tu allais descendre. Je t'attendais. Je ne sais pas pourquoi. Je t'attendais, c'est tout. Tu es là. Et je m'aperçois que cela ne signifie plus rien, maintenant.

« Plus rien ? » Mais cet obscur et douloureux délice, qui la faisait frissonner à cet instant même, ne l'éprouvait-il pas, pour sa part ?

— Je ne te retrouve plus, murmura-t-il encore.

Cela sonnait comme une plainte.

Dominique aiguisa le trait qui allait les meurtrir, tous deux ensemble, et l'enfonça sans merci.

— Pourquoi voudrais-tu me retrouver ?

Son cousin ne répliqua rien.

— A quoi bon ? reprit-elle, l'oreille tendue vers le bruit, à peine distinct encore, qui naissait de la nuit, là-bas, vers l'étang.

Numa devait l'entendre aussi.

« Déjà... *Quelques minutes*, à peine. » Elle s'acharna, saisie d'une fureur mêlée d'angoisse :

— Qu'as-tu encore à faire de moi ? Dis ?

— Je sais bien, admit-il, avec accablement. Je sais bien que tu as raison...

Au loin, le bruit commençait à se préciser.

— ... Mais je ne puis me pardonner de t'avoir perdue, confessa-t-il, très bas.

« Oh, Numa, mon amour, ne te le pardonne jamais ! »

Elle l'avait amené là où elle voulait. « Quelques minutes. Pas même. Combien ? Deux, trois ? Ou moins ?... » pour connaître la merveilleuse ivresse de le sentir dépouillé de ses défenses, défait, malheureux, livré à sa discrétion à elle.

Et panser ensuite, « vite, vite ! », cette plaie qu'elle venait d'élargir.

On voyait à présent se déplacer la voiture, pareille à un sanglier monstrueux, sur la draille dont la clarté lunaire soulignait le tracé blanc.

— Tu verras : tout s'arrangera. Je suis certaine que tu finiras par être heureux.

— Niké, ne sois pas méchante.

Mais, maintenant, c'était lui qui trichait, car il n'eût pu se méprendre à la tendresse qui vibrait dans les paroles de Dominique.

— Heureux !... répéta-t-il, entre ses dents, tandis que l'automobile surgissait au coin de l'abreuvoir, pour disparaître dans le garage, comme une comète sombre traînant derrière elle sa chevelure de poussière. — Heureux... Aimerais-tu tellement me voir heureux sans toi ? Sois franche.

Dominique éprouvait la densité du regard dont il l'enveloppait. Sans pouvoir, elle-même, distinguer autre chose que le point rouge de sa pipe.

Les portières claquèrent l'une après l'autre, par-dessus le brouhaha des voix.

— Hou-hou ! appela Agnès.

— Nous sommes ici, dit Numa très haut.

Les paroles, les pas, se rapprochaient. Anne et Gaspard marchaient en avant du groupe.

Numa se leva et vint tout contre le fauteuil de Dominique, dans le rayonnement de la lune.

— Moi, chuchota-t-il, je détesterais te voir heureuse avec un autre. Et toi ? Réponds. Aimerais-tu ?...

Heureuse, elle l'était en cet instant qui leur restait. Heureuse, avec lui.

Pétrissant l'accoudoir, dans sa fièvre, elle avoua :

— Non, sûrement pas. Oh non !... Je crois que je serais jalouse ; que je t'en voudrais de toutes mes forces...

La main brûlante de Numa se refermait avec violence sur la sienne.

— Tu aurais dû venir, Nique. C'était d'une beauté... ! lui lança, de loin, sa sœur qui arrivait.

— ... Mais, acheva-t-elle, rapidement, dans un souffle, tandis que Numa s'écartait, mais je t'aime assez pour souhaiter malgré tout que tu le sois.

Le temps se refermait. Tous l'entouraient, riant, parlant, tous à la fois.

Elle ne sut pas même si Numa l'avait entendue.

## 10

La vitre ruisselait de buée. Mais lorsque Dominique eut entrouvert la portière, elle ne vit rien d'autre que le même demi-jour gris jaunâtre, noyé de crachin et de fumerolles.

Brusquement, à travers des effilochures, elle distingua la fuite de quelques façades patinées de crasse, où d'étroites ouvertures s'étageaient en parallèles serrées. Puis, une grande horloge, sur le double cadran de laquelle elle eut le temps de déchiffrer l'heure.

« Dix minutes de retard. » Un coup d'œil à sa montre-bracelet le lui confirma.

Ces bâtiments miséreux, ce temps lugubre...

De nouveau, elle ne vit plus rien au-dehors.

La pluie, maintenant, entrait de biais dans le compartiment, en longues aiguilles rageuses ; et, avec elle, le froid aigrelet d'un petit matin d'automne mal réveillé.

La jeune fille remonta la vitre ; et, du coin de son mouchoir, essuya sa figure mouillée.

Jamais, naguère, lorsqu'elle accompagnait ses parents, ne l'avait frappée comme aujourd'hui la laideur déprimante des abords de Paris.

Le train ralentissait. Il s'arrêta.

Ce silence subit de la machine laissa les bruits humains remonter de ton. Des gens parlaient, remuaient, de l'autre côté des cloisons.

La locomotive modula un long appel plaintif.

— Il demande la voie, dit quelqu'un, dans le couloir.

Des voyageurs pressés raclaient leurs bagages contre la porte, en passant.

Dominique recensa les siens, réunis sur la couchette qu'elle avait occupée, et vérifia leur fermeture.

Le convoi s'ébranlait insensiblement, pour repartir à vitesse réduite.

Elle assura son chapeau cloche sur sa tête, ferma frileusement le col de son manteau de demi-saison.

Ces instants d'avant l'arrivée s'étiraient avec une écœurante lenteur.

Elle considérait avec répulsion les rigoles noirâtres dégoulinant le long de la vitre et les escarbilles accumulées sur les cuivres, sur le rebord de la portière, sur la tablette pliante, partout où se posaient ses yeux.

Soudain, la lumière terne parut devenir souterraine, cependant que le bruit s'amplifiait, à la fois plus sourd et plus fort, comme un tonnerre proche. Le train entrait en gare. Crachant sa vapeur à grands jets poussifs, il s'immobilisa sous la verrière.

Déjà, les porteurs en blouse bleue se ruaient à l'assaut.

Dominique suivit le sien, prise dans le courant, ballottée, heurtée, bousculée, étourdie, solitaire, au milieu du tohu-bohu de cris, d'interjections et d'embrassades.

Le cœur serré, elle voyait se former à tous moments des îlots, parmi les arrivants qui retrouvaient les leurs.

« La dernière fois que je suis venue... » Son frère la tenait alors par le bras : « *Fais attention. Il ne faudrait pas nous perdre.* »

— Enfin, te voilà !

— Margot !

Elle n'était plus seule. Quelqu'un l'accueillait, l'embrassait, elle aussi. Le soulagement lui mit une brume au bord des cils. Par bonheur, sa cousine l'avait aperçue, luttant à la dérive dans le flot aveugle.

Un homme, la casquette à la main, se tenait derrière Marguerite.

— Roger paiera le porteur. Donne-lui ton bulletin, il s'occupera aussi de la malle. Maman s'est installée au buffet, pour nous attendre à l'écart de toute cette foule. Viens vite. Tu dois avoir besoin d'avaler quelque chose de chaud.

— Elle ?... Non, c'est vrai ?... Elle est venue, elle aussi ? balbutiait Dominique, se laissant entraîner.

Emilie l'attendait, en effet, parfaitement élégante, comme toujours, de l'élégance la plus appropriée à l'heure matinale et à la circonstance, avec un chaud sourire de bienvenue qui, tout à coup, si loin de la maison familiale, accentuant sa ressemblance avec l'oncle Constant, évoqua, pour Dominique, la présence tutélaire du vieil homme, dans cette salle à peine moins bruyante que le quai d'arrivée.

— Je suis ravie que tu te sois enfin décidée, dit madame de Clarens, pendant que la jeune fille dévorait des croissants chauds, avec un appétit qui, à Mogador, eût bien étonné Berthe. Tu vas voir, ma petite enfant, continua-t-elle, nous allons tâcher de te faire jouir de quelques semaines agréables.

Dominique reposa la tasse de chocolat qu'elle s'apprêtait à boire.

— Oh ! mais... c'est que je puis tout au plus disposer d'une huitaine. Et il faudra que j'aille visiter l'exposition de la motoculture, que j'assiste aux démonstrations, pour savoir ce qu'il convient d'acheter. Ce n'est pas une petite responsabilité, vous comprenez, je ne puis me décider à la légère. Et il faut absolument que je sois rentrée à Mogador...

— Ecoutez-la, Maman !... — Marguerite riait. — A peine descendue du train, elle parle de le reprendre.

— Mais j'ai promis à Gaspard...

— Gaspard comprendra parfaitement, dit Emilie, posée mais ferme. Quelle importance, pour lui, de te remplacer quelques jours de plus ? Surtout en cette saison. Il n'y a pas matière à en faire un drame, que je sache. Cela lui sera d'ailleurs salutaire. Mais oui !... Tous ces diplomates finissent par jongler avec des mots et des idées qui, à la longue, n'ont plus grand-chose de commun avec ce qu'ils sont censés définir. Le Quai d'Orsay gagnerait beaucoup en efficacité, à instituer pour ses cadres, jeunes et vieux, des périodes obligatoires de retour à la terre.

Dominique n'avait que faire de ces considérations. Eperdue, elle se débattit :

— Mais ils doivent repartir pour Fiélouse ! Et Anne m'a bien recommandé...

— Anne patientera, voilà tout, coupa encore Emilie, du même ton paisible. Aussi bien, c'est un service à lui rendre que de l'y obliger, pour une fois.

Négligeant les protestations qu'elle voyait se presser aux lèvres de Dominique, elle précisa son point de vue :

— Il serait bon qu'elle mît, de temps à autre, une petite dose de réalité toute plate dans l'existence de soie et d'or qu'elle a coutume de mener, si j'en crois la rumeur familiale, en ce qui la concerne. Laisse-la donc un peu prendre la mesure de la tienne. S'est-elle jamais représenté les tracas et les difficultés que comporte la gestion d'un pareil domaine ? Depuis plus de deux ans, tu n'as pas dormi sur un lit de roses, toi, n'est-ce pas ?

— Non, bien sûr, mais... Ne croyez pas...

Que la clairvoyance de sa cousine recoupât ainsi des griefs parfois formulés en son particulier touchant le caractère d'Anne, ne causait à Dominique qu'une pointe de satisfaction fort émoussée par une bonne épaisseur de contrariété, à l'ouïe d'un jugement sur son aînée qui ressemblait bien à un blâme.

Emilie dut s'en apercevoir.

— Allons, ne fais pas cette figure. Je ne suis pas en train de médire de ta sœur. Anne est une charmante petite, que le sort a particulièrement comblée, jusqu'ici, grâce à la complicité de tous les siens. Dieu veuille seulement qu'elle n'ait jamais à faire face, avec ses seules forces, à quelque grand malheur. Car, ce jour-là, je le crains, vous regretteriez tous, toi la première, de n'avoir pas su l'aider un peu mieux à s'y préparer. C'est tout. A présent, si tu achevais ton chocolat, nous pourrions partir tout de suite : je vois que Roger nous fait signe. Tu dois soupirer après un bon bain et du linge frais. Nous aurons le loisir de discuter ensuite du temps que tu peux nous consacrer. Mais, je te préviens, Marguerite a déjà établi tout un programme.

A le suivre, ce programme, ce fut pour la jeune fille, dès le début, comme la révélation d'une autre manière de vivre.

Parisiennes raffinées, amoureuses de leur ville, Emilie de Clarens et sa fille étaient bien décidées à en faire apprécier les aspects les plus séduisants à la petite cousine provinciale qu'elles affectionnaient.

De Paris, dans le sillage de ses parents, Dominique, lors de ses précédents passages, n'avait guère connu que les monuments les plus célèbres, le tumulte des boulevards, les courses en fiacre ou en taxi, les expositions d'automobiles sous le dôme du Grand Palais, les magasins de la rue de la Paix et du Faubourg-Saint-Honoré, les vitrines, le carrousel des enseignes lumineuses, les grands cafés, les restaurants à la mode, et la traditionnelle loge du Théâtre-Français, où la représentation, choisie par Ludivine à l'intention de ses filles, offrait moins d'importance que l'aspect de la salle et du foyer, durant les entractes.

Elle fit connaissance avec le marché aux fleurs et aux oiseaux, les quais de la Seine, l'enclos à l'abandon hanté par les matous errants de l'église Saint-Julien-le-Pauvre, l'étrave verdoyante que l'île du Vert-Galant enfonce dans les eaux du fleuve, les allées cavalières du bois, certains matins, rutilant de la pourpre et des ors fastueux de l'arrière-saison, sous le pâle soleil parisien.

Elle aima tout cela ; et aussi Cluny, amarré au cœur d'un autre temps, contre les grilles duquel vient battre le ressac du boulevard Saint-Michel ; les Tuileries et leur hautaine mélancolie dans la solitude de la nuit tombante ; et les lampadaires allumés de la romantique petite place Fürstenberg.

Elle goûta le recueillement de certaines salles du Louvre où Marguerite l'entraîna, un matin, voir les Vinci, les Clouet et les maîtres hollandais du dix-septième. Et le silence du musée Guimet autour du mystère des fabuleuses sculptures d'Extrême-Orient.

Emilie la présentait aux amis qui fréquentaient chez elles ; la menait entendre l'orchestre Colonne. La conduisait aussi chez son bottier, son couturier, sa modiste.

Tout à son émerveillement sans cesse renouvelé, entre un concert et un essayage, Dominique insérait, non sans quelque peine, les articles les plus indispensables de son emploi du temps personnel.

A plusieurs reprises, Mme de Clarens lui abandonna l'usage de sa voiture durant une demi-journée, afin que le chauffeur la conduisît, dans la plaine de Senlis, voir et revoir évoluer les machines agricoles que les exposants y avaient rassemblées, et comparer en connaissance de cause leurs caractéristiques et leurs avantages. Elle rentrait, préoccupée des tracteurs, des semoirs mixtes, des herses articulées, des rouleaux Croskill et des batteuses, dont on venait de lui faire ressortir les mérites :

— ... Et ces nouvelles roues à chenilles ouvrent des possibilités dont tu ne peux pas même...

Marguerite endigua ce flot de détails techniques :

— Tu devrais te préparer, mon chou. N'oublie pas que, tout à l'heure, nous dînons...

— Sois tranquille. Je ne serai pas en retard.

Ce dîner chez les Hirigaray, comment l'eût-on oublié ? Depuis presque dix jours que Dominique partageait l'existence de ses cousines, Marguerite n'avait guère cessé d'y faire allusion, chaque fois que les deux jeunes filles se trouvaient seules ensemble.

Industriels, exportateurs, marins et banquiers, tous les Hirigaray réunis, ce soir-là, conviaient leurs amis à fêter avec eux le retour de l'héritier du chef de famille.

A peine démobilisé, Jean Hirigaray s'était vu expédier incontinent à Londres, à New York, et à Rio de Janeiro, par les siens, désireux de le mettre à même d'assurer la direction des services commerciaux de l'entreprise, préalablement à tout projet de mariage.

Pour Marguerite, cette nouvelle attente, prolongeant de six mois celle du temps de guerre, s'était écoulée avec une lenteur croissante.

Plus de deux ans auparavant, un matin maussade d'avant-printemps, le monde entier lui avait paru tenir entre les berges de la Seine fuyant le long du bateau-mouche, tandis qu'à l'arrière, frissonnante, elle écoutait, accoudée à la rambarde, l'aveu chuchoté par un long et maigre garçon brun en uniforme bleu déteint, sur le point de repartir pour le front.

Tous les espoirs convergeaient à présent, vers la soirée qui allait les remettre face à face aux yeux de tous.

— Jean pense que son père parlera ce soir à Maman. Entre nous, je crois bien qu'elle se doute...

Dominique, elle, en était certaine.

Il eût fallu, songeait-elle, que sa cousine Emilie mît une singulière application à tout ignorer. Les dernières semaines semblaient avoir usé jusqu'aux ultimes réserves de patience et de dissimulation de Marguerite, d'ailleurs médiocrement pourvue sous ce rapport.

L'arrivée même de Jean Hirigaray, coïncidant à peu près avec celle de Dominique, avait porté la jeune fille au comble de l'exultation, mais aussi de la nervosité.

« — *Maman, ce soir, que me conseillez-vous de mettre ?... La bleue ?... Mais ne trouvez-vous pas... Il me semble que la verte, en tulle... Oui ? Vous... Mais est-ce que... me pâlit un peu trop ? Qu'en dis-tu, toi, Nique ?... Un soupçon de rouge sur les joues... Oui, je sais que vous ne... Mais une minuscule touche... bien estompée... Juste sur les pommettes ?* »

Le conciliabule avait occupé toute la durée du déjeuner où Marguerite était arrivée après les hors-d'œuvre, essoufflée, et les yeux brillants.

« Voilà donc comment j'aurais pu être, si... »

Cette fébrilité joyeuse faisait faire à Dominique un retour sur le contraste de son propre destin.

Partout où elle irait, devrait-elle donc, désormais, assister, les mains vides, à cette grande distribution de bonheur où rien ne semblait avoir été prévu pour elle ? Comme si Dieu, pensait-elle, de si loin, de si haut, eût simplement oublié qu'il avait créé Dominique Vernet.

Avec la déchirante envie que connaissent les enfants pauvres, elle regardait Marguerite, penchée au-dessus de la table de toilette, s'examiner longuement dans le miroir, effleurer ses lèvres d'un bâton de rouge, attacher à son cou un collier de grains d'or ; et se sourire.

— Là. Comment me trouves-tu ?

Sûre d'une réponse que la glace lui avait déjà donnée, elle se retourna vers sa cousine, et cueillit le regard admiratif de celle-ci :

— Mais toi, tu es prête ? Voyons cela. Hmm... oui. Ecoute, ma chérie... — Elle lui tendit le bâton de raisin. — ... Tu devrais bien t'en passer un peu. Le gris est une couleur tellement ingrate, au visage.

La robe de mousseline grise était celle-là même que Dominique avait étrennée pour recevoir Alice et Numa. Avec l'écharpe drapée sur l'épaule, et les gants de chevreau montant plus haut que le coude, elle composait, cette robe, un ensemble tout à fait acceptable, se disait Marguerite, inventoriant les détails.

La coiffure ? « ...Réussie. Et seyante », sans aucun doute.

Au fait, que manquait-il à tout cela, dont l'absence, pour indiscernable qu'elle fût, songeait-elle, perplexe, éteignait la joliesse de celle qui le portait ?

— Je t'assure qu'un brin de fard... Laisse-moi faire, te dis-je ! Ne bouge pas. Là... sur les joues aussi, un rien. Comme ceci, tiens. Bon. Et maintenant, regarde-toi.

« Et puis, peut-être aussi, sur sa robe... Une note qui relève toute cette fadeur... »

— Paulette !... Allez donc me chercher, au salon, les fleurs qui sont dans le vase de Bohême.

Des roses. Non pas banalement écarlates, mais d'un admirable ton de pourpre sombre. « Celles que Maman préférait » se souvint Dominique.

— Tu vas voir comme elles vont le faire chanter, ton gris, ma petite.

— Mais, Margot...! Je ne puis pas... Comment veux-tu ? Avec mon deuil !

— Ne sois pas ridicule, dit Marguerite, péremptoire. D'abord, ce n'est pas rouge, ça. C'est violet.

Elle avait pris dans le vase une touffe de roses, en coupait les tiges, ôtait les épines ; donnait forme au bouquet.

— Paulette... du fil, des épingles, je vous prie. Et trouvez-moi aussi une feuille de papier d'étain pour entortiller les queues.

Dominique attendait, sans réagir, suivant du regard, comme fascinée, le travail agile des doigts parmi les feuilles et les pétales.

Sa cousine revint vers elle :

— Assieds-toi, que je puisse les fixer.

... Tâtonna un instant pour trouver la manière de les disposer, puis pour enfoncer l'épingle, et se redressa, triomphante :

— Voilà. Laisse-moi juger.... Eh bien ! ma chère !... c'est exactement le rien qui manquait. Mais regarde donc comme tu es belle !

Dominique contempla son image. Charmée, quoi qu'elle en eût, elle se méfiait pourtant de sa propre impression. « Belle ? non. » Le mot, pensa-t-elle, ne convviendrait jamais pour la qualifier. « ... Gentille, tout au plus. Mais, vraiment... oui, assez gentille. »

Elle rêva un instant, avec mélancolie : « Et quand bien même... ? A quoi bon m'efforcer... ? Belle, pour qui ? »

Et cependant, face à la jolie fille de la glace, à travers la compassion que celle-ci lui inspirait, Dominique, au fond, tout au fond de soi, décelait la trace d'un espoir absurde, déraisonnable, qui s'obstinait.

Deux jours plus tard, le contrat et les traites enfin signés pour l'acquisition du tracteur sur lequel s'était arrêté son choix, elle rentrait rue du Bac, à la fin de l'après-midi.

A peine s'étonna-t-elle, en pénétrant dans le salon, d'y trouver Numa installé, qui bavardait avec madame de Clarens.

L'émotion la clouait au seuil de la pièce, suffoquée de joie muette.

Il se leva, de son allure nonchalante, fit quelques pas vers Dominique, l'embrassa paisiblement, lui avança son propre siège, et, sur son refus, se rassit, sans la moindre contrainte dans les manières ou l'attitude, tandis que la jeune fille se réfugiait, d'instinct, sur le canapé, auprès de sa cousine.

Celle-ci la renseigna :

— Lui aussi vient visiter ce fameux salon de la motoculture.

Numa buvait une gorgée de porto, sans se presser, en connaisseur, prenant le temps de le déguster.

Le calme de ses mouvements hypnotisait Dominique.

Elle se détourna vers Emilie.

— J'ai conclu, pour le tracteur.

— Lequel as-tu pris ? questionna Numa, l'air intéressé. Je parie que tu t'es décidée pour les roues à chenilles... ? Ce matin, en le voyant évoluer, j'ai aussitôt pensé que c'était l'engin tout indiqué pour des terrains comme tu as à Mogador.

— Bien entendu, dit Dominique, s'efforçant à la froideur.

Il posa son verre vide, et se carra dans le fauteuil.

— Je vous le disais bien, ma chère amie.

« Que fait-il ici ?... A-t-il quitté... ? Est-ce pour moi qu'il... ? »

Elle ne put résister à la tentation de le sonder :

— Tu savais que j'étais à Paris ?

Et, tout aussitôt, s'aperçut que la question était maladroitement posée. De toutes façons, Emilie avait déjà dû le lui apprendre.

Mais il admit sans difficulté :

— J'ai vu Anne et Gaspard qui me l'ont dit.

Cette sérénité sans ombres... Dominique ne parvenait plus à raccorder le Numa qu'elle avait devant soi, et celui de la nuit camarguaise, douloureux, crispé, dont les doigts avaient meurtri les siens, durant une furtive seconde.

— Tu es gentil d'être venu jusqu'ici me rejoindre, railla-t-elle, par bravade.

Sur le même ton de plaisanterie, il acquiesça :

— N'est-ce pas ? Et plus encore que tu ne crois.

Dominique cherchait même, en vain, le défi qu'il eût pu mettre dans sa réponse.

Il s'adressa gaiement à Emilie :

— J'ai l'intention d'emmener demain soir cette jeune personne et Margot au spectacle, si vous voulez bien me les confier.

« Pourquoi... ? Que veut-il ? »

Un instant, follement, à sa vue, elle avait cru à

quelque impossible miracle abolissant ce mariage, auquel elle ne pouvait parvenir à croire tout à fait.

Mais il ne semblait pas que rien se fût passé de semblable. « Et cependant... Il vient d'avouer... » Ou était-ce seulement pour rire ? « Rire ! rire de moi ! Mais alors... »

La tête lui tournait. Si fort qu'elle en eût gémi.

— Mais c'est que... commença-t-elle.

Incapable de continuer, elle appela sa cousine à la rescousse :

— Vous savez bien que, demain soir, justement, Marguerite...

— Oui, je sais, dit Emilie, lui caressant les cheveux.

Elle sourit à Numa :

— ... Au sujet de ma fille, j'ai une nouvelle à t'annoncer. Elle est fiancée, depuis avant-hier soir, à Jean Hirigaray, un garçon d'une excellente famille, que nous connaissons depuis longtemps. Et, à ne rien te cacher, ce mariage me comble d'aise.

— Magnifique !... Permettez que je vous félicite !... — Dans un mouvement spontané, Numa lui prit la main et la baisa. — Je suis absolument ravi, pour Margot et pour vous... Je suis sûr qu'ils seront très heureux, et... je leur souhaite beaucoup d'enfants...

— Eh ! eh ! l'interrompit Emilie, en riant, quant à cela, ils n'auront pas de temps à perdre s'ils veulent suivre ton exemple, mon ami.

Le malaise que procurait ce thème à Dominique ne semblait nullement affecter Numa.

Il joignit son rire à celui de Mme de Clarens, tandis que la jeune fille faisait effort pour se mettre au diapason.

— Au fait, reprit Emilie, quand Dominique est entrée, tu allais me donner des nouvelles de ta femme.

— Eh bien ! elle est florissante. Etant donné qu'elle est déjà très forte, on affirme que ce sera un garçon.

« Mon Dieu ! comment peut-il... ? » Chaque mot prononcé par Numa, chaque intonation, chaque mimique, faisaient flèche, apportant leur goutte de poison.

Sans trop avoir conscience de ses gestes, Dominique saisit, par contenance, l'assiette de petits fours à sa portée, et, oubliant, dans son extrême désarroi, de la faire circuler, en croqua un, dont elle eût été bien en peine de dire le goût.

— Tu as faim, ma petite enfant ? questionna sa cousine qui la considérait, amusée.

Revenant à la réalité, la jeune fille rougit violemment :

— Oh !... je vous demande pardon. Je...

Mme de Clarens lui ôta l'assiette des mains pour la présenter à Numa.

Il se servit. Et fit : — Mmmm ! d'un air gourmand, avant de reprendre son propos :

— Alors, pour demain soir, ne puis-je espérer... ?

« A quoi bon... ? Qu'il s'en aille ! que cela finisse ! » se répétait Dominique. A cet instant, elle se sentait près de le haïr. Sans, pour cela, cesser de l'aimer, pensa-t-elle, amèrement lucide.

— Mais si. Pourquoi pas ? Bien au contraire, tu me rendras service, dit Emilie. Viens dîner. Jean sera là. Vous sortirez tous quatre, ensuite. Pour cette fois, au moins, ta présence d'homme rangé, de futur père de famille, me dispensera de tenir le rôle de l'ennuyeux chaperon. Marguerite va être aux anges.

« Refuser... Si je pouvais... Mais quel prétexte... ? » Elle savait bien, tout au fond, qu'elle n'en eût jamais trouvé la force.

— ... Et quant à celle-ci, continua Emilie, ta compagnie la divertira certainement davantage que la mienne. N'est-il pas vrai, enfant ? interrogea-t-elle, posant la main sur l'épaule de sa petite-cousine.

Raidie dans une position incommode, Dominique se demandait confusément comment les coups sourds qui, de sa poitrine, se répercutaient par tout son corps, pouvaient n'être pas perceptibles à cette main, si déliée, si forte, si précise en chacun de ses gestes, qu'on l'eût crue capable d'arracher à un être humain ces mêmes sons au-delà des paroles qu'elle savait tirer d'un piano.

— ... Ainsi donc, demain soir... Tu es d'accord, Niké ?

Question de pure forme : Numa en eût-il jamais douté ? Le regard que Dominique levait péniblement vers lui ne trouva rien à lire sur ce visage imperturbable.

Avant même qu'elle n'eût fini de balbutier un vague acquiescement, son cousin se levait pour prendre congé.

— Allons danser, avait suggéré Marguerite.

Et Dominique n'avait pas osé refuser en présence des deux hommes.

Pas plus qu'elle n'avait osé refuser, à peine installée à cette table de cabaret, le one-step que Jean Hirigaray lui demandait, bien qu'elle sût qu'il n'accomplissait là rien d'autre qu'un simple devoir de politesse.

« Je ne fais jamais ce que je veux, mais seulement ce qu'on veut que je fasse. »

A présent, elle se trouvait dans les bras de Numa, sur la piste dont on avait éteint l'éclairage. Dansant un boston dont l'orchestre n'en finissait plus d'alanguir le rythme, tandis que la boule aux mille facettes de miroir suspendue au plafond tournait au-dessus d'eux, projetant sur les couples un tourbillon de neige lumineuse.

« Entre ses bras... Et si loin, si loin de lui. » Durant

toute la soirée, Dominique n'avait pas cessé d'éprouver cette distance qu'il lui semblait presque sentir s'accumuler entre eux, tant son épaisseur lui devenait pesante.

Marguerite et Jean tournaient aussi, joue contre joue, perdus, eût-on dit, à les voir, dans une sorte de transe somnambulique. Leur couple les frôla sans en avoir conscience. Tendu par une passion qui l'étirait, le visage de Marguerite rappelait plus que jamais celui de Christine.

« Chris... qui, autrefois, aimait tant la valse... », et ne valserait plus jamais. « Chris... tes pauvres os qui se défont sous la terre... et je suis là, moi à danser... »

Au moins, la douceur qu'elle y trouvait avait-elle un âcre goût de larmes, se dit-elle, pour s'en absoudre.

Numa murmura :

— Tu es légère, Niké ! C'est à peine si je te sens. Tu sais que c'est la première fois que nous dansons ensemble ?

— Oui.

— On dirait que cela t'ennuie ?

— Non.

— Tu n'es pas bavarde, apprécia-t-il, resserrant son bras autour de la taille dont il éprouvait la minceur pliante.

A bout de révolte et de peine, elle ne répondit pas.

La respiration de Numa soulevait quelques cheveux fous sur sa tempe.

Ils continuèrent d'évoluer en silence.

Comme s'il eût compté sur ce silence même, et sur l'accord de leurs pas, pour réduire la défensive de la jeune fille, Numa se bornait à la soutenir, sans chercher le contact de son corps.

Et, en effet, par degrés, elle se détendit, apaisée par

cette réserve ; et bercée par la banale vertu de la mélodie.

Numa la sentait devenir plus docile, plus abandonnée.

— Niké... hasarda-t-il encore, prévoyant que la danse allait finir.

Elle releva brusquement la tête, et s'écarta un peu.

— Oui ?

« Trop tôt. » De nouveau, il reconnut « cet air de biche » éperdue, prête à la fuite, qui lui faisait naguère savourer auprès d'elle le plaisir, aigu et tendre, du chasseur aux aguets, quand la proie convoitée ne fait, en se dérobant, que lui ménager des relais qui donneront son plus haut prix au triomphe de la capture.

— ... Mon tout petit, je n'ai pas l'intention de te tourmenter. Je suis venu parce que j'avais envie de te revoir, oui, c'est vrai...

Il fallait, « mon Dieu !... », il fallait mettre de côté ce qu'il venait de dire, afin de se le répéter, les jours où même souffrir ne serait plus un recours. « Lorsque j'aurai besoin de m'assurer qu'il m'aura, quand même, aimée... »

— ... Mais aussi, continuait Numa, parce que j'espérais trouver une occasion de te parler seul à seule.

— Ici ?... demanda-t-elle, cramponnée à l'ironie.

Le mouvement de son menton désignait le magma humain dont ils faisaient partie.

Numa sourit des lèvres.

— Pourquoi pas ? L'endroit en vaut un autre. Je me doute que tu refuserais, si je te proposais de planter là Margot et son fiancé pour nous en aller ailleurs, tous les deux ? Sois tranquille : je n'en ai pas l'intention. Quoi que tu penses de moi, fais-moi la charité de croire qu'il me reste tout de même assez de bon sens pour prendre garde de te compromettre.

Etait-ce là l'explication de cette désinvolture qu'il affichait depuis la veille ? La dernière note de la musique mourut dans un son filé tandis que Dominique cherchait à coordonner ses sentiments avec ses idées.

— Bon Dieu ! jura discrètement Numa, laissant retomber ses bras.

Il la ramena, passive, jusqu'à leur table, où Marguerite et Jean les avaient précédés.

La salle s'éteignit. Dans le jaillissement d'un projecteur, une femme vêtue de velours noir annonçait le titre d'une chanson.

Frémissante d'impatience, assise de travers sur sa chaise coincée par celles des occupants de la table voisine, Dominique attendit la fin du numéro, consciente surtout de la proximité de son cousin dont l'épaule touchait la sienne, dans l'espace restreint qui leur était alloué.

A présent, elle pouvait admettre sans se sentir écorchée qu'il échangeât ses impressions à voix basse avec Jean Hirigaray, taquinât Marguerite ou la prît elle-même à témoin, au milieu des applaudissements que recueillait l'attraction.

— Pas mal, cette chanteuse.

— Très bien, acquiesça-t-elle, battant des mains avec lui.

« Mais qu'a-t-il ?... Qu'a-t-il donc à me dire qui l'ait poussé à venir jusqu'ici ?... Oh ! Numa, Numa... Mon amour, je n'en puis plus d'attendre... Attendre, attendre, et encore attendre... »

N'y aurait-il jamais que ce mot-là pour régir son existence entière ?

Enfin, le saxophone attaqua un rapide fox-trot américain qui, en un instant, remplit la piste du grouillement cadencé des danseurs.

Marguerite et Jean s'étaient levés. Ils se perdirent aussitôt au milieu de la foule.

— Veux-tu... ?

Dominique fit non de la tête. Son cœur se gonflait d'appréhension et d'espoir mêlés. « Maintenant, il va... »

Autour d'eux, les gens avaient déserté les tables.

— Oui, reprit Numa, comme si ce long intermède n'avait pas existé. Je voulais te parler...

La suite tardait.

Elle questionna :

— Pourquoi ? Il est arrivé quelque chose... ?

Et n'osa poursuivre, honteuse de ce que trahissait d'espérance indestructible son désir de savoir.

Numa le comprit.

— Non, dit-il, vivement. Non, rien. Que pourrait-il arriver ?

« C'est vrai », pensa-t-elle, désabusée. Rien, sinon la mort, qui pût défaire le lien noué par le sacrement de mariage.

« Sinon la mort... sinon la mort... » Son cerveau se remettait en marche dans un cercle déjà parcouru. « Alors... l'enfant de Numa... » Numa, vêtu de noir, le lui apportait : « *Veux-tu l'élever avec moi, à présent que...* Mon Dieu ! pardon ! Pardon, mais je ne puis m'empêcher de... Vous savez que c'est malgré moi ; que j'ai horreur d'y penser, que je... Horreur, honte... Mon Dieu, ne m'écoutez pas ! ne m'écoutez jamais, s'il arrive que je Vous demande encore... »

Numa suivait le reflet de cette détresse sur le visage mobile.

— Ecoute...

Il esquissa un geste pour caresser la main de la jeune fille. Puis, y renonça.

— ... Voici ce que je voulais te dire, commença-t-il,

sans la regarder. Nous ne pouvons pas continuer ainsi. C'est sans issue. Quand je t'imagine, la nuit, par exemple, en train de penser à moi, de ton côté, je me sens devenir fou... De regret, de rage, de... Enfin, tu sais bien.

Il jouait nerveusement avec le bouchon de la bouteille de champagne.

— ... Mon enfant va naître au début du mois prochain. Ne serait-ce que pour lui, il faut que je réagisse. Il a droit à un foyer normal, lui, tu comprends ?

— Je comprends, dit Dominique, doucement.

Elle prit dans son sac son mouchoir de dentelles, et se tamponna les commissures des lèvres, avant de continuer, avec la même douceur glacée :

— En somme, nous n'avons qu'à cesser de nous aimer. C'est tout simple.

« L'agneau... » La vieille image lui revenait : « ...toujours l'agneau, aux mains du boucher. Qui fait *bééé*, et on l'égorge. Et cet amour... non ! ce couteau... »

Elle releva sur lui des yeux dépouillés de toute expression :

— ... N'est-ce pas ? C'est cela que tu vas me dire ?

Numa ne répondit pas tout de suite. Il ouvrait et refermait ses poings, sous la table.

— Oui, dit-il, enfin. C'est à peu près cela. Tout au moins, il nous faut essayer, avec notre meilleure volonté. — Il se pencha vers elle, ardemment : — Je ne veux plus t'imaginer malheureuse. Je ne veux plus que nous restions, l'un et l'autre, à remâcher ce qui aurait pu être. Je ne veux plus être tenté, à tous moments, de lâcher mon travail, pour courir te retrouver. Je veux être sûr, désormais, que tu ne m'attends plus.

Il n'osait plus rencontrer son regard.

— Oh ! je sais, reprit-il, tu vas me jeter à la tête que je ne suis pas logique ; ni cohérent. Que, le mois dernier, je t'ai dit exactement le contraire, au mas, la veille de ton départ. Oui, c'est vrai, je l'ai dit, et je le pensais. Et même, je le pense encore, malgré moi, en ce moment où je te parle. Mais je ne veux plus le penser. Parce que, demeurer longtemps encore dans l'état où je suis depuis mon retour à Tourvieille, ce n'est pas tenable. Autant vaudrait aller tout droit s'enfoncer dans une lise du Riège. D'autres que moi ont raté leur vie. Je ferai comme eux : je m'accommoderai de ce qui me reste. Aide-moi à le faire, Niké, toi qui est tellement plus forte, malgré les apparences. Renonce pour tout de bon, afin que je puisse, moi aussi, renoncer. Et tâchons de n'être plus autre chose que des amis. Sans arrière-pensées. Tirons un trait, un vrai, tous les deux ensemble. Veux-tu ?

— Tire-le, articula Dominique. Qui t'en empêche ?

Désespérant de la convaincre, il se plaignit :

— Je ne peux pas, tout seul. Tu ne sais pas ce que c'est, pour un homme, que d'avoir la tentation à portée.

— La tentation... ? — Dominique serra les mâchoires. — Mais de laquelle parles-tu, en ce moment ? Précise donc. Avec toi, l'on peut s'y tromper.

Cinglé, il aspira brutalement une goulée de l'air épais, enfumé, lourd de tintamarre, qui les environnait.

— Bon Dieu !... Si nous n'étions pas au milieu de tous ces imbéciles, je te montrerais de laquelle je parle !... C'est cela que tu veux ?

Ce fut au tour de Dominique de se cabrer. Une fureur la soulevait, qui mettait des paillettes d'acier dans le gris-vert de ses prunelles.

— Tu te trompes d'adresse. Va plutôt tenir ce langage à la catin que tu as épousée.

Mais, déjà, Numa avait eu le temps de se sentir odieux.

— Je te demande pardon, murmura-t-il, baissant la tête.

Longuement, avec une sorte de stupeur, il reprit le bouchon, le tourna entre les doigts, le considéra, avant de le jeter devant soi, sur la nappe tachée de cendres de cigarettes.

— Laissons Alice en dehors de tout cela, je t'en prie. Je te l'ai dit, c'est moi l'unique responsable.

La lassitude tomba d'un seul coup sur les épaules de Dominique.

— Bon. Si tu veux.

S'il fallait ne pas toucher à Alice, s'il fallait s'effacer davantage encore, s'il fallait s'arracher le cœur de la poitrine... « Après tout... » Ne pouvait-elle, aussi bien, faire ce qu'il souhaitait qu'elle fît, pour l'amour de lui ?

Numa cherchait à suivre les sentiments de la jeune fille sur sa physionomie. Il vit apparaître une ombre de sourire au bord de la lèvre un peu mordue où le rouge n'avait pas tenu.

Pourquoi fallait-il qu'il dût se comporter comme un bourreau envers elle, quand son seul désir, se disait-il, était de bercer contre soi ce petit être courageux et solitaire qui se défendait pied à pied ?

« Parce que c'est ma faute. Parce que j'ai fait un enfant à une autre que je n'aimais pas. Parce qu'il n'y a plus, pour nous deux, de recours possible. Et qu'il faut bien continuer d'exister. »

Incapable de soutenir plus longtemps sa vue, il détourna les yeux vers le kaléidoscope des têtes rapprochées qui moutonnaient, ondulant au gré de la musique.

« Je paie, Niké ! Mon tout petit chéri, si tu savais combien je paie !... »

A chaque heure, Alice escomptait son dû de jeune épouse et de future mère. Il était facile, dans l'obscure intimité des nuits conjugales, de se satisfaire avec elle. Bien plus facile que de répondre tout le long du jour à ses regards, à ses tendres avances. « Elle a cela pour elle qu'elle fait bien l'amour. »

En eût-il été de même avec Dominique ? Il retrouva la saveur, naïve et brûlante à la fois, de leur baiser.

« Mais, avec elle... », outre cette science amoureuse qu'il eût pu lui révéler, tant d'autres joies eussent comblé Numa, qui importaient autant, ou davantage. « Si j'avais pu l'avoir à moi, près de moi, pour toutes les circonstances de la vie... »

Tout à coup, Numa vit la pente. Et l'allure à laquelle s'y engageaient ses pensées.

« Bon Dieu ! je lui prône le détachement, et, pendant ce temps-là, moi, je... »

A la dérobée, il se tourna vers le profil de la jeune fille.

Elle seule, songea-t-il, parmi toutes les femmes qu'il connaissait, pouvait demeurer ainsi, immobile, silencieuse, intangible, si simplement, parmi l'agitation factice et le bruit d'une telle ambiance, avec cette gravité d'enfant sage, et la promesse, tenue d'avance, inscrite sur son visage.

« Un petit visage si calme, si doux, si jeune... »

Et cependant, au coin de la bouche, Numa découvrait à présent un pli d'amertume, à peine visible encore, qui, naguère, n'existait pas.

— Niké...

Il fut surpris, lorsqu'elle se tourna vers lui, par la transparence de son regard.

— Quoi donc ?

— Tu réfléchis à ce que je t'ai dit ?

Elle hocha le menton.

— ... Et tu admets que j'ai raison ?

— Je pense que oui.

« Chérie !... » dit-il, tout bas, pour lui seul.

Ils se contemplèrent mutuellement, mettant chacun tout leur amour, comme une offrande, dans cet échange interminable. Et se sourirent, avec une lenteur infinie.

Numa reprit, sans la quitter des yeux :

— Je rentre demain à Tourvieille. Je m'étais promis cette soirée. La dernière. Finissons-la, sans en rien laisser perdre. Et puis... après... Nous essaierons fermement, loyalement, de suivre chacun notre chemin, n'est-ce pas ? Dis... Veux-tu ?

Ce fut, cette fois, la main de Dominique, qui se posa sur celle de son cousin.

La jeune fille continuait de sourire, bien qu'une ligne brillante, devant ses yeux, lui dérobât la netteté des traits de Numa, comme si ce dernier s'éloignait de sa vue.

— Il faut bien que je veuille, dit-elle.

## 11

Anne dit, en l'embrassant :

— Nous pensions que tu allais ne plus revenir.

Et s'assit près d'elle, tandis que Victor servait un petit déjeuner bouillant pour réchauffer sa jeune maîtresse.

— ... My God ! comme tu es chic ! Où t'es-tu fait faire ce manteau ? Alors, tu as vu le fiancé de Margot ? Dis-moi, comment est-il ? Bien de sa personne ? En tout cas, c'est un parti superbe. Sais-tu que ces Hirigaray font la pluie et le beau temps auprès de tous les ministres ? Cela peut être très important pour Gaspard de les avoir dans sa manche. Il faudra que je fasse leur conquête. Oui, ma cocotte : à la fin du mois prochain, Gaspard m'emmène à Paris. Il me l'a promis. Nous reviendrons pour les fêtes. Ma belle-mère compte sur nous pour Noël, à Fiélouse. Mais je tiens à passer le Jour de l'An ici, avec toi. Quand je pense qu'ensuite, il faudra songer à reprendre le paquebot pour l'Amérique... Mon pauvre chou, nous nous serons à peine vues. C'est fou comme je languissais que tu rentres. Il va falloir que tu me racontes... Au fait, Vigouroux t'attend avec impatience, lui aussi. Gaspard ne te l'a pas dit ? Il y a une anicroche. Je ne sais trop quoi, à propos d'une cuve où le vin s'est piqué. Il t'expliquera. Moi, je n'y comprends pas grand-chose.

Le soleil levant jouait sur les petits carreaux des fenêtres de la salle à manger, ce matin-là, bien qu'on fût dans la semaine de Toussaint.

Dominique repoussa son bol.

Toute la cuvée ? Mon Dieu ! mais... Comment Tonin a-t-il pu... ?

Tonin qui, de mémoire d'homme, n'avait jamais eu l'ombre d'une négligence à se reprocher. Suffisait-il donc qu'elle s'absentât durant quinze jours pour que tout chancelât ?

Anne bâillait. Elle resserra autour d'elle le crêpe de chine matelassé de sa douillette parme.

— Dis donc, il ne fait pas chaud dans cette pièce. On voit que Victor vient juste d'allumer le feu. Mon pauvre chou, tu nous as fait tomber du lit, avec ce train qui arrive aux aurores. Tonin ? ma foi... Il me semble avoir entendu dire qu'il est malade. Gaspard te renseignera mieux.

— Mais pourquoi ne m'a-t-il rien dit de tout cela ? Durant le trajet, depuis Tarascon où il était venu l'attendre avec sa voiture, son beau-frère n'avait guère fait que questionner Dominique sur son voyage, les impressions qu'elle en rapportait, les gens qu'elle avait vus, les distractions qu'elle avait prises.

« — *Tout va bien, à la maison ?* »

Gaspard avait souri :

« — *Mais oui.* »

« Et moi, comme une sotte, qui n'en ai pas demandé davantage ! »

— Voyons, mon chou ! Cela pouvait tout de même attendre que tu aies déjeuné. D'ailleurs, puisque Vigouroux va venir...

— Mais Tonin ? Qu'a-t-il ? A-t-on fait venir le médecin ? Est-ce grave ? Souffre-t-il ?

La volubilité de ses questions reproduisait celle dont sa sœur était coutumière.

Aussi bien, Anne, occupée à beurrer un toast pour son propre usage, ne s'en trouva-t-elle nullement affectée.

— Comment veux-tu que je le sache ?

Dominique la considérait avec stupéfaction.

— Tu n'est donc pas allée le voir ?

— Ma foi, non.

La jeune femme avala une bouchée, et considéra d'un air penaud la couronne que ses dents avaient découpée dans le toast.

— ... Tu crois que j'aurais dû ?

Sans répondre, Dominique posa nerveusement sa serviette sur la table. Et se leva, pour couper court.

— Je vais faire ma toilette, annonça-t-elle, en se dirigeant vers la porte.

Anne, boudeuse, la suivit dans le vestibule.

— Aussi... Tu pars pour une huitaine, et tu restes dehors pendant un mois !

« Non, pas un mois. Deux semaines. Dix-sept jours,

voyage compris, si tu veux le chiffre exact ! » Dominique mourait d'envie de le lui dire.

Mais elle prit plus raisonnablement le parti de se taire.

« C'est vrai que la maison est vieille », songeait-elle, humant l'odeur humide qui imprégnait le jute de la tenture murale, dans l'escalier. « ...Vieille, trop grande, trop peu habitée... Et qu'en cette saison, les pièces du rez-de-chaussée ne sont pas agréables, le matin... Que la chaleur est longue à s'y répandre... »

Anne avait beau jeu de le constater, pour une fois où, levée deux heures plus tôt que de coutume, elle avait dû quitter la tiédeur de sa chambre, où un feu brûlait jour et nuit.

« Si, tous les jours de sa vie, elle descendait, à cette même heure, prête pour la tournée dans les terres, peut-être, alors, comprendrait-elle... Tonin qui peine ici, pour nous, depuis plus de trente ans... Et elle n'a pas seulement pensé... »

Sur le palier, elles se séparèrent sans un mot pour regagner leurs chambres.

Dans la sienne, la jeune fille trouva Mathilde, aux prises avec les bagages dont elle avait déjà défait une partie.

— Ça va mieux, mon perdigau [1] ? Tout à l'heure, en arrivant, vous étiez verte. Vous avez pas engraissé, là-bas. Je fais couler tout de suite, pour votre bain ? Mettez-vous à votre aise, toujours, en attendant !

Le soleil, plus haut dans le ciel, entrait à flots. Les flammes rongeaient allégrement la bûche, dans l'âtre. Il faisait bon.

Dominique put enfin quitter son manteau qu'elle avait conservé jusque-là ; elle troqua son costume de

1. *Perdigau* : perdreau.

voyage pour une robe de chambre confortable, se défit de ses épingles à cheveux ; et se laissa tomber dans une bergère.

Comme Mathilde se baissait pour lui enfiler ses pantoufles, impulsivement, la jeune fille lui noua ses bras autour du cou, et se mussa entre les gros seins baleinés qui saillaient sous le caraco de coton noir.

— Dis, qu'est-ce qu'il a, Tonin ? Tu le sais, toi ?

— Hé bé... dit Mathilde, lorsque « sa petite » l'eut laissée se redresser, il a qu'il a pris mal. Pas plutôt vous êtes partie, ça lui a commencé par un tour de reins. Il passe le carcan, pechère[1] ! Moussu le docteur a donné quéque chose à la Valérie pour y mettre, — du limi... liniment, ça s'appelle — qu'elle l'en a tellement frotté que ça lui a fait pareil comme une brûlure.

— Pauvre Tonin !

La Valérie devait avoir la main aussi redoutable que la langue qu'elle portait, au su de tous, fort pointue, et fort rêche.

Rassurée, Dominique éprouva une bouffée de contentement en se rappelant la pipe luxueuse qu'elle avait choisie à l'intention de Tonin, parmi d'autres menus cadeaux destinés à chacun. « Il verra que j'ai pensé à lui. J'irai la lui porter dès que j'aurai fini avec Vigouroux. »

Elle se rembrunit aussitôt. « Vigouroux... la cuvée gâchée. » Les précisions qu'elle n'avait pas encore et qui, peut-être, dépasseraient ses craintes. Les soucis, les mécomptes qui guettaient son retour pour fondre sur elle, sans lui laisser le moindre répit.

« Eh bien ! » accepta-t-elle, en passant dans la salle de bains, où la vapeur roulait ses nuées tièdes, « ...merci, mon Dieu, si Vous avez décidé de m'en

1. *Pechère* : le pauvre !

envoyer tant et tant que je n'aie plus un seul instant de loisir pour faire des rêves. »

L'après-midi même, elle poussa jusqu'à Barbegal.

Le docteur Royer donnait ses consultations, et Madame était allée à Avignon avec Mademoiselle, l'informa la petite bonne, en lui ouvrant la porte.

— ... Mais si vous voulez voir monsieur Maurice ? Il est là, tout seul, en train de lire.

— Ça, c'est une veine, proclama-t-il, en l'apercevant. J'allais justement mettre une cravate et une veste pour venir présenter, mes hommages à Madame ta sœur, et m'informer de ton retour.

Il débarrassa un fauteuil des publications qui l'encombraient, et l'attira vers Dominique :

— Mets-toi là, mon Coco. Installe-toi bien, et ouvre grand tes oreilles. Je vais t'annoncer un événement. Qui me concerne. Oui : moi. Tu devines quoi ? Dis un peu, pour voir.

Ses yeux riaient. Debout, accoudé au dossier d'une chaise, il dansait littéralement, d'un pied sur l'autre.

— Je ne sais pas, moi. Tu... tu te maries ? hasarda-t-elle, inquiète, déjà, de l'inconnu vers lequel il la remorquait.

Maurice s'esclaffa.

— C'est tout ce que tu as trouvé ?... Ah ! vous autres, filles... C'est toujours ce qui vous vient à l'idée en premier, pas vrai ?... Mais non, je ne me marie pas, nigaude ! — Il lui cligna de l'œil. — ... sinon à la petite semaine. Et c'est beaucoup mieux comme ça, je t'assure.

— Tu es bête, rit Dominique, à peine gênée.

Sans savoir pourquoi, elle respirait mieux.

— Bon. Alors, tu ne vois pas ? reprit Maurice, impatient de lâcher sa bombe. Eh bien ! voilà... Tiens-toi bien !... Je deviens un cul-terreux, moi aussi. Ou, si tu préfères, un « gentleman-fâaarmer ». Parfaitement. Et qui plus est : ton voisin, Coco. Ton voisin, tu entends ?

Bouche bée, elle entendait. Sans aller jusqu'à comprendre.

— Mais... comment ça... ?

Trop jubilant, pour lâcher d'un coup tout ce qu'il avait à dire, il lui jeta un long coup d'œil de triomphe silencieux, jouissant de la voir suspendue à la suite.

— Ah ! voilà.

— Oh ! Maurice... allez, dis vite.

Il prit encore le temps de traîner un fauteuil auprès de celui qu'occupait la jeune fille ; et s'y laissa tomber, épanoui et fier.

— Tu te doutais, toi, que Saint-Ange était à vendre ?

— Saint-Ange... ? émit Dominique, en écho, tous réflexes abolis.

— Eh oui : Saint-Ange. C'est comme ça. Les Raynal sont venus voir mon grand-père, à l'étude, il n'y a pas plus de quinze jours, pour le prier de leur trouver acquéreur. Ils n'y ont jamais fait de miracles, ça, tu le sais aussi bien que personne, puisque ton père les a plusieurs fois aidés à s'en sortir. Madame Raynal veut aller habiter Paris, à cause de Noël qui doit y préparer Sciences-Po. Bref, au prix qu'ils demandaient, l'affaire a paru avantageuse à mes grands-parents. Ils en ont parlé à mon père. Papa a gratté le fond de son porte-monnaie, et le grand-père Daubenois a avancé ce qui manquait pour conclure. Quant au reste, les Raynal ont été accommodants. Ils nous font des conditions de paiement très larges. Si tout va bien, Coco, dans moins de dix ans, je puis être le maître de ma terre. Hein ? Qu'est-ce que tu en dis ?

Dominique n'en disait rien. La surprise et le contentement l'avaient rendue muette.

— Non, Maurice... ? C'est vrai ? exhala-t-elle, enfin.

— Si c'est vrai !...

Il se carra dans son fauteuil, allongea les jambes, et croisa les bras sur sa poitrine.

— ... Et comment !... Si tu te figures que je m'amuserais à te raconter des craques... ! Hier, on a signé le compromis. C'est fait, je te dis. C'est fait !

Tous deux s'entre-regardèrent, les yeux brillants.

— C'est... Oh ! non, c'est trop beau, balbutia Dominique. Quand je pense que nous allons être porte à porte...

Naïvement, elle entrevoyait des soirées à la file, où, désormais, Maurice et elle se tiendraient compagnie, vieillissant côte à côte, comme un vieux ménage fraternel.

— ... Et... tu comptes habiter la maison de maître ? questionna-t-elle, redoutant tout à coup une déception encore possible.

— Pardi !

Maurice prit sa pipe, la bourra, avec des gestes lents et précis, à l'image du propriétaire terrien idéalement méthodique et sûr de soi qu'il se sentait en passe de devenir.

— ... Les Raynal me laissent quelques meubles qui ne pourraient trouver place dans leur futur appartement parisien. Cela garnira une pièce. J'aurai aussi ma chambre ; et un petit bureau que je vais m'organiser en bricolant un peu. C'est suffisant pour commencer. On verra peu à peu, ensuite, pour arranger le reste. Tu me donneras des conseils, toi qui t'y entends.

A travers la fumée, il lui fit une grimace de connivence.

— Tu pourras aussi demander à Hiette, dit Dominique, d'autant plus généreuse qu'elle-même ne croyait guère à sa propre suggestion.

— Hiette ? oui... Oh ! tu sais, Hiette, tout ça, elle... Tu la connais, hein ?...

« Chien et chat », disait volontiers l'entourage, pour caractériser les relations de Maurice et de sa sœur. Et qui donc se fût soucié d'endiguer l'appétit de vivre de ce garçon rescapé, rendu à l'existence normale, même si sa remuante personnalité empiétait, sans y penser, sur le terrain des autres, les débusquant, au fur et à mesure, de tous leurs refuges ? Dominique, elle-même, laissant le jeune homme tenir tout naturellement, auprès d'elle, le rôle qui eût été celui de François, oubliait de regretter que leur entente manifeste évinçât Henriette un peu plus chaque jour.

Elle laissa sans remords Maurice fermer la parenthèse Hiette.

— D'ailleurs... ce ne sont pas seulement des conseils que j'irai te demander, petite. Les premiers temps, surtout, j'ai comme une idée que tu me verras souvent rappliquer pour te taper d'un outil ou d'un coup d'épaule. D'ici que j'aie trouvé un baïle qui me convienne, je n'aurai même pas...

— Ah ! tu ne gardes pas Cartelier ? dit Dominique, avec une vivacité significative.

Maurice lui sourit, et, d'un doigt, tira sur la peau de sa paupière inférieure :

— Tiens !... Il a suffisamment fait sa pelote, lui, sous les Raynal. Un peu à moi, maintenant !

De nouveau, ils échangèrent un regard de compréhension.

« Bien sûr », se dit-elle.

Entre Barbegal et Fontfresque, tout le monde savait que Saint-Ange manquait depuis longtemps d'un véritable maître. Il se pouvait que la propriété fût, cette fois, sur le point d'en trouver un.

— Naturellement, il te faudra quelqu'un de confiance... Un ménage, c'est ce qui vaudrait le mieux, dit Dominique, songeuse.

Déjà, les problèmes de Maurice devenaient un peu les siens.

— J'ai pensé que je pourrais m'enquérir auprès de Tonin et de Ranguis s'ils ne connaissent personne.

— Tonin ? Le pauvre, sais-tu qu'il est malade ?

Maurice écouta le récit de la visite au contremaître, des ennuis qu'avait trouvés la jeune fille, dès son retour à Mogador ; le compte des avantages qu'elle espérait retirer de l'emploi du nouveau tracteur. Avec beaucoup plus d'intérêts certes, se disait-elle, qu'elle n'en avait rencontré auprès des siens. « Sans compter que lui, au moins, sait de quoi je parle. »

Plus que jamais, à présent, les unissait ce genre de préoccupations qui, demain, seraient son lot, à lui aussi.

Son cabinet fini, le docteur Royer fit une brève apparition avant d'entreprendre sa tournée de visites. Et s'esquiva sans que le cours de l'entretien des jeunes gens en eût été modifié pour autant.

La bonne avait allumé la lampe et fermé les contrevents.

— Mon Dieu ! s'exclama soudain Dominique, entendant sonner la comtoise dans le couloir. Il doit être une heure impossible. Et je ne t'ai pas même demandé comment vont Marraine et Hiette, ajouta-t-elle, confuse, en se levant pour partir.

— Oh ! ça va. Comme d'habitude. Hiette...

Dominique reconnut l'intonation désabusée qui devenait habituelle à Maurice lorsque la conversation tombait sur sa sœur.

Mais elle n'avait plus le temps de s'y attarder.

— Tu ne veux pas les attendre ? questionna-t-il. Papa ira les prendre à Tarascon au train de huit heures. Si tu restais à dîner ? Ça leur ferait plaisir de te trouver ici.

Dominique hésita.

A elle aussi, cette soirée à Barbegal, en famille, eût fait plaisir.

« En famille... Mais non ! » Sa famille, à elle, c'était sa sœur et son beau-frère. Elle éprouva une bouffée de honte à se le rappeler.

— Je ne peux pas, dit-elle, à regret. Le jour de mon arrivée, pense donc. Je me dois d'abord à Anne et Gaspard.

— Oui... admit mollement Maurice.

Il se leva, lui aussi, pour l'aider à enfiler les manches de son manteau dont elle s'était débarrassée sur une chaise, en entrant.

— ... Tant pis. Tu nous aurais parlé de ton voyage. Au fait, toi aussi, tu en avais des choses à raconter. Tu as vu le fameux fiancé de Marguerite ?

Dominique nouait sa cravate de fourrure devant la glace de la cheminée. Surprise, elle se retourna :

— Tu es déjà au courant ?

— Et alors !... Mais, mon Coco, ç'a été le grand, l'unique sujet des parlotes, dimanche dernier, chez toi. Tu aurais pu t'en douter.

Ces réunions du dimanche, l'éloignement avait suffi pour que Dominique cessât d'y songer. Comme si, en son absence, la vie se fût arrêtée à Mogador.

— Qui y avait-il ?

Maurice haussa les épaules.

— Un monde fou. La cohue. A peu près tous les gens de connaissance. A croire qu'ils s'étaient repassé le mot et qu'ils étaient tous venus aux informations.

Nous nous sommes fourrés dans un coin, ton cousin Laurent, sa sœur, Hiette, et moi. Et nous avons...

— Laurent était là aussi ? Comment va-t-il ? l'interrompit Dominique.

— Ma foi... Pas très costaud, hein ?

Maurice regardait à terre, gêné, semblait-il, par sa propre guérison, pour évoquer l'état de son ami.

— ... Pauvre vieux. Il toussait beaucoup, l'autre jour. Mais le moral tient bon. Nous avons fait des projets pour tout notre hiver, si le temps...

« *Mais le moral tient bon.* » Que fallait-il en croire ? « Bien sûr : il est fier, Laurent. Mais... » Dominique eût voulu savoir ce qu'il pensait du mariage de leur cousine.

Avait-il pu, lui, réellement « tirer un trait », comme disait Numa ? « Tirer un trait... Facile à dire. J'essaie, Numa, je t'assure que j'essaie. »

Elle fit un effort pour revenir à la réalité.

— ... Il est comment, ce Hirigaray ? insistait Maurice. Tu ne me l'as toujours pas dit.

— Très bien. Très sympathique. Nous sommes sortis ensemble, lui, Margot...

« Eviter de songer à Numa, de le citer, de... » Mais, en même temps, elle savait qu'elle n'aurait pas le courage de se refuser la douceur de prononcer son nom à voix haute.

— ... Numa, et moi, acheva-t-elle, avec une sorte de défi contre soi-même.

Les prunelles de Maurice se rapetissèrent d'attention.

— Numa ? Mais comment se fait-il ? Numa aussi était à Paris ?

Dominique ouvrait la porte de l'entrée, le dos tourné.

A présent, elle avait honte, comme si elle se fût dévêtue devant le jeune homme.

— Il y est venu pour quarante-huit heures.

Maurice la suivait, le long du couloir.

— Seul ? demanda-t-il encore.

« Oh !... Pourquoi ? Mais pourquoi... » lui avait-elle tendu cette arme qu'il tournait à présent contre elle ?

— Bien sûr.

Le seuil franchi, restait encore le jardin à traverser. Sans se retourner vers Maurice, elle lança :

— Tu ne te figures tout de même pas que sa femme, dans l'état où elle se trouve, aurait fait tout ce parcours pour si peu de temps ?

Sa voix, au timbre plus aigu qu'à l'ordinaire, tremblait légèrement, sans qu'elle parvînt à la maîtriser.

Maurice lui entoura l'épaule d'un bras pitoyable, pour la mener doucement jusqu'à la grille.

— Alors, vous vous êtes bien amusés ? Eh bien ! faudra nous raconter tout ça en détail quand tu reviendras. Pas vrai, Coco ?

— C'est ça. Quand je reviendrai.

La jeune fille se hâtait vers sa voiture.

Maurice la regarda partir, et suivit des yeux, longuement, la fuite du pinceau lumineux qui traçait un instant la route bordée de platanes, de plus en plus loin, avant de laisser retomber la nuit derrière son passage.

Il tapotait le fourneau de sa pipe contre une de ses paumes.

Puis, il rentra, soucieux.

Après la Toussaint, lorsqu'avec toute sa suite, Anne fut repartie pour Fiélouse, en grand arroi, la maison que, certains jours, Dominique en était venue à trouver trop bruyante, lui parut vite tristement silencieuse.

Chacun semblait d'ailleurs éprouver le même sentiment.

Délivrée du surmenage imposé par les réceptions incessantes des Barcarin, mais privée, du même coup, d'un thème de choix pour alimenter sa mauvaise humeur permanente, Berthe bougonnait à présent sur le mode nostalgique, et gourmandait son état-major rendu à l'inaction.

Tandis que Victor, errant d'une pièce à l'autre, pourchassait encore avec obstination un désordre dont les dernières traces avaient disparu en même temps que leur source.

Le bel alezan brun et la jument baie se morfondaient, n'ayant plus guère, la plupart du temps, que le seul Gustave pour cavalier.

Dominique préférait, en effet, pour ses tournées quotidiennes dans les terres, le confort de la selle gardiane du *Trève* [1], son camargue, qu'elle montait à califourchon.

— Que tu trouves cela pratique, admettons-le. Mais crois-tu que ce soit élégant ? s'était exclamée Anne, réprobatrice, la première fois qu'elle avait vu sa cadette la rejoindre aux écuries, en culotte et veste de whipcord gris.

— Mon Dieu !... En tout cas, cela se porte beaucoup. Tu le verras, si tu vas à Paris. Au Bois, presque toutes les jeunes filles ont adopté cette tenue. Du reste, c'est le tailleur anglais de Margot qui me l'a faite.

Anne n'aimait guère passer pour retardataire. En matière de mode, surtout.

— Quelle horreur ! dit-elle péremptoire. C'est ridicule. Naturellement, en Amérique, il y a longtemps que

1. *Trève* : fantôme, esprit de la nuit, dans la mythologie provençale.

cela s'est répandu, dans certaines classes de la société. Mais tu ne verras jamais une femme de bon ton renoncer à l'amazone noire.

Dominique n'avait rien répliqué.

Si son extrême sveltesse s'accommodait assez bien d'un costume propre à la mettre en valeur, Anne, pour sa part, avait pris, depuis son mariage, des rondeurs de taille qui, pour aimables qu'elles fussent, n'en demandaient pas moins à rester enveloppées d'un plus seyant mystère.

En outre, l'équitation, telle que la concevait celle-ci, était un sport cérémonieux et mondain, sans commune mesure avec le travail qu'elle-même demandait au *Trève*, parcourant Mogador chaque matin, pour surveiller la récolte qui battait son plein dans les olivettes, l'égrenage du maïs, la fumure des prés, des mûriers et des vignes, le sulfatage des souches, les labours et les semailles d'hiver.

Quoi que pût penser Anne, le *Trève* était un bon cheval, sûr, patient, égal de caractère.

— ... Et, après tout, même un cavalier comme Papa, ou comme vous, n'a jamais dédaigné, à l'occasion, de monter un camargue, n'est-ce pas ? demanda-t-elle à Hubert qui, venu en voiture, ce matin-là, s'était fait seller, pour l'accompagner, l'aristocratique *Cosaque* et prenait un plaisir visible à le mettre au pli, sans égards pour ses velléités ombrageuses.

— Fichtre, je comprends !

Hubert retint la réflexion sans indulgence qu'il avait au bord des lèvres.

Parmi ses nièces, Anne avait toujours été celle qu'il aimait le moins. Son jugement sur la jeune femme s'alourdissait sans souci d'équité, de tous les griefs que, jadis, il n'eût pas cru possible d'imputer à Ludivine. « Coquette, futile, despotique, avide, égoïste...

voilà tout ce qu'elle est, elle aussi. » Les qualités d'Anne, sa beauté même, laissaient Hubert indifférent. Seul le retenait, pour entretenir son aversion, ce qui, chez elle, rappelait sa mère ; et jusqu'à l'admirable couleur de ses yeux, dont l'expression, trop semblable, attisait en lui une brûlure secrète.

Reportant son attention sur le *Cosaque*, il lui flatta la croupe.

— ... Mais celui-ci est tout de même un fier seigneur. Tu le montes, quelquefois ?

— Rarement, avoua Dominique. Lorsqu'il m'arrive de sortir, l'après-midi, pour une promenade, c'est presque toujours en compagnie de Maurice Royer, depuis qu'il s'est remis au cheval. Il est si content de l'avoir que je garde la jument et le lui laisse prendre.

Hubert la regarda en souriant et, moqueur, hocha la tête.

Si bien qu'elle se hâta d'ajouter, rougissante de la crainte qu'il ne se méprît :

— Mais *Milady* n'est pas mal non plus, vous savez ?... Et Maurice est vraiment comme un second frère pour moi. Je puis bien lui faire ce petit plaisir.

— Bon, bon, dit Hubert. Et, à propos de Maurice, est-ce vrai qu'Alfred Raynal lui a vendu Saint-Ange ? Cela se chuchote, à Tarascon.

Visiblement, ce changement de sujet convenait à Dominique.

— Oui, dit-elle, satisfaite de se voir hors de cause. Il prend la propriété au premier janvier. Les Raynal préparent leur déménagement pour Paris.

— Pour Paris ?...

Pensif, Hubert remâcha la nouvelle durant quelques secondes.

— ... Je n'ai pas rencontré Alfred depuis des siècles, murmura-t-il, pour soi.

Et, cependant, il ressentait durement le choc de ce départ. Pour relâché qu'il fût déjà, c'était un lien de plus qui allait se rompre.

« Alfred... »

— ... Il fut un temps où nous nous voyions chaque jour, rêva-t-il encore, sans d'adresser particulièrement à sa nièce.

« C'est ma faute, si... »

Après son mariage, il avait cessé de fréquenter jusqu'à ses plus vieux amis, dans son désir de rompre avec son existence écoulée.

« J'irai les voir avant qu'ils ne quittent les pays. »

D'anciennes images l'assaillaient : les deux frères Raynal, galopant avec lui sur les chemins poussiéreux, dans l'aveuglante lumière d'un ciel d'été... Alfred, vêtu de noir, « en 93... », après la mort brutale de Louis... Alfred, le jour de ses noces... Edmée, penchée sur un ouvrage de broderie, ou bien roulant sur son doigt les longues boucles dorées de leur petit Noël... Le salon de Saint-Ange, où ils avaient passé ensemble tant de soirées. Alfred et lui discourant de poésie...

« Trop tard, à présent », trop tard pour se raccrocher encore à tout cela qui, Hubert s'en apercevait tout à coup, avait été une précieuse part de sa vie.

A quoi bon y aller ? Alfred s'étonnerait de cette visite d'un revenant. « Et que nous reste-t-il à nous dire ? » Moins, bien moins, assurément, qu'il ne lui restait avec Tonin, chez qui, ce matin même, un moment auparavant, Dominique et lui s'étaient arrêtés quelques minutes.

« — *Oh là ! Moussu Hubert, ça fait plaisir de vous voir.* » La figure de Tonin, où la barbe poussait blanche sur la peau tannée... Et Ranguis qui lui tenait compagnie. Les deux vieux compères, assis l'un près de l'autre : le retraité et le malade, tirant de conserve sur leur bouffarde. « — *Vous avez vu, les olives ? nous en ferons pas guère, cette année. Avé la sécheresse qu'on a eue, vous pensez !... Espérons que, la fois prochaine...* »

Ceux-là connaissaient la seule réalité qui importât.

« Ils auront vécu une belle, longue vie d'homme. Pas moi. Et cette petite... »

Quoi qu'il pût ensuite lui advenir, sa nièce — s'en doutait-elle ? — tenait déjà, au moins, avec Mogador, quelque chose de vrai.

« Mais pas moi. Pas moi. »

Il se tourna vers Dominique. Penchée sur l'encolure de son cheval, elle s'entretenait avec le baïle.

— Je te ramènerai ce *Cosaque* à l'heure du déjeuner. J'ai envie de voir un peu ce qu'il a dans le ventre. A tout à l'heure, fillette.

Le temps de prêter attention à ses paroles, les deux interlocuteurs qui débattaient une question urgente le virent enlever le pur-sang dans un tête-à-queue exécuté presque sur place ; et disparaître derrière un nuage gris, au tournant de la haie de cyprès.

— Hé ben ! souffla seulement Vigouroux.

Dominique écoutait avec fierté monter à travers l'espace le martèlement scandé du galop qui s'éloignait peu à peu dans la campagne.

— Eh ! oui... soupira-t-elle, enfin, allongeant le bras pour gratifier le *Trève* d'une petite tape affectueuse sur le museau. Eh ! oui, que veux-tu ?... Nous autres deux...

Attentif, interrogateur, le regard du baïle était de nouveau fixé sur elle.

— Alors, Mademoiselle, qu'est-ce que vous décidez, pour ces moutons ? Si nous voulons être à temps pour la foire de Salon, il faut que, demain, le berger les emmène.

A Fontfresque, à Barbegal, sur la grand'place et par toutes les rues, on tendait des guirlandes de buis et des girandoles de lanternes en papier plissé, on suspendait les drapeaux, on habillait d'andrinople l'estrade destinée à la fanfare. Garçons et filles danseraient tard dans la nuit pour fêter le premier anniversaire de l'armistice, malgré le froid précocement venu.

Mais pour les combattants de la veille qui avaient l'âge de Vigouroux, cette date du 11 novembre marquait de nouveau, à présent, le cheminement, au long des routes provençales, des grands troupeaux en marche vers le rendez-vous de la Saint-Martin.

— Je vous le dirai cet après-midi, promit Dominique.

Indécise, elle avait l'intention de rechercher dans le livre-journal ce que ses parents avaient eu coutume de faire, en l'occurrence. « Et peut-être, aussi... oui... », de consulter l'oncle Hubert, s'il voulait bien rester déjeuner avec elle.

— Madeleine se plaint de ne plus jamais te voir chez nous, avait dit Hubert, au moment de la quitter.

Dans la quinzaine qui suivit, nantie d'un léger sac de voyage, Dominique, un beau matin, prit sa voiture pour s'en aller passer deux jours à la Gloriette.

Bien qu'elle eût écrit, l'avant-veille, afin de s'annoncer, elle trouva Madeleine seule pour l'accueillir au mas.

— Je n'ai pu joindre ton oncle. Il chasse, je ne sais où. A tout hasard, j'ai envoyé un mot à Max et Francine Roche. Au cas où il serait chez eux, aux Iscles, nous pourrions le voir rentrer pour midi. Mais ce n'est qu'une hypothèse. Il n'a rien précisé, en partant.

Elle s'empara du bras de la jeune fille.

— ... Cela ne t'ennuie pas trop, j'espère ? Frédéri et moi, nous sommes si contents de t'avoir un peu.

Un moment plus tard, lorsqu'elles se furent assises au cagnard, près des lauriers, sur le vieux banc de pierre tout verdi que réchauffait le soleil de la méridienne, Dominique risqua, tout en câlinant le petit garçon qui s'était hissé sur ses genoux :

— Et à Tourvieille ? As-tu pensé qu'il pourrait y être ?

Elle-même ne le pensait pas. Cela semblait bien improbable que l'on eût fait place à un hôte, dans la maison où la naissance, qui eût pu déjà se produire, devait tenir le cercle familial discrètement en suspens.

Mais elle souhaitait savoir si Madeleine avait eu des échos de ce qui se passait là-bas. « Ils seront pourtant bien obligés de l'annoncer, quand... »

— Oh ! non. Cela m'étonnerait fort, dit la jeune femme, sans éventer le prétexte. Il n'y va jamais qu'avec Déri et moi, une ou deux fois l'an, quand c'est au tour de Raoul et Laure de nous inviter. Et leur dernière lettre remonte à près de deux mois.

A quoi bon une telle feinte, quand, à la Sarrazine, même, l'on n'en savait pas davantage ? Laurent le lui avait bien dit, le dimanche précédent.

Une fois de plus, fallait-il que ce sourd besoin, déraisonnable, d'entendre parler de son cousin, prît le pas sur ses résolutions ? Ne serait-elle donc jamais capable de s'en tenir à la promesse donnée ?

Dominique se faisait d'âpres reproches.

— ... Non, poursuivait Madeleine, pendant ce temps. Quand il descend en Camargue, ces temps-ci, je crois que c'est plutôt de l'autre côté du Rhône qu'il va : aux Iscles, ou chez Lafont, ou chez Blatière. Je connais un peu les Roche, c'est pourquoi je leur ai écrit. Si ton oncle se trouve par là, que ce soit chez eux, ou chez un manadier du voisinage, ils nous le renverront, sois tranquille.

Dominique ne dit mot, frappée d'entendre sa jeune tante lui confesser, en somme, qu'elle ignorait à peu près tout des allées et venues de son mari, comme des amis qu'il fréquentait.

A la pensée qu'elle venait d'obliger Madeleine à cet aveu qui devait lui coûter, un remords la prit.

— Papa, lui aussi, aimait à s'en aller de cette façon, de temps en temps. Ce doit être un trait dominant du caractère Vernet, dit-elle, lissant les douces mèches blondes qui bouclaient sur le front de son petit cousin. « Mais Père annonçait toujours où il se rendait. Et Maman... » Jamais Ludivine n'avait montré cette résignation dont la mélancolie perçait sous le ton de naturel que s'efforçait de conserver Madeleine.

— C'est vrai ? Ton père aussi ?

— Bien sûr.

Le visage de la jeune femme s'éclaircissait, à son insu. Dominique le remarqua, attendrie.

— ... Mamé disait toujours que le grand-père Rodolphe avait été un diable à quatre et que ses fils tenaient de lui.

Madeleine hochait le menton, avec un sourire : peut-être, après tout, son ménage n'était-il pas si tristement différent de bien d'autres.

La jeune fille regardait l'illusion qu'elle venait de créer se mettre à l'œuvre pour remodeler les traits de sa tante et jusqu'à la courbe, moins lasse, tout à coup, de ses épaules.

— Et celui-ci fera comme ses aînés, conclut-elle, en chatouillant le petit garçon.

— Oh ! non ! non...

Madeleine s'arrêta court, interdite, en prenant

conscience de la violence avec laquelle avait jailli sa protestation.

Las de ronronner sous les caresses, l'enfant s'agitait, amorçant une glissade vers le sol.

Dominique le remit à terre sur ses pieds :

— Là ! voilà.

Mais Madeleine le rattrapa et l'attira contre ses jupes, jalousement, à l'instant même où, délivré, il allait prendre sa course.

— Non, pas mon Déri. Embrasse Maman, mon petit roi. N'est-ce pas que, toi, tu ne me quitteras jamais ?

Imperceptiblement agacée par la puérilité de ces démonstrations, Dominique regarda sans rien dire le petit garçon, docile, entourer de ses bras le cou de sa mère.

François, lui, se souvint-elle, n'avait jamais supporté qu'à doses minimes les manifestations publiques de tendresse. Elle l'imaginait à la place de Frédéri, brun de peau et de cheveux, râblé, nerveux, volontaire et farceur, tel que dans leur enfance, tout frémissant d'impatience, arc-bouté, ruant, au besoin, pour recouvrer sa liberté.

Et c'était à François que ressemblait, longtemps porté dans son imagination, ce fils tant désiré que Numa ne lui donnerait jamais.

Hubert rentra sur le soir.

Alertées par le ronflement du moteur lancé à l'assaut des virages rocailleux de la montée, les deux femmes, joyeuses, s'étaient avancées jusqu'au-delà du portail de la Gloriette.

Les phares les éclairèrent un instant, projetant leurs deux silhouettes en ombres chinoises sur le mur. Sans s'arrêter, la voiture se dirigea vers le garage.

Le bras de Madeleine tremblait sous celui de Dominique.

— Rentrons vite, dit la jeune fille. Le temps s'est mis au nord. Il ne fait pas bon.

Madeleine acquiesça :

— C'est vrai.

Leurs voix étaient mal assurées.

Elles revinrent en silence vers la maison.

Hubert les rejoignit, comme elles atteignaient le seuil.

— Bonsoir.

Il embrassa Dominique. Et, tout en s'adressant à elle, serra distraitement sa femme contre lui :

— ... J'ai reconnu la Delahaye, sous le hangar. Bonne idée d'être venue. Tu ne pouvais tomber mieux. Il y a longtemps que tu es ici ?

Planté au milieu du vestibule mal éclairé, la barbe drue creusant ses joues de larges ombres bleuâtres, les vêtements fripés, les souliers poudreux, la bretelle du fusil à l'épaule, une cartouchière à la main, mais le carnier vide, il avait l'air d'un voyageur égaré prêt à repartir d'une minute à l'autre.

— Il ne paraît pas avoir eu connaissance de ma lettre, chuchota Madeleine, lorsqu'elle redescendit, le laissant s'enfermer dans le cabinet de toilette, après lui avoir préparé un bain, un costume et du linge de rechange.

Dominique n'en était plus à s'étonner que sa tante, apparemment, n'eût pas osé s'en enquérir.

— Cela ne vaut peut-être pas la peine de lui en parler, suggéra-t-elle, doucement.

Reconnaissante, Madeleine lui pressa l'épaule, en guise de réponse.

Au dîner, cependant, Hubert se montra d'humeur plus avenante.

Attentive à ses moindres réactions, sa femme retrouvait un peu d'assurance et de vivacité pour converser avec Dominique à mesure que se déroulait le repas.

La jeune fille percevait, elle aussi, ce changement. Désireuse d'y contribuer, elle entreprit de donner à ses propos un tour susceptible d'intéresser son oncle ; et s'aperçut bientôt qu'elle y réussissait.

Hubert se laissait entraîner à lui poser des questions.

Oubliant insensiblement sa timidité paralysante, Dominique raconta des anecdotes sur son séjour à Paris, sur les relations qui défilaient à Mogador, depuis l'arrivée de sa sœur.

— ... Et, dimanche dernier, je m'étais figuré qu'en l'absence d'Anne, nous passerions un après-midi calme. Mais... — Une légère ironie accentuait le dessin de sa bouche. — ... Que ce soit pour l'unique plaisir de me voir ou, plus vraisemblablement, du fait de l'habitude prise, il est tout de même venu une douzaine de personnes.

La vue d'Hubert enfoncé dans son fauteuil de cuir, les jambes allongées, rappelait à Dominique la posture qu'avait affectionnée son père. A travers la fumée, elle crut un instant revoir Frédéric. Il aurait eu ce même fil de sourire blanc, brillant, étiré sur sa pipe, pour demander, de la même manière complice :

— Ah ! oui ? Tiens, tiens... Et qui donc ?

— Oh ! les familiers, d'abord : Laurent et Antoinette, les Royer, naturellement, puis Claire, accompagnée de Louis Bresson ; Alban et ses sœurs... Et aussi Robert Antonetti et les trois du Roveret... Et, finalement, tous paraissaient si satisfaits d'être là, réunis, si peu disposés à s'en aller, que j'ai suivi l'exemple de ma sœur et les ai retenus à dîner.

— Eh bien ! c'est parfait, opina Hubert. Un peu de gaieté et de jeunesse autour de toi, voilà précisément ce qui te manquait, mon petit.

Quand bien même la venue d'Anne, songeait-il, n'eût servi qu'à cela, « après tout... », elle n'eût pas été inutile.

Les yeux mi-clos, tirant sur sa pipe par petites bouffées rapides, il détaillait sa nièce, à l'abri de ses paupières plissées, surpris de découvrir un visage et un corps de femme, dont un homme pouvait rêver.

La longue pièce aux dalles usées, basse de plafond, avait cette sorte de dignité paisible des endroits où maintes générations ont vécu.

Il remarqua soudain combien Dominique s'y trouvait naturellement à sa place, avant de se souvenir qu'elle était là, sous les lambris de ses grands-parents maternels, davantage chez soi que lui-même ne le serait jamais.

La jeune fille échangeait quelques mots avec Madeleine et lui prenait des mains son ouvrage pour l'examiner.

Sans avoir prêté attention à leurs paroles, il les vit rire, d'un rire accordé, leurs deux têtes réunies.

Une fois de plus, il se sentit étranger à ces femmes, à cette demeure dont Ludivine lui avait dédaigneusement fait abandon, en paiement d'un foyer perdu, d'un amour bafoué, d'une existence saccagée.

« Mais ce n'est pas la faute de cette petite... »

Il s'attacha de nouveau à la contempler.

« La fille de mon frère... — ... *Ne le ferez-vous pas un peu pour moi aussi ?* — ... Et ce sourire !... » Ce sourire dont Ludivine le provoquait encore, sûre, à jamais, de sa victoire, avec la mort dans son alcôve, déjà, qui avançait la main pour l'emmener.

« Pour vous ? Oh non ! Certes non, Ludivine. Pour les miens, seulement pour les miens. Parce qu'elle est aussi de ma race. Et qu'elle a besoin de toute la protection, toute la tendresse, dont vous pouviez si bien vous passer ; elle qui n'a rien hérité de vous, ni votre âpreté, ni votre arrogance, ni votre égoïsme monstrueux, ni votre... »

Sans s'en apercevoir, il reprenait le même dialogue qu'il avait poursuivi tout le jour avec une ombre sans merci, dans la solitude de la montagnette, escaladant les pentes, au hasard, déboulant parmi les pierres, ou traversant des friches, dont il ne se souvenait pas.

Et, qu'il voulût ou non se l'avouer, le sort de Dominique, à cette heure, pesait bien peu dans ses préoccupations, en regard du compte toujours ouvert entre la morte et lui, sur lequel il s'acharnait à revenir, comme si le résultat eût encore pu s'en trouver modifié.

« Demain... » résolut-il, afin d'écarter l'infime sensation de culpabilité qui s'éveillait en lui comme il ramenait son regard sur la jeune fille. « Après tout, elle demeurera encore tout demain. J'aurais bien le temps... »

Dès le lendemain matin, il pouvait, par exemple, l'entraîner au-dehors pour une promenade, un tour d'inspection... N'importe quel prétexte ferait l'affaire. Mieux vaudrait être seul avec elle. Ce qu'il avait à lui dire ne regardait pas Madeleine.

Même ainsi, l'entretien n'était pas facile à amorcer. Il s'en aperçut vite.

Leur sortie les avait conduits jusqu'aux confins de la Gloriette. Seuls, ils l'étaient bel et bien, au milieu des champs labourés, dans ce matin vif et ensoleillé d'arrière-saison, dépeuplé d'oiseaux.

Mais, depuis un long moment, Hubert n'en cherchait pas moins sans succès la possibilité d'une ouverture.

Regardant, posant des questions sur ce qu'elle voyait, Dominique avançait à son côté, innocemment cantonnée dans des préoccupations d'ordre technique.

« ...Bon Dieu ! non. Pas commode du tout. »

Attaquer par la bande ne donnait rien. Il venait de mettre laborieusement la conversation sur Maurice Royer, puis sur Alban Marquet-Rageac, sans que « la sacrée petite masque » parût le moins du monde se douter du sujet vers lequel il essayait de la diriger.

« Et le fait est que ce n'est pas mon affaire... » Pourquoi fallait-il qu'un accès de sympathie lui eût arraché cette promesse stupide ?

Il se résolut à faire fi des subtilités diplomatiques, au moins pour entrer en matière.

— Avant-hier, à Tarascon, en passant sur le cours, j'ai rencontré Louis Bresson. Nous sommes restés un bon moment ensemble, à causer...

« *Avant-hier...* » Il n'était donc pas en Camargue comme se le figurait Madeleine, nota-t-elle d'emblée, écoutant à moitié la suite.

— ... Un garçon très bien, ce Bresson.

— N'est-ce pas ?

L'approbation de la jeune fille était manifestement sincère ; et, tout aussi manifestement, dépourvue du moindre trouble.

— Il vient souvent, à Mogador ?

— Assez souvent, oui.

L'enquête ne progressait guère. Hubert avait enfoui les mains dans ses poches. Machinalement, il en ramena un briquet et se mit à jouer avec le molette, d'un pouce nerveux.

« *J'ai l'impression qu'elle m'accueille volontiers ; que ma compagnie ne lui déplaît pas ; qu'elle la préfère même à d'autres. Mais... Vous connaissez sa réserve... Je ne parviens pas à démêler si je puis m'ouvrir à elle de mes sentiments, avec quelque chance...* »

Il voyait très bien ce que Louis avait voulu dire.

Mais cette réserve, à laquelle il était à son tour en train de se heurter, comment faire pour passer outre ?

Parfaitement ignorante du tracas qu'elle occasionnait à son oncle, Dominique remarquait l'état des vignes bien labourées, bien fumées, bien sulfatées, la régularité des alignements où ne manquait pas un pied. Quels que fussent les bizarreries et les torts d'Hubert quant à sa conduite dans son ménage, nul n'eût trouvé de critiques à lui adresser sur les soins dont il entourait sa terre.

— Et ici, oncle Hubert, je vois que vous avez fait procéder à des défoncements... Avez-vous en vue de nouvelles plantations ?

Absorbé dans ses ruminations, Hubert s'était laissé distancer. Il ne répondit pas tout de suite.

— Tu dis ?... Ah ! oui, ce terrain... En effet, j'ai l'intention de prolonger...

Tout en entrant dans le détail de ses projets, il continuait à réfléchir.

« Au fond, j'aurais mieux fait... » Madeleine eût sans doute trouvé comment s'y prendre pour susciter les confidences de la jeune fille. Il regretta de ne l'en avoir pas chargée. « Entre elles, ces choses-là... »

Sonder sa nièce lui apparaissait à présent infiniment plus ardu qu'il ne l'avait imaginé en se proposant pour remplir la mission.

« Tout de même, bon Dieu ! une fille qui aime... cela devrait pourtant se voir assez vite ! » Il l'avait cru, du moins.

Celles qu'intéressait sa rudesse taciturne, parfois éclairée d'un sourire inattendu, savaient d'habitude le lui faire comprendre sans équivoque. Mais celles-là n'étaient guère du genre de compagne que l'on souhaite garder près de soi toute une vie.

Et Louis Bresson, à tout prendre, n'avait peut-être

pas, avec Dominique, une partie si simple à jouer qu'on pût le taxer de maladresse ou de discrétion excessives, ainsi qu'Hubert l'avait pensé tout d'abord.

« Bon. En ce cas... Allons-y ! » Puisque la stratégie se révélait incertaine, restait à foncer.

Mais foncer, quand l'adversaire est une enfant... Sensible et secrète comme l'était celle-ci... « Bon Dieu de bon Dieu de bon Dieu !... »

Il s'en souviendrait, de ce guêpier. « ...La première et la dernière fois que je m'en mêle. »

— Dis-moi, mon petit...

Dominique, qui marchait d'un pas ou deux en avant, s'arrêta pour l'attendre.

— Oui, mon oncle ?

Il en profita pour lui poser une main sur l'épaule, comme s'il eût voulu assurer sa prise.

— Tu as déjà pensé au mariage, je suppose ?

Etonnée, elle tourna vers lui un œil où ne se lisait qu'une interrogation circonspecte.

— Mon Dieu !... comment l'entendez-vous ?

Non sans une certaine impatience, agacé de se sentir tellement inhabile à toucher le but, il précisa :

— Je veux dire que tu dois bien envisager, de temps à autre, la possibilité de remettre la charge de Mogador entre les mains de quelqu'un qui te donnerait un foyer et des enfants. Non ?

Etait-ce là seulement ce que pouvait attendre une jeune fille ? La perspective qu'il lui présentait n'était autre, découvrit-il tout à coup, que celle-là même à laquelle, de guerre lasse, un jour, il avait fini par se résigner.

Mais qu'avait à faire Dominique de résignation, quand sa part de joie lui restait encore tout entière à prendre ? Il s'en voulut de son incapacité à lui parler un autre langage.

— Oui, bien sûr, disait Dominique, d'un ton neutre. Mais rien ne presse, n'est-ce pas ?

« A l'âge de cette petite... », la femme qu'Hubert avait aimée était mariée à son frère depuis cinq ans. Et l'avenir, déjà, pour eux trois, ne détenait plus beaucoup de hasards en réserve.

Il appuya davantage sa paume sur l'épaule qu'il sentait se raidir.

— Rien ne presse, en effet. Mais enfin... Quand nous pensons à toi, nous tous qui t'aimons, c'est à regret qu'il nous faut t'imaginer solitaire, au seuil d'un nouvel hiver, dans cette maison immense, avec tant de soucis et si peu de réconfort... Tu es jeune, c'est entendu. Mais la jeunesse est précisément l'époque où le bonheur est le plus nécessaire.

Il parlait, les yeux fixés au sol. Rencontrant un caillou, il l'envoya rouler au loin, d'un coup de pied.

— ... Après... ma foi ! après, on vit sur son acquit. Ou.. si l'on n'a rien eu... — Sa voix s'était un peu éraillée... on prend ce qu'on trouve pour en tenir lieu.

Dominique mordillait l'intérieur de sa lèvre. Elle déglutit un peu de salive amère.

Si son oncle disait vrai, « ...eh bien ! alors... » Il ne pouvait pas le savoir, mais, en ce cas, sa jeunesse, à elle, était déjà passée.

— Mais, oncle Hubert... Que puis-je faire ?

Elle s'efforçait de sourire pour lutter contre les larmes qui mettaient un picotement au bord de ses paupières.

— ... Charmant ou non, aucun prince n'est jamais venu à Mogador me demander d'être sa femme.

Hubert s'arrêta brusquement au milieu du chemin et la dévisagea :

— Ah ! tu crois ça ?... Ou bien, plutôt, essaies-tu de me le faire croire ?

— Mais...

L'étonnement de la jeune fille n'était nullement feint, à ce qu'il semblait. Hubert croisa ses bras et recula d'un pas, comme pour mieux la jauger :

— ... Et, à ton avis, que diable viennent faire tes fidèles zélateurs du dimanche ? Hein ?... Sinon attendre que tu te décides à lancer le mouchoir à l'un d'entre eux ?

— Oh !... fit Dominique, ébahie.

Avant de retrouver l'usage de la parole :

— ... Mais c'est Anne qui les attire !

« Voyons ! » Cela crevait les yeux : Anne. Ou bien, pour certains, les sœurs ou les amies amenées par d'autres, qu'il leur était ainsi loisible de rencontrer. Mais cela, qui ne regardait qu'eux, Dominique ne s'estimait pas en droit d'en faire état.

— Et avant le retour de ta sœur ? insista Hubert, tenace. Vas-tu me soutenir que tu ne voyais personne ?

Pourquoi l'oncle Hubert la harcelait-il de questions pareilles avec cet air de sarcasme ? Dominique se le demandait, éperdue, incapable d'imaginer où il voulait en venir. De son misérable secret refoulé au fond de soi, quelque chose avait-il transparu, que l'on pût s'acharner à traquer ?

— Que je... ? Oh ! mais quoi donc ? Il ne venait guère que... — Elle bafouillait. — ... Toujours les mêmes, vous savez bien. A part les Royer, Laurent et Antoinette et, quelquefois, Alban, ou Louis Bresson...

« Enfin ! » pensa Hubert.

— ... Et Louis Bresson, parfaitement. Je ne te le fais pas dire.

A son tour, Dominique regarda attentivement son oncle, essayant de déchiffrer sur son visage le sens intelligible de cet interrogatoire.

— Comment ?...

Hubert avisa une grosse pierre qui, anciennement, devait avoir servi à un bornage ; et s'assit pour bourrer une pipe tout à son aise, sans cesser de tenir la jeune fille sous son regard.

— Ecoute, ma petite chérie, j'avoue que tu m'étonnes. Sur ce chapitre, les filles sont ordinairement plus futées, je te l'assure. Comment diable n'as-tu pas compris toute seule, depuis des mois, ce que je me tue à te démontrer depuis une heure ?

Elle se tenait debout devant lui, pareille à une accusée.

— Louis Bresson ?...

Son esprit avait un si long trajet à faire pour adhérer à l'imprévu de la conclusion que l'oncle Hubert venait de faire surgir pour elle, comme un prestidigitateur tire un lapin du chapeau où son public avait vu entrer des foulards et des jeux de cartes.

— ... Louis ? Mais... Voyons ! ce n'est pas possible. Qui vous l'a dit ?

— Lui-même, sacrée petite mule ! grogna Hubert. Est-ce que cela va enfin te suffire ?

— Louis...

A peine commençait-elle à s'assimiler la révélation.

— ... Et, ne m'en eût-il pas pipé mot, continuait Hubert, que je saurais quand même, ne fût-ce que par ta tante Adrienne, ce que n'importe qui a pu remarquer depuis Noël dernier, s'il faut l'en croire. C'est-à-dire que ce garçon te mange des yeux. Et qu'il recherche toutes les occasions de se rapprocher de toi.

— Oh ! non.

Mais, à présent, elle n'était plus aussi incrédule.

« Louis... C'est vrai que, l'autre jour... »

Telle circonstance et telle autre lui revenaient, pêle-mêle, à la mémoire, éclairées d'un jour nouveau. Elles lui découvraient un amoureux dans cet homme dont la trentaine se marquait de grandes rides burinant une figure énergique, aux tempes prématurément grises. « Trente ans, au plus. »

Peut-être même ne les avait-il pas encore.

« Et Numa, lui, en a bientôt trente-deux. »

Hubert allumait sa pipe, avec ces gestes, toujours semblables, que Dominique avait si souvent vu faire à son père.

— Il est bien, Louis, reprit-il. Au physique comme au moral, je ne vois pas ce que pourrait lui reprocher quiconque possède un brin de jugeotte.

Il se leva et, passant son bras autour du cou de la jeune fille, lui fit faire demi-tour, dans la direction des bâtiments de ferme.

— ... Avec cela, intelligent, cultivé. Et nanti d'une solide fortune, ce qui ne gâte rien. Enfin, quoi ! ce serait le candidat de la famille, si nous pouvions nous reconnaître le droit de t'influencer. Rassure-toi, ajouta-t-il précipitamment, je n'ai pas cette intention. Quel qu'il soit, le choix que tu feras nous conviendra, j'en suis certain. Je... J'ai simplement promis à Louis de lui dire s'il peut se risquer à te faire sa demande.

— Louis... murmura-t-elle encore. Comme c'est étrange. Jamais je n'aurais deviné...

Elle éprouvait une curieuse émotion, assez douce, assez heureuse. Son sang lui paraissait couler un peu plus vite, comme si, soudain, elle se fût mise à exister davantage, par la seule vertu de cet amour qui lui était révélé.

— Ta sœur aurait pu te le dire, grommela Hubert. Avec le nez de chien truffier qu'elle a toujours eu pour se dénicher des galants, elle aurait tout de suite flairé au moins celui-là, dans ton orbe, si seulement son attention s'était portée sur toi, un peu plus de cinq minutes.

— Mais je vous assure...

— Allons, allons ! coupa-t-il. Et quant à Maurice Royer et...

— Maurice !... — C'était à elle de se récrier. — Mais nous sommes autant dire frère et sœur. C'est tout juste s'il ne me raconte pas le détail de ses frasques ! Maurice !... Ah ! pour le coup !...

L'idée lui parut si comique, si folle, qu'elle éclata d'un rire joyeux et s'assit, à son tour, pour continuer tout son saoul.

Hubert la regardait, déconcerté par cette gaieté qui lui donnait de l'humeur.

— Bon, bon ! Ça va, pour lui. Je te l'abandonne. Mais pour Alban, tu ne vas pas me raconter...

Elle s'arrêta net de rire.

— Le mari de Christine, oh non ! Vous n'y pensez pas, mon oncle.

— Ah vraiment ?... Parce que tu te figures que l'amour a quelque chose à voir avec les conventions, familiales ou autres ?... Qu'il peut se régler dessus, à volonté ?...

L'âpreté subite d'Hubert décontenança la jeune fille.

— Il me semble... Oui, je crois, balbutia-t-elle, s'efforçant vainement de conserver un ton ferme.

« S'il savait... Mon Dieu ! s'il savait comme je mens... »

La vigne avait cédé le terrain aux emblavures. Une pie voletait au-dessus des sillons ensemencés.

Ils marchèrent en silence pendant un long moment. Dominique regardait furtivement ce dur profil assombri, projeté en avant, qui s'interposait sur la clarté toute bleue du ciel matinal.

Hubert, lui, paraissait avoir oublié sa présence.

— Oncle Hubert... hasarda-t-elle enfin, faisant appel à son courage. Vous devez me trouver bien sotte, j'en ai peur. N'est-ce pas ?... Mais ne soyez pas fâché, je vous en prie.

Hubert se tourna vers elle, la considéra un instant, et finit par se détendre.

— Non, mon petit, je ne le suis pas.

Il lui frôla la joue d'une rapide caresse du bout des doigts, honteux de lui-même.

— ... Pas contre toi, en tout cas.

Prenant le bras de la jeune fille, il le passa sous le sien :

— ... Là... Marchons, ou tu vas finir par prendre mal. Il me semble que tu n'es guère couverte.

— Si, si. Ne vous inquiétez pas.

Elle aimait ces attentions bourrues, sous lesquelles se révélait gauchement l'affection de son oncle.

— Viens voir de ce côté. J'essaie des pêchers. Ensuite, nous pousserons jusqu'au champ d'en haut, où j'ai des hommes qui labourent.

Ce fut seulement bien plus tard, comme ils regagnaient la maison, qu'Hubert renoua le fil de leur débat, pour en tirer la conclusion.

— Quand je verrai Louis, que dois-je lui dire ?

La question prit Dominique de court, bien que Louis Bresson n'eût guère quitté l'arrière-plan de ses pensées durant tout le reste de la promenade.

— Mais... Je ne sais pas. Rien. Oh ! rien encore... C'est si nouveau pour moi. Il me faut m'habituer à cette idée.

Passé le petit mur de pierres sèches qu'ils allaient atteindre, commençait le jardin de Madeleine, avec ses massifs, ses plates-bandes, son bassin verdi de mousse, ses allées étroites où l'on circulait difficilement à deux de front.

Hubert s'arrêta devant le portillon de bois, fendillé, décoloré par le soleil.

— Oui, mon petit, je comprends. Mais faut-il lui laisser un espoir ?... Ou, au contraire... ?

Les yeux baissés, Dominique traçait du bout de son pied, sans y prendre garde, des arabesques sur le sol.

Soudain, elle s'aperçut qu'elle commençait à écrire un nom.

« *...Nous essaierons fermement, loyalement... Chacun notre chemin.* »

Elle effaça les jambages qui s'inscrivaient dans la poussière.

« *Le bonheur* », avait dit l'oncle Hubert. « Trop tard, pour le bonheur. Mais, du moins, peut-être... »

— Eh bien !... je vais y penser. Qu'il attende seulement encore un peu. Tenez : jusqu'au printemps prochain.

## 12

Le solstice d'hiver approchait. C'était le triste temps de l'année où les jours raccourcis, à peine sortis de la nuit, s'abattent l'un sur l'autre pour y rentrer.

Novembre s'était écoulé sans que se produisît l'événement vers lequel, à son corps défendant, Dominique reportait de plus en plus fréquemment ses pensées.

De Paris, Anne, au comble de l'excitation, écrivait des lettres dans un style de table des matières :

« *...Hier, dîner chez les Hirigaray. Gaspard a pu converser longuement avec son sous-patron du Quai. Je te raconterai... Nous avons enfin nos places pour "Phi-Phi" : pas très bonnes ; mais il est déjà si difficile de s'en procurer... Demain soir, récital Pavlova aux Champs-Elysées. Nous souperons ensuite chez Maxim's, au champagne : ce sera toujours cela de* *pris, en attendant le régime sec qui nous guette au retour en Amérique. Gaspard a misé cent louis (oui, ma chère ! patriotisme oblige) sur le match Carpentier-Beckett, pour tenir le pari contre son collègue, l'attaché anglais. Pourvu que Carpentier gagne ! As-tu remarqué, aux élections, tous ces gens qui ont voté pour Landru ? Incroyable, n'est-ce pas, cette histoire ? Le préfet de police nous donnait, l'autre jour, de ces détails... Nous sommes allés samedi au fameux Bal Nègre. Très surfait. Quand on connaît Harlem, tu penses... Margot et Emilie m'ont beaucoup parlé de toi. Elles comptent sur ta venue pour le mariage. Nous avons vu, au théâtre des Arts, une curieuse pièce de Lenormand. C'est joué par un couple d'acteurs russes extraordinaires. Johnny va très bien. Mais Nurse est de plus en plus odieuse. Je te rapporterai le Goncourt. Ce Proust fait des phrases d'une longueur !... Et aussi "les Croix de Bois", que Gaspard a beaucoup aimé.* »

On s'essoufflait à la lire.

A Mogador, c'était le grand calme blanc d'un hiver précocement installé. Au froid vif avait succédé la neige. Après avoir tenu sur les chemins rendus impraticables quelques jours durant, elle s'accrochait encore au revers des fossés et dans les creux de terrain, par plaques scintillantes sous le soleil revenu.

Noël s'annonçait.

— Tu viendras le passer avec nous à Fiélouse, avait dit Anne, avant de partir. Mes beaux-parents seront ravis.

Mais Fiélouse était trop voisin de Tourvieille pour Dominique.

Songeant au prétexte qu'il lui faudrait trouver pour justifier son abstention, elle enfonçait ses ongles dans ses paumes.

Et se répétait avec désespoir les exhortations que lui avait prodiguées ce prêtre inconnu, dans l'église où elle était entrée, à Tarascon, ne pouvant supporter l'idée de confesser son tourment au curé de Fontfresque, le bon vieil abbé Bersot, qui lui avait enseigné le catéchisme, en même temps qu'à son frère.

Mais, parfois, aussi, un secours tout neuf lui venait, à l'évocation du sentiment que lui vouait Louis Bresson. Touchée par le tact avec lequel il savait l'envelopper d'une attention jamais importune, et cependant si manifeste, la jeune fille s'étonnait à présent de ne jamais s'en être avisée.

« Louis... » La courtoisie, la bonté, la largeur de vues, l'indulgence, dont il faisait preuve envers les autres, mieux que naguère, Dominique les évaluait à leur prix.

Elle trouvait par moments un refuge dans la douceur apaisante de se sentir aimée par ce garçon à la tranquille assurance, au parler net, au jugement sûr, qui lui donnait meilleure idée d'elle-même. Et, peu à peu, sa pensée se familiarisait, à son insu, avec les perspectives ouvertes par l'oncle Hubert. « Madame Louis Bresson. »

Avec une touche de curiosité, elle essayait tout bas le nom, tel un vêtement qui n'eût pas été fait à ses mesures. « Voyons comment cela m'irait. » Un jeu comme un autre.

Un jeu ? Voire. La sagesse alignait des arguments insidieux : vivre auprès de Louis n'offrirait à coup sûr nulle difficulté. Sur bien des points, leurs goûts étaient semblables. Les terrains d'entente ne leur manqueraient pas. Il était aisé d'imaginer, comme autant de tableaux d'une intimité quotidienne, l'ambiance plaisante des repas pris face à face, l'agrément des veillées, le repos, enfin, que ce pourrait être, certains jours —

quand la fatigue, quelquefois, se fait si pesante — de s'en remettre à lui pour les décisions à prendre, les ordres à donner.

Moins aisé d'admettre la réalité des baisers et des gestes de l'amour, auxquels elle devrait se soumettre.

Et pourtant... « Pourtant, je ne veux pas me dessécher durant toute une existence stérile. Je veux vivre comme les autres femmes. Avoir un foyer. Mettre des petits au monde, moi aussi. Les voir grandir...

Pourquoi pas Louis, en ce cas ?

« Il n'est pas laid. Bien au contraire. Oncle Hubert a raison. Assez beau, même... », avec son regard franc, sa figure régulière, aux méplats bien dessinés où la barbe poussait vite, « ...sa bouche... ».

Cette bouche, Dominique ne parvenait pas à se la représenter. Le mot seul, pour elle, évoquait aussitôt la caresse pulpeuse et pénétrante d'une autre bouche fouillant la sienne avec une lenteur qui se changeait en frénésie pour l'emporter au plus creux du vertige.

Et l'approche de Louis, son pas sur le gravier ou dans le hall, ne suscitaient pas l'ombre d'une émotion en elle.

Comment, par quel mécanisme, se met-on à aimer ?

« Si Numa n'avait pas existé... » Probablement alors Louis eût-il eu toutes ses chances.

« — *Cette année, viendrez-vous au Cigalier, pour Noël ?* »

« — *Je pense que oui.* »

Elevant vers ses lèvres la main que lui tendait Dominique, pour mettre un baiser léger sur le poignet découvert, il avait dit, avec un sourire heureux :

« — *Alors, pour moi, en tout cas, ce sera vraiment fête.* »

Un sourire qui avait ému la jeune fille.

Mais que contenait donc de plus celui de Numa,

pour que le seul souvenir suffît à ressusciter en elle cette vibration folle ? « Louis est plus jeune. Plus mince. Plus grand. Au moins aussi bien... Mais Numa... » En vain s'épuisait-elle à chercher des comparaisons qui n'expliquaient, ni ne modifiaient rien.

L'irruption de Laurent Vernet l'arracha au cercle dans lequel elle se débattait.

En le voyant paraître au seuil du salon, derrière Victor, elle repoussa brusquement le tabouret sur lequel elle se tenait accroupie près du feu, à son ordinaire, et se précipita au-devant de son cousin.

— Laurent !... Par exemple !... Que se passe-t-il ?

— Mais... rien de particulier.

La réponse laissait percer une certaine gêne.

L'on était au mercredi. Laurent et sa sœur, selon leur habitude qui, depuis quelques mois, tendait à devenir immuable, avaient passé à Mogador l'après-midi et la soirée du dimanche précédent. Une visite au milieu de la semaine rompait avec les rites.

A tel point que Dominique, ayant fait asseoir le jeune homme, ne put retenir l'interrogation qui assiégeait son cerveau.

— Des nouvelles de Tourvieille ?

Il dit, l'air étonné :

— Mais non. Pourquoi ?... Aucune, que je sache.

Et ajouta innocemment :

— ... Alice doit continuer à couver.

Dominique hocha la tête. Tout en comptant subrepticement sur ses doigts, une fois de plus.

Laurent ne lui permit pas d'achever son éternel calcul.

— Ecoute : je suis venu parce que... j'avais à te parler. Oui, euh... Tu... Tu as sans doute remarqué que, ces temps-ci, je... Enfin, c'est-à-dire...

Il était rare de le voir perdre son aplomb. Dominique eut l'intuition de ce qu'elle allait entendre.

— Remarqué... quoi donc ? demanda-t-elle, doucement, afin de l'aider.

— Eh bien ! euh... Voilà. C'est à propos d'Henriette Royer.

« Bien sûr », eut-elle envie de dire.

Mais elle se contenta de pousser vers lui le coffret à cigarettes, sans le perdre du regard.

— Non, merci. Tu sais bien que...

— C'est vrai. Pardonne-moi, murmura-t-elle, rouge de confusion d'avoir pu oublier que le tabac, depuis la guerre, était un plaisir interdit à son cousin.

Par la porte demeurée entr'ouverte, les chiens s'insinuaient, avides d'offrir à ce familier de la maison une démonstration de sympathie.

Laurent ne leur marchanda pas la sienne, en retour.

A le voir, penché, distribuant les caresses et les subissant en retour, sans marquer d'impatience, Dominique pensa que la diversion ne devait pas le contrarier outre mesure, qui retardait d'autant le moment épineux des confidences.

Enfin, après une ultime claque cordialement assenée sur l'arrière-train de *Nahum*, le jeune homme se redressa.

— Je suis allé à Lyon, la semaine dernière, consulter le professeur Courmont.

Devant l'étonnement muet de Dominique, il avoua :

— ... Oui, je n'en avais parlé à personne. Tu comprends, je voulais savoir d'abord ce qu'il allait me dire. Eh bien ! il me trouve très amélioré. Son avis, à lui, est formel : avec des précautions, je puis tenir le coup aussi longtemps que n'importe qui. En outre, ce que j'ai n'est nullement contagieux. Il est même tout à fait d'accord pour me permettre, le cas échéant, d'avoir des gosses. Pour eux, comme pour moi, il suffirait de redoubler de vigilance. Ainsi, tu vois...

Laurent avait commencé de parler, les yeux fixés sur le feu. A présent, il regardait sa cousine, avec une expression qui contenait à la fois de l'inquiétude et du défi.

— J'en suis tout à fait persuadée, dit Dominique, employant sa même douceur.

Elle attendit qu'il continuât.

Mais la suite tardait.

— Seulement... reprit-elle, se jetant au cœur du sujet avant de l'avoir voulu.... N'est-ce pas plutôt à Maurice que tu devrais t'adresser pour...

Laurent l'interrompit :

— A Maurice ? Jamais de la vie !... Ou, du moins, pas tout de suite. On est de grands copains, Maurice et moi. Tu le sais. Mais, vois-tu...

Il repassait encore une fois dans sa tête, pensa Dominique, les données du problème qui le préoccupait, avant de conclure :

— Non, je parlerai à Maurice plus tard. Et seulement si... Enfin, cela dépendra de ce que, toi, tu vas pouvoir me dire.

Depuis le printemps dernier où, dévoré de souffrance et peut-être aussi d'orgueil à vif, supposait-elle, son cousin se heurtait à l'indifférence de Marguerite, Dominique ne se souvenait pas de l'avoir vu aussi nerveux.

— Moi ?

Cette complicité, qu'il requérait d'elle, ne lui plaisait guère. Laurent ne pouvait-il se rappeler qu'elle était la sœur de François ?

Mais, « bien sûr », pour lui comme pour Maurice, cela ne devait pas constituer un obstacle.

— Eh oui. Tu connais Henriette mieux que personne. Si elle se confie, ce sera certainement à toi, de préférence. Tu dois pouvoir, par conséquent...

Voilà donc comment ils étaient, timorés, anxieux et fébriles, lorsqu'ils aimaient sans pouvoir s'appuyer sur la certitude d'un amour partagé. Aussi pitoyables qu'elle-même avait jamais pu l'être.

Elle se représenta le dialogue de Louis Bresson et d'Hubert. La pensée l'attendrit de cette faiblesse d'un grand diable d'homme comme Louis, suspendu à la réponse qu'elle consentirait à lui faire, implorant le secours de l'oncle Hubert, tout comme Laurent venait à présent solliciter le sien.

La dépendance dans laquelle s'était mis Louis vis-à-vis d'elle la relevait pour la première fois, depuis longtemps, de cette humiliation où le chagrin tient prisonniers ceux qu'il écrase, comme pour les réduire plus sûrement à merci.

Elle éprouva un élan de reconnaissance envers lui.

Et, par contrecoup, sourit à Laurent.

— Explique-toi.

— Oh ! c'est simple.

Il n'apparaissait point que cela le fût autant que voulait bien le dire le jeune homme, à en juger par ses hésitations.

Non sans chercher ses premiers mots, il finit par se lancer :

— Faisons le point, veux-tu ? Et d'abord, en ce qui me concerne. Tu me connais : je ne suis pas le mauvais bougre. Et il me semble que je puis rendre une femme heureuse. Et je puis aussi lui assurer une vie large. La Sarrazine ne vaut peut-être pas Mogador, mais c'est tout de même un fameux morceau de bonne terre. Famille ?... Tu la connais aussi. Alors, passons. Oui, mais, d'un autre côté, je suis un invalide. Pensionné à quatre-vingt-cinq pour cent. Et il faut bien se dire que l'Etat... ne lâche... ses sous qu'en... connaissance de cause...

La quinte qu'il n'avait pas encore eue depuis qu'il était là venait de le prendre. Elle le secouait brutalement, hachant sa phrase, comme pour souligner, s'il en eût été besoin, le passif du bilan qu'il était en train de faire.

— ... Rien qui ressemble moins... à une assemblée de... Pères Noël... qu'une commission... de médecins... militaires, je... te le garantis.

Dominique souffrait pour son cousin, chaque fois que cette toux commençait à le martyriser devant elle. Honteuse comme d'une indélicatesse, d'être, malgré soi, témoin du combat qu'il menait, elle alignait à son insu sa propre respiration sur les sifflements de celle de Laurent, entrecoupée, haletante.

Bien qu'il eût tenté, d'abord, de n'en pas tenir compte, la crise, parvenue à son paroxysme, l'obligea à se taire.

Puis, elle décrut, enfin, au soulagement de Dominique.

Laurent tamponna du coin de son mouchoir les larmes d'irritation que la violence de l'accès lui avait fait monter aux yeux.

Et reprit :

— Tu vois. Il y a cela, aussi, avec quoi je dois compter. Et peut-être bien qu'une fille à qui rien ne serait arrivé ne pourrait pas accepter de s'en accommoder.

— Laurent... souffla Dominique, la gorge serrée.

Avançant une main, elle effleura celle du jeune homme, pendante sur l'accoudoir du fauteuil.

— Mais oui, mon chou.

Il prit appui sur ses poignets pour se carrer d'un air dégagé dans son fauteuil :

— ... Il faut voir les choses en face. Rien de pire que les illusions.

La pitié qu'elle ressentait causait comme une douleur sourde à Dominique.

« Pourvu qu'il ne... » Mais il était maintenant bien trop absorbé par son raisonnement pour s'en apercevoir.

— ... Vois-tu, Henriette... Elle aussi, en un sens, s'est fait descendre en flammes. Cette guerre, nous en sommes sortis aussi touchés l'un que l'autre ; et aucun de nous deux ne l'ignore. Cela devrait faciliter notre entente. Je ne lui demanderai rien qu'elle ne puisse me donner. J'y ai beaucoup réfléchi, depuis que nous nous rencontrons ici. Sa... sa gentillesse, son affection, son égalité d'humeur, sa... son charme...

La pudeur soigneuse avec laquelle il s'appliquait à choisir ses expressions achevait d'émouvoir Dominique.

« Et comme il en a rabattu... », se dit-elle, avec compassion.

Rencontrant son regard, Laurent y puisa un encouragement à poursuivre.

— ... Enfin, tu sais bien... Tout ce qui fait qu'on ne peut s'empêcher de...

« De l'aimer », complétait mentalement Dominique.

Mais Laurent biaisa encore :

— ... De l'apprécier...

Se levant, il se mit à marcher de long en large, entre la fenêtre et la cheminée.

— ... Oui, ce sera déjà beaucoup, pour moi, si je puis obtenir qu'elle me les consacre. Vois-tu, telle que je la connais à présent, je suis convaincu qu'elle ne se consolera jamais tout à fait. Eh bien ! cela, je puis le comprendre. Mais n'importe quel type, physiquement et moralement intact, ne le pourrait pas ; il estimerait normal de s'arroger sur son cœur à elle beaucoup plus de droits que je n'en réclamerai. Moi, je la prendrai comme elle est, avec le souvenir de François dans ses bagages. Et je ne lui donnerai jamais lieu de penser ni qu'elle me l'a sacrifié, ni qu'elle me sacrifie. Comprends-tu ?

Les poings sous son menton, Dominique l'écoutait profondément.

Ces raisons, qu'il lui exposait, apportaient à Henriette une solution assez semblable à celle qu'elle-même envisageait pour soi.

Elle acquiesça de la tête.

Peut-être, songeait-elle, mélancolique, le temps des longues amours heureuses, qu'avaient connu ses parents après sa grand-mère, s'était-il éteint avec eux. Ce monde, à peine sorti de la guerre, au-dessus duquel roulait encore un tumulte d'orages, ne tenait sans doute plus en réserve que de tristes petits bonheurs de rechange, bien humbles, à l'usage de son peuple de survivants.

Laurent vint se planter devant elle.

— ... Et comprends-tu aussi pourquoi c'est à toi, tout d'abord, que je voulais m'en ouvrir ?

Oui, Dominique croyait le comprendre.

De nouveau, elle se contenta de lui faire un signe d'acquiescement.

— ... Alors, conclut-il, je suppose que tu seras d'accord pour me donner un coup de piston auprès d'Henriette ? Pour peu que tu le veuilles, je suis presque sûr que tu pourras la convaincre. Et il n'y a que toi qu'elle écoutera.

« Il n'y a que toi... » Maurice aussi le lui avait affirmé, presque dans les mêmes termes. Il fallait que ce fût vrai, s'ils s'en remettaient à elle, eux deux, les meilleurs copains de François.

Elle en éprouva une étrange bouffée de joie et de fierté rétrospective. Pour lui, pour eux tous, elle avait donc toujours eu plus d'importance qu'ils ne le lui avaient laissé croire ?

Comme s'il avait lu dans ses pensées, Laurent reprit :

— Tu me conseillais de m'adresser à Maurice, tout à l'heure ? Mais tu sais bien qu'il n'a aucune influence sur sa sœur. Au contraire, serais-je tenté de dire. Observe-les, comme je l'ai fait. Il est maladroit avec elle, d'une façon incroyable ; et elle l'impatiente. Maurice est fort, et ça ne l'aide pas à comprendre les faibles. Parce qu'il s'est battu comme un forcené contre l'infirmité dont on le menaçait, jusqu'à remporter une victoire complète, il se figure que chacun doit être taillé sur le même modèle, et que tout n'est qu'une affaire de volonté. Mais si on l'avait amputé d'une jambe, sa volonté n'aurait jamais suffi à la faire repousser. Tout au plus lui eût-elle permis de se servir de l'un de ces fichus machins orthopédiques, si perfectionnés que la plupart des mutilés ne parviennent pas à les supporter.

Dominique sourit. C'était là, exactement, Maurice, avec les motifs qu'il vous offrait de l'admirer, et aussi, parfois, de le trouver « impossible ».

— ... Si j'allais le lui demander, continuait Laurent, dont la loquacité ne tarissait plus, je suis certain qu'il tarabusterait Henriette, par amitié pour moi ; tant et si bien qu'elle en viendrait vite à me prendre en grippe. Toi, tu sauras lui parler. Et, si tu le fais, ce sera un peu comme... comme si...

« Comme si c'était ton frère. » Voilà ce qu'il eût voulu dire, et qu'il hésitait à énoncer aussi nettement, songea Dominique.

Elle appela François, au fond de son cœur, comme

on appelle à l'aide, pour attiser la révolte qu'elle n'éprouvait plus.

Mais, de François, seule lui restait une image floue qui ne parvenait pas même, en cet instant, à se reformer en elle, malgré ses efforts.

Pour la première fois, la pensée osa naître dans son esprit qu'au regard de son frère, les sentiments ou les passions à l'échelle humaine, désormais, ne signifiaient plus rien.

Laurent était retourné vers la fenêtre.

— Tiens, il pleut, constata-t-il.

Son jeu abattu, il attendit, respectueux des réflexions de sa cousine, regardant sans les voir, derrière la vitre, les arbres luisants et nus, et la pelouse détrempée où les dernières feuilles tombées des noisetiers, recroquevillées par le gel, commençaient à pourrir.

Ses mains jouaient fiévreusement à l'intérieur de ses poches, avec leur contenu.

Dominique vint le rejoindre, et s'appuya contre sa manche.

— Laurent...

— Oui ? dit-il, sans se retourner.

— Je veux bien essayer. Je ferai de mon mieux, je te le promets.

Laurent pivota brusquement, et la saisit aux épaules, avec chaleur.

— Je le sais, ma petite Nique. Du moment que tu acceptes, pas besoin de me le promettre.

Il la payait d'avance, par cette confiance, pensa-t-elle en le remerciant d'un sourire.

Nul ne confrontait des dates, ni ne s'absorbait dans des déductions sans cesse recommencées. Nul ne pouvait songer à s'étonner. Sinon Dominique, seule.

« *Il* est rentré en mars, et c'est alors qu'*elle* lui a écrit. Il fallait donc que cela remontât au plus tard à la mi-février, pour qu'*elle* s'en fût aperçue... Donc, *elle* aurait dû, depuis au moins cinq semaines... D'ailleurs :
— *Mon enfant va naître au début du mois prochain.* »
C'était Numa, lui-même, qui le lui avait dit, à Paris.

L'envie la consumait de savoir s'il existait une explication médicale qui justifiât pareil retard.

Mais la question n'était pas de celles qu'une jeune fille pût se voir autorisée à poser, s'il s'agissait d'autre chose que de la naissance d'une jument, d'un veau, ou d'une portée de chiots. Le docteur Royer, malgré sa bonhomie, ne se fût jamais prêté à un interrogatoire sur ce sujet. L'eût-il admis, d'ailleurs, que Dominique n'eût pas trouvé le moyen de l'entreprendre sans se trahir.

A mesure que les jours s'ajoutaient aux jours, sans rien amener, elle sentait croître en soi un tourment qui s'exaspérait. Cette attente, qu'elle retrouvait dès son réveil, comme un fardeau déposé la veille, bien en vue, au pied de son lit, pesait sur chaque moment de sa journée. Tantôt sournoise, reléguée de force à l'arrière-plan, et tantôt envahissante, elle se substituait insensiblement aux préoccupations habituelles de Dominique.

— Bon ! ça y est. Où est-elle encore partie ? s'indignait Maurice. Enfin, Coco, tu m'écoutes, oui ou non ?

— Bien sûr, je t'écoute.

— On ne le dirait pas. Alors, qu'est-ce que tu en penses ? Tu le sais, toi, ce qu'elle peut avoir ?

— Ce que... ?

— Eh bien ! oui, quoi !...

Maurice s'impatienta. Visiblement, Dominique n'avait aucune idée de ce dont il venait de l'entretenir.

— ... Hiette : c'est d'elle que je te parle. Pas possible, tu dors !

Assez mortifié, il haussa les épaules. Mais revint néanmoins à la charge :

— ... Je te disais que, ces derniers temps, elle est bizarre.

Leurs chevaux sabotaient paisiblement sur le chemin du barrage, où les pluies d'automne avaient rabattu la poussière.

— Bizarre ? redit Dominique. Non, je ne trouve pas. Avec moi, elle est toujours la même.

Pour elle, il n'était pas question de bizarrerie. Simplement, après une longue éclipse, Henriette semblait reprendre pied dans l'existence. Mais si Dominique pensait en connaître la raison, elle n'avait aucune envie d'en discuter avec Maurice, dont un commentaire eût peut-être suffi pour anéantir les velléités qui s'éveillaient chez sa sœur.

« — *Mais c'est ridicule. Nous nous sommes si peu vus... Du reste, tu sais bien que je ne veux pas même envisager de donner à quelqu'un d'autre la place de...* »

« N'empêche... » qu'Henriette l'avait finalement laissée parler. Qu'elle regardait à présent Laurent avec plus d'intérêt. Qu'elle avait modifié sa coiffure. Qu'elle avait accepté une invitation à la Sarrazine, où Maurice et elle-même devaient accompagner Dominique et les Barcarin, au mois de janvier, sitôt les fêtes passées.

— Bizarre n'est pas le mot. Elle est comme une malade qui commence sa convalescence. C'est ce que tu souhaitais, non ? — Dominique lança un coup d'œil ironique à Maurice. — Mais si tu n'es pas capable de reconnaître qu'elle va mieux...

— Vous autres, les filles... marmonna Maurice, avec une mimique exprimant sans équivoque le peu de goût qu'il ressentait pour les complications chères à l'espèce.

— ... Avec vous, on ne sait jamais sur quel pied danser.

« *...Les filles... on ne sait jamais...* » Et si Alice... « Un mensonge... ? Mais pourtant... » C'était Anne qui écrivait, l'autre jour : « *La femme de Numa est très déformée. Grosse comme elle l'est déjà, comment sera-t-elle en février ? Pour moi, je me demande si ce bébé va tarder jusque-là.* »

Ses mains se crispèrent sur la bride.

La jument réagit aussitôt.

— Hé là ! Qu'est-ce qui te prend ? cria Maurice, laissé sur place. Ah ! tu veux une course ? Attends un peu ! Je vais t'en faire manger, de la poussière.

Quelques instants après, effectivement distancée, *Milady* galopait dans le sillage du *Cosaque* lancé à fond de train, en une foulée puissante, ébranlant le sol sous ses sabots.

Ils ne s'arrêtèrent que parvenus au fond de la trouée du barrage, devant la pente abrupte hérissée de rocailles qui perçaient sous les amas d'aiguilles de pins.

— On l'escalade ? proposa Maurice, intrépide.

— Tu es fou ! Pour nous rompre le cou... ? En cette saison où ça glisse comme du verre.

Leurs chevaux soufflaient bruyamment.

— Bah ! on s'en remet. La preuve... dit Maurice, campé, bien en selle.

C'était vrai, constata Dominique. Il éclatait d'optimisme et de santé reconquise.

De son côté, Maurice l'examinait.

— On peut dire que l'exercice te donne des couleurs. Si tu te voyais...

Ils revinrent vers le bord de l'eau qu'ils se mirent à longer d'un petit trot confortable.

Maurice reprit :

— Une sortie comme celle-ci, de temps en temps, voilà ce qu'il faudrait à ma sœur, pour la remettre dans son assiette. Quand je pense que même François n'a jamais pu venir à bout de vaincre cette frayeur idiote qu'elle a des chevaux !...

Il demeura silencieux, un moment.

Dominique était retournée à son obsession, lorsqu'il dit encore :

— Tu sais, je me suis quelquefois demandé comment aurait marché leur ménage, et s'ils auraient été heureux ensemble. L'amour, c'est bien beau, mais ils avaient si peu de chose à mettre en commun, à part ça.

Dominique fit un geste d'ignorance.

Naguère, le choix de François, bien qu'il l'eût comblée d'aise, avait été, pour elle aussi, une surprise. Mais, de ce François amoureux d'Henriette, fût-il demeuré près d'eux toute une vie durant, ni Maurice ni elle-même n'auraient probablement jamais rien su.

— Enfin... conclut Maurice, la question des chevaux, tout au moins, n'aura sans doute pas grande importance, si elle...

Il négligea d'achever sa phrase.

La jeune fille tourna vers lui un œil scrutateur. Que savait-il, au juste ?

— Si elle..., disais-tu ?

Sans répondre, il lui adressa un regard narquois. Qui se prolongea, causant à Dominique un certain malaise.

— Dis donc, Laurent est bougrement chipé pour elle, pas vrai ? Tu ne crois pas que... hein ?

— Tiens ? je ne l'avais pas remarqué, soutint effrontément Dominique, piétinant toute vraisemblance, non sans un soupçon de moquerie qui perçait à son tour dans sa voix.

Maurice ne se laissa pas démonter :

— Pas possible ? Alors, c'est que je me suis trompé. Eh bien ! tant pis !...

Sa grimace laissait supposer qu'il n'en était pas particulièrement convaincu.

Le soleil avait déjà quitté la petite gorge boisée. La lumière prenait la teinte grise du soir.

Dominique sentit la fraîcheur s'insinuer dans son dos.

A sa botte, Maurice avançait, un vague sourire aux lèvres, sifflotant un air guilleret.

— Allez, viens. Avec cette humidité, je sens que je m'enrhume, ici, lui jeta-t-elle, non sans humeur, saisie d'une hostilité irraisonnée.

Sans rien répliquer, il se contenta de mettre le *Cosaque* à l'allure que venait de prendre *Milady*.

Etrange, pensait Dominique, que l'on pût ainsi se décomposer en plusieurs personnages.

Echanger des piques avec Maurice, discuter avec Vigouroux des travaux en cours, raisonner Henriette, converser avec l'un, rire avec l'autre, ne se révélaient pas incompatibles avec la grande peine cachée qu'il lui fallait porter.

Et les assauts de cette fièvre d'attente que l'impatience suscitait en elle par brusques bouffées, lorsque son esprit retournait vers Tourvieille, ne l'empêchaient pas de jouer tous ses rôles avec la même sincérité.

Comme l'année précédente, — « Mon Dieu ! se

peut-il qu'un an se soit écoulé ?... » — elle quitta Mogador, la veille de Noël, en compagnie d'Hubert et de Madeleine, pour se rendre au Cigalier, où les attendaient le même accueil, et les mêmes convives.

« Un an seulement... » depuis l'époque où elle se préparait avec tant de ferveur à l'éblouissement du retour de Numa.

Mais elle pouvait se le remémorer, et, en même temps, répondre gaiement à Louis Bresson qui ne la quittait guère, sous les regards apparemment détachés de tous les leurs, aux aguets.

Rien, en Louis, qui ne lui fût sympathique ; et jusqu'à la retenue qu'il observait vis-à-vis d'elle, déférant avec délicatesse à la volonté dont Hubert lui avait fait part.

— C'est donc entendu. Il attendra jusqu'au printemps pour se déclarer, comme tu l'as demandé. De ton côté, pense à la réponse que tu devras alors lui donner. Je n'ai pas besoin de te dire, n'est-ce pas ? qu'il mérite d'être traité honnêtement, quel que soit le sens de cette réponse.

— Bien sûr.

Tout le monde, se dit-elle, méritait d'être traité honnêtement. Et l'oncle Hubert, que les coquetteries des femmes paraissaient toujours exaspérer si fort, eût cependant dû rendre justice à la sienne, et la récompenser par un peu plus d'égards d'être exempte de ce travers.

— Tu y penseras, c'est promis ? avait insisté Hubert.

Dominique y pensait.

Mais elle y eût pensé plus efficacement, croyait-elle, si, balayant cette inconcevable, absurde, miette d'espoir auquel, en dépit de tout et d'elle-même, se raccrochait son instinct, l'existence de l'enfant de Numa fût devenue un fait acquis.

« Mais qu'il naisse donc !... Vite !... Qu'attend-il ? »

Après cela, le dernier fil qui la retenait à son cousin serait enfin rompu, elle en était certaine.

« Et Louis... » Peut-être ne serait-ce pas tellement impossible, sinon, bien sûr, de lui vouer une passion comparable, au moins de s'attacher à lui.

Elle y songeait, assise près du jeune homme, sur la banquette avant de la voiture découverte, au retour de la messe des Baux.

Le profil de Louis penché sur le volant, dans les lacets de la montée vers le Cigalier, se découpait en noir contre la phosphorescence du ciel empoussiéré d'étoiles. Un profil net, plutôt romain que grec, qui évoquait la franchise et la force.

Bien emmitouflée sous la couverture écossaise dans laquelle, avant de démarrer, son compagnon l'avait soigneusement bordée, Dominique le considérait sans déplaisir, en respirant l'air froid qui lui fouettait le visage.

Nul mystère dans les regards qu'il posait si souvent sur elle. Nulle incertitude dans ses intentions. Le jour où Dominique le lui permettrait, il serait là, sur-le-champ, prêt à lui prodiguer suffisamment d'amour pour qu'elle pût trouver sa sauvegarde et sa paix au foyer qu'ils bâtiraient ensemble, dans un respect réciproque.

« Et la paix, enfin... La paix... » N'était-ce pas plus sûr que le bonheur ?

— A bientôt. A Mogador, pour l'An nouveau ! dit Louis, prenant congé, le surlendemain de la fête, comme Charles Guillermin s'apprêtait à la ramener chez elle.

Accoudé à la portière, retenant la main de la jeune

fille dans la sienne, il la voyait partir à regret, et s'en cachait mal.

C'était, aussi, bien à contrecœur que Dominique, ce matin-là, abandonnait la quiète douceur du Cigalier. Mais elle devait regagner en hâte la maison, afin d'accueillir les Barcarin qui rentraient le jour même de Camargue.

La perspective lui pesait de cette réception décidée par Anne, dès avant son départ, pour célébrer le Jour de l'An à la mode américaine.

— Je ne veux que des jeunes, à ma soirée, avait décrété celle-ci, en élaborant sa liste d'invitations.

Dominique s'était mordu les lèvres pour ne rien objecter, devant ce mépris flagrant de toutes les traditions familiales.

— ... Mais ne fais donc pas cette tête ! C'est surtout pour toi que je tiens à la donner, bécassine !... A-t-on jamais vu une fille de ton âge renâcler devant une bonne occasion de danser, de flirter, enfin, quoi ?... de s'amuser ! Ma parole, tu rendrais des points à Sabel, pour l'austérité. Tu ne veux tout de même pas te faire bonne sœur, toi aussi, j'espère ?... Allons, songe plutôt à te commander une toilette convenable. Après vingt mois, tu peux bien te remettre en couleur, que je sache ?... Ou alors, tiens, prends-la blanche, puisque le blanc te va bien. Moi, je serai en vert amande. C'est ce qui met le mieux en valeur mes yeux et mes cheveux.

Arrivée d'Avignon par la poste, le matin même, la robe blanche était là. Dominique trouva le carton posé sur le lit, lorsqu'elle pénétra dans sa chambre.

— Voyons, tu aurais dû l'ouvrir.

Elle prit la tunique de panne garnie d'effilés de soie que Mathilde achevait d'extraire d'un brouillard de papiers de riz, et, la plaquant tant bien que mal sur son corps, se dirigea vers la psyché pour juger de l'effet.

Mathilde la suivit, en extase.

— Vous semblerez une mariée, là-dedans, ma drouleto [1]. Manque plus que le voile et la couronne.

Dominique sourit tristement à son reflet, et restitua la robe à sa vieille bonne.

— Tiens, va la pendre dans le placard.

« *...Le voile et la couronne...* Et aussi le mari. »

Anne l'inspecta longuement, le soir de la Saint-Sylvestre, lorsqu'elle la vit descendre, quelques minutes avant l'heure fixée.

— Eh bien ! mais... dis donc !... Et c'est à Avignon qu'on t'a fabriqué ça ? Ma foi ! tu dirais qu'elle sort de chez Poiret, les gens ne demanderaient qu'à le croire. La mienne, qui en vient, et m'a coûté une petite fortune, n'est pas...

— Oh ! la tienne est très belle, coupa Dominique, avec élan. Et toi, tu es... merveilleuse !

Elle contempla de nouveau sa sœur, et répéta :

— ... Oui, merveilleuse.

Anne sourit, se pencha pour examiner de plus près son sourire dans la glace, recula ensuite pour un ultime coup d'œil d'ensemble, en ouvrant son éventail de plumes d'autruche, et, satisfaite, pivota sur elle-même avec une grâce langoureuse d'un naturel soigneusement mis au point, pour caresser du bout d'un doigt ganté la joue de sa sœur :

— Tu sais, mon chou, tu n'es pas mal, toi non plus.

Que dirait Louis, tout à l'heure, se demanda Dominique, avec une certaine curiosité, tout en suivant son aînée vers le salon où les attendait Gaspard sous la boule de gui enrubannée suspendue au lustre.

1. *Drouleto :* petite fille.

Louis ne portait jamais à ses toilettes cette attention soutenue de Numa, à qui nul détail n'échappait.

« Numa... » Comment l'eût-il trouvée, lui, s'il avait pu être là ? Dominique eût-elle décelé, au fond de ce regard vert, aussi peu déchiffrable que celui d'un chat, la minuscule étincelle dorée qui, naguère, entrevue l'espace d'un éclair, lui faisait battre le cœur plus vite ?

Mais Numa ne viendrait pas.

— Si tu voyais cette pauvre Alice, tu comprendrais qu'il ne peut être question pour elle, en ce moment, de s'exhiber dans une soirée. Surtout avec la mode actuelle qui, Dieu sait ! ne flatte guère les femmes dans son état. Au fait, sais-tu qu'Agnès, elle aussi, entame... Mais chut !... Elle n'en est qu'au tout début. Et elle ne l'a encore dit qu'à moi. Aussi, motus, tout à l'heure, à moins qu'elle ne t'en parle ; ce qui m'étonnerait. Lucien viendra sûrement, s'il a pu se débrouiller pour obtenir de son capitaine une permission de quarante-huit heures. Tu penses bien...

Anne pouvait continuer son babil. Sa sœur n'écoutait plus. « Un autre enfant... Agnès. »

Encore un bébé, duveteux, tiède, potelé, aux membres pleins et lisses, tendre à toucher. Comme celui d'Anne qui dormait là-haut, dans l'ancienne chambre d'enfants de Mogador.

Elle avait faim, — une faim dévorante — de pétrir des cuisses dodues, des menottes garnies d'ongles de poupée, de poser ses lèvres sur des plis et des fossettes de chair blanche et rose, d'emmailloter, de baigner, de bercer sur son cœur une douce chose vivante, faite à sa ressemblance, bien à elle, à qui suffirait à peine tout l'amour qu'elle aurait à lui offrir.

A quoi bon attendre davantage ? « ...Si Louis peut me le donner, cet enfant... »

Il l'eût demandée sur-le-champ, qu'elle eût acquiescé, avec reconnaissance.

Mais, déjà, les premiers arrivants envahissaient la maison, amenant avec eux un brouhaha d'exclamations, de compliments, et de rires.

— Tu en jettes, ce soir, dis donc, Coco. Et moi, comment me trouves-tu, en smoking ? Faut que je « représente », à présent que je suis le châtelain de Saint-Ange, pas vrai ? dit Maurice.

Henriette, à son tour, la sollicitait :

— Dis-moi, crois-tu que j'aie bien fait de choisir cette teinte, pour ma robe ? Maman a tellement insisté pour que je la prenne bleue.

Un bleu clair comme celui de ses prunelles.

Dominique n'avait pas encore revu son amie vêtue de couleur, depuis la mort de François.

Elle n'eut guère le loisir de se demander si elle en éprouvait de la peine, devant la rougeur tremblante d'une honte qu'il fallait à tout prix effacer du front et du cœur d'Henriette. Et n'était-ce pas ce que François eût souhaité qu'elle fît ?

— Mais bien sûr, chérie. Marraine a eu mille fois raison. Tu es ravissante. Attends-toi à ce qu'on te le dise.

Les Marquet-Rageac arrivaient, avec Mireille du Roveret et ses frères, en même temps que Claire et Maxime Guillermin, escortés de Louis Bresson.

Dans le salon, le quatuor de musiciens engagés par Gaspard préludait, aux alentours du la, par une gamme de grincements et de couinements alternés.

Vers une heure du matin, les politesses accomplies, des couples commencèrent à se former au gré des inclinations...

Jusque-là, Dominique avait dansé avec l'un ou

l'autre des invités. Et c'était Francis Lallier qui, au milieu d'un shimmy, l'avait embrassée sous le gui, le premier des douze coups sonnant.

Dépêchée par Anne auprès de Victor, afin de lui transmettre les dernières directives concernant le souper, la jeune fille découvrit au passage, parmi certains qui s'étaient repliés, à deux, vers la pénombre favorable du vestibule, Maurice et Claire, assis, serrés l'un contre l'autre, sur une marche de l'escalier.

Du côté opposé, elle venait de voir Henriette, causant paisiblement avec Laurent, un peu à l'écart, dans la bibliothèque dont on avait ouvert à deux battants la porte donnant sur le salon.

Le regret la traversa de n'avoir pas Louis Bresson pour l'accompagner, à cet instant même. Louis, avec sa bonté attentive, comme un rempart dressé entre elle et la solitude. Louis, et nul autre, qui jamais ne l'avait leurrée, ni déçue. Louis, fidèle et chaleureux, qui, peut-être, « ...après tout... », se surprit-elle à penser, représentait sa vraie part — et sans doute une part enviable — pour la courte durée de son passage sur cette terre.

Elle fit le tour des tables dressées, et vérifia les cartons, plus légère, soudain, à la pensée que le jeune homme allait, dans un moment, occuper la place auprès d'elle.

## 13

Assise non loin de la fenêtre, Dominique apercevait, de l'autre côté de la vitre, détachées sur la lumière couleur d'or pâle, les branches nues et noires du grand marronnier qu'elle évoquait toujours, lorsque ses pensées se tournaient, de loin, vers la Sarrazine, couvert de chandelles roses éclatant sur les draperies vert frais d'un feuillage de printemps.

Elle eût voulu aller poser sa joue contre cette écorce humide. Quitter le salon empli de monde, où la nouvelle s'était embusquée pour l'atteindre. Sortir au grand air. Et ne plus avoir à répondre, ne plus avoir à entendre...

— Je vais l'écrire dès ce soir à Gaspard, disait Anne.

Et Henriette :

— Michel... C'est un joli nom.

Elle se tourna vers Dominique :

— ... Et qui va être marraine ? Est-ce toi ?

— Moi ? Mais... oh ! non, balbutia celle-ci. Pourquoi voudrais-tu... ? Il n'y a aucune raison.

Personne qui s'occupât d'elle autrement que pour lui lancer une phrase de temps à autre ; et, cependant, droite sur son siège, elle éprouvait la sensation suppliciante d'être exposée sur la roue.

Depuis que les hommes s'étaient éclipsés tous ensemble pour « un tour de promenade dans les terres », la conversation tournait sans relâche autour de l'événement qu'une lettre de Laure Vernet arrivée le matin même relatait à sa belle-sœur Blanche.

En réponse à Henriette, Anne lança :

— Numa et Gaspard s'étaient réciproquement promis d'être parrains de leurs premiers-nés. Mais, pour la marraine, Alice aura certainement choisi quelqu'un de son côté.

Elle prit à témoin sa cousine :

— ... Ne croyez-vous pas ?

— Eh bien ! dit Blanche, en bonne justice, cela paraissait normal, en effet, et nous pensions tous qu'elle y tiendrait. Mais elle a exprimé le désir que ce soit Agnès.

« Agnès ?... Pourquoi Agnès ? » Les rapports, entre les deux belles-sœurs, courtois, et même amicaux, n'avaient jamais revêtu un caractère particulièrement intime. Dominique s'enfonça dans la réminiscence de ces journées passées à Tourvieille, durant lesquelles Agnès et Anne s'isolaient en des apartés sans fin, peu soucieuses, semblait-il alors, d'admettre Alice en tiers dans leur entente.

« Mais, bien sûr... l'étrangère... » pensa-t-elle. L'étrangère manœuvrait pour renforcer sa position dans la famille. « ... Elle a Numa. Elle a le fils de Numa !... » N'était-ce donc pas suffisant ?

Un haut-le-corps de haine la parcourut, avec une telle violence qu'elle lacéra le coin du mouchoir qui, pétri et repétri, tenait au creux de sa main moite.

Tout à coup, de nouveau, son esprit enregistra les paroles de Blanche :

— ... Non, il n'est pas très gros, évidemment. Mais comme dit Laure, on pouvait craindre bien pis, pour un enfant venu au monde plus de trois semaines avant terme.

La jeune fille réprima un triste petit rictus.

Comme elle se complaisait, la cousine Laure, à souligner cette anomalie qui ne dépassait pas les bornes de la crédibilité. Mais en eût-elle usé de même, si la naissance s'était produite dès novembre, ainsi que Numa le prévoyait ?

Elle serra les mâchoires.

« ...Mais je saurai... Il faudra bien que j'apprenne si cela peut s'expliquer. Ou s'il m'a menti... » Mais dans quel but l'eût-il fait ? « ...Ou si c'est elle... »

— ... Légèrement enrhumé, depuis hier. C'est pourquoi je n'ai pu vous l'amener.

A présent, c'était Anne qui parlait de son fils.

Et Blanche hochait la tête avec intérêt. Et Toinou

chuchotait à l'oreille de Hiette. Loin, très loin de la bataille que soutenait Dominique contre ses pensées.

« ...Et quand bien même je saurais... ? » A quoi cela l'eût-il avancée ? « Tout est dit, maintenant. »

L'enfant était là. Michel Vernet commençait son existence entre un père et une mère que sa venue, désormais, attachait plus indissolublement l'un à l'autre.

Renoncer, oublier... Comme elle l'eût voulu. Comme elle eût préféré courir vers Louis Bresson avec un cœur intact, si la chance lui en eût été donnée.

— Mes petites, dit Blanche, vous devriez profiter du soleil pour montrer le jardin à Henriette.

« Bien sûr », songea Dominique, en se levant. C'était cela, l'unique but de leur visite : familiariser Henriette avec le cadre dans lequel on allait la convier à venir vivre.

Elle se demanda si cette complicité collective, qui éclatait dans chaque détail de la réception, à ses yeux prévenus, était ou non visible à ceux de l'intéressée.

Henriette répondait, regardait, acquiesçait, sans se départir de cette douceur frileuse dans laquelle, passé le premier déchirement de la mort de François, elle s'était comme pelotonnée, en tête à tête avec son chagrin.

« Si Numa était mort... »

Dominique en venait à penser malgré soi qu'elle-même se fût peut-être alors plus aisément résignée.

— C'est en avril qu'il te faudrait venir, lorsque la glycine fleurit, dit-elle, prenant sur soi pour entrer dans le jeu des siens, à la vue de l'intérêt avec lequel Henriette, parvenue à l'extrémité de la terrasse, se retournait pour embrasser du regard l'ensemble de la façade, avant de descendre vers la pièce d'eau.

Antoinette prit le relais avec empressement :

— Mais l'autre côté aussi a son charme, tu vas voir. D'ailleurs, si tu veux, nous monterons dans ma chambre, tout à l'heure. La découverte qu'on a sur la campagne en vaut la peine, demande plutôt à Nique.

Henriette approuvait du menton, et se laissait docilement guider le long des allées.

Au détour de l'étroit sentier remontant vers l'arrière du bâtiment, les jeunes filles rencontrèrent Constant Angellier et Léon Vernet qui rentraient. Le beau-père s'appuyait sur l'épaule de son gendre.

Tandis que Léon le quittait pour se diriger vers les communs, le vieil homme les attendit.

— Nous avons laissé votre frère continuer avec Laurent, dit-il en souriant, à Henriette. On voit que les questions agricoles l'intéressent fort.

Son regard décoloré par l'âge se posait avec complaisance sur la jeune fille.

Tout naturellement, il lui prit le bras :

— Vous permettez, mon enfant... ? Autrefois, j'aurais eu bien du plaisir à vous offrir le mien.

Les deux cousines suivirent.

Antoinette se pencha pour chuchoter à Dominique :

— Oh ! alors... si Papé entreprend, lui aussi, de faire sa conquête...

Et de rire entre haut et bas.

Après avoir fait admirer le jardin à Henriette, il fallait encore lui montrer tous les agréments de la demeure.

Blanche s'y employa, secondée par Antoinette et Anne qui, loin de son mari et de son fils, retrouvait avec plaisir ses souvenirs de jouvencelle dans cette manière de pèlerinage.

L'oncle Constant s'était réinstallé dans le salon, en tête à tête avec Dominique.

— Elle est charmante, dit-il, lorsque les trois femmes eurent quitté la pièce.

Il demeura un instant pensif, avant d'ajouter :

— ... Je n'en redoute que davantage la déception que pourrait éprouver Laurent, au cas où...

Sans achever, il considéra sa petite-nièce d'un air interrogateur :

— ... A ton avis, penses-tu qu'elle soit disposée... ?

Dominique fit un geste vague.

— C'est difficile à savoir.

« François, François... Même l'oncle Constant trouvera naturel qu'on te la prenne. » A cet instant, elle mâchait un goût amer, en se remémorant l'appui qu'elle-même avait apporté à la cause de son cousin.

— Et toi, mon petit cœur, vas-tu le faire attendre longtemps encore, ce pauvre Louis Bresson ? Ou bien as-tu quelqu'autre amoureux en tête ?

Elle sursauta, rougit et noua ses mains autour de son genou croisé, pour dissimuler son émotion. Ainsi donc, tout le monde et jusqu'à son grand-oncle, prenait position, sur ce sujet qui la concernait seule.

— Non, non. Personne d'autre. Mais je... je ne suis pas encore tout à fait décidée.

Constant Angellier branla le chef.

— Tu n'es pourtant pas comme cette folle de Toinou qui change d'avis toutes les semaines.

A la pensée des commentaires auxquels tous devaient se livrer à son propos comme à celui de sa cousine, elle tortillait nerveusement ses doigts.

— ... Rien ne presse, évidemment, continuait l'oncle Constant. Mais, tout de même, songes-y, fillette. Si tu savais comme c'est court, une vie. Même lorsqu'on va, comme moi, sur ses quatre-vingt-cinq ans.

« Court ? » Sa vie, à elle, Dominique l'imaginait

comme une interminable suite d'années, où les mêmes tâches toujours recommencées la conduiraient sans joie jusqu'à la fin.

A la dérobée, elle dévisagea l'oncle Constant.

Qui se souvenait de l'avoir connu, jeune ? Se souvenait-il lui-même de l'avoir été ? Qu'y avait-il eu, dans sa part à lui, en fait d'amour, de déception, ou de chagrin, qui n'eût laissé nulle trace sur cette vieille figure tout empreinte de sérénité ?

Ces questions, qui lui brûlaient les lèvres, Dominique n'osait cependant les poser, malgré l'indulgence et la compréhension qu'elle savait pouvoir attendre de son grand-oncle.

La tentation la traversa de tout lui confesser.

Mais ce secret-là n'était pas avouable. L'humiliation lui remontait à la gorge, telle une nausée, du rôle qu'elle y jouait.

« Non », résolut-elle, « il faudra que je m'en sorte toute seule. »

Comme s'il eût deviné son désarroi, le vieillard lui souriait d'un air rassurant.

Le voyant prendre sa pipe, elle se précipita, en quête du pot à tabac, et le mit sur une petite table bouillotte qu'elle approcha du fauteuil où il se tenait, ainsi qu'elle l'avait vu faire à sa cousine Antoinette. Ces mêmes gestes, tant de fois accomplis auprès de son père, lui revenaient d'instinct, par-delà sept années.

Si naturellement, qu'à la place du vieil oncle, un instant, elle revit Frédéric Vernet, vêtu de sa veste de velours côtelé, ses grandes jambes étalées devant le feu pour sécher la boue de ses bottes ; bien carré dans son fauteuil, large, robuste, heureux de vivre, souriant, lui aussi, d'un sourire railleur et tendre qui laissait filtrer entre ses lèvres l'éclat blanc des dents irrégulières : « — *Voilà ma violette timide.* »

« Papa... mon Papa merveilleux... » qui savait tout, avant même qu'on n'eût parlé, et découvrait toujours le moyen de tout arranger.

Elle tendit — comme alors — son front, à la rencontre de cette main, qui lui faisait un signe d'invite.

Mais ce n'était plus que celle du bon vieil oncle Constant, noueuse et ridée.

Elle la sentit qui effleurait ses cheveux, puis son front.

Constant Angellier avait posé sa pipe sur la table. Il prit sa petite-nièce par le menton, pour scruter ses traits.

Dominique se dégagea et, passant derrière le fauteuil, lui glissa ses bras en collier autour du cou.

Au moins, ainsi, ne pourrait-il la voir.

Peut-être ne fut-il pas tout à fait dupe de cette câlinerie.

— Un de ces jours, je m'en irai rejoindre ta grand-mère et tes parents, mon petit cœur...

Il enferma sous une de ses mains les mains réunies de la jeune fille.

— ... J'aimerais bien, alors, pouvoir leur dire que je t'ai quittée heureuse.

— Je le suis, Oncle. Je vous assure que je le suis, chuchota Dominique, appuyant sa joue contre celle du vieil homme.

Ils demeurèrent un moment silencieux, sans bouger, unis par leur tendresse mutuelle.

Dominique la sentait, cette tendresse, opérer peu à peu, en elle, un vide bienfaisant.

Un bruit de pas et de voix, emplissant soudain le vestibule, les fit se séparer.

Dominique se contenta de rester accoudée au dossier du fauteuil de son grand-oncle, comme pour ne pas perdre tout à fait le contact qui s'était établi entre eux.

La porte s'ouvrit en coup de vent sur Léon Vernet et les deux jeunes gens.

L'enthousiasme se lisait sur le visage de Maurice.

Constant Angellier le considéra, avec une sympathie amusée :

— Alors, cette inspection ?...

— Ah ! Monsieur, quel beau domaine vous avez là ! Et si bien entretenu !... Oui, rudement bien, répéta-t-il, après avoir ruminé une seconde son admiration. Si jamais je parviens à faire de Saint-Ange quelque chose d'approchant, vous pouvez croire que je serai fier.

Laurent, lui, paraissait las.

Dominique le regarda s'affaler sur un siège et jeter autour de lui un coup d'œil déçu.

— Elles sont en haut, en train de visiter les aîtres, le renseigna-t-elle, se coulant auprès de lui.

— Ah ?... Bon.

Il semblait n'avoir plus la force de se relever.

— Toi, tu t'es fatigué, chuchota-t-elle.

— Mais non.

— Nous avons fait à peu près le tour, je crois bien, disait Maurice à l'oncle Constant.

Celui-ci s'étonna :

— Tout le tour ?... Mais, voyons... Comment auriez-vous pu ? Il n'y a guère plus d'une heure que je vous ai laissés.

Léon Vernet, qui les écoutait en silence, le renseigna, sans quitter son fils du regard.

— Ils ont pris les chevaux.

— Ah ?

Les yeux de Constant Angellier allèrent de l'un à l'autre et se fixèrent sur Laurent.

Le jeune homme fit un effort pour se redresser.

— Oui... J'en ai eu envie. Depuis le temps que ça ne m'était arrivé... Il faisait tellement bon, au soleil.

Ni son père ni son grand-père ne répondirent.

Perplexe, Maurice sentait peser une contrainte.

— Laurent est un excellent cavalier, remarqua-t-il, espérant alléger l'atmosphère.

Son intervention n'arrangea rien.

Léon Vernet dissimulait mal un air soucieux.

L'oncle Constant s'efforça de rompre la tension :

— Oui, il se débrouillait bien... avant la guerre.

— Je ne sais pourquoi, reprit Maurice, s'adressant cette fois directement à son ami, je m'étais figuré que tu ne pratiquais pas les chevaux.

« Seigneur !... » pensa Dominique. Ne se tairait-il pas ?

— Moi ? mais... commençait son cousin.

Elle lui coupa la parole.

— Allons donc ! As-tu jamais vu quelqu'un de la famille qui ne sache se tenir honorablement en selle ?

— Oui : ta tante Adrienne, repartit Maurice, sans ambages.

La réplique les fit tous rire.

Au milieu de la détente générale, Laurent parvint enfin à se remettre debout, et annonça qu'il montait chez lui se laver les mains.

— Tu viens, Maurice ?

— Ma foi... murmura celui-ci, examinant les siennes. Je ferais peut-être mieux, en effet...

— Je les ai cependant prévenus qu'on servait le goûter tout de suite, répétait Blanche, un long moment après, tandis que l'attente se prolongeait.

Antoinette alla les chercher, et ne redescendit pas, elle non plus.

La conversation languissait, malgré les efforts communs pour la soutenir.

— J'y vais, décida Blanche, soudain, voyant son mari esquisser un mouvement pour se lever.

Après son départ, la gêne s'appesantit encore.

Quelques instants plus tard, Maurice et Antoinette rentraient dans le salon.

Ils étaient pâles, Maurice surtout.

— Laurent s'est trouvé légèrement souffrant, expliqua la jeune fille. Maman va rester auprès de lui. Elle prie qu'on ne les attende pas pour passer à table.

— Excusez-moi un instant, dit Léon, aussitôt.

Son beau-père l'arrêta, avant qu'il n'eût atteint la porte :

— Reste donc. Blanche a l'habitude. Si elle avait besoin de toi, elle te l'aurait fait dire. Tu sais bien qu'il n'aime pas nous voir tous nous presser autour de lui, lorsque...

Il se tourna vers Antoinette :

— ... Comment se sent-il ?

— Mieux, beaucoup mieux.

La voix de la jeune fille contenait un léger tremblement.

— ... Il a eu un mauvais moment tout à l'heure, mais ce n'est rien.

Son regard alla de l'un à l'autre des Royer :

— ... Rien du tout, je vous assure. C'est déjà fini. Il est surtout navré à la pensée que cela risque de nous gâcher la journée.

— Mais non, affirma son grand-père, d'un ton calme. Nous allons nous restaurer sans lui, voilà tout.

Comme tous se dirigeaient vers la salle à manger, Maurice s'approcha du vieillard.

— Je suis désolé. J'ai l'impression que c'est ma faute. Mais, vous comprenez, il paraissait si content de me montrer toute l'étendue de la propriété... Et moi, je ne savais pas...

Constant Angellier le prit par l'épaule pour le faire passer devant soi.

— Non, évidemment, vous ne pouviez pas savoir.

Avisant Henriette qui les écoutait, il lissa du bout du doigt le jeune front barré d'une ride d'inquiétude.

— ... C'est un petit contretemps. Rien d'autre qu'un peu de malchance. Ne vous mettez pas en peine.

Dominique le regarda présider la collation, plein de la même urbanité souriante avec laquelle il les avait reçus, à leur arrivée.

Une heure plus tard, en se levant de table, comme les convives quittaient la pièce, elle s'arrangea pour rester la dernière, près de lui.

— Oh ! oncle Constant !...

La compassion qu'elle s'était jusque-là efforcée de dissimuler de son mieux lui laissait dans la gorge la saveur des larmes.

— ... Que c'est bête ! Que c'est cruel !... Justement aujourd'hui, où il espérait...

Le vieil homme se remémorait, par-delà un demi-siècle d'années, l'interminable agonie qu'avait souffert sa sœur Julia, au chevet de l'homme qu'elle aimait.

Il eut son geste familier pour caresser les cheveux de Dominique.

— Non, mon petit cœur. En définitive, peut-être que cela vaut mieux.

— Pauvre Laurent, dit Anne, lorsque l'automobile eut franchi le portail.

Elle bâilla un peu derrière sa main, soupira, pianota sur le rebord de la portière.

A côté d'elle, Henriette demeurait silencieuse.

La jeune femme se pencha vers Maurice, assis près de Dominique qui conduisait.

— Toi qui l'as vu, penses-tu que ce soit grave ?

— Nnnon.

Le ton de Maurice manquait d'assurance.

— ... Non, certainement. Ce n'est pas la première fois qu'il a une crise, n'est-ce pas ? Mais je regrette bien que nous ayons piqué ce sacré galop, tu peux me croire. C'est ça qui l'a essoufflé, acheva-t-il, avec accablement.

La voix d'Henriette, glaciale, questionna tout à coup, dans son dos :

— Qui a suggéré de monter ces chevaux ?

Il n'hésita pas :

— Laurent.

Ajoutant aussitôt, par loyauté :

— ... Mais c'est moi qui ai demandé à les voir.

Il y eut un silence.

— Quoi qu'il en soit, reprit Anne, après un moment, tu n'as rien à te reprocher. C'est lui qui aurait dû se montrer plus raisonnable.

Maurice ne répliqua rien. La colère lui gonflait la poitrine. « Raisonnable ! » Elle en parlait à son aise, « celle-là », qui n'avait jamais suivi d'autre règle que son caprice. « Perruche, va ! »

Cela lui faisait du bien de trouver quelqu'un sur qui décharger tout ce qu'il avait accumulé de remords et d'inquiétude, durant la fin de leur visite. Et Anne, qu'il n'aimait guère, était un bouc émissaire de choix.

« Egoïste. Snob. Empoisonneuse... » L'absolution que s'était permis de lui accorder la jeune femme le hérissait. Il continua sa litanie intérieure, puisant décidément un réconfort dans cette occupation.

— ... Une journée si bien commencée, quel dommage ! C'est navrant pour ce pauvre Laurent... épiloguait Anne, pendant ce temps, en toute innocence. Sans soulever le moindre écho.

Henriette demeurait silencieuse.

Et Dominique, feignant de s'absorber au volant, revoyait le visage de Laurent convulsé par la dyspnée, durant le court instant où elle était entrée chez lui sur sa prière, au moment de partir ; et le mouchoir taché, sur la table de nuit, qu'elle avait eu le temps de remarquer avant que son cousin ne l'eût fait disparaître. « ...Comme ceux que Maman... oh mon Dieu !... »

Le vent de la course qui lui fouettait la figure en sifflant ne parvenait pas à couvrir cet autre sifflement d'une voix hachée, graillonnante de crachats : « *...Non, va, pas la peine de me leurrer. C'est fichu maintenant. Jamais elle ne voudra de moi.* »

— Bah ! Que d'histoires pour un malaise comme il en a déjà eu cent fois !... Il faut avouer que nous sommes un peu bêtes, hein ? Tu ne crois pas ?

Dominique releva vivement la tête.

La pointe de son soulier s'était arrêtée net, au milieu du tracé d'une arabesque compliquée. Quelque chose, elle ne savait encore quoi, venait d'éveiller son attention, dans ce discours de Maurice qu'elle écoutait d'une oreille distraite, sans cesser de méditer sur ses difficultés personnelles.

Quelque chose aussi, découvrit-elle en le considérant, s'inscrivait sur sa figure : une expression complexe, qu'elle ne parvenait pas à définir.

« En tout cas... » pensa-t-elle, Maurice reniait allégrement le désarroi qu'il avait laissé percer, la veille.

Au fait, que venait-il faire, à cette heure inhabituelle, après avoir annoncé, lorsqu'elle les avait déposés, Henriette et lui, à Barbegal, son intention d'en terminer avec le déménagement pour Saint-Ange : « *... Aussi, ne t'étonne pas si je reste invisible pendant quelques jours.* »

Un embryon d'hypothèse hésitait encore à se former dans l'esprit de la jeune fille.

Maurice en épiait le reflet, d'un air d'amusement teinté de supériorité.

Elle s'en avisa, non sans un certain déplaisir.

— Que racontais-tu, au juste, tout à l'heure ? J'ai mal écouté et je ne...

— Tout à l'heure ? dit Maurice, jouant l'innocence avec volupté.

— Eh bien ! oui, là : tout de suite... à l'instant ?

— Ma foi...

Il fit un grand geste vague.

— ... J'ai oublié. Rien de palpitant, probable.

Et quémanda, négligemment :

— Tu m'offres quelque chose à boire ? J'ai la pépie.

— Bon. Alors, viens, acquiesça Dominique, avec une pointe d'humeur.

Semée de contrariétés et de déboires, la journée avait été longue. Maurice ne s'en doutait pas suffisamment, rumina-t-elle, lui jetant un regard rancuneux, tandis qu'il marchait à son côté, les mains dans les poches.

L'allée d'honneur paraissait nue, dépouillée de ses orangers, pour l'hiver. Nue et triste, songea Dominique.

Son compagnon s'arrêta tout à coup :

— Anne est là ?

— Mais non. Allons, avance. Je t'ai déjà dit qu'elle...

— Ho !... Holà ho !... Et alors ?...

Il lui tapota l'omoplate, par petits coups apaisants, comme il l'eût fait pour un cheval.

— ... Doucement, Coco. T'emballe pas.

— Aussi, maugréa-t-elle, honteuse de s'être laissée aller, tu es exaspérant, avec tes airs.

Maurice se pourléchait les babines :

— Tiens, pourquoi ?... Quels airs ?

Au vrai, Dominique eût été incapable de s'expliquer clairement sur ce point. Mais, exaspérant, il l'était. Aucun doute quant à cela, songea-t-elle, au moment même où, après une bourrade affectueuse, il passait son bras sous le sien, et l'entraînait vers la maison.

Plus encore que durant les derniers jours écoulés, cette heure de la nuit tombante était d'une douceur inaccoutumée pour la saison.

Au bout de l'allée dont le sable devenait gris sous la lumière à son déclin, la grande bâtisse silhouettait sa masse, encore obscure, où les fenêtres, tout à l'heure livrées aux jeux du soleil couchant, n'étaient plus, à présent, que des trous noirs.

La pensée de Dominique retourna vers la Sarrazine, plus secrète, dans son écrin de grands arbres qui serraient de près la terrasse.

Le départ du soir précédent, semblable à une fuite, lui pesait sur le cœur.

— Je me demande comment il va, aujourd'hui.

— Qui ça ? Laurent ?... Pas trop mal. Quand je l'ai quitté, après déjeuner, il allait même presque très bien.

Elle douta de ce qu'elle venait d'entendre.

— Après déjeuner, tu dis ?

La pénombre estompait à présent les traits de Maurice, qu'elle eût voulu pouvoir scruter.

Posément, comme pour narguer son impatience, il déclara :

— Hé oui. Ce matin, je suis allé prendre de ses nouvelles.

Et s'offrit le luxe de la laisser en suspens durant une longue seconde avant de poursuivre :

— ... D'ailleurs, moi aussi, j'en avais à lui communiquer.

— Des nouvelles... ? de... ? avança précautionneusement Dominique, incertaine de ne pas buter sur un malentendu si elle allait jusqu'au bout de sa question.

Sans répondre, Maurice l'entraînait, précipitant son allure. Elle l'entendit rire tout bas. Et se sentit bouillir.

— Oh ! je t'en prie ! lança-t-elle, d'un ton rèche.

— Eh bien, oui, se résolut-il enfin à expliquer. Hier soir, en rentrant, j'ai eu une bonne petite conversation avec Hiette. Au fond, c'est ce que j'aurais dû faire avant. Ça va peut-être te sembler abracadabrant... Quoique vous autres, les filles, vous avez vos idées... C'est précisément l'incident qui l'a décidée, figure-toi. Elle dit qu'elle s'est rendu compte qu'il lui faut quelqu'un capable de veiller sur lui continuellement, que c'est un devoir de l'aider à vivre, et que... Bref : que le cas échéant, si vraiment il le souhaite, elle acceptera volontiers de lui « consacrer son existence ». Oui, ce sont ses propres termes. Après ça, tu penses... — Le triomphe claironnait dans sa voix. — ... restait plus qu'à faire comprendre dare-dare à Laurent qu'il peut y aller de sa demande. Délicatement. Tu saisis ? avec l'air de rien...

— Et... c'est ce que... ? Alors, en conclusion... ? le bouscula son auditrice, pressée d'en venir aux faits.

— Ben, voilà, oui. Je crois que j'ai pas mal simplifié le problème ; et que Papa ne va pas tarder à recevoir la visite officielle, acheva-t-il, glorieusement.

— Eh bien, vrai !... C'est magnifique. Je suis bien contente pour eux, balbutia Dominique.

Allégée, elle éprouvait cependant une impalpable tristesse, à laquelle, même, s'ajoutait une ombre de mortification devant la réussite dont se targuait Maurice. « Si, la première, je n'avais pas parlé à Hiette... »

Mais aussitôt, elle s'efforça bravement de réagir : « Laurent sera heureux et il la rendra heureuse. » Rien d'autre n'avait plus d'importance. Et Maurice avait les meilleures raisons d'exhiber sa mine satisfaite.

— Quel dommage, se plaignait Anne, d'être obligée de m'en aller, juste au moment où se multiplient les perspectives de réjouissances !

Du moins eut-elle la satisfaction d'assister, avant son départ, au mariage de sa cousine Marguerite et de Jean Hirigaray.

Dix jours plus tôt, avaient eu lieu, dans l'intimité, à Barbegal, les accordailles de Laurent et d'Henriette, que l'on avait pressées, de façon que les fiancés pussent participer côte à côte aux fastes de ce qui devait être un événement parisien.

Le bonheur réussissait étonnamment au malade. Sans trop en ressentir les inconvénients, il supporta les fatigues du voyage, des repas, et des réceptions qui encadrèrent la cérémonie ; et fit même danser Henriette, à plusieurs reprises.

A le voir, empressé auprès d'elle et, de toute évidence, au comble de ses vœux, nul ne se fût imaginé, songea Dominique, non sans acrimonie, que, moins d'une année auparavant, Laurent ne rêvait qu'à celle dont il fêtait à présent, si gaiement, les noces avec une autre.

Lui-même ne paraissait pas le moins du monde s'en souvenir.

« Quelques mois, c'est tout ce qu'il leur faut de temps, à eux, pour oublier. » Et Numa, lui aussi, sans doute... « Numa... » — le seul absent, parmi tous ceux de Tourvieille — qui avait préféré demeurer auprès de sa femme.

— Il fallait bien que quelqu'un se dévouât pour garder le mas, n'est-il pas vrai ?

Chacun avait acquiescé aux paroles de Laure Vernet.

Mais Dominique savait bien, comme devaient le savoir tous les autres, que le baïle de Raoul eût, à lui seul, assumé sans peine la surveillance, durant ces quelques jours d'un mois de février encore à ses débuts, où les travaux en cours ne nécessitaient nullement la présence du maître sur ses terres.

Elle se rappelait : l'angoisse ressentie, à la pensée de revoir son cousin, le soin qu'elle avait pris de choisir sa toilette de cortège, sans pouvoir s'empêcher de rêver, en décidant de chaque détail, à l'effet qu'elle produirait sur Numa.

« Mais lui... » Il s'était dérobé. Peut-être par crainte de la rencontrer. Ou peut-être, simplement, parce que, déjà, son amour pour Dominique ne représentait plus qu'un souvenir gênant, dont il n'avait dorénavant que faire.

L'oubli paraissait si facile pour tous. Demeurait-elle donc la seule à qui cette grâce eût été refusée ?

Henriette, elle-même, lorsqu'elle laissait maintenant Laurent lui prendre la taille, devait bien s'être prémunie contre le rappel d'une époque où François avait eu des gestes identiques. Ou bien comment eût-elle accepté cette étreinte d'un autre ?

« Louis ?... » Dominique éprouvait pour lui tant d'amitié, tant d'estime. Quelques jours plus tôt, elle s'était vue prête à lui permettre de se déclarer. Et, à présent... « Mais c'est un mauvais moment, une espèce de rechute passagère. Pas plus. Cela va passer. Mon Dieu, faites que cela passe, il le faut. Faites que j'oublie Numa. Mon Dieu, faites que je l'oublie !... Ou alors, que je pense à lui comme à un mort. Et que je puisse, un jour, aller vers Louis, honnêtement, de tout mon cœur. »

Mais tandis qu'elle priait ainsi, appliquée à se mettre

tout entière dans sa prière, son esprit, échappant à sa volonté, se remettait en marche pour échafauder des calculs. « Ne plus nous revoir ?... Il devra bien, pourtant, se résigner, d'ici peu... »

Déjà, Laure Vernet annonçait une date, pour le baptême.

Et chacun, au moment de se séparer pour rentrer chez soi, avait pris rendez-vous :

— A bientôt, à Tourvieille.

Et le temps coulait si vite, dorénavant.

Rentré à Washington depuis plus de six semaines, Gaspard réclamait sa femme et son fils. Anne bouclait ses innombrables malles.

Elle n'était pas encore partie et, déjà, les menus différends, les querelles survenues parfois, durant ces quelques mois, entre les deux sœurs, s'estompaient pour laisser toute la place au regret de la séparation imminente.

— Pourquoi ne viendrais-tu pas, l'an prochain, passer les mois d'hiver auprès de nous, à ton tour, suggérait Anne, encline à tricher avec sa peine.

Sans y croire, elle se mettait à bâtir des projets :

— Nous irons voir... Je te ferai connaître... Gaspard nous mènera...

Dominique, qui n'y croyait pas davantage, se laissait bercer, comme un enfant à qui l'on raconte une histoire.

Mais sa place, elle le savait, était marquée pour toujours à Mogador. Et le trajet, à lui seul, excédait, par sa durée, le temps qu'elle eût pu distraire sans remords.

Ensemble, emmenant le bébé d'Anne, elles allèrent revoir Isabelle derrière ses grilles. Ensemble, elles se promenèrent dans tous les coins du parc, laissant le passé revenir se mêler si étroitement à leurs propos que ses réminiscences perdaient leur pointe douloureuse.

— Tu te souviens, le jour où Chris avait chipé les caroubes des chevaux ?...

Elles riaient. Et Christine était de nouveau avec elles, là, près de la noria, mâchant obstinément les cosses brunâtres : « *...C'est bon : c'est sucré. Je t'assure. Tiens, goûte...* » Christine et ses tabliers sales, ses mains sales, de garçon, sa figure pointue, son air de chèvre noire.

— Et la fois où Papa a surpris François comme il tentait de capturer au lasso la jument de Sabel ?

Et François revenait galoper devant elles, entre les noisetiers, lancé sur son mustang indomptable à la poursuite des Comanches, dans la Prairie de Fenimore Cooper, tandis que Frédéric Vernet dissimulait sa gaieté sous un air sévère, trahi à son insu par ces petites rides plissées, au coin des yeux, que connaissaient bien ses enfants.

Et Maman reparaissait aussi, adorée de loin comme une souveraine. Et Mamé Julia, dont les railleries et la complicité allaient toujours de pair, également inépuisables.

Le trésor dont, seules, à présent, les sœurs possédaient encore en commun le sésame, grand ouvert, ruisselait de toutes ses richesses.

Mais, lorsqu'il se refermerait, Anne, voguant sur la mer, conserverait encore, parmi tant d'autres biens dont elle avait abondance, un beau petit garçon, outre le mari qu'elle avait souhaité.

Et que resterait-il à Dominique ?

« Mogador. Il me restera toujours Mogador », se dit-elle, en rentrant de Cannes pour retrouver la maison silencieuse et vide, après avoir accompagné Anne et sa suite à l'escale du paquebot américain sur lequel étaient retenus les passages.

« Mogador... Et il faudra bien que cela me suffise,

tant que je ne serai pas capable de rejeter pour de bon toutes mes arrière-pensées, et de tourner la page. »

Mais Mogador ne lui suffisait pas, ce soir-là, découvrait-elle, respirant l'odeur de la branchette de mimosa cueillie dans l'Estérel, le jour précédent, au cours d'une ultime escapade avec sa sœur.

— Voilà. Demain, elle te fera penser à moi, avait dit Anne, en la mettant dans le porte-bouquet de la voiture.

Non, ce premier soir de sa solitude retrouvée, ni Mogador, ni la présence des vieux serviteurs qui, là-bas, devaient commencer à guetter son retour, ne pourraient rien pour lui en adoucir l'épreuve, elle le savait d'avance.

Mais ce fut Maurice qu'elle aperçut tout d'abord.

Son cœur bondit d'une joie disproportionnée, à le voir dégringoler les marches du perron, devançant Victor et Mathilde pour accourir à la rencontre de l'automobile.

— Je me suis dit que... Eh bien ! que tu voudrais peut-être de moi pour convive, si tu n'es pas trop lasse, expliqua-t-il, tout en ouvrant le coffre pour prendre la valise de la jeune fille.

— Oh ! Maurice, quelle bonne idée !... Tu ne peux pas te figurer comme je suis contente.

Il parut gêné de ces effusions.

— Ben, moi, j'avais hâte que tu rentres. Je me suis embêté comme un rat dans son trou, pendant ces trois jours, affirma-t-il, adoptant un prétexte pudique pour masquer une sollicitude dont l'expression l'eût rendu d'autant plus confus qu'il avait aussi, ce soir-là, l'intention d'emprunter à Dominique quelques éléments de son matériel agricole.

Lorsqu'ils furent attablés l'un en face de l'autre, il se lança tout aussitôt dans le récit des faits advenus durant la courte absence de la jeune fille.

Il semblait à celle-ci qu'un laps de temps considérable se fût écoulé, tandis qu'elle écoutait Maurice dévider l'énumération de quelques minces événements et celle des besognes dont il était venu à bout, au cours de cette période consacrée, à l'en croire, à l'attente et à l'ennui.

Saint-Ange, à soi seul, offrait bien assez de problèmes pour occuper le nouveau propriétaire. Les labours avaient été mal exécutés et la fumure laissait encore plus à désirer. Les récoltes de printemps seraient maigres.

— Mais à présent que je suis le maître, tout va changer, et vite. Tu verras.

Il fallait procéder d'urgence au défoncement de plusieurs beaux morceaux de terrain que le prédécesseur avait laissé revenir à l'état de friches, ou peu s'en fallait. Tous les oliviers, envahis par les rejets, demandaient une taille sérieuse et un bon nettoyage au pied. Une grande partie des vignes devrait être replantée.

— Tu n'auras qu'à aller voir Bouvard de ma part, pour les plants ; il te servira en confiance... Je t'enverrai les frères Mondet en renfort, pour deux ou trois jours, avec le nouveau tracteur.

Maurice jubilait : Dominique ne lui laissait pas même le soin de formuler sa requête.

Quant à la maison d'habitation, il avait à peu près terminé les arrangements indispensables.

— Maman est venue hier poser les rideaux. Je commence à me sentir chez moi. Viens donc déjeuner, demain, je te montrerai tout ça. La baïlesse me fait une cuisine très mangeable.

— Et Hiette ?

— Hiette est à la Sarrazine. Laurent est venu la chercher, pour toute la semaine. Il a une mine superbe. On ne l'a presque pas entendu tousser.

— Elle est contente ? demanda encore Dominique.

— Ma foi, on le dirait. Pour autant qu'on puisse en juger, avec elle. Tu la connais, pas vrai ? Il est question de fixer la noce aux tout premiers jours de juin. Et, à propos, il paraît que c'est moi qui dois être le cavalier d'Antoinette ?...

Il n'avait pas l'air enthousiasmé.

— Oui, bien sûr. Cela va de soi. Avec qui d'autre voudrais-tu qu'on te mît ?

Maurice ne pipa mot.

Intriguée, Dominique le dévisageait.

— ... Qu'est-ce qu'il y a ? Ça ne te plaît pas d'avoir Toinou ?

— Si, si...

— Elle est pourtant ravissante, insista Dominique.

Il maugréa :

— Quand est-ce que j'ai dit le contraire ?

Mieux valait changer de thème, pensa la jeune fille, bien que l'air réticent de Maurice eût de quoi piquer sa curiosité. Jusqu'alors, à sa connaissance, Antoinette et lui s'étaient toujours parfaitement entendus.

Un peu plus tard, au cours de la conversation, se référant par la pensée à certains souvenirs épars, dont l'un entre autres, datait de la soirée du jour de l'An, Dominique ressentit brusquement la certitude d'avoir percé à jour le petit mystère lorsque Maurice, de lui-même, revint sur le sujet pour s'enquérir, d'une manière hypocritement détachée :

— Dis donc, au fait, les Guillermin seront tous invités eux aussi, je suppose ?

Elle ne put résister à l'envie de le taquiner :

— Les Guillermin ?... Ah ! tu veux dire : Maxime et Claire ?... Oui, bien entendu.

Quel besoin de tirer des plans à si longue échéance, quand il était loisible à Maurice de voir Claire tous les dimanches, à Mogador ? Sans parler, même, des facilités nouvelles qui s'offraient à lui, largement, depuis qu'il se trouvait introduit pour tout de bon, à la suite de sa sœur, dans le clan familial, où surgissaient sans cesse des occasions de se réunir.

Tel ce repas de baptême, où, parmi nombre de convives, la chance, à moins que ce ne fût la bienveillance d'Agnès qui avait « fait la table », venait d'attribuer Claire pour voisine au jeune homme.

Dominique, qui leur faisait vis-à-vis, ne pouvait s'empêcher d'épier, d'après leurs mines et leurs manières d'être l'un envers l'autre, les traces encore subtiles d'un sentiment partagé.

« Maurice, amoureux... » L'hypothèse paraissait saugrenue, à qui le connaissait aussi bien qu'elle.

Et cependant, moins exubérant, peut-être aussi moins sûr de soi, moins intraitable, empressé, même, tout autant que le lui permettait sa nature et davantage que Dominique ne l'eût cru, il semblait s'être réellement épris de Claire, en dépit de ses protestations relativement récentes quant à l'amour, ses pompes et ses œuvres. « *Parle-moi plutôt d'une gentille petite alliée, ni encombrante, ni...* »

Il l'avait dit, bien sûr. A peine quelques mois plus tôt.

Mais, à présent, dès que paraissait Claire, on voyait Maurice manœuvrer comme un brigantin de chasse dans le sillage de cette jolie petite goélette.

Et, quant à Claire, cette émotion flagrante qui lui rosissait les joues, à l'approche du jeune homme, ou encore sa gravité, son attention, lorsqu'il la régalait, comme à cette minute même, d'un long développement sur ses projets concernant Saint-Ange, n'étaient-elles pas révélatrices ?

Cela ferait sans doute, sous peu, un autre mariage. L'oncle Charles n'aurait aucune raison de refuser sa fille au docteur Royer, si celui-ci venait la lui demander pour Maurice.

Dominique soupira silencieusement.

Après le retour du jeune homme, Henriette, peu à peu, s'était repliée sur soi-même, abandonnant sans lutte les privilèges de la longue amitié qui la liait à Dominique, à mesure que son propre frère, avec une bonne foi sereine, s'en arrogeait sans y penser la meilleure part. Mariée, prise désormais par les soins de son ménage, elle deviendrait de plus en plus lointaine.

Et Maurice, à son tour, qu'il le voulût ou non, allait s'éloigner. Tout un avenir à peine ébauché, entre eux, de soirées en commun, de conversations, d'échanges de vues, auquel ils avaient cru, céderait la place à un autre, que Dominique pouvait imaginer d'avance. Il les réunirait d'une manière toute différente : Claire et Maurice, ensemble ; et elle-même, en tiers, désormais.

« — *Cette pauvre Nique... il faut bien l'inviter de temps en temps, pour la distraire un peu.* » De Maurice ou de Claire, lequel prononcerait le premier ce genre de phrase, avec la conscience pure des gens qui font l'aumône aux miséreux ?

Dans cette assemblée qui ne comptait guère que des couples, Dominique chercha des yeux, instinctivement, Caroline Vernet.

Cette silhouette élégante, cette assurance, cet équilibre, les posséderait-elle aussi, quelque jour, aux abords de la cinquantaine, si elle-même devait rester fille ?

Ou bien ressemblerait-elle à mademoiselle Fauvelly, la tante d'Henri, noire, maigriotte et comme rétrécie, qui paraissait, avec son odeur de vieille poudre de riz et ses parures de fanfreluches au goût d'une époque révolue, sortir d'un miroir de commode longtemps tenu clos ?

A peu de distance, penchée vers Philippe de Barcarin qui assumait, au nom de son fils Gaspard, le rôle du parrain, Alice parlait — pérorait, se prit à penser Dominique.

Sans doute justifiée, confirmée dans sa dignité d'épouse, par l'existence de ce bébé rose et blond à sa ressemblance, qui dormait dans une pièce avoisinante, la jeune femme semblait avoir acquis une autorité toute nouvelle.

Quant à Numa, loin là-bas, à l'autre bout de la table, pas une fois son regard n'avait croisé franchement celui de sa cousine.

Dominique se remémorait, avec quelle amère dérision, le souci qu'elle avait pris, cette fois encore, de se faire belle, en espérant qu'il remarquerait le raffinement de sa mise ; et les phrases qu'elle avait imaginé pouvoir lui dire, l'attitude qu'elle avait voulu se composer d'avance.

« A quoi bon ? Il fête son premier-né. Il est content... » Et que lui importait désormais le reste ?

Etrangère aux conversations, aux rires, qui s'élevaient à l'entour, la jeune fille souriait et hochait la tête, mécaniquement, de temps à autre.

« Si, du moins, Louis était là... » Si, du moins, au lieu de l'aimable indifférence de son cousin Lucien, assis à son côté, elle eût trouvé près de soi, comme un refuge, l'amour que lui portait un homme...

Non loin, elle entrevoyait par éclairs le sourire d'Henriette, à moitié cachée derrière l'épaule de son fiancé.

« Et si, même Henriette, peut... Il n'y a que moi... resterai seule... Toute seule... Oh ! Louis, Louis !... »

Elle s'avisa soudain, avec un étonnement mêlé de

confusion, qu'elle appelait Louis Bresson de toutes ses forces, ainsi que, naguère, elle avait appelé Numa.

Et, tout à coup, la confusion disparut, balayée par une vague de joie presque sauvage. « Je puis donc me passer... Je puis penser à un autre... Mais alors !... »

On se levait de table. Dans le raclement des chaises repoussées, au milieu d'un chassé-croisé de répliques et de plaisanteries, tandis que la compagnie suivait l'hôtesse jusqu'au salon, il parut à Dominique qu'elle transportait secrètement, à l'abri, la petite lumière tremblotante d'une veilleuse.

— Ça va, Coco ? lui demanda Maurice, en buvant son café.

— Oui, bien sûr.

Questionnait-il au hasard ? Ou qu'avait-il surpris ? Elle l'interrogea du regard, méfiante :

— ... Pourquoi ? J'ai l'air de ne pas aller ?

— ... Si, ma foi.

Après un rapide examen qui l'évaluait, il ajouta :

— Au contraire, je te trouve plutôt bien.

Dominique haussa les épaules.

Mais un peu plus tard, à la dérobée, elle se glissa vers la cheminée pour jeter un coup d'œil dans la glace. Et découvrit, avec l'impression de ne l'avoir jamais vu, le fin visage aux pommettes un peu rouges, aux yeux brillants, qui la regardaient à travers le tain légèrement trouble.

Renversant un peu la nuque, elle tourna la tête avec lenteur ; et son image fit de même, dans un mouvement de tourterelle rengorgée dont la langueur et la grâce la laissèrent incrédule.

« C'est moi... vraiment moi ? » La séduisante créature qui, maintenant, portait la main à cette lourde masse souple dont l'enroulement couleur châtain clair s'allégeait de reflets dorés, était-ce donc... ?

— Mais oui, mon lapin, susurra près d'elle une voix moqueuse. Mais oui, tu es très bien coiffée.

Les figures de Laurent et d'Henriette apparurent à leur tour dans le cadre Louis XVI, derrière la sienne. Et, derrière les leurs, une autre, à demi estompée.

— Tiens, si tu ne me crois pas, demande à Numa.

— C'est vrai, dit Numa, laconique.

L'éclair du regard vert avait un instant pétrifié Dominique face à la glace.

Enfin, elle s'en détacha, pour faire front aux deux cousins.

Déjà Numa, sans affectation, s'était détourné vers Henriette et l'entraînait.

Laurent, pressé de les suivre, poussa Dominique devant soi.

— Viens-tu ? Lucien veut montrer son élevage à Hiette.

Près de la porte se tenaient Laure Vernet et les parents d'Alice.

— Nous allons voir les faisans, leur annonça Numa, au passage.

Le vieux M. Frauenhöfer sourit amicalement à son gendre, à la jeune fille et à toute la troupe qui leur faisait cortège.

Lavées et relavées par le temps, ses prunelles avaient cette même couleur usée qui émouvait Dominique, chez son grand-oncle. Deux fils tués à la guerre. Et cette fille, son dernier enfant, qu'il couvait sans cesse du regard.

« Il l'a bien mariée, il la retrouve heureuse, prospère... »

Sans doute la pensée de l'existence que menait Alice à Tourvieille les consolerait-elle, sa femme et lui, de finir la leur, seuls, désormais, là-bas, en Lorraine.

— ... La voir si bien entourée... une grosse satisfaction pour nous...

Il s'accrochait à chacun, tour à tour, pour l'exprimer, cette satisfaction, avec une simplicité que son terrible accent de l'Est ne parvenait pas à défigurer.

Dominique eût voulu haïr en bloc tout ce qui touchait la femme de Numa. En vain. La sympathie que lui inspiraient les parents de l'intruse lui donnait mauvaise conscience.

Elle se sentit plus à son aise lorsqu'elle eut quitté la salle avec la joyeuse petite procession qui s'était rassemblée sous la conduite de Numa et de son frère.

Au-dehors, il faisait un temps admirable. On eût dit l'été prêt à éclore, en plein mois de février.

Libérés de la contrainte imposée par le voisinage de leurs aînés, les jeunes gens se retrouvaient entre eux, au grand soleil.

Et, loin d'Alice, demeurée là-bas, dans le salon, avec les invités d'âge rassis, il était facile, pensait Dominique, d'oublier un instant les circonstances qui fournissaient le prétexte de cette réunion.

Les volières aménagées par Lucien méritaient, certes, une visite. Mais, à part Henriette et Maurice Royer, qui venaient au mas pour la première fois, il n'était personne à qui le cadet de Tourvieille n'en eût fait les honneurs à plusieurs reprises.

Aussi bien, l'effectif du groupe s'était-il déjà réduit de moitié, avant de parvenir aux cabanes.

Les proches taillis du parc offraient la tentation de leur silence aux amoureux avides d'un tête-à-tête. Sous les rayons perçant les branches hautes des pins dont la fourrure sombre tranchait sur le ciel uniformément bleu, éclataient précocement, çà et là, dans l'épaisseur verte, luisante, des lauriers-tins, des constellations d'étoiles blanches au parfum violent et insidieux à la fois.

— Quel beau temps ! Il doit y avoir des quantités de violettes et de jacinthes dans le sous-bois, soupira benoîtement Claire, tandis que Lucien achevait pour Henriette une aride explication technique, devant le couple d'oiseaux qui occupait la cage centrale.

Maurice saisit la balle au bond.

— Sûrement. Si nous allions en ramasser un bouquet avant de rentrer ?... Viens-tu, Laurent ? Il fait si doux...

Son futur beau-frère, qui nourrissait les mêmes intentions inexprimées, ne se le fit pas redire. Il reprit possession du bras d'Henriette :

— Bonne idée, n'est-ce pas, chérie ?

Et passa outre aux objections de celle-ci :

— ... Mais non, je n'aurai pas froid, je vous assure. Venez donc.

Tous quatre prirent les devants. Suivis, à courte distance, de deux autres couples qui, d'ailleurs, bifurquèrent dès le plus proche sentier pour gagner au large. Lucien, pour sa part, bien qu'il se partageât tant bien que mal entre Dominique et la jeune héritière d'un mas des environs, paraissait fort occupé de cette dernière.

Derrière eux, Antoinette et Numa fermaient gaiement le défilé.

L'esprit absent des propos qui s'échangeaient entre ses compagnons, Dominique, l'oreille aux aguets, distinguait, par intermittence, quelques mots prononcés par Numa.

Elle l'entendit rire.

Le cœur lui battait misérablement. « Qu'est-ce que Toinou peut bien... ? »

La jolie Jacqueline Pagézy éclata de rire, à son tour. Le dialogue, à présent, s'aiguisait de pointes, tournant au marivaudage, entre Lucien et cette fille de dix-sept ans aux allures de chatte noire, pour qui Dominique Vernet faisait trop visiblement figure d'aînée.

A quoi bon continuer à cheminer ainsi, près d'eux, quand ni l'un ni l'autre ne se préoccupaient plus guère de sa présence quasi muette dont, sans doute, ils se fussent passés avec soulagement, songeait Dominique.

Le coin de salon où elle eût pu se tenir sans déranger personne, à sa place, entre sa jeune tante Madeleine et sa cousine Blanche, prenait, dans sa pensée, l'importance d'un abri perdu. « Y retourner... quitter les autres... »

Elle n'en imaginait pas le moyen. Et, obnubilée par la conviction grandissante de son importunité, n'osait plus même, fût-ce pour les en délivrer, ramener sur soi l'attention de ses compagnons.

« Ma place... Oh ! mon Dieu, ma place, où est-elle ? En ai-je seulement une ? »

S'apercevant qu'elle avait ralenti le pas, elle arracha, par contenance, au plus proche massif, une ombelle fleurie et feignit de la respirer.

Puis, soudain, s'avisa : « Numa va croire que je cherche à l'aborder. » Et, talonnée par cette crainte, se hâta pour rattraper les deux jeunes gens qui venaient de disparaître au détour de l'allée.

Le sang, à ses tempes, faisait un bruit de rivière en crue.

— Tu es bien pressée, lança derrière elle cette voix, dont le timbre lui faisait toujours battre le cœur.

Atteinte comme par une pierre, elle s'arrêta. Et se retourna, tremblante.

Son cousin était seul.

— Mais... et Toinou ? balbutia-t-elle.

— Elle est allée prendre son écharpe, dit-il, la rejoignant sans se départir de sa nonchalance.

Incapable de le regarder, Dominique se remit en marche à côté de lui.

Toutes ses idées désertaient son cerveau à la débandade. Un instant s'écoula, avant que parvînt jusqu'à sa conscience le sens des paroles de Numa.

Il disait :

— ... l'impression que Lucien et la petite Pagézy se sont débrouillés pour nous semer.

— Ils ont dû... articula-t-elle, la gorge nouée, sans pouvoir poursuivre.

Leur disparition lui ménageait enfin cet aparté qu'elle s'était, malgré soi, si souvent complue à imaginer.

Mais elle n'en éprouvait plus, étrangement, qu'une sorte de vertige découragé.

— Viens, décida Numa. Il n'y a qu'à retourner à la rencontre de Toinou.

Sous sa poigne nerveuse, Dominique fit docilement demi-tour.

Ils parcoururent le chemin en sens inverse.

Taciturne, les mains dans les poches, Numa avançait comme s'il eût été seul.

Lorsqu'il l'avait appelée, la jeune fille s'était figuré dans un éclair que son cousin voulait lui parler. Et peut-être, en effet, avait-il obéi à une impulsion de cette sorte. Mais elle décelait en lui, à présent, un désir fébrile d'abréger leur tête-à-tête.

Blessée, elle trouva dans sa révolte douloureuse la force de planter une flèche au nœud de ce silence.

— Tu as un bel enfant. Tu dois être satisfait, j'imagine ?

Numa inclina la tête, sans mot dire.

A présent, la colère qui commençait à sourdre en elle lui rendait sa lucidité, en même temps que son courage.

— ... Cela compense le temps qu'il t'a fallu l'attendre, n'est-ce pas ?

Lui lançant un coup d'œil de biais, elle le vit, obstinément muet, les mâchoires durcies.

— ... Au fait, d'après ce que tu m'avais laissé entendre, ne devait-il pas naître au début de novembre dernier ?

La main de Numa s'abattit sur son épaule, la clouant brutalement sur place.

— Assez, Niké.

Dominique lui fit face.

Leurs regards s'affrontèrent. Ce fut lui qui finit par baisser le sien.

— ... Je ne peux pas supporter de t'entendre parler sur ce ton de persiflage.

Les muscles jouaient à fleur de peau sous ses joues frémissantes.

Dominique regardait à présent avec une passion désespérée ce visage dont chaque trait, depuis si longtemps, s'était gravé en elle, pour sa joie ou sa peine.

« Ce visage... » Celui-là, et nul autre, parmi tant de visages rencontrés en foule, tout au long des jours. « Pourquoi ? Pourquoi ?... »

Elle se raidit :

— Je t'ai posé une question.

Le front plissé de rides, Numa semblait soudain vieilli.

— Je sais.

Quelques secondes durant, il demeura pensif, à la dévisager avec acuité.

— ... Et je suis prêt à te répondre, si tu tiens réellement à entendre l'explication qui t'est due. Elle n'arrangera rien, je t'en préviens.

Dominique considérait d'un œil brûlant la fraîche ombelle blanc rosé piquée de grains bleu paon qu'elle tenait encore entre ses doigts comme un bouquet minuscule.

Elle se mit à la décapiter de ses corolles, une par une. Et articula, les dents serrées :

— Qui te dit que je souhaite encore qu'elle arrange quelque chose ?... Du moins, au sens où tu l'entends.

Numa fit un pas vers elle.

— Niké, comme tu es dure !

Il esquissait un mouvement pour la ramener contre soi. Mais elle se déroba.

— Non, je t'en prie. Reste tranquille. Dis seulement ce que tu as à me dire. Est-ce donc encore plus difficile, cette fois ?... J'aurais cru, pourtant... ajouta-t-elle avec ironie, le fixant de nouveau.

Difficile... Sans doute l'était-ce, à en juger par l'attitude de Numa. Qu'avait-il donc fait de son assurance habituelle ?

La bordure de buis, contre laquelle son recul l'avait adossée, offrait à Dominique un appui flexible. Elle s'y enfonçait peu à peu.

Cette odeur de feuilles et d'humus qui montait vers elle demeurerait pour jamais, dans sa mémoire, inséparable de la scène qu'elle était en train de se regarder vivre.

Numa prit enfin son parti.

La jeune fille le vit aspirer une gorgée d'air en relevant la tête.

Une sorte de sourire morose naissait au bord des lèvres de son cousin, tandis qu'il la regardait de nouveau, avec une tristesse qui la mit, un bref instant, au bord de la défaillance.

— Difficile ?... Bah !... au point où j'en suis... Enfin, voilà : quand je suis venu te dire que je n'étais plus libre, je le croyais, mais c'était faux. Alice mentait. Oh ! elle a prétendu s'être trompée. Mais je ne puis la croire. Pour moi, c'était un mensonge. Elle m'a dupé délibérément, afin de se faire épouser.

Ce n'était pas une surprise. Dominique ne s'était guère attendue à autre chose. Cependant, elle se mordit les lèvres, traversée d'une souffrance aiguë, devant cette confirmation.

« Un mensonge. » Il avait suffi pour faire basculer l'axe de sa vie.

— Quand l'as-tu appris ? questionna-t-elle, avec effort.

— Cela fait environ trois mois. Tu comprends, passé la mi-novembre, comme la naissance tardait, j'ai commencé à le soupçonner. Et j'ai fini par arracher la vérité à Alice.

Numa paraissait maintenant trouver quelque soulagement à se confier à elle.

— ... Si tu pouvais savoir, Niké... Sur le coup, j'ai cru que la rage allait me rendre fou. Je me souviens... cette nuit-là... J'avais mes mains autour de son cou, et je serrais, je serrais !... Avec l'envie terrible de continuer, jusqu'au bout... et d'en avoir fini avec elle. Je... Non, tu ne peux te figurer. Quand j'y pense, à cette nuit...

Sa main se crispait sur son visage, à mesure qu'il en revivait le souvenir.

Mais Dominique ne songeait pas à le plaindre.

— ... Et puis... reprit-il. Il a bien fallu... Cet enfant, qu'elle attendait, tout de même... Mes parents, aussi, devant qui je devais sauver la face... Et, de toutes manières, je t'avais perdue... Alors... Puisque nous devons vivre ensemble, elle et moi... j'essaie de la ménager, de ne pas lui montrer trop de rancœur... Bref, de lui faire une vie acceptable. Que veux-tu... ?

« Numa... le Numa que j'aime... » Avait-elle jamais imaginé qu'il pourrait, un jour, se laisser porter ainsi, sans réagir, au gré d'une destinée truquée, bâtie par autrui ?

Numa, le chevalier éblouissant de ses rêves de petite fille, où était-il, son Numa, le vrai, dont celui qui se tenait, à cette minute, tête basse, devant elle, n'avait emprunté que l'apparence ?

— C'était trop tard, murmura-t-il encore. Que pouvais-je faire, sinon... ?

— Oui, bien sûr : te résigner.

Dominique sourit avec une amertume sarcastique.

— C'est d'ailleurs ce que tu as fait dès le début. Car, enfin, son enfant, tu n'as pas barguigné à le lui faire, n'est-ce pas ?

Numa secoua la tête en soupirant.

— Je sais bien... A ton point de vue, je suis inexcusable. Mais tu ignores de quoi tu parles, Niké. Tu es intacte, toi. Tu es pure. Comment pourrais-tu te représenter ce que...

Mais quelle chance lui restait-il de se disculper, en face d'une Dominique changée en statue, dont les prunelles sans fond ne contenaient plus la moindre tendresse ?

Lui non plus ne retrouvait pas, dans cette femme dressée pour exiger des comptes, l'enfant secrète, ardente et douce, qu'il s'était mis à chérir, presque à son propre insu.

Il avala une boule de salive, avant de poursuivre :

— Mais essaie de comprendre, je t'en supplie. On peut boire, pour tenter d'oublier une femme. On peut aussi coucher avec une autre. Ça n'ôte rien au chagrin, mais ça procure un répit. Ou enfin, on se le figure. Cela, n'importe quel homme te le dirait comme moi. J'étais si déprimé, si las, le soir des fiançailles, à Avricourt, après cette journée interminable où il avait fallu sourire sans arrêt, parader, feindre des sentiments que j'étais bien éloigné de ressentir... Alors... après avoir accompagné mes parents à l'hôtel, je suis retourné chez Alice, qui m'attendait. Et c'est cette fois-là, en réalité, que... Tu comprends, je croyais bien n'avoir plus rien à perdre.

Il regarda anxieusement Dominique.

La jeune fille l'avait écouté, les yeux fixes, agrandis par une stupeur croissante.

« Cela... non, cela... », jamais elle ne l'eût imaginé.

Le dégoût la fit frissonner.

— Je comprends, oui... Je comprends très bien, parvint-elle à dire, d'une voix blanche.

Elle avait la sensation que le souffle allait lui manquer.

— ... Ainsi, tu m'aimais, prétendais-tu quelques jours auparavant ? Mais tu n'as pas même pu patienter jusqu'au mariage pour retourner te vautrer dans le lit d'une fille que tu n'aimais pas. Et pour le lui faire, vite, vite, cet enfant dont elle avait besoin afin de te garder... Tu as osé me laisser croire que tu m'aimais, pour venir me raconter cela, ensuite !... Tes prouesses !...

— Niké !

Il voulut lui prendre les mains.

Dominique le repoussa violemment, de ses poings fermés.

— Ne me touche pas ! Ne m'approche pas !... Tu me donnes la nausée.

L'éclat de fureur glacée qui faisait étinceler ses yeux gris paralysait l'élan de Numa.

Il fit encore une tentative :

— Niké... Tu es injuste. Je t'aime, et tu le sais.

Mais elle refusa de l'entendre, et, lui tournant le dos, s'enfonça, au hasard, dans le sous-bois, comme un animal traqué cherche l'ombre et l'épaisseur des fourrés.

Numa la suivit.

— Je t'en supplie, Niké. Ecoute...

— Laisse-moi.

Des bruits de voix confus, et des rires, voyageaient dans le vent léger, entre les arbres.

« L'été... la chaleur... la joie... » Dominique y pensa dans un éclair, comme quelqu'un qui se noie. Ils ne reviendraient pas, pour elle. L'eau amère emplissait ses yeux et sa bouche. Elle suffoquait, elle perdait pied. « Papa ! Papa !... » Mais son père non plus ne pouvait l'entendre.

Dans un sursaut, elle se maîtrisa ; et fit face à son cousin.

— Tu as bien fait de me raconter cela. Je crois que c'était ce qu'il fallait me dire pour que je sois enfin délivrée de toi.

Il pâlit.

— Pourquoi ? Que vas-tu faire ?

Dominique le toisa durement.

— Rien que de très normal.

Le tronc écailleux contre lequel elle s'appuyait la meurtrissait sans qu'elle y prît garde, tachant de résine mal séchée le dos de sa robe.

— ... J'ai eu vingt-deux ans ce mois-ci. Je ne vais pas passer le reste de mon existence à te regretter, n'est-ce pas ?

Ce visage blême, ce regard encore incrédule qui s'attachait à elle, n'obtiendraient plus jamais rien de sa pitié. « Rien. Plus jamais. C'est fini », se promit-elle, résolue, arrachant de ses ongles la frange perlée de son réticule.

On entendait maintenant, distincts, les appels d'Antoinette :

— Hou-hou !... Numa !... Nique, Lucien, Laurent !... Où êtes-vous donc, tous ?

Nul ne se souciait de répondre.

— Elle va nous tomber dessus dans un instant, dit Numa, à voix basse.

Précipitamment, il adjura Dominique :

— ... Tu ne peux pas me condamner, mon tout petit ! Si tu savais ce que...

— Par ici, Toinou ! cria Dominique.

Les sons passaient avec peine de sa gorge à ses lèvres. Elle se reprit, pour lancer plus fort :

— Nous sommes là !...

Et, sans un regard vers Numa, courut, les jambes flageolantes, au-devant de sa cousine.

## 14

— Toi, par exemple, tu serais une fille encore toute jeunette, couvée, bichonnée, tenue dans du coton par ses parents... Cela te paraîtrait possible, de venir vivre dans un endroit comme ici ?

Dominique leva un œil railleur sur Maurice campé debout, à quelques pas d'elle.

— C'est à Claire que tu fais allusion, je suppose ?

Il ne manifesta nulle gêne. Mais agita dans le fond de sa poche — « ...comme Laurent, comme oncle Hubert, comme Papa, comme tous », pensa-t-elle — l'éternel bazar cliquetant que les hommes y laissent s'accumuler.

Et dit enfin :

— Ouais. C'est à Claire.

Abandonnant à la jeune fille le soin de déduire de son attitude légèrement choquée qu'il appréciait peu le manque de tact inclus dans la question.

Elle promena autour d'elle un regard critique sur la grande salle de Saint-Ange, sommairement meublée, où régnaient en permanence l'odeur du tabac refroidi, et le désordre de livres, de revues, et de vieux vêtements, qui constituaient l'atmosphère propre à Maurice.

Celui-ci s'impatientait :

— Alors ? Qu'en penses-tu ?

— Mon Dieu ! pourquoi non ? Edmée Raynal y vivait bien. Et tu connais pourtant ses goûts raffinés. Evidemment, il faudrait améliorer son installation, la rendre plus intime, plus confortable. Mais, après tout, c'est la mariée qui apporte ses meubles, la plupart du temps.

— Tu crois ? dit Maurice.

« Ma sœur, elle... » En dehors d'une dot au chiffre modeste, Henriette n'apporterait pas grand-chose à Laurent, ruminait-il. « Et moi, de mon côté... »

Qu'eût-il pu réclamer aux Guillermin, quand lui-même savait ne pouvoir compter, de longtemps, sur de grosses rentrées d'argent ? « D'abord, remettre le domaine en état. Ensuite, liquider le remboursement des avances consenties par mon père et le grand-père Daubenois... »

Une fois de plus, il tirait ses plans, pour aboutir, quoi qu'il en eût, aux mêmes perspectives.

— L'oncle Charles ne mariera pas sa fille sans rien lui donner, tu penses bien, assura Dominique.

— Oui, mais...

C'était là, en effet, l'espoir le plus ferme de Maurice. Mais s'il cédait complaisamment, en son for intérieur, à la tentation de le concrétiser par des chiffres susceptibles d'équilibrer son futur budget de famille, il eût craint, en le laissant paraître, de donner à croire qu'un calcul intéressé entrait pour une large part dans son désir d'obtenir Claire.

— ... Mais j'aime autant ne pas compter là-dessus, comprends-tu ? Un garçon qui se marie doit pouvoir assurer à sa femme une existence convenable. Et, quant à cela, même dans l'état actuel des terres, Saint-Ange a de quoi nous faire vivre. Mais peut-être pas de la façon dont Claire a l'habitude. Nous ne serons pas très au large, du moins dans les débuts. Il faudra faire attention à la dépense. S'en accommodera-t-elle ? Ça... ?

Maurice allait et venait à travers la pièce, soulevant de temps à autre le rideau, pour regarder cette bonne pluie drue qui, depuis la veille, descendait avec régularité sur les champs.

— Tu ferais mieux de le lui demander, suggéra Dominique, un peu lasse de contempler, de son fauteuil, les évolutions auxquelles il se livrait.

Il se retourna, et lui cligna de l'œil.

— Tiens !... Pour ça, si tu crois que je t'ai attendue !...

— Eh bien ?

— Eh bien ! elle accepte, naturellement, mais...

— « Naturellement », souligna Dominique, avec malice.

Maurice écrasa la pointe.

— « Naturellement », oui, sinon, pourquoi diable serions-nous en train d'en parler ?... Mais elle ne se représente pas du tout la réalité telle qu'elle est, je le crains. Et, moi, je ne voudrais pour rien au monde courir le risque d'essuyer, un jour ou l'autre, des reproches ou des plaintes. Après tout, hein ? elle pourrait choisir beaucoup plus mal, en fait de prétendant...

Il insista sans vergogne en la voyant sourire derechef :

— ... C'est bien ton opinion, pas vrai, Coco ?

Et reprit le fil de sa période :

— ... Mais elle pourrait aussi tomber sur quelqu'un de plus cossu.

— L'argent, tu sais... avança Dominique.

— Oh ! ça... Je ne te dis pas le contraire. Rien qui vaille autant qu'une bonne terre. Et, sur ce point, Saint-Ange...

Il reprenait l'antienne.

« Son Saint-Ange !... » pensa la jeune fille, mi-agacée, mi-indulgente.

Elle se leva, et, à son tour, se dirigea vers la fenêtre. La transparence des vitres laissait à désirer. Il devenait urgent, en effet, qu'une maîtresse de maison vînt prendre cet intérieur en main, se dit-elle.

Mais l'année serait bonne. Cette pluie, qui pénétrait profondément les sillons ensemencés, allait aussi faire du bien aux mûriers et à la vigne.

Maurice l'avait rejointe, et regardait aussi l'or du ciel se répandre sur sa tenure.

— Juste le temps dont on avait besoin, murmura-t-il, avec satisfaction.

Dominique tambourinait du bout des doigts sur le carreau.

— Au fond, que veux-tu que je te dise ? Tu fais « lou clerc et lou capelan[1] », depuis un moment. Il serait temps de conclure.

Maurice la dévisagea, sa curiosité en éveil.

Cette brusquerie de manières que prenait, depuis quelques jours, la jeune fille, ne lui ressemblait pas. Quelque chose lui était-il advenu, qui eût échappé à l'attention d'une amitié qui s'estimait pourtant vigilante ?

« Je parle, je parle... Et c'est tout le temps de moi qu'il s'agit », s'aperçut-il, non sans un léger remords. « Mais Nique... »

Quand donc avait-elle jamais ainsi parlé de soi ?

1. En français : « faire le clerc et le curé ». Prêcher le pour et le contre.

Que ce fût pour écouter une confidence, donner un avis, ou prodiguer une aide efficace, on s'attendait toujours à la trouver disponible. Et cet intérêt, qu'elle ne marchandait à personne, semblait si bien couler de source que l'interlocuteur, obnubilé par ses propres affaires, ne songeait guère à remarquer la discrétion qu'elle observait au sujet des siennes.

Pudeur extrême, tactique soigneusement mise au point, ou pur et simple oubli de soi... ? se demandait Maurice, perplexe.

— Qu'est-ce que j'ai ? Du noir sur le nez ?

Tiré de ses cogitations, il nota de nouveau la nuance d'agressivité perceptible dans l'apostrophe de Dominique.

— Mais non... Rien du tout.

— Alors, pourquoi me regardes-tu de cette manière ?

— Moi, je te... ? Ma foi... dit Maurice, vague.

A qui se confiait-elle ? « ...Ma sœur, peut-être ? Hum ! pas sûr. D'ailleurs, Hiette, à présent... »

Ses problèmes réglés une fois pour toutes, Henriette passait déjà le seuil d'une autre vie, d'un autre clan, où Laurent, délaissant les vieilles amitiés de la veille, se barricadait avec elle.

« Au fond, il n'y a guère que moi, maintenant, pour m'inquiéter de... »

Il prit un élan maladroit :

— Dis donc, Nique, tu as l'air à cran, ces jours-ci. Quelque chose qui ne va pas ? Tu me le dirais, j'espère, hein ?

— Moi ? Tu rêves. Que veux-tu qu'il y ait ?

Quel soulagement c'eût été, pourtant, de s'abandonner à une sollicitude fraternelle, d'être comprise, plainte, bercée, apaisée.

Cette peine qu'on ne peut dire, cette peine honteuse,

plus lourde encore d'avoir, sans répit, à se dissimuler... « Cela, Numa, jamais je ne te le pardonnerai. Tu étais libre de ne pas m'aimer. Tu pouvais en aimer une autre. Tu pouvais... Mais cela... cette histoire malpropre... » Ce jeu de dupes, où le ridicule, aussi, avait sa part... Elle suffoquait en y pensant. Le soir même des fiançailles, « ...quelques jours à peine après être venu m'avouer... Comme des chiens... ».

Au-dehors, le vent tournait plein sud. L'averse mitrailla les carreaux.

Ce ruissellement, sur la vitre, donnait à Dominique la tentation d'y exposer son visage aride, gonflé, lui semblait-il, de toutes les larmes retenues que venait de faire affleurer la simple question de Maurice.

Un vers lui revenait, appris au pensionnat, autrefois, un vers incomplet, échappé de quelle longue tirade ? : « *Je cherche* la... le... le quoi ?... *et la nuit, pour pleurer.* » Cela tournoyait dans sa tête, de façon lancinante, avec le trou du mot manquant. « *Je cherche... Je cherche...* »

Elle ouvrit la bouche pour dire à Maurice : « Tu le sais, toi... ? » Et se ressaisit juste à temps. Qu'eût-il pensé ?

A présent, elle n'osait plus se retourner vers lui.

Pour se dégager du silence où elle perdait pied, elle murmura, sans conviction :

— La pluie dégringole plus fort que jamais.

Frissonnante de sentir, tout à coup, une grande main forte peser sur son épaule.

Maurice s'y trompa :

— Mais, dis donc, ma parole, tu... Bécasse, va ! Tu ne pouvais pas le dire tout de suite, que tu avais froid ? Attends, que j'ajoute quelques rondins bien secs. Une minute, et tu vas voir cette flambée du tonnerre...

De l'embrasure de la croisée, Dominique le suivit

des yeux, tandis qu'il s'affairait entre le coffre à bois et l'âtre.

Elle essayait d'imaginer un Numa qui eût ressemblé à Maurice. Comme, alors, le bonheur eût été facile !

Si facile ? Non pas, peut-être : « Au fait... Et sa ravaudeuse de la Place d'Armes ? »

Qu'eût-il pu répondre, l'amoureux transi de Claire, interrogé sur ce détail ? « La semaine dernière encore, les filles Roustan l'ont vu entrer... »

— Viens te chauffer, Coco. Qu'est-ce que tu attends ? dit l'amoureux transi, parfaitement inconscient des réflexions sans bienveillance qu'il suscitait chez sa confidente.

Il attira devant la cheminée, pour l'y installer, le meilleur siège de la salle, un voltaire descendu branlant et dépenaillé du grenier familial, que les soins du menuisier du village, conjugués avec ceux d'Elise Royer, avaient fini par rendre présentable.

Rassuré, et satisfait de pouvoir l'être à si peu de frais, il se multiplia auprès de Dominique :

— Tiens, fourre-toi ce coussin derrière le dos, tu seras mieux. Là ! Ça va, maintenant ?

Ce n'était que Maurice, mais c'était bon, tout de même, songeait-elle, acceptant avec délices ces prévenances inaccoutumées.

Le ronflement des flammes montait par-dessus les rafales du dehors et le gargouillis monotone de l'eau dans la gouttière. Le monde extérieur et ses pièges cruels avaient disparu derrière l'opacité grise où se diluait la journée.

Un parfum liquoreux envahissait la pièce, mêlé aux senteurs du bois brûlé.

Le chagrin était une aventure lointaine, une cicatrice indolore, si l'on n'appuyait pas dessus.

Maurice, le pot à tabac sur les genoux, bourrait une

pipe, avec des gestes, qui évoquaient familièrement, pour Dominique, la quiétude quotidienne d'une époque révolue.

Tandis qu'elle-même ajoutait le sucre, l'écorce d'orange, et dosait les épices, dans la casserole où bouillottait le vin cuit, comme jadis, lorsque la bande rassemblée, certains après-midis pluvieux de septembre, oubliait, dans la gaieté du premier feu, parmi l'éclatement des marrons qui rôtissaient sur la braise, la fin imminente des jeux, et l'approche maussade de la rentrée.

— N'aie pas peur de forcer sur le clou de girofle. François a toujours dit qu'il faut en mettre au moins trois têtes pour...

Même le souvenir de François ne faisait plus mal.

Tous deux dégustèrent leur vin brûlant, à petites gorgées gourmandes, l'esprit agréablement vide.

— Avance ton bol, Coco. Il en reste encore un peu à partager. C'était fameux, hein ? Il faudra en faire, une fois, pour Claire.

« Pour Claire... Ah ! oui, bien sûr. » Maurice ne cessait pas, lui, de la compter dans ses projets.

Claire prendrait possession de tout, dans cette pièce même, où il faisait si bon, à cet instant, n'être ensemble, que deux enfants grandis côte à côte. Elle aurait droit au meilleur fauteuil, Claire, à la meilleure place devant le feu, à la meilleure place dans le cœur d'un garçon, non pour ce court moment qui allait finir, mais pour chaque heure de son existence.

Et à Dominique, que resterait-il, pour sa part d'amie ?

Peut-être une pensée du même genre s'était-elle présentée à Maurice. Débarrassant la jeune fille du bol qu'elle tenait, il s'enquit, apparemment sans grand à propos :

— Dis donc, Louis Bresson a dû rentrer de Paris ?

Une carte, reçue deux jours après le baptême de Tourvieille, annonçait, en effet, ce retour à Dominique.

— Probablement.

Le laconisme de cette réponse ne découragea point Maurice.

— Il nous manque, tu ne trouves pas ?

Dominique se baissa pour écarter du foyer le trépied et sa casserole noircie où commençait à se recroqueviller un restant d'écorce d'orange. Puis, releva son visage, dont le reflet du feu pouvait suffire à expliquer la rougeur.

— Oh ! tu sais... Peut-être un peu, oui... Mais je pense que nous allons le voir arriver à Mogador dimanche.

Des chocolats de Boissier dans la coupe ; un parfum de Guerlain frais à miracle, sur la coiffeuse ; un éventail de plumes blanches à monture de nacre, — à chaque instant, elle ouvrait le tiroir de la commode pour le contempler — irisé et floconneux, dérobé, à son intention, chez quelque dame-fée des neiges logée rue de la Paix ; les derniers livres parus, encore introuvables à Avignon, chez Roumanille... Tous les cadeaux rapportés par Louis Bresson témoignaient au regard de Dominique du souci constant qu'il avait conservé d'elle, durant son séjour à Paris.

Pensive, elle s'assit devant sa table de toilette, déboucha le flacon de cristal, le respira, toucha le lobe de ses oreilles avec la flèche du bouchon...

« — *Pourvu qu'il vous plaise !... La vendeuse m'a certifié que c'est ce qu'ils ont de plus fin et de plus "jeune fille". Mais je me demande...* »

Elle voyait par la pensée Louis, égaré dans ce microcosme du luxe féminin, pliant, non sans embarras, sa haute stature au-dessus des écrins capitonnés, incertain du choix à faire.

Numa, lui, devait savoir se tirer avec assurance de cette sorte d'épreuves. Et même, sans doute, y prendre plaisir, en connaisseur. « — *Tiens* », eût-il dit négligemment, « *voilà pour remplacer le parfum dont tu te sers, qui ne te convient guère.* » Ou quelque chose d'approchant.

« — *Pourvu qu'il vous plaise !...* » Cette gaucherie, cette crainte de s'être fourvoyé, ce désir anxieux de voir agréer son offrande, Dominique les reconnaissait trop comme siens pour ne point s'émouvoir en découvrant qu'elle pouvait à son tour les inspirer à autrui. Elle était du parti de Louis, « ...du parti de ceux qui aiment plus qu'ils ne sont aimés », pensa-t-elle, avec mélancolie.

« Et pourtant... » les traits de Louis, sa carrure découpée sur le fond vert brillant du massif de fusains, au tournant de l'allée, tandis qu'il s'avançait pour la rejoindre, l'avant-veille, n'étaient pas des images déplaisantes à évoquer.

Pas plus qu'il n'était désagréable à la jeune fille de se remémorer, par bribes, leur dialogue de ce jour-là.

« — *Dominique...* » Avec quelle gravité il le prononçait, ce grave prénom, qu'il était le seul à lui donner en entier.

Quelqu'un d'autre disait : « Niké ». Niké, seulement. D'une voix moqueuse ; ou caressante ; ou... « Oh mon Dieu !... n'y plus penser. Jamais, jamais. Je m'interdis... Je refuse... Des chiens, comme des chiens !... »

« — *Dominique, voyez, le printemps est là. Ou presque. Faut-il vraiment que je m'en tienne à la date du calendrier pour être quitte avec le délai que vous m'avez fixé ?... Ne voulez-vous pas me permettre de vous dire enfin ce que vous savez déjà depuis si longtemps ?... Ne puis-je espérer obtenir bientôt votre réponse ?... Dites ?* »

Au moins Louis ne l'avait-il jamais traitée en petite fille un peu sotte.

Elle aimait le respect profond de son jugement, et de son libre-arbitre, qu'il lui marquait en toute occasion.

Cette simplicité virile, qui dédaignait le marivaudage des sentiments, et s'engageait sans réticences, créait le seul climat au sein duquel elle se sentît confiante, détendue, en accord avec soi-même.

A cet instant encore, la simple réminiscence des paroles du jeune homme l'emplissait de nouveau d'une sensation de chaleur, si bienfaisante.

Avec un regret bourrelé de rancune, elle se représenta subitement l'amour intact qu'elle eût pu vouer à Louis dans sa plénitude, si, d'avance, Numa ne fût venu gâcher cette chance, la plus grande, peut-être, que son destin lui eût tenue en réserve.

Numa, et sa condescendance, son éternelle ironie, son égoïsme, son inconscience, son manque de scrupules. Numa, et le théâtre d'ombres devant lequel il l'avait tenue en haleine — par quels artifices ? des années durant, telle une dormeuse éveillée, tandis que la vraie vie s'écoulait autour d'elle.

« — ... *Regardez votre amie Henriette, qui épouse Laurent... Et, à présent, la petite Claire va se fiancer à Maurice Royer... Si vous vouliez... Ne pourrions-nous aussi... ? Dominique... J'ai une telle soif de bonheur pour nous deux. Je me sens tellement capable d'assurer le vôtre... Je sais si bien que...* »

« Cher Louis... » Impossible de ne pas voir qu'il maîtrisait à grand-peine une envie dévorante de la prendre dans ses bras. Impossible de n'en être pas touchée... et, en même temps — qui sait ? — peut-être un peu déçue.

Et cependant, ce jour-là, Dominique n'avait pas su tirer de soi cet acquiescement tacite que guettait Louis pour se hasarder.

« — *Oh ! Louis, c'est que... Moi, je sais seulement que j'ai pour vous plus d'estime, et de... oui, de sympathie... que pour aucun autre. C'est vrai, Louis. Vous m'êtes... très cher. Et je crois...* » Le frémissement de la main qu'avait frôlée la sienne, et ce mouvement brusque, soudain, du jeune homme ; et son recul, à elle... : « *...Non, Louis ! Non, je vous en prie... Ne vous figurez pas que je veuille jouer à la coquette, mais... Accordez-moi encore un peu de temps. Juste quelques semaines. Deux ou trois, pas plus... Je crois, oui, que je pourrais vous donner une grande tendresse, mais je ne suis pas sûre... enfin : pas encore tout à fait sûre que... (Oh mon Dieu ! aidez-moi. C'est si difficile !...) ... Que cela suffira* », avait-elle achevé, dans un souffle.

Etait-ce là, exactement, ce qu'il eût fallu dire ?

On manie les mots, sans bien savoir... Comme les enfants lancent des pierres. Même lorsqu'on s'est figuré les peser.

Les facettes taillées du flacon faisaient scintiller d'éphémères arcs-en-ciel entre les doigts de Dominique.

Elle le coucha doucement dans l'écrin, à sa place, au centre de la coiffeuse.

« Etre honnête... Ne pas mentir... Louis mérite bien... »

Mais la vérité sait prendre des apparences si diverses. Quel visage de fête Louis avait-il donc cru pouvoir donner à celle-là, pour l'accueillir si joyeusement ?

Elle se l'était demandé, interdite, en le voyant s'emparer de ses mains, les couvrir de baisers ; et lui dédier sa reconnaissance dans un sourire d'une telle franchise que le courage lui avait manqué pour préciser ce qu'elle avait voulu exprimer.

« A-t-il seulement entendu... ? »

Que ses derniers mots eussent échappé à Louis, Dominique était à présent tentée de l'espérer.

« Quelle folie, de le décevoir d'avance, quand je suis décidée, si je l'épouse, à faire de notre mariage une réussite ; ... en tout cas, à le rendre aussi pleinement heureux... »

Des éclats de voix subits, filtrant depuis l'escalier, vinrent la distraire de sa rêverie.

Elle prêta l'oreille durant quelque instants : Berthe querellait quelqu'un. Sans doute Eugénie.

Puis, une porte claqua, et la grande maison retomba dans son silence.

« Ce silence... » Tout à coup, Dominique le trouvait oppressant.

« Si, l'an prochain... » Elle se complut à tracer l'esquisse d'un avenir qui, délivrant enfin de leur torpeur les chambres et les couloirs inhabités, les remplirait à nouveau de cris et de rires d'enfants.

A quoi bon hésiter encore ? Ce délai, qu'elle avait absurdement imploré de Louis, lui pesait presque, maintenant.

Le grattement habituel qui précédait l'entrée de Mathilde la fit sursauter.

— Oui. Que veux-tu ?

— C'est Victor qui vous fait dire que Vigouroux attend dans le bureau, ma galinette.

D'un bond, Dominique fut debout, rejetée dans la réalité. Tout en dégrafant sa robe de chambre, elle courut vers la penderie, non sans dévier au plus juste pour éviter la plantureuse galiote encalminée en plein mitan de la chambre.

— Mon Dieu ! Et moi qui ne suis pas prête !... Mais quelle heure est-il donc ? Il doit être en avance !

— Vé ! vous entendez pas ? Neuf heures sonnent.

La jeune fille se mordit les lèvres.

Pour la première fois depuis qu'elle régentait Mogador, elle venait de se laisser surprendre à flâner.

Fébrilement, elle revêtit sa tenue de cheval.

— Vite ! Aide-moi. Apporte mes bottes, veux-tu ? Vite ! vite ! Je t'en prie, presse-toi !

Mathilde fit de son mieux et allongea un tantinet sa démarche dandinante, sans se départir pour autant de sa placidité coutumière.

— Pas besoin de vous dévarier[1], ma caille. Vigouroux, il vous attendra bien. Pour une fois en passant que vous...

— Tu ne comprends pas, dit Dominique, peinant pour se chausser. C'est pour l'exemple.

— Hé bé !... suffoqua Mathilde. Hé bé ! Ça, alors !...

Sa jeune maîtresse dut presque lui arracher la seconde botte qu'elle serrait sur son sein sans plus songer à la lui tendre.

— ... Et vous trouvez que vous le donnez pas, assez, l'exemple, peut-être ?... Que, même le maître, dans le temps, il a jamais risqué de faire panterne moitié autant comme vous ! Rappellez-vous qu'il en prenait autrement à son aise ! Et ça marchait, n'empêche ! Vous direz pas le contraire !

Dominique boutonnait son chemisier blanc, tout en cherchant des yeux sa cravate.

Elle hocha le menton.

1. *Se dévarier* : se bousculer, se mettre hors de soi.

— Bien sûr. Mais justement, c'était Papa. Il pouvait se le permettre, lui. Pour abattre la même besogne, moi, j'ai besoin de beaucoup plus de temps. Et, d'autre part, si je veux me faire obéir...

Ce travail d'homme qu'elle avait entrepris, sans se demander si elle aurait la force de le mener à bien. « La force, on la trouve. Seulement, à la longue... »

Mais bientôt, peut-être, un homme viendrait la décharger d'une bonne part de la tâche. Elle n'avait qu'à vouloir. Un homme tel que son père eût pu le souhaiter pour en faire, après lui, le dépositaire de Mogador.

« Il se plaît, ici. Et il s'entend à toutes ces questions. »

Le successeur du notaire, c'eût été Auguste. Le cadet, lui, n'avait rien d'un juriste. Jamais il n'entrerait à l'étude. « *Je suis le bouseux de la famille* », disait-il parfois, en riant.

« Grâce à Dieu ! » pensa Dominique.

L'étude beaucairoise, comme, aussi bien, le mas que possédaient les Bresson, aux portes de la ville, elle ne s'en souciait point, sinon pour les évaluer. « Plus tard, cela se vendra un bon prix. »

Que Louis pût demeurer attaché à son patrimoine comme elle-même l'était au sien ne lui venait pas à l'esprit. Seul Mogador comptait. Et une grosse somme d'argent frais serait nécessaire, calculait-elle, quand les enfants leur naîtraient, afin de racheter les parts d'Isabelle et d'Anne.

« Mon fils, un jour, aura toute la terre. » Le vieux rêve se dessinait, qu'avaient poursuivi les femmes de Mogador avant elle.

« Mon fils... » Elle osa formuler sa pensée : « François Bresson-Vernet. »

Et Louis, elle en était sûre, aimerait à s'occuper du domaine avec elle.

Elle se tourna vers Mathilde qui l'aidait à endosser sa veste, lui plaqua un baiser rapide sur la joue :

— Merci, ma vieille chérie.

... Cueillit au passage ses gants de gros cuir sur le chiffonnier, et se précipita vers la porte, et l'escalier ; vers le bureau, où l'attendait le baïle ; vers la semaine de travail à peine entamée, dont il faudrait venir à bout — une semaine chargée — et les suivantes, plus chargées encore ; vers tout l'avenir qui restait à faire.

« — *De toute façon* », avait dit Louis, « *...si je ne puis vous voir d'ici là, nous nous retrouverons toujours, n'est-ce pas, au Cigalier, dimanche, pour les fiançailles de Clairette ?* »

« Eh bien, voilà ! Demain... »

« — *Ma chérie, ne me faites plus languir. Demain, dans l'après-midi, puis-je venir chercher votre réponse ?* »

« Demain, Louis... » Et, dans quelques semaines, il y aurait à Mogador une fête toute pareille à celle qui venait de mettre le Cigalier en liesse. « Ici... Et pour moi, cette fois. Pour moi... »

Dominique s'étira.

Une fièvre légère dominait la lassitude qu'elle ressentait après cette journée. La rumeur des conversations, de la musique, des rires, continuait dans son cerveau, comme un fond d'accompagnement, sous le thème auquel, sans cesse, revenaient ses pensées.

Elle appliqua un instant ses paumes froides sur le feu qui lui brûlait les joues, et, renversant la nuque contre le dossier du fauteuil, de nouveau, revécut le bref moment où, sur la terrasse du Cigalier, un peu grise, un peu frissonnante dans le vent du soir qui balayait l'Alpille, elle s'était trouvée soudain à l'abri contre la poitrine de Louis, derrière le rempart étroit de deux bras refermés autour d'elle.

« *Ma chérie...* » Un mot si banal, si usé... Comment pouvait-il avoir pris ce son neuf pour l'atteindre si profondément, avec la chaleur d'une caresse prolongeant le baiser de Louis ? « *Ma chérie...* » : se savoir, se sentir enfin, réellement, « la chérie » d'un homme, et l'unique, pour lui.

Et, la tête un peu perdue, les tempes bourdonnantes, dénouée, vacante, boire — « ...Enfin ! enfin !... » — ... boire cet amour qu'on vous offre, et sa sécurité, et sa force généreuse. Comme une anglore [1], sortie du long hiver, se gorge follement d'un premier soleil. « Boire... » à pleines lèvres, à la mesure de sa soif.

Elle se rappelait le chuchotement ému, et triomphal, de Louis, lorsque leurs bouches s'étaient déprises ; et ne regrettait rien.

« Oh ! non, rien. Je puis le rendre heureux, et... je veux être heureuse, moi aussi », se dit-elle, avec une violence presque sauvage. « Je veux... Et je peux l'être. Puisque, aujourd'hui, je... » Elle passa la langue sur ses lèvres sèches, avec l'espoir inconscient d'y retrouver ce goût de bonheur, étonnant, inattendu, qu'y avaient fait jaillir celles de Louis. Une haute vague de désir la soulevait, à laquelle elle s'abandonnait, légèrement arquée, crispant ses doigts sur les accoudoirs du fauteuil.

— Alors, ma mie, dit Mathilde qui l'observait — comme tout le monde, entre Provence et Languedoc, elle prononçait : « ma mi-ye » — alors, ma mi-ye, vous avez passé du bon temps, aujourd'hui ?

---

1. *Anglore* : lézard gris des murailles.

— Mmmm... marmonna vaguement Dominique.

Le corps détendu, à présent, elle se laissait glisser, plus allongée qu'assise, les yeux mi-clos, les mains pendantes.

Epars à travers la pièce, le chapeau cloche, les gants, le petit sac perlé, la cape de peluche, la robe couleur de lilas — velours et crêpe de chine — les charles IX de chevreau mordoré, les bas, la lingerie, requéraient les soins de Mathilde. Mais celle-ci préféra ignorer le désordre.

Dominique revint à soi, et sourit à sa rugueuse providence.

Enracinée devant la jeune fille, elle voulait d'abord son dû d'informations.

— Hé bé ! alors... ? Racontez un peu.

— Curieuse, va !... Que veux-tu que je te dise ? Tout s'est très bien passé. Clairette était resplendissante, et Maurice, beau comme un astre. Très... — elle sourit de nouveau — très assuré dans ses faits et gestes, très « propriétaire terrien ».

Mathilde hochait la tête, incertaine de bien comprendre, mais ravie tout de même de recueillir ces précisions.

— ... C'est sa grand-mère Daubenois qui a donné la bague : un joli brillant, extrêmement pur. On voit de reste que cette alliance lui convient. Marraine, elle, était tout émue. L'oncle Charles aussi, d'ailleurs. Tatie nous a fait faire un déjeuner somptueux, et un dîner qui l'était encore davantage. Je crois que nous avons mangé et bu pour tous les jours à venir. Nous étions près de quarante, sans compter la table des enfants. Le mariage aura lieu le 3 juillet, quatre semaines exactement après celui de Laurent et Hiette. Tatie a poussé les hauts cris, devant cette hâte. Mais Maurice a fait valoir qu'ensuite, il ne pourrait plus s'absenter de la propriété jusqu'à l'entrée de l'hiver, et l'oncle Charles a fini par lui donner raison. Quoi encore... ? Ah ! oui ! on a beaucoup dansé, grâce au phonographe de Maxime, qui alternait avec le piano. Je crois que jamais je n'avais vu l'oncle Hubert aussi gai. D'ailleurs, il y avait énormément d'entrain. Bref, je me suis bien amusée. Voilà.

Qu'eût-elle pu raconter d'autre ?

Mais, tandis qu'elle parlait, ajoutant un détail à un autre, c'était la silhouette de Louis qu'elle revoyait, imprécise, appuyée au gros cyprès qui les cachait tous deux, au coin de la terrasse, et ses yeux qui brillaient, dans l'obscurité naissante, alors qu'il se penchait sur elle.

« Et mon mariage, à moi... » Probablement Louis allait-il insister pour que la date en fût fixée au plus tôt. « Pourquoi pas en juillet, nous aussi ?... Ah ! mais j'oubliais que... » Elle avait promis à Maurice de veiller sur Saint-Ange durant le voyage de noces de ce dernier. Et n'était pas loin de le regretter, à présent.

« Alors, en juin... ? » Cela pourrait paraître un peu précipité, et Tatie dirait encore...

« ...Voyons, en mettant les fiançailles au premier dimanche d'avril, cela fera... Evidemment, les gens... »

« Bah ! » conclut-elle, rejetant le problème, « ...je verrai bien ce qu'en dira Louis. »

Pour prendre désormais une décision, quelle qu'elle fût, elle ne serait plus jamais seule.

— Ah ! je suis fatiguée !... exhala-t-elle, dans un bâillement. Mon Dieu ! que je suis fatiguée !...

De la fatigue du jour, et aussi d'une telle charge, lentement accumulée, et portée sans se plaindre, plusieurs années durant.

Mais à présent qu'elle en voyait la fin, c'était tout

simple d'en parler, parce que cela n'avait plus d'importance.

— Tant que ça, mon agneau ? Alors, mettez-vous vite au lit. Je place vos affaires à côté, et je reviens vous souffler la lumière.

Ce grand pré blanc des draps bien lisses, bien tendus, frais au corps, à travers la chemise de batiste. Dominique s'y étendit avec un frisson de bien-être. Il était doux et reposant de se sentir au seuil de la nuit, près de couler dans le sommeil, tandis que Mathilde vaquait encore, à grands pas sourds, aux derniers apprêts, disposant pantoufles et peignoir à portée, vérifiant la combustion du caleù[1] ; et s'approchait enfin pour éteindre la lampe.

— Sous peu, quand nous aurons l'électricité, imagines-tu comme ce sera pratique ? Un bouton à tourner, et... plus de mèches charbonneuses, de lampes à garnir, à trimballer d'une pièce à l'autre... Pense donc !

Pour agréable qu'elle fût, la perspective ne paraissait guère susciter d'enthousiasme chez Mathilde.

— On verra ça, grommela celle-ci. Allez, dormez bien.

Sa silhouette trapue intercepta, quelques secondes durant, la petite lueur jaune de la veilleuse, avant de se confondre parmi les ombres du fond de la chambre où, seules, quatre raies de clarté délimitaient la porte de la salle de bains.

Le bruit que fit cette porte, en se refermant, était significatif, pour Dominique.

Avec un soupir, la jeune fille épia, malgré soi, les échos du remue-ménage coléreux qui s'ensuivait, de l'autre côté de la cloison.

« Elle est, d'avance, hostile au moindre changement,

1. *Caleù* : veilleuse à huile.

même si cela implique une amélioration qui simplifie sa tâche », pensa-t-elle. Tout comme l'étaient, d'ailleurs Victor et Berthe, « ...et jusqu'à cette grosse molle d'Eugénie ».

Impatiemment attendue par Tonin et Ranguis qui en parlaient chaque jour, et davantage encore par le baïle, l'implantation de la ligne électrique sur laquelle allait se brancher Mogador avait réuni contre elle l'unanimité de l'office.

Cette résistance sournoise, qui trouvait mille petits prétextes à se manifester, irritait Dominique, vainement obstinée à la réduire ; et plus encore, à présent que se rapprochait l'époque où les travaux commenceraient dans la maison même.

« Et lorsqu'ils vont apprendre, pour Louis... Que diront-ils ? Qui sait si... ? »

Elle se représenta leur escouade sur le pied de guerre : Berthe, à la redoutable langue, flanquée de son Eugénie qui ferait chorus, comme toujours. Et Victor, si vite offusqué, si volontiers gourmé, plus irréductible encore que son épouse, lorsqu'il se retirait sur sa montagne de silence, tel Moïse au Sinaï. Et Mathilde, surtout, dont la familiarité possessive tolérerait peut-être mal une intrusion risquant de modifier quelque peu des rapports établis depuis si longtemps entre elle et sa jeune maîtresse.

Comment se comporteraient-ils, tous, retranchés derrière leurs habitudes si vieilles qu'elles s'étaient codifiées, avec leurs droits et leurs interdits, face à l'autorité nouvelle de Louis ?

Allait-elle devoir entrer en lutte avec eux, pour leur imposer son mari ?

Un instant, Dominique sentit le découragement l'effleurer.

Mais « Bah !... » Elle repoussa ce nouveau problème. Déjà, il se vidait de son importance, dans la pénombre dorée de la chambre, alors que les membres se détendaient si parfaitement, entre les toiles à présent tiédies, où il suffisait de déplacer à peine le bras ou la jambe pour retrouver, intacte, la fraîcheur.

Louis, décida-t-elle, saurait se débrouiller avec ses propres ressources. « Après tout... », n'avait-il pas pour lui cette volonté patiente, avec laquelle il l'avait finalement gagnée ? Et sa compréhension à l'égard des êtres, quels qu'ils fussent... Et aussi une certaine dose de cette même sympathie que, naguère, Frédéric Vernet et, après lui, son fils François, avaient su si prodigieusement irradier sur chacun, autour d'eux.

« La loyauté de Louis... la tendresse, la fidélité de Louis... »

Tandis que, « ...comparé à lui... ».

Mais non : « Louis, et seulement Louis. » Il n'était plus permis de penser à un autre. Fût-ce pour le juger, cet autre, sans complaisance.

« Louis... Et son humanité. Et sa discrétion. Et son respect. Et... »

Le sommeil venait.

Assoupie, déjà, elle eut encore le temps de se murmurer qu'elle aimait vraiment beaucoup Louis. Puis, elle s'endormit.

## 15

Le matin tout entier paraissait sourire. Léger, transparent, bleu poudré d'or, il exhalait cette moiteur miraculeuse qui, certains jours, au début du printemps, préfigure l'alanguissement lointain de l'été. Un fil de brise, promenait par bouffées les parfums des haies d'aubépines et de cognassiers en avance sur leur floraison, et celui des myriades de narcisses nappant les creux humides qui achevaient la leur.

Le ronron du motoculteur que l'on voyait progresser là-bas, dans le soleil, montait en saccades régulières, sans troubler la perfection d'une minute où le temps, apparemment immobile, avait soudain trouvé le visage de l'éternité.

Le petit groupe réuni sur la lisière du terrain labouré discutait sans passion. Les trois hommes comme la jeune fille se laissaient pénétrer d'un bien-être rendu presque palpable par cet instant de silence. A quelques pas, le *Trève* prospectait d'un museau prudent quelques touffes d'herbe rase à sa portée.

— D'ici midi, Mahomet va taper dur, là-haut, prophétisa Tonin, après avoir aspiré avec délices une bonne lampée d'air, et déboutonné son gilet de tricot.

Vigouroux approuva de la tête.

— Ça oui. Plutôt. Nous aurons eu un temps béni pour nos semailles. On finit le maïs demain.

Ranguis, lui, se contentait de tirer sur sa pipe, les yeux rapetissés de satisfaction entre ses paupières plissotées sous les gros sourcils blanchissants.

« Un calme... une douceur... » songeait confusément Dominique, goûtant l'un de ces rares moments où la trêve, provisoirement établie entre le baïle et le contremaître, la libérait du souci d'arbitrer, sans froisser aucun des deux hommes, les points de vue souvent divergents qu'ils soutenaient avec une égale intransigeance.

— L'année se présente bien, reprit Vigouroux. Vous avez vu les cerisiers et les pêchers, Mademoiselle. Ça promet, pour les fruits, pas vrai ?

— Oui.

C'était bien le moins qu'il en fût ainsi. Tant de tailles, de binages, de sulfatages, de greffes, de pulvérisations prodigués, tant de victoires difficilement remportées sur la cloque, la gomme, le rouge, et les insectes, avec les moyens réduits de ces années de guerre, ne pouvaient l'avoir été en vain. Dominique et son baïle mettaient de grands espoirs en ce verger planté à l'automne 1915, qui avait donné tant de soucis à la jeune fille, et allait enfin, à présent, entrer dans la période de plein rapport.

Mais Tonin était indéfectiblement l'homme de la vigne. Chaque souche, à Mogador, jadis mise en terre par ses soins, qui cédait la place à un scion ou une haute tige de fruitier, lui laissait au cœur un amer sentiment de dépossession.

— Cocagne maintenant ! On en reparlera d'ici quelques semaines. Deux ou trois nuits de gelée blanche, et tu viendras me dire les dégâts.

Vigouroux lui lança un coup d'œil ostensiblement chargé de la plus pesante patience.

— Et zou maï [1]... Ah ! vous, comme oiseau de malheur !... Vous en faites pas, on veillera au grain. Puis, on est équipés, tout de même. Vous vous croyez toujours dans l'ancien temps. Mais, on a des thermomètres, des nappes fumigènes, des braseros, des...

— Des braseros ! Ah vaï ! ne me fais pas rire. De qué, des braseros ?... C'est pas parce que tu chaufferas le clair de lune que tu vas empêcher tes pêches...

— Oh ! non, pour l'amour du ciel !... s'interposa Dominique. Je vous en prie, vous n'allez pas... Tonin !

On ne lui gâcherait pas ainsi la beauté de cette matinée qui commençait pour elle un jour important entre tous.

— ... Lorsque Maman et François ont décidé de replanter en fruitiers les dix hectares de la Vieille

1. *Zou maï* : encore une fois.

Vigne, ils n'ont fait que réaliser un projet de mon père, après tout. Et Papa savait ce qu'il avait à faire, n'est-ce pas ? Vous n'allez tout de même pas me dire le contraire ?

Le vieux capitula :

— Non... Sûr que non... Lou paùro Moussu [1]... Et, mortifié, coupa court : Ah ! faut que j'aille voir à remettre quelques échalas qui sont tombés, au Plan Roussi... Vènes [2] ? lança-t-il à Ranguis.

Celui-ci n'avait pas bronché durant la querelle, peu désireux de donner tort soit à son gendre, soit à son vieux compère.

— Oï, dit-il, alors, zou, anèn [3]. A tantôt Madamiselo.

— A tantôt, répéta Tonin, après lui.

Dominique les regarda s'en aller, côte à côte, encore droits, mais les épaules arrondies, la démarche lente, et lourde, creusant à chaque enjambée la terre meuble, profondément, comme s'ils allaient y descendre. A mesure qu'ils s'éloignaient dans le soleil, leurs silhouettes devenaient noires et plates. Tandis qu'elle cherchait encore, pleine de regrets, le mot amical qu'elle n'avait pas su dire à Tonin pour qu'il partît rasséréné.

— Laissez-le dire, Mademoiselle. Tout ça, c'est des idées d'un autre siècle. Faut pas vous mettre martel en tête. Evidemment, il y a des risques : il y en a toujours, dans notre métier. Mais comment vous croyez qu'elles se font, les fortunes, à Châteaurenard, à Eyragues, à Cabannes, si c'est pas avec les fruits ? insista Vigouroux, la voyant pensive.

---

1. Le pauvre monsieur.
2. Tu viens ?
3. Allons.

« *D'un autre siècle*... C'est vrai. Tonin, Ranguis... » Leur temps les quittait. « Dans peu d'années, ils seront morts. » Comme l'étaient déjà, presque, Victor et Berthe. Elle vivait au milieu des morts.

Un instant, ce paysage familier d'olivettes, de vignes, d'emblavures, lui apparut comme le vaste cimetière où s'étaient engloutis tous les siens.

Et le sillon sur lequel elle se tenait, en ce moment même, s'effondrait insensiblement sous ses pieds. « Comme si, déjà, moi aussi... »

« Mais, bien sûr... » — Elle s'ébroua en frissonnant, malgré la tiédeur de l'air — ce n'était qu'une de ces idées saugrenues qui vous envahissent l'esprit, à vivre dans cette solitude peuplée de vieilles gens, où, parfois, elle perdait contact avec le présent.

— Mais oui... c'est certain... évidemment... répondait-elle machinalement aux propos de Vigouroux qui lui représentait un Mogador croulant sous la richesse future de ses pêchers de Golconde.

« ...Et tout sera enfin dans l'ordre. » Un compagnon, un soutien, des enfants... Fini, le soliloque intérieur qui lui tenait pauvrement compagnie, parfois d'un bout à l'autre de la journée. Finies les rêveries déraisonnables, les ridicules espoirs dont elle ne pouvait plus être dupe.

« Au fond... je n'aurai guère été courtisée ; l'oncle Hubert a beau dire. Quand je pense à mes sœurs... » La kyrielle d'amoureux qu'Anne n'avait jamais cessé de déplacer à sa suite, même mariée, où qu'elle allât...

Elle se demanda quelle sorte d'amour fût peut-être éclos, l'eût-elle encouragé, de l'intérêt que lui témoignait son beau-frère Alban ; et ne trouva nulle réponse. Ce n'était rien d'autre qu'une hypothèse : tout juste avait-elle sa place dans ce bref examen, semblable à une balance de comptes que la jeune fille cherchait d'instinct à établir, le moment venu où allait se fixer son sort. Une hypothèse qui n'eût rien modifié. La question se tranchait d'elle-même. Dans la pensée de Dominique, Alban, qu'il dût ou non se remarier, demeurerait toujours inséparable de Christine.

Restait, — peut-être — Francis Lallier. « Francis, qui, certaines fois, m'avait paru presque tendre... » Mais ne témoignait-il pas de la même délicatesse prévenante envers tout ce qui portait cotillons ?

— ... Non, pas cet après-midi. Je serai occupée. Demain matin, si vous voulez. Oui, nous irons, sans faute... A présent... ? Eh bien ! je ramène le *Trève* à son box, et je fais un saut jusqu'à Tarascon, en voiture.

La course n'avait rien d'urgent. Elle offrirait à Dominique, strictement exigeante envers soi-même, un prétexte passable pour remplir ces dernières heures où l'attente montait en elle comme une fièvre légère, lui laissant la tête vide des préoccupations quotidiennes.

« Louis... Mon unique prétendant... eh oui !... *Ces filles Vernet, qui n'avaient autrefois qu'à choisir entre tous les garçons, c'est bien connu. Tandis qu'à présent, voyez* », devaient dire les gens, « *voyez quel mal a la dernière pour en dénicher un !* Oui, mais je pourrais leur répondre que Louis Bresson, à lui seul, en vaut bien une douzaine d'autres ».

— ... C'est cela. Au revoir, Vigouroux. Excusez-moi, il faut que je me dépêche.

« Louis, et lui seul... *Lui seul, et c'est assez*... c'est-assez-as-sez-as-sez-assezassezassez... », se chantonnait-elle allégrement, au rythme du moteur, vingt minutes plus tard, en passant le portail de Mogador au volant de son cabriolet.

Le temps d'un galop du *Trêve* ; d'un bond jusqu'au cabinet de toilette pour se rafraîchir et remplacer sa tenue de cheval par des souliers plats, une jupe de tweed roux, un chandail vert, une veste de cuir marron, — le cadeau d'Anne pour ses étrennes — et un feutre assorti ; d'un ultime regard vers la pendule : « J'ai largement le temps, avant le déjeuner » ; d'une agacerie à Mathilde... Dominique roulait à présent bon train, au grand soleil, entre les platanes ocellés de clair, tout froncés, dans leurs peaux noueuses de vieillards, qui gardaient encore un air frileux, malgré la fumée verte dont s'enveloppait déjà leur lacis de branches.

Ce matin-là, elle ne vit pas même, au passage, un peu avant Barbegal, celui contre lequel s'était un jour terminée la course de Frédéric Vernet. Et ne s'en avisa que bien après la sortie du village.

« Papa chéri, ce n'est pas que je vous oublie, mais, vous comprenez... »

A quoi bon, d'ailleurs, s'expliquer davantage avec l'ombre tellement proche de ce père ?

Le vent de la vitesse sifflait amicalement à ses oreilles. Le moteur tournait rond. Et la matinée était belle. Si belle...

Dominique eût aussi bien pu parvenir jusqu'à Tarascon sans avoir vu, non plus, la Voisin grise venant en sens inverse, lancée comme une flèche.

Elle l'avait déjà croisée, lorsque lui parvint un appel de klaxon. Incertaine, doutant fort qu'il la concernât, elle ralentit, puis freina, pour jeter un coup d'œil en arrière.

L'autre voiture avait disparu après le tournant.

La jeune fille ne la vit pas chercher un chemin de terre, et s'y engager afin de faire demi-tour.

Elle repartit, sans plus s'appesantir sur l'incident.

Bientôt, elle débouchait sur la route nationale, franchissait la digue, et atteignait les premières habitations du faubourg. Elle réduisit la vitesse, et suivit le boulevard pour entrer en ville.

Ce fut alors que la Voisin la rejoignit, la dépassa, et, quelques mètres plus loin, stoppa tout à coup en travers de la chaussée.

Seul, un réflexe parfaitement automatique lui fit bloquer les freins, juste à temps. L'automobile se cabra, et s'immobilisa, avec un soubresaut.

Numa !

Le nom ne dépassa pas les lèvres de Dominique, bien qu'elle crût l'avoir crié.

Un instant après, la colère lui montant au cerveau la délivrait de l'hébétude où l'avait jetée la stupeur.

— Tu es fou !

Le contrecoup du choc lui communiquait un tremblement croissant.

Repoussée à la volée, la portière de la Voisin vint cogner brutalement l'aile avant du cabriolet. Numa sauta à terre.

— Mais... Ce n'est pas possible ! tu es fou !... Complètement fou !... répéta-t-elle d'une voix qui devenait bizarrement discordante, tandis qu'il s'approchait.

— C'est possible. — Celle de Numa, blanche, méconnaissable, elle aussi, broyait les mots. — Mais il faut que je te parle.

Les mains crispées sur son volant, elle se rejeta contre le dossier, défiant son cousin du regard :

— Et si, moi, je ne veux pas t'écouter ?...

Il se penchait, accoudé au bord du pare-brise, sans paraître remarquer son recul.

— Je te conseille de vouloir.

— Et si je refuse ?

Assenée avec rudesse, la question parut le prendre de court.

Elle insista :

— ... Si je refuse, dis !... T'imagines-tu pouvoir m'y forcer ?

— Je... je ne sais pas.

Numa baissa la tête.

Il la releva soudain :

— Je ne sais pas, mais, à ta place...

Elle avait cru le dominer, et c'était là, émergée des remous de mépris, de haine, de fureur, creusant leur tourbillon en elle, une extraordinaire, une exaltante sensation.

Mais le feu sauvage jailli des yeux de Numa lui fit peur.

Ils se dévisagèrent, quelques secondes durant, pareils à deux combattants à bout de souffle.

— Va-t'en, Numa, chuchota-t-elle, presque sur un ton de prière. Va-t'en.

Et comme il ne bougeait pas, ne cessait pas de la fixer, elle reprit, portée par une nouvelle vague de violence :

— Je te dis de t'en aller. Tu m'entends ?

Numa ne paraissait pas l'entendre.

— Monte dans ma voiture. On ne peut pas parler ici.

— Nous nous sommes tout dit, depuis des siècles. J'en ai fini avec toi.

Ne le comprendrait-il pas, à la fin ?... Elle lui lança comme elle lui eût craché à la face :

— Va-t'en ! Mais va-t'en donc !...

Peine perdue. Il ne l'écoutait pas :

— Monte avec moi. Ton auto peut rester où elle est. Viens, dépêche-toi.

Saisissant la jeune fille par un bras, il l'attira vers lui, tout en manipulant, de l'autre main, la poignée de la portière.

— Allons, descends.

Dominique résistait, arc-boutée au volant.

Derrière le cabriolet, quelqu'un protesta bruyamment :

— Alors, jusqu'à quand ça va durer ? Vous ne voyez pas que vous bouchez la circulation ?

— Viens, dit Numa à voix basse. Viens, sinon nous allons faire scandale.

A la suite de la charrette immobilisée, venait de s'aligner un camion. Le chauffeur éleva les bras, dans un grand geste d'indignation muette.

Dominique se mordit les lèvres.

Une femme occupée à nettoyer le pas de sa porte interrompit sa besogne pour suivre la scène, le menton sur son balai. Cinq ou six petits caraques[1] crasseux, dépenaillés, morveux, accouraient sur leurs pieds nus. Du garage proche, où l'on connaissait Dominique, le mécanicien sortait en hâte, sans doute pour offrir ses services.

— Bien, céda-t-elle, les dents serrées. Dégage la place, que je puisse me garer.

Toutes manœuvres qui prirent encore quelques minutes, devant l'assistance intéressée.

En dépit de la rage froide qui l'animait, un mélange de curiosité, et d'angoisse, naissait dans l'esprit de Dominique, tandis que Numa, l'ayant fait asseoir, reprenait sa place et démarrait, « ...enfin ! ».

Elle s'efforça de l'ignorer. C'était « ...tellement absurde... Une pareille équipée, et juste aujourd'hui... », à cette heure où rien n'eût dû distraire ses préoccupations de Louis, et de l'engagement qu'elle allait prendre vis-à-vis de lui. « S'il apprenait... »

Et cependant, nulle considération ne l'eût à présent

1. *Caraque* : gitan.

détournée d'entendre ce que son cousin pouvait encore avoir à lui dire.

« Peut-être, ensuite... » songea-t-elle, avec un sentiment de revanche. Et la pensée que Numa devrait écouter à son tour ce qu'elle avait à lui apprendre, dissipa pour une bonne part les scrupules nés de la circonstance.

La grosse torpedo avalait les courbes du boulevard. L'agglomération contournée, elle eut tôt fait de se retrouver en rase campagne.

Numa conduisait avec une précision nerveuse qui lui faisait prendre les virages au plus juste, et frôler les obstacles heureusement rares. Mais l'allure à laquelle il se maintenait ne laissait pas d'inquiéter Dominique. Crispée, l'œil aux aguets, elle ne connaissait plus, pour le moment, d'autre malaise que celui, purement physique, des chauffeurs habitués à conduire plutôt qu'à être conduits.

Ni l'un ni l'autre n'avaient encore prononcé une syllabe lorsque, parvenant au carrefour de Saint-Gabriel, Numa, subitement, coupa sur sa gauche pour s'engager sur la petite route paresseuse qui serpentait dans la poussière et les crottes de chèvre, vers le Castelet et les ruines de Montmajour.

— Mais où allons-nous ?... Arrête-toi ! ne put s'empêcher de crier Dominique, bien qu'elle se fût promis de laisser Numa parler le premier.

Mécontente de soi, elle durcit son attitude, en manière de compensation :

— Tu voulais que nous soyons seuls, nous le sommes. Inutile d'aller plus loin. D'ailleurs, je n'ai pas beaucoup de temps à perdre.

Numa ne répliqua rien, mais se mit à siffloter.

Et n'en continua pas moins sa performance, en dépit des trous et des bosses du chemin, à l'exaspération croissante de sa passagère qui se défendait mal contre les cahots la rejetant, bon gré mal gré, contre lui.

Le nuage gris épais qu'ils soulevaient à leur suite semblait leur fermer la voie du retour.

— Je te préviens que je dois être rentrée dans une heure, au plus tard.

Il relâcha sa pression sur l'accélérateur, et laissa couler encore un instant avant de questionner, avec une douceur glaçante :

— Quelqu'un t'attend ?

Dominique considéra ce profil indéchiffrable qu'il lui présentait. Les maxillaires, le menton, n'avaient déjà plus la netteté de dessin qu'elle leur avait connue.

« Il vieillit. Il épaissit... », se dit-elle, envahie d'une joie amère. « Bientôt... » le jour allait peut-être poindre, enfin, où elle se demanderait comment elle avait pu l'aimer d'une telle passion.

— Pourquoi pas ? — Elle s'étudiait à prendre le même ton... — Cela t'étonne ?

Numa remonta ses épaules :

— Non. Pas après ce que j'ai appris ce matin.

C'était donc cela.

« Il sait », pensa Dominique. Et de grands coups sourds s'ébranlèrent dans sa poitrine.

Elle s'en voulut d'éprouver un injustifiable sentiment de culpabilité à l'égard de Numa.

La voiture roulait à présent sur sa lancée. D'un geste sec, Numa coupa le contact, et tira sur le frein. Puis, il se tourna vers Dominique.

— Alors, ça s'est bien passé, hier, paraît-il, cette petite fête de famille. Ma mère et ma sœur en avaient long à raconter, ce matin, en déjeunant. On s'est fameusement amusé, hein ?... Et toi plus que quiconque.

Il parlait lentement, avec une affectation de froideur,

surveillant l'effet de ses paroles. L'éclat vert aigu du regard qui passait entre les fentes de ses paupières mi-closes vrillait celui de la jeune fille fascinée.

— ... Dommage d'avoir manqué ça. J'aurais peut-être eu la permission, moi aussi, de te serrer dans les coins ?... Et de t'embrasser à pleine bouche ?... De te peloter à ma guise ? Non ? Du moment que l'envie te démangeait de te faire...

— Assez ! trancha Dominique. Tu n'as pas le droit...

Ramassée sur soi, elle s'était reculée dans l'angle, le plus loin possible de son cousin, comme pour se mettre hors d'atteinte de ces images boueuses dont il l'éclaboussait.

Numa tira de sa poche un paquet de cigarettes, en alluma une d'une main fébrile, et prit sur soi tant bien que mal pour aspirer sans hâte la première bouffée.

— Tiens, tiens !... Mais, ma fille, on dirait que les mots te gênent bien davantage que la chose. Ce n'est pas une, mais plusieurs personnes qui t'ont vue, sur la terrasse. Il faut croire que tu ne te cachais guère.

Sa colère montait, à travers les sarcasmes.

— ... Et naturellement, il a fallu cinq minutes pour que toute la compagnie fût au courant. Agnès ne tenait plus en place de nous rapporter l'événement. Pour ça, tu peux être tranquille : des détails, j'en ai eu. Plus qu'à ma suffisance. Ma parole, elle jubilait, cette idiote. A se demander ce qui remue, à notre insu, dans le tréfonds d'une femme dite « honnête », lorsqu'on voit l'espèce nourrir ce goût de maquerellage. « *Notre petite Dominique, si réservée, d'habitude, la voilà, elle aussi, qui...* » Joie générale. Une heureuse surprise pour tout le monde, hein ?... Jusqu'à ma mère qui s'attendrissait. Et je te passe le sourire gaillard de mon père, et les fines plaisanteries de Lucien et d'Henri...

Mes compliments !... Au moins, toi, quand tu t'y mets...

— Tu es ignoble, lui jeta Dominique.

La rougeur de ses joues marbrées démentait le calme qu'elle tentait désespérément de conserver.

Elle s'accouda contre la capote repliée, et cacha ses yeux dans sa paume.

— ... Et tous ces commérages, tous ces commentaires... jamais je n'aurais pensé que l'on pût nous espionner... C'est... oh !

— Mais c'est vrai ?... Tu ne le nies pas ?... insista Numa, implacable.

Elle releva la tête, et l'affronta :

— Non.

S'il fallait passer en jugement, elle trouverait le courage de se défendre ; et de rendre coup pour coup à cet ennemi qui la considérait de haut, carré contre le dossier, la cigarette à la bouche, les bras croisés.

— ... Non, je ne le nie pas. Certes non !

— Non ? Tu vas t'en vanter, peut-être ?

Ces yeux sans pupilles, dangereusement vides, qu'il ouvrait grands sur elle, maintenant...

— Non, répéta-t-elle. Et je ne comprends pas comment tu oses me le reprocher.

— Tu ne comprends pas... ?

Il ricana.

Et, tout à coup, jetant sa cigarette, écrasa son poing sur le rebord de la portière.

— ... Mais comment crois-tu que je puisse supporter l'idée que tu te laisses complaisamment embrasser, caresser, tripoter, par n'importe quel...

— Numa !

Devant le regard de la jeune fille, Numa détourna le sien ; et, raclant dans sa gorge quelque chose comme un sanglot, se mit à palper d'un mouvement machinal sa main endolorie.

Avec plus de mélancolie que de triomphe, Dominique contempla ce dos vaincu, dont il lui offrait le spectacle.

— Tu ne m'auras jamais rien épargné, toi, n'est-ce pas ? dit-elle enfin. Pas même, à présent, une scène de jalousie. Et pourtant... Quel droit as-tu encore ?... Quel droit, dis ?

Peu à peu, sa rancœur lui revenait comme un relent de fiel.

— ... Tu les avais tous. Tu l'as toujours su. Et qu'en as-tu fait ? Réponds-moi...

Ne tirerait-elle de lui rien d'autre que ce hochement de tête désolé, pareil à celui qu'ont parfois les vieillards ?

— T'es-tu inquiété de savoir comment je supporterais ce qui m'arrivait, toi qui ne veux pas supporter les conséquences de tes fautes ?... Mon pauvre Numa... Mais si, tu la supporteras, cette idée. Il faudra bien. C'est ce qu'on finit toujours par faire : supporter, tu sais ?

Elle eût pu lui décrire ce qu'il allait traverser, et combien l'épreuve est cruelle. Une bouffée de pitié l'envahit.

Sans avoir prémédité son geste, elle avança une main compatissante sur la manche de Numa.

Il la prit dans la sienne.

— Mais enfin, tu n'aimes pas Bresson.

Doucement, elle se libéra.

— Peut-être que si. Qu'en sais-tu ?... Pas de la façon dont je t'ai aimé, bien sûr. Mais...

« Ce dos... » Cependant, pour aller jusqu'au bout, il était moins difficile de s'adresser à ce dos seul.

— ... assez pour accepter de devenir sa femme.

— Tu vas... ?

Tout d'une pièce, il s'était retourné vers Dominique, et interrogeait ardemment son visage, prêt à y lire le démenti de ce qu'affirmaient des paroles qu'il était incapable d'accepter pour réelles.

— Il vient tout à l'heure chercher ma réponse.

— Et... ?

— Oui, bien sûr, dit-elle, avec sa même douceur.

— Non ! cria Numa.

Il avait bondi, et, frénétique, l'agrippait aux épaules, la secouait, sans souci de lui faire mal, la renversait à demi...

— Non ! non ! non ! Je te... Niké...

Brusquement, il étreignit Dominique avec une force qui lui ôta la respiration, et, soutenant sa nuque ballante, s'empara de ses lèvres.

Mais alors, revenant à soi, elle se débattit, humiliée, révoltée, par cette brutalité.

Quelques minutes durant, ils luttèrent férocement.

En dépit de la résistance qu'elle lui opposait, affolé par cette résistance même, Numa s'acharnait.

Elle employait ses dents, ses ongles, cherchant à l'atteindre à la figure. Enfin, parvenant à le repousser d'un coup de genou, elle le gifla, d'une détente dont la furie la laissa elle-même stupéfaite, tandis que la tête de Numa, comme dans un cauchemar, oscillait sous le choc, énorme, au-dessus de la sienne.

Son cousin s'écarta. Et, se laissant lourdement retomber à sa place, sur la banquette, enfouit sa face entre ses bras repliés sur le volant.

Le cœur battant encore la chamade, Dominique considérait avec un rictus de dégoût cette silhouette écroulée, comme si elle lui eût été étrangère.

Au bout d'un moment, Numa se redressa.

Sa joue griffée, sa bouche tuméfiée et saignante,

avaient laissé des traces sur ses mains. Il tira son mouchoir pour s'essuyer et, sans regarder la jeune fille, ouvrit la portière et descendit.

Incapable de trouver en soi la charité d'un mot qui pût le retenir, Dominique le vit s'enfoncer tête basse, les épaules voûtées, les mains dans les poches, entre les buissons de kermès, les genévriers, les lentisques, les ronces, et les oliviers qui escaladaient la colline.

Essayant vainement de rassembler ses pensées qui la fuyaient, dans une rumeur de débâcle, elle attendit.

Puis, peu à peu, le calme revint. Elle perçut le merveilleux silence vivant autour d'elle, la chaleur que le soleil près de sa méridienne laissait rayonner de haut sur le paysage infiniment tranquille, comme sur les tôles et le cuir surchauffés de la carrosserie, et sur sa propre tête, brûlante et décoiffée.

Elle se glissa vers l'autre extrémité de la banquette, et entreprit de se repeigner devant le rétroviseur.

Son chapeau avait roulé dans le chemin.

En descendant pour le ramasser, elle en crut à peine ses yeux à la vue d'une fumée qui s'étirait au-dessus de quelques brindilles rassemblées sur l'herbe par les bourrasques de l'hiver.

Jeter dans cette campagne aride une cigarette encore allumée... Rien n'eût pu prouver avec plus d'évidence à quel point Numa avait perdu le contrôle de soi.

Elle anéantit soigneusement le petit serpent de feu, et foula du talon les touffes voisines, afin d'acquérir la certitude que nulle étincelle ne lui avait échappé. « Lorsqu'il va revenir, je lui dirai qu'il a failli incendier... »

Mais il ne revenait pas.

« Où peut-il être ? »

La garrigue la regardait par les milliers d'yeux triangulaires de ses euphorbes en pleine floraison, sans lui apporter de réponse.

Elle appela :

— Numa ! Il faut partir.

Attendit.

En pure perte. Tout somnolait dans la tiédeur exceptionnelle du jour. Jusqu'à la torpedo qui, insensiblement, commençait à s'intégrer entre ces collines boisées par plaques d'un vert gris sur le sol couleur de rouille qui transparaissait çà et là, comme si elle avait toujours été à cet endroit, participant au silence et à l'immobilité des rochers épars à l'entour.

En consultant sa montre, Dominique s'aperçut qu'elle était arrêtée.

Il devait se faire tard. Elle en était sûre, sans parvenir à évaluer le temps écoulé. L'inquiétude se fit jour en elle. « Mon Dieu !... et Numa qui... »

— Numa !... Nu-u-ma !

En faisant quelques pas dans la direction qu'il avait prise, elle découvrit qu'une sorte de sentier se traçait vaguement, presque invisible sur le rêche pelage d'herbes, mais facile à suivre entre les fourrés.

Depuis combien de siècles n'avait-elle plus marché ainsi, seule, sans direction définie, dans une friche, la maîtresse de Mogador, serve de sa terre domestiquée, attachée à sa besogne « comme... comme un cheval de labour », s'étonna-t-elle, ivre soudain de respirer, les poumons dilatés, cet air différent où se mélangeaient, dans un puissant dévergondage de toutes leurs senteurs, le thym, la rue, le miel de l'herbo blanco[1], et le lait des euphorbes qu'elle écrasait sous ses semelles ?

Elle allait renouveler son appel, lorsqu'au débouché

1. *Herbo blanco* : herbe blanche, *Alyssum maritimuum*.

d'un enchevêtrement de genêts, elle se heurta presque à Numa.

Assis sur un bloc de roche moucheté de lichen gris et roux, il la regardait s'avancer vers lui. Morne, le visage défait, fumant d'un air las.

« Pour le feu... que je lui dise... » se souvint Dominique, avant de l'oublier dans le même instant, bouleversée par la vue des yeux fibrillés fixés sur elle, entre des paupières bordées de rouge, aux cils collés.

« Numa, si fort, si maître de soi... » Etait-ce possible qu'à cause d'elle... ?

— Numa...

Sa voix s'étrangla. Elle ne put rien ajouter.

Il éteignit sur le sol, longuement, sa cigarette.

— Oui... Voilà où j'en suis.

Puis, se leva, pour ajouter, d'un ton humble :

— Niké, je... j'ai honte, tu sais, pour tout à l'heure. Peux-tu me pardonner ?

— Mais... oui, bien sûr, balbutia-t-elle éperdue ; et sourdement en proie au remords de sa propre faiblesse.

Par un effort de volonté, elle reconquit un peu d'assurance :

— ... J'ai déjà oublié. N'en parlons plus. Cela vaudra mieux.

Numa prit sa main et mit sur les doigts un peu tremblants un baiser presque timide.

— Merci, mon tout petit.

Ils se sourirent. De très loin, sembla-t-il à Dominique, derrière le brouillard à travers lequel elle le voyait.

Le premier, Numa se reprit.

— Ecoute, je voudrais pourtant que tu saches...

Il alla reprendre sa veste abandonnée à quelques pas, et choisit, pour l'étaler, l'herbe moins maigre et moins pierreuse poussée dans un creux abrité par des genêts.

— Tiens, assieds-toi.

— C'est que... hasarda Dominique, jetant par réflexe un coup d'œil sur sa montre inutile.

Numa l'imita.

— Oh ! tu as le temps. Il n'est pas si tard. A peine midi, et j'avance. En une demi-heure, tu es chez toi. Tu as bien encore quelques minutes à me donner ?... Je t'en prie, insista-t-il, voyant l'hésitation de la jeune fille.

Dominique réfléchissait, talonnée par les arguments qui se multipliaient d'eux-mêmes. Au fond, rien ne pressait. Louis n'allait sûrement pas se présenter à Mogador avant trois heures, « ...au plus tôt... Le temps de déjeuner, de passer une autre robe... » Cela lui laissait encore, « ...Oui, au moins », une bonne heure disponible. Et « ...pour la dernière fois que je suis libre de... ».

Elle s'installa sur la veste, une jambe repliée sous elle, s'étayant d'une main appuyée par terre.

Son cousin se laissa tomber auprès d'elle.

— Tu vas te salir, observa-t-elle, pour dissimuler son embarras.

— Bah !... fit simplement ce Numa nouveau, en rupture avec ses habitudes de dandy.

Il remonta ses genoux, et les entoura de ses bras, dans une posture qui rappela soudain son frère à Dominique. Si souvent, elle avait vu François ainsi, en corps de chemise, assis sur ses talons, devant un feu.

L'analogie lui procura une impression de détente irraisonnée.

— Qu'as-tu pensé, hier, lorsque tu as vu que nous n'étions pas là ?

— Mais... rien, dit-elle, gênée.

Au vrai, elle avait éprouvé un indéniable soulagement lorsque sa cousine Laure avait présenté aux Guillermin les excuses du jeune ménage.

Sans s'arrêter à sa réponse, Numa poursuivait :

— Ç'a été dur, tu sais, de rester à Tourvieille, sachant que tu serais là-bas. J'avais une telle envie de te revoir, de m'expliquer avec toi, de t'arracher... je ne sais pas, moi... au moins quelques mots d'apaisement... après la façon dont nous nous étions quittés la dernière fois, tu te souviens ?...

Dominique hocha la tête.

— ... Déjà, ce jour-là, lorsque je t'ai rejointe dans le sous-bois, j'avais tant besoin de toi, de... enfin, de ta présence, de ta compréhension, de ta douceur... Quelques mots m'auraient fait un bien... tu sais, comme un peu d'eau fraîche lorsqu'on a la fièvre... Et tu as été si dure, Niké, tu t'es montrée tellement impitoyable...

Il prévint le mouvement qu'esquissait Dominique :

— ... Non, ne crois pas... je ne t'en fais pas le reproche. Je le sais bien, que j'ai mérité le pire. Mais je l'ai. Tu peux en être sûre. Et, quelquefois, eh bien... cela devient intolérable. Toi, au moins, tu n'as pas à te contraindre. Ni à dissimuler. Tandis que moi... Cette comédie qu'il faut soutenir, quand, chaque jour, me devient plus évidente la folie que j'ai commise de me lier à une femme avec qui je n'ai pas une pensée, pas un goût, à mettre en commun... Que je puis de plus en plus difficilement m'empêcher de haïr, en songeant qu'elle est l'unique obstacle qui me sépare de toi.

— Mais pourtant... elle t'aime, risqua Dominique, non sans mesurer sa propre hypocrisie.

Numa haussa les épaules.

— Elle m'aime, oui. Et après ?... D'ailleurs, au train où nous allons, l'amour... Tout juste parvenons-nous à sauvegarder les apparences, pour notre entourage.

Depuis plusieurs semaines, ce sont des scènes toujours plus fréquentes... Parce que je passe mon temps dans les terres. Ou à la chasse. Ou à Arles... Que je suis trop rarement avec elle... Que je la sors trop peu... Que sais-je ? Tout y est prétexte.

Il avait ramassé des petits cailloux, et les faisait sauter dans sa main.

— ... Evidemment, reprit-il, elle a raison. Mais qu'y puis-je ?... Je t'assure que j'ai fait tous mes efforts, au début. Seulement, on se lasse. Vois-tu, c'est une fille de la ville. Epouser un magistrat, ou un notaire, prendre un « jour », rendre des visites, surveiller les confitures, et faire un enfant chaque année, voilà ce qu'il lui aurait fallu. Elle s'ennuie de n'être pas maîtresse à la maison, de n'avoir pas grand-chose à faire ; d'être loin de ses amies et des siens ; d'être privée de promenades dans la neige, cette sacrée neige après laquelle elle a soupiré tout l'hiver. Oh ! c'est simple : le pays, le climat, notre mode d'existence, tout lui déplaît. Ce qui compte, pour nous, la terre, le mas, elle ne s'y intéresse que pour s'informer du rapport qu'on en retire.

— Si tu l'aimais, tout cela ne serait rien, sans doute, dit Dominique, s'efforçant d'être juste, en dépit de la joie mauvaise qui lui venait, à imaginer l'isolement de l'étrangère.

Numa fit un geste vague.

— Possible. Mais ça me paraît joué, à présent. Car tu penses bien que je ne vais pas quitter le mas et m'installer à Arles ou au diable vauvert, afin de lui procurer la vie bourgeoise, et le tête-à-tête conjugal qu'elle souhaite.

Dominique ne répliqua rien. Qu'eût-elle pu dire ? Dieu lui-même, pensa-t-elle, n'eût pu exiger de sa part un plaidoyer sincère en faveur de la femme de Numa.

« Quoi qu'elle en ait, elle dort, malgré tout, chaque nuit, à son côté, dans sa chaleur. » Etait-ce donc là si peu de chose qu'Alice pût en ignorer le prix ?

Une main sournoise se referma sur le cœur de Dominique.

— Avant-hier soir, aussitôt remontés dans notre chambre, continuait Numa, elle m'a entrepris au sujet de cette journée au Cigalier. Oui... Elle insistait pour que nous y allions. Quand j'avais besoin, déjà, de tout mon courage pour renoncer à cette occasion de te voir. Et après tout, lorsqu'on nourrit un enfant de trois mois, il serait normal de se tenir tranquille, non ?... Malgré cela, dans l'espoir d'obtenir la paix, je lui ai suggéré de s'y rendre avec la famille. Au moins, pendant ce temps, m'eût-elle délivré de ses récriminations. Mais non : dans son code des convenances, les gens mariés ne se séparent pas. « *De quoi aurais-je l'air, sans toi ?* »... Bref, la discussion s'est envenimée. Je lui ai dit... enfin, des choses que j'aurais mieux fait de taire. Comme toujours, quand on vous pousse à bout. Elle a pleuré, une partie de la nuit. Et hier, après le départ de tous les autres, tu peux te représenter ce qu'a été ma journée. Le soir, je n'en pouvais plus. J'ai fichu le camp à Arles, et je me suis attardé au cercle jusqu'à deux heures passées. A mon retour, elle m'attendait. Le bruit qu'avaient fait mes pas en rentrant l'avait réveillée, paraît-il. Cela a recommencé jusqu'à l'aube. Aussi, ce matin, tu te doutes de l'état de fatigue et d'exaspération dans lequel je me suis levé. A point nommé pour subir le compte rendu de la fête. Et de tes faits et gestes, en particulier. Peut-être comprends-tu mieux, à présent, que je n'aie pas su me dominer ?... Encore me suis-je un peu calmé durant le trajet, sans quoi, hors de mes gonds comme je l'étais, je ne sais pas de quoi j'aurais été capable.

Il quêta, sans l'obtenir, le regard de Dominique.

— ... Tu le comprends, n'est-ce pas, Niké ?... Dis-moi que tu le comprends.

Déchirée de tendresse et de peine, afin de lui dérober sa figure, elle s'était détournée, non sans mal, pesant sur sa jambe engourdie ; et frottait machinalement sa paume violacée où les herbes et la pierraille avaient creusé leurs empreintes.

Numa s'y trompa.

Désespérant de lui arracher une réponse qui l'eût absous, il se résigna brusquement, non sans dignité :

— Tu as raison. Tant pis pour moi. Ni plus ni moins, j'ai tout gâché. Viens, je vais te ramener.

Il lui prit le poignet, et tira, d'une secousse, afin de l'aider à se dresser.

Dominique se retrouva subitement debout, déséquilibrée par cette jambe cotonneuse, molle, qui se dérobait sous son corps ; avança, au hasard, l'autre pied ; buta sur une racine à fleur de terre ; et s'effondra en avant, avec un cri où se confondirent la douleur et la surprise.

Numa s'était précipité, à temps pour épargner à la jeune fille une véritable chute.

Il la soutint contre lui, et la fit asseoir, avec d'infinies précautions.

— Mon petit !... Mon tout petit, qu'y a-t-il ? Tu t'es fait mal ? Où ? Fais voir. C'est ma faute. Attends, laisse-moi faire.

Agenouillé devant elle, il massa doucement, puis plus fort, avec dextérité, la cheville et le mollet où le sang circulait de nouveau, charriant d'innombrables piqûres d'aiguilles acérées.

Dominique contemplait comme dans un songe la tête rousse penchée, luttant contre l'envie enfantine d'enfoncer les doigts dans ces épais copeaux qui luisaient avec des éclats de métal subits, sous le soleil.

— Là... Ça va mieux ?

Dans ce regard levé vers elle, anxieux, éclatait un tel amour qu'elle s'inclina, comme attirée, et entoura de ses bras le cou de Numa.

— Niké !...

Leurs visages, à présent, étaient tout proches l'un de l'autre.

L'étreinte soudain refermée autour de la taille de Dominique les rapprocha encore.

— ... Niké... tu es folle... mon amour... mon tout petit chéri... — Il l'embrassait, en même temps, couvrant de baisers, au hasard, son front, ses joues, ses tempes, ses paupières baissées. — Ma Niké... tu ne le sais pas encore, dis, qu'il ne faut pas me faire confiance ?

Elle ne disait rien, mais, suspendue à lui, les yeux toujours fermés, lui rendait ses baisers avec une passion croissante.

— Niké... gémit-il, oh ! Niké... Tu m'aimes toujours, dis ?... Tu m'aimes malgré...

Les mots se perdirent sur leurs lèvres jointes.

Tandis qu'il pénétrait sa bouche, Dominique se laissait aller en arrière dans l'herbe, l'attirant à mesure vers soi, étroitement emprisonnée sous ce corps qu'un même frémissement unissait au sien. Dans l'entrebâillement de la chemise, ses doigts cherchèrent la chair, s'y accrochèrent en aveugles. Numa se souleva légèrement une seconde, sur un coude, pour écarter les bords de l'échancrure, d'un coup sec qui, déchirant le tissu, l'ouvrit jusqu'à la ceinture ; et elle enfouit son visage contre ce torse nu, l'y écrasa, avec une plainte de bonheur.

Numa haletait. Et se mit, lui aussi, à chercher, sous le chandail retroussé et les lingeries qu'il saccageait, la poitrine de la jeune fille, l'atteignit, prit ses seins, les palpa, les enferma dans ses paumes, les pétrit, les caressa, les mordit ; et reprit sa bouche, en approfondit la possession...

Remodelée sous son poids, Dominique adhérait à lui, absente d'elle-même, tour à tour flamme et cire, fondue au brasier que leur contact avait allumé pour tous deux.

A l'audace des mains qui la dévêtaient répondait l'audace des siennes.

— Oui... oui... Numa...

« Mien maintenant, oh ! mien salive brûlure fondantes délices de ces lèvres Numa peau nue contre ma peau nue chaude douce vertige douce que je touche enfin avec ma peau avec ma bouche et sa langue ma langue et je... Oh ! »

Elle râla de plaisir extasié sous la caresse qu'il osait, et, comme il pesait toujours davantage, nouée à lui de tous ses membres, accueillit avec des larmes éblouies la pointe extrême de ce désir qui la fouillait.

L'après-midi touchait au soir, lorsque Dominique rentra à Mogador.

Passé la grille, évitant de s'engager dans l'allée d'honneur, elle prit derrière les fusains, afin de gagner directement le garage ; et, sans avoir rencontré personne, pénétra dans la maison par la petite porte desservant les communs.

A sa vue, Victor qui fermait les contrevents dans le bureau s'arrêta, cloué sur place comme par une apparition surnaturelle.

— Ah ! par exemple ! Mademoiselle...

— Bonsoir, Victor, dit-elle, brièvement, pressée de retrouver la solitude de sa chambre.

Mais le vieil homme, récupérant ses esprits, n'entendait pas la tenir quitte :

— Qu'est-ce qui se passe ? Mademoiselle a eu un accident avec l'auto ?

— Mais non. Rien du tout.

— Eh bien, alors, ça !...

Victor en perdait, pour une fois, sa majesté monumentale, avec sa discrétion de serviteur stylé.

— ... Mais qu'est-ce qui est arrivé à Mademoiselle ? Depuis midi qu'on s'inquiète de ne pas savoir où elle est passée !... Les femmes se sont mangé les sangs, à l'office. Mademoiselle ne devrait pas... C'est mauvais pour Berthe et pour moi, vu notre âge. J'ai envoyé le Gustave demander partout si personne n'avait vu Mademoiselle. D'un peu plus, on allait avertir la gendarmerie. C'est pas bien raisonnable de s'en aller comme ça, sans prévenir.

— C'est vrai, j'ai eu tort, concéda Dominique, espérant ainsi endiguer le flot.

En vain. Les exclamations de Victor avaient donné l'alarme.

En un clin d'œil, elle se trouva prise dans un tourbillon de clameurs tour à tour plaintives ou véhémentes, et forcée de tenir, à son corps défendant, le rôle de l'enfant prodigue.

— J'ai tout simplement rencontré par hasard quelqu'un avec qui je suis allée déjeuner à Nîmes, expliqua-t-elle, résolue à s'en tenir à la vérité, pour autant qu'il lui était possible de la dire.

Bien sûr, elle avait eu tort. Bien sûr, elle eût dû songer au souci qu'ils allaient tous se faire. Elle les priait de l'en excuser, elle était désolée. Et, bien sûr, une autre fois... Mais elle était si fatiguée, ne voudraient-ils pas, à présent qu'ils étaient rassurés, la laisser monter chez elle ?

Naturellement, ils comprenaient. Chacun se précipita, accélérant son allure propre : Mathilde pour lui faire couler un bain, Victor pour lui rapporter le courrier de l'après-midi, Eugénie pour lui préparer son couvert sur un plateau, Berthe pour lui faire cuire deux œufs mollets.

— ... Avec une belle tranche de jambon de montagne, et des pommes au four meringuées, comme Mademoiselle les aime...

... Gustave pour aller prévenir Ranguis, Vigouroux et Tonin, que la jeune maîtresse était retrouvée.

Elle se dirigea vers l'escalier, poursuivie par la question qu'elle n'avait pas osé poser.

Dans sa tête enfiévrée tournait un kaléidoscope d'images neuves, plus étonnantes qu'elle ne les eût rêvées : l'hôtel des environs de Nîmes, où Numa l'avait emmenée... Numa, en face d'elle, à table, sous la véranda, au bord du ruisselet... Numa la déshabillant, dans cette chambre manifestement destinée à des couples semblables au leur. « Et cependant, comment pourrais-je regretter ?... Oh ! Numa. Tu m'as rendue si heureuse. » L'heure d'après l'amour où, comblée, étendue contre Numa qui la serrait entre ses bras, elle l'avait écouté bâtir de merveilleux projets d'avenir qui, à ce moment-là, paraissaient réalisables.

Et cependant...

... Cependant, lorsque Mathilde eut quitté la pièce, emportant les reliefs du dîner :

— Vous avez plus besoin de rien, ma galinette ?

— Non, merci. Tu peux aller te reposer. Je ne me couche pas tout de suite.

... Elle sortit du cabinet de toilette, la robe de chambre soigneusement croisée sur la nudité qu'elle venait d'examiner dans la glace, presque incrédule devant ce reflet identique à celui de la veille. Et s'assit à son secrétaire.

La lettre qu'elle commençait était difficile à écrire.

« *Cher, très cher Louis, j'aurais tant voulu éviter de vous faire la moindre peine. Et malgré tout... Pourrez-vous me pardonner un jour ?... Il me faut à présent vous dire : ne revenez pas. Ne revenez plus jamais...* »

Elle dut s'interrompre.

De larges gouttes étoilaient le papier.

Mais, « bien sûr », ce ne pouvait être que le bonheur qui la faisait pleurer ainsi, « comme une sotte ».

« ...Seulement le bonheur », se répéta-t-elle, en déchirant la feuille, lentement, avant d'en prendre une autre.

# DEUXIEME PARTIE

## 1

— ... Tu sais, ce coup-ci, j'étais bien décidé à attaquer la question. Mais, sur ces entrefaites, voilà Michel qui nous fait cette grosse fièvre. Alors, que veux-tu... ?

— Bien sûr.

Dominique caressa la tête chère qu'elle tenait en son giron.

— ... Et le petit, comment va-t-il ?

— Oh ! ça va s'arranger, je crois.

Il se tourna sur le dos, cherchant la position la plus confortable, et grogna de satisfaction, tout en calant ses reins avec sa veste roulée.

— ... Le docteur assure que ce n'est rien de sérieux. Mais il y a eu deux nuits assez mauvaises. Alice a tenu à veiller seule. Une mère est tout de suite inquiète, tu sais ce qu'il en est. D'autant que c'est la première alerte que cet enfant nous cause. Alors, bien entendu, je n'ai pas osé... Mais c'est l'affaire de quelques jours, tout au plus. Aussitôt qu'il sera rétabli et que nous aurons repris la routine normale, je te promets que je mettrai les choses au point. Au fond, à une semaine près... Il n'y a pas urgence, n'est-ce pas ?

— Non, en effet.

Aucune urgence, mais... Quand donc pourraient-ils ne plus se joindre à la dérobée, ne plus craindre de rencontrer des gens de connaissance, ne plus entrer en se dissimulant dans ces chambres d'hôtel, guettés par le sourire équivoque du personnel — « ou est-ce que je me le figure ? » — ne plus calculer le temps, le peu de temps que l'on va distraire pour courir à ces rendez-vous pris sur la vraie vie ?...

« La vraie vie ?... Mais, voyons ! » se gourmanda-t-elle, choquée de ce lapsus dans sa pensée, « ...c'est celle où nous sommes ensemble !... » Et le reste du temps n'était qu'un long sommeil gris.

Numa lui taquinait les lèvres avec une tige de folle-avoine.

— Heureuse ?

— Heureuse.

D'un bras nonchalamment lancé autour de sa taille, il l'attira vers lui.

Docile, elle se pencha davantage, à la rencontre du visage levé ; et leurs bouches se prirent.

Un moment après, ils étaient allongés, gisants enlacés dans la couche profonde que leur faisaient les herbes hautes. Le ciel les couvrait d'un baldaquin bleu traversé d'ailes.

— Regarde, murmura Numa, lui désignant les houles de graminées vertes qui montaient tout autour d'eux. As-tu jamais souhaité un lit plus beau ?... Et rien dans les parages : pas une maison. Pas une âme. Nous sommes seuls au monde, tu vois ? Quelqu'un passerait à trois ou quatre mètres, il ne nous devinerait même pas.

« Mais il pourrait remarquer la voiture arrêtée au bord de la route », pensa-t-elle.

« Et d'ailleurs... » la réflexion de Numa réaffirmait à son insu que ce monde, pour désert qu'il voulût se le représenter, n'en recelait pas moins une menace permanente dont il leur fallait se garder.

« Le jour où l'on saura... *Numa Vernet quitte sa femme. Et pour épouser sa cousine.* »

Elle ferma les yeux.

Ce que les gens allaient dire. Le pilori auquel on les clouerait dos à dos, pour l'hypocrite plaisir de la foule aux mille voix, chuchotante, ricanante, grimaçante, hurlante, ameutée autour d'eux, prête à les lapider de sarcasmes et de malédictions...

Réprimant un frisson, elle se mussa contre Numa, la figure au creux de son cou, et posa les lèvres à l'endroit où la grosse artère battait son rythme de vie.

« Tant mieux qu'il n'ait pas pu... » Le retard imposé par les circonstances ressemblait à un signe de grâce, qui l'obligeait, « Numa, mon amour... », à garder encore quelque temps leur secret à l'abri de ce silence, au cœur du bel été qui leur était promis.

— Ne parle pas tout de suite à Alice. Laisse passer un mois ou deux de plus. Après tout, nous sommes si bien, ainsi. Il sera toujours temps, à l'automne...

Numa se souleva sur un coude pour la scruter.

— Non, vraiment... ? C'est toi qui le veux ?

Elle, pour qui les inconvénients de leur situation étaient de beaucoup les plus graves.

— Vraiment. Oui, je préfère, pour l'instant. Du moins... si... si nous pouvons continuer à nous voir comme à présent ?

Il rit.

— Naturellement !

La serra sur sa poitrine nue.

Puis, s'écartant, ordonna :

— Regarde-moi, niaisette. Bien dans les yeux... Là. Et dis un peu si tu crois pour de bon que je pourrais me passer de toi, à présent ?

Et se mit à lui mordiller l'oreille, et le bout du nez. A lui picorer les lèvres...

D'ici peu de jours, les travaux de la saison allaient requérir sa présence constante à Tourvieille, comme, à Mogador, celle de Dominique. La perspective ne laissait pas de le tracasser légèrement.

« Bah ! N'importe... » décida-t-il pour soi, avec optimisme. « J'arriverai toujours à me débrouiller. Avec Père et Lucien... » Le mas ne péricliterait point pour si peu. « Je suis resté quatre ans et demi dehors... » Que diable ! tout un chacun avait droit à quelques heures de détente, par-ci par-là.

— J'aimerais... tu sais quoi ? dit-il, rêveur. Me faire vagabond en ta compagnie. Plus de responsabilités, plus d'attaches. Nous deux seulement. Toute la journée, nous marcherions au hasard, du même pas, bien accordés, côte à côte, comme deux copains. Tu vois ça ?... Avec un casse-croûte que nous partagerions, à midi, sous un arbre. Simplement, quand tu te sentirais lasse, je te porterais, un bout de chemin...

Ravie, Dominique hochait le menton comme un enfant.

— ... Pas trop longtemps, précisa-t-il, honnêtement. Parce que tu es tout de même un peu lourde, trésor... Et, le soir, pense que nous pourrions avoir à nous toutes les capitelles de bergers, toutes les cabanes de pêcheurs, tous les masets abandonnés, toutes les granges... Dis, tu n'aimerais pas dormir entre mes bras, une nuit entière, dans le foin, avec les étoiles en guise de veilleuses ?

— J'aimerais n'importe quoi, avec toi, tu le sais bien.

— Ma douce petite fille !... Douce, douce, toute douce...

Il embrassa le creux des mains de Dominique.

— ... Porte du ciel, tour d'ivoire, rose mystique... Comme tous les termes des litanies te conviennent !... Tu sais pourquoi ? Parce que tout est pur, en toi...

— Pas si pur. Ne dis pas cela, le pria-t-elle, rougissante. Pas si pur, je t'assure.

— ... C'est pour cela que l'on se sent si bien, près de toi. « *Je cherche un cœur pur, et j'en fais le lieu de mon repos.* » Je crois que c'est dans les Ecritures. Cela m'avait frappé, lorsque je l'ai lu, dans un article sur un jeune écrivain porté disparu en septembre 14. Tout de suite, la phrase m'a fait penser à toi. Je t'apporterai son roman et ses poèmes. Tu verras. C'est... quelque chose d'indicible... comme une musique venue d'ailleurs. Et cela ressemble à ce que tu me donnes.

— Oh ! Numa, Numa...

Ce qu'il lui donnait, à elle, c'était l'émerveillement, c'était la joie, c'était... « Ah !... » Comment, à certaines heures, avait-elle pu redouter, obscurément, d'en voir la source tarir, en face des obstacles qui restaient à vaincre ?

— Le jour où je pourrai enfin te promener à mon bras, librement, devant tous, continuait Numa, je veux te parer comme un reine. Sais-tu ce que nous ferons ? Nous irons à Paris, choisir...

Le jeu recommençait. Sa fantaisie, chevauchant un autre thème, entrelaçait maintenant Worth, Paquin, Peruggia, Guerlain, Cartier, en une féerique guirlande à mettre dans la corbeille de ces noces encore lointaines.

— ... Poiret ? Mais, mon petit chéri, tu n'y penses pas. Poiret n'est bon qu'à habiller les théâtreuses et les Américaines. Non fie-toi à moi, les robes qu'il te faut...

Dominique finissait par y croire.

— A propos de robes, je vais demain à Avignon, essayer celle qu'on me fait pour le mariage de Laurent et d'Henriette. Même si elle n'a droit qu'à la griffe de Leroy-Bartet, je voudrais bien qu'elle te plaise.

Ce jour-là, qui, pour la première fois depuis qu'ils étaient amants, allait la remettre face à face avec la femme de Numa, et, derrière celle-ci, le clan, ce monstre hérissé de têtes, auprès duquel l'hydre de Lerne eût fait piteuse mine, Dominique savait d'avance qu'elle n'aurait pas trop de toutes ses armes pour l'aborder avec assurance.

— Voyons ! puisque aucun d'entre eux ne se doute... lui représentait Numa, qui voyait, quant à lui, sans la moindre appréhension, se rapprocher la date prévue.

Dominique secouait la tête.

— Mais moi, je sais. Alors, comment n'aurais-je pas vergogne ? Il me semble que tout ce que je veux leur cacher se lira sur ma figure à livre ouvert.

Et, sans se soucier de logique, enchaînait :

— Oh ! mon Dieu !... heureusement que tu n'as encore rien dit. Comment aurais-je pu les affronter, si tu l'avais fait ?

— Bah ! ce ne serait pas si terrible. Et, de toutes manières, il faudra bien finir par le leur apprendre.

Il fanfaronnait un peu. Et lui-même, en son particulier, n'était pas fâché, loin de là, de déférer au souhait de Dominique, en reculant l'imminence d'un éclat dont la perspective ne laissait pas de lui peser.

Mentalement, au long de ses moments de solitude, il repassait les chances qui se présentaient d'obtenir, après quels assauts, sinon l'assentiment, au moins la neutralité de la famille.

Après tout, ruminait-il, ses parents savaient quelle contrainte avait pesé sur la conclusion de ce mariage. Et sa mère, bien qu'elle ne lui en eût rien dit, avait dû tirer de la confrontation de quelques dates les déductions qui s'imposaient.

Il préparait sa plaidoirie : « Berné, Maman, vous savez que j'ai été berné, bel et bien. »

Mais le mot « divorce », pour les Vernet et leurs pairs, était de ceux qui s'écrivent en lettres de soufre et de feu sur la muraille, et font surgir les spectres au milieu du festin. Numa connaissait bien sa mère. Pratiquante plutôt que pieuse, et stricte sur les convenances, Laure Vernet ne se laisserait pas aisément convaincre que le bonheur, fût-ce pour son fils, valût le prix d'un scandale.

Cependant, les jours s'écoulaient, rapprochant Laurent et Henriette de l'échéance qui allait les unir.

On ne voyait plus guère à Mogador la fiancée, absorbée par ses préparatifs ; quant à Maurice, tous ses moments de liberté le ramenaient immanquablement vers le Cigalier où l'attendait la sienne.

Les dimanches, sans ses familiers, redevenaient pour Dominique les plages de solitude et d'ennui qu'ils avaient été durant la fin de la guerre.

Alban Marquet-Rageac, lui non plus, ne s'était pas montré depuis longtemps. Et pas davantage Francis Lallier. Des fiançailles surgissaient à l'envi, entre les commensaux qui, l'été précédent, sous le règne d'Anne, hantaient si assidûment le domaine.

Le sillage de gaieté et de bruit achevait sa trace sur laquelle se refermaient des eaux plates.

Et, désormais, où qu'elle allât, Dominique savait qu'elle courrait le risque, soit d'une rencontre, soit de questions, d'allusions, de taquineries, qui la mettraient au supplice.

Mieux valait demeurer chez soi, avec un livre choisi par Numa, dans l'attente du lundi qui referait d'elle une femme comblée.

De temps à autre, durant la semaine, elle passait à Barbegal en coup de vent, vers la fin de la journée ; embrassait sa marraine et son amie submergées sous un déballage hétéroclite qui débordait à présent des chambres jusque dans le salon ; admirait congrûment les fleurs envoyées par Laurent ; examinait achats et cadeaux avec complaisance ; discutait d'un détail touchant le cortège ou la décoration de l'église ; et déclinait l'offre de partager le repas des Royer.

— Non, non, je suis désolée, mais... Impossible de m'arrêter davantage. Pardonnez-moi, tous. Il faut vraiment que je me sauve. A bientôt.

— Tu es comme moi, pas vrai ? remarqua Maurice qui, présent par hasard, ce soir-là, lui faisait « un brin de conduite » jusqu'au bout du jardin. Quand je m'amène ici au sortir de ma thébaïde, tout ce branlebas me donne le tournis.

Dominique lui jeta un coup d'œil malicieux :

— Ne te fais pas d'illusions, ce sera bientôt la même chose au Cigalier, si ce ne l'est déjà. Et si tu te figures être à l'abri dans ton Saint-Ange... Attends seulement d'y voir arriver les peintres et les tapissiers de Tatie Adrienne. Tu connaîtras ton malheur, mon pauvre ami.

Elle parlait en connaissance de cause : les électriciens venaient à peine de quitter Mogador.

Et le déploiement de compétences que les Guillermin entendaient susciter pour faire d'une bâtisse assez délabrée le futur nid douillet de leur pigeonne aurait amplement de quoi exercer la patience de l'amoureux Maurice.

— Ouais... exhala ce dernier, prêt à souffrir bien des maux en l'honneur de sa bien-aimée.... Dis donc, tu as vu les roses de Laurent ? J'ai fait envoyer les mêmes à Claire.

— Elles sont splendides, commenta gentiment Dominique.

— Ouais ! redit Maurice, tâchant à contenir sa jubilation.

Dominique ouvrit le portail.

— Eh bien ! voilà... Je rentre. A l'un de ces jours.

— Mmmm... On ne te voit pas beaucoup, ces temps-ci.

— En cette saison, tu sais... dit Dominique, évasive. Toi-même, avec tout ce que tu dois avoir à faire...

— Mmmm...

Devant cet air sibyllin, une inquiétude envahissait la jeune fille.

— Qu'y a-t-il ? Tu as des ennuis ? questionna-t-elle, avec une brusquerie visant à dissimuler sa nervosité.

L'attaque atteignit son but : l'interpellé bomba le torse, et se récria :

— Des ennuis, moi ? Non, mais... ! Tu veux rire ?

Quels ennuis eussent pu assaillir le propriétaire de Saint-Ange, le futur époux de Claire Guillermin ? suggérait à l'évidence son attitude.

Satisfaite du résultat de sa diversion stratégique, Dominique se garda d'insister.

— Bon. Eh bien ! en ce cas, je file.

Tirant la manivelle de sous le siège de sa voiture, elle la lui tendit :

— Tiens.

S'installa au volant sans plus se soucier de lui, et referma la portière.

— Vas-y, veux-tu ?

Il s'approcha sans se presser.

— Attends une minute.

Eût-elle jamais dû, connaissant Maurice, croire qu'il la tiendrait quitte ?... Elle se raidit.

— Oui ?

— Je voulais te dire... Tu sais que Laurent avait invité Louis Bresson ?

— N-n-non... — Elle maîtrisa sa voix pour répéter avec plus de fermeté : — Non, je ne savais pas.

— Ahah ? fit Maurice.

Il se donna le temps de la considérer.

— ... Alors, je te l'apprends. Et aussi que Louis a refusé, avec une excuse assez vaseuse.

— Il est libre, émit Dominique, ostensiblement occupée à enfiler ses gants.

— D'accord, mais j'aurais cru qu'il tiendrait plutôt...

— Tu crois toujours des choses.

— Voire...

Maurice continuait à fixer, les yeux plissés d'attention, ce profil inexpressif qu'elle s'appliquait à lui présenter.

Après un silence, il ajouta :

— C'est un chic type, Bresson. La fille qui l'aura ne sera pas à plaindre.

— En effet, dit sèchement Dominique. Maintenant, si tu veux bien me donner un tour de manivelle... ? Je croyais t'avoir dit que j'étais pressée.

— Allez, bonsoir, Coco.

— Bonsoir.

Elle démarra sans douceur.

Maurice la suivit longuement du regard, avec une lippe songeuse qui lui retournait la lèvre.

« Tonnerre du nom de sort !... » marmonna-t-il, enfin. « Je voudrais tout de même savoir ce qui se passe. »

Qui donc encore eût soupçonné qu'il se passait quelque chose ? Assurément aucun de ceux qui virent évoluer cette autre Dominique au front lisse, au visage riant, aux prunelles limpides éclairées d'une lueur dorée, le jour des noces de Laurent et d'Henriette.

Passé l'instant délicat de la rencontre avec ses cousins de Tourvieille, et, parmi eux, témoignant aimablement de son plaisir de la revoir, la femme de Numa ; passé, aussi, la pointe subite de douleur ressentie dans l'église, à la vue de Laurent, occupant à côté de la mariée la place qui eût été celle de François, ce jour, dont les prémices lui avaient causé tant de tourment, n'apporta guère à Dominique d'autre surprise que le plaisir mousseux des compliments et de la danse, aiguillonné par celui, caché, mais combien plus vif, de mirer dans les yeux de Numa son nouveau personnage de fille adulée et aimée.

Comment eût-elle imaginé, d'avance, les délices qu'elle éprouva, grisée par sa propre duplicité, à jouer le jeu subtil de l'innocence tout en dansant avec son cousin, le souffle court parce qu'il la serrait à peine un peu trop fort, et que leurs joues se caressaient l'une l'autre, à la dérobée ?

Jamais la petite maison du docteur Royer n'avait accueilli tant d'hôtes à la fois. Dans le jardin où l'on piétinait quelque peu la bordure des parterres d'Elise, comme dans la maison où tous les sièges avaient été repoussés contre les murs, l'on en venait à se coudoyer étroitement.

Nul aparté n'était concevable, parmi cette exubérante cohue qui oscillait, avec l'amplitude régulière des marées, entre l'orchestre et le buffet.

— ... Et c'est tant mieux, en conclut Numa. Au moins, cela écarte de nous les affres de la tentation... Mais tu ne perds rien pour attendre, promit-il, la lorgnant à l'abri de ses paupières.

Dominique plissa le nez, drôlement.

— Pffft !...

— Voyez-vous ça !... Vilain petit chat, gare à toi, si je te...

— Alors, alors ?... On se chamaille ? les interpella un jeune Maillanais fort émerillonné qui, depuis la fin du repas, n'avait guère quitté Antoinette.

— Oui... C'est un vice de famille que nous cultivons amoureusement entre cousins, expliqua Numa à l'importun, avec un flegme qui fit fuser le rire de Dominique.

Bostonnant sur place, afin de laisser le couple prendre du champ, il chuchota dans l'oreille de la jeune fille, avec une pression de main qui soulignait leur complicité :

— Très amoureusement. Très, très, très...

Un jeu. Un jeu excitant, pareil à un défi lancé à la face des gens. Eux deux réunis contre tous les autres.

— Je vais te laisser après cette reprise, annonça Numa, tout bas.

Il ajouta :

— ... Rendez-vous au prochain boston.

Dominique acquiesça d'un signe de tête.

Puis, se reprit :

— Non, plutôt à celui d'après.

— Pourquoi ? On te l'a retenu ?

Déjà, il fronçait les sourcils, remarqua-t-elle, heureuse de cette manifestation possessive.

— Non, mais c'est plus raisonnable.

— Tu crois ?

Le rire les reprenait. Sans cause bien définie. Uniquement pour extérioriser le bonheur inexprimable qu'ils savouraient ensemble.

— Bon, alors. A tout à l'heure.

Elle battit des cils, en le voyant mimer un baiser.

Et s'en fut, rieuse, légère.

Constant Angellier, qui causait avec la grand-mère d'Henriette, s'interrompit pour lui lancer :

— Tu t'amuses, ma petite enfant ?

— Oh ! oui. Beaucoup, oncle Constant. La réception est réussie, n'est-ce pas ? Marraine doit être fière. Tout est parfait.

Il lui caressa la joue.

— Oui. C'est un beau jour.

— Mais vous-même, ma petite Dominique, il me semble que vous êtes tout particulièrement en beauté, remarqua Clémence Daubenois, la gratifiant de ce que son propre petit-fils, peu porté au respect, définissait comme « son sourire de derrière les fagots ».

On voyait de reste, à cette extrême amabilité, surprenante pour qui connaissait la vieille notairesse, que l'entrée finalement accomplie de sa descendance au sein de la famille Vernet satisfaisait un vieux rêve, par-delà quelque trente années.

Dominique se souvint d'avoir entendu sa mère ironiser sur cette faiblesse de madame Daubenois.

— ... d'ailleurs aussi une toilette ravissante, poursuivait celle-ci.... Et qui vous va... !

« — *Et ma robe, dis, est-ce que tu l'aimes ?*

« — *Tant, qu'elle me procure une furieuse envie de te l'ôter. Juste pour un petit moment...* », avait répondu Numa, en faisant claquer une mâchoire de loup à jeun.

A se le remémorer, la jeune fille sentait un frémissement exquis lui parcourir l'échine.

— Alors, Coco, qu'est-ce qui te faisait rire aux anges comme ça ? s'enquit Maurice, un instant plus tard, en l'entraînant dans la cavalcade du shimmy qui se déchaînait. Figure-toi que je me suis demandé si c'était la conversation de ma grand-mère. Pour un peu, il me serait venu un scrupule, au moment de t'y soustraire.

— Elle est joliment contente, dit Dominique.

— Oui. Et il y a de quoi, pas vrai ? Elle, mon grand-père, mes parents, moi, toi, tout le monde l'est. Sans même parler de Laurent, hein ? Et Hiette aussi, il me semble ?

— Cela m'en a tout l'air, concéda Dominique.

Et, tout à coup, la pointe s'enfonça de nouveau, cruellement, en elle.

— Crois-tu... — Elle s'arrêta. — ... qu'elle ait pensé à François, ce matin, lorsque ?...

Le visage subitement pâli, insensible à la bousculade qui déferlait de toutes parts sur leur couple immobilisé, elle le regardait avec un air anxieux qui attendrit Maurice.

— Je le suppose, dit-il, bourru. A te dire vrai...

Il laissa sa phrase en suspens pour pousser Dominique hors de l'orbite des danseurs, vers l'embrasure de la fenêtre la plus proche ; et lui fit un rempart de son bras interposé.

— ... Je te disais... Oui : c'est le contraire qui serait incroyable. François... Quand on se rappelle... tout ce qu'il était... Pour elle et pour... Saloperie de guerre !...

Maurice se tut.

Mais ne tarda pas à se ressaisir :

— ... En tout cas, moi, j'ai pensé à lui tout le temps. Et... — Il se pencha en confidence : — ... tu sais ce que je lui ai demandé, au vieux copain, pour le cas où il m'entendrait encore ?...

— Il t'entend sûrement, dit Dominique, la lèvre tremblante.

— Oui ?... Enfin, ça, j'en suis moins sûr que toi, ma fille. Mais ça ne fait rien. Tout de même, s'il nous entend et nous voit... Je suis sûr qu'il est d'accord avec ce mariage. Et, dans ce cas, je lui fais confiance pour tâcher de veiller à ce que ça marche, entre elle et Laurent.

L'émotion étouffait Dominique.

— Oui, tu as sans doute raison, convint-elle, au bout d'une seconde.

— Tu parles, si j'ai raison ! Laurent, il en a suffisamment bavé comme ça, le pauvre.

S'apercevant un peu tard que son interlocutrice était au bord des larmes, il balaya d'un geste leur entretien.

— Là-dessus, assez causé. Viens finir cette danse de cinglés, mon Coco. Sans ça, je ne vais pas pouvoir t'offrir le rechange : ma prochaine est à Claire.

— Et la mienne à Jean Hirigaray, dit-elle, d'un ton léger, s'efforçant de se remettre au diapason.

Maurice avait des ennuis avec la mesure. Il peina pour accorder ses pas à l'air syncopé. La légère raideur qu'il avait conservée dans la hanche, peu visible dans la plupart de ses allées et venues, faisait de lui, pour ce genre de danse, un assez piètre partenaire.

— Sympathique, le nouveau cousin, pas vrai ?

Dominique demeurait distraite.

— Qui, Jean ? Ah ! oui. Tout à fait.

— Pardon... grogna Maurice, qui venait de lui marcher sur le pied.

Penaud, il s'excusa :

— Je me défends assez bien dans les bostons et les tangos, mais...

Mais il les gardait pour Claire. « Bien sûr. »

— Sais-tu qu'ils attendent un enfant pour la fin de l'automne ? reprit-elle, adressant au passage un sourire à Marguerite qui s'entretenait avec Alice Vernet.

— Non ? souffla Maurice, ébahi.

Son coup d'œil jaugea la silhouette de la jeune femme.

— ... Ça, alors !... Où diable le met-elle ?... Oh zut !

me revoilà à contretemps. Mon pauvre Coco, ce n'est pas une sinécure, hein ? d'être ma cavalière. Attends... là, on y est.

La parenthèse fermée, il revint au sujet :

— ... Margot, mère de famille, ça !... C'est drôle, je n'arrive pas à me le figurer.

— C'est pourtant l'événement le plus banal auquel des jeunes mariés puissent s'attendre, lui rétorqua Dominique, amusée. D'ici peu, quelque chose d'approchant pourrait aussi bien t'arriver, tu sais ?

— Crénom !...

Maurice en perdit de nouveau le rythme.

— ... Tu en parles à ton aise, maugréa-t-il, croisant hâtivement l'index sous le majeur pour conjurer les puissances occultes. J'espère bien que nous n'allons pas en avoir tout de suite. Claire est beaucoup trop jeune... Les gosses, vois-tu, c'est bien joli, mais les soucis, les embêtements que ça vous apporte... Tu n'es pas de mon avis ?

Question superflue. Il eût suffi de la regarder.

— Ah ! non ?... Enfin, c'est vrai que, toi... Je t'ai toujours vue te comporter comme si tu étais le Ravi de la crèche, devant n'importe quel abominable petit pisseur braillard.

Malicieusement, il ajouta :

— Par exemple, ce que je me demande, c'est pourquoi tu n'es pas plus logique avec toi-même. Pourrais-tu m'expliquer ce que tu attends, avec l'envie qui te tient de pouponner, pour te décider à prendre quelqu'un qui se dépêcherait de faire le nécessaire...

— Tu es bête, coupa Dominique, pourpre.

Par bonheur, la danse finissait. « Qu'il aille retrouver sa Claire, et vite ! Et me laisse... »

C'était là l'intention bien arrêtée de Maurice. Pressé

de recouvrer sa liberté, il avisa, au plus près, Marguerite et Alice, qui continuaient leur dialogue.

— Tiens, regarde, Margot t'a fait signe. Je te laisse avec elles.

Sans remarquer, dans sa hâte, le raidissement à peine perceptible de Dominique, il la guida par le coude, entre les groupes, jusqu'aux deux jeunes femmes. Et s'en fut, guilleret.

— Je t'ai à peine vue, jusqu'ici, reprocha affectueusement Marguerite à sa cousine.

Cependant qu'Alice s'écartait avec gentillesse pour faire place entre elles à la jeune fille, sur le canapé.

— Nous tiendrons bien toutes trois, n'est-ce pas ? En nous serrant un peu ?...

Dominique sourit avec gêne, tandis que la femme de Numa passait un bras autour de son épaule.

— Nous parlions de bébés, dit Marguerite. Alice était en train de me dépeindre comment cela s'est passé pour elle, lorsqu'elle attendait son fils. C'est ridicule, mais le fait de savoir que les mêmes malaises, les mêmes inquiétudes vagues, les mêmes crises de dépression, ont aussi été son lot, m'apporte un véritable soulagement, je l'avoue.

— Mais je crois qu'à peu de chose près, nous traversons toutes ces alternatives. Au moins pour le premier. Car, ensuite... Voyez donc la tranquillité avec laquelle Agnès s'apprête à mettre au monde son second. Cela aussi devrait vous réconforter. — Une réminiscence lui vint qui la fit sourire. — ... En fait de réconfort, celui que vous apporte un mari, dans ces circonstances-là, est plutôt piteux et...

— Comme c'est vrai ! remarqua Marguerite. C'est encore moi qui suis obligée de soutenir le moral de Jean. Il m'ôte le peu d'allant que je pourrais avoir, à force de me traiter comme si j'étais devenue une porcelaine de Chine.

— Oh ! quant à cela, par exemple ! Numa, lui...

Au supplice, Dominique eût souhaité cent fois ne rien entendre qui mît en cause l'intimité conjugale à laquelle se référait si paisiblement Alice. Fût-ce même cette confirmation du médiocre empressement qu'avait montré Numa à prendre sa part de soucis, durant la gestation de sa femme.

— ... Mais ma belle-mère m'a dit et répété que les hommes du Midi sont tous plus ou moins taillés sur le même modèle, à ce point de vue, conclut Alice, avec un rire indulgent. Alors, n'est-ce pas ? lorsqu'on est prévenue, autant en prendre tout de suite son parti.

Plus que jamais solidaire de Numa, Dominique éprouvait l'étrange besoin de le blanchir de cette accusation implicite.

— Bien sûr, renchérit-elle, il ne faut pas oublier qu'ici, dans nos campagnes et même encore chez les ouvriers de la ville, la plupart du temps, le mari continue de s'asseoir seul à table, tandis que la femme, debout derrière lui, se tient prête à le servir au moindre signe. Quand on y pense, avouez qu'il y a là quelque chose d'assez...

— Oh ! oh !... Serais-tu par hasard occupée à prêcher la révolte aux femmes en puissance d'époux ? railla, toute proche, la voix de Numa.

Il s'était avancé par derrière, sans qu'elles l'eussent remarqué et, accoudé au dossier du canapé, insinuait à présent entre elles une figure moqueuse.

Dominique ressentit comme un affront cette ironie dans laquelle il l'englobait avec Alice. Incontinent, elle passa dans le camp adverse.

— Et quand cela serait ?... Après vingt ou trente

siècles d'un silence respectueux, elles auront peut-être, quelque jour, deux ou trois mots à dire.

— Bigre ! apprécia Numa, hochant la tête avec componction. Qui se serait douté que nous possédions une suffragette militante dans la famille ? Heureusement, ajouta-t-il, après l'avoir ostensiblement lorgnée, tu ne te promènes pas encore avec le waterproof cachou et le parapluie-épée, à l'instar de mistress Pankhurst.

— Pas plus que tu ne te promènes en pyjama, à l'instar du président Deschanel, répliqua-t-elle, acide.

Marguerite riait.

— Courage, Nique ! Il a beau faire le matamore, au fond il tremble déjà pour ses chers petits privilèges. Mais... — elle menaça Numa du doigt — ... le jour où nous déciderons d'agir en tout comme vos égales...

La main sur le cœur, il s'inclina, non sans un sourire dont le charme émoussait la pointe de sa riposte :

— Ce jour-là, ma chère enfant, nous cesserons du même coup de nous conduire comme vos esclaves. Et qui peut dire, en fin de compte, lequel des deux partis y perdra le plus ?

— Mais... nous, bien entendu. Toujours nous, dit Alice. Je ne vois pas même pourquoi l'on en discute. Pour ma part, cela n'offre pas l'ombre d'un doute : tu t'arrangeras toujours pour ne suivre que la loi de ton bon plaisir, comme tu l'as toujours fait, n'est-il pas vrai ?

Dominique se demanda si Marguerite, ainsi qu'elle-même, percevait la résonnance particulière que prenait soudain la controverse, du fait de cette intervention inattendue.

Crispée, elle guetta la réponse de Numa.

Il prit lentement la main de sa femme et l'éleva jusqu'à ses lèvres, avec une galanterie glacée.

— Voyons, pas tant que cela, ma chère... Pas tant que cela. Rappelle un peu tes souvenirs, et tu en conviendras, sans nul doute.

Le malaise de Dominique s'accentuait.

— Quelle conversation absurde ! lança-t-elle, nerveuse, évitant de regarder le visage, d'ailleurs impassible, d'Alice. Numa, tu es détestable, lorsque tu commences à taquiner tout le monde. J'aime mieux retourner danser.

— A tes ordres, lui renvoya Numa, promptement.

A la faveur de l'orchestre qui reprenait, elle feignit de regarder autour d'elle.

— Merci. Mais j'ai promis celle-ci à Jean.

Il ne voulut pas prendre garde à la sécheresse de ce refus. Mais chercha des yeux, lui aussi, Jean Hirigaray.

— Le voici. Là-bas, tiens : entre la porte et la console. Il te cherche, sans doute. Mais jamais vous n'allez pouvoir vous joindre, à travers cette mêlée. Le mieux, je crois, si tu veux bien me permettre... — Sans attendre il télégraphia par signes ses intentions à l'intéressé qui venait enfin d'apercevoir Dominique. — .... est que je te conduise jusqu'à lui. Viens-tu ?

Silencieusement, elle se leva.

Quelques secondes après, alors qu'ils progressaient, enlacés, vers l'entrée du salon, elle dit à mi-voix, avec un soupçon d'agressivité :

— J'admire ton aisance.

— Comment cela ?

— Eh bien ! à l'instant, là, quand nous causions avec ta femme.

Numa la contempla, l'air pensif.

Enfin, un demi-sourire lui naquit à fleur des lèvres.

— Mais... tu ne t'en tires pas mal, toi non plus.

— Oh ! je... commença-t-elle.

Avant de renoncer tout aussitôt :

— Non, rien.

Dans ses prunelles, qu'elle lui dérobait, tournoya furtivement une sorte de vertige désolé. « L'amour... » où était l'amour, à ce moment ?

La seconde qui suivit, entre les bras qui renforçaient discrètement l'étreinte autour de son corps, elle ne songeait déjà plus à se le demander.

Où était l'amour, où était-il ? si, dès la première alerte, tous deux redevenaient ces combattants dressés. « Pourquoi faut-il que tout déraille entre nous, sitôt que nous nous mêlons aux autres ?... »

Il faisait chaud. Insupportablement chaud. « Bien plus que pour le mariage de Hiette », se dit-elle, en soupirant de lassitude. La chaleur épaisse et moite de juillet.

L'étoffe légère du corsage collait à son dos en sueur.

Ce voile, alourdi d'un perlage de cristal, qui l'avait tentée, chez le couturier, n'était peut-être pas, finalement, une réussite.

— Comment trouves-tu ma tunique ? Elle te plaît ?

— Euh... ou-i... Mais ce que tu portais l'autre fois convient beaucoup mieux à ton genre.

— Je sais... — « Si j'avais su... » — Mais je ne pouvais remettre la même toilette.

Pourquoi son goût à lui ne se satisfaisait-il jamais de ce qui obtenait l'assentiment de la plupart ? Un moment plus tôt, fraîchement débarqués de Paris, où ils avaient passé leur voyage de noces, afin d'assister à cette autre cérémonie, Laurent et Henriette venaient de la complimenter.

Et Maurice lui-même qui, tout à son rôle de marié du jour, eût aisément pu se permettre de négliger un tel détail, avait cependant remarqué :

— Mazette ! Coco, tu as flanqué un sacré coup de pied à la malle, en notre honneur. J'en parpelège [1], à te regarder.

« C'est cela, bien sûr. Numa doit la trouver trop riche, trop voyante. Pourtant... » Elle récapitulait : « Alex et Francis, Alban, Jacques et Richard, Lucien, Henri... Et Claude Chabret... Et même Robert Antonetti... », qui prêtait cependant une médiocre attention à la parure féminine, « ...Tous ! tous m'ont dit que... Il n'y a que lui... ».

Absorbée par ses réflexions au sein même d'un groupe réuni sur la terrasse du Cigalier, elle soulignait au hasard d'une mimique approbative un débat qu'elle n'écoutait guère.

— Avez-vous vu comme Claude et votre cousine Antoinette ont manœuvré pour s'éclipser ? dit quelqu'un.

Et tout le monde d'arborer un air plein de sous-entendus, railleurs ou indulgents.

Dominique se mordit la lèvre. « Ces cancans... cette terrasse... » Dans ce même angle, précisément, lors du printemps écoulé, un soir...

Et, juste à cet instant, comme suscité par ses pensées, Louis Bresson se trouva devant elle.

Cependant qu'aussitôt, la petite bande, unanimement complice, opérait un savant repli en masse vers l'escalier, afin de les abandonner en tête à tête.

Sans lui laisser le temps de les suivre, Louis l'aborda, le visage souriant :

— Vous êtes bien belle, Dominique.

— Oh ! Louis... je...

Le sang était monté aux pommettes de la jeune fille.

---

1. *Parpeleger* : papilloter des cils.

Louis lut sur ses traits la panique ; et fit encore un pas en avant pour s'opposer à sa fuite.

— Me permettez-vous de vous dire un mot ?

Depuis le matin, il semblait avoir mis tous ses soins à l'éviter. Si bien que Dominique, d'abord bouleversée à sa vue, avait fini par se persuader de leur résolution identique de se tenir à l'écart l'un de l'autre. Le fait même que l'on n'avait apparemment pas voulu les apparier pour le cortège et la table, devait signifier que leurs familles renonçaient désormais à l'espérance de les voir s'unir. Et ce point final n'avait pu émaner que de Louis en personne, avait-elle conclu, rassurée.

Trop émue pour réagir, elle se laissa conduire vers l'abri du cyprès qui s'érigeait au coin du parapet, comme une sentinelle dominant le chaos du pays baussenque.

Ce ne fut qu'en se trouvant isolée derrière ce rempart illusoire qu'elle recouvra, avec le brusque sentiment d'être prisonnière, la force d'esquisser une dérobade.

— Non, Louis... Pas ici. Je ne puis vous... Pas maintenant. Ce n'est pas...

— Si. Je crois que c'est nécessaire.

Il s'efforçait de mettre dans son élocution la lenteur, le calme rassurants que l'on prend pour approcher un cheval ombrageux.

— ... Ne craignez rien, ajouta-t-il, devant l'expression perdue de Dominique, je ne veux pas vous importuner. Je... — Il effaça de sa voix la trace d'amertume qui venait d'y lever, malgré lui. — ... Je crois avoir compris le sens de ce que votre lettre me donnait à entendre. Ce que j'ai pu éprouver à la lire ne vous intéresse sûrement pas. Je ne vous infligerai nul commentaire. Sinon pour vous dire que vous demeurerez toujours pour moi... — Sa voix redevenait rauque. —

... l'être le plus loyal et le plus courageux que j'aie rencontré. Je souhaite toujours votre bonheur, Dominique, quelle que soit la manière dont vous le trouverez.

Il lui prit le poignet d'un geste mesuré :

— ... Vous me croyez, n'est-ce pas ?

Incapable d'émettre un son, elle acquiesça d'un hochement de tête.

La rumeur des invités accompagnait, de loin, des mots qui lui paraissaient irréels. Une barrière invisible la séparait de ces gens qui, dans un autre univers, montaient, descendaient à quelques pas, se hélaient, se croisaient, se rassemblaient en un ballet indifférent tant bien que mal accordé à la musique qu'elle percevait seulement par intermittence.

— Voyez-vous, poursuivait Louis, je me félicite d'avoir pu prendre sur moi, aujourd'hui, pour vous rencontrer. C'est... oui, finalement, c'est moins dur que je ne l'aurais cru.

Il lui sourit avec tristesse, sans chercher à retenir la main qui glissait hors de la sienne.

— ... Nous n'allions pas jouer à cache-cache toute notre vie, n'est-ce pas ? Outre ce mariage, où je n'aurais pu fournir une raison acceptable pour manquer à la petite Claire, trop de circonstances continueront à nous remettre en présence, qu'il nous serait impossible d'éviter perpétuellement. L'essentiel était que tout fût net entre nous, afin que nous puissions désormais nous revoir, sans la gêne d'aucune arrière-pensée. N'est-ce pas votre avis ?... Dites ?

Dominique gardait la tête baissée, torturant la frange de son sac.

— J'ai honte vis-à-vis de vous, Louis.

— Il ne faut pas. Vous n'avez aucune raison d'avoir honte. Je vous en prie, regardez-moi.

Avec un effort, elle parvint à soutenir ce regard, dont

la franchise, à cet instant, éveillait en son cœur un remords cuisant qui ressemblait à un regret, bien qu'elle eût été incapable de l'analyser.

— Tout ce que je vous demande, c'est de me croire : jamais, quoi qu'il arrive, je ne me plaindrai de vous ; mais seulement du sort qui n'a pas voulu que vous m'aimiez.

— Je vous aimais beaucoup, murmura Dominique, après un silence.

— Oui... Oh ! vous me l'avez très bien expliqué... Chut ! chut ! ajouta-t-il, précipitamment, voyant des larmes embuer les prunelles de la jeune fille. Chut ! On nous regarde. Et vous savez que les bonnes langues ne sont jamais à court pour jaser.

— Je sais, oui.

Cela rappelait à Dominique les bavardages de Laure et d'Agnès, sans lesquels « tout eût tourné différemment » pensa-t-elle, avec une rancune dont elle n'eut pas même conscience.

— Alors, amis ?... demanda Louis.

« Cher, cher Louis. »

— Oui. Oh ! oui ! accepta-t-elle avec élan.

De son propre mouvement, cette fois, elle tendit sa main au jeune homme.

Il la prit et la serra gravement.

— Tout à l'heure, si je viens vous demander une de vos danses, me l'accorderez-vous ?

Dominique lui dédia un sourire encore humide.

— Avec joie.

— Merci.

S'inclinant sur la main qu'elle lui abandonnait, il effleura d'un baiser le bout des doigts.

— ... Maintenant, reprit-il, changeant de ton, je crois que je n'ai guère le droit de vous retenir plus longtemps, si... eh ! bien, s'il y a quelqu'un à qui vous avez promis ce tango.

— Mon Dieu ! C'est vrai !... exhala-t-elle, se tournant instinctivement du côté d'où venait la musique.

A présent, au centre de la terrasse rafraîchie par la tombée du soir, évoluaient quelques couples, transfuges du salon où l'orchestre installé entre deux fenêtres semblait tirer au bout d'un fil le gros des danseurs un peu las.

Sur le seuil, elle aperçut Numa, visiblement en quête d'elle.

— Oh !...

Dans un geste d'écolière coupable, elle porta la main à sa bouche.

— ... Excusez-moi, Louis, il faut que...

— Mais oui, allez vite.

Le cœur alourdi, il la suivit des yeux tandis qu'elle courait rejoindre son cousin, sans un regard pour le couchant somptueux qui embrasait le ciel, à la limite de l'Alpille mauve et brune.

« Qui est-ce ? Qui peut-elle bien ?... » se demandait-il, une fois de plus, après tant d'heures de jour et de nuit désespérément gaspillées à assembler les données du problème.

A cent lieues de discerner l'évidence, il la vit disparaître dans la maison avec Numa Vernet.

— Encore un peu et la danse était finie, observa Numa, lorsque Dominique et lui se furent intégrés au cercle qui tournait dans un lent balancement collectif.

La jeune fille ne se méprit guère à cette ironie détachée.

— Ne m'en veux pas. Je n'ai pas pu te rejoindre plus tôt.

Sans répondre, il se mit à siffloter l'air argentin dont

le rythme de ses pas épousait rigoureusement la scansion.

Dominique se pliait avec souplesse au mouvement de ce corps désormais familier du sien, sans en retirer, pour une fois, le plaisir intense qu'elle puisait, ordinairement, durant ces tangos et ces valses lentes dont Numa savait tirer le maximum, dans cette sorte de demi-possession autorisée, sous les yeux de tout un chacun.

De façon involontaire, ses pensées revenaient à Louis Bresson. Troublée, elle repassait les termes de leur entretien, écoutant de nouveau certaines phrases du jeune homme qui continuaient à vibrer dans son cerveau, distinctement, avec l'intonation exacte dont il les avait chargées. Heureuse et malheureuse à la fois, de mesurer cette tendresse inébranlable qui se réaffirmait, pour l'absoudre en aveugle.

— Au fait, ai-je rêvé, ou bien ?... Avec qui donc étais-tu, à l'instant ? attaqua Numa, dans le bruit des applaudissements qui saluaient à la fin de la danse.

Dominique lui offrit avec simplicité la droiture d'un regard qui ne comptait que sur soi pour couper court à toute interprétation soupçonneuse.

— Avec Louis Bresson.

— Mmmm... C'est bien ce qu'il m'avait semblé.

Elle attendit un commentaire.

Mais Numa ne paraissait pas disposé à rien ajouter.

— Numa...

Il l'enlaçait de nouveau, pour la reprise. Et se contenta de la diriger avec une aisance quasi mécanique.

— Oui ?

Devant le silence qu'elle prolongeait à son tour, il insista :

— Quoi donc ?

La correction froide du ton où perçait l'impatience découragea Dominique.

— Je... Rien. Mais il fait une chaleur ici. Ne préférerais-tu pas que nous sortions ?

Il haussa les épaules avec indifférence, et la suivit.

Le soleil disparu incendiait maintenant l'horizon avec les fastes tragiques d'un crépuscule d'Apocalypse.

Sans y penser, Dominique, fascinée, était revenue s'appuyer au parapet. A peine tourna-t-elle la tête vers Numa, dont elle sentait derrière elle la présence immobile et muette, pour murmurer :

— Regarde... C'est beau, n'est-ce pas ?

Mais il n'avait que faire du spectacle.

— Décidément, dit-il, avec un petit rire sec, elle t'inspire cette terrasse.

Bien qu'il eût parlé à mi-voix, l'apostrophe fit à Dominique l'effet d'un sifflement de lame.

— Pourquoi dis-tu cela ? Je ne comprends pas.

Du coin de la bouche, il lui jeta :

— C'est sans doute aussi la contemplation du couchant qui t'absorbait, tout à l'heure, en compagnie de Bresson.

Les doigts de la jeune fille se crispèrent sur sa gorge.

— Non, oh non ! tu ne vas pas me reprocher...

Elle dut s'interrompre. Un groupe compact refluait vers eux, précédé de rires et d'exclamations auxquelles il leur fallut répondre, en affectant le même entrain, la même gaieté.

Puis, une autre danse qui débutait emmena Dominique au bras de Robert Antonetti et Mireille du Roveret à celui de Numa.

La nuit venait.

On alluma les lanternes, sur la terrasse : et un théâtre d'ombres naquit, pour s'étirer d'un coup jusqu'au toit.

Dominique dansait sans trêve. Avec son beau-frère Alban. Avec Alexandre, le cadet des Lallier ; et avec Francis, ensuite. Puis, avec Lucien. Avec Louis.

Quelqu'un dit :

— Vous savez que les mariés sont partis ? Voyez, là-bas. Ce sont eux, il n'y a pas de doute.

La lumière des phares d'une automobile sinuait dans la descente, traçant le chemin où s'engageaient à présent Claire et Maurice.

— Voilà. Pour eux, c'est le commencement, dit Louis, avec mélancolie.

Quelqu'un d'autre commenta :

— ... Un joli coupé Salmson. C'est le cadeau des grands-parents Daubenois, je crois bien.

Dominique se sentait vieille, tout à coup, à côté de l'essaim des amies de la mariée qui se penchaient avec des chuchotements et des éclats de rire filés, pour suivre encore un peu, de haut, le point d'or mouvant que chaque instant éloignait du Cigalier.

« Partis... » Et Maurice qui, pourtant, tenait si fort à son Saint-Ange, n'en avait pas moins omis de donner à ce sujet ses ultimes instructions à Dominique. C'était cela, le bonheur, qui tranchait égoïstement tous les liens de la veille.

« Et moi aussi... » Qu'attendait-elle, pour ?...

— Tatie doit être dans tous ses états. Je ferais mieux d'aller...

— Mais non, dit Louis. Qu'y pouvez-vous ? Du reste, ma mère est certainement auprès d'elle. Restez. Il fait si bon. C'est comme si l'on avait rêvé cette grosse chaleur suffocante de la journée. On a l'impression que c'est maintenant que tout s'éveille. Sentez-vous ce petit air qui court ?

Elle resta. Sur une pensée lancée comme un défi vers Numa : « Après tout, quel mal fais-je ? »

L'alanguissement de l'heure indécise avait disparu. Plus animé, plus bruyant, le bal reprenait. Tandis que la vie nocturne de la garrigue s'orchestrait à son tour, sur la resse [1] des grillons, et le coassement lointain des crapauds de la plaine entonnant vers le ciel le long cantique du désir de l'eau.

— C'est maintenant que l'heure est la plus belle. Et aussi la plus délicieuse, disait, avec la voix de Louis, l'ombre noire, près d'elle, chevauchant le rebord de pierre tiédie. On pourrait toucher la paix, rien qu'en étendant la main, ne croyez-vous pas ?... Etes-vous bien ? Voulez-vous que j'arrange ces coussins ?

Cela pouvait aussi s'adresser à Magali Béraud, ou à Marie Lallier, qui lançaient, de temps à autre, une phrase paresseuse, depuis la chaise longue où chacune s'était installée.

Et Maxime, étendu de tout son long, sur la bordure moins large que ses épaules, mains croisées sous la nuque, au mépris de son costume de gala, comme, aussi bien, du vide ténébreux que surplombait le parapet, rêvait tout haut à côté d'eux :

— ... le hammerless à platine, calibre douze, que Maurice a promis de me rapporter de chez Lepage. Tu crois qu'il s'en souviendra, dis, Nique ?

D'autres venaient s'accouder un moment, pour respirer la risée de brise qui passait, charriant par bouffées sauvages le parfum du thym en fleur, de l'aspic, et de la mélisse, qu'exhalait la terre sèche, fendillée de chaleur.

— Vous, au moins, vous êtes bien, ici. Vous avez déniché le meilleur endroit, vous autres.

Quémandaient :

— ... Une petite place pour moi, là, au bord. Le

1. *Resse* : scie.

temps de me remettre. Ce shimmy m'a laissé en nage... Mon royaume pour un coin de votre coussin.

Se risquaient à deux dans le contrebas obscur où s'éteignait vite le son de leur dialogue. Ou bien en remontaient, vers la fantasmagorie des grosses boules orange en papier plissé, éclipsant la clarté blonde jaillie de la maison par toutes ses fenêtres béantes.

S'asseyaient aussi. Bavardaient de même, à bâtons rompus, avec Louis, ou Maxime, ou Magali, ou Dominique.

— C'est toi qui es là, Nique ? dit en passant Madeleine Vernet. As-tu vu ta tante Adrienne ? Elle te réclamait, tout à l'heure.

— J'y vais.

Avec un soupir, Dominique se leva, tapota sa robe et ses cheveux.

— ... Non, ce n'est pas la peine. Ne bougez pas, dit-elle à Louis qui se disposait à l'escorter.

— Mais oui, Louis, restez donc, insistèrent les jeunes filles, non sans rire sous cape. Voyons, vous n'allez pas nous abandonner ? Nique va revenir.

Il n'osa point passer outre.

Au sortir de cette oasis de quiétude, Dominique trouva sa tante, les paupières encore rougies, mais l'esprit ancré sur la bonne ordonnance de la fête, distribuant des consignes au personnel qui s'affairait à disposer les tables en vue du souper.

— ... Besoin de toi ? Non, pas du tout, ma petite chérie... Mais non : quatre couverts seulement, ici. Vous voyez bien qu'ils sont trop serrés... Ah ! oui : je voulais te dire... Grand Dieu ! Mélie ! Mais regarde donc ce que tu fais, malheureuse !... Ma foi, je ne me souviens pas. Sauve-toi, va.

Dominique ne se le fit pas redire.

« Numa... » Durant tout ce temps, elle avait comme

oublié d'accorder sa respiration à cet amour qui, d'habitude, lui donnait son rythme de vie.

Et s'en apercevait avec stupeur. « Où es-tu, que fais-tu, Numa ?... »

Son cœur bondit, retrouva sa pulsation, de nouveau gonflé de tendresse amoureuse. « Mon Numa. Vite, vite, que je te voie, que je te retrouve. »

Il dansait dans la salle, avec Suzon, la benjamine des Marquet-Rageac. « Cette élégance, cette sûreté, ce port de tête... » A le voir sans qu'il la vît, Dominique sourit de plaisir. Cependant qu'Henriette, qui dansait aussi, lui lançait au passage, en la frôlant, quelques mots qu'elle ne saisit pas, perdue dans sa contemplation.

Certaine que Numa l'avait aperçue, elle attendit la fin du fox-trot pour se diriger sans hâte vers le vestibule.

Il l'y rejoignit, en effet.

Et referma cruellement ses doigts durcis sur le bras nu de la jeune fille.

— Toute seule ? Par quel miracle ?... Qu'as-tu fait de ton garde du corps ?

Allait-il donc recommencer ?

— Je t'en prie, implora-t-elle. Tu me fais mal.

Vainement.

— Par ici, veux-tu ?

Sans relâcher sa pression, — ou si peu — Numa la poussait devant soi, avec la délicatesse d'un gendarme convoyant un prisonnier récidiviste.

Ayant gagné la porte qui desservait l'arrière de la maison, afin d'éviter la façade illuminée, ils retrouvèrent au-dehors une nuit qui, par contraste, malgré son cloutage d'étoiles, parut à Dominique d'une noirceur dense.

— Numa, je n'y vois plus.

— Tu vas t'habituer, dit-il, rogue. L'obscurité ne te

gênait guère, que je sache, dans le retrait où tu te prélassais tout à l'heure.

Comme elle trébuchait, il se borna à la tenir ferme.

— ... Eh bien ! Si tu me répondais, au moins ?... Qu'en as-tu fait, de ton Bresson ? Tu as pu t'en séparer pour quelques minutes ?

Elle s'arrêta, et, se dégageant d'une secousse, fit volte-face pour s'agripper des deux mains aux revers de la jaquette de Numa.

— Ecoute, ne sois pas injuste. Je...

— Injuste ? — Il lui saisit le poignet. — ... Tu n'étais pas avec lui, peut-être ?

— Si, bien sûr. — La révolte commençait à poindre en elle. — ... Avec lui, et aussi avec Maxime, et Magali, et Marie Lallier... Entre autres. S'il faut vraiment que je te fournisse une justification, acheva-t-elle, lui arrachant son bras endolori pour le masser.

Le trait atteignit Numa.

— Parce que je n'ai aucune raison de t'en réclamer ? Aucun droit, n'est-ce pas ?... C'est cela, je suppose ?

Il empoigna de nouveau le bras de la jeune fille. Et reprit avec elle leur marche hasardeuse.

— ... Evidemment, dans la situation où nous sommes...

Peu à peu, les contours des obstacles se dessinaient plus distinctement. Il les évita et, sans se soucier de ceux qui multipliaient leurs pièges au ras du sol, s'engagea dans le sentier caillouteux qui s'en allait, tant bien que mal, entre les oliviers, se perdre au bout du plateau à l'assaut duquel montait de toutes parts la garrigue.

— ... Mais veux-tu me dire qui l'a voulue, cette situation ?... Qui a insisté, oui, insisté, rappelle-toi bien ! pour que nous différions jusqu'à l'automne le moment de la résoudre ?... Qui m'a conjuré de me taire, alors que j'étais décidé à...

— Tais-toi, je t'en supplie, dit Dominique, épouvantée par la résonance que prenait cette voix d'une violence croissante dans l'air de la nuit. Qui sait s'il n'y a pas, tout près, des gens qui vont t'entendre ?

N'importe quelle touffe de mourven ou de kermès pouvait dissimuler une paire d'amoureux, nantie de bonnes oreilles. L'évidence se ficha comme un dard dans la carapace de colère de Numa et le réduisit au silence.

Cédant au besoin de trouver un exutoire, il avisa la branche maîtresse de l'olivier le plus proche et, son poing refermé sur le bois rugueux, serra, serra encore, muscles et veines bandés, avide d'aller jusqu'au bout de sa force, jouissant furieusement au-delà de la douleur, de sentir l'écorce éclatée s'incruster dans la chair de sa paume.

Dominique s'était assise sur un bloc de rocher qui figurait grossièrement une manière de banc. Et trouvait, de son côté, un soulagement assez semblable au contact de la pierre râpeuse envahie de lichens dont sa main explorait machinalement les creux et les bosses.

Silencieuse, elle guettait le souffle irrégulier de Numa, attendant qu'il se calmât.

Soudain, il revint vers elle et reprit, assourdissant le timbre de sa voix :

— Serait-ce que tu as changé d'avis ? Mais, en ce cas, aie donc au moins le courage de le dire. Allons, explique-toi. Comparaison faite, c'est lui que tu veux ?... Ou est-ce plutôt que tu le ménages, dis ?... que tu le gardes en réserve, pour la bonne bouche ? acheva-t-il, avec un ricanement.

« Ce n'est pas vrai », se répétait Dominique. Rien de tout cela n'existait, sinon dans ce rêve saugrenu et laid qu'elle était en train de faire. Numa et elle riraient ensemble, lorsqu'elle le lui raconterait, de cet autre Numa si peu ressemblant, ni tendre, ni raisonnable, assez ridicule, dans son entêtement à se conduire comme un forcené, sans l'ombre d'un motif.

— ... Si tu tiens à me voir lui casser la gueule, grondait entre haut et bas le Numa que jamais elle n'eût aimé.

— Tu es bien sûr de toi, le nargua-t-elle, non sans éprouver la juteuse satisfaction de s'entendre répondre selon ses mérites à cet inconnu odieux. Peut-être, après tout, pourrait-il abîmer la tienne. Tu n'y as pas songé ?

Elle eut l'impression d'avoir remporté la victoire. L'adversaire demeurait debout, devant elle, cloué au sol, sans articuler un traître mot.

Puis, elle l'entendit aspirer l'air dans une goulée interminable.

— Que cherches-tu, au juste ?

Les sons semblaient avoir peine à se former dans la gorge de Numa.

— ... Tiens-tu à me pousser à bout ?... C'est la rupture, que tu veux ? insista-t-il.

Ce n'était pas un rêve. Et cela n'avait plus rien que de désolant.

— Je veux... enfin : je voudrais...

De ses bras, elle lui entoura les cuisses :

— ... Assieds-toi, je t'en prie. Je ne puis pas te parler comme ça, d'en bas...

Elle pesait, se faisait toute lourde, cramponnée à lui. Jusqu'au moment où elle le sentit fléchir.

Il se laissa tomber à côté d'elle.

Aussitôt, elle renoua son étreinte. Autour des épaules de Numa, cette fois.

— ... Je voudrais... que tu t'arranges pour ne pas me

donner, par moments, le regret de t'aimer. Je voudrais...

Sa joue cherchait la joue de Numa, sans qu'il se défendît, mais sans qu'il répondît non plus à ces avances.

— ... Que mon amour ne te semble pas si peu de chose que tu puisses, si vite, me croire capable d'en changer. Je t'aime tellement... tellement... Est-ce que tu ne le sais pas encore ? Dis, est-ce que tu ne le sais pas ?

Avec un soupir, il la serra convulsivement contre lui, sans rien dire.

— ... Ou bien... oh ! réponds !... est-ce que cela t'amuse de me faire mal, en te montrant despotique... jaloux... méchant... injurieux ?...

Entre chaque mot, elle l'embrassait, avec une tendresse presque enfantine qui, peu à peu, quoi qu'il en eût, apaisait Numa.

— Tu es à moi, dit-il, tout bas, entre ses dents serrées.

— Bien sûr, à toi.

— A moi seul. Entends-tu ? Je n'accepterai pas de partage, je t'en préviens.

— Mais quel partage ? Comment peux-tu te figurer ?... Va, Louis ne se fait aucune illusion, lui.

Afin de prévenir une interruption de Numa, elle le bâillonna de sa main en conque.

Il lui mordit la paume, avec une cruauté savante qui la fit défaillir.

Haletante, elle parvint cependant à se ressaisir, afin de poursuivre :

— ... Nous avons eu l'explication loyale qui s'imposait. Et l'amitié qu'il me garde...

— L'amitié !... La loyauté !... Et quoi encore ?... Mais voyons, ça n'existe qu'entre hommes. Lorsqu'il s'agit de l'amour et des femmes, tous les moyens sont bons. Tu ne sais pas ça, nigaude ?

« Mais toi, tu le sais d'expérience », songea-t-elle, amère, scrutant ce visage qui luisait faiblement, si proche, dans l'obscurité laiteuse et s'approchait encore, à la rencontre du sien.

— En tout cas, conclut-elle, ensuite, légèrement honteuse de sa propre lâcheté, j'estime préférable, pour en revenir à Louis Bresson, de ne m'en être point fait un ennemi. Avec toutes les occasions inévitables que j'aurai de le revoir, cela m'eût placée dans une position difficile. Il y a déjà bien assez d'ennuis en perspective, auxquels nous aurons à faire face, toi et moi...

— Peut-être. Mais ne le laisse pas te faire la cour.

Dominique flattait le front têtu et les mèches nerveuses que le cosmétique disciplinait malaisément.

— Mais je ne lui permettrais pas, si même il voulait l'essayer, assura-t-elle, avec conviction.

— C'est vrai ? Tu le jures ?

— Sur... Sur ma tête.

Elle avait failli dire : « Sur mon salut. » Mais, son salut ?... Etait-il encore temps d'y penser, quand, désormais, sa liaison avec Numa la rejetait hors de l'église ? « Comment peut-il ?... Quand je renie pour lui... » Ces Pâques, qu'elle n'avait pu faire, pour la première fois de sa vie...

Déjà, la bouche et les mains de Numa l'arrachaient de nouveau à elle-même, et à cette vaine poussée de remords.

A peine trouva-t-elle la force de protester :

— Pas ici, tu es fou ! Oh ! je...

Une si merveilleuse folie, comment eût-elle pu en épuiser la joie, qui coulait de source ?

Au milieu de leurs caresses, tout à coup, Numa tressaillit, et se déprit d'elle.

— Ecoute.

Tout de suite tremblante, elle écouta.

Et n'entendit rien.

Mais une oreille de chasseur à l'affût pouvait déceler un pas de chasseur se frayant un chemin silencieux dans l'herbe brûlée de l'été.

— ... Quelqu'un vient.

A peine eurent-ils le temps de se rajuster, avec des gestes fébriles.

Trop tard pour disparaître.

Une ombre vague, juste une silhouette, émergeait de la pente, progressant entre les oliviers.

Numa chuchota :

— Ne bouge pas. N'ayons pas l'air de vouloir nous dissimuler. Il n'y a pas de raison pour qu'on ait pu voir... Et rien ne nous interdit de nous asseoir ici.

Le vacarme de son propre cœur assourdissait Dominique.

— Parlons, souffla encore Numa.

Mais nulle phrase ne se présentait à leur esprit où la tension de l'attente faisait le vide.

L'homme approchait rapidement.

Dominique reconnut sa démarche.

Parvenu à quelques mètres, il eut une hésitation, à peine perceptible. Cependant, les deux jeunes gens figés côte à côte, leurs sens aiguisés par l'angoisse, crurent qu'il allait s'arrêter.

Mais il continua et les laissa derrière lui, muets, fascinés, raidis dans la même attitude, après les avoir croisés, sans paraître les voir.

— L'oncle Hubert... put enfin murmurer Dominique.

— Oui.

— Tu crois qu'il nous aura reconnus ?

— Pas moi, sûrement. Mais toi, oui, dit Numa, soucieux.

Elle avala sa salive.

— J'en ai eu aussi l'impression. Mais ce n'est peut-être qu'une idée. L'effet de la peur... Il fait si sombre.

Numa secoua la tête.

— C'est ta robe.

Automatiquement, Dominique regarda sa jupe.

Sur le voile clair, en effet, le scintillement du cristal accrochait une sorte de phosphorescence.

— Oh mon Dieu !...

Elle demeurait atterrée.

La main de Numa se posa sur la sienne.

— Allons, ne t'en fais pas une montagne. Il n'a probablement rien remarqué d'autre. Et puis... quand le diable y serait... Tiens, en mettant les choses au pire : à supposer qu'il m'ait reconnu... et qu'il nous ait vus nous embrasser et... Mieux vaut encore que ce soit lui, plutôt que n'importe qui d'autre.

Dominique l'écoutait en frissonnant.

— Pourquoi ?

— Pourquoi ?... Mais voyons !... parce que lui, précisément, Hubert Vernet, ne peut...

Numa s'arrêta court.

Cette raison, suffisamment péremptoire, tout bien considéré, qu'il allait invoquer pour rassurer Dominique, la simple décence ne permettait guère qu'on en discutât avec la fille de Ludivine Vernet.

— ... n'ira jamais s'aviser d'en faire état, biaisa-t-il. Crois-moi, mon tout petit. Et cesse de te tourmenter. Je te certifie qu'il n'y a aucun risque. Là... allons... là, du calme.

Il l'avait attirée contre lui et la maintenait d'un bras, attendant qu'elle eût repris un peu d'empire sur soi, tandis qu'elle se cachait la tête sur son épaule.

Comme elle tardait, cependant, il suggéra, discrètement :

— Nous ferions peut-être mieux, tout de même, de retourner là-bas, rejoindre tout le monde.

La soutenant toujours, il se mit debout avec elle.

— ... Allons, courage, mon petit chéri. Je vais te laisser en vue de la terrasse. Tu n'auras qu'à t'y attarder un moment, mêlée à un groupe.

« Avec Louis Bresson, au besoin. » N'allait-il pas le lui proposer ? C'eût été un si bon alibi, songea-t-elle, avec âcreté.

— ... Et, de mon côté, je rentrerai par la porte de derrière et j'inviterai la première venue.

— Oui, tu as raison... Il le faut, admit-elle, bien que ses jambes se dérobassent, à la perspective d'affronter, sans le secours du Numa, la dérision ou la malveillance, — qui pouvait savoir ? — susceptibles de fondre sur elle, « si, par hasard, déjà, quelqu'un... ».

Mais il n'y avait pas autre chose à faire.

## 2

Les beaux jours d'été glissaient l'un sur l'autre, si pleins, si parfaits, que Dominique, bientôt, retrouvant sa quiétude, s'installa derechef au cœur d'un cocon de félicité.

De la soirée du Cigalier, nul n'avait rien répété qui la concernât. Et, dans ce microcosme si fermé de la société provinciale, où, plusieurs fois la semaine, chacun rencontrait chacun, il fallait bien qu'en vérité l'escapade des deux cousins fût passée inaperçue, pour que rien, pas même l'ombre d'une allusion, n'eût transpiré.

Deux ou trois réunions familiales avaient remis la jeune fille en présence de son oncle, sans qu'elle eût pu remarquer le moindre changement dans la conduite de celui-ci, à son égard. Sans doute, là-bas, dans l'obscurité, ne l'avait-il pas reconnue. A supposer, même, qu'il eût prêté attention à leur couple, absorbé comme il l'était souvent dans des pensées qu'il remuait sans s'en ouvrir à personne.

La robe perlée était allée dormir au fond du placard. Et, avec elle, il semblait à Dominique avoir enfoui loin de la lumière le souvenir désagréable de l'alerte qui s'y rattachait.

Tôt levée, elle riait aux promesses de la journée, tout en courant de Mogador à Saint-Ange, comme si l'ordre qui, grâce à sa vigilance, régissait les deux domaines, eût payé le prix des heures brûlantes de l'après-midi, durant lesquelles, presque quotidiennement, elle retrouvait Numa dans quelque coin de campagne bien perdu, bien inculte, où la solitude leur réservait le plus sûr asile, à l'abri d'un pin ou d'un olivier de la garrigue.

Qui fût venu les y découvrir ? Tout ce qui vit, excepté eux, devait somnoler, écrasé de chaleur, dans les chambres aux volets clos et dans les étables où les animaux assoupis sur leur litière cessaient de se débattre contre les taons et les mouches.

— Demain ?... Tu peux, de nouveau ?... Mais ils doivent se demander, chez toi...

Numa haussait les épaules.

Et, bien sûr, qu'est-ce que cela pouvait faire ?

Sous l'ombre précaire qui tombait au-dessus de leurs corps unis dont leurs sueurs mêlées huilaient chaque mouvement, ils étaient libres.

« ...Et si heureux, si heureux... » pensait Dominique, offrant ce bonheur au ciel comme sa meilleure excuse, lorsque, chaque soir, allongée nue sur le drap, elle se remémorait leurs caresses, avant de s'endormir dans l'attente de celles qu'apporterait de nouveau le lendemain.

Un accord si profond, dans les gestes de l'amour, mais aussi dans la tendresse, ne portait-il pas en soi sa justification, et sa propre défense contre les périls qui guettent le lot commun ? A Dominique, il apparaissait que les limites franchies ensemble les plaçaient aussi hors d'atteinte des représailles d'un univers dont ils ne faisaient plus tout à fait partie.

Les folles avoines, et les menthes, et l'herbo blanco, leur offraient assez de couches odorantes pour qu'ils oubliassent de penser à l'hiver.

Maurice revint. Et Dominique put lui remettre un Saint-Ange en pleine prospérité, cependant qu'Elise et Adrienne, ayant, de leur côté, fait assaut de discernement et de zèle pour aménager la maison de maître, grâce aux largesses de Charles Guillermin conjuguées aux efforts du docteur Royer, jouissaient de la joie de la petite épousée devant la surprise de ce foyer tout neuf, accueillant à miracle.

— Ah ! Coco, je suis... je suis... enfin, quoi ! je suis heureux !... Tu ne peux pas savoir à quel point, s'était exclamé Maurice, en serrant contre lui, à l'arrivée, son amie d'enfance. Et toi... ah ! toi, je puis dire que tu es un frère. Tu sais, si jamais, un jour, tu as besoin de moi...

En attendant, tout occupé de ses terres et de sa femme, il se montrait à Mogador beaucoup moins souvent que par le passé.

Mais Dominique n'eût pas songé à s'en formaliser, après avoir redouté quelque peu l'ingérence, dans ses affaires privées, d'une affection paisiblement indiscrète.

Que Laurent et Henriette, eux aussi, négligeassent,

parfois plusieurs dimanches d'affilée, le rite des réunions de l'année précédente, comme le négligeaient d'autres nouveaux couples dont les liens s'étaient noués dans quelque retrait du parc qui, à présent, étalait de nouveau pour Dominique seule la splendeur royale de ses massifs et de ses corbeilles, qu'importait à la jeune fille ?

Cependant, il ne s'écoulait guère de semaine où elle ne trouvât dans son courrier une de ces larges enveloppes contenant, sur papier couché, gravée en fine anglaise, l'annonce qu'une de plus parmi ses pareilles allait, avec le cérémonial d'usage, l'accord des siens et la bénédiction du curé, donner, aux yeux de tous, le consentement qui la mettrait au lit d'un homme.

Depuis le mois de juin, dans toutes les familles du voisinage, noces et fiançailles avaient revêtu un caractère véritablement épidémique, ainsi que le remarquait ce matin-là Hubert qui, pris de ce qui semblait être une de ses lubies, venait, à l'improviste, de débarquer à Mogador, aussi crotté que ses chiens, mais les carnassières débordantes, à l'heure du petit déjeuner.

— Encore quelqu'un qui se marie ? s'informa-t-il, ironiquement, en attaquant les œufs mollets cassés sur un appétissant lit de tomates frites à point, que Victor venait de poser devant lui, d'un geste pieux.

Dominique lui tendit le faire-part.

— Ah ! la petite Laincel ?... Fameux, ces œufs, dis donc ! interjecta-t-il, s'avisant que le maître d'hôtel paraissait attendre de lui un commentaire. Tu pourras complimenter Berthe de ma part.

Victor dodelina de la tête comme un vieux matou.

— Ah ! c'est qu'elle s'est souvenue des préférences de Monsieur Hubert.

« Monsieur Hubert. » Qui donc, en dehors des vieux

serviteurs de Mogador, appelait encore ainsi Hubert Vernet ?

La bouche pleine, il cligna de l'œil à Victor.

— Eh bien, tu vois, lorsqu'on m'en fait manger, à la Gloriette, ils sont loin de valoir les siens. C'est vrai, souligna-t-il pour Dominique, tandis que le vieil homme quittait la pièce. Ailleurs, où qu'on me les serve, les mêmes plats n'ont jamais tout à fait cette saveur que je leur retrouve ici. Je ne sais pas bien te définir la différence, mais... C'est sans doute le tour de main de Berthe... Et puis...

Il dessina un geste vague avec sa fourchette. Et se remit à manger.

Sa nièce le considérait d'un œil compréhensif.

Venant à son aide, elle lui livra tout de go le produit de ses réflexions :

— Et puis, peut-être, est-ce parce que, Mogador, c'était votre maison ; et que tout ce qui s'y rapporte a conservé, pour vous, le goût de votre jeunesse.

Hubert leva vers elle un regard rapide, et le replongea dans son assiette.

— Possible.

Pour rompre le silence qui venait de s'établir, elle s'enhardit :

— Pourquoi donc êtes-vous parti, oncle Hubert ? Vous aviez votre place ici.

« L'innocente. »

— Eh bien, c'est que... vois-tu, il était temps que je me crée une existence indépendante. Ici, j'étais le cadet, et... auprès de mon frère, je serais toujours demeuré, plus ou moins, le caganis[1]... J'avais besoin de prendre mes responsabilités. Il me fallait commander, être mon seul maître... Tu saisis ?

1. *Le caganis* : le marmot.

Son embarras avait échappé à Dominique.

— Oh ! bien sûr. Mais cela a dû vous être dur.

La seule réponse d'Hubert fut un hochement de tête. Il triturait une boulette de mie.

Dix-huit ans, presque jour pour jour, depuis cette nuit de la mi-août où Frédéric et lui s'étaient colletés. Dans la pièce même, qui le voyait à présent, attablé à la place de l'invité, en face d'une jeune fille aux questions naïvement insidieuses.

Et la poussière recouvrait les os de Frédéric, et de celle qui... Poussière sur eux. Poussière de la terre. Et poussière du temps sur un amour mal cicatrisé où le remords s'était mis comme une gangrène.

La faim avait passé à Hubert. Il repoussa son assiette.

La lumière d'un matin admirable entrait à flots par les fenêtres largement ouvertes. L'odeur de l'herbe mouillée leur arrivait depuis la pelouse où un jardinier dont Hubert ignorait le nom se hâtait, avant la montée de la grosse chaleur, tout comme autrefois le vieux Juste, pour déplacer le tourniquet vaporisant ses arcs-en-ciel d'eau.

Il posa les yeux sur Dominique.

Ce corsage de toile fraîchement repassé, quelqu'un d'autre, aussi bien, l'eût porté, qui aimait tant à se vêtir de jaune, afin de mieux mettre en valeur l'éclat insolent de son teint d'ambre, de sa chevelure noire pleine de reflets, et de ses prunelles où jouaient des feux violets.

Hubert serra les mâchoires.

Et relut machinalement la carte d'invitation qu'il avait reprise par mégarde, et torturait depuis un moment, devant sa nièce réduite au silence par ce mutisme sombre.

Cette fille qui ne ressemblait pas à sa mère...

De quoi, ou de qui, allait-il se venger ? Sans doute ne le calcula-t-il pas exactement, en l'interrogeant :

— Elle a ton âge, je crois, Geneviève Laincel ?

Sa brusquerie fit tressaillir Dominique, déjà mortifiée d'avoir imprudemment amené cette tension par un bavardage qui paraissait avoir déplu à son difficile interlocuteur.

— Pas tout à fait. Nous avons deux ou trois ans de différence, il me semble.

— Oui, c'est vrai.

Hubert s'en souvenait très bien, à présent : Jenny Laincel avait eu sa fille à l'époque où lui-même se battait au Transvaal.

Durant le long séjour à l'hôpital de Pretoria, il avait lu et relu avidement une vieille lettre d'Adrienne qui passait en revue toutes leurs relations pour lui en faire la gazette — et ce bref post-scriptum d'une écriture bien différente, serrée, petite, fourchue, qui disait simplement : « *Cher Hubert, portez-vous bien, soyez prudent, et revenez vite. Vous manquez énormément, ici, à moi comme à tous.* »

— Eh bien, mais... Ce n'en est pas moins, largement, l'âge du mariage. Qu'en dis-tu, jeune personne ?

Timide, douce jeune personne, aux sages yeux gris, aux sages cheveux châtains, si désireuse de passer inaperçue, si facile à décontenancer... L'autre, déjà, se fût rebiffée. Altière, belliqueuse, prompte à la parade... « *Eh bien, Hubert ?...* » avec l'intonation coupante qu'il croyait toujours entendre. Mais, contre celle-là, depuis longtemps, la partie était jouée, et perdue.

« Mais, après tout, quoi ?... » se dit-il, non sans quelque vergogne, n'était-ce pas uniquement le bien de sa nièce qu'il avait en vue ?

— Mon Dieu... — Dominique essaya de rire. — ... Oui, bien sûr. Mais l'âge importe-t-il ?

— Si l'on veut avoir des enfants, je ne vois pas ce qu'on gagne à tergiverser, dit-il, roidement.

— Mais vous-même, oncle Hubert...

Il trancha :

— D'accord, j'avais quarante ans. Mais, pour un homme, les choses sont un peu différentes. Et ta tante Madeleine, elle, n'en avait pas tout à fait vingt, quand nous nous sommes mariés.

« Mais peut-être se fût-elle mieux trouvée d'attendre plus longtemps et d'en prendre un autre », soufflait le démon de la révolte, au tréfonds de Dominique.

Pourtant, la jeune fille n'osa point tenir tête à son oncle, et se contenta de rassembler ses défenses, en vue de l'assaut direct dont elle prévoyait l'imminence.

Cependant, Hubert demeurait silencieux. Dans son visage fermé, les maxillaires présentaient ce relief anormal que redoutait la famille proche.

L'entrée providentielle de Victor apparut à sa jeune maîtresse comme un reflet de la sollicitude du ciel.

— Que veux-tu ? jeta Hubert, comme il l'eût pu faire au temps où sa place au foyer lui donnait licence d'intervenir, fût-ce avec ce ton acerbe, auprès du personnel de la maison.

— Mais, monsieur Hubert... je viens desservir, dit le vieillard, moins démonté qu'il n'eût pu l'être par l'apostrophe de son ancien maître.

— Ah ? Bon. Très bien, grommela celui-ci. Nous allons te fiche la paix.

Se levant, il prit Dominique par l'épaule :

— Viens, toi. Sortons.

— Est-ce que monsieur Hubert nous reste pour midi ? Berthe a pensé mettre rôtir les sarcelles, proposa Victor, tentateur.

— Non, mon vieux. Je ne peux pas.

Hubert entraînait la jeune fille, lui laissant tout juste

le temps de ramasser au passage ses gants, sur la console.

— ... Ça fait huit jours qu'on ne m'a pas vu à la maison. Il est temps que j'aille voir ce qu'a fait le baïle. Il a beau savoir...

— Vous avez fait l'ouverture aux Iscles ? l'interrompit vivement Dominique. — Feignant le plus grand intérêt, elle insista : — Le marais doit être à sec ? Beaucoup de gibier ? Racontez-moi comment cela s'est passé, voulez-vous ?

Vainement tentait-elle de l'enjôler.

Hubert se montrait, à l'ordinaire, aussi prolixe qu'il pouvait l'être, lorsque la conversation portait sur l'hospitalité de ses amis Roche, et la science cynégétique du grand-père Picharnaud devenue proverbiale parmi les chasseurs, dans tout le delta du Rhône. Mais la diversion que Dominique escomptait de cette prolixité, d'ailleurs toute relative, lui fut refusée, ce matin-là.

Quelque plaisir qu'il eût pris à ce séjour en Petite Camargue, son oncle n'entendait pas dévier de son propos pour en faire étalage.

— Très agréablement, comme d'habitude. Mais il ne s'agit pas de cela.

Il s'arrêta au bas du perron :

— ... Et d'abord, où allons-nous ? Tu as quelque chose à faire ?

Dominique se jeta sur la bouée qui lui était tendue :

— Des quantités de choses, affirma-t-elle, reprenant espoir de se trouver quitte. A vrai dire, oncle Hubert, j'avais une matinée particulièrement chargée. Vigouroux doit déjà m'attendre depuis un long moment, et...

— Bien. Allons-y, dit Hubert, sans désemparer. Tu prends le *Trève ?* Ou la voiture ?

— Le *Trève*.

— Bien, répéta-t-il, lui faisant exécuter une volte dans la direction des écuries.

« Numa... » pensa-t-elle. Numa avait aussi, parfois, cette manière quasi brutale de la diriger d'une pression sur l'omoplate.

Que n'était-il là pour faire front, à sa place ? Ou, du moins, la défendre. Comme n'importe quel mâle défend sa femelle.

Hubert l'entraînait d'un bon pas.

— Où en es-tu, avec Louis Bresson ? commença-t-il, abruptement.

— Mais, je... Que voulez-vous que je vous dise ? — Dominique tenta d'assurer sa voix. — Il n'y a rien de...

— C'est pourtant simple. Tu avais demandé à réfléchir jusqu'au printemps. Nous voici tout à l'heure à l'automne. Alors, je te réitère ma question. La lui as-tu donnée, cette réponse, oui, ou non ?

— Oui, dit faiblement Dominique, écarlate.

— Ah ! Ah ?... Et quand ?

— En avril dernier.

— En... ? Mais alors...

Son oncle s'arrêta pour la dévisager.

Puis, se remit en marche, visiblement perplexe. Et, tirant sa pipe de sa poche, entreprit de la bourrer.

— Voyons, reprit-il, les sourcils froncés, après avoir réfléchi quelques secondes. Tu... Lorsque je t'ai vue, le mois dernier, la nuit du mariage de Claire...

S'il n'eût été tellement occupé à allumer sa pipe, il eût pu remarquer la rosée perlant au creux des orbites et sur les pommettes en feu de Dominique.

Ou peut-être était-ce pour éviter de croiser son regard qu'il s'obstinait à consacrer toute son attention au briquet qui refusait de remplir son office ?

— ... C'est pourtant bien avec lui que tu étais, sur ce banc ?

Dominique n'avait plus en soi suffisamment de ressort pour chercher une échappatoire.

— Non, avoua-t-elle, dans un souffle.

— Non ? répéta Hubert, doutant d'avoir bien entendu.

Ses yeux, cette fois, fouillèrent les traits de la jeune fille.

Contractée, subitement pâlie, les prunelles vacillantes, elle lui fit pitié.

— ... En ce cas... — Un dernier coup d'œil le décida. — En ce cas, c'est différent. Ecoute, mon petit, je ne suis pas un bourreau. De ton côté, tu sais ce que tu fais, je suppose.

Voyant passer des frissons à fleur de peau sur les joues de sa nièce, il s'adoucit encore :

— ... Louis avait notre approbation à tous, il est vrai. Mais, même si ton refus me déçoit un peu, je ne mets pas en doute que le choix auquel tu t'es arrêtée ne soit un bon choix, qui ne saurait nous déplaire. Et rien ne t'oblige à des confidences, si tu les juges prématurées.

Devant le mutisme qu'elle gardait, il fit encore une tentative :

— Penses-tu pouvoir nous l'annoncer bientôt ?

Dominique s'arracha un effort immense :

— Peut-être pas tout de suite, mais... Oui, bientôt. Du moins, je l'espère... Oh ! je vous en supplie, oncle Hubert, ne me demandez rien d'autre pour le moment.

Son regard, craintivement attaché sur lui, suppliait, en effet.

— ... Et... et je voudrais aussi, si c'était possible, que vous n'en parliez à personne... pas encore...

Hubert hésita, un instant.

Quel garçon, ruminait-il, à part soi, pouvait motiver tant d'histoires, lorsque s'ouvrait à lui la possibilité d'obtenir une Vernet, « ...avec Mogador dans sa corbeille » ?

« ...Et jolie fille, par-dessus le marché », ajouta-t-il à ce bilan, après avoir lancé un autre coup d'œil à sa nièce.

— Entendu. Tu as ma promesse, conclut-il, bourru. Je ne vais pas te tourmenter davantage. Au fait, je ne sais pas trop ce qui m'a pris. J'étais simplement venu t'apporter ces bestioles, que j'ai tirées hier.

Ils avaient atteint l'écurie.

Le *Trève* hennit dans son box, à l'intention de sa maîtresse.

— Je vous fais seller le *Cosaque* ? s'enquit Dominique encore dominée par l'émotion.

— Ce n'est pas la peine. Je vais partir tout de suite.

Hubert nota le soulagement qu'elle dissimulait mal.

— ... Mais... Pense tout de même à ce que je t'ai dit. — Gauchement, il lui caressait la joue. — Tu ne vas pas mener encore longtemps cette existence de nonnain, j'espère ?... Et, à propos, que devient Isabelle ? Il faudra que j'aille la voir, un de ces jours.

Il savait qu'il n'irait jamais. Retrouver, vivant, fût-ce entre les plis d'un voile de moniale, ce double d'un autre visage, dans sa fraîcheur, au seuil de la trentaine, trop semblable, et pourtant différent, n'était qu'une possibilité fascinante devant laquelle reculerait son angoisse.

— Elle va bien, dit Dominique, tirant de sa poche quelques bouts de sucre qu'elle partagea entre les chevaux, tandis que son oncle l'accompagnait machinalement, d'une stalle à l'autre. J'ai reçu une lettre, la semaine dernière...

Isabelle avait trouvé sa paix.

Et sa cadette, qui jamais n'eût été tentée de la suivre sur le chemin qu'elle avait pris, l'enviait, à cette minute, d'avoir résolu pour soi la difficulté harassante de vivre.

« — *Pense tout de même à ce que je t'ai dit.* »

Elle y pensa tout le jour. Et, la nuit, n'en dormit pas.

Au milieu de l'affairement qui présidait aux préparatifs en vue des vendanges, laissant Tonin et Vigouroux lui décrire l'état des cuves et du pressoir, lui dénombrer les tonneaux, tant à réparer qu'à remplacer, diverger d'opinion, comme toujours, sur la répartition des équipes prévues, elle arbitrait sans conviction, et visitait caves et celliers qu'on achevait de nettoyer, avec l'automatisme acquis grâce aux années précédentes, l'esprit braqué sur le moment, si long à venir, où elle pourrait enfin se décharger auprès de Numa des inquiétudes suscitées par son entretien avec l'oncle Hubert.

L'heure arriva pourtant de prendre le cabriolet pour se lancer dans la direction de l'ancienne route de Saint-Peïre où son cousin lui avait fixé rendez-vous.

Là, ne passait jamais personne. Une fois seulement, les jeunes gens avaient vu détaler à leur approche deux biques, brunes et barbichues, que surveillait une carabosse en forme de vieux cep, plantée de guingois sur la crête du talus.

Leurs voitures garées à distance l'une de l'autre, par surcroît de précaution, ils escaladaient la pente pour se perdre au milieu des fourrés de l'harmas.

— Numa, si tu savais... je n'en pouvais plus d'attendre pour te dire ce que...

— Eh bien ! eh bien !... Laisse-moi au moins t'embrasser. Tu me raconteras ensuite.

Il ne l'en écouta pas moins attentivement, l'interrompant au passage pour remarquer avec satisfaction :

— Tu vois, j'avais raison. Il ne m'a pas reconnu.

Comme si cela eût changé quelque chose au fond du problème, faillit lui faire observer Dominique, blessée.

— Qu'allons-nous faire, à présent ? demanda-t-elle, son récit achevé.

Numa changea de position sur la couverture de cheval qu'il avait déployée sur le sol, et prit ses quartiers pour réfléchir.

Anxieuse, Dominique l'épiait, n'osant troubler le silence pensif dans lequel il s'était enfermé.

Enfin, il l'attira contre lui, et dit, d'un ton qui se voulait empreint de philosophie :

— Que veux-tu ? c'était trop beau pour durer toujours. Ici-bas, les délices éternelles n'existent pas. Presque cinq mois de répit, ce n'est pas si mal.

— Mais qu'allons-nous faire ? répéta-t-elle, sans répondre à la caresse qu'il esquissait.

Avant tout, n'y avait-il pas des décisions à prendre ?

Se dégageant, elle se traîna vers l'extrémité de la couverture, s'y assit sur ses jambes repliées, et, déterrant quelques petits cailloux sertis dans le tuf parmi des plaques d'une herbe maigre, se mit nerveusement à jouer avec ces osselets improvisés.

Il roula sur le ventre pour se rapprocher d'elle, et lui entoura le flanc de son bras.

— Qu'est-ce qui te tracasse ? Tu as la parole d'Hubert qu'il se taira. Par conséquent, je ne vois pas...

— Tu ne vois pas dans quelle situation je me trouve ? explosa Dominique, avec violence. Vraiment ? Tu ne vois pas que, d'ici quelques semaines, au plus tard, il reviendra à la charge, en constatant que rien ne se dessine ? Et que lui dirai-je, cette fois ? Peux-tu me...

— Inutile de te monter. — Le ton de Numa contenait une certaine sécheresse. — Fais-moi plutôt un peu de crédit, veux-tu ?... Si ce n'est pas demander trop ?

Interdite, elle attendit la suite.

Qui vint enfin :

— La situation, je la connais aussi bien que toi. Et je sais parfaitement qu'il va falloir en découdre. Ceci posé, ainsi que toi-même viens de me le faire remarquer, nous avons, malgré tout, nos coudées franches pour quelques semaines encore. Bon. Eh bien ! nous allons brusquer les choses. Demain ou après-demain, je m'explique avec Alice. Sans faire mention de toi, bien entendu, afin d'éviter de lui fournir une arme : je ne vais pas m'exposer à perdre mes droits sur Michel... Bon. Et d'une. Ensuite, je mets la famille au courant. Et, dès les premiers jours de la semaine prochaine, je vais trouver un avocat. Je suppose qu'André Marquet-Rageac fera l'affaire. D'ailleurs, avec mon beau-frère pour avoué, la procédure devrait marcher rondement.

— Mais cela va prendre au moins six mois, protesta Dominique. Et si tu te refuses à annoncer que nous...

— Ecoute, Niké, sois raisonnable. En agissant de cette façon, je te tiens à l'écart des ennuis et des commérages. Cela ne te suffit pas ?

« ...Très bien ! céda-t-il, devant la mine désolée de la jeune fille. Alors, sais-tu ce que nous ferons ? Dès que l'action sera engagée auprès du tribunal, nous irons ensemble trouver ton oncle pour le mettre dans le secret de nos projets. Là, ça va, comme ça ?... Tu te figures bien qu'il comprendra tout de suite.

— Tu crois ?

— Mais oui, voyons ! Quand je te le dis !...

A présent, c'était à Numa de montrer un peu d'impatience. Tandis que Dominique, rassérénée, accueillait avec soulagement la perspective de voir ce poids de dissimulation lui tomber des épaules, il commençait à se représenter pour tout de bon l'interminable suite de débats et de démarches qui allait déboucher publiquement sur le scandale d'un divorce.

Le premier divorce qui se fût jamais déclaré chez les Vernet et leurs relations, pour lesquels pareil événement se rangeait quelque part entre la faillite et la syphilis, dans la catégorie des calamités honteuses.

Au moins l'enjeu en valait-il la peine. « Bien que Niké... », se dit-il, eût mal choisi l'occasion pour se montrer égoïste et agaçante.

Mais cinq mois écoulés dans la familiarité de leurs corps n'avaient pas révélé, puis scellé, entre eux, la seule complicité amoureuse. Numa savait aussi pouvoir compter sur l'entente de l'esprit et du cœur, sans laquelle il n'est pas de mariage véritable, se redit-il encore, puisant un encouragement dans cette certitude que lui avait au moins apportée son expérience.

« Quelques moments pénibles à traverser. Un abcès à crever, en somme... Et ensuite... »

— Ensuite, nous aurons tout l'avenir à nous, cette fois, ma Niké, Penses-y. Et si la famille n'est pas satisfaite... Ma foi, tant pis pour la famille. N'est-ce pas ?

Elle s'allongea de nouveau, afin de se peletonner contre la poitrine de Numa.

— Oui, tant pis. Tu les laisseras dire, voilà tout. Une fois réunis, seuls tous les deux, à Mogador, nous chercherons comment leur faire oublier leur colère.

— Oui, oui... on verra, marmonna-t-il, mordant à même la bouche à sa portée.

Evitant ainsi de creuser un point qu'il pressentait délicat.

Mogador était, certes, un beau domaine. Incomparablement plus beau, plus riche, que Tourvieille. Un magnifique héritage qu'il veillerait à transmettre intact aux enfants que lui donnerait Dominique. « Mais Tourvieille, ah ! Tourvieille... »

Comme tous les véritables Camarguais, il portait dans son sang ce pays de marais et de mirages, où hommes, chevaux, et bouvine, se reconnaissent également libres, entre la sansouïre et le ciel sans mesures, que joint à l'infini la seule ligne d'horizon.

Vivre ailleurs, autrement que pour un temps, lui paraissait inconcevable.

« Bah !... » Bien d'autres difficultés se présenteraient à résoudre, avant qu'on n'en vînt à celle-là.

Laissant Dominique ronronnante parcourir de baisers légers son cou et son visage, il commençait à établir un décompte des partisans possibles et des adversaires probables, parmi la parenté et les amis.

« Henri d'abord... » Il parviendrait vraisemblablement à se concilier son beau-frère ; et peut-être, du même coup, sa sœur. « Bien que les principes d'Agnès... Mais le bonhomme Fauvelly et sa moitié vont cracher feu et flammes. Sans compter l'influence de la tante à héritage qui pourrait faire pression sur Henri... » Rien n'était simple.

Du côté Vernet, par contre, il y avait de fortes chances pour que sa tante Caroline l'approuvât. « Et l'oncle Georges aussi. » Tous deux étaient larges d'esprit, et avaient dû en voir bien d'autres, dans ce milieu de « Montparnos » où ils vivaient, à Paris. Pour l'oncle Léon, c'était plus douteux, dut-il s'avouer.

Quant à ses parents, mieux vaudrait ne leur rien cacher, calcula-t-il. « Encore que... Comment savoir ?... » La plus forte opposition risquait de venir de sa mère, et de toute la branche Cabanis. « Mais d'autre part, si j'ai avec moi... »

— Tu ne dis rien, se plaignit tendrement Dominique.

Pouvait-elle donc s'en étonner, après lui avoir repassé le fardeau ?

La constatation de cette frivolité l'offusqua quelque peu.

— Chut ! la tança-t-il. Je médite... Je médite et je rassemble mes batteries.

Devant le regard empli à ras bord d'amour et de confiance dont elle le couvait, il se sentit soudain de taille à balayer tous les obstacles. Et, pris de remords, lui sourit :

— Ne te fais plus de souci, petit chat. Je veux que tu t'occupes seulement d'être heureuse. Compris ?

— Oh ! quant à cela... — Brusquement, elle s'accrocha à son cou pour lui murmurer à l'oreille : — Je t'aime, Numa. Je t'aime, je t'aime.

— Moi aussi, mon tout petit mien. Moi aussi, tu sais ?... Et, la preuve... Attends seulement quarante-huit heures. Je te jure que, lundi, tu auras des nouvelles.

En équilibre sur son coude, il la contemplait ardemment.

Eblouie, Dominique ferma les yeux sur la promesse de cette bataille qu'il allait livrer pour leur bonheur, et tendit les bras, impatiente de sentir Numa peser de tout son poids sur elle, chair contre chair, ses membres noués aux siens.

A Mogador, au cours de la nuit qui suivit, Vigouroux vint tirer sa jeune maîtresse d'un mauvais rêve, où l'avait sans doute plongée la touffeur oppressante de l'air chargé d'orage.

La cloche avait réveillé la maisonnée entière, et Mathilde, en camisole et traînant savates, grommelait lorsqu'elle introduisit le baïle dans le bureau, durant que Dominique descendait l'escalier, trébuchante de sommeil, en achevant de nouer la ceinture de sa robe de chambre.

— Il nous faut faire quelque chose, Mademoiselle. La Roussette est en travail depuis hier soir huit heures, et ça ne se présente pas bien du tout. Si on attend demain pour appeler M. Castanier, sûr qu'on va les perdre, elle et son veau. Si on pouvait téléphoner...

Bien entendu, comme tout le monde, Vigouroux savait pertinemment que le bureau de poste de Fontfresque n'était pas relié à la ville pour les communications nocturnes. La suggestion ne tendait qu'à convaincre par un détour « Mademoiselle » de l'urgente nécessité d'aller elle-même à Tarascon quérir le vétérinaire.

Dominique ne pouvait s'y méprendre.

— C'est bon. Le temps de m'habiller, je pars en voiture, et je le ramène.

Le baïle marqua quelque soulagement.

— Ben... j'aurais pas osé vous le commander, mais... — Il s'épongeait. — On sue, que c'en est pas croyable. Alors je retourne vite. Il y a Gus et Toine, là-bas, avec le père Ranguis qui n'a pas voulu se coucher. A voir comment ça tournait, on ne savait plus que faire. Et avec ça, une de ces nuits à couper au couteau... Au fait, vous ne voulez pas que je vous envoie quelqu'un, pour aller avec vous ? Que si, par hasard vous faisiez une mauvaise rencontre...

— Pourquoi ? En auto, qu'est-ce que je risque ?... Et au retour, j'aurai Castanier derrière moi, dans la sienne.

Mais celle du vétérinaire était en panne.

Au matin, la Roussette enfin heureusement délivrée, Dominique dut reprendre de nouveau la direction de Tarascon pour ramener chez soi le praticien.

L'aube s'était levée tard, dans une brume de chaleur blanchâtre, épaisse et moite, qui mijotait sous un couvercle d'acier.

— D'ici pas longtemps, ça va dégringoler gros comme le poing, prédit dans un bâillement le Toine Mondet, hirsute, et les yeux fibrillés, au sortir de l'épuisante veille dans l'étable.

Il se trompait.

Tout le jour, de lourds cumulus s'amassèrent, épais, ventrus, dans l'air d'une densité de plomb, traînant sous eux des fumerolles noires et grises. Des grondements sourds se répercutaient au sol sans éclats. La terre haletait en vain.

— Cré bon Dieu de sort ! pourvu que ça ne finisse pas par de la grêle ! jurait Tonin, supputant déjà les dégâts éventuels dans les vignes.

Il fallait se hâter de réunir une équipe pour l'envoyer de l'autre côté de la roubine rentrer la luzerne de la dernière coupe restée à sécher sur le pré d'en bas.

La malchance vint s'en mêler. Dans le trajet, la charrette heurta la pierre d'un ancien bornage et y perdit une roue.

Dominique repartit, vers Fontfresque, cette fois, pour ramener le charron.

Le tissu de sa robe collait à sa peau et le cuir de la banquette collait à la robe. Une fine rigole coulait dans son dos. D'autres se rassemblaient au creux de ses genoux et sous ses aisselles.

Depuis son réveil en pleine nuit, à peine avait-elle trouvé une demi-heure pour se laver, se changer et déjeuner sur le pouce.

Sur la route livide, la poussière se levait en tourbillons mous derrière la voiture. Les feuilles pendaient, inertes, aux branches des platanes statufiés dans la clarté fuligineuse qui tombait du ciel bas.

Et le charron renâclait à lâcher sa besogne, rassemblait à regret ses outils :

— C'est bien parce que c'est vous, allez. Autrement...

Et Gustave, pendant ce temps, avait reçu un vilain coup de sabot du *Cosaque* :

— Aussi, c'est ce temps de malheur qui l'énerve, le pauvre, expliquait-il à tout venant, tandis qu'on l'emportait.

Eugénie était montée auprès de lui, en pleurant.

Et le boucher n'avait pas livré la viande. Berthe, esseulée dans sa cuisine, parmi cette ambiance de désastre général, s'en faisait un drame personnel ; et passait sa rancœur sur *Nahum* et *Habakuk*, éperdus de se voir brutalement expulser de leur fief à grande torchonnée.

— Dehors, vous autres, que vous gênez, là au milieu !

Et le chat, crachant de fureur, délogeait à son tour.

— ... C'est que j'ai rien pour demain, moi, Mademoiselle.

Eh bien ! on mangerait de la volaille, du lapin...

— ... N'importe quoi, Berthe. Ça n'a pas d'importance.

— Oh segùr [1] !... — C'était à se demander pourquoi on se donnait de la peine. — ... Pour ce que Mademoiselle fait attention...

— Mais non, Berthe, ne dites pas cela. Voyons, vous savez bien...

« Oh ! Seigneur... Seigneur, Seigneur !... Un métier et des soucis d'homme... avec ceux d'une ménagère, en supplément. » Pas une seconde pour penser à soi.

1. *Segùr !* : Sûr !

« Prévenir le docteur, pour Gustave... Si seulement cet orage voulait... »

Des éclairs fulguraient au fond de l'horizon, zébrant la nue de haut en bas, vers Arles. « Il doit pleuvoir à torrents sur la Camargue. Qui sait si Numa... » Peut-être, au même instant, était-il en train de mettre Alice au courant de sa décision.

Mais on ne lui laissait pas le loisir de rêver à Numa :

— Dis-moi, Nique, je viens d'examiner ton blessé. Ce ne sera pas grand-chose. Rien de cassé. Mais il lui faudra bien une dizaine de jours avant de pouvoir reprendre son service. As-tu quelqu'un à envoyer, pour l'ordonnance ? Il faudrait de larges bandes Velpeau et...

— Je vais y aller.

Bien entendu. « Qui d'autre ?... »

Et qui allait-elle trouver pour le remplacer auprès des chevaux ?

« Oh ! Numa... Quand, mais quand donc, seras-tu là pour prendre ta part ?... »

Dès neuf heures du soir, sitôt avalées quelques bouchées, par égard pour Berthe dont la hargne demeurait latente, Dominique s'en alla tomber, plutôt que s'étendre, sur le lit grand ouvert. La chaleur de four qui régnait dans la chambre avait ôté aux draps jusqu'à l'illusoire fraîcheur que procure le grain de la toile. La jeune fille n'en roula pas moins en quelques secondes jusqu'aux grands fonds du gouffre du sommeil.

Lorsqu'elle s'éveilla, les interstices des volets ne laissaient passer qu'une lueur douteuse. Le tonnerre continuait sa canonnade lointaine. Mais un air presque froid s'insinuait dans la pièce, accompagné d'une pénétrante odeur d'humus.

— La foudre a dû tomber pas loin, sur les cinq heures. Vous avez entendu ?... Rien ? Oh ! pas possible !... commenta Mathilde, en rabattant au-dehors les contrevents.

A perte de vue, la pluie striait à longs traits pressés le ciel de cendre et dégoulinait en chuintant sur les feuillages dans un bruit continu, au milieu du glouglou intermittent des gouttières.

— Tout juste si on y voit pour se conduire, dit encore Mathilde, avant de refermer les vitres.

Dominique respirait avec délices cet air allégé, aux senteurs puissamment végétales.

— Oh ! laisse ouvert. Il fait si bon.

— Mais, mon agneau, ça inonderait le carreau.

En faisant couler le bain de la jeune fille, elle conclut, satisfaite :

— C'est égal, ça va mieux, qué ?... On en avait un peu besoin de cette eau.

Le calme des matinées dominicales avait en effet repris possession de la demeure pacifiée.

Victor était tout sourires, en servant le petit déjeuner. Et nul éclat de voix ne s'élevait du côté de l'office, où les casseroles et leurs couvercles, violentés par Berthe durant ses moments de vindicte, connaissaient un répit. Chiens et chat, sans doute réintégrés dans leurs privilèges, restaient muets et invisibles.

De retour de la messe, Dominique remarqua cette sérénité en traversant le vestibule, l'instant venu de passer à table. Pour se féliciter d'avoir décliné l'invitation impromptue d'Elise Royer, rencontrée au sortir de l'église.

— Non, merci, marraine. Pardonnez-moi, mais je crois bien que je vais faire une bonne sieste. Après la nuit et la journée que j'ai eues hier, je me sens encore lasse.

Le long après-midi silencieux et ouaté qui s'étendait devant elle, nul ne l'en dépouillerait.

Ce dimanche-là, enfermée dans sa chambre, tandis qu'au-dehors les forêts de la pluie tendaient leurs draperies entre Mogador et le reste du monde, bercée dans la pénombre de la pièce par le chant monotone de l'eau, allongée, détendue, elle vécut en quelques heures toute une vie de projets.

« Nous prendrons l'appartement de Mamé, s'il le préfère, et nous l'aménagerons selon son goût. »

Pour Numa, elle accepterait de voir reléguer au grenier, les meubles noirs incrustés de nacre, les capitons, les passementeries, les pompons, et les tentures brodées au petit point de la vieille Julia Vernet.

Déjà, tant bien que mal fixée à l'intérieur de l'antique globe du lustre, l'ampoule électrique n'avait-elle pas banni les ombres familières, évinçant le petit fantôme maigre et noir de l'alcôve, plus sûrement que ne l'avaient pu faire le désordre voluptueux et le tapage d'Anne ?

« Et peut-être, plus tard, pourrions-nous installer la nurserie chez Papa et Maman. » L'avoir à portée serait tellement plus commode. « Et, au fond... » Son père eût aimé voir des petits s'amuser dans cette grande pièce. « Lui qui... »

Tant de soirs innombrables, où Frédéric était monté là-haut, vivre avec ses enfants les histoires mirobolantes qu'il inventait à mesure pour leur joie, revenaient à la mémoire de Dominique, justifier le sacrilège, s'il s'en trouvait un, dans cette utilisation du lieu.

Ses parents avaient trop joui de l'existence pour trouver bon que l'on embaumât dans le souvenir, comme une sorte de chapelle, la pièce où, des années durant, ils s'étaient si fougueusement aimés.

Elle en jugeait pour la première fois avec une lucidité qui ne laissait point de place au doute. Là où ses sœurs, son frère, et elle-même étaient nés, d'autres enfants devaient venir apporter leurs jeux et leurs rires.

Il y aurait François, tout d'abord. Un nouveau François Vernet. Et une petite fille qui, peut-être, aurait des boucles flamboyantes et des prunelles de chat, « ...comme son père ». Et puis un autre garçon. Au moins trois enfants.

« Et, bien sûr, le petit Michel, que j'allais oublier. »

Une nichée bien à elle, qui galoperait à grand vacarme dans les couloirs, chevaucherait la rampe malgré l'interdiction, piaillerait, échangerait des horions, tyranniserait les chiens, courserait les chats, et saccagerait les parterres, « ...exactement comme nous faisions ».

Elle vécut à l'avance des journées d'hiver engourdies de neige, où l'on se serre au coin du feu, en devisant à mi-voix du passé et de l'avenir ; des retours de visites, avec l'impatience de retrouver l'époux qui vous attend après sa journée dans les terres ; des repas d'amoureux pris en tête à tête et des dîners privés où Numa présiderait la table chargée d'argenterie et de cristaux dans le brouhaha de leurs invités ; des Noëls encadrés de petites chaussures rangées par paires devant la cheminée, avec des sapins scintillants d'étoiles et de cheveux d'anges, toutes bougies allumées, qui ploieraient sous les jouets ; des baptêmes, des communions, des anniversaires ; des randonnées à cheval, autour du domaine où Numa lui ferait admirer le bon ordre dû à son administration ; des fêtes d'été dans le parc, « comme à l'époque de Papa », dont il serait le roi ; des soirées d'intimité, penchés à deux sur un livre, dans la vieille bergère où, de même, Frédéric et Ludivine s'asseyaient autrefois ; et des nuits dans un grand lit où ils reposeraient ensemble, après l'amour, l'un près de l'autre, unis, jusqu'à la fin de leur temps.

Le lendemain, la pluie avait cessé. Le soleil revenu à son poste trônait au firmament d'un bleu de paradis, éventé par une brise follette.

Endiamantées de gouttes, les rangées de ceps offraient un spectacle féerique. Le raisin n'avait pas souffert. Un bon sulfatage le mettait à l'abri des risques de maladie.

Et Dominique, qui avait craint pour le rendez-vous pris, vit dans la magnificence de ce jour de grâce un heureux présage.

L'après-midi, talonnée par la hâte tout au long du chemin où chaque flaque renvoyait en irisations la lumière pure, entre les haies de mûriers débarbouillées de leur poussière, et vertes, comme le premier vert qui fut créé à l'origine, elle arriva bien en avance.

Numa était déjà là.

De loin, dans le tournant, elle distingua le reflet des tôles de la voiture arrêtée et, freinant doucement, acheva de rouler sur la lancée du moteur, dans l'espoir de surprendre son cousin.

Il se tenait debout, appuyé contre la carrosserie, les bras croisés, le menton touchant sa poitrine.

Comme Dominique coupait le contact, il releva la tête, lentement.

Avant qu'il n'eût fait un pas, elle avait ouvert la portière pour voler dans ses bras.

Sans rien dire, il la serra, comme s'il eût voulu la broyer.

Cette étreinte muette qui se prolongeait finit par alarmer Dominique.

Elle parvint à s'écarter un peu, rejetant le buste en arrière, afin de regarder Numa.

Et se mordit la lèvre en le dévisageant.

— Alors ?... Tu n'as pas encore pu ?...

— Si... Si, j'ai parlé à Alice. Elle...

Il détourna son regard et acheva, péniblement :

— Niké... Elle refuse le divorce.

## 3

Quelques semaines durant, ils avaient voulu se bercer encore d'un reste d'optimisme.

Dominique, surtout :

— Ce n'est que le premier mouvement. Nous aurions dû prévoir qu'elle allait se cabrer. Mais tu parviendras bien à lui faire entendre raison, à la longue.

Tant il paraissait impossible de renoncer à l'espoir.

Et Numa, soir après soir, avait multiplié les tentatives, seul à seul avec sa femme dans la chambre commune que cette lutte toujours reprise transformait en champ clos.

En pure perte.

Chaque épisode s'achevait sur le paradoxe de la couche conjugale où, côte à côte, les adversaires épuisés sentaient croître leur rancœur réciproque, dans l'attente muette de la trêve que leur apporterait le sommeil.

— ... Et, par moments, lorsque j'entends monter, tout près de moi, sa respiration régulière qui a l'air de me narguer, alors que je suis là, à me dévorer d'impuissance, dans mes insomnies, tu ne peux te figurer les pensées que j'en arrive à remuer dans ma tête, ressassait Numa.

Les yeux fixes, il ouvrait et refermait son poing, avec une violence mal contenue, dont venait à s'effrayer tout de bon Dominique.

Et c'était elle, alors, qui prônait la patience.

— Attends. Ne brusque rien. De guerre lasse, elle finira par céder, lorsqu'elle aura compris que ta résolution est prise, une fois pour toutes, et qu'elle n'a plus aucune chance de te ramener à elle.

A chacune de leurs rencontres, ils revenaient ainsi sur le problème, soupesaient une fois de plus les arguments, évaluaient la résistance d'Alice, en réexaminaient les points faibles, en épiaient la courbe, prompts à nourrir leurs prévisions du plus minime indice favorable, que l'évidence ne tardait pas à démentir.

— Que peut-elle donc attendre encore d'une telle union, qui suffise à justifier cette insistance humiliante à se cramponner aux basques de quelqu'un qui la repousse ? disait, non sans naïveté, Dominique, oubliant que, naguère, la plus cruelle déception n'avait pu venir à bout de son propre amour.

— Oh ! ça...

Numa ébauchait un haussement d'épaules désabusé.

— ... En tout cas, en fait de justifications, elle n'en trouve que trop à me servir. Il y a son... enfin : sa fidélité à mon égard, sa conduite irréprochable... Il y a l'intérêt de notre enfant... Et le sacrement du mariage... bien entendu, l'ardeur indéfectible et non pareille dont elle continue de brûler pour ma personne, paraît-il... Tout est de son côté : le Bon Droit, les Grands Principes, les beaux sentiments, les meilleures raisons, tout, tout, te dis-je !... Si l'on excepte ce léger détail sans importance aucune, qu'elle m'a extorqué mon consentement au prix d'une manœuvre malhonnête, acheva-t-il, avec un petit rire âcre.

— Elle en convient ?

Il ricana de nouveau.

— Tiens !... Pas si bête ! Tu ne voudrais pas ?... A l'en croire, elle a pris peur, elle s'est trompée, elle a été induite en erreur par un retard accidentel qui lui est apparu, en se prolongeant, comme un symptôme irréfutable, elle est tombée sur un âne de médecin... Que sais-je encore ?

Ce n'était pas absolument impossible, songea Dominique, dans un éclair. Elle ouvrit la bouche pour citer à Numa le cas, tout récent, d'Henriette, que la même anomalie venait d'entretenir pendant deux mois dans de fallacieuses espérances.

Mais aussitôt, un réflexe vigilant l'en détourna : cette Alice, menteuse, calculatrice, et rusée, que sa conscience avait besoin d'imaginer telle, afin de la pouvoir combattre sans scrupule, s'était, quoi qu'il en fût, bien gardée de libérer Numa, comme elle l'eût sans doute encore pu faire, en divulguant la vérité, lorsqu'elle l'avait sue.

Si elle-même, placée dans une alternative identique, eût trouvé le courage ou l'abnégation nécessaires pour agir en ce sens, Dominique préférait ne point se le demander.

Elle demeura silencieuse.

« Et d'ailleurs... » eût-elle pu, sans indélicatesse, faire état d'une confidence d'Henriette ? Impossible, décida pour elle son complice intérieur.

— ... De toutes manières, continuait Numa, comment parviendrais-je à en faire la preuve ? Je n'avais aucune raison de conserver ses lettres. Et j'ai détruit celle-là comme les autres, après les fiançailles. Juridiquement, il n'existe rien sur quoi je puisse fonder une instance en divorce recevable, tant qu'elle-même s'y opposera. Henri, que j'ai mis au courant, est formel.

Dominique tressaillit.

— Henri sait ?...

Il lui caressa la main d'un geste doux.

— Il sait que j'aime une femme qui a tous les droits sur moi et que je donnerais n'importe quoi au monde pour vivre avec elle au grand jour. Rien de plus. Sois tranquille.

Elle le remercia d'un sourire mélancolique.

Leur joie d'amour, où était-elle ?

Depuis un mois, obsédés par la question angoissante que leur posait l'avenir, ils perdaient jusqu'au goût de ces jeux subtils de la chair auxquels s'étaient complus leurs corps et s'étreignaient rapidement, avec une sorte de rage.

— As-tu pensé à ce que nous ferons, dans quelque temps, quand la mauvaise saison sera venue ? murmura Dominique.

La terre avait bu les pluies d'équinoxe, et le mistral l'avait asséchée de nouveau. Et le paysage de garrigue où, ce jour-là, ils s'étaient découvert, à quelques kilomètres de Nîmes où Numa avait eu affaire, le refuge d'une carrière abandonnée surplombant les collines d'alentour, n'était que rutilance blanche et sanguine de la roche, parfum de thym froissé, bourdonnement d'une nuée d'abeilles dans l'air immobile, sous l'azur intact et les flèches poudroyantes d'un soleil à peine adouci, bien que la Saint-Michel fût proche.

Numa ne répondit pas.

Il songeait à ce petit hôtel spécialisé dans l'adultère mondain, où il l'avait entraînée à deux reprises, lors du début de leur liaison. Mais n'osait pas le lui dire.

Si là était l'unique solution qu'il pût lui apporter, comment l'accepterait-elle ? Et pour combien de temps ?

Inexorablement, une trappe se refermait peu à peu entre eux et le jour entrevu, très loin, très haut, les laissant dans la ténèbre clapotante, au fond du puits.

— Numa... qu'allons-nous devenir ?

Cette voix d'enfant apeurée lui fit mal.

— Je ne sais pas, mon tout petit... — Il soupira. — Vrai, je ne sais pas.

Ne rien pouvoir pour un être, alors même qu'on le tient entre ses bras... qu'on embrasse ses cheveux, sa tempe, sa joue, le coin de sa lèvre...

Très bas, il murmura :

— J'aurais dû te laisser épouser Bresson.

Elle ne répliqua rien.

Mais, au bout d'un instant qui parut interminable à Numa, se cacha plus étroitement la figure dans le creux du cou de son amant.

— ... Un salaud, voilà ce que je suis. Un salaud égoïste. Quitte-moi, et j'aurai ce que je mérite.

Cette fois, il la sentit frémir.

— Tais-toi, gémit-elle. Tu sais bien que je ne le pourrais pas, même si...

— C'est vrai ?... Tu me resteras ?... Toujours ? Quoi qu'il advienne ?

Il ponctuait chaque interrogation de baisers. Et, déjà, le remords même qu'il venait de confesser avec cette part infime de cabotinage complaisant dont s'entache encore la meilleure sincérité, perdait de son acuité insupportable.

— ... Oh ! mon amour, mon amour... Regarde-moi.

— C'est bien vrai, dis ?

Dominique se débattit un peu lorsqu'il lui prit le visage entre ses paumes pour l'obliger à relever la tête vers lui. Puis, céda.

Le regard de Numa plongea jusqu'au fond du sien, cherchant passionnément à y lire la confirmation qui tardait à venir.

— Oui, souffla-t-elle, enfin.

Un « oui » craintif, monté de sa poitrine dans un soupir mal étouffé.

Car elle voyait enfin, à présent, sous sa lumière crue,

au sortir de l'ombre riante qui l'avait abusée tout au long des six derniers mois, l'aridité pierreuse du chemin sans retour qu'elle avait choisi de suivre.

La vendange tirait à sa fin. Le moût fermentait déjà dans la plupart des cuves. Les hommes déversaient sur le dernier charreton les dernières comportes.

Et, sur l'aire, devant les bâtiments de ferme, Célina, la baïlesse, aidée de sa mère et de la Valérie au Tonin, pressait les tantes[1] qui disposaient les assiettes sur les tréteaux recouverts de nappes. Tandis que le veau, qu'on avait mis à rôtir entier, rissolait au-dessus d'un feu de sarments, sous la surveillance de la jeune Louisette, commise à l'arroser de jus.

La maîtresse s'en vint jeter un coup d'œil sur ces apprêts de gala.

Pour la première fois depuis qu'elle gouvernait Mogador, les colles de vendangeurs allaient se disperser le lendemain, sans qu'elle eût suivi matin et soir leur avance entre les ceps touffus d'un beau vert maculé de bleu par « la » sulfate, goûtant çà et là au raisin dont elle égrenait un grappillon, familiarisée avec tous, échangeant quelques mots avec les femmes penchées sur leur dur travail, discutant, avec Tonin et Vigouroux, les hectolitres de la récolte et sa teneur en alcool.

« Demain... Demain, je resterai davantage. Je reviendrai, l'après-midi ; j'irai les voir, après leur journée. »

Vigouroux, lui, ne s'occupait guère que du rendement. C'était à elle de veiller à ce que chacun des travailleurs, au repos, eût au moins la nourriture convenable et le confort succinct que leur garantis-

1. *Tante* : servante de ferme.

saient leurs contrats. Et, si possible, quelque chose d'autre, qui mît les rapports de maître à salariés sur un plan plus humain.

Mais elle rentrait sans courage, après avoir couru les routes au bout desquelles était Numa.

Et la comptabilité en retard attendait sur le bureau qu'elle s'y attelât. Et, sans cesse, des difficultés étaient survenues, en son absence, au sujet de la vente d'une récolte, du bris d'une clôture, de dégâts dans une des conduites d'irrigation, de la panne d'une machine, de l'accident d'un journalier, dont la solution avait attendu son retour.

Heureusement, Célina avait été à bonne école avec sa mère, avant de lui succéder. Et celle-ci était toujours là, prête à reprendre les rênes en main, au moindre écart. Peu de réclamations étaient parvenues jusqu'à Dominique, émanant de ses vendangeurs.

— Enfin, on en voit le bout pour cette année.

Vigouroux ne cachait pas la satisfaction qu'il avait prise à exercer son initiative, en la circonstance, sans avoir toujours à lui en référer.

— ... Ça a marché comme il faut, dites, Mademoiselle ? insista-t-il.

— C'est vrai.

Mais Tonin, lui, boudait un peu la maîtresse.

Et, sans doute, l'on s'était passé de la présence de Dominique, sans que Mogador, apparemment, s'en portât plus mal. Mais elle traînait avec soi le sentiment inavoué d'avoir manqué à son devoir essentiel.

La Ranguisse, sans le vouloir, appuya du doigt sur cette petite plaie latente :

— Et alors, Mademoiselle, vous êtes venue faire un tour ? D'habitude, on vous voit guère, de ces heures.

Embarrassée, Dominique s'approcha des tables, tourna autour :

— Tout est prêt ? Rien ne manque ?... Vous aurez assez de vin ?... Ah ! on a déjà livré les pièces montées ? Voyons...

— Ce soir, vous viendrez ?

— Bien sûr, comme toujours.

Sans doute la question de Célina avait-elle été de pure forme. Mais la jeune fille en ressentait une mortification. Pouvait-on imaginer qu'elle allait déroger au rite ?

Insensible à la sécheresse qui venait de percer dans la réponse, la baïlesse conclut :

— Bon, alors, j'envoie mon homme vous chercher au moment du dessert ?

— Bien sûr, répéta Dominique, dissimulant une impatience accrue. Bien sûr, bien sûr !...

Pour leur dernier soir au mas, ces gens qui venaient de peiner sans répit sous le soleil, pendant plus d'une quinzaine, de l'aurore au crépuscule, trouveraient encore le moyen de chanter, « chacun la sienne », avec entrain, et de danser, filles et garçons, une partie de la nuit, au son de ce mauvais gramophone pourvu de deux ou trois disques, toujours repris, que les jeunes préféraient, maintenant, au grêle galoubet d'un ancien.

Et, quelque lassitude qu'éprouvât ce soir-là Dominique, elle n'eût pas jugé admissible de manquer à la fête où, depuis qu'existait le domaine, fût-ce dans les années de deuil familial, jamais les maîtres de Mogador ne s'étaient abstenus de paraître.

Le lendemain, vers la fin de l'après-midi, plongée dans des conjectures moroses, elle laissait *Milady* qu'elle avait prise pour lui procurer un peu d'exercice, longer au petit trot de son gré un rideau de cyprès, lorsque la jument pointa ses oreilles et pressa subitement l'allure.

— Allons, allons !... Que se passe-t-il, ma jolie ? demanda Dominique, indulgente, se contentant de la maintenir au train qu'elle venait de prendre, après l'avertissement amical d'une tape légère sur son encolure.

L'explication se présenta sans plus tarder, au premier détour, sous les espèces de Maurice Royer qui s'en venait, fringant, campé sur le *Cosaque*.

— Tu devrais avoir honte ! cria-t-il à son amie, du plus loin qu'il la vit. Il s'enkyloserait dans son box, le malheureux, si je n'étais pas là pour le sortir.

— Mais tu es là, grâce à Dieu ! lui renvoya-t-elle, avec ironie.

A la vérité, depuis le départ des Barcarin, Maurice tendait à faire du grand cheval sa monture attitrée.

— Ouais, comme tu dis : grâce à Dieu ! souligna-t-il, imperturbable, en exécutant une volte pour venir se placer à la botte de Dominique.

*Milady* hennissait doucement, avec de coquets mouvements de crinière à l'intention du *Cosaque*.

Le pur-sang s'aligna sur sa foulée et les jeunes gens s'en revinrent sans hâte, seuls à perte de vue dans les vignes désertées dont le feuillage fonçait avec la tombée du soleil.

— Ils ont fini ? interrogea Maurice, qui regardait tout autour de soi.

— Hier, tout juste. Le repas s'est prolongé tard dans la nuit. Quelques jeunes dansaient encore lorsque je suis rentrée me coucher.

— A Saint-Ange, on a terminé depuis huit jours. C'est vrai que la superficie n'est pas comparable.

Il sifflota un moment.

Et Dominique qui, la veille, avait entendu plus de dix fois, crispée d'agacement, le phonographe débiter ce même air, se surprit à fredonner à l'unisson le refrain, bien qu'elle ne se sentît point particulièrement le cœur à la gaieté :

*« Quand vous voyez la Lisette,*
*Vous en perdez la raison... »*

A quoi Maurice répondit en entonnant à pleine voix la suite :

*« ...Mais vous perdez aussi la tête*
*Lorsque vous voyez la Lison. »*

Zon, zon zon... interféra-t-il, dans un dégradé vers la basse imitant le piston de l'orchestre.

*« Toutes les deux sont jolies.*
*Et, quand-vient-la flo... »*

— Oh ! arrête cette scie ! Arrête ! arrête !... j'en ai par-dessus les oreilles, cria presque Dominique.

— Mais, mon Coco, c'est toi qui...

— Peut-être. Mais c'est sans le vouloir. J'en ai horreur !

— Ah ! bon.

Il lui lança un coup d'œil jovial.

— ... Sois donc pas si nerveuse, fillette.

— C'est sans doute le manque de sommeil, maugréa-t-elle.

Maurice accepta cette explication piteuse.

— Sûrement, dit-il, conciliant.

... Trotta quelques secondes sans rien ajouter. Puis, reprit :

— Pour en revenir à la récolte, il n'y aura pas à se plaindre. On va faire du douze degrés, au moins. L'année est plutôt bonne, hein ? Je vais pouvoir rembourser au pépé Daubenois une petite partie...

« Plutôt bonne ! » La meilleure année que l'on eût vue depuis l'avant-guerre, aux dires de tous ceux qui pouvaient s'en souvenir. Maurice en connaîtrait beaucoup d'autres qui le seraient moins, sans nul doute.

Pourquoi, ce jour-là, la joyeuse assurance de son compagnon lui procurait-elle cette démangeaison d'impatience ?

Il enchaîna sur un autre sujet :

— J'étais venu t'inviter de la part de Claire. Elle voudrait que tu viennes dîner, jeudi prochain. Oh ! tu sais, juste un petit repas intime... Nous aurons seulement toi, Maxime, Louis, Laurent et Henriette, avec Line Chabert pour compléter la table.

Les narines de Dominique se retroussèrent comme, jadis, celles de sa grand-mère Julia.

— Huit couverts ? Eh bien ! on se lance, observa-t-elle, un peu méchante.

Mais Maurice commenta, en toute candeur :

— Oui, hein ?... Alors, tu comprends, pour la première fois, si quelque chose venait à clocher, nous avons pensé...

— Qu'il importait de choisir vos cobayes ? termina-t-elle pour lui.

Cependant, son interlocuteur offrait décidément une surface inattaquable à l'acide.

— Ben, oui. C'est ça... Figure-toi que ma belle-mère s'était proposée pour venir surveiller les préparatifs. Mais Claire tient à se débrouiller absolument seule, compléta-t-il, sans chercher à dissimuler la fierté qu'il en ressentait pour sa part.

— Quand tu dis : « Ma belle-mère », en parlant de Tatie, ça me fait un drôle d'effet, remarqua Dominique.

— Tiens ! et à moi, alors, qu'est-ce que tu crois ?... lui rétorqua-t-il.

Chacun suivit un moment le cours de ses pensées.

— Bon, enfin, tu viendras ? Je peux le dire à Claire ?

— Bien sûr. Remercie-la pour moi.

Suivit un autre silence, où le bruit cadencé des sabots qui marquaient un léger décalage monta de ton à leur oreille, parmi le calme des champs prêts à s'endormir.

La lumière changeait avec l'approche du soir. La terre devenait plus brune, le ciel plus clair.

Une petite brise déjà fraîchie se levait au ras des sillons.

« Les jours raccourcissent vite. Bientôt l'hiver... » songea Dominique, le cœur serré, reprise par son tourment.

— Dis donc, je voudrais apprendre à monter à Claire, qu'en penses-tu ? dit Maurice.

Elle s'efforça de revenir à la conversation.

— Pourquoi pas ? Tu peux toujours la mettre sur un camargue, pour commencer. Avec la selle gardiane, elle ne risquera pas grand-chose.

Le conseil s'entachait de quelque hérésie. Mais, au fond de soi, elle doutait fortement de l'aptitude que pouvait avoir, à jamais faire une cavalière passable, la progéniture de Charles Guillermin qui oncques n'avait chevauché d'autre monture qu'une bicyclette. Les sarcasmes qu'échangeaient jadis ses parents à ce propos revenaient en foule à sa mémoire.

— Veux-tu venir jusqu'à la maison, prendre l'apéritif ? suggéra-t-elle, comme pour se faire pardonner la malveillance que Maurice n'avait pu cependant lire en elle.

Il hésita.

— Heu... oui, mais... Je ne voudrais pas faire trop attendre Claire.

« Claire, Claire et encore Claire... » L'amour allait-il longtemps transformer l'ami de longue date en ce mouton incapable de bêler sur une autre note ?

— Tu le boiras debout, railla-t-elle.

Mais il était dit que tous ses traits retomberaient sans avoir touché le but.

— Bon. Comme ça, ça va, acquiesça Maurice décidément idyllique.

Dans le salon, tandis qu'elle décachetait le courrier arrivé dans l'après-midi même, son hôte, avisant une enveloppe de vélin gris perle, en vérifia l'écriture et la provenance avec son sans-gêne familier.

— Tiens !... C'est sûrement l'invitation de Tourvieille. Je la reconnais. Nous avons reçu la même, ce matin.

Dominique la lui arracha presque.

— Fais voir.

Parvenant à grand-peine à fixer son esprit sur le sens des mots qu'elle lisait, elle parcourut les quelques lignes d'Agnès Fauvelly qui la conviait au baptême de sa petite Miette pour le dimanche suivant.

Grand seigneur, Maurice proposa les services de son carrosse flambant neuf :

— Si tu veux, Coco, on t'emmène. Inutile de faire deux voitures, pas vrai ?

« Je n'irai pas », se dit-elle. Nulle force humaine ne la contraindrait à affronter le spectacle d'Alice trônant au mas, à cette place qu'elle s'obstinait à usurper. Numa comprendrait que c'eût été trop exiger de ses forces.

— Peut-être, oui. Nous aurons le temps d'en reparler d'ici là, dit-elle évasivement, bataillant avec une impulsion qui la contraignit à poursuivre, en dépit d'elle-même et de sa propre raison : Vois-tu, je ne sais pas encore si j'irai. Je... A te dire vrai, je n'en ai pas très envie. Toutes ces fêtes, toujours pareilles... les mêmes convives, les mêmes thèmes de conversation, les mêmes toasts, les mêmes... Oh ! tu ne peux pas savoir combien j'en ai assez !... Assez jusqu'à la nausée, compléta-t-elle avec une véhémence soudaine.

« Là. »

Une sorte de soulagement lui vint. Nuancé de défi, à la vue du tableau que présentait Maurice, bouche bée.

— Non, tu veux rire ?

Rire ? Certes, il y eût eu de quoi, à le regarder, ce nouveau membre de la *gens*, si peu blasé encore sur le privilège d'y avoir pris rang, si révérencieux à l'endroit des obligations qui en découlaient, tout émoustillé à la perspective d'avoir à les remplir et tout béant d'incrédulité devant la révolte de l'un de ses pairs.

Dominique en venait à haïr dans son entité ce bloc familial qui, d'un jour à l'autre, risquait de se dresser en face d'elle pour lui réclamer des comptes.

« Un jour... Tout quitter... Me faire une vie indépendante, comme Caroline Vernet... »

Mais Caroline elle-même, docile, revenait, à la première convocation du clan, participer aux assemblées plénières.

Et jamais Dominique, quant à soi, n'eût consenti à troquer, contre les illusoires prestiges d'une existence parisienne, la terre grasse de Mogador qui collait à ses bottes.

— Rire ?... — Quel prix Maurice se figurait-il qu'elle pût encore attacher à la vanité de se savoir une Vernet de droit divin ? — Oh ! que non !... Attends seulement quelques années et, si tu veux, nous en reparlerons, de ces fêtes de famille.

Tardivement, un reste de prudence lui revint pourtant :

— ... D'ailleurs, je finirai tout de même par y aller à ce baptême, tu penses bien.

« Inutile de l'alerter, pour qu'il alerte Claire et Tatie, et... » Quel démon l'avait incitée à se nuire ? « Comme si... » comme si le futur le plus proche n'eût pas été déjà suffisamment chargé de menaces.

— Tu ne bois pas ? demanda-t-elle, dans un effort de gentillesse.

— Si, si... dit Maurice.

Encore sous le coup de son étonnement, il vida d'un trait le contenu de son verre.

Un moment plus tard, en l'accompagnant jusqu'au portail, presque certaine d'avoir effacé l'effet de sa sortie, Dominique bavardait avec abandon, se croyant quitte pour cette fois, lorsqu'il s'enquit incidemment :

— Au fait, qu'as-tu vu d'intéressant à la foire ?

Tout d'abord, elle ne comprit pas.

— Quelle foire ?

— Celle de Nîmes, pardi !... Si j'avais su que tu y ailles, je t'aurais bien demandé de me rapporter...

« La foire... » C'était Numa qui avait dit : « *Comme ça, je pourrai faire un tour à la foire, en te quittant. J'ai promis à mon père...* »

« Numa, mais pas moi ! Oh ! mon Dieu ! » Pas elle.

— Mais... je... Non. Non, je n'y suis pas allée...

Baignée de sueur, la vue trouble, elle se sentait incapable de maîtriser le tremblement des muscles de ses joues. Et souhaitait seulement que cela ne se vît pas dans la grisaille de la nuit tombante. Que cela ne se vît, ni s'entendît à sa voix.

— ... Qu'est-ce que tu racontes ? Tu es fou.

— Tiens, par exemple ?... Robert m'a dit qu'il avait croisé ton cabriolet, à peu près à la hauteur du pont de Justice ; il a pensé que tu en revenais.

— Eh bien ! il s'est trompé. Ce n'était pas moi. Je ne suis pas allée à Nîmes depuis des siècles.

— Tu en es sûre ? insista Maurice, pour la taquiner.

Aussitôt, il s'en repentit.

— Puisque je te l'affirme ! Cela devrait te suffire,

non ?... Mais si tu préfères écouter cet imbécile qui t'aurait aussi bien raconté n'importe quoi pour se rendre intéressant !... On dirait que tu ne le connais pas, ton Robert. Il faut toujours qu'il parle, qu'il insinue, qu'il invente... Oh ! et puis, si tu ne veux pas me croire...

Soudain, elle entendit littéralement le silence que Maurice, médusé, opposait à ce flux de dénégations agressives ; en même temps que la frappait la fausse note criarde de son propre timbre.

L'ampleur de sa maladresse lui apparut.

— ... Après tout, quelle importance ?... acheva-t-elle découragée, au bord du désespoir.

Et la voix de Maurice, en écho, tout à coup aussi fausse que la sienne, dans son évidente intention de l'apaiser, encombrée d'un détachement un peu trop léger, reprit :

— Oui, quelle importance, je me le demande ?

— En effet, tu n'aurais pas dû t'emporter, dit Numa, lorsqu'elle eut achevé de le mettre au courant. Pour une gaffe, c'en est une, monumentale, mon pauvre petit chéri. Tu penses bien que ton attitude a dû faire tiquer Maurice. Et comme il est loin d'être bête... Maintenant, il va falloir te tenir sur tes gardes et jouer serré. Dans un cas comme celui-ci, la seule parade possible consistait à ne pas broncher, sourire, avec un minimum d'étonnement et d'intérêt pour...

Dominique l'interrompit avec impatience.

— Tu en parles à ton aise !... Pris sur le vif, tu n'aurais peut-être pas trouvé, toi non plus, assez de présence d'esprit pour la lui servir, ta parade.

Numa sourit, avec ce certain air d'indulgente supériorité qui avait toujours eu pour résultat d'instiller à

Dominique, depuis la prime jeunesse, le sentiment dissolvant de sa propre insignifiance.

— A mon aise ?... Tant que cela, crois-tu ?... Parce que tu te figures probablement que, chez moi, je ne suis pas exposé à tomber dans ce genre de panneau ?... Mais c'est à chaque instant qu'il me faut improviser pour faire face à une question, directe ou insidieuse, qui m'arrive à bout portant, et toujours lorsque je m'y attends le moins.

Il avait laissé sa voiture dans un garage, à la sortie de Beaucaire, et rejoint, cinq cents mètres plus loin, sur le lé bordant le canal du Rhône à Sète, le cabriolet de Dominique.

A l'abri de la capote relevée malgré le beau temps, enfermés à l'étroit dans cette espèce de maison roulante, tous deux se sentaient maintenant plus en sécurité.

Un bras passé autour de Dominique, Numa conduisait, à une vitesse réduite qui, cependant, ne supprimait point tous les cahots, sur cet ancien chemin de halage mal entretenu, où ils ne s'exposaient guère à rencontrer que quelque marinier, de loin en loin.

— Voyons, mon trésor, insista-t-il, récapitule donc un peu tout ce que la maisonnée compte de gens intéressés à plus d'un titre par mes faits et gestes, et toujours disposés à s'émouvoir lorsqu'ils me voient me comporter d'une manière inattendue. Pense que, trois fois par semaine, quand ce n'est pas davantage, depuis tout à l'heure sept mois, je quitte le mas sitôt mon café avalé, sous un prétexte ou un autre, que le travail presse ou non, quelque temps qu'il fasse... Et que, jusqu'ici, je suis parvenu à conserver à mes déplacements une ombre de vraisemblance.

« Après cela, conclut-il, avec un baiser qui vint se poser, au hasard, sur le menton de Dominique, tu auras peut-être une plus haute idée de mes prodiges quotidiens d'imagination et d'astuce. Sans parler même du sang-froid qu'il me faut déployer continuellement.

Elle s'abandonna contre son épaule, en soupirant.

— Mais toi, tu sais mentir. Tu es entraîné : tu as toujours un peu menti à tout le monde depuis que tu existes...

Un vieux grief, longtemps remâché, qui tout naturellement lui montait aux lèvres.

La tendresse amoureuse qui enrobait la remarque aidait à la faire passer. Mais Numa n'en fit pas moins une légère grimace.

— Mauvaise, va !... Pourquoi dis-tu ça ? Toi... à qui je n'ai jamais pu mentir.

De sa main libre, il attira le visage de la jeune fille vers le sien, et lui mordit la bouche, avec une lenteur un peu cruelle, sans trop détourner son attention de la route que nul parapet ne protégeait.

Un sourire lui vint, tandis qu'il se passait la langue sur les lèvres :

— Evidemment, chez moi, c'est autre chose. Il le faut bien, que je mente, pour nous deux. Remarque : je suis certain que mes parents ont plus ou moins compris de quoi il retourne. Je les trouve exceptionnellement discrets. Mon père surtout, qui tolère, sans jamais protester, de me voir décamper à tous moments, toutes affaires cessantes. Quant à Henri, le voilà renseigné, désormais. Mais mon frère et ma sœur ne ratent jamais l'occasion de me placer une banderille.

De sa femme, il ne parlait guère, depuis que la situation semblait s'être stabilisée dans le provisoire.

Et toute cette discussion n'en aboutissait pas moins à elle, même si son nom n'était pas prononcé.

— Fais un effort. Viens, dimanche. Je te le demande. Viens, sans quoi tous vont se mettre à chercher des raisons à ton absence ; et, dans le nombre, du diable si, à la fin, il ne s'en trouve pas un pour tomber sur la vraie. Fais-le pour nous. Niké, mon trésor. Pour notre tranquillité...

— Je ne peux pas. Je t'assure que je ne peux pas. Je le voudrais, ne fût-ce que pour te complaire. Mais... Comment t'expliquer ?... C'est presque une impossibilité physique.

Numa apprenait ce qu'il n'eût jamais soupçonné : le caractère inébranlable que pouvait assumer cette douceur, une fois repliée sur sa détermination.

Et, le dimanche matin qui suivit, à deux jours près, ce dîner chez le jeune ménage Royer, dont l'agréable atmosphère avait détendu les nerfs surmenés de Dominique, elle n'en demeura pas moins au lit, sans se soucier autrement de crédibilité, jusqu'à ce que Claire, déconfite, eût, seule, rejoint son époux qui les attendait, au volant de la petite Salmson :

— Explique-leur que je me suis sentie souffrante, à la dernière minute.

Et prit une large inspiration lorsqu'elle eut entendu les roues faire crier le gravier, et le ronflement du moteur décroître, dans l'allée.

Tout le jour, elle erra, de sa chambre à la salle à manger, puis, de la bibliothèque à sa chambre, indifférente aux avances que lui lançaient le soleil et la couleur du ciel par les fenêtres entr'ouvertes, opposant leur invite à celle des feux que Victor, esclave du calendrier, entretenait déjà depuis une semaine. Les pieds nus dans ses pantoufles, en robe d'intérieur, ses cheveux nattés lui battant le dos, elle savourait cette sensation de bienheureuse faiblesse, de flottement libéré à l'extrême, qui accompagne les véritables convalescences.

Vers neuf heures du soir, elle allait remonter se coucher, munie d'un vieil album relié du « *Petit Français*

*Illustré* » plus rempli de trésors que la caverne d'Ali-Baba. Et se délectait déjà, à la perspective de relire les « *Expédients de Farandole* », « *Chryséïs au Désert* », le « *Chevalier Carême* », ou les « *Fredaines de Mitaize* », lorsque survinrent Claire et Maurice.

— Claire voulait absolument savoir comment tu allais, ce soir. Figure-toi que tu l'as mise en souci.

« Claire, seule. » Il prenait soin de le lui dire.

— Et pas toi ?

— Moi ?...

Maurice lui cligna de l'œil.

Et Dominique ne sut pas s'il plaisantait encore, ou bien s'il lui glissait un avertissement, lorsqu'il grogna, en feuilletant l'album qui gardait dans ses marges déchiquetées, pleines de traces de doigts sales et de gribouillis aux crayons de couleur, le souvenir de tant de jeudis, à jamais disparus avec une bande d'enfants pas très sages :

— Que je t'y prenne tiens ! à me faire faire de la bile !...

Claire, elle, avait une foule de choses à raconter.

Mais il ferma le volume d'un coup sec :

— Tu me le reprêteras, un jour, dis ? Que je le fasse lire à Claire. Et maintenant, on rentre se reposer... si madame Royer veut bien te faire ses adieux, conclut-il, enlaçant la taille de sa femme, d'un geste de propriétaire.

— ... Et, tu sais, tout le monde t'a bien regrettée, dit encore celle-ci, en prenant congé. Mamie a l'intention de venir demain prendre de tes nouvelles. Et aussi, je crois, ton oncle Hubert.

La gorge subitement sèche, Dominique ne parvint pas à lui répondre.

La trêve n'aurait pas été longue.

Adrienne arriva tôt dans la matinée, apitoyée d'avance, chargée de bons conseils et d'un énorme pot du meilleur miel des abeilles de Charles.

Elle trouva sa nièce « pâlotte » :

— Tu travailles trop, tu ne manges pas assez, tu devrais...

Dominique hochait la tête d'un air obéissant, et se faisait complaisamment dolente. Les enfants de Mogador avaient tout appris dès leur plus jeune âge, pour s'être vu pouponner par leur tante, la façon efficace de la manier à leur gré.

Elle goûta au miel avec la mimique de gourmandise adéquate, en accueillant d'une oreille distraite les recommandations qui, sitôt épuisées, firent place au récit, tout aussi prévu, de la réunion de la veille, aux potins qu'on y avait échangés, et aux commentaires qu'ils requéraient.

Ce n'était là que monnaie courante.

Lorsque sa tante en vint à discourir du ménage de Claire, Dominique pensa pouvoir s'estimer définitivement hors de cause. Et fit alors chorus volontiers.

Mais son inquiétude demeurait en veilleuse, dans l'attente de la visite, autrement redoutable, qu'elle se préparait à recevoir.

Cependant, Hubert ne se montra pas.

Et, dès la fin du repas, profitant de ce répit, elle put courir, d'un cœur allégé, vers le rendez-vous que lui avait donné Numa. Non sans emprunter les petits chemins de traverse, par précaution contre le danger, toujours possible, de rencontrer son oncle, en route pour Mogador.

Le temps changeait. Le sifflet des trains à travers la campagne ouvrait une déchirure dans l'air alourdi et poisseux. De la terre s'exhalait une odeur humide.

— Nous allons avoir de l'eau, prédit Numa.

Dominique haussa les épaules avec fatalisme :

— Il pleut toujours, dans la semaine de Toussaint.

Un instant, sa pensée s'envola vers les soucis de saison : « Envoyer quelqu'un, demain ou après-demain, pour nettoyer le tombeau... Aller choisir les chrysanthèmes avec Dupoux... Voir si Finiels a terminé l'inscription... »

Deux lignes pour marquer la trace de l'aspirant Vernet au cimetière de Fontfresque, où, malgré toutes les recherches entreprises, on savait maintenant que la place réservée pour son cercueil, à côté de celui de Christine, demeurerait vide, sous la dalle qui recouvrait les corps de tous les leurs.

Dominique soupira.

— J'aurais tant voulu que l'on pût nous rendre François.

La main de Numa vint presser la sienne.

De François, rien ne subsistait, pas même l'emplacement d'une tombe, dans le petit bois pris et repris à l'ennemi, labouré par les marmites, où les moignons d'arbres calcinés, entre les cratères d'obus, ne donneraient jamais plus d'ombre.

— Tu te fais mal, à y penser.

Bien résolu, en arrivant, à morigéner Dominique pour sa défection, Numa sentait qu'à présent, ce ne serait plus possible ; et lui en voulait un peu, à travers l'attendrissement qu'elle lui imposait, de s'être mise ainsi hors d'atteinte.

Il fit pourtant une tentative :

— Maurice m'a tenu une longue conversation, hier après-midi. Longue, et... assez curieuse.

La jeune fille sursauta :

— Que dis-tu ?... Maurice ? Il t'a parlé... de moi ?

— Pas précisément, mais... Non, à vrai dire, de toi, il ne m'a pas dit grand-chose. Sauf qu'il n'avait pas trop l'air de croire à ton indisposition. Mais il me donnait l'impression qu'il tâtait le terrain, qu'il lançait des coups de sonde... Vois-tu ce que je veux dire ?

Un remords lui vint, à la voir pâlir, qui lui fit ajouter en hâte :

— Au fond, tu sais, c'est peut-être simplement une idée. On se *suggestionne*, à force de craindre.

— Oui, peut-être... murmura-t-elle, songeant aussi à son oncle.

Hubert n'avait toujours point paru, le surlendemain, lorsque Numa, l'ayant rejointe sous une pluie torrentielle, obtint d'emmener Dominique à l'hôtel.

Dans la chambre aux rideaux tirés qu'animaient les reflets d'un feu de bois craquant, ils oublièrent les contingences, tant et si bien que l'heure les surprit au lit, ensommeillés, las, et heureux.

Durant le trajet de retour, Dominique lutta contre la nuit, le vent, et l'averse qui regiclait sur son pare-brise, contre la route glissante que le halo des phares rendait incertaine, contre le temps qui l'éperonnait.

Il lui semblait qu'elle n'arriverait jamais. Et l'image de la chambre au lit en désordre, tiède, et coupée du monde, s'effaçait au bout du chemin qu'elle laissait derrière soi.

« Heureusement, après-demain, de nouveau... »

Etre ensemble, et oublier tout le reste. A présent, cela seul, comptait.

— On commençait à être en souci, ronchonna Mathilde, surgie au cri de la porte refermée, depuis l'office où elle se tenait aux aguets, selon toute apparence.

Ne recevant pas de réponse, elle insista, tout en emboîtant le pas à la jeune fille dans l'escalier :

— ... Si c'est permis de s'en aller risquer la fluxion

de poitrine, à roulailler pendant des heures, sous ce qui tombe !

Avant de renoncer, dépitée, aux éclaircissements qu'elle attendait comme son dû.

Au bout d'un moment, tandis que sa maîtresse se déshabillait, elle finit par annoncer, renfrognée :

— Monsieur Hubert est venu.

— Ah ?... fit seulement Dominique.

Elle avait l'impression que sa cage thoracique rétrécissait, comprimant son cœur haletant.

Péniblement, elle se décida enfin à demander :

— Il a laissé une commission ?

— Rien.... Ah ! si : il revenait de Fontfresque. Il a dit de vous dire que ça allait, pour les lettres. Et qu'il est passé payer Finiels.

Dominique respira mieux.

C'était bien dans la ligne des bizarreries de son oncle, d'aller choisir, pour une visite au cimetière, le jour le plus noir, le plus boueux, le plus dégoulinant de pluie, où les morts, eux-mêmes, devaient se sentir encore un peu plus morts.

« Mais, après tout... » au moins s'assurait-il ainsi de n'y rencontrer âme qui vive. Ce qui semblait être son but.

— Il reviendra ?

— Pechère... — Mathilde réfléchit. — Pas d'un moment, pour sûr, vu qu'il descend demain en Camargue pour une quinzaine, à ce qu'il a dit.

— Ah ! bien.

Un autre sursis. Un de plus. « C'est toujours cela », pensa Dominique, habituée dorénavant à ne plus espérer qu'au jour le jour.

Et, pendant ce temps, une rumeur commençait à monter, tel un mur, autour d'eux, qui, déjà, avant qu'ils n'en eussent pris conscience, l'isolait avec Numa au sein d'un étrange silence appesanti sur leur couple.

## 4

Pareils à des fugitifs assoupis, que leurs poursuivants ont cernés sans bruit avant l'aube...

Tout d'abord, ç'avaient été quelques menus bavardages sans consistance.

A Tarascon, les deux dames Bourgarel qui, chaque après-midi, au lieu de faire la sieste, usaient le temps jusqu'au moment d'aller au chapelet en tricotant pour leurs pauvres dans la pénombre fraîche d'un salon aux persiennes à peine entr'ouvertes, s'étonnaient un peu, à la longue, de voir la petite Vernet passer régulièrement sur le cours, en voiture, aux heures torrides où les boutiques demeurent fermées aux chalands. « Cette jeunesse... » avait le diable au corps, de se hasarder sur les routes par une chaleur pareille.

De bouche en bouche, serpentant à travers les cénacles, le propos, son tour de ville accompli, avait gagné Beaucaire, et Boulbon, et Saint-Etienne-du-Grès, et... élargissant son champ d'action initial par cercles concentriques, pour parvenir gaillardement jusqu'en Arles, où s'était finalement trouvé quelqu'un qui voyait Numa Vernet descendre la rampe du pont de Trinquetaille avec une ponctualité identique, à ce même moment du jour, où, d'ordinaire, seuls les chiens errants s'aventurent au-dehors.

Renseignements confrontés, l'esprit d'observation aidant, l'évidence s'était assez vite établie que ces mouvements poussaient la perfection de leur synchronisme convergent jusqu'à se produire aux mêmes quantièmes.

A partir de ces brisées, la meute avait pris le vent.

Alors que les jeunes gens, raffinant sur les précautions, évitaient de se montrer ensemble dans aucun endroit fréquenté, changeaient sans cesse, pour plus de sûreté, le lieu de leurs rencontres, combinaient des alibis et des prétextes plausibles, vingt paires d'yeux, pour le moins, invisibles mais vigilantes, jalonnaient désormais les rues par où passait immanquablement le trajet de chacun au sortir de chez soi.

Et si dicton se vérifiait, qui prétend qu'« *en Arles, les cailloux parlent* », les calades de Tarascon n'étaient pas en reste.

Tant que, sans l'ombre d'un commencement de preuve matérielle susceptible d'étayer l'hypothèse, bien des gens n'en inclinaient pas moins à lui accorder la valeur d'une conviction solidement établie. Et que le bruit commençait à se répandre, pour l'amusement des uns et la réprobation des autres, qu'il y avait « quelque chose en train », entre l'aîné de Tourvieille et sa jeune cousine de Mogador.

Déjà, aux alentours de Barbegal et de Fontfresque, les Béraud, qui le tenaient des Pouzol, le chuchotaient aux Lallier que les Antonetti avaient mis au fait.

Tandis que les relations des Vernet de Camargue, grossies de celles des Cabanis et des Fauvelly, ne se fussent point pardonné de paraître l'ignorer, dans tous les salons arlésiens.

Mireille du Roveret qui venait d'épouser Francis Lallier en recueillit l'écho, de retour de son voyage de noces, et le rapporta incontinent à Suzon Marquet-Rageac qui allait sous peu devenir la femme de son frère aîné.

Indigné par de telles allégations, Alban, après avoir tancé sa cadette, s'en ouvrit à Louis Bresson, que sa propre mère avait jusque-là réussi à tenir dans l'ignorance.

Emmeline Bresson, pour sa part, relevait vertement les allusions touchant à l'honneur d'une famille alliée, et d'une jeune fille qu'elle eût volontiers acceptée pour bru.

— La médisance ne recule devant rien ! Cette pauvre petite Dominique, si réservée, si convenable... Et un homme marié, un père de famille, de dix ans plus âgé qu'elle... ! Vraiment, les gens...

C'était aussi l'opinion que ne manquait pas de proclamer Louis, avec générosité. Bien qu'il fût convaincu de se trouver enfin devant la solution aveuglante de l'énigme qu'il avait douloureusement cherchée au cours des derniers mois.

Atteinte, elle aussi, par les commérages concernant sa filleule, dont elle avait pris la défense avec cette vaillance qui, dans les occasions graves, l'arrachait à sa timidité foncière, Elise Royer rentra un soir chez elle, bien décidée à en épargner la divulgation aux siens.

Inutilement. Car, le lendemain, Claire, en visite à Vallabrègues, chez une vieille amie de sa tante Emmeline, les recueillit des lèvres d'une dame dont la perfidie naturelle employait avec maîtrise le vieux ressort stratégique de la gaffe préméditée.

Venu reprendre sa femme en voiture, Maurice la ramena encore bouleversée à Saint-Ange.

— Si tu savais ce que cette madame Lageard a osé me dire !...

Il l'écouta sans l'interrompre, et sans la regarder, fixant devant soi la route libre à perte de vue.

— Ouais... Ouais, ouais, ouais.

Là se borna son commentaire.

Ce fut seulement à l'arrivée chez eux, qu'en ouvrant

la portière à Claire devant le péristyle de la maison, il dit, un bras passé autour de la taille de la jeune femme :

— N'y pense plus, ma poupée. Dominique, on la connaît, toi et moi, pas vrai ? Alors, ce que peuvent raconter tous ces imbéciles...

En dépit de quoi, quelques instants plus tard, après avoir remisé la voiture, seul dans le garage, il expédiait force coups de pied furieux dans tous les ustensiles qui traînaient à sa portée, en accompagnant sa démonstration des jurons les plus énergiques de son répertoire d'ancien poilu.

« Sacrée folle !... Au train où ça va... »

Mais que pouvait-on faire ?

« François, lui... » François eût eu les moyens de s'interposer. « François... ou, peut-être... son oncle ? »

Là était le peu d'espoir qui subsistait de circonscrire les dégâts. Lorsque Hubert Vernet saurait — et nul doute qu'il ne pouvait plus tarder beaucoup à l'apprendre — « ...Va y avoir un de ces raffûts !... C'est qu'il n'est pas commode », songea Maurice, avec une satisfaction vengeresse.

Les mains dans les poches, la tête entre les épaules remontées, il s'en fut, pensif, vers sa demeure.

« Mais qu'est-ce qu'elles ont, les filles ? Qu'est-ce qu'elles ont, lorsqu'elles s'y mettent... ? Préférer ce type, alors qu'elle avait Bresson sous la main, bien foutu, intelligent, franc comme l'or, bon comme le pain... et libre... Qui ne demandait qu'à la rendre heureuse !... »

Il eût, pour sa part, apporté son concours avec une joie féroce, à quiconque l'eût embauché pour corriger Numa Vernet.

Dominique n'avait pas coutume de hanter beaucoup les réunions féminines. En dehors du mois de janvier et de ses politesses de commande, son tribut à ces échanges de mondanités se bornait à quelques apparitions, une ou deux fois l'an, lorsque la morte-saison lui en laissait le loisir, au « jour » des dames qui, autrefois, avaient été particulièrement liées avec sa mère et sa grand-mère.

Ainsi, partagée entre son travail et ses amours, put-elle, un certain temps, ignorer les potins qui couraient sur son compte.

Dans le boudoir assez lugubrement désuet de la très vieille personne qu'elle était venue visiter ce jour-là, parmi ce cercle où triomphaient hausse-cols baleinés, faces-à-main pendus au cou, chaînes de montre doubles drapées en sautoir sur le corsage, toquets à aigrettes et chignons en brioche de style Queen Mary, palatines, mantelets, et boas, oubliés par la mode, elle fut heureuse de découvrir, au premier coup d'œil, à côté d'une console sur laquelle brûlait une grosse lampe carcel, la silhouette, presque incongrue dans ce décor, de sa tante Madeleine Vernet, vêtue d'un tailleur bleu ourlé de fourrure, et coiffée d'un seyant chapeau cloche, qui se détachait, dans le rond de clarté.

Si heureuse qu'elle ne remarqua point, de prime abord, la réticence incluse dans l'inclinaison de tête gourmée que lui rendaient quelques douairières, en échange de son salut.

Cependant, l'accueil de Madeleine, pour affectueux qu'il demeurât, manquait de sa spontanéité habituelle. Ce que la jeune fille crut pouvoir attribuer à l'atmosphère de la réception.

Moins aguerrie que ses vénérables partenaires à la tactique de ces jeux de société, la femme d'Hubert ne parvenait guère à dissimuler la gêne qui s'était emparée d'elle, à l'entrée imprévue de celle qui, un instant plus tôt, fournissait précisément le sujet de la conversation générale. Indulgentes ou fielleuses, sournoises ou ironiques, toutes les allusions dont elle venait de soutenir généreusement l'assaut n'avaient pas laissé de l'ébranler.

Elle demeurait encore frémissante d'indignation retenue, lorsque sa nièce avisa, parmi les sièges disponibles, le plus proche du sien pour venir s'y asseoir.

Quelque chose se tramait sournoisement, dont Madeleine avait conscience. Ses efforts pour cacher son trouble ne le rendaient que plus évident.

Ceux de l'hôtesse, qui sentait, elle aussi, une dépression barométrique envahir la pièce, aboutirent seulement à isoler l'arrivante qu'ils tentaient de secourir.

— Quoi de neuf, ma petite Dominique ? Que devenez-vous ? Racontez-nous donc un peu...

— Mon Dieu ! Madame, il n'y a pas grand-chose à dire. Nous avons eu beaucoup de travail, à Mogador, ces temps-ci, et je n'ai guère eu de temps...

Les banalités qu'énonçait en souriant la jeune fille tombaient comme des palets de plomb dans la gueule ouverte du silence qui s'était accroupi au milieu de la pièce, pareil à la grenouille du jeu de tonneau.

Soudain détachée de soi, Dominique entendit le son mat d'engloutissement que rendaient ses propres paroles, en même temps qu'elle percevait de façon confuse l'intérêt aiguisé dont elle était devenue le centre.

Rougissante, elle voulut couper court :

— Mais tout cela n'est pas intéressant, et, vraiment, je suis honteuse d'accaparer l'attention...

On protesta. On questionna.

Une dame voulait apprendre d'elle des détails sur le ménage de la petite Guillermin. Une autre s'intéressait à celui de son cousin Laurent. Une autre s'inquiétait de la santé de celui-ci, depuis son mariage...

Vainement essayait-elle d'appeler Madeleine à la rescousse.

— ... Mais ma tante qui est allée tout récemment à la Sarrazine vous dirait mieux que moi...

Les impressions de madame Vernet n'importaient à personne, trop visiblement.

Et Madeleine, retenant au bord de ses lèvres un sourire un peu frileux, demeurait insensible aux sollicitations de sa nièce.

Dominique faisait face de son mieux à cette curiosité aux apparences bénignes. Aimable, mais intérieurement crispée, elle était aux aguets : un enfant eût saisi à quoi tendait la manœuvre.

Et, en effet, l'attaque se déclencha :

— Mais vous, ma chère enfant, quand allez-vous vous décider au mariage ?

Tandis que deux ou trois éhontées braquaient sur elle l'éclair de leur face-à-main, afin de ne rien perdre de son embarras.

Elle essaya de la gaieté :

— Pas de sitôt, que je sache ! J'ai trop goûté à la liberté pour envisager volontiers de l'aliéner. La vie que je mène me convient tout à fait, et...

— On ne saurait cependant la considérer comme normale, pour une jeune fille, observa quelqu'un, d'un ton feutré.

« Sourire. Surtout, ne pas cesser de sourire... » se disait Dominique, tout en recroquevillant nerveusement ses orteils au bout de ses Charles IX.

La ronde, autour d'elle, lui semblait s'être rétrécie. Cette assemblée de masques plâtrés, que la lumière des lampes rendait terreux, ces sacs de peau, d'os ou de graisse, les uns fripés, ridés, ratatinés, d'autres pendants, d'autres marbrés de couperose, qui, demain, auraient fini d'exister... De quel droit venaient-ils s'en prendre à sa jeunesse ?

« Je vous méprise. Je me moque de vous, et de vos insinuations... » Elle rêva un instant qu'elle le leur jetait à la face.

Mais peut-être y avait-il aussi de la sincérité, dans le bon vouloir de certaines de ces vieilles pies ? Sûrement, même, dans celui de la maîtresse de maison, dont le regard usé, mais direct, mais compréhensif, rappelait à Dominique celui de sa grand-mère.

« Tenir bon. Continuer à sourire. » Et, le laps de temps convenable écoulé, sauter sur la première occasion de sortir de ce guêpier.

Un moment après, Madeleine la lui fournit, en s'excusant :

— ... C'est le baïle qui me sert de chauffeur aujourd'hui. Je ne puis le faire attendre trop longtemps. D'autant que j'ai laissé Frédéric à une bonne qui n'est pas habituée à s'occuper de lui...

Avec la même voracité, la horde serra sur cette autre victime, qui prétendait échapper à ses crocs.

Hubert Vernet eût dû accompagner sa femme. Il fallait le gronder. Avait-on idée d'être devenu aussi sauvage ?... En Camargue ? Il y descendait bien souvent. Ces chasseurs... Ne s'ennuyait-elle pas, seule, au mas ?... Il est vrai qu'une femme d'intérieur a toujours tant à faire chez soi.... Et comment se portait son adorable petit garçon ? Les enfants sont une telle compagnie... N'eût-elle pas aimé en avoir d'autres ?

Soulagée de n'être plus sur la sellette, Dominique regardait, non sans compassion, Madeleine passer à son tour par les mains expertes de ces bourrelles.

Elle profita du départ de la jeune femme pour se retirer à sa suite.

Sur la place du village, l'air brumeux et froid, le crépuscule d'un gris rougeâtre qui hésitait à se changer tout à fait en nuit lui procurèrent la sensation d'une compresse sur ses joues brûlantes.

— Ouf ! Sauvées... En voilà pour un moment. Merci, mon Dieu.

Passant son bras sous celui de Madeleine, elle regarda autour de soi :

— Où est ta voiture ? Je ne la vois pas.

— Là-bas, en face. Passé le coin. Rigaud s'est rangé devant le café. Il n'avait rien à faire qu'à m'attendre. Il doit y être. C'est la petite Citroën qui lui sert pour l'exploitation. Tu penses bien que ton oncle ne nous a pas laissé la sienne. D'ailleurs, il ne la laisse conduire à personne, tu le sais.

Mais il descendait à la chasse, avec ses chiens, empruntant les drailles coupées de fondrières, et la sansouïre marécageuse en cette saison, dans cette voiture racée, faite pour la vitesse et le macadam lisse des grandes routes. Et laissait à sa femme, pour tout équipage, une brouette cahotante, bonne pour transporter les légumes au marché.

« Après tout, si elle s'en accommode... »

— Tu n'avais pas l'air très à ton aise, au moment où je suis arrivée. Pauvre petite tante, tu m'as fait pitié. Je parie qu'elles en avaient toutes après toi ?

Fut-ce la réflexion, ou ce rire sonnant si clair, qui éveilla une révolte, peut-être envieuse, dans un cœur tendre que tourmentait la peine de se savoir mal aimé ?

— Après moi ? Non. C'est de toi qu'il était question.

— De moi ?...

Tout à coup, le froid et l'obscurité pénétraient Dominique.

— ... Mais... pourquoi ? balbutia-t-elle. Que pouvaient-elles dire... ?

— Oh !... Bien des choses. Des bêtises, naturellement, dit Madeleine, évasive, regrettant déjà l'impulsion qui l'avait fait parler. Ma pauvre Nique, tu n'imagines pas ce que les gens sont capables d'inventer.

Cruellement, des doigts resserraient sans merci leur étau sur la gorge de la jeune fille.

— Mais encore ? parvint-elle à articuler.

— Eh bien !... — Comme elle regrettait, Madeleine. Comme elle regrettait, à présent, son inconséquence. — Oh ! après tout, mieux vaut que tu le saches. C'est trop bête. Et trop bas. Au moins, une fois avertie, tu pourras te défendre.

Dominique s'était arrêtée.

— Oui ? Qu'est-ce que c'est ? dit-elle, d'une voix sans timbre.

Madeleine eût souhaité lui offrir en même temps, dans un regard, sa franchise, et son affection, pour atténuer le coup. Mais la nuit effaçait leurs visages.

— Voilà : le bruit court que, toi et... — C'était si difficile à dire. — ... et Numa, vous... auriez une intrigue ensemble, acheva-t-elle très vite.

Dominique sentit le vide se faire en elle. Ses genoux pliaient sous le poids de son corps.

« Ils savent. » Tous savaient. Tous daubaient sur eux.

Elle se mordit l'intérieur des joues. Jusqu'à ce qu'un goût de sang lui emplît la bouche.

Madeleine sentait trembler d'une façon spasmodique le bras enlacé au sien.

Impressionnée, honteuse d'elle-même, pleine de remords, elle avança :

— Inutile de dire que je n'en crois rien, ma chérie. Ne va pas te figurer... Mais il va falloir te défendre...

Anéantie, Dominique retira son bras, en silence.

Puis, se remit en marche, serrant son renard autour de son cou d'un geste convulsif.

— Nique... Entends-tu ce que je te dis ?

— Oui, oui...

Inconsciemment, elle pressa le pas, comme si la fuite eût été possible.

Madeleine la suivait, allongeant le sien pour demeurer à son côté.

Dans un élan désespéré pour la convaincre, et briser ce mutisme qu'elle imaginait plein d'une hauteur blessée, elle l'adjura :

— Défends-toi, réagis, fais quelque chose !... Oh ! je t'en prie !... Ne peux-tu t'arranger pour faire taire ces racontars ignobles ?

« Ignobles... » Qu'y avait-il d'ignoble, songeait Dominique, sinon la farce que le sort lui avait jouée ?... « Ignoble... » Une gorgée de salive amère noya un instant le mot. Et ce goût de fer... « non : de sang », qui revenait... Ignobles, Numa, notre amour... ?

Elle sentit glisser des larmes le long de ses narines, et enfouit précipitamment son visage dans la fourrure.

Du moins, Dieu lui faisait-il la charité de sa nuit, et de cette place de village déserte.

Derrière elle, la voix de sa tante continuait à supplier :

— ... Il doit bien y avoir un moyen de les faire taire. Nique, réponds-moi !... Trouve le moyen...

— Ce n'est pas la peine, dit-elle, prise d'une lassitude infinie.

Comme Madeleine se cramponnait à son coude, elle se dégagea, sans la brusquer, et acheva les quelques mètres qui restaient à parcourir jusqu'à l'orée de la place.

Au coin de la rue, la lumière venant du café se reflétait sur une carrosserie.

— Tiens... C'est ça, ta voiture, je suppose ?

Toute la vie du village semblait tenir derrière les vitres embuées où s'agitaient des ombres chinoises, dans un accompagnement de conversations indistinctes et de gros rires.

Partout, des gens qui plaisantaient, qui en déchiraient d'autres, sans savoir, pour le plaisir... Tous ligués. Tous des ennemis, pour quiconque avait son misérable petit morceau de bonheur à préserver.

Dominique s'arrêta en deçà du rectangle blond qui se projetait sur la chaussée.

— Tu devrais faire marcher le klaxon pour appeler ton baïle, suggéra-t-elle, comme s'il n'avait jamais été question de rien d'autre.

— Oui, dit Madeleine, éperdue. Oui, mais... Ecoute, Nique. Tu sais que je t'aime bien. Tu ne peux pas croire que j'aie voulu te causer du chagrin ? Alors ?... Ecoute-moi : je te dis qu'il faut faire quelque chose... Pourquoi n'épouses-tu pas Louis ?... Ou quelqu'un d'autre... Je ne sais pas, moi. Il doit bien y en avoir un qui te plaise ?

Elle demeurait en suspens, reprise d'un espoir qui se défit, comme la réponse tardait.

— Tu ne comprends pas, dit enfin Dominique, sourdement.

— Mais qu'y a-t-il à comprendre ?

Madeleine voulait croire encore à une explication plausible.

Brusquement, devant la mutisme où s'enfermait la jeune fille, elle en entrevit une autre. Si incroyable... Si insensée... Si...

— Mais qu'y a-t-il, Nique ? Dis-le-moi, au nom du ciel ! Qu'est-ce qu'il faut comprendre ?

L'anxiété de cette voix, ses instances, passaient à

des centaines de lieues de Dominique. Harassée, elle n'avait cure de rassurer qui que ce fût.

— Rien.

Madeleine écrasa son poing ganté sur sa bouche, et recula machinalement, considérant ce dos qui se dérobait. Elle vit, comme dans un rêve, sa nièce contourner la voiture, ouvrir la portière, se pencher à l'intérieur.

— Ce n'est pas possible... Mon Dieu ! ce n'est pas possible...

Rien qu'elle n'eût enfin compris, songeait Dominique, avec un curieux sentiment de délivrance, en appuyant de toutes ses forces sur l'avertisseur dont le cri montait, à mesure, envahissant, dans le calme engourdi de la place.

— ... Ils savent ! Je te dis qu'ils savent. Partout où je vais, j'ai l'impression qu'on me dévisage. Tout le monde... Tiens, même à Fontfresque, hier, la postière... Et ce matin quand je suis entrée, en passant, chez Marraine, elle n'était pas comme d'habitude. Gentille, oui. Mais... L'air bizarre. On eût presque cru qu'elle était gênée. C'est comme Maurice, lorsqu'il est venu m'emprunter le tarare...

— Mais non, voyons. Calme-toi. T'ont-ils dit quelque chose qui puisse te laisser croire... ? Non ? Là, là... Tu voix bien.

Numa sentait battre contre le sien le cœur de Dominique, haletant comme celui d'un animal traqué, à bout de source, tandis qu'il s'évertuait à la bercer.

— Là... allons... c'est fini. Ne pleure plus, mon tout petit mien... Ma Niké à moi...

Dans cette capitelle de berger à demi écroulée, cachée dans un désert de friches, où commençait à pétiller un feu de bois mort et de pommes de pins hâtivement récoltés par Numa, ils se sentaient plus en sûreté que partout ailleurs, enlacés sous une couverture.

Et peut-être, pour convaincre Dominique, Numa eût-il su trouver encore des arguments de quelque poids, s'il n'avait eu, la veille, avec son beau-frère, un entretien qui ne lui laissait plus de doute sur le secret que pouvait encore conserver leur liaison.

— Tu aurais pu me prévenir qu'ils s'agissait de Nique, avait dit brutalement Henri Fauvelly.

— Eh là !... Qu'est-ce qui diable a pu te faire croire... ?

Son assurance, si parfaitement simulée, n'avait pas démonté Henri.

— Mon vieux, ne te donne pas la peine... On ne parle pas d'autre chose dans tout Arles. Ce matin, ma mère et ma tante sont descendues à l'étude, m'en rompre les oreilles.

— C'est fantastique !... s'était exclamé Numa, sans avoir à feindre le dégoût dont il éprouvait la nausée. Pour avancer une affirmation pareille, les gens devraient au moins produire des preuves.

— Eh bien ! c'est que, précisément... Jusqu'à ces derniers temps, paraît-il, l'histoire se chuchotait, mais nul ne pouvait en fournir l'ombre d'une. Tout se tenait entre des recoupements et des conjectures. Et sans doute aurait-elle pu faire long feu, pour finir. Seulement, il se trouve que, la semaine dernière, au Mas-des-Gardies, Bardaroux qui arrivait vous a vus sortir de l'hôtel.

— ... Où lui-même venait probablement faire une sieste solitaire ?

L'explosion de fureur avait fait sourire Henri.

— Ça, mon ami... Il est célibataire, lui.

— ... Et discret sur ses bonnes fortunes, comme chacun sait !...

— Raison de plus pour ne pas t'étonner outre mesure qu'il ait pris soin de répandre le bruit de la tienne à son de trompe.

— A la première occasion, je lui casse la gueule.

— Oui ? Bon, très bien. Mais... et après ?

Cette fureur, Numa la sentait de nouveau gronder en lui, chaque fois que lui revenait le souvenir du dialogue, et de la part piteuse qu'il y avait prise.

Qui comprendrait, se demandait-il à cette heure, serrant plus fort Dominique sur sa poitrine, si Henri lui-même, qui, cependant, avait écouté avec gravité ses confidences et ses projets de divorce, prenait maintenant la chose comme une gaudriole, du fait qu'il « s'agissait de Nique » ?

« Nique, tout simplement. » La petite cousine, la « cousinette », comme on disait, au lieu de l'inconnue parée de mystère dont le charme classiquement fatal eût seul, probablement, justifié l'aventure, à ses yeux.

Eût-il fallu d'abord leur rappeler la sagesse, le jugement, le courage, la loyauté, le... Mais c'était la veille, qu'il eût dû commencer à le faire, en face du sourire amusé d'Henri.

Dominique... ce trésor sans prix qu'il avait si peu mérité.

La jeune fille levait vers lui sa figure barbouillée de larmes :

— ... Si nous partions ?

— Déjà ?

— Non. Je veux dire : pour de vrai. Ailleurs. N'importe où. A Paris, si tu veux.

Doucement, tendrement, il entreprit de l'essuyer avec son mouchoir.

— Comment subsisterions-nous ? Mon pauvre

amour, j'y ai pensé. Mais... c'est du mas que je tire mes moyens d'existence. Si je le quitte, où prendrais-je de l'argent ?

« .. Non, attends ! enchaîna-t-il vivement, devant la réaction de Dominique, posant un doigt sur les lèvres que le sel des pleurs avait desséchées. Je sais ce que tu allais dire. Mais ça ne tient pas debout. Crois-tu que je pourrais supporter de vivre à tes crochets ?... D'ailleurs.... Essaie d'abandonner Mogador à la responsabilité d'un salarié, et, si honnête qu'il soit, ton Vigouroux, tu verras, d'ici quelques années, à quoi se réduiront tes revenus.

« Bien sûr. Mais que faire ? » pensait Dominique.

— ... Et, d'autre part, poursuivit-il, peux-tu nous imaginer, tous les deux, ailleurs que sur notre sol ?... A longueur d'années, locataires d'un appartement parisien. Moi, gratte-papier dans un bureau et, toi, courant les soldes des Galeries Lafayette, afin de t'en sortir avec notre budget ? Sais-tu ce qui arriverait ? Que ce soit dans six mois, dans un an, ou dans dix, nous en viendrions immanquablement, un jour, à nous haïr l'un l'autre.

Comme elles sonnaient juste, ces raisons, dans leur cruauté. Dominique se sentait bien obligée de le reconnaître.

— Alors ? — Numa lui sourit avec tristesse. — ... Si je pensais que cela pût encore sauver ta réputation et te rendre à une vie normale, je t'offrirais de nouveau de me quitter. Mais...

— Tais-toi.

Elle lia étroitement ses bras en collier autour de Numa, comme si elle eût espéré l'emprisonner ainsi jusqu'à leur dernière heure de vie.

— ... Je te l'ai dit : jamais je ne te quitterai. Jamais. A moins que tu ne me rejettes... ?

— Ma folle, murmura-t-il, penché sur elle, les yeux brillants d'un tel amour que Dominique oublia tout le reste pour suspendre son existence entière à ce baiser, qui eût dû ne jamais finir.

— Ecoute, reprit Numa, lui parlant de tout près, quand leurs bouches se furent disjointes. Tout ce que nous pouvons faire, puisque nous sommes d'accord, c'est de laisser la vérité éclater pour de bon, au grand jour. Alors, nous affronterons l'opinion ensemble, unis, avec autant de dignité et de courage qu'il nous sera possible. Somme toute, il nous reste l'espoir que, devant le scandale qui va l'atteindre, Alice en vienne finalement à me le concéder, ce divorce.

Et, comme toujours, cela paraissait possible, lorsque c'était lui qui le disait.

— Oh ! si Dieu voulait le permettre !...

Mais les prières ferventes que Dominique osait encore adresser à la divinité dont elle transgressait les commandements devaient être d'une efficacité au moins douteuse. Le bon abbé Bersot eût pu le lui dire, qui ne l'avait pas entendue en confession depuis près de huit mois, et s'étonnait tristement, à chaque rencontre, devant ses faux-fuyants.

Du moins, s'efforçant à la sérénité, quelle que fût, désormais, l'attitude de ses interlocuteurs, en arriva-t-elle à la conviction que, vis-à-vis des siens, la rupture ne serait pas aussi radicale qu'elle ne l'avait craint.

Il ne se passait guère de jour qu'elle n'en reçût un témoignage, parmi les avanies inévitables qu'il lui fallait aussi essuyer.

C'était, d'abord, Antoinette, accourue seule, en cachette :

— J'ai raconté que j'allais à Avignon, et on m'a laissé prendre la voiture. Papa m'avait défendu de te revoir, mais je tenais à venir te dire que je t'approuve, puisque tu l'aimes.

Solennelle, émue, et délicieusement frissonnante de coudoyer ainsi la passion et le péché sous leur forme majuscule, qui se présentaient enfin dans le voisinage immédiat de son propre univers encombré d'amourettes légères.

Et, en même temps, elle examinait furtivement sa cousine, mal convaincue encore que l'héroïne d'un tel roman pût être cette jeune fille si peu hardie, dont le charme sans éclat n'avait jamais dû faire se retourner personne sur son passage.

C'était Elise Royer qui, sur le parvis de l'église, au sortir de la grand'messe du dimanche, devant une foule de bons chrétiens malignement aux aguets, avait pris une position sans équivoque :

— Ma chérie, choisis le jour qui te conviendra pour venir dîner à la maison, cette semaine.

— Mais, Marraine...

— Si, si, nous y tenons absolument, Vincent et moi.

Suffisamment haut pour que ses paroles parvinssent avec netteté à qui voudrait en faire son profit.

C'était, quelques jours après sa petite-fille, l'oncle Constant, qui descendait d'un taxi.

— Voyons, ma petite enfant, raconte-moi ce qui t'arrive. Mais en toute franchise, n'est-ce pas ? Tu sais que tu n'as pas affaire à un justicier, avec moi.

Si bon, si perspicace, que Dominique, en effet, avait fini par se confier à lui, sans rien omettre.

Comme toujours, lorsqu'il était ému, le vieil homme tiraillait les pointes de sa moustache.

— Eh ! oui... eh ! oui...

Près de trois quarts de siècle auparavant, il avait assisté à la même levée en masse des champions de la vertu, prêts à écraser sa sœur sous leurs boucliers. Du moins, son coup de force avait-il apporté à Julia le mariage de son choix. « ... Un bon compagnon et un appui à toute épreuve, six beaux enfants, une vie large, bien remplie, heureuse, tout compte fait, malgré tant de chagrins et de deuils... »

Mais celle-ci, qu'avait-elle à attendre, si la femme légitime refusait de céder la place ?

Le beau, le fringant, le séduisant Numa, l'enfant gâté de la famille et la coqueluche des Arlésiennes, le dandy des années d'avant 14, ne se survivait plus guère que dans les yeux encore éblouis d'une petite fille d'alors. Et, de toute façon, valait-il une telle faillite ?

— ... Ma pauvre petite !

— Pas si pauvre, oncle Constant, quoi que vous puissiez penser.

Sa grand-mère, autrefois, se redressait de la même manière, elle, si petite, lorsque, d'aventure, un imprudent osait s'en prendre à son Rodolphe.

« Et cette enfant — la douceur même — qui tient plutôt de Maman... » songeait encore l'aïeul, cherchant à ressusciter au fond de soi, dans sa blondeur, sa tendresse discrète, le visage de Constance Angellier perdu dans le désert du temps — cette enfant retrouvait d'instinct, pour se targuer de son amour, l'agressivité indomptable, et l'orgueil de Julia qui avait toujours accueilli la pitié comme une insulte.

Quiconque chercherait des raisons de l'absoudre devrait se décider à le faire sans avoir obtenu d'elle un mot de contrition ou de reniement.

— Allons, fillette... Tu n'as jamais pensé que j'allais t'approuver ?... Non, n'est-ce pas ? J'ai pour toi trop d'affection pour ne pas redouter l'avenir que tu te prépares. Mais quant à te jeter la pierre, je ne vois pas comment je le pourrais. A mon âge, on en a trop vu pour vouloir ignorer encore que vivre n'est pas une entreprise facile.

Il n'était que de jeter un coup d'œil, songeait-il, sur cette figure tendue, ces joues pâles, ces yeux fiévreux, qui n'évoquaient guère la joie du cœur.

— ... Ne te chagrine pas à cause de Léon. Tu le connais. Pour le moment, il est très monté. Mais Blanche parviendra bien à le calmer. Quant à Laurent, il était dans la confidence de ma petite équipée d'aujourd'hui. C'est te dire... Peut-être l'as-tu appris, il n'est pas très bien ces temps-ci. Oh ! rien d'autre que sa rechute accoutumée, en cette saison. Et sa femme le soigne admirablement. Dès qu'il sera sur pied, ils viendront te voir ensemble.

Au Cigalier, par contre, c'était Charles Guillermin qui chapitrait Adrienne. Battu en brèche par sa propre sœur.

Emmeline Bresson était, en effet, passée avec armes et bagages dans le camp des tenants de la morale, dès lors que la preuve était devenue patente de « l'inconduite de cette petite hypocrite ». Toute l'ardeur qu'elle avait d'abord mise à la défendre, retournée, se prodiguait à présent en sens inverse, à la mesure de sa déception.

D'autant plus violemment que Louis opposait un mutisme significatif aux commentaires et préférait quitter la table lorsque ses père et mère entamaient le chapitre au repas du soir, pour l'enrichir des détails glanés dans la journée, tant à l'étude qu'en ville.

Gémissante, horrifiée du scandale et des proportions qu'il semblait vouloir prendre, Adrienne, que la notairesse aiguillonnait avec ces mêmes détails, se terrait chez soi :

— Je n'ose plus voir personne...

Et tantôt vitupérait Dominique, tantôt se lamentait

sur elle, selon la plus récente impression qu'avaient laissée dans son esprit le réquisitoire de sa belle-sœur alternant avec le plaidoyer de son mari.

Sous son influence, il arrivait qu'à Saint-Ange, la compassion de Claire oscillât plus ou moins vers le blâme.

— Elle a vu ta tante, aujourd'hui, expliquait sobrement Maurice, lorsqu'il se présentait seul chez Dominique.

« ... Pour passer un moment, disait-il.

Point d'autre allusion à un état de fait dont il avait choisi, une fois pour toutes, de nier l'existence, dans ses rapports avec elle, faute de pouvoir le modifier.

S'il advenait parfois que Dominique insistât, prise du démoniaque besoin de fouiller l'abcès suppurant, il la regardait de travers, avec un demi-sourire assez rêche :

— Claire ?... Eh ! non, que veux-tu ? elle n'a pas voulu venir. Ne t'en occupe pas. Elle est dans ses jours de mauvaise humeur. Ça lui passera.

Depuis belle lurette, on ne l'avait vu témoigner d'une telle assiduité à Mogador. Quotidiennement, il trouvait un prétexte pour faire une apparition.

Mais, lorsqu'il s'y présentait seul, Dominique avait observé l'impatience et la nervosité qu'il laissait percer, bien qu'il parût mettre un point d'honneur à prolonger alors sa visite. Et, certes, elle appréciait à sa valeur le soutien qu'il lui donnait ainsi, tacitement, en composant de son plein gré avec le brandon de discorde latent que devenait leur amitié pour la bonne marche de son ménage tout neuf.

Quoi qu'il en fût, lorsque Claire, repentante, l'y conviait, elle évitait de se rendre à Saint-Ange.

De même qu'à Barbegal, ou chez les Lallier, les du Roveret, les Marquet-Rageac, afin de ne point mettre ceux qui lui conservaient leur affection dans le cas épineux d'avoir à imposer sa présence à quelque commensal peu désireux de continuer à frayer avec elle.

Ainsi mettait-elle au point, non sans tâtonnements parfois douloureux, les règles nécessaires, désormais, pour accorder son existence avec les impératifs et les interdits que lui créait sa situation.

Tandis que Numa, soutenant un combat similaire avec ses proches, bénéficiait pourtant, parmi nombre de leurs relations, de l'étrange indulgence que l'époque réservait aux seules frasques masculines.

Tous deux se communiquaient leurs expériences :

— Ce matin, à Tarascon, j'ai rencontré madame Béraud sur le cours. Elle s'est arrêtée pour me parler. Très gentiment. Comme si de rien n'était. Sauf qu'elle ne m'a pas invitée à aller la voir, cette fois. Mais madame Pouzol et madame Crégut, qui sortaient de l'épicerie comme j'y entrais, ont fait semblant de ne pas me voir.

— Moi, c'est la tante d'Henri, leur sacré bon Dieu de tante à héritage, qui ne m'a pas rendu mon salut et m'a tourné le dos, carrément, à la sortie de Saint-Trophime. Du reste, Agnès prétend que toute sa belle-famille la boude.

Il hochait la tête avec rancune.

— ... Entre ma mère et elle (et ne parlons pas d'Alice !) je t'assure que *lou tèms es bregous* [1], dans la maison. Depuis que Lucien est parti pour le service, les repas deviennent mortels. J'ai renoncé à prononcer ton nom, pour l'instant, par égard pour mon père. Et je le regrette bien. C'était mon seul plaisir de le leur lancer à la face, de temps en temps, lorsque j'en trouvais l'occasion, et de les voir rétrécir leur bouche comme si je

1. Le temps fait la grimace (locution locale).

leur avais fait goûter à l'éponge de fiel... Mais Père est trop chic avec moi pour que j'ajoute encore à ses ennuis. Pas plus tard qu'hier soir, nous avons eu dix minutes de conversation à cœur ouvert, d'homme à homme. Tu sais, notre histoire le désole autant pour toi que pour moi. Il comprend très bien. Et il admettrait sans difficultés le divorce, si c'était faisable. Mais Mère le talonne et pousse les hauts cris chaque fois qu'il se risque à lui en parler. Il n'y a que pour Alice qu'elle se met en frais. Positivement, elle lui fait la cour. Elle aurait sans doute toléré sans broncher de me voir tomber dans une noce crapuleuse avec les pires putains d'Arles et de Nîmes, pourvu que les convenances soient sauves. Mais que j'introduise le scandale au sein de la famille, ça, ça la dépasse. Ma pauvre Niké, je crois que jamais elle ne nous le pardonnera.

Quant à la grand-mère Cabanis, c'était simple : elle allait refaire son testament au profit d'Agnès et de Lucien.

— ... Il paraît qu'elle a dit : « *Après un pareil scandale, qu'on ne me parle plus jamais de Numa.* »

« Le scandale... le scandale... » Il semblait à Dominique qu'elle n'entendait plus que ce mot-là. Et, parfois, la nuit, éveillée, elle l'écoutait résonner à l'intérieur de sa tête.

Mais à présent, il arrivait aussi des lettres.

L'une, de Marguerite, disait :

« *Qu'est-ce qui se passe, Nique ? On t'accuse de tous les péchés. Tout cela me paraît fou et je me refuse à en tenir compte, tant que tu ne m'auras pas écrit toi-même ce que j'en dois croire.* »

Précisant, dans un premier post-scriptum :

« *C'est aussi l'avis de Maman. Et celui de Jean, cela va sans dire.* »

Et dans un second :

« *Et aussi celui de Caroline Vernet, qui sort à l'instant de chez moi. Le cousin Georges et elle pensent qu'il y a certainement à boire et à manger, dans toute cette affaire. Beaucoup plus qu'on ne veut nous le dire. Et, au fond, jusqu'à preuve du contraire et quoi qu'en dise Laure, il semble que tu sois plutôt la victime, là-dedans.* »

Numa, qui avait insisté pour la lire, s'égratigna avec le terme. Et, tout le reste de l'après-midi, n'appela plus Dominique autrement que : « ma petite victime. »

Mais la prose d'Anne le fit sourire :

« *Mon chou, je suis hors de moi, et Gaspard aussi. Nous avons reçu des nouvelles de ma belle-mère qui nous raconte une chose si extravagante, si monstrueuse, si incroyable...* »

— Ma parole, madame de Sévigné s'est réincarnée dans ta sœur.

En bref, Anne exigeait un démenti formel, authentifié par un départ immédiat pour un séjour de six mois — ... Au moins ! railla Numa — à Washington, où Gaspard se faisait fort de la marier « *en cinq sec* ».

Et quelqu'un — qui pouvait-ce être ? — avait eu le bon goût d'informer Isabelle, dans son monastère. Isabelle, qui se contentait d'écrire :

« *Je suis en peine pour toi, sœurette, et je prie Dieu sans cesse pour qu'Il t'accorde du secours. Prie-Le avec moi. Et viens, si tu le peux, me dire ce qu'il en est.* »

Mais la réaction dont s'inquiétait le plus Dominique était celle qu'allait avoir son oncle.

Il éternisait son séjour en Camargue. Et peut-être que, là-bas, les cols-verts et les cacharels, dans leurs roseaux, n'avaient pas encore entendu parler des amours de Numa et de Dominique. Non plus que Max et Francine Roche, chez qui, disait volontiers l'oncle

Hubert, mesquineries et cancans se voyaient seuls refuser l'hospitalité.

Pourtant, ce délai de grâce ne faisait qu'exacerber les appréhensions de la jeune fille.

« Lorsqu'il va savoir... »

Elle ne pouvait évoquer sans frémir l'instant où se déchaînerait sur sa tête l'une des colères, rares, mais réputées terribles, de cet homme avare de paroles autant que de sourires, auprès de qui, jamais, elle ne s'était sentie tout à fait à son aise, bien qu'il se montrât avec elle sous son meilleur jour, aussi patient et affectueux qu'il devait pouvoir l'être.

— Je voudrais qu'il vienne. Qu'il me dise tout ce qu'il jugera bon, si impitoyable qu'il puisse se montrer. Cela me démoralise complètement de m'y préparer chaque jour, en me demandant quand et comment ce sera... Même s'il devait me battre, je préférerais encore que ce soit tout de suite.

— Te battre, mon minet, comme tu y vas !... Voyons, tu es majeure, et libre de disposer de ta personne, lui rappelait Numa. D'ailleurs, ajoutait-il, je ne vois pas bien Hubert Vernet en train de te faire de la morale.

Son assurance laissait Dominique incrédule.

— Pourquoi ? Qu'est-ce qui l'en empêcherait ?

Ce cercle infranchissable, autour d'Hubert, que chacun concourait à tracer avec des allusions sibyllines, l'intriguait assez pour l'arracher un instant à sa hantise.

— ... Tu crois qu'il trompe sa femme ?

Numa s'esclaffa de cette naïveté.

Puis, devant son air morfondu, redevint sérieux.

— Non... Non, en réalité, je crois qu'il a dépassé ce stade. Trompée, la pauvre Madeleine l'était déjà, autant qu'on a jamais pu l'être, avant même qu'il ne l'eût épousée. Je le soupçonne plutôt d'oublier tout simplement, de temps en temps, qu'elle existe.

Et, en somme, se disait Dominique, rebroussée sans oser le montrer, Numa paraissait trouver le fait presque normal.

— Mais enfin... Elle est jolie, charmante. Elle n'a guère que la trentaine, tout au plus. Et il n'était pas forcé de la prendre, lui, j'imagine ?

Numa s'assombrit.

— Non, lui n'était pas forcé... Il n'en reste pas moins, conclut-il, après quelques secondes de méditations moroses, que la vie conjugale de Madeleine est assez comparable à celle que je fais mener à Alice. Pire, même, à mon avis. Et personne n'en fait un drame. Pas même elle... Je l'aime beaucoup, ta tante Madeleine.

— Moi aussi, je l'aime.

Mais elle n'aimait pas du tout, son oncle l'eût-il cent fois mérité, l'entendre condamner de cette manière légère et tranchante, fût-ce par Numa.

Ce qui ne l'empêcha point d'éprouver une bouffée de vertige, suivie d'un désespoir qui se teintait d'une rancœur presque haineuse, lorsque, tournant la tête au bruit de la porte brusquement repoussée, elle vit Hubert, debout sur le seuil de la salle à manger qu'il barrait de sa carrure.

— Oncle Hubert !... Mais... mais comment... On ne vous a pas entendu arriver...

En se levant, elle renversa sa chaise, que Victor, dans sa stupeur, ne pensa pas à redresser.

— Monsieur Hubert veut déjeuner ? demanda celui-ci, dès qu'il put retrouver sa présence d'esprit.

— Merci, c'est fait.

Ignorant l'accueil empressé du vieux serviteur, il lança à Dominique :

— J'ai à te parler. Sortons.

Victor prit la serviette des mains de sa jeune maîtresse, avec un air qui en disait long sur l'offense qu'il venait de recevoir, et entreprit de desservir, dorénavant sourd et aveugle avec ostentation.

Dans le vestibule, l'oncle regarda sa nièce enfiler son manteau, sans paraître songer à lui offrir son aide.

— Vous êtes rentré depuis longtemps, des Iscles ? demanda-t-elle, pour meubler le silence qui devenait intolérable.

La question était tout juste intelligible, tant la panique lui embrouillait la langue.

Hubert la contemplait, planté à quelques pas, ses maxillaires agités d'un tic.

— Tout à l'heure, dit-il enfin brièvement.

Sa poigne dure vint se refermer sur l'épaule de la jeune fille :

— ... Viens. Dépêchons.

Le gel transparent de ce début d'après-midi la saisit, malgré le soleil, lui appliquant sur la figure et le crâne un casque derrière lequel, soudain, elle eut l'illusion de se trouver moins exposée.

— Mais, vous... vous avez déjà vu tante Madeleine ? Ou bien ?...

— Oui, je l'ai vue.

Dominique demeura muette.

Ce fut lui qui reprit :

— ... Elle m'a mis au courant des nouvelles ; et je suis remonté en voiture pour venir ici.

Il l'avait entraînée entre les noisetiers où pendaient encore quelques feuilles rouges, et longeait à grands pas le bord de la pelouse, sans relâcher la pression qui la maintenait prisonnière.

« Prisonnière... » le mot battait les tempes de Dominique, tandis qu'elle luttait contre son désarroi, sans parvenir à rattraper les idées qui la fuyaient de toute part. Vide et déserte, soudain, en face de l'épreuve.

Devant son mutisme persistant, Hubert attaqua, cette fois, droit au but :

— ... Tu sais pourquoi ?

Trop bouleversée pour chercher à mentir, elle fit signe que oui.

Son oncle s'arrêta net, au milieu du chemin, pour la dévisager.

— Et... tu ne nies rien ?

Comme elle se tenait devant lui, immobile, les yeux fuyants, il lui prit le menton sans douceur, pour l'obliger à relever la tête :

— ... Regarde-moi et réponds. C'est vrai, ce qu'on m'a dit ?

Elle obéit et posa ses prunelles dilatées et fixes sur celles d'Hubert dont la noirceur luisait d'un reflet rouge.

Puis, derechef, acquiesça d'un signe.

La brutalité du geste qu'il fit pour la repousser la laissa vacillante.

— ... Numa. Avec Numa !... Et c'est pour lui que tu as refusé Louis Bresson ?

La voix, froide et coupante, libéra tout à coup, dans un éclat, la fureur d'Hubert :

— ... Mais parle donc, nom de Dieu !... Dis quelque chose !...

L'échine parcourue de frissons, la jeune fille parvint à articuler très bas :

— Que puis-je vous dire ?

De nouveau, il l'examina, comme s'il ne parvenait pas à découvrir un rapport entre ce visage et ce qu'il venait d'apprendre.

Les veines saillaient sur son front, à tel point que Dominique, une seconde, voyant l'afflux de sang lui empourprer la face, cessa d'avoir peur pour son propre compte.

— Oncle Hubert, vous... je... Oh ! non, vous n'allez pas...

Rauque, énorme, le bruit de la respiration d'Hubert emplissait tout l'espace.

Terrifiée, elle porta la main à sa bouche, et la mordit, sans savoir ce qu'elle faisait.

Hubert fermait les yeux, toute sa volonté bandée contre la houle qu'il sentait s'enfler en lui. La sueur s'amassait dans ses orbites. Il arracha l'un de ses gants pour appliquer sur ses paupières le creux de sa paume. Jusqu'à ce qu'il sentît le bienfait d'une détente.

Dominique continuait à le fixer, prise dans une sorte de fascination.

— Viens, gronda-t-il, plus calme, cependant. Ne restons pas ici en vue. Toute la maisonnée doit nous surveiller derrière les rideaux.

Elle se remit docilement en marche à ses côtés.

Lorsqu'ils atteignirent le sous-bois, Hubert s'effaça, à l'orée de l'étroite sente qui s'en allait parmi les troncs noirs dépouillés et les massifs de lauriers-tins.

— Passe devant.

Dans son dos, tandis qu'elle avançait sans oser se retourner, elle l'entendait arracher avec rage, aux basses branches, des brindilles qu'il cassait entre ses doigts.

En débouchant dans le salon de verdure, veuf, pour l'hiver, de son mobilier de rotin, il avisa, au centre de la clairière, la margelle de la vieille noria depuis longtemps hors d'usage, dont la rouille achevait de ronger les godets.

— Tiens, assieds-toi un instant.

Sa nièce lui jeta un coup d'œil étonné. La saison, ni l'endroit, n'étaient guère propices. Lui-même ne sentait-il pas le froid pénétrant qui montait de la terre toujours un peu humide, sous ces arbres ?

Sans paraître y songer, il s'assit auprès d'elle.

— Enfin, me diras-tu ?... Pourquoi Numa ?... Pourquoi ? Quel délire t'a prise ? Peux-tu me l'expliquer ?

La jeune fille rassembla son courage :

— C'est que je l'aime.

Nouant sur son genou ses mains agitées d'un tremblement, elle s'affermit :

— ... Je l'aime, oncle Hubert. Ce n'est pas ma faute. Je n'y puis rien. Je l'ai toujours aimé, aussi loin que je me rappelle...

A son tour, Hubert demeura silencieux, écoutant à l'intérieur de son cerveau la résonance trop connue d'arguments semblables que, lui aussi, s'était souvent répétés autrefois.

Et Dominique, n'osant poursuivre, se demandait s'il l'avait seulement entendue.

— Mais, ma pauvre petite, dit-il enfin, dans un effort immense pour revenir à ce présent qui se détachait de lui, avec le rôle qu'il avait à y jouer... Ma pauvre petite, il n'est pas pour toi, tu le sais bien. Il est marié. Il a une femme, un fils... des devoirs envers eux...

Dominique se tordait les phalanges.

Désespérément, elle se plaignit :

— Vous croyez donc qu'on est libre d'aimer seulement lorsque c'est permis ?

Le trait aveugle atteignit Hubert en plein cœur.

Et, brusquement, à ce jour glacé et pâle de décembre, s'en substitua un autre, qui l'avait vu, égaré, suppliant, aux pieds de la jeune femme brune assise à cette même place où se tenait sa fille. Un jour sur son déclin, tiède, parfumé de l'odeur des roses et des tilleuls... Une robe crème, une ombrelle et des mitaines de dentelle... « Oh ! Ludivine... Ludivine... quand cesserez-vous ?... »

— Non. C'est vrai, reconnut-il, très bas.

« C'est ce soir-là... » que tout avait réellement commencé, avec l'aveu qu'il n'avait pu retenir plus longtemps. « ...En 1902... le premier juin. »

Il pouvait situer la date exacte, à cause de cette misérable paix conclue, là-bas, au Transvaal, dont il venait d'apprendre la signature. « Je suis parti pour rien. J'ai combattu pour rien. J'ai souffert pour rien, aimé pour rien, perdu pour rien mon existence entière. »

Et voilà que celle-ci, à présent...

Savait-elle ce qui l'attendait ?

Lorsqu'il releva sa tête enfouie entre ses mains, Hubert s'aperçut que sa nièce claquait des dents.

— Mais tu as froid ? — Il se leva et la prit par l'épaule. — Tu aurais dû me le dire. Rentrons, va.

Le manteau de la jeune fille, dont il lâchait machinalement l'étoffe, et l'écharpe de soie qu'elle avait jetée sur ses cheveux, n'offraient aucune protection comparable à celle de ses vêtements fourrés de chasseur.

— Viens vite, dit-il encore, pris de remords, la ramenant contre son flanc. Tomber malade n'arrangerait rien. Serre-toi contre moi.

Ils coururent, de front, dans le sentier, Dominique trébuchante, les pieds gourds, jusqu'à ce que le souffle manquant à Hubert les contraignît à ralentir.

— Ça va mieux ? Tu te réchauffes ?

— Oui, oui, ne vous inquiétez pas, le rassura-t-elle, sans même songer à se servir de l'arme qu'il lui fournissait pour se défendre, trop heureuse de le voir s'humaniser.

La peur qu'elle avait ressentie la quittait, en même temps que ce froid glacial se retirait de ses os.

Comme Hubert ne semblait pas vouloir lui retirer

son bras, bien qu'ils fussent au large, à présent, dans l'allée, elle s'enhardit, au bout d'un moment, à demander timidement :

— Oncle Hubert... est-ce que... vous voulez bien me pardonner ?

Il respira avec force.

— Te pardonner ? Ma pauvre petite !... Il est bien question de ça. Si seulement je voyais un moyen de te tirer d'affaire...

— Tout à l'heure, murmura-t-elle, vous m'avez tellement effrayée...

— Tout à l'heure... Quand je suis arrivé ? — Il réfléchit. — Parbleu ! Mais c'est Numa que j'aurais dû voir d'abord ! C'est lui qui a des comptes à me rendre !...

La fureur lui revenait.

Dominique sentit se raidir les muscles du bras dont il l'entourait. Et retrouva son angoisse.

— Vous n'allez pas ?...

— Ma foi, si. Et tout de suite. Ça me fera du bien, de trouver le responsable au bout de mes poings !

— Non ! — Pour mieux lui tenir tête, elle se dégagea, avec brusquerie. — Vous ne pouvez pas, ce n'est pas possible... Je ne veux pas !... Responsable, je le suis autant que lui. Plus que lui. Ce n'est pas lui qui a voulu, c'est moi... Moi, moi, moi ! Entendez-vous ?... Si vous allez là-bas, vous rendrez tout encore pire, pour nous deux. Mais vous ne nous séparerez pas !... Personne ne nous séparera. Personne !... Personne !

— Tais-toi, mon petit ! Allons, tais-toi... Ne crie pas, l'exhortait Hubert, débordé, annihilé par cette explosion imprévue qui tendait à se résoudre en crise de nerfs.

— Promettez que vous n'irez pas ! Promettez, ou je...

Il prit et enferma dans les siennes les deux mains violacées qui se cramponnaient, griffant le cuir de son paletot.

— Mais j'ai à te défendre, moi, tête de mule !... Quoi que tu fasses, tu es la fille de mon frère, et...

« Frédéric... » dont il se fût sans scrupules approprié la femme, si elle avait agréé son amour.

Et de quel droit, maintenant, osait-il se poser en défenseur de l'ordre établi ? « Ridicule. » Il imaginait le sourire goguenard de son aîné. « *Toi ?... Non ? c'est toi, qui ?...* »

Dominique et Numa n'avaient rien fait qu'il n'eût été prêt à faire, dix-huit ans plus tôt, fou de bonheur, sans nul souci des conséquences.

C'en était fini du sursaut qui l'avait poussé jusqu'à Mogador. Il savait que jamais plus, désormais, il ne retrouverait en soi suffisamment d'inconscience pour s'interposer avec quelque autorité entre ces deux-là.

— Vous ne me défendez pas de cette façon, ou vous me réduirez au désespoir, s'obstinait Dominique, entre ses sanglots.

— C'est bon, céda-t-il. Je n'irai pas. Tu as gagné. Finis de pleurer.

La marée de violence qui se retirait de lui lança encore une courte vague :

— Mais, bon Dieu ! s'il t'aimait, il n'avait qu'à t'épouser. C'était simple. Au lieu d'aller chercher cette malheureuse fille...

Dominique reniflait et se tamponnait les paupières.

— Bien sûr, c'était simple. Seulement... Cette malheureuse fille, comme vous dites, s'est débrouillée pour ne pas lui laisser le choix, acheva-t-elle avec âpreté.

Hubert siffla longuement.

— Ah ! bien... C'est donc cela.

Il reprit l'examen des faits, en y appliquant la clé que venait de lui livrer la jeune fille.

— ... Evidemment... Et maintenant ? Elle tient quand même à le garder ?

— Oh ! dit Dominique, forçant sur la note optimiste, nous avons bon espoir d'en venir à bout.

Hubert hocha la tête, machinalement, tandis que les suites prévisibles de la situation se présentaient à son esprit, infiniment plus douteuses que sa nièce ne semblait le croire.

— Je le souhaite, ma pauvre petite. Mais... — Il enfonça ses poings fermés dans ses poches. — ... Dis tout de même à ton Numa qu'il évite de me rencontrer.

## 5

Les fêtes de Noël approchaient. Mais, cette année-là, Dominique devrait les passer seule, à Mogador, éloignée des réunions de famille, où sa présence était partout indésirable.

Pour la consoler, Numa décida :

— Je t'emmène passer quarante-huit heures à Marseille. Fais ta valise, et rejoins-moi après-demain matin à Salon. Nous y laisserons ta voiture dans un garage où tu la reprendras au retour.

Leur Noël, ils l'auraient bien à eux. Avec un peu d'avance, voilà tout.

Deux jours, deux nuits, où ils furent ensemble un vrai couple : monsieur et madame Numa Vernet. Partout, et même sur le registre de l'Hôtel de la Corniche, où ils étaient descendus.

Deux jours de flâneries sur la Canebière, au Pharo, à la Pointe Rouge, au pont transbordeur, dans les boutiques élégantes de la rue Saint-Ferréol, parmi les éventaires de fleurs du cours Saint-Louis où Numa fit une razzia, et ceux de coquillages des écaillères du Vieux-Port. Amusés de tout, heureux de tout, du tête-à-tête dans les restaurants, du funiculaire de Notre-Dame-de-la-Garde, des grands cargos amarrés aux môles de l'Estaque, de la traversée quasi solitaire jusqu'au Château d'If, de la soirée à l'Alcazar, du cri des mouettes et du chant de la mer qui battait les rochers sous les fenêtres de leur chambre.

Deux matinées remplies à ras bord de soleil, dans le désordre d'une intimité partagée, avec son cortège de petites joies merveilleuses que Dominique avait ignorées jusque-là.

C'était Numa, assis sur le bord du lit, dévorant à mesure les tartines qu'elle lui beurrait, bien calée par les oreillers, le plateau du déjeuner sur les genoux. Numa, en robe de chambre, sifflotant le refrain entendu la veille au concert, dans ses allées et venues entre l'armoire et la salle de bains.

Numa, fouillant dans la garde-robe qu'elle avait apportée :

— Tiens, mets donc plutôt ce tailleur.

Usant, aussi bien, de son nécessaire de toilette, et lui prenant sa lime, ses peignes.

Et décidant tout à coup, alors qu'elle commençait à se brosser les cheveux :

— Donne. C'est moi qui vais le faire. Tu vas voir si je ne remplace pas, haut la main, ta femme de chambre.

Numa clignant des yeux, et prenant du recul, gravement, pour mieux juger du chapeau qu'elle essayait chez la modiste en vogue. Et lui offrant une écharpe de mousseline aux tons délicats, un sac au fermoir d'or, précieusement brodé au petit point, en montre dans une luxueuse vitrine, un bracelet d'un travail ancien, orné de béryls, découvert chez un antiquaire du quai de Rive-Neuve :

— Laisse, que je t'enchaîne, avait-il dit en riant.

Et deux longues nuits pleines, où le plaisir et la tendresse trouvaient enfin le loisir de s'accorder, sans que le souci de l'heure et de la séparation vînt se mettre à la traverse. Isolés du monde, évadés du temps qui passe, bercés par le ressac des vagues.

Mais, au matin du second jour, déjà, l'heure approchait de refaire la mallette de voyage.

A midi, ils retournèrent au restaurant où ils étaient entrés prendre leur premier repas, comme pour s'inventer des habitudes. Le temps était le même, vif et bleu, de l'autre côté de la vitre, où la même marchande proposait ses moules, ses oursins, ses huîtres et ses violets, sur des chevelures de varech. La cuisine était aussi bonne, le vin chambré avec autant de soin.

Leur gaieté seule n'était plus là, malgré les efforts qu'ils faisaient tour à tour pour reprendre une plaisanterie ou rappeler une circonstance qui les avaient divertis.

— Nous reviendrons, dit Numa.

— Bien sûr, dit Dominique.

Mais ils ne savaient pas combien de temps s'écoulerait avant qu'ils n'eussent de nouveau la possibilité d'une autre escapade semblable.

Sur la route, entre Marseille et Salon, Numa conduisit au ralenti, un bras passé autour de la taille de Dominique.

Il avait pris par le chemin le plus long, qui suit l'étang de Berre.

— Tu vois, nous n'avons pas encore tout à fait quitté la mer. Regarde donc, comme c'est beau, par ici.

Mais les bornes kilométriques et les poteaux indicateurs se dressaient contre eux, réduisant sans merci, de l'un à l'autre, la courte marge qui leur restait. Et, déjà, ils étaient aux portes de Salon.

Ils descendirent l'allée en pente du tour de ville, revirent la fontaine moussue pareille à un gigantesque champignon de contes de fées, comique et charmante. Et, si lentement que ce fût, atteignirent malgré tout le garage où Dominique avait remisé son cabriolet, des siècles et si peu de temps auparavant.

Leur route se scindait. Numa regagnait la Camargue, en passant par Raphèle, tandis que Dominique, qui eût pu le suivre jusqu'à Arles, prendrait, par prudence, le détour de Maussane, pour rentrer à Fontfresque.

— Ma Niké, ne sois pas triste. Je te retrouve dès demain après-midi. Et nous avons eu, tout de même, deux belles journées, non ?

— Oui, dit-elle, la voix étranglée de larmes contenues, tout en essayant de lui sourire. Oui, mon chéri, magnifiques. Les plus magnifiques que j'aie jamais pu vivre.

— Et nous en aurons d'autres... beaucoup d'autres pareilles. Tu verras.

Il l'embrassa, la mit en voiture, l'embrassa de nouveau...

— A demain, mon amour.

... Et se retourna encore pour lui dédier à distance, du bord des lèvres, un autre baiser.

Puis, monta dans la Voisin et démarra, pressé de traverser la Crau avant la nuit.

« *A demain...* » Mais, ce soir, elle s'endormirait seule.

Cependant, à rouler longtemps sur la route assez déserte, Dominique se reprit à évoquer ces deux jours d'un si grand bonheur, que le sort venait de lui accorder. Et s'estima ingrate.

En arrivant, elle avait retrouvé le goût de sa joie.

Mogador avait reçu, la veille, la visite de Laurent et d'Henriette.

— Ils ont dit qu'ils regrettaient bien de ne pas trouver Mademoiselle. Surtout qu'ils ne savaient pas quand ils pourraient revenir, lui transmit un Victor particulièrement gourmé. Monsieur Maurice est passé aussi. Tous les jours.

Cela n'en faisait jamais que deux, à la connaissance de Dominique. Mais Victor semblait avoir décompté autrement le temps de cette absence de sa jeune maîtresse.

Mathilde aussi, arborait un air orageux, tout en défaisant la valise.

Elle se contenta de pincer sa bouche, lorsque Dominique tira du carton, pour s'en coiffer devant la glace, la toque de velours au drapé savant, choisie par Numa.

— Il ne te plaît pas mon chapeau ?

— Oh ! moi, pecaïre !... grogna-t-elle sans se laisser amadouer, en s'esquivant vers la penderie.

Au dîner, la figure compassée de Victor, servie au-dessus des plats qu'il lui présentait, eût coupé l'entrain et l'appétit à plus endurci que la jeune fille.

De toute évidence, la maisonnée ne lui pardonnait pas cette fugue sans nécessité apparente. On avait résolu de la lui faire expier.

*Habakuk* et *Nahum,* seuls, la gratifièrent d'un accueil chaleureusement exempt de rancune.

— Eux aussi, ils ont traîné dehors tout hier, et jusqu'à ce matin, remarqua Victor.

Etablissant ainsi leur solidarité avec elle dans le dévergondage, pensa Dominique, avec ironie, tout en s'abstenant de relever le rapprochement.

Si ses serviteurs voulaient la bouder, elle ignorerait le manège, bien décidée, de son côté, à laisser la soirée s'achever sans leur procurer la satisfaction de la voir s'en montrer chagrine.

Ou sinon, pensait-elle, ce serait alimenter la tyrannie que leur attachement possessif n'avait que trop tendance à vouloir instaurer à Mogador.

Mais le lendemain, lorsqu'elle descendit pour le petit déjeuner, agacée de n'avoir pu dérider Mathilde tout au long de la demi-heure qu'avait duré sa toilette, elle retrouva Victor ferme sur ses positions, et figé dans la même attitude offensée et douloureuse. A croire, se dit-elle, qu'il avait omis de la quitter pour dormir.

A l'office, où elle pénétra vers la fin de la matinée, après sa tournée d'inspection sur les terres, Berthe avait mis son masque de Gorgone le plus réussi, dont sa fidèle Eugénie présentait un décalque facilement reconnaissable, bien que d'un trait sans vigueur.

Dominique acheva tant bien que mal l'entretien, où elle se trouvait seule à tenir normalement sa partie.

Puis, excédée par la continuité de ce mur hostile auquel elle se heurtait en vain, incapable de faire plus longtemps parade d'indifférence, elle remonta dans sa chambre où, généralement, à cette heure-là, Mathilde achevait sans hâte l'astiquage des cuivres de la salle de bains, en attendant son retour.

Se jetant avec humeur sur le canapé, elle appela :

— Tu es là ? Viens un instant, veux-tu ?

Mathilde parut dans l'encadrement de la porte, un torchon sous le bras, le bidon de *Miror* à la main et la hargne sur la figure.

— Je vous aide à enlever vos bottes ?

— Non... Oui... Enfin : tout à l'heure. Pour l'instant, viens donc un peu ici, t'expliquer avec moi.

Elle la regarda s'avancer, visiblement à regret, éléphantine et maussade ; et se planter à bonne distance.

— ... Enfin, qu'y a-t-il ? Pourquoi me faites-vous cette figure, toi et les autres ?... Vais-je devoir vous demander la permission à tous, maintenant, chaque fois que je voudrais m'absenter ?...Dis ?

L'apostrophe semblait avoir décontenancé Mathilde.

— Non, ça... sûr que... Sûr que vous pouvez vous en aller prendre du bon temps quand c'est que vous en avez envie... C'est pas ça qui...

Elle s'arrêta court, dans un embarras extrême. Et se détourna en roulant les épaules.

Sa maîtresse la considérait avec étonnement.

— Ce n'est pas cela ? Mais alors, qu'est-ce ?... Non, ne te sauve pas, je te prie. Pose tes affaires sur cette table et viens plus près.

De sa main libre, Mathilde froissait le pan de son tablier entre ses doigts boudinés par les lessives, et contemplait les dessins du tapis avec obstination, peu soucieuse d'obtempérer à l'invite.

— Allons, approche, insista Dominique.

Lorsqu'elle l'eut à sa portée, elle allongea la main, lui happa le poignet et, l'attirant à soi, d'une secousse, la contraignit à s'asseoir à son côté.

— Qu'est-ce que c'est ? Je veux que tu me le dises.

Sa vieille bonne faisait à présent piteuse mine.

— C'est... c'est le garçon de l'épicier qui a livré la commande hier...

La jeune fille haussa les sourcils. Puis, la voyant en suspens, l'éperonna :

— Eh ! bien, alors ?... Qu'a-t-il fait ce garçon ?... Il n'a pas apporté ce qu'attendait Berthe ?

— Si, sûrement... C'est pas ça, mais...

— Mais quoi ?

Son anxiété flagrante gagnait Dominique.

— Vas-tu me le dire, à la fin ?

— Hé bé... il... Mais pourquoi vous allez pas le demander à Berthe ?

— Non. C'est de toi que je veux l'entendre, dit durement Dominique, l'examinant avec attention.

— Il avait eu froid, pour venir, qu'il disait. Alors, elle lui a payé la goutte. Et, le temps de la boire, il est resté un moment à parler. Et alors...

— Et alors ?...

— Ben, il nous a raconté des choses...

Elle hésitait encore. Puis, tout d'un coup, baissant la tête, se décida :

— ... Des choses pas trop belles qu'on dit sur vous... Et que ça nous a pas fait trop plaisir de les entendre, vous pouvez croire !

L'ourlet de son tablier n'était plus qu'une sorte de tuyau en accordéon, dans lequel Dominique, comme fascinée, la regardait maintenant pousser son index.

« Eux aussi... » Et, certes, les détails qu'on leur avait fournis, quels qu'ils fussent, ne semblaient pas avoir laissé place au moindre doute.

La malveillance avait donc eu raison de ce dernier rempart que dressait sa propre maison autour de Dominique. Parmi les coups qui l'avaient atteinte, celui-là, auquel jamais elle n'avait arrêté ses craintes, se révélait l'un des plus cruels.

Consciente de l'épaisseur que prenait le silence entre elles, la jeune fille rassembla toute sa dignité pour y faire face, et trouver la réponse que Mathilde devait attendre.

Afin de rencontrer son regard qui se dérobait, elle la prit par l'épaule et la fit pivoter.

— Ecoute-moi bien. Quoi qu'on ait pu vous dire, je ne veux pas en discuter. Dis-toi seulement que ceux qui répandent ces bruits parlent, parlent, parlent... sans rien connaître des faits, ni des circonstances. Aucun d'eux n'a qualité pour me juger, et je ne leur en reconnais pas le droit.

Mathilde accompagnait les paroles qu'elle entendait d'un hochement de tête dont la signification, quelle qu'elle pût être, échappait à Dominique.

Au bout d'un instant, son parti arrêté, celle-ci reprit, la bouche sèche :

— Tu peux le répéter de ma part à Berthe et aux autres. Ceci posé, si vous étiez d'un avis contraire, mieux vaudrait nous séparer. Réfléchissez-y. La décision vous appartient. Vous pouvez la prendre en toute liberté : même si vous choisissez de me quitter, Berthe et Victor auront leur retraite convenablement assurée ; et toi-même, Eugénie et Gustave, recevrez une indemnité en rapport avec tout ce que je dois à votre affection et à votre dévouement.

— Ma pichote !... — Mathilde attachait à présent sur elle un œil affolé. — Mais où c'est que j'irai, s'il me faut en aller ? J'ai que vous, moi !

Impulsivement, Dominique se jeta à son cou :

— Et moi ? Crois-tu que j'aimerais te perdre, grosse bête ?

Dans leur émotion réciproque, aucune ne savait plus laquelle cajolait l'autre.

Dominique fut la première à se ressaisir.

— ... Mais pense à ce que je t'ai dit. Et redis-le-leur à tous. Que vous restiez, comme je le souhaite, ou que vous préfériez partir, il faut que ce soit en connaissance de cause. Comprends-tu ?

— Oui, grogna Mathilde sans enthousiasme, tout en s'essuyant les yeux.

Cette mission plénipotentiaire paraissait lui peser. Mais Dominique ne voulut pas s'en apercevoir.

— Maintenant, aide-moi à me changer. Ensuite, tu

descendras les trouver. D'une manière ou d'une autre, je tiens à ce que cela se règle rapidement.

Le repas de midi allait constituer une pierre de touche. Dominique se prépara à l'affronter, en méditant les termes de sa réponse à la lettre d'Anne, demeurée en instance dans son buvard.

Mais les mots la fuyaient ; et son esprit revenait continuellement à la discussion qui devait se dérouler en bas, à l'office.

La réprobation de ses serviteurs, bizarrement, la fouaillait davantage que celle de sa sœur.

N'avait-elle pas eu tort d'envoyer Mathilde leur porter cette espèce d'ultimatum ? N'eût-il pas mieux valu se montrer plus diplomate ?... Mais à quoi bon tenter de les rassurer, au prix d'un mensonge qu'elle ne pourrait soutenir longtemps ?

Et, pendant ce temps-là, ils devaient discuter de leur verdict.

Cette attente... « humiliante... intolérable... »

« Et pourtant, si Berthe et Victor s'en vont... » Elle savait bien qu'à une échéance plus ou moins proche, leur longue journée de labeur parvenue à sa fin, ils s'en iraient, de toute manière, l'un après l'autre. « Mais pas maintenant, mon Dieu ! Pas comme cela !... » C'était si peu demander au ciel, qu'il les lui laissât encore un peu, après l'avoir tellement dépouillée.

Que pouvait comprendre Anne à tout cela ? « *Ma pauvre Anne, tu coupes, tu tranches... Et tu ne penses pas même qu'il faut quelqu'un ici, en permanence, pour que le domaine ne périclite pas ; et pour que tes revenus te parviennent ponctuellement, aussi substantiels que tu t'attends à les recevoir...* » Une lettre qu'elle n'enverrait pas. Mais elle se réconfortait à la continuer, pour elle seule. « ... *Tu as fait ta vie. Laisse-*

*moi mener la mienne comme je l'entends...* Ou plutôt : *comme je le puis. Ici, à Mogador.* »

Mais Mogador, sans Victor et Berthe, comme elle s'y sentirait abandonnée.

Cependant, lorsqu'elle pénétra dans la salle à manger, droite et un peu raidie, prise dans son courage comme dans une armure incommode et protectrice, le premier contact avec Victor l'inclina vers l'espoir.

Bien que la contenance du vieillard ne reflétât point sa sereine solennité coutumière, Dominique crut pouvoir interpréter comme un présage favorable les menues attentions dont il agrémenta son service, la traitant, découvrit-elle, attendrie par le rapprochement, « ...un peu comme lorsque j'ai eu cette grippe... ».

Pour cette fois, au moins, peut-être allait-il lui être fait grâce.

D'avance, elle se voyait en train de faire à Numa le récit de cette nouvelle alerte. Il la prendrait entre ses bras, il lui prodiguerait les baisers : « *Ma pauvre chérie, quand je pense à tout ce que tu endures pour moi...* » Elle se figurait l'entendre.

Mais Numa devait la guetter en vain, à leur rendez-vous de l'après-midi.

Dominique se préparait hâtivement pour s'y rendre, enfermée dans la salle de bains.

L'intrusion inattendue d'un négociant en bestiaux avec qui elle passait de gros marchés l'avait mise en retard, pour la première fois.

« Mon Dieu ! Il va s'impatienter... S'inquiéter peut-être... Et comment faire, pourtant ?... »

Heureusement, le trajet serait des plus courts, jusqu'à cette ancienne tour de guet perchée au-dessus de la route des Peyrolières, dont l'accès, à demi enfoui sous les chênes verts qui hérissaient la butte, ne tentait jamais personne, surtout à la mauvaise saison.

« Vite, mon Dieu ! vite... Plus d'une demi-heure, déjà, que je devrais y être... »

La rumeur de l'eau coulante, et les borborygmes de la robinetterie, emplissaient la pièce.

Elle n'entendit pas retentir le coup de sonnette, dans le vestibule.

Mathilde la trouva en train de boutonner sa robe avec une maladresse fébrile.

Le souffle manquait à la servante pour l'annonce qu'elle avait à lui faire.

— C'est... madame Vernet... qui est en bas.

— Laquelle ? demanda Dominique, exaspérée, songeant simultanément à Blanche, à Henriette, à Madeleine, qu'elle n'allait pas pouvoir expédier, qui que ce fût, sans aggraver de beaucoup son retard.

Puis, soudain, dans un éclair de frayeur, lui vint la pensée de Laure.

— Hé bé... Madame Numa.

— Sa... Non ? Sa femme ?... Tu en es sûre ?

— Pardi !... Victor l'a fait entrer au salon, et il m'a dit de monter vous prévenir.

Les jambes fauchées par l'émotion, la jeune fille se laissa tomber sur le tabouret de la coiffeuse. Son cœur semblait vouloir lui défoncer la poitrine, à chaque battement. Quoi que pût lui vouloir Alice, l'hypothèse ne l'effleura pas que celle-ci se fût rendue à Mogador pour une visite bénévole.

« Elle aussi, a dû finir par apprendre qui est la maîtresse... » Et, à présent, elle venait, non sans « ...un certain cran », dut reconnaître Dominique, débusquer l'ennemie sur son propre territoire.

Une bouffée de haine l'envahit.

« Enfin ! enfin !... »

— Très bien, dit-elle. Une minute et j'y vais.

Elle dénoua la bande de crêpe élastique qui protégeait sa coiffure, fit bouffer d'un coup de peigne quelques cheveux encore humides sur sa nuque et gonfler les ondulations sous ses paumes ; se poudra, passa une touche de fard sur ses pommettes, une autre, de raisin, sur ses lèvres, vaporisa sur soi un peu de parfum...

« Numa ! Numa !... » se répétait-elle pendant ce temps, sans plus songer à déplorer le rendez-vous manqué. Tout comme eût invoqué « Montjoie et Saint-Denis » un chevalier médiéval poussant son destrier au cœur d'une mêlée meurtrière.

Comme elle allait descendre, elle se ravisa, revint vers la commode, en tira l'écharpe rapportée de Marseille, la noua dans l'échancrure de sa robe. Et ceignit le bracelet.

Puis, pourvue cette fois de toutes ses armes, s'en fut résolument à la bataille.

« A moins ?... » L'idée l'assaillit dans l'escalier, la clouant une seconde sur la marche : à moins qu'Alice ne fût au contraire venue étaler sa peine, et la supplier de lui rendre Numa. La supposition la mit au bord de la nausée.

Il lui suffit d'ouvrir la porte pour acquérir la certitude que nul appel à sa pitié ne la menaçait.

— Bonjour, Dominique.

— Bonjour.

Le regard d'Alice l'avait cueillie dès son entrée ; et ne la quitta point, tandis qu'elle s'avançait vers le feu auprès duquel la jeune femme s'était assise pour l'attendre.

D'un accord tacite, elles négligèrent embrassades et poignée de main.

Dominique eut l'impression d'avoir perdu le premier

pion de l'échiquier, pendant qu'elle attirait un fauteuil pour s'asseoir à son tour, en face de la visiteuse.

— Victor ne vous a pas débarrassée de votre manteau ?

— C'est inutile, dit Alice, avec une froideur égale à la sienne. Je n'ai pas l'intention de m'attarder plus qu'il ne sera nécessaire.

Souriant des lèvres, Dominique inclina la tête :

— A votre gré.

Toutes deux se jaugèrent, quelques secondes durant, sans qu'un avantage quelconque parût résulter pour l'une ou l'autre, de cet examen.

La femme de Numa prit enfin la parole.

— Vous attendez-vous à ce que je vous expose l'objet de ma visite...

Dominique acquiesça d'un geste ironique.

— ... ou puis-je tenir pour acquis que vous le connaissez d'avance ? poursuivit Alice, sans en tenir compte.

L'exagération de son accent lorrain, plus guttural encore qu'à l'ordinaire, était le seul indice de l'application qu'elle apportait à demeurer maîtresse de soi.

La jeune fille ne s'y trompa point, et en ressentit une joie féroce. « La seconde touche est pour moi », pensa-t-elle en lui distillant :

— Il n'est pas impossible que je m'en doute. Mais vous gagnerez certainement du temps à me l'expliquer de façon précise.

Le regard d'Alice fulgura. Puis s'éteignit sous ses paupières aussitôt abaissées.

Lissant de son pouce ganté le tweed rugueux de sa jupe, elle parut réfléchir.

Probablement cherchait-elle un moyen de reprendre le dessus, calculait Dominique, attendant l'attaque, frémissante intérieurement, mais paisible et détendue, en apparence, bien assise, les coudes soutenus par les bras du fauteuil, et les mains sagement croisées sur son giron.

Alice releva brusquement la tête :

— Peut-être pourrais-je commencer par une simple question ?

— Oui, dit Dominique, d'un ton d'intérêt poli. Laquelle ?

— Ce voyage s'est-il bien passé ?

Allons, les jeux étaient faits. Elles entraient au cœur du sujet. A son tour, Dominique pesa sa réponse, sans marquer de surprise.

— Admirablement, dit-elle enfin, détachant les syllabes.

— Je le supposais, mon mari étant rentré hier soir, de son côté, frais comme une rose.

Ce sourire glacial, Dominique éprouva subitement l'envie irrépressible de l'arracher du visage qui se penchait un peu, à la rencontre du sien.

— Et gai comme un pinson, aussi, sans aucun doute, dans sa joie de réintégrer le foyer conjugal ?

L'adversaire serra les lèvres.

— Je n'irai pas jusqu'à vous en faire la confidence. Mais une chose certaine est qu'il a joué avec son fils jusqu'au dîner.

« *Mon mari... son fils...* » Celle-là savait viser au plus vulnérable, sans gaspiller sottement ses réserves, faute de savoir garder son sang-froid, se gourmandait Dominique, sentant goutter le premier sang d'une blessure.

— Les bébés sont si amusants à l'âge du vôtre, avança-t-elle, sans nourrir d'illusions sur l'efficacité de sa réplique.

Elle prit les pincettes, afin de se donner une contenance, et, se baissant devant l'âtre pour rassembler quelques rondins écroulés, enchaîna rapidement :

— Mais je ne vois pas très bien, je vous l'avoue, où votre question nous mène.

— A ceci : que vous perdez votre temps. Je suis venue vous en prévenir. Je ne sais ce que vous pensez retirer de ce manège, mais, quoi que vous fassiez, vous en serez pour votre honte. J'éprouvais de la sympathie à votre égard, et j'ai longtemps refusé de croire que vous pouviez être capable de chercher à briser un ménage pour vous approprier le mari d'une autre. Mais peu importe ! Ce qui compte, c'est que Numa m'appartient...

— Si peu ! interféra doucement Dominique.

— ... Je patienterai le temps qu'il faudra pour que ce caprice lui passe et qu'il me revienne. Mais n'espérez pas me le prendre...

— Vous vous trompez, coupa Dominique, les yeux fixés sur les bûches pétillantes. Il ne vous a jamais appartenu. Sinon, continua-t-elle, fourrageant parmi les braises pour faire repartir la flambée, comme un homme peut appartenir à la fille de rencontre avec laquelle il passe quelques nuits.

— Vous osez !...

Alice était debout, repoussant son siège.

Toujours accroupie devant le feu, Dominique, les pincettes à la main, leva vers elle ses prunelles durcies où brûlait le reflet des flammes et se redressa lentement, sans la perdre de vue.

— ... Quant à vous le prendre... Là aussi, vous êtes dans l'erreur. Disons que je l'ai repris, ce sera plus exact.

Le sang avait quitté la face d'Alice.

Machinalement, elle recula d'un pas.

— Je... ne comprends pas.

— Asseyez-vous donc, reprit Dominique, lui désignant le fauteuil du bout de ses pincettes. Si la vérité vous fait peur, il ne fallait pas venir la chercher jusqu'ici, car, à présent, rien ne pourra m'empêcher de vous la dire.

— Peur ?...

Alice la toisa. Puis se rassit.

— ... Je n'ai certainement pas peur de vous.

Son regard demeurait fixé avec un mépris railleur sur les pincettes.

Dominique rougit, et les accrocha à leur support, non sans quelque brusquerie.

— Non, en vérité, vous ne devez pas avoir peur de beaucoup de choses, lorsqu'il s'agit d'arriver à vos fins, lança-t-elle, s'efforçant au calme, sans trop y réussir.

La colère faisait vibrer sa voix.

— ... Vous parliez de honte, tout à l'heure ? Je suppose que vous ignorez ce que c'est. Mais, actuellement, c'est vous qui en seriez pour la vôtre, si vous n'aviez monté de toutes pièces cet abominable chantage pour mettre Numa à votre merci.

Alice parvint à sourire.

— Je vois que Numa vous a donné sa version personnelle des faits qu'il a cru devoir vous divulguer, remarqua-t-elle amèrement.

— Qu'il a *dû* me révéler, appuya Dominique, afin de bien établir la différence.... Parce que j'avais tout de même le droit, figurez-vous, de savoir comment et pourquoi vous veniez me le voler.

— Le voler ?... A vous ? demanda Alice, avec hauteur.

— A moi, oui.

Adossée au montant de la cheminée, les bras croisés, elle défiait la jeune femme, stupéfaite.

— Vous... C'est donc pour cela que vous prétendiez l'avoir repris ?

— Bien sûr.

La révélation paraissait avoir écrasé Alice.

Appuyée à l'accoudoir, le front dans sa main, elle demeura un long moment absorbée.

En vain Dominique essayait-elle de suivre sur ses traits la suite de ses pensées. Seuls, les maxillaires saillants décelaient le raidissement d'une volonté dont nul n'eût pu préjuger de la direction.

— Je ne savais pas, dit enfin Alice, abandonnant toute sa morgue. Chez moi, à Avricourt, jamais il n'a fait allusion à votre existence.

Mais Dominique ne désarmait pas.

— Pour quelle raison l'aurait-il fait ? Ce que nous étions l'un pour l'autre n'avait rien de commun avec votre... vos divertissements.

— Ne pourrions-nous renoncer aux insultes ? demanda Alice, avec lassitude.

Dominique rougit de nouveau.

— Vous avez raison. Je vous présente mes excuses. D'autant que vous êtes chez moi, je n'aurais pas dû l'oublier. Mais sans doute, ne put-elle se tenir d'ajouter, le calme vous est-il plus facile qu'à moi-même. Après tout, mes révélations ne changent pas grand-chose pour vous.

— Croyez-vous ?

A la lenteur discrètement implacable que son ennemie mettait à la dévisager, Dominique comprit que les hostilités allaient reprendre, sous une forme différente.

— ... Je dirais plutôt, avec ce goût pour la précision que vous semblez cultiver, qu'elles ne me laissent pas grand-chose, même pour le passé. Numa ne m'avait pas parlé expressément de mariage, c'est vrai. Mais nous étions dans des termes tels qu'ils semblaient le sous-entendre. Jamais je n'aurais imaginé que cette conclusion lui eût coûté un sacrifice. Même... — Sa bouche se serra. — ... si le sacrifice en question n'a pas été pour lui aussi dramatique que vous vous plaisez à le croire. Car, enfin, je garde beaucoup de souvenirs heureux de nos premiers mois de vie commune...

Elle surveillait le visage de Dominique. Et sourit, en la voyant blêmir.

— ... Et, d'autre part, tout me laisse supposer que jamais vous n'étiez allée, avec lui, jusqu'à des fiançailles, mêmes officieuses ?

— Non, en effet, mais...

— Pardonnez-moi, mais je n'ai pas fini. Il reste encore un point que je tiens à éclaircir avec vous. Que vous me croyiez ou non, laissez-moi vous affirmer que jamais non plus je n'ai manigancé de traquenard afin de le lui imposer, ce mariage. Et d'abord, pour une raison majeure, c'est qu'à mes yeux, il allait de soi.

Elle lança un coup d'œil aigu à Dominique.

— ... Vous ne connaîtriez rien de Numa si vous ne saviez pas comment il peut se débrouiller pour ne rien dire, en se donnant l'air de tout promettre.

« Certes, oh ! certes... » Dominique n'avait qu'à se rappeler sa propre attente, et cette espérance qu'elle avait conservée, réchauffée, portée à bout de bras, durant des mois devenus peu à peu des années, sans que rien ne vînt l'alimenter, sinon un baiser pris en passant, et, de temps à autre, quelques mots vagues, dont elle s'appliquait à forcer la signification.

« Mais... » Elle réagit contre la tentation qui lui venait, sournoise et déloyale envers Numa, de confronter sa mélancolique expérience avec celle de cette femme qui l'aimait elle aussi.

— La connaissance que j'ai de lui remonte à notre

enfance. Mais vous me permettrez de ne pas la partager avec vous.

Alice haussa les épaules.

— Comme il vous plaît.

Et, se levant, elle se dirigea vers la fenêtre, pour contempler sans les voir la pelouse et les arbres couleur d'hiver, détachés avec délicatesse contre la pureté du ciel adouci.

— Tout cela est bête !... bête à pleurer. Je regrette... oh ! pour cela, oui ! Vous ne pouvez savoir combien je regrette... De l'avoir connu, de m'en être éprise, comme une folle que j'étais, de l'avoir épousé, d'être venue ici, dans ce pays... Tout, enfin, tout !...

Ses doigts tambourinaient avec frénésie sur la vitre.

— ... Il a gâché mon existence, comme à plaisir, tout autant que la vôtre, avec son éternelle insousiance, son égoïsme haïssable !...

Mue par une sympathie dont il lui fallait recommencer à se défendre, Dominique s'était avancée, sans le vouloir. La diatribe de la jeune femme la cloua sur place, au milieu du salon.

Ses propres griefs, dans la bouche d'une autre, rendaient un son insupportable.

Elle répliqua sèchement :

— Vous lui avez tout de même donné un sérieux coup de main, pour en arriver à ce résultat.

Alice se retourna, laissant le jardin nu renaître lentement à travers le nuage opaque dont sa respiration avait embué la vitre.

— Mon Dieu ! c'est possible. Mais vous n'êtes pas en reste vous non plus. Sans votre intervention, sans doute eussé-je conservé, en fin de compte, un mari ni plus ni moins fidèle que d'autres qui font parler d'eux autour de nous, mais aimant, et d'autant plus attentionné pour moi qu'il aurait eu quelques fredaines à se faire pardonner le cas échéant.

— Vous avez eu tout votre temps pour en courir la chance, observa Dominique. Un an et plus, pendant lequel nous nous sommes astreints à demeurer éloignés l'un de l'autre. Et, voyez...

Elle écarta les mains, comme pour traduire le caractère inéluctable de l'issue de cette lutte.

Alice la dévisagea et hocha la tête.

— Je vois, oui.... Et vous en êtes très fière, n'est-ce pas ?

Cette soudaine résurgence d'agressivité contenait une menace que ne put ignorer Dominique.

— Fière ?...

Sans doute était-il trop tard pour éteindre dans son regard l'étincelle de triomphe qu'avait pu y voir briller sa rivale. Elle s'efforça d'en atténuer l'effet :

— Comment pouvez-vous vous le figurer ? Y a-t-il de quoi l'être ?... Dans l'impasse où nous sommes... Quand notre sort ne tient qu'à votre bon vouloir.

Quelle espérance irraisonnée pouvait encore s'obstiner en elle, tandis qu'elle formulait précautionneusement ce qui n'osait pas tout à fait être une question.

— Il est ce que vous l'avez fait, lui signifia brutalement Alice, martelant ses mots. Tel vous l'avez voulu, tel il restera. Ce n'est pas à moi, mais à Numa, qu'il faudra vous en prendre.

Après un instant, elle ajouta encore :

— ... Et à vous-même, puisque vous n'avez pas eu suffisamment de sagesse pour renoncer, de votre propre mouvement, à un homme marié.

Grande, imposante, un peu massive, silhouettée ainsi, à contre-jour, dans son épais manteau de loutre, elle semblait, avec la rudesse de sa prononciation, détenir la puissance inébranlable d'un sommet de ses

Vosges natales, aux yeux de Dominique, épuisée par cet assaut.

La jeune fille revint pourtant à la charge, opiniâtre, incapable de se résigner :

— Je ne puis croire que vous refusiez encore, sachant désormais ce qui en est, de lui rendre sa liberté.

Alice se permit un petit rire.

— Etes-vous si naïve ? Ou faites-vous semblant ? Naturellement, je refuse.

— Pensez-vous que ce soit honnête ? insista Dominique, frémissante de la tête aux pieds, de la tension qu'elle s'imposait afin de rester courtoise.

— Honnête ? Et envers qui devrais-je m'inquiéter de l'être, selon vous ?... Envers vous, dont je n'ai que faire, et qui ne l'avez d'ailleurs pas été envers moi ?... Ou envers Numa, peut-être ? Vous voulez rire.

Elles s'entre-regardèrent, conscientes que chacun de leurs coups réciproques avait fait mouche et qu'il n'y aurait pas de vainqueur, dans ce combat.

— Vous n'êtes pas très généreuse, dit enfin Dominique, amenant elle aussi à grand-peine au bord de ses lèvres un sourire plus raffiné qu'aucune injure.

— Non.

Alice revint jusqu'au fauteuil, prendre le sac à main qu'elle y avait abandonné.

— ... C'est un luxe que je laisse à d'autres... A vous, par exemple, s'il a de quoi vous tenter, ce dont je doute. Quant à moi, je ne puis me le permettre.

Puis retourna vers Dominique, immobile, silencieuse, qui la suivait du regard, les doigts crispés sur son écharpe.

— ... Vous oubliez que j'ai un fils. Même si son père acceptait de s'en séparer, je ne voudrais pour rien au monde en faire un demi-orphelin, un enfant différent des autres, pour rentrer avec lui à Avricourt, où l'on nous montrerait du doigt. Chez nous, en Lorraine, les gens convenables ne divorcent pas. Un couple qui s'est uni devant Dieu reste uni, quoi qu'il arrive. Mes parents en mourraient, si je devais venir leur dire que mon mari me renvoie, comme une domestique qui n'a pas fait l'affaire. Mon foyer ne ressemble pas, Dieu sait ! à ce que j'avais rêvé. Du moins, mon petit Michel y grandira heureux, entre ses père et mère. J'y veillerai. Aucune avanie ne m'en fera démordre. Tenez-le pour assuré.

Il n'y avait pas de réponse à cela, songeait Dominique, désespérée et muette.

La jeune femme s'approcha davantage, jusqu'à la frôler.

— ... Quant à Numa... J'étais venue dans l'intention de vous convaincre que la seule façon de vous sortir de peine était de le renvoyer à ses devoirs. Je vois bien que ce serait du temps perdu d'insister. Mais, qui vous garantit qu'il vous demeurera toute la vie attaché comme à présent ?... Retenez bien ce que je vais vous dire : un jour viendra forcément où il vous trompera avec d'autres, comme il m'a trompée avec vous. C'est dans sa nature. Et, ce jour-là, c'est dans son ménage qu'il reviendra chercher refuge contre l'habitude fastidieuse, pesante, le reproche permanent que vous serez devenue pour lui.

Elle attendit, une seconde, guettant un sursaut de l'adversaire sous le fer qu'elle venait d'enfoncer. Mais comprit vite que cette satisfaction lui serait refusée.

— ... Voyez-vous, c'est une certitude. Il me suffira d'attendre, conclut-elle, en se dirigeant rapidement vers la porte.

— Ce sera long, l'avertit Dominique, raidie, blême, les ongles enfoncés dans ses paumes.

Il lui semblait n'être plus qu'une plaie.

— Peut-être pas tant que cela...

Alice aussi, sans doute, arrivait à la limite de ses nerfs. Elle fuyait, à présent, plus qu'elle ne marchait vers la sortie.

Leurs pas résonnaient, désaccordés, sur les dalles du hall désert. Et Dominique, la tête bourdonnante, imaginait, au milieu de son vertige, entendre les chuchotements, à l'office, où chacun devait prêter l'oreille.

— ... Quoi qu'il en soit, j'ai de la patience.

— Tant mieux. Il va beaucoup vous en falloir.

— Ne vous inquiétez pas. — Alice tira vers soi le lourd battant de la porte d'entrée. — Je vais...

Et poussa une exclamation étranglée à la vue de la personne qui lui faisait face sur le seuil.

— Numa !

— Numa... émit en écho Dominique, derrière elle.

Il abaissa sa main posée sur la sonnette et s'avança, tandis que sa femme reculait dans le vestibule.

— Numa... c'est toi !...

Dominique le contemplait avec une stupeur incrédule :

— ... Mais comment... ? Tu savais... ?

— Que j'allais trouver Alice chez toi ? Eh ! bien, je viens de l'apprendre. Oui : en arrivant, j'ai reconnu Vedel dans son taxi, au bas du perron, je l'ai questionné et il m'a dit qu'il attendait madame Numa.

« ...Ce que j'aimerais savoir, continua-t-il, se tournant vers celle-ci, c'est l'objet de cette visite en catimini.

Alice lui jeta un regard coléreux.

— Je n'ai nullement l'intention de te le cacher. Mais cela peut sûrement attendre que nous soyons ailleurs qu'ici.

Elle esquissa un mouvement pour sortir. Mais Numa repoussa le vantail derrière lui.

— Sûrement.... Niké, tu ne veux pas nous tenir dans ce couloir, je suppose ?

— Non, non, bien sûr. Entrez, balbutia-t-elle.

Numa empoigna sa femme par le bras, et, sans autre cérémonie, la ramena dans le salon, à la suite de Dominique.

— Ho !... il fait bon, ici, remarqua-t-il en pénétrant dans la pièce.

Tandis qu'Alice reprenait le fauteuil qu'elle avait occupé quelques minutes auparavant, il ôta ses gants, et présenta ses mains au feu.

— Tu ne veux pas me donner ton pardessus ? demanda Dominique.

— Tout à l'heure. Pour l'instant, je suis gelé.

Près de deux heures durant lesquelles il avait dû battre la semelle, et se tourmenter, avant de se décider à venir aux nouvelles...

— Mais tu te réchaufferas plus vite, si tu le quittes.

— Ma foi, tu as peut-être raison.

— Attends, je vais remettre quelques morceaux de bois.

Avec un demi-sourire dédaigneux, Alice écoutait sans mot dire s'échanger ce dialogue, qui paraissait faire abstraction de sa présence.

Dominique s'agenouilla devant les chenets, afin de reconstruire un échafaudage de bûches. Cependant que Numa se dépouillait de son paletot.

Après s'être vigoureusement frotté les mains l'une contre l'autre, il lui toucha l'épaule.

— Donne. Tu sais que les feux sont ma spécialité. Je vais te faire ronfler celui-là en moins de rien.

Elle obéit et s'écarta un peu, tandis qu'il s'emparait du soufflet.

— On voit que tu es chez toi, ici, dit Alice, impuissante à se retenir plus longtemps.

— Erreur ! lui rétorqua Numa, sans interrompre sa besogne. Nous sommes, toi et moi, les hôtes de ma cousine. Je te serais reconnaissant de t'en souvenir.

— Tiens ?...

Elle prit confortablement appui sur les accoudoirs de son siège pour se carrer contre le dossier.

— ... Moi qui me figurais être chez ta maîtresse.

Un léger tressaillement agita la joue gauche de Numa, dont, seule, Dominique put s'apercevoir, de sa place.

Il se releva sans hâte, dévisagea alternativement les deux femmes, tout en époussetant le bas de son pantalon, vit l'expression anxieuse de Dominique, ses orbites creusées, sa pâleur, sa lèvre mordue, lui sourit. Et se tourna délibérément vers sa femme :

— Ma foi, les deux termes n'impliquent pas de contradiction. Si tu as une préférence pour le second, garde-le, je n'y vois aucun inconvénient.

A l'intention de Dominique, il désigna le fauteuil placé vis-à-vis de celui de sa femme.

— Ne veux-tu pas t'asseoir, mon tout petit ?

Puis, devant le signe de dénégation que lui adressait la jeune fille, s'y jeta :

— Bon. Alors...

... S'y installa, croisa le genou sur sa cuisse. Et changea de ton :

— A présent, Alice, c'est moi qui questionne, si tu le veux bien. Qu'es-tu venue faire chez Dominique ?... Pourquoi ne m'as-tu rien dit de tes intentions ?... Sait-on, au mas, que tu es ici ?

— Dans quel ordre dois-je prendre ton interrogatoire ? s'enquit railleusement Alice, puisant dans la présence de la jeune fille la force de se placer, par son attitude, au-dessus de l'humiliation que Numa semblait prétendre lui infliger devant celle-ci.

— Celui que tu voudras. Mais réponds. Et réponds vite. Tu as eu suffisamment de temps pour réfléchir à ce que tu veux me dire.

— Si tu sous-entends par là que tu m'as généreusement laissée préparer ma défense, ce n'était pas nécessaire. Je te l'ai dit : je n'ai rien à te dissimuler.

— Mais tu as attendu cependant que j'aie tourné les talons pour commander Vedel et son taxi.

Alice haussa les épaules.

— Il vient régulièrement me prendre, tous les jeudis. Si tu t'intéressais un tant soit peu à mes faits et gestes, tu saurais que c'est le jour où je vais à Arles. Vedel vient me chercher, et, le soir, mes courses terminées, je passe chez les Fauvelly rejoindre Henri, qui me ramène en quittant l'étude. Es-tu satisfait ?

— J'attends la suite.

Il se tourna vers Dominique :

— Je peux fumer ?

Et, la voyant acquiescer du menton, tira de sa poche un étui à cigarettes et un briquet, avant d'en revenir à sa femme.

— Continue. Tu es donc partie pour Arles, disais-tu ?

Avec une maîtrise de soi que ne put s'empêcher d'admirer Dominique, Alice reprit, d'un ton uni qui s'opposait à la politesse tranchante de Numa :

— Eh bien ! c'est pendant le trajet que l'idée m'est venue de pousser jusqu'à Fontfresque. Je désirais depuis quelque temps avoir un entretien avec ta... cousine, précisa-t-elle, mettant avec soin le mot entre guillemets. Le jour m'a paru tout indiqué. Ton retour au bercail ne datant que d'hier soir, je me figurais, en effet, avoir quelque chance de la trouver seule chez elle.

Il ne releva pas l'allusion.

— Et qu'avais-tu à lui dire ?

Le sourire narquois reparut, accentué, sur la physionomie d'Alice :

— Pourquoi ne pas le lui demander à elle ?

Numa se contenta de la regarder fixement, tout en mâchonnant l'extrémité de sa cigarette.

Debout contre la cheminée, légèrement en retrait de lui, Dominique la regardait aussi, avec intensité.

Sous ces feux convergents, Alice perdit pied, et se laissa emporter :

— Je t'ai dit que j'étais prête à te donner toutes les explications que tu souhaites. Rentrons, et tu les auras. Mais je ne suis pas disposée à me laisser mettre en posture d'accusée devant une personne avec laquelle tu couches.

Numa bondit, et Dominique n'eut que le temps de se suspendre à son bras déjà levé.

— Non !... oh ! non... tu... Numa !

Sifflante, précipitée, la respiration de Numa indiquait l'effort qu'il faisait pour reconquérir le contrôle de ses actes.

Lorsqu'il jeta sa cigarette dans l'âtre, avant même qu'il n'eût ouvert la bouche, Alice lut dans ses yeux la cruauté qu'il allait mettre dans sa repartie, et se ramassa sur son fauteuil, comme pour soutenir le choc.

— Tu as tort de confondre, dit-il, lentement. Cela m'oblige à te rappeler que, pour elle, et à plus juste titre, tu ne peux être rien d'autre qu'une personne avec laquelle j'ai commis l'erreur de coucher.

— Goujat ! dit-elle, sans élever la voix.

— Tu m'as forcé à l'être. Je le regrette, mais...

— Assez, je t'en prie, supplia tout bas Dominique.

Doucement, il pressa la main qui se cramponnait toujours à sa manche.

— Pardonne-moi de t'avoir exposée à ça.

La vue du couple qu'ils formaient de toute évidence poignit douloureusement Alice. Mais l'aida à se retrouver.

Se levant, elle s'adressa d'abord à Dominique :

— Je dois sans doute, pour cette fois, vous remercier d'être intervenue entre mon mari et moi. Ceci fait, je ne resterai pas une minute de plus chez vous.

Puis, lança à Numa :

— Veux-tu me ramener, s'il te plaît ? Je suis à ta disposition pour achever cette conversation dans la voiture.

Il dit, d'une voix cassante :

— Tu as Vedel qui t'attend. Rentre avec lui. Nous reprendrons tout ça ce soir, à la maison.

Elle pâlit à son tour, et serra les mâchoires sous ce nouvel affront. Mais n'en insista pas moins :

— Je ne puis m'en aller seule : Vedel t'a vu arriver. Si tu ne repars pas avec moi, que va-t-il en déduire ?... et colporter ?

— Ce qu'il voudra. Je m'en moque. Au point où nous en sommes...

Et, brusquement, excédé à la perspective de voir se prolonger encore la discussion, Numa perdit toute mesure :

— ... Mais va-t'en, bon Dieu !... Va-t'en, va t'en donc !... Délivre-moi de ta présence !

— Tout de suite, dit Alice, les yeux étincelants.

Tous deux la suivirent du regard jusqu'à la porte. Et la virent se retourner afin de lancer à Numa :

— ... Du moins, pour l'instant !

Ils entendirent battre avec fracas le vantail de l'entrée.

Et, un moment plus tard, démarrer une automobile.

— Tu n'aurais pas dû la traiter ainsi... Surtout devant moi. Elle ne nous le pardonnera pas.

A l'abri, enfermée dans l'étreinte de Numa, Dominique, à présent, tremblait de tous ses membres en sueur, comme un cheval à bout de course.

— Là, mon trésor... là, ma douce, ma jolie... la... remets-toi. Elle est partie. C'est fini.

Mais elle savait bien, elle, que cela ne finirait jamais. Et dans son sang, déjà, elle sentait cheminer le poison à longue échéance que lui avait versé Alice.

# TROISIEME PARTIE

## 1

L'opinion publique se pourléchait avec gourmandise, en attendant la suite du festin promis à son avidité.

On prévoyait un déchaînement apocalyptique d'éclairs et de coups de tonnerre, dans la zone orageuse délimitée par Tourvieille et Mogador.

Les positions étaient prises, les observateurs à leur poste. Et chacun des protagonistes eût pu compter, au besoin, derrière soi, le chiffre des partisans déterminés à le soutenir peu ou prou dans le conflit.

Entre les deux camps, oscillait une masse flottante, dont les éléments, choisissant prudemment une expectative sans gloire, recueillaient informations et démentis avant de se rallier, selon la tournure que les événements allaient prendre, à l'une ou l'autre des puissances belligérantes.

Sa qualité d'étrangère au terroir jouait au détriment d'Alice, à qui l'on n'accordait guère, en général, qu'une compassion de principe, faute de l'avoir vue naître et grandir, et d'accepter tout à fait son accent râpeux qui contrastait par trop désagréablement à l'oreille des gens du cru, avec le parler chantant dont ils avaient l'habitude.

La discrétion qu'elle observait sur ses peines intimes, si elle lui attira certaines sympathies, lui en aliéna bien davantage, décourageant le zèle charitable de maintes consolatrices au grand cœur, et à la langue déliée.

Et sans doute eût-on bientôt inventé un riche assortiment de motifs, tous plus ou moins irrécusables, à la décharge de son mari, si Laure Vernet et sa fille Agnès n'eussent ostensiblement patronné la jeune femme chez tous les Cabanis, les Aillaud, et les Fauvelly, composant leur parenté arlésienne, de même que parmi la petite cour camarguaise qui gravitait à Fiélouse, autour des Barcarin.

Encore ne se faisait-on pas faute de chuchoter que Numa Vernet — dont les prouesses galantes avaient fourni pâture en suffisance à tous les amateurs d'histoires savoureuses, entre 1906 et 1914, « Le bougre !... c'est qu'il s'y est mis de bonne heure !... », se confiaient réciproquement, avec des clins d'yeux et des mimiques complices, les chantres de ses hauts faits — était taillé pour ne pouvoir, à l'usage, se contenter longtemps d'une femme « pour tout potage », fût-elle aussi appétissante que l'était la sienne.

A quoi répondait à l'unisson, avec une moue, le chœur féminin, tout nostalgique encore, au souvenir de ces doux ravages, et peu enclin à reconnaître pour valable un type de beauté si différent de celui de la race méridionale :

— Appétissante ? Euh... oui, peut-être. Mais... Mais... Mais...

Et, des attraits d'Alice, passés à ce crible, il ne subsistait pas grand-chose qui se révélât capable de retenir un séduisant vaurien, même alourdi par la trentaine dépassée, et le poids de quatre ans vécus au front, en des endroits où la mort venait vite.

Bref, une intrigue, pourvu qu'elle fût frivole à souhait, et bien troussée, sans, pour cela, s'écarter de la bonne règle, eût réjoui sensiblement tout le monde.

Mais que Dominique Vernet, « ...Une jeune fille de si bonne famille !... » se mêlât tout d'un coup de sortir du personnage dans lequel chacun l'avait cantonnée depuis son adolescence, et fît bon marché, à la face de tous, de la retenue traditionnelle, de la correction, de la modestie, et du sérieux, qu'on lui avait toujours attribués volontiers, pour se jeter dans une aventure devant laquelle eût reculé la plus impudique des « demi-vierges », passait l'entendement.

Sur elle se concentrait la virulence de l'indignation bourgeoise bafouée dans son tabou de prédilection.

Et tous ceux de ses vieux amis qui lui demeuraient fidèles n'avaient pas trop de toute leur influence pour maintenir un semblant de barrage contre le flot torrentiel de la vindicte qui le débordait de toutes parts, bien que le vieil abbé Bersot qui avait baptisé la jeune fille, tout affligé qu'il se montrât, eût refusé de sanctionner publiquement l'anathème lancé par quelques-unes de ses paroissiennes les plus influentes, en lui interdisant l'entrée de l'église, ainsi qu'on l'y invitait avec véhémence.

Cependant, les semaines passaient sans rien apporter de nouveau. La surveillance unanime, mal satisfaite de quelques vétilles glanées çà et là, se heurtait à l'impénétrabilité des gens de Tourvieille, qui poursuivaient leur existence, sans le moindre changement apparent.

Pareils à des naufragés sur un îlot volcanique, les deux amants s'établissaient de leur mieux dans le provisoire inconfortable d'un état de choses sans issue.

La démarche d'Alice les avait tout d'abord incités à se rencontrer désormais ouvertement, à Mogador.

Un peu de réflexion en dissuada Dominique.

Plutôt qu'avec l'intention de sauver les apparences qui n'avaient plus rien à dissimuler à personne, ce fut pour ne point heurter les sentiments de ses vieux serviteurs qu'elle choisit, finalement, de suivre Numa, durant tout l'hiver, partout où la fantaisie pleine de ressources de ce dernier découvrait une petite auberge à l'écart des routes de passage, susceptible de les accueillir avec un minimum de confort et d'intimité qui rendît cet expédient moins sordide.

Des bois de la Baume aux collines pierreuses de Castanet, ils explorèrent ainsi l'admirable campagne des alentours de Nîmes, si diverse, si secrète. Ils gîtèrent une fois près du Pont du Gard, et d'autres, à Saint-Gilles, à Aigues-Mortes, au Grau-du-Roi.

Dépaysés de leurs horizons quotidiens, dans cette région qui, cependant voisine, n'était déjà plus tout à fait la leur, ils se sentaient mieux protégés par leur anonymat.

Au Grau, durant quelques limpides journées de janvier et de février, Dominique découvrit pour de bon la mer, nue et belle, telle qu'elle est quand les touristes sont partis, toute verte, les matins de soleil, frangée de ses dunes légères sous leurs panaches d'oyats, et rebroussée par un petit vent du nord frisquet, qui se parait, pour eux seuls, de la dentelle brune des filets mis à sécher par les pêcheurs.

La nuit, ils s'aimaient, au rythme de son chant sauvage, environnés de silence, seuls voyageurs dans cet humble établissement destiné à l'usage estival de quelques familles nîmoises qui ne possédaient pas leur chalet. Et se relevaient parfois, pour la regarder miroiter sous la lune, et lécher inlassablement le bord de la plage, à coups de langue écumeux.

Au loin, ils voyaient les feux de Faraman, de Beau-Duc, de l'Espiguette...

— Et celui de la Gachole, montre-le-moi.

— Tu ne peux pas le voir, il est caché, dans l'anse du delta.

Loin, bien plus loin encore, reculant au cœur de la nuit, vers l'intérieur des terres, par-delà le Rhône et le Vaccarès, était Tourvieille, où Alice devait dormir, ignorante de l'endroit où se trouvait son mari.

— Lorsque tu reviens, après deux ou trois jours d'absence comme cela, elle ne te fait pas de reproches ?

— Aucun. Tu ne voudrais tout de même pas... !

— Mais... elle se montre... désagréable ?... ou bien... ?

— Non. Plutôt neutre.

Numa l'obligeait à lui arracher chaque mot, sur ce sujet à propos duquel Dominique eût souhaité des détails. Il y en avait tant, qu'elle brûlait de connaître.

Mais, lorsqu'elle voulait insister, il la faisait taire, avec une caresse.

— Laisse donc Alice là où elle est. Quel besoin as-tu de m'obliger à penser à elle, quand je suis si heureux de l'oublier près de toi ? Tiens, viens voir. La lune va se lever.

Docile, elle appuyait sa joue contre la sienne, et regardait en silence, avec lui, la face blanche et plate ascensionner dans le ciel, laissant à la traîne, depuis l'horizon, un grand chemin phosphorescent, une sorte de pont fabuleux, qui descendait sur l'eau pour venir accoster la rive.

Elle savait seulement que, le soir même de l'intervention d'Alice, une querelle particulièrement violente avait opposé Numa à sa femme, dès son retour à Tourvieille. De sorte qu'aux petites heures du matin, il avait rassemblé sa robe de chambre, ses pantoufles et son pyjama, pour déménager dans une autre pièce.

— Je me suis installé dans ta chambre, celle qu'on te réservait, ces dernières années, et j'y ai dormi sous l'édredon. Depuis, j'y suis resté. De cette façon, j'ai un peu l'illusion de la partager avec toi. D'ailleurs, ma mère a dû faire le même rapprochement, car elle a renâclé pour m'autoriser à la conserver.

Même si l'indifférence, voire la rancune, ou la haine, s'étaient déjà, depuis des semaines, introduites sous le ciel-de-lit conjugal, Dominique se sentait soulagée de savoir qu'à présent, ces deux corps avaient enfin cessé de se côtoyer dans leur chaleur commune.

— Je voudrais que tu me dises... : tu es heureux ?

— Très. Très heureux, mon trésor.

— Il l'embrassait.

— Et toi ?

— Moi aussi, bien sûr.

— Très heureuse ?

— Très.

Mentait-il un peu, comme elle mentait elle-même ?

Le bonheur qu'elle avait imaginé pour le partager avec lui n'avait rien de commun avec ces instants de plénitude, éblouissants, mais si fragmentés, si fugaces, qu'elle devait conquérir un à un, dans l'insécurité des jours, à la manière d'un orpailleur inlassablement courbé sur sa battée pour arracher quelques paillettes à la boue d'un fleuve.

Et parfois, au cours de ces nuits où, cependant, Numa reposait à son côté, comme elle l'avait si souvent rêvé naguère, réveillée en sursaut par une angoisse subite, elle étendait la main, afin de s'assurer qu'il était bien là, qu'il lui demeurait, que, cette fois encore, elle rencontrerait sous ses doigts une peau chaude, un torse puissant, et non pas seulement des draps refroidis, d'entre lesquels il aurait fui pour retourner auprès de sa femme.

« — *Un jour, vous ne serez plus, pour lui...* Alice... Je voudrais qu'elle meure, pour avoir dit cela... » Pour avoir su découvrir ainsi la plus efficace des tortures à lui infliger.

« Un jour... Dans très longtemps, oui, peut-être. Mais pas avant des années. *Un jour...* » Si long, si long que fût le tunnel où elle était engagée, ce petit point encore invisible, dont elle devinait la permanence, à l'autre bout, c'était la fin, la seule fin possible, qu'elle verrait grandir et se préciser, jour après jour, inéluctable.

« A moins qu'Alice... » Mais Alice était indestructible.

Ce petit point sans réalité, dans le noir, il lui semblait le voir flamboyer, devenir la gueule béante de l'enfer.

La respiration égale de Numa, enfermé dans son sommeil, montait à côté d'elle. A l'écouter, soudain, elle mesurait sa propre solitude ; et luttait contre l'épouvante qui roulait de sa poitrine à sa gorge une masse de sanglots.

De plus en plus perdue, de plus en plus abandonnée.

Jusqu'à ce qu'un réflexe traversant l'inconscience du dormeur lui fît jeter un bras en travers du lit pour la ramener contre lui.

Elle s'y coulait, s'y attachait, s'y vrillait, comme une pousse de lierre aux interstices de l'écorce d'un chêne, glissant sa tête au creux du cou de Numa. Tant, qu'un soupir bruyant, un grognement, un mouvement brusque, quelques balbutiements inintelligibles, venaient l'avertir qu'il sortait à moitié de ses limbes.

— Numa... chuchotait-elle. Tu m'aimes, dis ?... Tu ne me quitteras jamais ?

Tiré de son repos, il s'étonnait :

— Quoi ? je... ? Ah ! ça... Qu'est-ce qui te prend ? Folle ! Folle petite !... Dors, va, au lieu de dire des sottises.

Puis, s'attendrissait. Puis, s'échauffait, à la bercer ainsi, avec des caresses qui devenaient plus insistantes.

Et Dominique, tout à coup, n'était plus seule, mais miraculeusement avec lui, mêlée à lui, faite de lui...

— ... Jamais, jamais ? C'est vrai ? Même beaucoup plus tard, quand je serai devenue vieille et laide ?

Il riait, détendu, et bien lucide, à présent, après la bataille amoureuse, en allumant une cigarette.

— A cette époque-là, tu sais, je ne serais pas non plus un Adonis... Ma chérie, que tu es bête, quand tu t'y mets !... Pourquoi crois-tu que je t'aime ? Pour la couleur de tes yeux, peut-être ?... la courbe de ton menton ?... la forme de ton joli petit nez ?... Ou pour tout ce que tu es... Qui fait qu'avec toi, je prends un bain de fraîcheur, de loyauté, de tendresse ?

Sa main allait et venait sur les ondes de la chevelure répandue sur l'oreiller. Puis enserrait la taille de Dominique, tandis qu'elle s'asseyait pour refaire ses nattes.

— ... Tu ne t'en aperçois peut-être pas, mais, je ne sais comment, tu as l'art de tirer de moi ce que j'ai de meilleur. Et c'est important, ça, ma nigaudette. Cette sérénité, cette espèce de... de clarté, ce... oui, tiens, c'est ça : ce respect de moi-même, où tu me laisses.

Dominique buvait ses paroles, émerveillée qu'elles pussent se rapporter à elle.

— ... Rudement important. Et rudement rare, aussi. Tu peux en croire mon expérience. Des femmes auprès desquelles l'amour ne tourne pas au prurit, ou à la gueule de bois, avant toi, je n'en avais jamais connu.

— Et tu en as connu beaucoup ? se risqua-t-elle à plaisanter, enfin rassurée, pour l'instant, toute bouleversée de joie par cette couronne qu'il lui posait sur la tête.

— Bah... ! Tout de même... Oui, quelques-unes.

« Et Alice ?... Comment était-ce, avec Alice ? »

Mais cela... Non, cela, elle n'eût pas obtenu qu'il le lui révélât. Même, elle s'en doutait, à la faveur d'une insistance qui l'eût seulement dépréciée aux yeux exigeants de Numa.

L'hiver touchait à sa fin. Les vergers s'ennuageaient de rose. Des parfums de miel voyageaient sur un souffle d'air plus tiède. Un bourdonnement montait de la terre en travail pour enfanter la belle saison.

Dix jours plus tard, Dominique et Numa retournèrent à Marseille, comme ils fussent allés en pèlerinage, après s'être arrêtés une journée à Aix, pour assister au défilé des chars de carnaval.

— L'année prochaine, nous irons voir celui de Nice, promit Numa, en secouant ses vêtements couverts de confetti.

Le lendemain matin, le beau temps jouait à cache-cache. Tout le long de la route, les nuages s'accumulèrent.

Comme ils abordaient la Canebière, un gros sac noirâtre ballonné de pluie se déchira dans la nue. Le bassin du Vieux-Port ressembla en un clin d'œil à une marmite où l'eau, grise et sale, battue par le vent du sud, bouillait à grosses bulles.

Dominique remonta en frissonnant le col du manteau trop léger qu'elle avait emporté, grisée par les premières morsures du soleil étincelant qui l'avait vu quitter Mogador.

L'essuie-glace fonctionnait mal. Une nappe opaque

ruisselait sur le pare-brise. La voiture patinait sur les rails du tramway, le long du boulevard de la Corniche. Toutes les flaques fusaient en gerbes chuintantes de chaque côté des roues.

— Joli temps pour les escargots, grommela Numa, changeant de vitesse, sans égard pour le levier qui protesta en grinçant.

Le grand parapluie que le portier de l'hôtel ouvrit pour eux obligea l'homme à s'y cramponner. Menaçant de se retourner, il piquait du nez à chaque instant dans la bourrasque, et gouttait dans leur cou, au lieu de les protéger.

Ils se retrouvèrent enfin dans leur chambre — la même qu'ils avaient occupée trois mois plus tôt —, baignés d'humidité, les pieds clapotant à l'intérieur de leurs chaussures fines, les vêtements dégageant une odeur de laine mouillée.

La femme de chambre s'affairait pour allumer du feu.

Mais, de toute façon, remarqua Numa, pris d'une crise d'éternuements, dans cette grande pièce au plafond trop haut, il ne ferait guère chaud avant une heure ou deux.

— Ça va être gai ! grogna-t-il, après avoir réclamé des grogs — ... brûlants, n'est-ce pas ? Tâchez d'y veiller, je vous prie.

Jamais Dominique ne l'avait vu manifester une telle humeur, ni employer pareil ton pour donner des ordres.

Vainement voulut-elle l'inviter à ôter sa veste, à se bouchonner avec des serviettes, à revêtir sa robe de chambre, à prendre un bain chaud...

— Tout à l'heure, répondait-il, de mauvaise grâce, à chacune de ses suggestions.

« Il boude. Comme un petit garçon puni », pensa-t-elle, désolée. « Numa... ne sois pas fâché. Ce n'est pas ma faute, s'il fait mauvais temps. »

Mais comment eût-il entendu cet appel qu'elle lui lançait dans le silence de son cœur ?

Le feu était lent à prendre. Une odeur de fumée se répandait à travers la chambre. Sans qu'il daignât s'en aviser, et prendre les pincettes pour y remédier, lui, toujours si fier de déployer ses talents, en des occasions semblables.

Assise sur le bord du lit, les mains jointes au creux de sa jupe, la tête lasse repliée sur sa nuque pesante, Dominique sentait peu à peu le froid s'infiltrer dans son ventre, et gagner jusqu'au fond de ses os. Gagner l'amour...

Et, à présent, il lui devenait impossible de trouver un motif à sa présence en ce lieu étranger, avec cet homme, dont elle ne savait plus très bien ce qu'il représentait pour elle.

Dans un éclair, elle vit toute son existence dressée lui poser la question.

Et s'épouvanta de ne point trouver de réponse.

« Numa, mon amour... »

Elle usait, dans sa pensée, des mêmes mots qui, d'ordinaire, s'accompagnaient en elle d'un frémissement de tendresse passionnée.

Mais les mots demeuraient des syllabes sèches, friables, dépourvues de la vie qui leur donnait leur pouvoir incantatoire.

« Mais alors... si je me suis trompée... » se dit-elle, avec horreur. Que faisait-elle dans cette chambre ?

Elle eût voulu se coucher, avoir chaud. Et oublier tout le reste. Mais se trouvait incapable d'esquisser un geste.

Du temps passa. Sans qu'elle pût l'évaluer. Ni ne s'en souciât, dans l'anéantissement où elle s'enfonçait.

A l'autre bout de la planète, perdue dans des épaisseurs de brume, une voix dit :

— Ça a l'air de vouloir s'arrêter. Viens voir.

Une voix avec laquelle Dominique n'avait rien à faire.

Les yeux clos, elle descendait, descendait toujours, mollement, dans une amère béatitude.

Et, tout à coup, la voix redevint proche, l'enveloppa, comme quelque chose de doux et de tiède :

— Mon tout petit, où es-tu ?... Parle-moi. Souris-moi.

Accroupi à ses pieds, Numa levait son visage vers elle.

Un visage comme un autre : le front où se marquaient quelques plis ; les cheveux moins éclatants, le nez moins beau, moins pur qu'autrefois, peut-être un peu élargi, le menton moins net, les joues moins dures ; la grande bouche des Vernet, leurs dents carnassières ; une peau « ...plus claire que la mienne ». Et ces yeux, « ...pareils à ceux du chat de Berthe »...

Dominique le détaillait avec un détachement rigoureux, étonnée de sa propre lucidité qui, soudain, la faisait se demander quel charme, dans tout cela, pouvait l'avoir enchaînée.

— ... Je ne suis pas bien, quand tu t'éloignes de moi comme ça, plaida Numa, avec son sourire le plus enjôleur.

— Mais je suis là. Quelle idée !... Je t'aime...

Et c'était vrai, de nouveau. « Heureusement, mon Dieu !... »

— ... C'est toi, mon chéri, qui ne...

— Chut !

Il prit ses mains dans les siennes :

— ... Mais elles sont gelées... Et ces sacrés grogs qui n'arrivent pas !...

Il les frotta pour les réchauffer, les couvrit de baisers.

— ... C'est vrai que j'étais contrarié, tout à l'heure. C'est cette pluie. J'avais mijoté tant de projets, qui vont être fichus, si... Mais ça ne fait rien. Tu vois ?... Et, après tout, qu'elle tombe, tiens ! Pendant nos quarante-huit heures, sans arrêt, si ça lui chante. Nous nous mettrons au lit, et nous tirerons les volets. C'est dit ?

Ce fut seulement au moment de partir qu'il avoua — et, depuis deux jours, la pluie n'avait guère cessé de fouetter les carreaux :

— Vois-tu, j'aurais voulu que tout fût de notre côté, pour cette fois, même le temps. Car, à présent, je ne sais trop quand nous pourrons nous permettre une autre évasion semblable. Avec ce printemps qui arrive, tu vas sans doute être retenue à Mogador par l'ouvrage ? Et... Et, moi-même... Tu comprends, avec l'absence de Lucien qui commence à se faire sentir... Mon père ne peut plus compter que sur moi, et... Bref, je lui ai promis de ne pas le laisser tomber, cette année, dans les mois à venir.

Interdite, tout d'abord, Dominique l'écoutait mal, déjà bouleversée, et de plus en plus, à mesure qu'elle croyait entrevoir ce qu'il essayait de lui faire admettre.

— Tu veux... que nous cessions de nous voir ? demanda-t-elle, d'une voix blanche.

— Niké ! Mais tu es folle ! Ah ! ça !... — Numa la reçut entre ses bras, presque hors de sens, en effet. — ... Qu'est-ce que tu vas t'imaginer ?

« ... Non, reprit-il, après avoir entrepris de lui donner quelques gages rassurants. Non... J'ai tout bonnement voulu dire que je ne pourrais pas te rejoindre trois ou quatre fois dans la semaine, comme je le faisais l'an dernier. Et que, maintenant, d'ici à l'automne prochain, je crains que nous n'ayons plus guère devant nous plusieurs jours d'affilée pour nous offrir de petits voyages comme celui-ci. Mais, si tu veux...

Il s'interrompit pour la secouer à deux mains, avec une tendre rudesse :

— Idiote, va ! Petite idiote que tu es !... En compensation, je pense que je pourrai me débrouiller pour te consacrer la plupart de mes dimanches, si cela te convient. Après tout, à présent qu'on nous a forcés à mettre nos cartes sur la table, je ne vois pas pourquoi je me gênerais, n'est-ce pas ?

Et, en effet, l'aubépine passa sur les haies, les bourgeons éclatèrent, les arbres se couvrirent de feuilles neuves dont le vert printanier perdit tôt son acide fraîcheur sous le soleil de mai, le feu d'artifice des roses monta et mourut en beauté dans le parc de Mogador, les coupes de foins se succédèrent, Jack Dempsey battit Georges Carpentier à Jersey City, devant cent mille personnes, le blé, moissonné au lendemain de cette défaite, partit vers le moulin, les pêchers donnèrent leur récolte, les grappes s'arrondirent, grain à grain, dorées, sur leurs ceps, et les colles de vendangeurs revinrent dans les vignes, sans que Numa eût manqué à sa promesse.

Dans les salons amis, comme dans celui de Tourvieille, on s'échauffait sans lui à discuter de l'innocence de Jean Galmot, et des raisons plus ou moins obscures qui incitaient Bonnevay à couvrir le juge responsable de la détention du héros de la Guyane.

Sitôt achevé le déjeuner dominical, à moins que certains membres importants de la famille ne fussent exceptionnellement les hôtes du mas, on le voyait quitter le cénacle assemblé autour du café servi sous les mûriers, sans même s'inquiéter d'un prétexte pour couvrir son départ. Avec, à la ronde, un sourire dégagé, accompagné d'un signe de la main.

— Bon après-midi à tous. Le cas échéant, dînez sans m'attendre. Il est possible que je ne rentre pas avant demain matin.

Les premiers temps, sa mère et sa sœur avaient cru pouvoir le retenir à Tourvieille, en y multipliant les réunions. La manœuvre échoua dès la seconde tentative. Numa roulait en direction de Tarascon qu'elles cherchaient encore une excuse plausible à faire admettre aux invités attendus pour l'heure du goûter.

Il semblait avoir pris à tâche de fournir la démonstration qu'il pouvait, dans l'infidélité même, observer une fidélité totale.

— Non, je n'en reviens pas. Après plus d'un an... Tenir encore ainsi à cette petite, lui qui jamais n'avait gardé une maîtresse...

Elles récapitulaient de concert :

— ... La jolie Lucette Roumanille, dont il s'est lassé dans les trois mois... Et madame Alméras, une conquête flatteuse, cependant, qu'il a quittée au bout de quelques semaines pour cette peste d'Yvonne Barnaud...

— ... Qui n'a d'ailleurs pas fait long feu, elle non plus. Et...

Pour conclure ensemble :

— Mais qu'a-t-elle bien pu lui faire boire, cette Nique ?

— ... Enfin, toi, Henri, comprends-tu cela ?

Pris à témoin par sa femme, Henri Fauvelly, fermement décidé à sauvegarder sa propre paix, ne voyait aucune objection à formuler la déclaration de principe que l'on attendait de lui.

— Vraiment, c'est à se demander comment il ose... Quand on voit la dignité de la pauvre Alice, et sa patience... ajoutait Agnès, avec un coup d'œil vers la maison, où celle-ci était rentrée, peu après le départ de Numa.

Son amitié pour sa belle-sœur, développée par les circonstances, se trouvait accrue du respect que lui imposait une force d'âme devant l'épreuve, dont elle-même, placée dans le même cas, ne se fût pas sentie capable.

Laure Vernet, qui possédait d'autres lumières sur les causes profondes de cette faillite, mais les gardait jalousement par-devers soi, ne portait pas à sa belle-fille des sentiments aussi chaleureux.

Cependant, l'opiniâtreté d'Alice à faire tant bien que mal tenir ensemble ce qui n'était plus guère que les débris d'un foyer mettait l'unique obstacle à une séparation vers laquelle paraissait toujours tendre le défi permanent que mettait Numa dans sa conduite.

— ... Aussi continuerai-je à tout mettre en œuvre pour la convaincre, si besoin en était, que sa place est ici, entre nous tous, et qu'elle doit la conserver, coûte que coûte, déclara-t-elle à son mari, comme ils en discutaient, quelques jours plus tard, sans témoins.

Pour sa part, malgré les soucis et le déplaisir que l'affaire lui causait, Raoul Vernet n'inclinait pas vers la même intransigeance.

Laure revint à la charge :

— Mais pense donc qu'elle pourrait nous enlever Michel, si elle s'en allait. Un jugement dans ce sens ne ferait pas l'ombre d'un doute, étant donné la tactique stupide qu'a trouvé bon d'adopter Numa.

Qu'on pût le priver de la présence de l'enfant était pour le grand-père l'argument décisif.

— Il est certain qu'en ce moment, ce fou est en train de forger à sa femme les meilleures armes dont elle pourrait se servir.

Tristement, il secoua la tête, inquiet de l'avenir pour son aîné prodigue, et pour la fille de Frédéric, « cette petite... » qu'il avait toujours trouvée exquise, et qu'il eût si bien vu prendre place à Tourvieille. « Les malheureux enfants, je crains fort... »

Pendant ce temps, loin de tous les remous qu'ils provoquaient, délivrés des espoirs, aussi bien que des craintes, auxquels ils s'étaient longtemps cramponnés, les malheureux enfants buvaient le présent à pleines gorgées, comme des cigales ivres de chaleur.

— Ma galineto, vous croyez que ça leur ferait plaisir, à vos parents, les pauvres, s'ils voyaient ce que vous faites ? avait gémi Mathilde, un moment plus tôt, en voyant Dominique se préparer avec fièvre — Vite, vite, dépêche-toi !... — pour n'avoir qu'à sauter à côté de Numa sur la banquette, lorsqu'il arriverait.

— Papa et Maman ?... Et bien, je crois que tu te trompes, et qu'ils pourraient m'absoudre, eux qui se sont tellement aimés. Après tout, l'un d'eux aurait pu n'être pas libre. Et alors... Mais tu ne sais pas ce que c'est, toi, ma pauvre vieille Thilde...

— Tiens, pardi ! Que vous dites !... Moi aussi, j'ai été jeune. Et j'en ai eu, des galants !... Même que quand j'ai rencontré mon Marceau...

« Mathilde... ? » Une accorte Mathilde de vingt ans, que courtisaient alors de jeunes coqs de village... « Oh ! mon Dieu ! »

Il n'était que de la regarder pour voir le temps à l'œuvre.

« Viens vite, Numa ! Vite, vite !... » Il ne fallait pas perdre un instant. « Demain, tout sera fini... » Petite fille, les soirs de fête, déjà, elle pleurait à cette pensée.

Par bonheur, le sable de l'allée criait sous des roues ; et la Voisin, si familière maintenant à Dominique, apparue, dépassait la maison en freinant, afin de tourner au coin des lauriers-tins, et revenir se poser devant le perron.

Quelques secondes pour voler jusqu'en bas, ouvrir et refermer la portière...

« Et voilà. »

— Partons vite.

Ils s'embrasseraient ailleurs. Tout à l'heure.

« Accélère, Numa. Vite, mon amour. Plus vite ! »

Plus vite que le temps. Et peut-être alors, cette fois, réussiraient-ils à l'égarer en chemin.

— Mais, le temps, c'est le fouet de Dieu, dit doucement Isabelle, qui l'écoutait expliquer sa hantise.

Debout, derrière la grille massive qui la séparait de sa jeune sœur, les mains croisées sous les grandes manches de la robe noire, elle n'émergeait de l'ombre ramassée derrière elle que par son visage, un peu moins blanc, un peu plus mat, et aussi lisse que la guimpe empesée qui en délimitait le contour.

Dominique lui lança un regard timide.

— Oui, je sais bien que, pour toi, tout cela semble dérisoire. Ici, l'inquiétude n'a pas cours, et...

— Crois-tu ?

Le sourire d'Isabelle l'arrêta. Ce beau sourire nourri de certitude qui rappelait, purifié, spiritualisé, celui de leur mère dans la gloire de ses jours de bonheur.

— Mais... Tu possèdes la paix, toi, Sabel.

Isabelle prit un instant avant de répondre.

— Je suis en paix avec le monde extérieur, oui. Mais où as-tu jamais vu que cela puisse suffire ?... Une religieuse qui s'enroulerait douillettement dans le cocon d'une paix gagnée d'avance serait bien la plus déshéritée des filles de Notre Seigneur.

Elle considéra sa cadette avec une tendre commisération :

— ... Les gens se figurent... Ma petite, on n'entre pas au couvent pour y dormir. Mais pour y flamber, au contraire. Pour y faire feu de toutes les parcelles d'amour que l'on peut racler en soi.

« ... Tu vois, conclut-elle, après avoir laissé à Dominique le temps d'assimiler ses paroles, nous ne sommes pas tellement différentes, toi et moi. Seulement... seulement, j'ai l'assurance que Celui vers qui je suis allée ne me manquera jamais.

— Et... tu penses que Numa, lui... ? demanda lentement Dominique, très droite, sur sa chaise inconfortable.

— Je n'en sais rien, ma petite Nique. C'est une situation tellement inextricable. Mais cela se pourrait... Et je pense même qu'il faut te le souhaiter pour ton bien véritable. Si tu parvenais à le comprendre, ma pauvre petite !... Dire que toi, toi, ma petite sœur, tu acceptes cette existence de compromis, de mensonge... où Dieu est bafoué à chaque instant !...

Elle épiait en vain sur les traits durcis de Dominique les signes de la contrition qu'elle eût voulu y voir. Cabrée, celle-ci n'était, pour l'instant, que rébellion.

Isabelle soupira.

— Vois-tu, reprit-elle, chaque jour, lorsque je prie pour toi, je demande simplement que tu reçoives de l'aide. Laquelle ? Ça... ? Il n'y a que Dieu qui sache de quelle sorte est celle qui convient. Tu vis à l'encontre de Ses règles, avec Numa, dans le péché, dans la honte... Et pourtant, je ne puis croire qu'il se refuse à exaucer mes prières.

Prise du besoin de s'affermir en face de son aînée, Dominique se leva et vint jusqu'au guichet :

— Tu pries pour nous deux ensemble, j'espère ? Ou bien, ce n'est pas la peine.

Sa voix contenait un défi.

— Bien entendu, dit Isabelle, soutenant son regard.

Avec une ombre d'ironie, elle ajouta :

— ... Ma petite sœur, c'est étonnant comme parfois tu peux prendre des airs de Maman. L'espace d'une seconde, j'ai cru la revoir.

Dominique se détendit :

— C'est vrai ? questionna-t-elle, un peu émue. Pourtant... Ce ne peut être qu'un air. Je n'ai rien hérité d'elle. C'est toi, qui... L'oncle Hubert me demandait, l'autre jour, si tu lui ressemblais toujours autant.

— L'oncle Hubert... répéta Isabelle, pensive. Au fait, comment va-t-il ?

— Bien, je pense. Il a fait l'ouverture en Camargue, comme toujours. Et il doit y être, de nouveau. Toujours le même : bourru, renfermé... d'un abord difficile... Mais maintenant, il ne m'inspire plus autant de crainte... Au fond, je crois qu'il est très bon. Quand... quand les choses se sont ébruitées, il s'est montré si chic, envers moi, si compréhensif...

— Oui ?

Isabelle hochait la tête d'un air réfléchi.

— ... Pauvre oncle Hubert, conclut-elle.

« Sans beaucoup d'à-propos », apprécia sa sœur.

Isabelle cherchait comment revenir au sujet qui la préoccupait.

— Anne m'a écrit, reprit-elle, après un silence.

— Pour te faire part de ses affres à mon égard, j'imagine ? demanda Dominique, laissant aussitôt percer une pointe d'agressivité.

— Oui. Elle se fait beaucoup de souci.

— Oh ! elle... Je crois qu'elle déplore surtout la réprobation mondaine que j'ai attirée sur ma tête.

Il paraissait insolite d'employer de tels mots, dans cette salle dépouillée de toutes les vanités temporelles, où la lumière, projetant au sol le dessin des fenêtres, y traçait démesurément deux ombres, pareilles à celle de la croix.

— Pourquoi es-tu méchante ? dit Isabelle.

— Non, je ne le suis pas. Tu le sais bien. Mais, à force... Je n'en puis plus, d'être harcelée...

Isabelle n'objecta rien. Peut-être, en effet, valait-il mieux taire des objurgations qui semblaient avoir pour seul résultat d'attiser la révolte de sa cadette. « Pour l'instant... »

— ... Quant à faire comprendre à Anne, poursuivait celle-ci, qu'il ne s'agit pas d'une... — elle hésita sur le terme — ... d'une toquade... Et que c'est ma vie entière qui se trouve engagée, irrévocablement...

Elle laissa un instant sa phrase en suspens, dans l'attente de la réaction d'Isabelle.

Mais sa sœur parut ignorer la provocation.

— ... Comment le pourrais-je ? acheva Dominique. Il est tellement inutile d'essayer de discuter avec elle. Tu la connais.

— Elle n'a jamais très bien su se mettre à la place des autres, admit simplement Isabelle.

Et toutes deux, s'entre-regardant, retrouvèrent soudain, implicite, un sentiment de connivence fraternelle qui les reportait dix ans plus tôt, à l'époque bienheureuse où l'aînée se faisait de temps à autre complice de la benjamine en faute, vis-à-vis de leurs parents.

— Figure-toi... c'est drôle... avoua Dominique, mise en confiance, de loin, j'ai toujours à la fois envie, et un peu peur, de venir te voir.

— Peur ?

— Oh ! c'est sans doute ce silence... et ce parloir, ces grilles... ce costume... Je crois que jamais je ne m'y suis habituée, depuis que tu es ici. Il me faut toujours un moment, tu vois ?...

A présent, en effet, débarrassée de sa gêne initiale,

elle s'accoudait franchement au rebord de la cloison basse qui supportait les barreaux de fer de la clôture.

— ... Et d'abord, en arrivant, c'est vrai que je ne te retrouve pas tout de suite. Tu me parais étrangère. Je te parle, j'écoute... et, en même temps, je me demande ce que je suis venue faire.

— ... Et puis, voilà : quelque chose se produit, comme un déclic... Si bien qu'à la fin, je voudrais presque ne plus m'en aller.

— Mais c'est tout de même ce que tu vas faire, observa Isabelle, en la voyant consulter sa montre.

Ce n'était pas même un reproche. Ou si discret.

Mais Dominique protesta, confuse :

— Oh ! non, pas encore. Je vérifiais seulement l'heure qu'il est.

Une charmante montre-bracelet, minuscule...

Sa sœur ne la lui connaissait pas. Mais elle réfréna sa curiosité, de crainte d'apprendre que le bijou venait de leur cousin.

— Tu comprends, l'office, puis le parloir... Je ne savais plus. On perd toute notion du temps, ici, continuait Dominique, pour s'excuser.

— Tu vois... tu vois...

Elles en revenaient à leur point de départ.

Dominique rougit.

— Oui, mais ici seulement. Et n'empêche qu'il passe.

Sans insister, Isabelle dit, avec son sourire calme :

— Raconte-moi encore... Que fait Laurent ? Est-il heureux avec Henriette ?... Et la petite Claire ? Elle fait bon ménage avec son Maurice ?... Maurice, marié !... Non ! quand j'essaie de me l'imaginer... Et...

Mais elle pouvait multiplier les questions.

Le vieil ennemi s'était remis en marche, derrière Dominique. Dans la sérénité de cette retraite, où rien, apparemment, ne transpirait de la fébrile course du monde, elle se sentait tout à coup talonnée de plus près.

Et, tout en répondant tant bien que mal à sa sœur, elle courait, courait, déjà, par la pensée, éperdument, vers ce café sur la place de la Comédie, où Numa, peut-être, las d'avoir rôdé seul dans Montpellier, toute la matinée, allait bientôt commencer à trouver l'attente trop longue.

## 2

Au cours de cet automne 1921, Dominique mit à profit la morte-saison pour s'occuper de faire installer le téléphone à Mogador.

Numa l'y avait vivement encouragée.

— Toi qui as la ligne à proximité, profite donc de ta chance. Pense comme ce sera commode, lorsque je n'aurai, pour te parler, qu'à demander ton numéro dans n'importe quel bureau de poste.

Une fois de plus, à sa manière, le bloc des vieux serviteurs regimba tout d'abord devant cette nouvelle intrusion du progrès.

Massés dans l'office comme dans un fortin, ils protestaient par leur mutisme offensé. Et ne frayaient avec les ouvriers chargés des travaux que par le truchement de Carlo, le subordonné, le factotum, l'homme lige de Victor.

Ce joyeux Piémontais, doté d'un tempérament affable qui désarmait Berthe elle-même, et dégourdi de son naturel, avait, depuis deux ans, assimilé les tâches de sa récente condition, avec assez de zèle pour s'être acquis la bienveillance de son docte, mais exigeant initiateur.

— Je le dresse pour me succéder, proclamait volontiers celui-ci.

Dominique, pour sa part, ne voyait guère la nécessité de perpétuer dans la maison le luxe périmé d'un maître d'hôtel, lorsque le vieillard aurait disparu. Mais Victor, en jugeant autrement, entendait transmettre ses devoirs et ses prérogatives à un héritier de son choix.

Confronté avec l'appareil téléphonique dûment mis en place, il apporta toutes les réticences imaginables à en apprendre le maniement.

La dialectique la plus serrée ne donnant que de maigres fruits, sa jeune maîtresse usa d'un détour pour l'y amener, et feignit d'en vouloir confier l'emploi à Carlo, toujours disposé à s'instruire.

— ... A présent, il te faudrait l'entendre, commenta-t-elle, en riant, pour Numa. Par deux fois, j'ai demandé Mogador, de l'extérieur, afin de tenter l'expérience. Eh bien ! elle est concluante. C'est toujours Victor qui répond. Et avec une onction !... une pompe !... On croirait avoir affaire au sacristain de Fontfresque.

— Parfait ! Nous allons l'inaugurer, ce téléphone, mon minet. Demain matin, ou mardi, au plus tard, je t'appelle d'Arles, promit-il.

Mais ce fut Madeleine Vernet qui s'en servit la première.

— Non ? Pas possible !... C'est toi, tante Madeleine ? s'exclama Dominique, toute heureuse, lorsqu'elle eut pris les écouteurs que lui tendait Victor.

Depuis le soir où elles s'étaient quittées sur la place de Jonquières, un an plus tôt, jamais la jeune fille n'avait revu sa tante.

Hubert seul continuait à fréquenter Mogador comme par le passé. Encore s'en tenait-il, dans sa conversation, à des sujets excluant la plus légère allusion à la vie privée de Dominique.

Celle-ci ne se doutait d'ailleurs nullement qu'elle avait fait l'objet d'une querelle où Madeleine, pour une fois, avait trouvé l'audace de se dresser contre son mari.

— Je me demande ce qui diable peut t'exciter si fort contre cette enfant, dans une histoire où tu n'as rien à voir, somme toute, lui avait jeté Hubert, las de réitérer en vain ses appels à l'indulgence.

« Rien à voir !... » Qui donc, à part lui, eût affecté de le croire ?

— Non, rien !... Rien du tout, en effet !... Il est vrai que je n'ai jamais rien eu à voir dans vos histoires à vous autres, Vernet. Et celle-là ne fait que renouveler une vieille tradition de famille. Ce qui vous fait envie, c'est toujours ce qui appartient à autrui, et cela seul, n'est-ce pas ?

Elle l'avait presque crié, se libérant enfin, ce grief qui l'étouffait, remâché depuis des années, dans la longue solitude où l'avait laissée son mariage.

En Dominique s'incarnait désormais, à ses yeux, le tort irrémissible qui lui avait été fait, à elle d'abord, bien plutôt qu'à Alice.

Et c'était encore au passif de sa nièce qu'elle imputerait l'instant où, terrorisée, elle avait vu Hubert, debout, faire basculer de ses poings la table servie, et marcher sur elle, avec la figure d'un meurtrier, cependant qu'elle reculait en vain jusqu'au mur. Puis, à l'ultime seconde où le hurlement cherchait à sortir de sa gorge rétrécie, se détourner, enfin, et quitter la pièce sans avoir prononcé une parole.

Huit jours d'éloignement avaient à peine suffi, selon toute apparence, pour effacer le souvenir de sa rébellion dans l'esprit d'Hubert. Et l'homme qui avait réintégré la Gloriette, au bout de ce délai durant lequel Madeleine l'avait attendu jour et nuit, tremblante de la crainte et du désir de le voir revenir, s'était seulement montré un peu plus taciturne, un peu plus irritable, un peu plus absent auprès d'elle.

Et, à présent, contrainte de lancer cet appel, il lui fallait supporter d'entendre l'intonation joyeuse dont vibrait la voix de Dominique dans l'appareil.

— C'est moi, oui, dit-elle, avec sécheresse. Ton oncle est malade. Il veut te voir.

— Malade... répéta Dominique, après elle. Malade ? qu'est-ce qu'il a ?... Ce n'est pas grave, au moins ?

— Une pneumonie, la renseigna laconiquement Madeleine.

— Oh ! mon Dieu !... Puis-je venir tout de suite ?

— Oui. Puisqu'il te le demande.

— J'arrive.

Dominique raccrocha le récepteur avec autant de précaution que si elle se fût trouvée dans la chambre du malade.

A l'orée du chemin qui desservait Mogador, sa voiture faillit entrer en collision avec celle de Maurice qui accourait.

— Je venais justement t'avertir. J'arrive de voir mon père, à Barbegal. Nous avons reçu au courrier, tout à l'heure, un mot de ma belle-mère. On est très inquiet, là-bas. Il se maintient à quarante, et plus, depuis cinq jours, malgré les ventouses scarifiées et les enveloppements. Elle demande que Papa aille en consultation avec le confrère de Boulbon qui le soigne. Ta tante Madeleine passe des nuits blanches, sans vouloir personne pour la seconder.

« Mon Dieu !... » implora Dominique, en reprenant sa route. « Mon Dieu, faites que... »

A la Gloriette, le petit Frédéric, seulet, jouait sous la tonnelle.

— Tu sais, annonça-t-il, mon Papa est très malade.

Mamounette reste tout le temps en haut avec lui. Et moi, je vais plus à ma leçon. Et Tatie Adrienne m'a apporté un « tricyque » pour que je sois sage.

Madeleine reçut la jeune fille avec une correction glaciale qui brisa l'élan de celle-ci. Et se hâta de lui laisser le champ libre.

— Oncle Hubert...

Sur la pointe des pieds, Dominique s'avançait vers le lit. Elle s'arrêta, incrédule, à la vue de son oncle.

Méconnaissable, les yeux injectés, les pommettes écarlates et luisantes, les joues creuses sous l'ombre noire de la barbe qui avait poussé, les lèvres crevassées, il était entré dans ce monde émacié de la maladie, et en portait le masque uniforme.

— Tu es gentille d'être venue si vite, dit-il, lui tendant une main moite. A moins qu'on ne t'ait dit qu'il y avait péril en la demeure ? ajouta-t-il, avec un demi-sourire.

— Mais non, voyons... qu'allez-vous...

Il rejeta d'un geste indifférent les protestations gênées de sa nièce.

— Tu sais, ne te crois pas obligée de me donner de l'eau bénite, si c'est le cas.

L'oppression hachait chaque syllabe qui devenait sifflante, donnant à sa voix une curieuse inflexion monocorde.

— ... Mais je ne crois pas, poursuivit-il, après une seconde de réflexion, pendant laquelle le soufflet de sa respiration emplit la pièce de son bruit semblable à celui d'une scie. Ma carcasse en a vu d'autres. Enfin, prendre ses précautions n'est jamais un mal, n'est-ce pas ? C'est pourquoi je voulais te voir. Viens t'asseoir ici, près de mon chevet, que je n'aie pas à forcer pour me faire entendre.

Comment y parvenait-il ? se demanda Dominique, qui peinait, à l'écouter seulement.

Impressionnée, elle obéit, sans rien dire.

— C'est au sujet de Frédéri. Je me reproche de l'avoir trop négligé, ce petit. J'ai toujours eu tendance à le considérer plutôt comme le fils de Madeleine que comme le mien.

— Mais n'est-ce pas la même chose ? objecta Dominique avec naïveté.

— Pas forcément. On aime à se reconnaître dans ses enfants ; et celui-là ne me ressemble guère.

Une quinte de toux l'interrompit, qui l'obligea à se détourner.

— ... Oh ! bon Dieu !... lâcha-t-il, impatienté, lorsqu'il émergea de son mouchoir, avant de reprendre : ... Bref, j'ai laissé sa mère le bichonner comme un petit chien savant. Note bien qu'il n'est pas trop tard pour le reprendre en main. Si je m'en sors, je m'en occuperai moi-même. Sinon... eh bien ! je ne vois que toi qui puisses faire quelque chose.

Dominique ouvrit de grands yeux.

— Moi ? Mais...

D'un signe, il lui imposa silence.

— J'ai pris mes dispositions. Le notaire va venir. Dieudonné Brun sera tuteur. Mais Aigues-Vives, c'est loin. Il se montrera pour la forme, de temps à autre, et laissera Madeleine l'élever à sa guise, persuadé que tout va très bien. Pour peu que ta tante Adrienne s'en mêle, à elles deux, elles en feront une fillette, si personne ne s'y oppose. Toi, en tant que tutrice, tu en auras le pouvoir. A toi d'agir.

— Mais comment voulez-vous...

Derechef, il la fit taire :

— Tu le peux. Je te connais, et je t'ai vue à l'œuvre, depuis 1917. Je sais que tu le peux. Je veux qu'il aille à

Mogador, et que tu viennes ici, surveiller le mas. Aussi souvent que possible. Garde-le-lui en bon état. Apprends-lui son métier d'homme de la terre. Fais-en un vrai Vernet. Je suis sûr que tu sauras... Et un bon cavalier, c'est important.

Dominique approuva du menton. Un souvenir lui revenait à la mémoire.

— Mamé Julia disait toujours : « Au cavalier, on juge l'homme. » Vous vous rappelez ?

Acquiesçant d'un clin d'œil, il avança la main, et lui tapota l'épaule.

« ... Comme à un camarade », pensa la jeune fille, à qui cette marque d'estime virile fit monter aux yeux des larmes de fierté.

— Je puis compter sur toi, hein ?

— Oui, bien sûr. Je ferai de mon mieux, je vous le promets, oncle Hubert, si... Mais vous allez guérir, j'en suis certaine.

Il eut de nouveau, ce sourire vague :

— Ça se pourrait.

Comme si cela n'eût pas eu tellement d'importance, s'étonna sa nièce, que révulsait la seule évocation de ce piège béant où, l'un après l'autre, s'étaient engloutis tant des siens.

— ... Vous allez guérir très vite, insista-t-elle. Pour voir grandir Frédéri... Et vous retournerez chasser... Et vous m'emmènerez avec vous aux Iscles. Vous voulez bien ?

Hubert la dévisagea, étonné à son tour.

— Tu aimerais... ?

— Oh ! oui, oui !... pria-t-elle, comme s'il en eût été question pour le lendemain même.

Hubert parut rêveur.

— Bah ! pourquoi pas ?... J'ai souvent parlé de toi à Francine Roche.

— Alors, nous irons ?... Oh ! dites-moi que nous irons !...

Elle avait l'impression de le tirer après soi, à grands efforts, en eau profonde. Et la berge était en vue.

— Entendu, dit-il, de sa drôle de voix, qui faisait mal à la poitrine de Dominique.

Mais, cette fois, il souriait pour de bon.

— ... Allez, sauve-toi. Et dis à Madeleine que je veux me reposer jusqu'à l'arrivée du clerc de Daubenois.

Sa toux le reprenait.

La jeune fille se leva, et attendit, debout contre le bord du lit, que se terminât la quinte.

— Quelle saleté ! grommela-t-il, en reprenant bruyamment un peu de souffle.

— Oncle Hubert, je... Est-ce que je puis vous embrasser ?

— Ma foi... je dois puer la fièvre... Ce n'est guère...

— Ça ne fait rien.

Elle se pencha, et posa ses lèvres, sans dégoût, sur la tempe gluante de sueur.

Du bout des doigts, Hubert lui caressa la joue.

— Petite fille... Va, maintenant. Et n'oublie pas ma commission pour ta tante.

— Tout de suite.

De la porte, sous le regard d'Hubert qui ne l'avait pas quittée, Dominique se retourna :

— A bientôt, oncle Hubert, n'est-ce pas ?

Elle affirmait et suppliait à la fois, forte des gages qu'il venait de lui donner, et déjà tremblante de la crainte de tout perdre.

— A bientôt, consentit Hubert, avec une grimace, à peine un peu moqueuse, pour sceller leur entente.

Trois paires d'yeux braqués l'accueillirent dans le petit salon du rez-de-chaussée. Et, brusquement, Dominique prit conscience de l'incongruité de la joie qui s'exhalait d'elle.

« Il guérira... il guérira... » s'était-elle répété, en descendant l'escalier allégrement, pareille à une enfant éblouie.

Mais sa certitude était incommunicable à ceux qui venaient d'assister à son entrée, et la contemplaient fixement, la stupeur se mêlant à l'affliction sur leurs visages.

Le silence s'étala comme une tache d'encre sur un buvard.

Pétrifiée, Dominique n'osait plus respirer.

Charles Guillermin fut le premier à se ressaisir.

Avec le naturel qu'il puisait dans la simplicité de son cœur, il vint à elle les mains tendues et la gratifia d'un solide baiser sur chaque joue.

— Ma petite Nique, nous sommes bien contents de te voir.

« ... N'est-ce pas, Adrienne ? lança-t-il à sa femme, d'un ton plein d'encouragements.

La figure de celle-ci passait par toutes les couleurs.

— Tatie... murmura Dominique, la voix rauque.

Adrienne ne put y résister. Et fondit en larmes :

— Ma chérie... Ma pauvre petite chérie...

Chacune fit la moitié du chemin.

Charles assistait en se frottant les mains à la conjonction des deux femmes.

— Tout est bien qui finit bien, glissa-t-il, candidement, à sa belle-sœur, qui n'avait pas bougé, et considérait la scène d'un œil différent.

— Excusez-moi, dit Madeleine pour toute réponse, en abandonnant la chaise qu'elle occupait.

Elle quittait la pièce, lorsque Dominique s'arracha à la douceur de ses effusions.

— Ne monte pas. Il m'a chargée de te dire...

Madeleine écouta sans commentaires la communication.

— Merci. Mais je préfère m'assurer par moi-même qu'il n'a besoin de rien.

« ... Si vous le permettez, ajouta-t-elle, à la ronde, sans plus tenir compte de la jeune fille.

— Mon pauvre frère... gémit, après son départ, Adrienne, dont les larmes changèrent de cause. Comment l'as-tu trouvé, Nique ? Bien fatigué, n'est-ce pas ?

— Mais non ! protesta de toute son énergie Dominique, aux oreilles de qui l'expression fatidique venait de résonner tel un glas. Non, certainement pas !... Ne pleure pas, je t'en prie, Tatie. Je suis sûre qu'il va s'en tirer. Sûre, tu m'entends ?

Charles Guillermin vint à la rescousse :

— Tu vois !... C'est bien ce que je te répète.

Encadrée, étayée, par son mari et sa nièce, Adrienne regagna le canapé, en s'essuyant les yeux, visiblement peu convaincue.

— Que le Ciel vous entende tous les deux ! Mais...

Elle s'adressa à la jeune fille :

— ... Au début de la semaine, il a eu le délire ; c'était affreux... tu ne peux pas te figurer. Et cette fièvre, mon Dieu ! Cette fièvre qui ne baisse pas !...

— Mais, tu sais, Tatie, il a toute sa tête, maintenant.

— Et, le pire, continua Adrienne, sans tenir compte de l'interruption, c'est qu'il se laisse aller, qu'il ne lutte pas... Le docteur nous le disait encore hier soir....Tu l'as bien entendu, Charles ?... Il devrait s'accrocher à la vie, à nous tous... Mais, au lieu de cela...

— Il va guérir, dit Dominique, obstinée. Il va guérir et il m'emmènera aux Iscles. Il me l'a promis.

C'était une affirmation déraisonnable, pour quiconque l'entendait formuler de cette manière ; elle eût pu le comprendre. Mais sa certitude l'emportait.

Adrienne n'y prêta d'ailleurs qu'une attention mitigée :

— Aux Iscles... je me demande si ce n'est pas là-bas qu'il a pris mal... Il n'y a jamais moyen de savoir ce qu'il a fait, ni d'où il vient, lorsqu'il rentre. Pauvre Madeleine... Ah ! Dieu sait qu'il ne lui rend pas la vie facile !

— Non, c'est vrai.

Mais à présent qu'elle était sûre de s'être conquis une place privilégiée dans ce cœur si défendu, Dominique se sentait prête à taxer Madeleine, comme tous les autres, d'incompréhension et de maladresse. Et, déjà, elle renonçait à la plaindre.

— ... Et voilà, conclut Numa, la lèvre retournée par une lippe sarcastique. C'est ce que j'appellerai un joli doublé : outre la touchante réconciliation avec Adrienne, le sauvetage *in extremis* de ce bon Hubert. Eh !... eh !...

— Ne ris pas ! se défendit-elle, fâchée. Je ne sais vraiment pas pourquoi je t'ai raconté tout cela. C'était couru d'avance que tu allais te moquer de moi et...

— Mais je ne me moque pas, mon minet. La guérison par la foi, c'est sûrement un truc de ce genre. Si jamais je me découvre des ennuis de santé, compte sur moi pour recourir à tes dons de thaumaturge.

Dominique l'examina longuement, avant de répondre.

Les mains croisées sous sa nuque, il fumait paresseusement, et suivait du regard l'ascension des volutes qu'il tirait de sa cigarette. Aussi à son aise, nu sur ce lit défait, entre ces murs tapissés d'un papier hideux dans la lueur rougeoyante du feu, qu'elle-même s'y trouvait déplacée.

— Il y a des moments où je me demande pourquoi je t'aime, dit-elle, un peu amère.

— Tu ne m'aimerais plus, si tu l'avais déjà trouvé, déclama Numa, donnant sans vergogne dans une paraphrase des plus douteuses.

— Oh ! toi !... gronda-t-elle, en lui ébouriffant les cheveux, avec une exaspération près de se fondre dans une défaillante tendresse.

Comme elle se levait, il la retint, emprisonna sa main, la retourna, l'embrassa au creux de la paume. Puis remonta jusqu'à la saignée du coude, dosant, de la langue et des dents, une caresse qui fit se précipiter le souffle de Dominique.

— ... Allons, laisse-moi, se plaignit-elle, sans conviction. As-tu vu l'heure ?... Mon Dieu ! Déjà...

Elle sauta du lit, à la recherche de sa lingerie, et, avisant la chemise de Numa, la lui lança :

— Tiens, mon chéri.

— Eh ! là... doucement.

Sans faire mine de bouger, il revint avec entêtement à son propos, tout en regardant les allées et venues de Dominique, occupée à se vêtir.

— ... Toujours est-il qu'Hubert est sur pied, et se prépare à t'emmener explorer les mystères de son coin favori, en Petite Camargue. Te voilà contente... Mais tu ne chasses pas, mon pauvre trésor. Que diable va-t-il faire de toi, là-bas !

— Eh bien !... dit Dominique, la bouche pleine d'épingles à cheveux, nous... nous ferons de la marche, des promenades... nous tâcherons d'approcher la manade de Blatière... nous irons en barque dans le marais...

— Bon, bon. Pour deux jours, ça peut suffire. Tu en as maintes fois fait autant à Tourvieille, mais enfin, si ça t'amuse... Espérons que tous ces chasseurs feront un effort pour t'admettre en tiers dans leur confrérie, ne serait-ce qu'en l'honneur du saint que tu leur ramènes.

Dominique croyait bien découvrir un soupçon de cruauté dans l'insistance qu'il apportait à la taquiner. Ou peut-être fallait-il penser : « un soupçon de jalousie ? », se demanda-t-elle, émue de sentiments divers devant cette attitude, que semblait confirmer le geste possessif avec lequel il l'attira près de lui comme elle passait à sa portée, rhabillée, recoiffée, prête au départ.

— ... Arrive un peu ici. Tu as bien le temps !... Et, du côté Guillermin, dis-moi ? On s'apprête aussi à tuer le veau gras, j'espère ? Vont-ils t'inviter pour les fêtes, cette année ? Cela me soulagerait de te savoir entourée de la famille, puisque je ne puis me libérer pour les passer avec toi.

Soulagé, le serait-il tant que cela ? Dominique n'en avait pas l'impression.

— Oh ! je ne crois pas. Ils me l'auraient déjà dit. Et tu sais bien qu'ils ont toujours les Bresson. Madame Bresson n'a pas désarmé, elle, j'imagine. Mais Tatie m'a retenue pour un dîner, le soir des Rois, avec Maurice et Claire, les Royer, les Marquet-Rageac, et le jeune ménage du Roveret.

Ce n'était là que la Vieille Garde, toujours fidèle. Et probablement Adrienne avait-elle choisi ses convives avec circonspection, afin d'éviter l'avanie d'un refus.

Mais elle eût aussi bien pu se montrer moins timorée, sans courir beaucoup de risques.

Durant l'année écoulée, plusieurs autres scandales, aux alentours, épanouis jusqu'à leurs conséquences extrêmes, étaient venus, avec plus de matière, s'offrir à la délectation de la conscience publique, toujours friande de nouveauté.

Et, nulle péripétie palpitante n'ayant relancé l'intérêt sur la piste des deux cousins, leur liaison, désormais tenue, de façon plus ou moins tacite, pour avérée, ne faisait plus guère qu'alimenter incidemment le casuel des bavardages.

Le mode d'existence adopté par Dominique observait d'ailleurs une décence telle que l'on pouvait affecter, au besoin, pour la commodité des relations journalières, d'en ignorer le secret. Quitte, pour les âmes par trop scrupuleuses, à découvrir, au profit du même résultat, les louables vertus d'une opportune charité chrétienne.

Insensiblement, certains ostracismes avaient perdu de leur rigueur. La reddition d'Adrienne Guillermin fit quelque bruit, et en entraîna d'autres.

Cependant, accoutumée déjà, depuis des mois, où qu'elle allât, aux affronts concertés, aux politesses dont l'hypocrisie dissimulait mal une arrière-pensée insultante, Dominique ne sentit pas tout de suite se desserrer le carcan qu'elle avait dû apprendre à porter, la tête haute.

Sa vie quotidienne continuait, telle qu'elle s'était tracée d'elle-même, partagée entre le fardeau de la gestion du domaine et les heures que Dominique en pouvait distraire pour les consacrer à Numa.

Dès le second hiver de leur amour, ils reprirent les habitudes que l'année précédente avait vu naître, et retrouvèrent leurs échappées, leurs havres, avec une régularité qui, parfois, comme le remarquait en riant Numa, colorait leur lien d'une nuance conjugale.

A leurs rendez-vous des dimanches, dont le principe, établi pour l'été, par Numa, faisait maintenant force de loi à Tourvieille, s'ajoutaient ceux que leur permettait l'oisiveté relative de la saison ; ceux aussi, jaillis de l'occasion.

Et, certes, le téléphone se révélait utile, songeait Dominique, avec gratitude, lorsqu'elle entendait à l'improviste, lointaine, déformée, nasale, la voix chère annoncer :

— Je serai à Nîmes, cet après-midi. Rejoins-moi au Tortoni vers deux heures. Une course à faire à la taillanderie, et nous aurons le reste de la journée à nous. Si tu veux, nous pourrions aller au Pathé : il y a William Hart dans un film de cow-boys, avec un Rigadin et un Charlot dans la première partie.

Etrange existence, « ...mais douce, après tout ! » où ils parvenaient à mettre en commun, ainsi que l'eût fait un jeune couple ordinaire, les soucis et les distractions, en même temps que la volupté. Comme s'il n'y eût pas eu, là-bas, au mas, une épouse, parée du titre légitime, qui se morfondrait, une fois de plus, ce jour-là, jusqu'au lendemain.

Cette présence muette, ce guet perpétuel, qu'elle se figurait, préoccupaient cependant Dominique, bien qu'ils parussent compter pour peu de chose aux yeux de Numa.

— Lui arrive-t-il souvent de te parler ?

— Naturellement, mon minet. Qu'est-ce que tu t'imagines... ?

— Mais... comment ? De quoi ?

— Ma foi... tu as de ces questions !... Est-ce que je sais, moi ? Elle... Eh bien ! par exemple, elle me demande si j'ai rapporté le sirop pour Michel... si je peux la laisser à Arles, en passant... si...

— Non ?... Elle te demande cela, tout en sachant que tu viens me retrouver ?

Son étonnement étonnait Numa.

— Eh bien ! oui. Pourquoi pas ? Si elle a quelque chose à y faire.

Et l'imagination de Dominique, mise en branle, lui représentait ce trajet effectué côte à côte.

— Et, à Arles, tu la déposes... ?

— Là où elle veut. Devant le magasin de Coron, ou celui de Ripert, ou au coin de la pharmacie Maurel, la plupart du temps.

— Et ensuite, tu repars. Sous ses yeux... Et, une demi-heure plus tard, c'est moi qui m'assieds à la même place... Et elle le sait, et elle...

— Eh oui ! c'est comme ça. Que veux-tu que j'y fasse ? Ce n'est ni toi ni moi qui avons voulu cette situation, n'est-ce pas ?... Alors, si elle la supporte... Mais je ne puis tout de même refuser de l'emmener faire ses courses, alors que cela ne me dérange pas.

Et ils devaient bien, aussi, échanger des propos, tout au long de la route. Numa n'était pas un conducteur obnubilé par le volant. Il aimait à donner ses impressions, à plaisanter, au moindre incident...

— Quand j'y pense...

— Mais n'y pense donc pas. Quelle importance... ? D'ailleurs, tu sais, là, tu t'égares. Alice n'a jamais tellement brillé par la conversation.

Et par quoi brillait-elle donc, lorsqu'il l'avait prise ? Dominique, agacée, se tenait à quatre pour ne pas le lui demander.

Mais, n'importe, le jugement manquait d'équité. Et elle doutait parfois, lorsqu'il s'exprimait avec cette légèreté sur le compte de sa femme, si Numa n'exagérait pas volontairement son indifférence. « Peut-être pour me rassurer ?... »

— Elle n'a pas notre tournure d'esprit, et beaucoup de choses qui nous intéressent, ou nous amusent, ne représentent rien, pour elle. Mais cela ne signifie pas...

— Je sais... je sais... Mais il se trouve que je n'ai nulle envie de me donner de la peine pour chercher un terrain d'entente. Ce n'est tout de même pas toi, Niké, qui vas m'en faire le reproche ?

— Non... Non, mais...

Elle hésita, avant de confesser :

— ... J'ai peur d'elle. Souvent, je me demande ce qu'elle attend, ce qu'elle espère, ce qu'elle prépare contre nous, tapie dans son trou, avec son amour piétiné, son orgueil blessé à vif, sa rancune qui doit croître sans cesse, et sa patience de pierre.

Numa rejeta la question d'un geste dégagé.

— Bah !... Elle élève son fils, rend des visites, couvre des pots de confitures...

— Je ne pense pas que cela lui suffise, murmura Dominique, en secouant la tête. Et, souligna-t-elle, je la connais mieux que toi.

Il sourit, avec une trace de fatuité.

— Vraiment ?

— Oui.

Elle n'avait qu'à se remémorer les qualités combatives dont Alice avait fait preuve au cours de leur assaut, pour savoir que Numa mésestimait sa femme.

— Et même, en admettant... Que peut-elle faire ? Réfléchis : changer d'avis, et demander le divorce ? Ce serait trop beau. Partir en emmenant Michel ? Mais, en ce cas, c'est moi qui pourrais entamer une instance. Et elle n'est pas si sotte...

— Sotte ? Non, certes.

C'était bien ce qui inquiétait Dominique.

Afin de se rassurer, elle repassait son amour comme un livre souvent feuilleté, en détaillant les joies, et les certitudes. « Bientôt deux ans, déjà... » Et Numa témoignait d'un désir égal, d'un besoin toujours renouvelé de l'avoir près de lui. Il lui confiait ses difficultés, écoutait attentivement les avis et les conseils qu'il la sollicitait de lui donner ; et ne laissait paraître aucun signe de lassitude.

Plus sûre de soi, son bilan établi, elle jouissait alors pleinement de toutes les aubaines dont se tissait son bonheur au jour le jour.

Jusqu'à l'instant où, de nouveau, sur un mot railleur ou sec de Numa, sur un baiser moins amoureux qu'il lui donnait, ou même sans raison aucune, simplement parce que la pensée d'Alice venait, d'une manière quelconque, se rappeler à elle, Dominique était reprise d'angoisse, en songeant à la signification de cette attente impitoyable. « Deux ans, seulement... Pas même tout à fait deux ans... » Et la longueur de cette vie qui restait encore à vivre pour se voir tout arracher.

Avec le printemps, cependant, vint la préoccuper une crainte moins essentielle, mais à l'échéance plus précise.

Le retour d'Anne, prévu pour le mois de juillet, laissait présager une suite d'épineux problèmes pour lesquels, à les envisager, Dominique cherchait en vain à découvrir une solution satisfaisante.

Certes, l'interdit dont l'avaient frappée bon nombre de leurs connaissances paraissait bien édulcoré dans ses effets. A Tarascon, les obsèques récentes du vieux notaire Daubenois, où s'était rassemblé en foule, autour des Royer, tout l'arrière-ban du voisinage, venaient de lui fournir l'occasion de s'en apercevoir.

Mais Fiélouse avait pris fait et cause pour Alice Vernet. Et, chapitrée assidûment par ses beaux-parents, Anne menaçait de venir incarner à Mogador l'aile marchante de l'ennemi.

Mariée depuis plusieurs mois à un ami de Jean Hirigaray, et désormais parisienne, Antoinette, trahissant encore les siens en sa faveur, de si loin, le lui avait écrit :

« ... *Méfie-toi, ma petite Nique. Ils comptent tous sur elle et Gaspard pour "remettre de l'ordre"*, *comme ils disent. A les en croire, il se chargera de faire honte à Numa, tandis qu'Anne...* »

Soit, elle se méfierait.

Numa, lui, n'avait fait que rire de l'avertissement qui le concernait.

Mais la perspective de cette lutte à soutenir contre sa propre sœur épuisait d'avance Dominique.

Et Anne allait aussi reprendre Mogador sous sa coupe, décider, ordonner, modifier tout, à son gré, sans respect pour les mesures prises durant l'interrègne de sa cadette ; refaire de la maison un carrefour des pas perdus, exténuer Victor et Berthe...

— Dieu sait pourtant si j'aime ma sœur, et si je suis heureuse à l'idée de les revoir, elle, Gaspard, et mon petit neveu, mais...

— ... Mais tu serais encore plus heureuse, les embrassades terminées, de les voir planter leur tente ailleurs ? acheva pour elle Numa, à qui elle faisait part de ses alarmes. Ça se comprend !... Cesser, du jour au lendemain, de te sentir maîtresse chez toi, pour redevenir la gamine que l'on tance... Mon pauvre minet, je te plains. Mais je ne vois pas très bien comment tu pourrais te soustraire aux embêtements qui t'attendent.

« ...Qui nous attendent, corrigea-t-il, la voyant ciller légèrement devant cette désinvolture.

Il la câlina un moment, avant de poursuivre :

— ... Que veux-tu ? il nous faudra prendre l'habitude des manifestations cycliques de ce ravissant fléau, et nous y résigner... Quand je pense, ajouta-t-il, que le pauvre Gaspard, lui, en a la jouissance permanente...

Dominique se dressait déjà sur ses ergots :

— Mais Anne est tout de même quelqu'un de merveilleux. Elle adore Gaspard, et Gaspard...

— Eh bien ? coupa Numa, imperturbable, son œil innocent tout juste pailleté d'une minuscule étincelle, n'est-ce pas exactement ce que j'étais en train de dire ?

De même qu'elle eût, fillette, rangé ses placards avant une inspection des grandes personnes, Dominique entreprit de mettre en ordre les affaires pendantes à Mogador, en prévision de cette arrivée.

On célébra, dès la fin d'avril, à la ferme de Tonin que les touffes d'iris hérissées de hampes en fleur et les grappes de lilas buissonnants entouraient d'une parure princière, les noces de la petite Louisette avec un garçon de Fontfresque qui exploitait un joli bout d'héritage, en bordure de la route de Peyrolières.

— Pourquoi tarder, puisqu'ils se veulent ? avait plaidé de manière persuasive la jeune maîtresse auprès d'un Tonin peu disposé à presser la cérémonie.

Ainsi que l'eût fait son père, Dominique dota la mariée de l'armoire que l'usage voulait garnie du trousseau de rigueur, signa comme témoin après elle sur le registre de la paroisse, et assista au repas, pour lequel Eugénie, secondée par la fille de cuisine, était venue faire, avec ses premières armes officielles, la preuve des talents inculqués par Berthe, devant la Valérie, la femme de Ranguis, et celle de Vigouroux, érigées en aréopage.

Elle s'attardait au salon, le lendemain, devant sa tasse de café, sans entrain pour reprendre l'examen des comptes du baïle, après la fatigue d'une nuit de danse prolongée jusqu'à l'aube, lorsque Victor introduisit le visiteur que venait d'annoncer un coup de sonnette.

— Louis !... Quel plaisir de vous voir ! Il y a si longtemps...

Une chaleur sincère éclatait dans son accueil.

Tout souriant, le jeune homme prit les mains qu'elle lui tendait, mit un baiser sur chacun des poignets, et se laissa conduire vers un fauteuil.

— Je me serais présenté chez vous plus tôt, si j'avais pensé que ma visite pût vous être agréable.

— Oh ! voyons !... protesta Dominique. Ai-je bien pu vous donner à croire le contraire ?

— Non, c'est vrai.

Ils causèrent sans embarras, pendant que Victor se multipliait pour rapporter la cafetière, et disposer à portée le carafon de marc et le coffret à cigarettes.

— Je vous disais tout à l'heure que je n'avais pas osé revenir, reprit Louis, lorsque le vieillard les eût enfin laissés seuls. Ce n'est pas que l'envie m'en ait manqué, je vous l'assure. Mais... Voyez-vous, j'ai craint de me montrer indiscret. Je n'aurais pas voulu avoir l'air de m'imposer à vous, Dominique.

Elle retrouvait cette façon inimitable qu'avait toujours eue le jeune homme de prononcer son nom, sans user d'aucun de ces diminutifs que lui prodiguaient ses proches, « ... Nique, Coco, Niké... » chacun selon son goût. Le beau nom grave que lui avaient choisi ses père et mère, Louis aurait été le seul à le lui donner.

Elle eût aimé le lui dire, et presque l'en remercier. Mais elle pensa qu'il la jugerait bien futile, ou, pour le moins, bien enfantine, et se tut, étonnée de s'apercevoir que l'opinion de Louis Bresson à son endroit conservait pour elle une telle importance.

Le souvenir lui revint de cette jalousie à l'égard de Louis que, naguère, Numa n'avait jamais pris la peine de cacher. Evaluait-il mieux qu'elle-même la place qu'avait prise celui-ci dans ses pensées ?... Pourquoi les hommes, entre eux, ne seraient-ils pas sensibles, de leur côté, à l'impondérable des sentiments que les femmes leur portent, quand la réciproque est si vraie ? se dit-elle.

— J'ai pensé que vous aviez surtout besoin de liberté et de silence autour de vous, continuait Louis, sans se douter des réflexions qu'il suscitait. Et que même la sollicitude que j'aurais pu vous témoigner vous serait importune. Ai-je eu tort ?

— Peut-être pas, avoua-t-elle, lui rendant son sourire.

A coup sûr, l'effacement volontaire de Louis lui avait au moins évité des dissensions avec Numa, dans la difficile période où l'unité de leur amour avait été la seule branche où ils eussent pu se cramponner.

— Et maintenant, vous voilà revenu...

Pas un instant Louis ne se méprit à la forme discrète qu'avait prise la question.

— Oui... Pour vous faire part d'une nouvelle.

— Une... nouvelle... ?

Elle s'étonna de nouveau du serrement de cœur que lui procurait la certitude d'en avoir deviné la nature.

— ... Qui vous concerne, Louis ?

Emu, lui aussi, il fit de la tête un signe affirmatif.

Pendant un court instant, ils se regardèrent mutuellement, en silence, et, pareil à la fine aiguille d'une balance, le regret oscilla entre eux, une dernière fois, de ce qui ne pourrait plus être. « Comme tout a tenu à peu de chose... » pensa Dominique.

« Si, un matin, Laure et Agnès s'étaient abstenues de commérer... », peut-être, aujourd'hui, se fût-elle trouvée mariée à Louis, mère d'un ou deux enfants, et heureuse, aussi, d'une autre manière, plus simple, et plus sûre.

— Racontez-moi, dit-elle, doucement.

— Voilà. Je vais me marier. Oui, enchaîna-t-il, non sans laisser voir une hâte à entrer dans des explications qui ressemblait à un besoin de se justifier devant elle. J'ai rencontré, cet hiver, à Avignon, une jeune fille qui vous ressemble un peu...

— Louis, murmura-t-elle.

— Oui, du moins en ce sens qu'elle aussi possède une grâce, une réserve, un sérieux, une douceur, qui m'ont attiré. Je l'ai beaucoup vue. Et, peu à peu, j'ai retrouvé ma sérénité, auprès d'elle. Le bien que me procurait sa présence m'a conduit à souhaiter d'en faire ma femme. Voyez-vous, ce n'est pas un coup de tête, ce n'est pas davantage le sentiment plus... plus brûlant, que j'avais pour vous. Mais c'est un attachement véritable ; réciproque, cette fois ; et plein d'une tendresse qui ne fera que s'approfondir.

— J'en suis si heureuse, Louis, dit-elle, les lèvres un peu tremblantes.

— J'ai voulu vous le dire à vous la première, mes parents exceptés. Elle s'appelle Magali. Magali Meffre. Elle a vingt-deux ans. Elle est... jolie. Enfin, vous verrez. Je lui ai parlé de vous. Oui... c'était nécessaire, n'est-ce pas ? J'ai préféré lui dire, en toute franchise, que je vous ai aimée, plutôt que de le lui laisser apprendre par les allusions de quelque bonne langue qui se serait fait un plaisir de tout salir. Si vous m'y autorisez, lorsque nous serons mariés, j'aimerais vous la présenter.

Dominique eut un léger sursaut.

— Mais... Le voudra-t-elle ?

Il sourit :

— Je ne me serais pas permis de vous en parler sans son accord.

— Alors, Louis, moi aussi, je la verrai volontiers, accepta-t-elle. Et je suis sûre que nous sympathiserons.

Ce n'étaient que des mots. Et qui, en définitive, paraissaient rendre un son juste, à mesure qu'elle les prononçait, tandis qu'au fond d'elle-même se levait pourtant une hostilité muette contre celle qui avait su détourner sur soi un amour de cette qualité.

Elle s'en voulut de sa mesquinerie. « Louis, qui me fait confiance... », et lui donnait une telle preuve de fidélité, au moment même où il se détachait d'elle.

— Soyez heureux, Louis. Très heureux... Dieu sait que vous méritez de l'être. Et, de tout mon cœur, je vous le souhaite, dit-elle en le raccompagnant, lorsqu'il prit congé.

Mais qu'il pût l'être grâce à une autre, « Et pourtant, c'est Numa... Numa seul, que j'aime... », lui causait une peine dont elle ne parvenait pas à discerner la raison.

Numa, quelque temps après, crut être le premier à se faire l'écho de l'événement dont le bruit commençait à peine à circuler.

Elle l'arrêta presque aussitôt, incapable de supporter les commentaires qui allaient suivre.

— Ecoute, je sais que tu n'as jamais pu souffrir Louis, mais...

— Erreur ! Tout ce que j'avais à lui reprocher était son obstination exaspérante à tourner autour de tes jupes. A présent qu'il...

— Tu es d'une jalousie ridicule, trancha-t-elle.

Il lui glissa un coup d'œil aigu :

— Pas si ridicule, mon minet. Avoue donc qu'il t'inspirait un petit faible.

Et trouva d'instinct le trait incisif à lui décocher :

— ... En tout cas, je me félicite que ce soit maintenant une affaire réglée. On le dit très entiché de cette petite.

« Tu me détestes. Et je te déteste, Numa. » Ils étaient là, à cette minute, côte à côte sur la banquette de la voiture qu'il pilotait, lui, attentif à sa réaction après ce coup sournois, et elle, cherchant avec fureur la riposte qui ferait mouche en éteignant ce sourire satisfait qui lui paraissait un défi.

— Je sais, dit-elle. Il m'a donné tous les détails lui-même.

— Quand ? Où l'as-tu vu ?

Cette fois, Numa s'était laissé ferrer.

— La quinzaine dernière. Il est venu me voir à la maison pour m'en parler, lui assena-t-elle.

— Et tu ne m'en as rien dit !

— Avais-je l'obligation de te rendre compte de ses confidences ?

Pour toute réponse, il écrasa l'accélérateur.

La voiture bondit. Les platanes de la route défilèrent soudain à une allure qui effraya Dominique. « Il va nous tuer, s'il continue... »

Le profil penché sur le volant était presque laid. Elle détailla l'expression butée et brutale, l'œil plissé, rapetissé, qui fixait la route, la contraction des muscles qui accusait le début d'un double menton.

« Louis... » pensa-t-elle. Louis, qui ne lui avait jamais montré que tendresse, abnégation, respect... Louis, qu'il eût fait bon aimer...

Elle regarda encore Numa, et le haït presque.

L'air sifflait moins fort à ses oreilles. L'écart d'un arbre à l'autre augmentait peu à peu. Numa ralentissait.

Sa main chercha celle de Dominique. La trouva, inerte, molle, et se mit à la serrer.

— Niké, c'est stupide de nous chamailler pour...

Les yeux fermés, elle s'interrogeait : « Mais peut-être... » Et finit par répondre d'une pression silencieuse à la pression des doigts de Numa.

« Peut-être ne hait-on réellement que ce qu'on aime ? »

## 3

Le bel été incandescent égrenait lentement ses jours blancs de chaleur, assoupis dans la lumière. La folle-avoine que fait danser le moindre souffle de brise demeurait immobile, laissant les amants se creuser leurs plus belles couches au cœur de ses étendues dorées. L'odeur demeurait sur leurs corps, lorsqu'ils s'étaient séparés, de toutes les herbes de la garrigue écrasées durant les heures torrides des longs après-midi passés ensemble.

A Mogador, les pièces de la maison dont Victor tenait les volets clos jusqu'à la tombée du soleil, afin de leur conserver un semblant de fraîcheur, demeurèrent silencieuses ; et le grand appartement d'angle du premier étage inhabité.

A quelques semaines de la date prévue pour l'embarquement, les Barcarin avaient dû renoncer à leur voyage. Anne, que fatiguait, écrivit-elle, « *...un début de grossesse extrêmement pénible* », s'en alla chercher au plus près une température moins éprouvante dans le Vermont, « *du côté des Green Mountains, dans un site magnifique, très boisé, au bord du lac Champlain* », où des amis mettaient à sa disposition « *une cabane de trappeur très confortable* ».

Peu soucieuse de logique, sitôt délivrée de ses appréhensions, Dominique en conçut quelque peine.

Cela s'estompa cependant assez vite, au milieu de la plénitude que lui apportait chaque semaine en s'ajoutant aux autres.

Aminci, ses prunelles plus vertes que jamais dans sa

face hâlée, Numa, malgré les mille rides plus claires que lui dessinait le soleil, retrouvait l'apparence de ses plus belles années.

A le voir, chaussé d'espadrilles, s'avancer, pareil à un razzeteur, dans un simple pantalon de toile blanche, la chemise largement ouverte sur son torse bruni, Dominique redevenait l'adolescente fascinée par cette aisance qui conservait, dans la souple rigueur de chaque mouvement, une sorte de précision animale.

Elle se défendait par la taquinerie d'une émotion qui la mettait par trop, à son gré, à la merci de Numa et de son sourire.

— Si tu étais un rouquin authentique, au moins, tu conserverais une peau blanche et douce, au lieu de prendre cette figure de boumian.

Il l'empoignait par le chignon, la renversait sous ses baisers, la chatouillait, tandis que les épingles pleuvaient sur le sol, libérant la chevelure soudain déroulée comme un drapeau.

— Il ne te plaît pas, le boumian, peut-être, dis ?... Ose le dire !...

Cet abandon, cette intimité, ces caresses, dont elle avait tant rêvé, pendant des années, comment ne se fût-elle émerveillée de les avoir conquis, coûte que coûte ?

Comme si, au regard, le prix dont elle les payait, avec les récriminations d'Anne, les instances d'Isabelle, et cet isolement de brebis galeuse, qui la tenait à l'écart de la sainte table dans la maison de Dieu, eût jamais pu lui paraître trop cher !

— Numa, c'est bien vrai que tu es à moi ?

— A toi, oui, mon tout petit. Rien qu'à toi.

— Oh ! mon amour, mon amour... Redis-le encore, priait-elle, suspendue à ses lèvres.

Il le lui redisait, improvisant pour elle une sorte de

longue comptine, autour du serment d'allégeance qu'elle lui réclamait.

Le temps coulait autour d'eux, léchant à petit bruit les rives de leur île enchantée.

En cachette de Léon Vernet, Henriette et Laurent étaient venus présenter à Dominique la petite fille qui leur était née. Marguerite envoyait la photographie de la sienne, déjà grandette, en attendant celle du fils qu'elle espérait pour février. Et une lettre récente d'Antoinette confirmait, d'ailleurs sans enthousiasme, le pronostic d'une maternité prochaine.

Sans éveiller en elle autre chose que de brèves crispations d'envie et de chagrin, vite abolies dès que se refermaient sur son corps les bras de Numa.

— Laurent est transfiguré. Hiette dit qu'on ne l'a plus entendu tousser depuis des siècles. Il a grossi. Il a une mine superbe...

— En effet. Cela m'a frappé, moi aussi, lorsque nous sommes allés au baptême.

« Le baptême, c'est vrai... » Il y avait eu ce baptême. Les rites traditionnels continuaient, dans la famille.

Simplement, ceux de ses membres qui fréquentaient encore Dominique omettaient désormais avec tact d'en parler devant elle.

Mais à quoi bon s'attarder sur le souvenir mélancolique de ces fêtes auxquelles on ne l'invitait plus ?

— Et chez Maurice Royer, dis donc, questionna Numa, peut-être conscient du tour que prenaient les réflexions de la jeune fille, et désireux de l'en distraire. Ils n'ont pas l'air de vouloir se bousculer, ces deux-là, pour mettre au monde leur progéniture ?

— Non... Lorsque quelqu'un leur en parle, Maurice répond toujours qu'ils ont bien le temps. Cela choque un peu Tatie... Mais je crois qu'il tient à se mettre d'abord à jour avec son père et sa grand-mère Daubenois pour le remboursement des avances qu'ils lui ont faites. Tu comprends, il estime qu'un enfant coûte cher à élever, et il a trop de fierté pour accepter qu'on l'aide. Et, comme, d'autre part, il sait que les études de son frère sont une lourde charge pour ses parents...

Le docteur Royer tenait à ce qu'Edouard, comme lui-même, fît sa médecine à la faculté de Montpellier. Depuis deux ans, déjà, l'entretien du jeune étudiant grevait un budget que trente ans d'une profession pratiquée comme un sacerdoce n'avaient pas enrichi outre mesure.

— ... Marraine aura compté toute sa vie. Mais je ne crois pas qu'il lui soit jamais venu à l'idée de s'en plaindre.

— Ma foi, ils ne s'en seront pas mal tirés, pour finir, dit Numa, qui se mit à récapituler : La fille bien mariée, le fils aîné, en passe de devenir un gros propriétaire... Et le dernier, médecin, d'ici quelques années...

— Médecin... soupira Dominique. Médecin, le petit Doudou, qui, hier encore, se cachait derrière le poulailler pour jouer à plante-couteau avec Maxime, quand Tatie venait en visite à Barbegal.

Et Maxime, l'automne venu, partirait accomplir son service militaire.

— Eh oui ! Que veux-tu ?... Et mon fils a deux ans et demi... Il jacasse, il court par toute la maison...

« Ah !... Pourquoi... », pourquoi le lui rappelait-il ?

Un instant, la tristesse refluait, avec ce petit choc, désolant et familier, de son ressac.

— L'enfant que nous aurions eu, tous deux ensemble, dis, Numa, y penses-tu, toi ?

— Ça m'arrive, oui...

Lorsqu'il déplorait, par exemple, que son petit garçon fût, et, selon toute vraisemblance, dût demeurer, un enfant unique. Ou lorsqu'un visiteur maladroit croyait devoir remarquer quelque ressemblance frappante entre les traits du bébé et ceux de sa mère.

« Un Vernet, c'est tout ce qu'il a besoin d'être », ruminait alors Numa, rongeant son frein.

— ... Mais je m'efforce plutôt de ne pas m'appesantir là-dessus. A quoi bon ? Puisque nous ne pouvons...

Il advenait à Dominique d'envisager sous tous ses aspects cette impossibilité. Pour la mettre en doute.

« Après tout, s'il voulait... Les langues ne marcheront jamais plus qu'elles ne l'ont déjà fait... »

Elle se risqua un jour à le lui dire.

— Je pourrais très bien l'élever toute seule, à Mogador. Et si les gens clabaudent ou me ferment leur porte, quelle importance... ? Songe donc : un vrai Vernet... Et il porterait aussi ton nom, de toute manière.

Tenté, Numa l'écoutait. Un après-midi entier, ils y rêvèrent.

— Malheureusement, ce n'est qu'un rêve, mon pauvre trésor. Tu ne te représentes pas le tollé !... Et même si j'avais assez peu de vergogne pour accepter que tu t'y exposes, toi qui en ferais tous les frais, veux-tu me dire quel avenir aurait ce petit ? Tu oublies que je n'aurais pas le droit de le reconnaître. Alors... ? L'imagines-tu... tiens, ne serait-ce qu'au collège, brimé, honni, montré du doigt par les bons petits camarades ? Tu connais bien la férocité des enfants entre eux. Et, plus tard, lorsqu'il s'agirait pour lui de se trouver une femme, dans notre milieu — où, d'ailleurs, il ne serait certainement pas même reçu... ?

La voyant mordre sa lèvre, pensive, et mortifiée, il entassait les arguments :

— ... Et ce n'est encore rien à côté de ce qu'aurait à supporter une fille. Songes-y, rien qu'un instant, et tu conviendras que c'est impossible.

Il devait avoir raison, se disait douloureusement Dominique, laissant rouler sa tête sur la poitrine de Numa. Tandis qu'il resserrait son étreinte, la berçait, l'embrassait, comme pour obtenir qu'elle lui pardonnât ce sacrifice, entre tous les autres, auxquels la contraignait leur amour.

— Ne sommes-nous pas heureux, malgré tout, dis ?

— Si, bien sûr.

Peut-être était-ce déraisonnable de demander davantage.

« Mais un petit enfant... »

Quelquefois, lorsqu'elle prenait, dans son berceau, le dernier-né de Célina et du baïle, ou quelque enfant de Fontfresque, si morveux, si mal langé, si mouillé qu'il fût, une impulsion s'emparait d'elle, violente, primitive, inconnue d'elle-même, qui l'obligeait à se retenir pour ne pas serrer trop fort contre soi cette chair fragile et tendre, ni la pétrir, ni la mordre, tant l'aiguillonnait l'envie instinctive de se l'approprier, de n'importe quelle manière.

« Mais j'ai Numa », se redisait-elle, pour la repousser, cette envie. « Numa, l'amour de Numa... »

Elle eut besoin de se le répéter très fort, le jour où elle apprit d'Adrienne que la jeune femme de Louis Bresson, à peine rentrée d'un long voyage de noces, donnait déjà des signes manifestes de grossesse.

— Nous serions venus plus tôt, si Magali ne s'était trouvée assez souffrante, tous ces temps-ci, crut devoir expliquer Louis, lorsqu'il la lui amena, selon sa promesse.

Pâle et maigre, mais si visiblement heureuse, la nouvelle épousée refusa, avec un sourire d'excuse, la tasse de thé et les petits fours que lui offrait son hôtesse.

— Je vous remercie, mais, en ce moment, vous savez... tout ce que j'avale passe difficilement. C'est l'affaire de quelques semaines encore, me dit-on. Juste un petit moment désagréable à supporter.

— Comme je vous envie, dit Dominique, avec élan.

Cela les fit tous rire, elle la première, à la réflexion.

— Vraiment, reprit Magali, sa gaieté apaisée, il n'y a pas de quoi. Vous aussi, vous aurez...

Sans doute, pensa Dominique, la voyant rougir et s'arrêter court, s'était-elle souvenue trop tard de la situation ambiguë dans laquelle vivait son interlocutrice.

L'entrevue fut à la fois cordiale et embarrassée.

Et la gêne, Dominique s'en aperçut, venait surtout d'elle-même.

Honteuse, en face de la gentillesse que lui témoignait Magali Bresson, si simplement qu'il eût été malaisé d'y trouver trace d'une arrière-pensée, elle sentait fourmiller au fond de soi toutes les siennes, tels des reptiles de marécage, dont nul jour n'avait jamais éclairé l'apparence véritable, à ses propres yeux.

— Il faudra venir nous voir, n'est-ce pas ? A présent que nous voici installés.

Impossible de ne pas promettre, de ne pas rendre sourire pour sourire, de ne pas accepter l'amitié, la considération, que tenaient à lui marquer Louis et sa femme.

Mais Dominique inventait d'avance des prétextes pour se dérober, le moment venu.

Au mois d'octobre, le petit Michel tomba malade.

Quelques jours passèrent, durant lesquels Numa demeura invisible. Jusqu'à ce que le médecin, diagnostiquant une banale et rassurante coqueluche, lui eût donné son exeat.

En dépit de soi, Dominique s'était surprise à ressentir, elle aussi, de l'inquiétude pour cet enfant auquel, jusque-là, elle avait voulu s'interdire de penser.

A partir de ce jour, renonçant à demeurer muette lorsque Numa lui parlait de son fils, elle en vint à quémander des nouvelles, l'encourageant même à lui exhiber les photographies d'amateur qu'il conservait dans son portefeuille, pêle-mêle avec celles qu'il avait prises d'elle-même.

Et, du même coup, découvrit, tour à tour attendrie et jalouse, la force de cet autre amour qu'il vouait, sans paraître très bien s'en douter, à l'enfant que lui avait donné Alice.

Probablement, à Tourvieille, Alice devait, elle aussi, en avoir pris la mesure, et en tenir compte dans ses plans d'avenir.

— Ce n'est pas exact, ce qu'on t'a dit. C'est à toi, bien sûr, qu'il ressemble.

La seule politique, elle le savait, eût été de le persuader du contraire.

Mais le courage lui manquait pour la suivre, lorsqu'elle venait d'examiner les épreuves où se retrouvait la même frimousse ronde, éveillée, à l'air malicieux et batailleur, « ...tellement, tellement Vernet ! ».

Et, quelquefois, la conscience de Numa se bourrelait, quoi qu'il en eût, devant l'air affamé que prenait à son propre insu Dominique, perdue dans la contemplation de ces images.

Sur l'une d'elles, les détails de l'arrière-plan attirèrent l'attention de la jeune fille.

Cette église, ces maisons, d'un style insolite...

— Par exemple ! Où donc a-t-elle été prise ?

— Ces jours-ci, à Avricourt. Probablement à la sortie de la grand-messe, l'autre dimanche.

— Tu ne m'avais pas dit qu'ils étaient de retour.

Forte de l'appui du médecin qui prescrivait un changement d'air, Alice avait obtenu d'emmener le petit garçon dans sa famille, pour une quinzaine.

— Mais ils sont toujours là-bas. Alice a envoyé les photos dans sa dernière lettre. Elles sont bonnes, hein ?

Sans s'arrêter au murmure inarticulé qui fut la réponse de Dominique, il raconta, non sans complaisance :

— ... Les grands-parents Frauenhöfer sont en train de préparer au petit une de ces saint-Nicolas, après laquelle nous allons avoir fort à faire ici, nous autres, pour soutenir l'honneur du Père Noël. Et, à propos, suggéra-t-il, innocemment, tu devrais m'aider à choisir les jouets, et aussi les santons pour la crèche. Si tu veux, nous pourrions aller à Marseille, vers la fin de cette semaine. Nous en profiterions pour faire le tour des magasins.

Dominique ne releva pas l'invite. La pensée cheminait en elle de cette correspondance que Numa entretenait avec sa femme. Et, de nouveau, se posait à son esprit ce problème de leurs relations, dont elle ne savait, au fond, que le peu qu'il voulait bien lui dire.

Elle ouvrit la bouche pour l'interroger. Mais n'alla pas plus avant.

Cette quête mendiante d'une vérité hors de son atteinte lui apparaissait soudain si dérisoire.

Numa s'en laisserait-il jamais arracher autre chose que des bribes éparses, dont elle s'évertuerait en vain à tirer une signification ?

La fille d'Anne et le fils de Marguerite naquirent en février 1923, à quelques jours de distance.

Dominique relisait, non sans un peu d'envie mélancolique, le câble de l'une et la lettre de l'autre, lorsque Numa l'appela au téléphone :

— Mon oncle Georges est mort cette nuit, d'une congestion cérébrale. Nous avons reçu le télégramme à dix heures. Je suis à la gare d'Avignon, avec mon père et l'oncle Léon que nous avons pris, en passant, à Maillane. Le train part dans un quart d'heure. Je te rappellerai dès que je le pourrai.

Une heure plus tard, de Paris, Antoinette lui téléphonait à son tour :

— Tante Caro me charge de t'apprendre...

Dominique demanda quelques détails.

— ... Oui. Dans son lit. C'est le valet de chambre qui l'a trouvé mort, en lui apportant son déjeuner. Je pense que l'oncle Raoul et Papa vont arriver... Non, je crois qu'il vaut mieux que tu t'abstiennes, pour l'instant. Surtout à cause de mon père. Tu le connais... C'est aussi l'avis de tante Caro. La pauvre est dans un état ! Tu penses, depuis vingt-cinq ans qu'ils habitaient ensemble... Oui, oui, entendu, je vais l'embrasser pour toi.

Vers le soir, Hubert, visiblement affecté, vint jusqu'à Mogador, avant de prendre le rapide de nuit à Tarascon.

— Et voilà... soupira-t-il, morne. Encore un Vernet qui s'en va. Et un bon...

En évoquant pour Dominique les parties de chasse de sa jeunesse, et les dîners mémorables qui les agrémentaient alors, il fit si bien revivre le gai compagnon qu'avait été Georges qu'il en perdit de vue les circonstances, et, du même coup, durant un bon moment, son chagrin.

— ... Et le jour où il...

Suivait un récit, dont le comique, légèrement éventé, après tant d'années, conservait surtout sa puissance évocatrice sur le conteur lui-même.

— ... Il n'y a que sa peinture à laquelle je n'ai

jamais compris grand-chose. Je me suis laissé dire qu'on lui prêtait quelque talent, dans les milieux parisiens. Moi, je t'avoue que... Mais quel bon bougre, quel chic type c'était !...

— Oncle Hubert, dit timidement Dominique, le voyant s'enfoncer de nouveau dans une récollection assombrie, comment vais-je faire, pour l'enterrement ? J'aurais pourtant voulu... Je l'aimais bien, moi aussi, le cousin Georges...

Il releva la tête :

— Oui... Je comprends. Mais...

La considéra un moment. Puis, s'absorba, cette fois, dans la recherche d'une solution.

— ... Ecoute, mon petit, dit-il enfin, on va sans aucun doute le ramener à Arles, dans leur caveau. Et... Evidemment, si tu te montres, tu vas tomber sur Alice, Laure et Agnès, entourées de toute leur coterie, qui ne rateront pas une occasion pareille de te faire un affront public. Si j'étais toi, j'y regarderais à deux fois avant de la leur fournir. Après tout, tu pourrais être retenue au lit par une grippe... Non ?

Il lui jeta un coup d'œil et la vit indécise, malheureuse, humiliée déjà...

— ... Maintenant, si tu décides d'y aller quand même... eh bien ! en ce cas, tu viendras avec moi.

Les nuits qui suivirent, le dilemme hanta l'insomnie de Dominique.

Numa ne s'était pas manifesté, probablement pris par les démarches à faire. « Ou peut-être... » se dit-elle, avec âcreté, peu désireux de se fourvoyer dans des complications superflues.

« C'est lui, et non pas l'oncle Hubert, qui eût dû m'offrir de m'y accompagner... S'il m'aimait suffisamment, il en aurait le courage... » se ressassait-elle, dans les ténèbres hostiles que n'adoucissait plus comme autrefois la lueur amicale de la veilleuse, depuis qu'il suffisait d'allonger la main vers le mur pour rencontrer la poire électrique.

Mais le jour rétablissait les nuances.

« Bien sûr que si, il m'aime, le pauvre. Seulement... »

Et qu'eussent-ils gagné, l'un et l'autre, à braver trop ouvertement toute une ville, en s'affichant ensemble devant le catafalque de Georges Vernet ?

Du moins l'appui de son oncle ne lui manquerait pas, songeait-elle, pour se réconforter.

Mais il ne fut pas nécessaire.

Dès son retour, précédant de peu la cérémonie, Hubert vint lui transmettre, enveloppé dans les regrets affectueux de Caroline, la consigne de rester chez soi.

— Afin de prévenir, spécifia-t-il, l'éventualité d'un incident qui serait pénible pour tout le monde, et que Raoul craint d'être impuissant à empêcher.

— J'espère qu'ils accepteront au moins mes fleurs, dit-elle, amèrement.

— Allons, allons !... la houspilla Hubert, voyant ses yeux s'emplir de larmes. Ne va pas t'en faire un drame. Toutes ces simagrées ont si peu d'importance...

« *Simagrées... ?* » Le mot fit béer Dominique, arrachée à ses considérations personnelles. Comment pouvait-il... ?

— Mais... il faut pourtant bien rendre aux morts les devoirs que le respect...

Un geste tranchant d'Hubert la fit taire.

— ... Ne dis donc pas de sottises.

Dominique le dévisageait avec stupeur.

— Mais pourquoi... ? Vous pensez que ce n'est pas nécessaire ?... Vous ne croyez pas qu'ils continuent à nous voir ?... Que nous les retrouverons ?

Cette figure creusée, fermée, durcie, subitement, lui redevenait indéchiffrable.

— ... Oncle Hubert !... supplia-t-elle.

Le regard lourd se posa sur elle, et se détourna.

— Si, je le crois, dit Hubert, avec un petit rire. Oh ! si... Bon Dieu, si !... Il faut bien pouvoir se dire qu'il y aura, ailleurs, des solutions justes pour tout le monde.

« Ou alors, pourquoi certains auraient-ils fait d'avance leur enfer ? » acheva-t-il pour soi, une crispation au coin de la bouche, le regard tourné sur une vision intérieure.

« Oncle Hubert !... oncle Hubert !... » continuait à le prier Dominique, abandonnée à sa solitude. Tout bas, sans voix, dans le fond de son cœur.

Elle savait bien que cela ne servait à rien, et qu'il ne pouvait pas l'entendre. Mais, de toutes manières, il était trop loin.

Numa ne reparut qu'après les funérailles, vêtu de noir, mais le sourire à fleur des lèvres.

En vain Dominique s'efforça-t-elle de lui opposer une certaine froideur. La joie qu'il éprouvait à la revoir était si réelle, si vive, si franche, que la jeune fille ne vit plus guère dans ses propres griefs, au bout de quelques instants, qu'injustice et mesquinerie.

— Ouf !... mon minet joli, que ferais-je, si tu venais à me manquer ?... Cette semaine loin de toi m'a paru interminable. Qu'as-tu fait de beau, pendant tout ce temps ?

— J'ai attendu de tes nouvelles, dit-elle, encore raidie, mais prête, déjà, à écouter ses explications.

Numa tomba de haut.

— Mais, ma pauvre chérie, tu ne te figures pas l'existence que j'ai menée. Entre le voyage, les veillées funèbres, les formalités de toutes sortes... Des nouvelles !... — Il rit, et l'embrassa. — Ah ! on peut dire que vous êtes bien toutes les mêmes !...

Dans cette douceur tourbillonnante des caresses qu'il lui prodiguait, Dominique, tout étourdie, un œil sur la porte par laquelle, à chaque instant, Victor pouvait entrer, ne voulut point se demander qui pouvait bien, au juste, englober ce pluriel.

— D'ailleurs, nouvelles ou pas... — Il s'interrompit, s'écarta : — ... Et, au fait, comment trouves-tu ce costume ? Bien, n'est-ce pas ?... Le tailleur de Jean Hirigaray me l'a coupé, essayé, et livré, en quarante-huit heures. Fantastique, hein ?... Par faveur spéciale, bien entendu. Il habille toute la famille de Jean ; et aussi Roger, d'ailleurs.

— Roger ?

— Voyons ! Roger Dutrieux, le mari de Toinou !... Décidément, trésor, tu es dans les nuages, aujourd'hui... Et, à propos de Toinou, la pauvre petite a l'air d'une dame-jeanne. C'est effrayant. Quand on pense qu'il s'en faut encore de deux mois pour qu'elle soit à terme !...

Il sourit d'un air mystérieux :

— Bien. Mais ce n'est pas tout ça. J'ai une surprise pour toi.

— Pour moi ?... Une surprise ? ânonna Dominique, incapable d'apporter d'autre tribut qu'un piètre écho à cette conversation en forme de courant d'air.

— Oui. Figure-toi qu'en descendant la rue de la Paix...

— ... Pour aller chez le tailleur ? s'enquit-elle, vivement, reprenant de la virulence à cette image d'un Numa déambulant à pas de promeneur dans Paris, tandis qu'elle se morfondait, entre le plateau du courrier et le téléphone.

— Justement... — Il enfonça la main dans sa poche.

— ... Je suis passé devant chez Cartier. Il y avait en vitrine une petite chose qui m'a paru assez jolie. Regarde. Qu'en penses-tu ?

— Moi ?... mais... oh !... tu... balbutiait la jeune fille, contemplant la suavité grise, irisée au cœur d'une rose d'aurore, de la perle qu'il venait de lui passer au doigt.

— Elle te plaît ? Un peu grande, non ? Mais ça, ce n'est rien... J'ai toujours pensé que les perles étaient faites pour toi. Elles te ressemblent.

— Numa, souffla-t-elle, nichée dans son cou. Comme tu m'as manqué, à moi aussi.

Cette insouciance, qui n'était, « ...au fond... » que fantaisie ; cet égoïsme, qui n'était qu'ingénuité ; ce goût de la dissimulation, qui n'était que le refus de toute contrainte ; l'hermétisme de ce sourire, qui cachait tant de délicate tendresse ; cette désinvolture, qui n'était que générosité...

Qui d'autre l'eût comblée de la même façon ? se disait-elle, recréant instantanément, dans le remords et les délices, le plus beau, le plus attentionné, le plus chevaleresque, de tous les Numa qu'elle aimait.

— Mon chéri, je suis affreuse, avoua-t-elle, battant sa coulpe. Je t'ai détesté, je t'ai accusé d'oubli, d'indifférence, de... oh ! de mille et mille indignités !... Et toi, pendant ce temps...

Elle se caressait la joue avec sa bague.

— Tu es affreuse, c'est vrai. Mais je te pardonne, dit-il, magnanime. Enfile vite un manteau, que je t'emmène. Ou bien il va se passer ici des choses qui pourraient horrifier ta farouche garde prétorienne.

Le soir, en la quittant, il annonça :

— J'oubliais : demain, je viendrai probablement te

conduire tante Caro. Elle veut te voir avant de rentrer à Paris.

Sans y attacher autrement d'importance, semblait-il.

On voyait bien, songea Dominique, avec l'indulgence toute fraîche qu'il venait de s'acquérir au cours de ces retrouvailles, qu'il n'avait pas eu, pour sa part, à souffrir comme elle de la quarantaine où la tenaient les leurs depuis plus de deux ans.

Pour la jeune fille, cette visite revêtait le caractère d'un événement.

Elle s'y prépara, le cœur gonflé d'une excitation joyeuse, qui s'évanouit brusquement à la vue de Caroline, en vêtements de deuil, amenuisée, vieillie, et les traits affaissés sous le crêpe liséré de blanc du chapeau cloche.

Les embrassades finies, et le souvenir de Georges abondamment évoqué, non sans émotion de part et d'autre, elles se retrouvèrent, incertaines de la suite à donner à la conversation, assises de chaque côté du feu, dans le salon, avec Numa entre elles, dont la présence, comme un catalyseur, entretenait un singulier élément de malaise.

Après quelques efforts méritoires pour soutenir leur colloque, parmi les généralités fastidieuses dans lesquelles il s'embourbait, celui-ci s'ennuya fort, et prit prétexte d'une course :

— Je fais un saut jusqu'à Beaucaire, chez Donnadieu, tante Caro. C'est le plus gros acheteur de nos laines, et il faut justement que... Bon, alors, si vous le permettez, je vous retrouve d'ici une petite heure.

... Avec la ferme détermination d'étirer congrûment le délai, de manière, se promit-il, à « laisser papoter les femmes tout leur saoul ».

Son départ abolit presque aussitôt la réserve qu'elles avaient observée devant lui. Et l'entretien, prenant rapidement un tour intime, glissa sur la pente des confidences.

Renseignée par sa nièce Antoinette, lors de l'arrivée à Paris de la nouvelle mariée, Caroline Vernet jugeait à présent du scandale familial, en pleine connaissance de sa genèse.

— Mais... Comment Toinou peut-elle savoir... ? objecta Dominique, incrédule, lorsque Caroline le lui déclara tout de go.

Celle-ci sourit :

— Pour tout te dire... elle l'a appris en écoutant aux portes. Oui, à la Sarrazine, précisa-t-elle, amusée par la stupéfaction de son interlocutrice. Est-ce que cela ne t'arrive jamais ? Toinou, elle, ne s'en cache pas, comme tu vois. Au moment des préparatifs du mariage, elle a surpris au passage, à propos des invitations, je crois, quelques mots de l'oncle Constant à ton sujet, qui l'ont mise en éveil ; et elle a tout bonnement épié toute la discussion avec Blanche, pour en faire son profit. Ou plutôt : le tien. Car elle est partie en guerre illico pour te défendre, et, à l'heure actuelle, je crois bien que, grâce à ses bons offices, nul n'en ignore, chez Emilie comme chez Marguerite, sans compter, ici-même, Laurent et Henriette, qui ont bien dû le répéter tout chaud à Maurice et Claire, qui ont dû à leur tour informer les Royer, qui...

— Oh !... exhala seulement Dominique, suffoquée, sans voix, devant l'ampleur de cette réaction en chaîne, dont elle n'était pas sûre d'avoir à se féliciter.

— Et, à mon avis, elle a fait œuvre pie, continua Caroline, lancée à fond sur le sujet.

« ...Que Raoul et Laure aient tout fait pour garder le secret sur une histoire dont la divulgation ferait rire aux dépens des Vernet, et dont risquerait de pâtir le petit Michel, d'accord !... Je les comprends fort bien. Encore que j'admette plus difficilement l'obstination de Laure à tenir sa fille dans l'ignorance d'une vérité qu'Agnès sera, tout à l'heure, la seule à ne pas connaître, parmi nous tous. Mais enfin, peut-être a-t-elle peur que cela ne transpire du côté des Fauvelly ?

« ...Que Numa se taise, lui aussi, bon !... Il y est bien obligé.

« ...Qu'Alice demeure intangible sur son piédestal d'épouse bafouée, pour l'édification des gens, passe encore, puisque la nécessité le commande, et que ses intérêts se rencontrent avec ceux de la famille...

« ...Mais, poursuivit-elle, avec force, que, du fait de cette conspiration, l'on en vienne à renverser les rôles, en te faisant passer pour ce que tu n'es pas, non seulement aux yeux des étrangers, mais aux nôtres, cela me révolte.

« ...Note-le bien : je ne veux pas dire que ta conduite ne soit pas critiquable. Loin de là, ma petite fille... Mais, à voir sainement les choses, elle a tout de même droit aux circonstances atténuantes. Et je ne vois pas pourquoi certains se croient forcés de réserver toute leur indignation pour toi seule. En tout cas, je ne me suis pas gênée pour dire à Léon ce que je pense de son intransigeance stupide.

Comme sa petite-cousine se taisait, trop émue pour trouver à répondre quoi que ce fût, elle insista :

— Nous nous étions promis, Emilie et moi, de te faire cette visite. Et elle serait ici avec moi, aujourd'hui, si sa bronchite ne l'avait pas empêchée d'accompagner le corps de notre pauvre Georges. Aussi bien, je puis te dire que tu auras toujours ta place, chez elle comme chez moi, quand tu voudras venir nous voir à Paris.

De grosses larmes roulaient sur les joues de Dominique.

Caroline se leva impulsivement pour venir l'embrasser.

— Vous ne savez pas... balbutia la jeune fille... non, vous ne pouvez pas savoir comme c'est bon, de vous entendre dire cela...

— Pauvre petit moineau, va ! s'attendrit Caroline, lui essuyant les yeux avec son propre mouchoir.

Elle retourna se jeter dans son fauteuil.

— ... Au moins, es-tu un peu heureuse, avec ce brigand ?

A travers ses reniflements, Dominique s'illumina.

— Follement... Il est si prévenant, si tendre, si...

— Mmmm... ? émit Caroline, dubitative.

Après un instant de silence, elle déclara :

— Tant mieux. C'est bien le moins qu'il puisse faire. Après la belle omelette qu'il s'est arrangé pour nous confectionner, il ne lui reste plus beaucoup d'œufs à gaspiller dans son panier.

Déjà, Dominique se redressait instinctivement, pour faire face à qui osait s'en prendre à l'homme qu'elle aimait.

— Un seul suffira, j'espère.

« ...En tout cas, corrigea-t-elle, après un retour sur soi, honteuse du ton qu'avait pris sa réplique, j'implore le ciel chaque jour pour qu'il n'aille pas en dénicher d'autres.

Son sourire tendait à démontrer qu'il fallait prendre la phrase en plaisanterie.

Et, que le ciel y fût ou non pour quelque chose, rien, heureusement, ne laissait craindre que Numa y songeât.

Le printemps pluvieux qui, cette année-là, retardait de façon inquiétante les travaux de la terre, les vit multiplier, par compensation, leurs escapades à Marseille.

Après chacune d'elles, Dominique regagnait Mogador, parée d'un corsage, d'une robe, ou d'un accessoire de toilette, nouveaux, choisis par Numa.

Le jour où Mathilde la vit entrer, ondulée de court, le front ombré d'une légère frange, et la nuque découverte, elle faillit s'asseoir de saisissement.

— Moun Dioù !... Pas beleù !... Maï de qu'avès fa[1] ?...

Et, versant quelques pleurs sur le somptueux chignon demeuré sur le carreau, chez le coiffeur en vogue de la Canebière, descendit mettre en branle le glas, à l'office.

Mais qu'importait à Dominique, puisque telle l'avait voulue Numa ?

— Saï que non[2] ?... Alors, de nouveau, vous y retournez, dans ce Marseille ?... Et comment que vous allez encore nous revenir, à ce coup ? questionna la vieille bonne, agressive, lorsqu'elle dut, la semaine suivante, préparer une fois de plus le nécessaire de toilette et la petite valise de sa maîtresse.

Ils y retournaient, en effet. Non que rien les y appelât de spécial.

Mais errer d'une retraite à l'autre par ce mauvais temps ne recelait plus beaucoup d'agrément. A l'usage, les chambres d'auberges qu'ils y occupaient leur avaient tour à tour livré les secrets de leur incommodité particulière, et perdaient à présent jusqu'au charme d'une rusticité, ou, plus souvent, d'une laideur naïvement étalée, qui, au début, les avait fait sourire.

Leur hôtel de Marseille pouvait au moins assurer un confort et un service convenables. Et la ville gardait de nombreuses ressources, même sous la pluie.

Plus encore qu'à Dominique, il tardait à Numa de

1. Mon Dieu !... Pas possible !... Mais qu'avez-vous fait ?
2. Ne me dites pas que... ?

retrouver ce qu'il appelait leur vie de caraques, dans sa royale liberté de grand soleil et de plein vent.

— Encore quelques semaines de patience, et nous serons aux portes de l'été.

Mais, prévoyant, il envisageait déjà de se mettre en quête, sans plus attendre, d'une maison pour l'hiver à venir, dans un faubourg de Nîmes, où abondaient les masets.

La meilleure solution se présenta tout d'un coup à l'esprit de Dominique, telle une évidence longtemps demeurée inaperçue.

Un matin où elle longeait la rive du barrage, inquiète de la hauteur des eaux, pour examiner ce qu'elle pourrait voir de la maçonnerie, surprise dans l'anse la plus reculée par un de ces rapides grains de printemps qui font rire et pleurer, à leur caprice, le ciel de mars, elle courut vers le fond de la petite gorge, chercher refuge, avec le *Trève*, dans une ancienne cabane adossée à la colline, dont les murs, grossièrement faits de pierres jointoyées avec de la terre, disparaissaient presque derrière les cistes, les mourvens, et les buissons de kermès.

Noueuses, noires, décharnées comme des bras de sorcières, les racines des pins sortaient du sol en pente, surplombant le toit à demi écroulé, et s'agrippaient aux interstices du bâti. Des monceaux d'aiguilles brunes étaient venus combler en partie le trou béant, après avoir ruisselé tout le long de l'escarpement, au gré des orages, entre l'armée des troncs lancés à l'escalade.

L'endroit n'avait rien d'attrayant. L'odeur des immondices entassées dans un coin depuis des âges le disputait à celle de la pourriture végétale qui suintait du sol.

Cependant, serrée contre le *Trève* dans un angle où le couvert les abritait tant bien que mal, Dominique, laissant courir son imagination tandis que l'averse redoublée faisait fumer la terre sous sa mitraille, se représentait réparé l'éboulis par lequel se déversaient des cataractes ; et la pièce nettoyée, blanchie, dallée, meublée d'un divan, d'une natte, de quelques sièges, « ...de la vieille commode qui est au grenier... ».

Elle inventoriait les travaux indispensables : « ...une porte à remettre, des volets au fenestron... Il y a déjà la cheminée... »

François et Maurice y avaient fait du feu, bien des années auparavant, un jour de pluie semblable à celui-là. Et la cabane leur avait, un temps, servi de repaire.

L'averse semblait avoir épuisé sa violence. Dominique s'avança jusqu'au seuil.

Dans la bousculade des nuées grises, une déchirure montrait un morceau de bleu. Le soleil allait reparaître.

Des pins dégouttants d'eau, des fourrés, de l'humus, des tas d'aiguillettes mortes, s'élevait une senteur puissante, âcre, primitive, dont la jeune fille s'emplit la poitrine.

Le chuchotement de la pluie soulignait le silence. Un silence du bout du monde, découvrit-elle, emplie d'une sorte d'émerveillement.

Et, malgré les traces sordides laissées par la vie humaine entre ces murs, c'était bien cela. Ou à peu près...

Même les chemineaux ne venaient guère s'égarer dans ce coin à l'écart des routes.

« Je parie que Vigouroux n'a jamais poussé jusqu'ici », se dit-elle, puisant un plaisir enfantin dans la certitude de détenir une cachette véritable.

Le barrage n'était guère éloigné que de quelques centaines de pas. Mais le baïle, lorsqu'il venait l'inspecter, se contentait de suivre le bord de l'eau, sans perdre son temps en excursions bucoliques de ce côté, où commençait le désert montueux des friches de l'Alpille.

— Il doit y avoir du lapin et du perdreau à foison, là-dedans, observa Numa, lorsqu'elle l'eut amené.

Tous deux venaient de dévaler, plus vite qu'ils ne l'eussent voulu, la descente entre les pins, depuis le plateau où ils avaient laissé la voiture. Et il était encore à la poursuite de son souffle.

— ... Tu m'en fais faire un exercice !

— Oh ! il y a des passages plus faciles, assura Dominique. François les avait repérés. Je les retrouverai vite.

Il promena son regard autour de soi, humant l'odeur du thym et de la farigoule qui grésillaient au feu du jeune soleil. Et murmura, rêveur :

— Evidemment...

— N'est-ce pas ?

Dominique jubilait.

Son amant lui sourit, et la prit par la taille.

— Bon. Mais, où est-elle, ta cahute ?

— Là, devant toi.

— Comment ?... Où ça ?

— Mais là, tiens. Nous y sommes presque. Quand je te disais qu'on ne la distinguait pas du paysage !... La vois-tu, à présent ?

Numa se détacha d'elle pour franchir la marche branlante, embrassa d'un coup d'œil les ordures, l'effondrement du toit, l'amas de tuiles brisées, la débâcle de la charpente... Renifla l'odeur...

— Euh... oui, enfin...

Le regard de Dominique suivait les allées et venues du sien. Anxieuse, devant ce défaut d'enthousiasme, elle voyait subitement, tels que lui-même devait les voir, l'abandon, la crasse miséreuse, et la dégradation du lieu.

La crainte l'envahit qu'il ne se moquât sans merci des plans qu'elle avait tirés depuis la veille.

Cependant, il arborait sa lippe des moments de réflexion intense.

Le voyant entreprendre de mesurer à grands pas les dimensions intérieures, tomber en arrêt devant l'âtre encroûté de suie, puis passer les doigts dans l'épaisseur de ses cheveux d'un air absorbé, elle reprit quelque peu confiance.

Et le suivit au-dehors, dans un silence respectueux de sa méditation.

— Evidemment, évidemment... répéta-t-il encore, tout en effaçant du revers de la main les traînées terreuses que la visite avait laissées sur sa veste.

— Alors ? hasarda Dominique.

Il se tourna vers elle.

— Alors... ? Oh ! après tout !... Ça peut se faire. Pourquoi pas ?... Il va falloir trouver un maçon...

Non seulement un maçon, mais tous les corps de métier, ou peu s'en fallut, défilèrent successivement dans la cabane. Chaque jour, pris à leur jeu, les jeunes gens, tels les Robinsons suisses, découvraient une nouvelle amélioration à y apporter. D'accord pour lui conserver, autant que cela serait possible, son aspect de masure, ils entendaient bien, néanmoins, rendre douillette à souhait leur thébaïde.

Le toit, refait à neuf, eut sa couverture de vieilles tuiles romaines, verdies et décolorées, pour laquelle Dominique n'hésita pas à faire abattre, dans les communs de Mogador, un poulailler désaffecté. La porte et le fenestron agrandi reçurent une huisserie solide, et des vitres. On dota la cheminée, révisée, d'un manteau de pierre et d'une plaque de foyer. La pierre de Fontvieille recouvrit la terre battue. Une seconde pièce, de quelques mètres carrés, vint s'ajouter dans le prolongement de l'autre. Lorsque le plombier y eut monté une pompe pour amener l'eau, un fournisseur de Nîmes fut appelé en dernier pour installer un embryon de cuisine, et un cabinet de toilette dont la simplicité eût pourtant provoqué maints commentaires ébahis ou choqués dans Fontfresque, le détail en eût-il été révélé aux villageois.

— Qu'est-ce qu'elle fait, la damiselo, là-haut, au barrage ?

A la question tant de fois renouvelée, les artisans du cru opposaient sans malice la réponse prévue à l'intention des curieux par Dominique elle-même, sur le conseil de Numa :

— Elle s'arrange une cabanette pour pouvoir aller se baigner par là, dans le bassin, quand il fera trop chaud.

— Ah bien !...

L'explication, en soi, paraissait trop étonnante pour que l'on refusât d'y croire.

— ... Ces gens de Mogador, quand même... Ça se voit que les sous leur font pas faute...

Lorsque la cabane fut enfin prête, les murs chaulés, les poutres cirées, les étagères, au-dessus du divan, garnies de quelques livres, la commode philipparde astiquée en grommelant par Mathilde mise en place, les fauteuils rembourrés de coussins, les rideaux de simple andrinople rouge lisérée de blanc dûment posés, le sol réchauffé d'un tapis de corde, la table demi-lune fleurie d'un bouquet de reines-marguerites, le coffre à bois rempli de bûches, la vaisselle rangée dans le placard, Dominique et Numa, ravis, eurent l'impression de s'être bâti une manière de palais.

L'automne frappait à la porte, sans qu'ils l'eussent vu arriver.

Une autre année allait se clore, qui, somme toute, ne leur aurait apporté que du bonheur.

Les scrupules religieux de Dominique allaient s'affaiblissant, dans la certitude où elle finissait par s'engourdir de la compréhension indulgente de son Créateur. Et ce qui subsistait de réprobation ostensible chez certains de ses pairs ne lui importait plus guère. Depuis, surtout, qu'elle avait renoué avec le Cigalier.

Elle fréquentait d'ailleurs de moins en moins les réunions, d'où avaient essaimé, une fois mariées, la plupart des filles de son âge, laissant la place à une génération nouvelle qui semblait à la leur descendue d'une autre planète.

Mais elle avait reçu quelques visites affectueuses, parmi lesquelles celle d'Emilie de Clarens, surtout, l'avait beaucoup touchée.

Laurent venait à Mogador de temps en temps, avec Henriette, lorsqu'ils se rendaient à Barbegal ou à Saint-Ange. Leurs visites demeuraient furtives, pour ne point heurter de front Léon Vernet, plus que jamais irréductible.

— Et, malheureusement, le récantin [1] dont l'a régalé tante Caro, lorsqu'elle est venue, l'a plutôt incité à se coucher en travers de ses positions. C'était à prévoir. Grand-Père et Maman ont été consternés.

Dominique l'était aussi, qui eût souhaité revoir Blanche, et, surtout, son grand-oncle.

— C'est qu'il se fait joliment âgé, le pauvre, à présent. J'aurais bien voulu te l'amener. Mais, depuis quelques mois, il ne se déplace plus guère au-delà de la terrasse. Ce sont surtout ses jambes...

Dominique se rappelait avec une contraction du

1. *Le récantin* : le refrain.

cœur leur dernière entrevue. Presque deux ans écoulés, depuis...

— Oh ! il a beaucoup changé. Tu le reconnaîtrais à peine.

Et, ce jour-là, déjà, il lui était apparu si courbé, si usé, si vieux. Le reverrait-elle ?

— Je voudrais tant...

— Eh oui ! je te comprends bien. Et lui aussi, aimerait. Si seulement c'était possible sans déclencher des drames à n'en plus finir, grommelait Laurent.

Et, désireux de blanchir son père, il reprenait, sans se lasser :

— Ah ! si, au moins, tante Caro n'avait pas...

Pourtant, Caroline, dans l'emportement de sa générosité, avait cru bien agir.

Et, comme le disait Henriette, avec sagesse :

— Il faut patienter encore un peu. Qui sait ? Quand ta sœur viendra, peut-être...

— Oui, peut-être.

Les lettres d'Anne, depuis l'été, avaient cessé de morigéner invariablement la jeune fille.

— Elle se réserve, insinuait Numa, le sourire affûté.

Dominique préférait croire que, de guerre lasse, devant l'inanité de ses assauts, son aînée lui épargnerait désormais objurgations et remontrances.

Les circonstances paraissaient, en tout cas, se liguer pour l'y inciter.

Gaspard, ayant reçu en juillet sa nomination de conseiller d'ambassade, avait dû rejoindre sur-le-champ son nouveau poste, à Lisbonne.

Et Anne, demeurée seule à Washington avec les deux enfants, aux prises avec le déménagement, s'était vu assaillir par trop de tracas pour ne pas faire table rase de ceux qui concernaient les autres. Son installation l'absorbait, pour l'instant, à l'extrême soulagement de Dominique.

— Tu devrais faire brûler un cierge à l'intention du Quai d'Orsay, suggérait Numa.

Maurice Royer, pour sa part, l'eût fait de bonne grâce, lorsqu'il apprit que nulle arrivée fracassante ne viendrait mettre à mal l'agrément du « ...bon petit réveillon, bien pépère », que Claire et lui se disposaient à passer en famille, accompagnés de Dominique, attendue, elle aussi, cette fois, chez les Guillermin :

— Tiens, tiens !... La mère Bresson a donc fini par enterrer le tomahawk ? s'informa Numa à cette nouvelle.

— Non. Mais ils ne viennent pas. Ils se réuniront chez le jeune ménage, avec les parents de la femme de Louis.

— Eh bien ! donc, tout est pour le mieux, conclut-il, avec cette tranchante désinvolture qu'il opposait, comme une parade, au moindre rappel de Louis Bresson, dès lors qu'il était parvenu à remettre en cause ce sujet que tendaient plutôt à éviter les efforts de la jeune fille.

Pour l'en détourner, elle lui décrivit les apprêts de la fête prévue à Mogador pour célébrer, la semaine suivante, les quatre-vingts ans de Victor.

— J'ai commandé les menus chez l'imprimeur, pour le repas, comme je l'avais fait, l'autre année, à l'occasion de ses noces d'or avec Berthe. Et je lui ai choisi un beau chronomètre, avec sa chaîne, qui portera son nom gravé dans le boîtier. Je sais qu'il en avait envie. Et, l'après-midi, pour le lui remettre, nous aurons toute une cérémonie, comme il les aime. Tatie et l'oncle Hubert seront là. Et aussi les Royer, avec nos plus anciens amis. Sabel va lui écrire. On lui offrira une gerbe, aussi. Avec quelques petits speeches. Et...

Enfin, il va être content. J'espère qu'Anne n'oubliera pas d'envoyer son télégramme.

Mais Victor ne devait pas voir l'aube de ce jour de gloire.

La veille même, au milieu des préparatifs, il s'endormit, après le repas du soir, dans le grand voltaire que Ludivine, dix ans auparavant, avait fait descendre à l'office, à l'intention de Philo.

Autour de lui, se poursuivait le remous de l'agitation des femmes qui bousculaient Carlo et Gustave, tirant des écrins, pour la leur donner à fourbir, la plus belle argenterie, et vidant les étagères de la verrerie de Bohême et de la vaisselle de gala, pour garnir la table du lendemain, ainsi qu'en avait ordonné la maîtresse.

Il ronflait « comme un bienheureux », rapporta plus tard la fille de cuisine, lorsque celle-ci ramassa, pour le remettre à Berthe, l'exemplaire du menu, glissé de ses genoux, où quelques instants plus tôt, il relisait, une fois de plus, ce « *Monsieur Victor Allard* », prestigieusement inscrit tout au long, en tête, avec la date anniversaire.

Et nul, dans le brouhaha, ne sut au juste quand son vieux cœur, dilaté d'orgueil et de plaisir à la perspective du lendemain, oublia de battre.

— ... Et voilà, dit tristement Dominique à Numa, quand tout fut achevé. Nous l'avons mené là-bas, lui aussi. Dans ce tombeau que Berthe et lui s'étaient fait construire, il y a déjà longtemps, avec leurs économies. « *Pour être enterrés près de nos maîtres* », disait-il... Il était entré à Mogador en août 1871. J'ai retrouvé la date dans le livre de maison de Mamé. Plus d'un demi-siècle de dévouement. Et sa fidélité ne s'estimait pas quitte...

Elle mordit son mouchoir en pleurant.

— ... Pardon de t'ennuyer, mais... Tu n'imagines pas comme il me manque, ce vieux bougon. Et si, encore...

Numa se contentait de la bercer patiemment contre lui, sans mot dire.

— ... Et si, encore, reprit-elle, après s'être mouchée, il avait pu vivre un jour ou deux de plus, le temps de profiter de sa fête, lui qui s'en faisait une telle joie...

— Justement, dit Numa. C'est très bien ainsi. Toutes les fêtes finissent ; et les lendemains sont sinistres. Du reste, peux-tu me dire quelle joie a jamais égalé l'idée que nous nous en faisions d'avance ?

Sans doute n'avait-il parlé que pour la consoler, sans attacher d'importance à ses paroles, voulut se rassurer Dominique.

Et cependant, elle en reconnaissait le son, et leur signification creusait en elle, tel un acide mordant des caractères déjà tracés sur la pierre tendre.

Se pouvait-il que ce fût vrai, pour lui ?... Comme pour... elle-même... ?

L'épouvante lui vint d'approfondir la question vertigineuse. « C'est vrai », chuchotait une voix qu'il fallait étouffer à tout prix.

« Non, non. Nous sommes là, réunis, serrés, ses bras autour de moi, dans cet abri, qui est nôtre... Heureux... Et il n'y a ni regret, ni... »

— Numa, tu m'aimes ? gémit-elle, apeurée. Dis vite !...

Il la serra davantage.

— Evidemment. Mais, quel rapport... ?

« Si ! oh si !... », elle en voyait un.

— Aime-moi fort. Aime-moi toujours, je t'en supplie.

— Fort. Toujours, promit-il.

Mais l'image la poursuivait, enviable, à présent, du

vieil homme entré paisiblement, lui, dans la joie d'une fête qui ne finirait jamais.

## 4

Il ne se passait guère de semaine où l'on ne vît Hubert Vernet à Mogador, lorsqu'il n'était pas à chasser en Camargue. Il arrivait à l'improviste, le matin généralement, se dirigeait droit vers les écuries, abandonnait sa voiture près du portail, sellait lui-même le *Cosaque*, et, parcourant les terres, finissait toujours par y rejoindre sa nièce.

A sa vue, le visage de Dominique s'éclairait d'un plaisir évident.

Non qu'il fût devenu beaucoup plus communicatif. Mais, depuis leur séjour commun aux Iscles, le silence d'Hubert n'avait plus, pour elle, cette froide densité qui, naguère, le lui avait rendu impénétrable. D'un seul coup, comme par miracle, elle avait appris à s'accorder dessus, avec autant d'exactitude que si lui en eût été révélée la musique intérieure. Et les temps morts, entre eux, se faisaient de plus en plus rares.

Sans doute, se répétait la jeune fille, avec quelque fierté, était-ce une impression similaire qui ramenait Hubert auprès d'elle, bien plus souvent qu'autrefois.

D'ailleurs, leur entente, pour tacite qu'elle demeurât, devait transparaître de quelque façon.

Elle était au moins perceptible à Numa — « Ce cher Hubert... ton cher oncle... » — dont l'affectation d'ironie masquait assez mal une inimitié dont Dominique avait appris à reconnaître les symptômes et la cause, à la voir se manifester envers quiconque obtenait d'elle le plus infime témoignage d'intérêt.

Et, aussi bien, à Adrienne, qui, depuis quelque

temps, prenait l'habitude, le cas échéant, de recourir à son intercession :

— Toi, qui es bien avec ton oncle, tu devrais lui dire...

Mais, ce matin-là, par extraordinaire, c'était l'oncle qui avait une requête à présenter à sa nièce.

Hubert apportait généralement un médiocre enthousiasme à rendre service ; et répugnait fort à en demander un.

La matinée s'était passée pour eux à parcourir l'exploitation, sans qu'il eût abordé l'objet de sa visite.

Il finit par s'y décider, au moment où Dominique, après avoir laissé leurs montures à Gustave, avec ses instructions pour l'après-midi, vint le rejoindre, en face du box de *Milady*.

La jeune femme le trouva, apparemment en contemplation, devant la jument qui fixait sur lui son bel œil nonchalant et sagace.

— Je la prendrai ce soir, pour aller jusqu'au barrage, dit-elle, s'accoudant près de lui.

Hubert lui mit la main sur l'épaule.

— Ecoute... Cela t'ennuierait-il de me la prêter, pour apprendre à monter à Frédéri ?

— *Milady ?* Vous voulez l'emmener à la Gloriette ?

— Non, non, dit-il, vivement. Pas du tout. Au contraire... Non. Voilà...

Il laissait percer un embarras dont Dominique, étonnée, ne savait que déduire.

— ... J'aimerais venir à Mogador avec le petit... peut-être deux ou trois fois par semaine. Tu comprends, là-haut, chez moi, le terrain n'est pas propice pour le mettre en selle. Et, d'autre part, *Milady* est une bonne fille, douce, sûre, sans malices ni lubies, juste ce qu'il faut pour inspirer confiance au gosse...

Bien des fois, depuis leur entretien au chevet de son

oncle, Dominique s'était demandé ce qu'il avait pu advenir des projets de celui-ci concernant le petit garçon. Hubert n'en avait plus parlé. Et elle n'osait les lui rappeler, de crainte de l'amener ainsi à l'aveu d'un échec.

— Vous l'avez vraiment pris en main comme vous vouliez le faire, oncle Hubert ? demanda-t-elle, joyeusement.

Il rectifia :

— Je commence à m'y mettre.

Saisi du besoin de se justifier, il ajouta :

— ... Que veux-tu ? Madeleine avait toujours un prétexte à faire valoir pour le garder à l'attache auprès d'elle, quelques mois de plus. Et j'ai cédé, jusqu'ici, pour avoir la paix. Résultat : c'est un véritable bébé, pour son âge. A onze ans, moi, je montais à peu près comme maintenant, je commençais à me servir proprement de ma carabine, et je savais me battre et encaisser les coups. Enfin, quoi ! je pouvais tirer mon épingle du jeu dans n'importe quelle circonstance. Et, la preuve : ton père acceptait encore assez souvent de me trimbaler avec soi, malgré nos sept ans de différence. Lui...

Il secoua la tête avec pitié.

— ... Mais je te promets que ça va changer. Et rondement. Il m'a fait honte, le pauvre gamin, quand je l'ai vu, l'autre jour, pour Noël, déguisé en petit lord Fauntleroy, et pendu au bras de sa mère.

Dominique approuva du menton.

Ce n'était pas ainsi qu'elle eût attifé, ni éduqué, ce François qu'elle n'aurait jamais.

— Amenez-le tant qu'il vous plaira, oncle Hubert. Vous savez bien que j'en serai heureuse.

Il tapota l'épaule de la jeune fille, de ce geste de camarade qui lui devenait coutumier, vis-à-vis d'elle.

— Merci, mon petit. C'est entendu. Dès la rentrée

de l'an prochain, je l'enverrai au collège d'Avignon, et les bons Pères tireront de lui ce qu'ils pourront. D'ici là, il me reste huit mois pour essayer d'en faire de la vraie graine d'homme. Ce sera court. Enfin !... On va voir.

« Pourvu qu'il ne se rebute pas trop vite », pensa Dominique, inquiète, en assistant aux premières séances de ce dressage.

Elle s'étonna bientôt de découvrir, en même temps que l'opiniâtre patience dont Hubert se révélait possesseur, celle, non moins réelle, assortie d'un courage indiscutable, que Frédéric, malgré ses allures de fillette, apportait à surmonter les déboires de son apprentissage viril.

Un courage d'autant plus méritoire qu'il était raisonné.

Dominique se souvenait de sa propre enfance, et de la familiarité dans laquelle ses sœurs, son frère, et elle, avaient vécu avec les chevaux, se roulant aussi bien entre leurs pattes, sans la moindre crainte d'un coup de sabot, incapables d'imaginer qu'aucun mal pût leur venir de ces débonnaires compagnons de jeux.

Frédéri, lui, en avait peur. Comme il avait eu peur, au début, de *Nahum* et *Habakuk*. Et la lutte ouverte qu'il menait contre cette peur paraissait pathétique à la jeune fille.

— Tu vois, à présent, vous êtes grands amis, les chiens et toi. Il en sera de même pour tout le reste, l'encourageait-elle.

— C'est bien pour ça qu'il faut que je m'habitue. Regarde-moi, Nique. Je vais m'approcher de son *Cosaque*, et lui caresser le museau, annonça-t-il, profitant de la pause que venait de décréter son père, afin de le laisser souffler après une série de chutes.

Crânement. Un peu crispé, un peu pâle, mais redressant sa taille comme un matador qui brinde au public avant de commencer sa faena.

— Et voyez comme il y va, le brave petit bonhomme ! Voyez !... s'exclama Dominique, transportée, serrant le bras de son oncle.

« ...Ah ! si tante Madeleine pouvait le voir, ajouta-t-elle, comme elle serait fière !...

Hubert eut un court ricanement.

— Elle ? Tu ne la connais pas. Elle a versé toutes les larmes de son corps lorsqu'elle l'a vu rentrer à la maison, vêtu du costume qu'il porte, les cheveux coupés, et, qui plus est, ravi d'être débarrassé de son éternel col marin et de son toupet de frisettes. Et, depuis...

Il s'arrêta, dédaignant d'en dire plus long sur un chapitre désagréable.

— Il est vrai que cela le change d'une manière prodigieuse, remarqua Dominique, pensive, le regard attaché sur Frédéri qui, son exploit accompli, s'en revenait vers eux, les deux chiens sur les talons, tel un monarque suivi de sa cour.

« Tel François, autrefois... », se dit-elle.

— ... A présent, on s'aperçoit qu'il vous ressemble. Mais si, insista-t-elle, devant le geste qu'esquissait Hubert pour protester. Tout de bon, je vous assure. A vous et aussi à Papa. Tenez, j'ai retrouvé une vieille photo de lui, à peu près au même âge, avec Mamé... Il faudra que je vous la montre, tout à l'heure, vous verrez, c'est frappant.

— Ah bah !... tu te le figures.

Le ton d'Hubert était bourru, comme toujours.

Mais sa nièce pouvait discerner en lui l'indice de cette satisfaction qu'il mettait sa pudeur à cacher.

De son côté, Frédéri se défaisait peu à peu de la longue contrainte qui l'avait tenu à l'écart de son père.

Il ne craignait plus de lui parler, il osait lui poser les mille questions dont il avait la tête pleine.

Et le père, à son tour, devenait un peu plus ouvert, un peu plus détendu, un peu plus loquace, de jour en jour, pour lui répondre.

Il arrivait à présent qu'on les trouvât du côté du fenil, lançant leur couteau contre la vieille porte criblée d'entailles sur laquelle plusieurs générations de Vernet avaient exercé leur adresse ; ou encore au bord de l'étang, où l'aîné apprenait au plus jeune à faire ricocher sur l'eau des pierres plates. Et tous deux y mettaient visiblement le même entrain.

Emue, Dominique assistait à l'éclosion de cette amitié au sein de laquelle ils lui faisaient place.

Chaque matin, elle guettait de loin le vacarme de klaxon signalant leur arrivée, déçue s'ils ne venaient pas. Berthe et Eugénie avaient la consigne permanente de tenir prêt un repas susceptible de suffire à l'appétit de ces deux convives. Et Carlo trouvait désormais plus pratique de dresser le couvert pour trois, quitte à débarrasser la table au dernier moment, si sa maîtresse déjeunait seule.

Lorsque Hubert eut emmené son garçon en Camargue pour toute une semaine, leur absence se traduisit, pour Dominique, par une sensation d'esseulement, un vide, dont la distrayaient à peine, durant la matinée, les préoccupations auxquelles les travaux de printemps l'obligeaient à faire face.

— Juge donc par là de ce que doit ressentir Madeleine, à se morfondre, seule dans son mas, là-haut perché, lui rétorqua Numa, à qui elle avouait son impatience de les voir revenir. Quand ils nous ont rendu visite, le mois dernier, poursuivit-il, la pauvre s'est un peu confiée à Alice. Elle se plaint de ne plus guère avoir Frédéri, qui est tout le temps chez toi. En somme, c'est comme si elle n'avait plus de fils. Et comme elle n'a jamais eu, à proprement parler, de mari...

Le temps était passé où Dominique se fût attardée à déplorer le sort de sa tante. Elle était maintenant de l'autre parti.

Et la pensée de la collusion de celle-ci avec Alice eût suffi à lui ôter jusqu'à l'ombre d'un remords, en eût-elle éprouvé.

Comment Numa ne voyait-il pas ce que pouvait avoir d'offensant envers elle-même une compassion qui semblait remettre en question leur propre cause ?

— Peut-être bien n'a-t-il jamais trouvé non plus, en elle, la femme qu'il lui fallait, dit-elle, sèchement.

Numa ne put s'empêcher de rire.

— Oh ! quant à cela... !

— Quoi donc ?... Que veux-tu dire ? Explique-toi, l'éperonna Dominique, agacée de se heurter une fois de plus au mystère que les sous-entendus de tout leur entourage entretenaient perpétuellement autour de son oncle.

« ...Eh bien ? Qu'est-ce qui t'arrête ? insista-t-elle encore, devant l'irrésolution qui se peignait à présent sur la figure de Numa, à la place de l'air discrètement narquois qu'il affichait l'instant précédent.

— Oh ! et puis, après tout... si tu y tiens... Je ne vois pas pourquoi, toute ta vie, on te ferait des cachotteries, dit-il, avec une pointe de méchanceté.

Mais il hésita encore, une seconde, avant de lui lâcher d'un trait :

— ... Tout le monde sait qu'il a été amoureux fou de ta mère pendant des années, avant de se résoudre à épouser Madeleine.

— De... ?

— Eh oui, ma petite.

— Mon Dieu... murmura seulement Dominique, le souffle coupé.

Au dehors, le mistral brassait la campagne, épluchant sans merci la végétation neuve, encore fragile. La petite combe, relativement abritée, devenait une fosse de serpents, où s'enflaient les mille voix, grondantes, sifflantes, hurlantes, du vent en furie, surmontant les craquements qu'il arrachait aux pins échevelés, au-dessus du toit de la cabane.

« Oncle Hubert... Maman... » Des fragments de souvenirs demeurés incompréhensibles prenaient leur véritable aspect, sous cette lumière brutale.

Au bout d'un moment, Dominique émergea, péniblement, du tourbillon où l'avait précipitée la révélation.

— C'est pour ça qu'il a quitté Mogador ?

— Il y a des chances.

— Pauvre, pauvre oncle Hubert... murmura-t-elle, de nouveau, après un silence.

Numa eut un mouvement d'épaules impatienté.

— Que voudrais-tu qu'il eût fait d'autre ? C'était tout de même à lui de céder la place, non ?

— Bien sûr, mais...

Tout perdre, tout quitter, et jusqu'à cette maison, ce domaine, auxquels il tenait encore par toutes ses fibres... Le cœur de Dominique se déchirait de peine, à l'imaginer, déraciné d'entre les siens, solitaire, exilé à la Gloriette, dans cette maison étrangère, pour y remâcher sans espoir le poison d'un amour impossible. « ...Tandis que nous vivions tranquilles, tous autour de Papa et Maman, de Mamé... », dans la chaleur du foyer familial.

Le sentiment lui venait, étrangement, d'être comptable, envers Hubert, pour sa part de bonheur vécue auprès d'eux.

Elle en voulut sauvagement à Numa de sa désinvolture. Ne pouvait-il se représenter la souffrance qu'il eût éprouvée, lui, l'enfant gâté, s'il avait dû s'arracher de Tourvieille ?

— Tu ne l'aimes pas beaucoup, n'est-ce pas ?

Ils étaient assis l'un près de l'autre, au coin de leur feu, sous le toit de leur cabane, à l'abri de la bourrasque, devant les reliefs du thé qu'ils venaient de prendre ensemble, dans une intimité qui, tout à l'heure encore, paraissait si délicieuse à Dominique, avant que quelques paroles lancées au hasard sur une pente imprévue n'eussent mis entre eux cet éloignement que chaque seconde aggravait.

L'hostilité contenue dans sa question frappa Numa.

— Ce n'est pas exactement cela. Ce sont seulement ses airs ténébreux qui m'agacent un peu, à la longue...

Il tendit à Dominique, pour l'apaiser, une main qu'elle refusa de voir.

— ... D'autant, acheva-t-il, blessé, qu'il s'en est toujours servi avec assez de bonheur pour se faire dorloter par les femmes en mal d'attendrissement. Vois donc comme toi-même...

Dominique était allée soulever le rideau de la fenêtre. Elle se retourna brusquement :

— Moi-même... ? Quand c'est toi seul, à l'instant, qui viens de m'apprendre... Si ce sont là toutes les manœuvres que tu peux reprocher à l'oncle Hubert... !

Tous deux se défiaient du regard comme des ennemis.

— ... La vérité, énonça-t-elle, sans bouger, avec une colère blanche qui lui faisait détacher chaque syllabe, c'est que tu es jaloux de lui. Petitement, sournoisement jaloux... C'est que mon affection pour lui t'est insupportable, comme te sera toujours insupportable celle que j'éprouverai envers qui que ce soit.

« ...As-tu jamais songé à ce que ton égoïsme peut avoir d'effarant ? enchaîna-t-elle, sans lui laisser le temps de placer un mot. Tu trouves parfaitement normal de mener, en dehors de moi, une vie de famille agréable, bien organisée... De profiter de ton fils... De partager avec ta femme une entente dont je ne sais rien, sinon qu'elle vous permet, entre autres, des échanges de vues amicaux sur les confidences qu'on lui fait...

— Mais, bon Dieu ! l'interrompit Numa, tu ne peux t'attendre à ce que nous ayons vécu côte à côte, elle et moi, depuis quatre ans, sans jamais nous adresser la parole !

— Non, bien sûr. Aussi ne te l'ai-je pas demandé. Et ne va pas te figurer que je m'en étonne. Ah ! Dieu, non !... je te connais trop pour cela. Je ne sais pas même si je m'étonnerais d'apprendre qu'à l'occasion, il vous arrive de coucher ensemble.

Elle le vit pâle, les mâchoires contractées, et appuya, comme elle l'eût souffleté, avec cette perversité qui semblait s'être emparée d'elle :

— ... Car, enfin, tu as déjà fait la preuve avec elle que les limites de ta résistance à la tentation ne te mènent pas très loin.

Les poings de Numa s'enfoncèrent dans ses poches, à en faire craquer l'étoffe. Mais il ne dit rien.

— ... Mais passons... continuait Dominique, acharnée à sa diatribe. En revanche, moi, je dois renoncer à tout commerce d'amitié. Et m'enfermer sans plus voir personne qui puisse me donner une marque quelconque de tendresse, ou simplement d'estime, sous peine d'exciter ta malveillance à son égard.

Elle avait honte de soi. Tellement honte, que c'était cette honte même qui la contraignait à poursuivre ce déballage.

— ... Tu n'as jamais pardonné à Louis de m'avoir

aimée.... Tu n'admets pas volontiers que je reçoive Alban, ni Richard et Jacques, ni Francis, ni Robert. Même à présent qu'ils viennent pourtant accompagnés de leurs femmes.... Tu fais un grief à Maurice de sa familiarité, comme s'il n'était pas, pour moi, un second frère.... Tu tolères mal de m'entendre raconter les progrès de Frédéri, et de savoir que son père et lui passent deux matinées sur trois à Mogador, et y déjeunent avec moi, la plupart du temps.

D'un geste impératif, elle prévint l'objection qu'il eût tenté de lui faire :

— ... Et si tu veux me soutenir que tu t'indignes du triste sort de ma tante Madeleine par pure sympathie, à ton aise !... Mais je ne te croirai pas. Si ta femme élevait Michel de la manière dont ma tante a élevé Frédéri, tu n'aurais de cesse que tu ne l'aies soustrait à son influence.

« ...De toute façon, conclut-elle, avec le tranchant d'un silex, quand Frédéri sera pensionnaire chez les Jésuites d'Avignon, sa mère comprendra peut-être qu'il existe d'autres séparations plus sérieuses que celle dont elle se plaint en ce moment, avec si peu de raison et de vergogne.

Numa siffla doucement.

— Et je t'ai toujours crue douce et tendre !... dit-il, avec ironie.

Sa froideur ne le cédait en rien à celle de son interlocutrice.

Il se leva, et passa dans le réduit attenant, où il avait laissé sa veste.

— Quant à mon oncle, reprit Dominique, sans relever le sarcasme, si tu as espéré l'amoindrir à mes yeux en me dévoilant son histoire, sache-le, tu as fait un mauvais calcul. Je n'en éprouve que plus d'affection et de respect pour lui. Et la pitié qu'il m'inspire...

— Va donc la lui offrir !... Et tu verras comment vous serez reçues, toi et ta pitié, lui jeta Numa, qui sortait du petit cabinet de toilette, en boutonnant son pardessus.

— Tiens ? Tu prétendais pourtant, il n'y a guère que quelques minutes, qu'il s'entendait comme personne à exploiter cette corde... ? souligna-t-elle, l'enveloppant d'un regard dur.

Numa haussa les épaules, et enfila ses gants.

— D'accord. Je ne possède peut-être pas beaucoup de logique. Ni de largeur d'esprit. Ni d'altruisme. Ni... aucune grande qualité. Et mon amour pour toi est vraisemblablement de la plus minable espèce... A présent, permets que je te laisse finir sans moi l'instruction du procès, puisque, ni plus ni moins, j'ai bien l'impression que tu m'as condamné d'avance.

Vidée de sa rancœur, en même temps que de la force étrangère à elle-même, qui avait pris le dessus sur sa volonté pour l'obliger à la jeter, cette rancœur, au visage de Numa, Dominique s'apercevait enfin des conséquences qui allaient suivre, en le voyant prendre son feutre, et ramasser, sur le coin de la commode, le trousseau de clés qu'il y avait laissé.

— Tu rentres ?

— Apparemment.

— Mais... articula-t-elle.

Il ne put résister à l'envie vengeresse de lui décocher un trait, et perdit, du même coup, le bénéfice de l'avantage que venait de lui conférer la dignité de son attitude :

— Que puis-je faire, par ce temps ? Sinon aller retrouver un foyer idyllique et une femme adorée !... Avec la meilleure volonté, je ne vois pas trop à quel genre de manifestation romantique, et spectaculaire, je pourrais me livrer, qui puisse encore m'acquérir des titres à ta mansuétude. Alors...

Au moment d'atteindre le loquet, il la salua d'un large coup de chapeau :

— Bonsoir, ma chère.

Dominique s'était raidie.

— Puis-je te rappeler que je suis à pied ? dit-elle, adoptant le même ton.

— Oh ! pardon. Je l'avais oublié. Alors, si tu veux bien... ?

Elle s'habilla en silence, allant et venant dans la pièce sans qu'il parût y prêter attention, figé dans sa posture d'attente.

En silence, ils sortirent, aussitôt happés par la violence du mistral. Et refermèrent la porte derrière eux, sur la tiédeur de la pièce, où le feu dont ils venaient de disperser les bûches conservait encore un reste de braises parmi les cendres blanches.

En silence, l'un derrière l'autre, giflés, battus, bousculés dans la tempête, ils longèrent le bas de la pente, en se plaquant contre le talus, et prirent le raidillon qui serpentait entre les pins, utilisant racines et roches à fleur de terre comme des marches naturelles, pour aboutir au plateau où la longue Hotchkiss que possédait à présent Numa était garée, à l'abri précaire des arbres.

En silence, ils s'installèrent, et roulèrent jusqu'à l'entrée du parc.

— Tu peux me laisser ici, si tu veux, dit Dominique, espérant qu'il allait insister pour la déposer devant la maison, et réamorcer ainsi le dialogue.

Mais il se contenta d'arrêter la voiture, et de descendre lui ouvrir la portière.

— Bonsoir, dit-elle, la voix légèrement rauque.

— Bonsoir.

N'allait-il pas... ? Elle espérait, sans savoir quoi, sans même s'avouer cet espoir.

Mais il reprit sa place, et, sans plus s'occuper d'elle, démarra à reculons jusqu'à l'orée du chemin afin de repartir en sens inverse, vers Tarascon.

La nuit déjà noire n'était qu'un hurlement glacial charrié par le vent sous les étoiles suspendues dans le vide du ciel. Où retrouver jamais la douceur de l'air parfumé de pétales d'amandiers, et le chaud soleil, dont s'était gorgée, la quinzaine précédente, comme d'un vin nouveau, la campagne assoupie de bien-être, au milieu d'un piaillant concert d'oiseaux ?

La désolation submergeait Dominique.

Elle avança péniblement le long des buis, frôlant de son corps courbé pour offrir moins de prise au fouet du mistral le rempart végétal, aussi haut qu'elle, qui la protégeait un peu.

« Pourquoi ?... Mais pourquoi... » s'être servie de telles armes, qui, déjà, se retournaient contre elle ? Numa lui pardonnerait-il jamais d'avoir si lucidement analysé ses faiblesses ?

Rien qui ne fût vrai, trop vrai, dans les reproches qu'elle lui avait faits. « Mais puisque je l'aime tel qu'il est, à quoi bon les lui faire ? »

Son démon l'avait quittée, et elle demeurait incrédule, médusée, anéantie, devant ce qu'il lui avait suggéré de faire, et le désastre qui en résultait.

Certes, ces quatre années n'avaient pas coulé tout uniment, sans malentendus ni querelles. Mais nul différend, entre eux, n'avait jamais revêtu la gravité de celui-ci. Jamais ils ne s'étaient séparés sans qu'une réconciliation ne fût intervenue.

« Numa... oublie ce que je t'ai dit... » pria-t-elle, mentalement, tandis que la bise la cinglait au visage, lui mettant des larmes au coin des paupières.

Mais Numa fonçait vers Tourvieille sur la route balayée par les rafales, seul avec le souvenir de cette scène dont, sans doute, l'âcreté devait lui remonter à la gorge.

— Vous rentrez bien de bonne heure, ce soir, remarqua Mathilde, en lui apportant sa robe de chambre.

Cet air soupçonneux, qui, déjà, semblait flairer la piste...

— Tu devrais t'en féliciter, répliqua-t-elle, acerbe. Laisse-moi en paix veux-tu ?... Et dis en bas qu'on me prépare juste un plateau pour dîner. Je n'ai pas envie de descendre.

« Demain... Peut-être que, demain... ? » Il faudrait bien que Numa fît quelque chose. « Il va venir... ou téléphoner... »

Elle ne pouvait pas — ne voulait pas — penser qu'il pût s'abstenir.

Mais, qu'elle le voulût ou non, l'idée cheminait en elle. « Et si... ? Oh Dieu !... » Que ferait-elle, s'il la laissait privée de nouvelles, privée de lui ?... S'il ne revenait pas ? S'il l'abandonnait pour tout de bon ?... S'il disparaissait subitement de sa vie ? « ...Numa ! Entends-moi !... Si tu savais combien je regrette... ! »

Comment tenir jusqu'au lendemain ? Comment meubler l'attente de chaque minute ?

« Peut-être, vers huit heures, s'il doit aller à Arles... ? » Il appelait toujours assez tôt, pour être certain de la trouver encore à la maison. « Ou bien alors, au moment du déjeuner... ? » Jusqu'à quand devrait-elle languir dans l'inquiétude ?

« Si seulement l'oncle Hubert était de retour avec le petit... »

« L'oncle Hubert... » Son esprit se fixa un moment sur l'étonnante perspective de la passion qui semblait bien avoir ravagé l'existence entière de cet homme si secret. « L'oncle Hubert... Maman... »

Un rapprochement si étrange... Qui, tout à coup, ressuscitait sa mère, épanouie, dans son altière beauté, et triomphante, au bras de Frédéric Vernet.

Puis, se superposa l'image d'Hubert, abattu, amer, désespéré, tel que parfois il paraissait l'être ; et, désormais, Dominique savait pourquoi.

L'émotion qu'avait refoulée sa colère contre Numa la bouleversait de nouveau.

Jusqu'à l'instant où l'angoisse redevint lancinante. « Numa... » ; et le cycle recommença.

Elle passa ainsi la nuit entière, dans la fièvre et l'insomnie. Puis, la journée du lendemain. Et prit des cachets de somnifère, la nuit suivante, afin d'y échapper quelques heures durant.

La seconde journée fut pire.

Quelle probabilité restait-il encore que Numa pût lui revenir ?... Pendant que l'ouragan redoublait audehors, forçant bêtes et gens à se terrer, elle se dévorait de regrets, rêvait à un projet de lettre, se perdait à en élaborer les termes, envisageait follement une intervention de l'oncle Hubert, de Laurent, de Maurice, qui le lui ramènerait, harcelait le ciel de supplications intérieures, et déambulait machinalement d'une pièce à l'autre, dans la maison, muette, fermée, oisive, écoutant à peine ce qu'on lui disait, répondant au hasard.

Le surlendemain, le vent était tombé.

Au début de l'après-midi, la Hotchkiss s'arrêta devant le perron.

Numa en descendit, souriant, incroyablement à l'aise, tandis qu'elle dévalait les marches à sa rencontre. Et la reçut, à mi-chemin, sur sa poitrine.

— Eh bien, eh bien ? mon minet, je croyais que tu redoutais de t'afficher devant les domestiques. Es-tu sûre que... ? dit-il, gaiement, avec un coup d'œil vers les fenêtres de la salle à manger, comme elle lui nouait ses bras autour du cou.

Enlacés, ils montèrent vers le hall et pénétrèrent dans le salon.

Numa repoussa la porte d'un coup de coude, s'y accota, et, ramenant Dominique contre lui, entreprit avec ardeur de l'embrasser.

Ensuite seulement, il lui prit le visage entre ses paumes, et la contempla quelques secondes, toujours souriant.

— Tu sais, j'ai réfléchi à ta sortie de l'autre jour. C'est vrai que je suis jaloux de tous ceux qui t'approchent. Tu as sans doute raison dans une assez large mesure. Je ne dois pas être un type tellement agréable à aimer... Mais toi aussi, tu fais mal, quand tu sors tes griffes.

— Oh ! mon chéri !... Oh ! toi... toi !... ne savait plus que balbutier Dominique, avec de brefs sanglots de bonheur, dans cette étreinte reconquise.

En passe de se voir promu à la dignité de père de famille, le seigneur de Saint-Ange entourait son épouse d'un luxe de précautions qui amenait un soupçon de moquerie aux lèvres de maints jeunes couples plus avancés que lui en la matière.

— Moi, j'aurais volontiers attendu encore un an ou deux. Mais, du moment qu'il s'est annoncé, ce marmot, autant faire le maximum pour que Claire l'ait dans les meilleurs conditions, pas vrai ? soutenait-il, hautement approuvé par Adrienne et Charles Guillermin.

La future mère fit ses doléances à Dominique.

— ... Et maintenant qu'il me supprime les promenades en auto, autant dire que me voilà cadenassée ici, jusqu'à la mi-août. Avec un jardin où je n'ai pas même un endroit véritablement frais et agréable où me tenir. Si tu crois que c'est drôle !... Encore, s'il me permettait de recevoir nos amis... Mais non : il craint que cela ne me fatigue. C'est vrai que je suis mal secondée avec cette Louise pour toute aide. Mais tout de même !... Et naturellement, Mamie est de son avis. Dimanche dernier, nous avons eu Laurent et Henriette, avec leur petite Constance. Mais, le prochain, je ne sais trop ce que nous allons faire. Maurice s'en moque, lui. Il prend une pipe, un livre ; et ça lui suffit pour être heureux. Mais moi...

En son for intérieur, Dominique estimait qu'un bébé valait beaucoup plus que ces minimes sacrifices.

Cependant, elle s'ingéniait à distraire la jeune femme par de courtes apparitions, aussi fréquentes que le lui permettaient, en cette période où la fenaison et le dernier labour dans les vignes réclamaient sa surveillance, des journées bien remplies sur lesquelles Numa, et, après lui, Hubert et son fils, exerçaient un droit de préemption.

— Ce sont surtout ces dimanches qui lui pèsent, expliqua Maurice, venu se délester à Mogador de quelques petits déboires. Il lui manque ces réunions joyeuses qu'il y avait à l'époque où nous nous sommes fiancés. Elle est jeune, elle a toujours adoré s'amuser... Et tu comprends bien que ce ne sont pas les visites de mes beaux-parents qui peuvent la distraire. Mais si tout le monde s'est dispersé, qu'y puis-je ?... Du reste, tu le sais, il n'y avait guère qu'ici à la Cantarelle qu'on se retrouvait régulièrement entre jeunes gens. Et maintenant, Mireille partie, la femme de Jacques enceinte de nouveau, et en assez mauvais termes avec celle de

Richard, au surplus... Et, d'un autre côté, toi, qui... Enfin, tu vois bien toi-même...

« Et moi, qui... » Le regret naïf que laissait poindre la phrase laissée en suspens par Maurice toucha Dominique au vif. Mais que pouvait-elle faire ? L'eût-elle voulu, qu'une partie de ses relations d'alors n'eût plus accepté de franchir son seuil.

« Et d'ailleurs... », tous ses loisirs, dorénavant, appartenaient à Numa.

Cependant, elle se souvint de ce reproche sous-entendu, lorsque ce dernier lui apprit un soir, au moment de la quitter, qu'une invitation familiale le retiendrait, le surlendemain, à Tourvieille.

— Rends-moi cette justice que cela n'arrive pas souvent. J'ai tout de même pu amener ma mère à supporter, vaille que vaille, mes absences perpétuelles. Mais si les cousins Cabanis ne trouvaient pas la famille au complet, sous les armes pour les recevoir, jamais elle ne me le pardonnerait. Mon pauvre trésor, pour cette fois, il faut que j'obtempère.

Encombrée de ce dimanche solitaire, Dominique s'en alla tout aussitôt en faire l'offrande aux Royer, qui acceptèrent son invitation impromptue avec un plaisir évident.

Enchâssé comme un joyau dans l'écrin touffu de ses grands arbres, Mogador arborait sa radieuse parure de juin, embaumé de l'haleine des roses et du seringat. Les derniers iris dressaient leurs crosses somptueuses au bord du miroir d'eau, et, déjà, par-delà les plates-bandes bigarrées de mufliers, d'agérates, d'œillets d'Inde, et de pétunias, le massif de cannas crêté d'écarlate mettait le flamboiement d'un brasier sur la pelouse, verte à miracle, ceinte de ses noisetiers en couronne, où le panache d'un gynérium ajoutait une touffe d'aigrettes.

— Ce parc... murmura Maurice, étalé dans sa chaise-longue, ce parc... j'en rêvais, lorsque j'étais gosse. Tout est toujours pareil, ici. On dirait que le temps ne trouve pas de prise... Je comprends que ton oncle Hubert n'ait jamais pu s'en détacher. Sa Gloriette n'est pas mal, mais...

L'ombre bleutée du cèdre demeurait transparente. La lumière s'y poudrait d'or entre les branches. La brise d'été, froissant la cime des pins, en tirait cette musique indicible, où se matérialise, par instants, la rumeur de l'éternité.

Maurice renversa la tête pour l'écouter un moment, en silence.

— Et Frédéri ? questionna Claire.

— Oh ! Frédéri... Si tu le voyais...

— C'est un si joli petit garçon.

Dominique rit.

— C'était. A l'heure actuelle, il est en train de devenir la plus adorable petite brute d'homme que tu puisses imaginer. C'est à ne pas le reconnaître. Sans compter qu'il commence à faire réellement honneur à son père, en tant que cavalier.

— Faudra que je vienne voir ça, un de ces matins, dit Maurice, intéressé.

— ... Et avec cela, tellement attachant !... continuait Dominique, intarissable. Câlin, drôle, malicieux, un peu fripouille, mais si gentiment...

Il lui cligna de l'œil :

— Autrement dit : un Vernet, quoi... ?

Illuminée d'un sourire intérieur, elle hocha le menton.

— Mmmm !...

— Eh bien ! ma fille !... apprécia-t-il. Et il se plaît, ici, je suppose ?

— Tu penses ! Il y est comme chez lui, à présent.

Le vieux Ranguis et Tonin ne savent plus qu'inventer pour lui être agréable. Quand je les entends l'appeler « Moussou Frédéri », comme on disait autrefois à Papa, je ne puis te dire l'effet que cela me fait. Il me semble qu'il le ressuscite.

Claire la dévisageait, avec amusement :

— Tu en parles comme s'il était tien, ma parole.

— C'est un peu le sentiment que j'éprouve, parfois, lorsqu'il vient se frotter contre moi pour quêter des compliments ou une caresse. Exactement comme un poulain de l'année, tu sais ?

— Ouais, ouais... fit Maurice, songeur.

Au bout d'un moment, il résuma sa pensée :

— ... Dommage que son père n'ait plus de droits sur la propriété. Finalement, ce garçon aurait sans doute fait un héritier plus indiqué que le petit Américain que va nous ramener ta sœur, *Johnny !*... je te demande un peu... Johnny de Barcarin !... Il est vrai que, maintenant, elle a dû changer le disque. Au fait, ça se dit comment, Jean, en portugais ?

— Idiot ! lui lança Dominique fâchée.

En même temps que Claire intervenait :

— Oh ! écoute, Maurice, ne commence pas à te rendre insupportable, je t'en prie.

— Bon, bon, céda-t-il, moqueur, après les avoir dévisagées tour à tour. Je n'avais pas l'intention de soulever un incident diplomatique.

Pourquoi fallait-il, songeait Dominique, rappelée à son souci latent, que l'approche du retour d'Anne, cette heureuse éventualité, fût devenue pour elle une source d'appréhensions ?

Restaient encore, heureusement, plus de six semaines pour s'y préparer. Et l'insouciance de Numa finissait par déteindre sur elle. « Bah ! on verra bien... »

Maurice desserrait discrètement sa ceinture, profitant de l'inattention de sa femme.

— Tu nous as fait faire un de ces déjeuners... soupira-t-il, étendant le bras pour prendre sur la table son verre empli de cette eau-de-vie de marc, traditionnellement distillée sur le domaine depuis plusieurs générations, que prisaient tant les familiers de Mogador.

— Eugénie ne se débrouille pas mal, n'est-ce pas ? Encore lui manque-t-il l'habitude : je reçois si peu. Mais, à présent, c'est elle qui fait presque toute la cuisine. Berthe s'en désintéresse. Elle a beaucoup vieilli, la pauvre, depuis que Victor n'est plus là.

— C'est comme ma grand' Daubenois, observa Maurice. Une femme qui s'est toujours montrée si autoritaire. La voilà qui se met à...

Un bruit de moteur le fit s'interrompre pour prêter l'oreille.

— ... Tu attends quelqu'un ?

— Mais non, dit Dominique, qui écoutait aussi.

— Pourtant, on dirait bien... Tiens, entends !...

Elle se leva, et fit quelques pas jusqu'à l'angle de la façade.

Un capot gris pointait au tournant des buis.

Freinant de court, à son habitude, dans un crachotement de gravier, Numa vint stopper sous le perron.

— La corvée est remise : les petits-cousins ont la rougeole, le bon Dieu les bénisse !... cria-t-il joyeusement à Dominique qui se précipitait au-devant de lui. Nous avons reçu le message par exprès ce matin. J'ai voulu t'appeler d'Arles, au sortir de la grand-messe, mais ta ligne est en dérangement.

Il allait la prendre dans ses bras, lorsqu'elle l'avertit, à mi-voix :

— Claire et Maurice sont là.

— Ah zut ! souffla-t-il, rembruni. Sale coup !... Alors il faut que je m'en aille ?

Dominique le saisit par les revers de son veston.

— Non !... Non, je t'en prie, ne fais pas cela. Ce serait stupide. Ils t'ont entendu arriver, et... Le mieux, je crois...

Elle hésita, et le regarda anxieusement.

— ... Le mieux serait que tu viennes les rejoindre sans rien laisser paraître.

— Tu crois ? grogna Numa, sans entrain.

Mais il se laissa remorquer.

Maurice et Claire avaient eu le temps de se préparer à la rencontre, durant l'aparté.

Ils l'accueillirent avec un naturel plus ou moins réussi, et une cordialité à peine un peu trop voulue.

Les débuts de la conversation ne s'en trouvèrent pas notablement facilités pour autant. Chaque sujet, tout innocent qu'il parût, à peine abordé, découvrait tout à coup une chausse-trape béante, devant laquelle butait à son tour chacun des quatre partenaires.

Les Royer vérifièrent la difficulté de s'informer des autres habitants de Tourvieille, sans que cette politesse, si banale, parût se charger d'intentions allusives.

Et Numa s'aperçut trop tard qu'il pouvait être déplacé de s'étendre sur la précédente occasion qui l'avait mis en présence du jeune couple, puisque, à ce baptême de la fille de Laurent et d'Henriette, les Vernet de la Sarrazine n'avaient pas invité Dominique.

La proche maternité de Claire Royer impliquait, pour l'avenir, d'autres problèmes similaires. Et, lorsque Maurice eut proclamé son intention, s'il lui venait un fils, de le nommer François et d'en faire le filleul de Dominique, Numa songea tout de suite, en la regardant avec attendrissement rougir et pâlir dans l'excès de son émotion, que ce baptême-là devrait se passer de l'assistance d'une bonne moitié de la famille, dont la défection, qu'il le voulût ou non, entraînerait la sienne.

« Et dire que, si cette garce d'Alice... » La rancune qu'il conservait à sa femme avait perdu de son acuité, au fil des années. Avec nombre d'inconvénients, la double existence que l'attitude de celle-ci l'obligeait à mener n'était pas sans lui ménager des joies d'une saveur que la monotonie d'une vie maritale régulière n'eût pu sans doute lui procurer, l'eût-il même vécue au côté de Dominique.

Et, n'eût été pour elle, « ...la pauvre minette... », il n'eût point balancé à reconnaître loyalement, vis-à-vis de soi, les charmes de ce *statu quo* somme toute très acceptable.

Mais cette nouvelle histoire de baptême se présentait à l'horizon sous l'aspect d'un véritable champ de mines. Numa voyait déjà le parti qu'allaient en tirer sa mère et sa sœur, qui, loin de modeler leur conduite sur l'impénétrable patience d'Alice, demeuraient toujours prêtes à reprendre les hostilités, à la faveur du moindre prétexte. Il en avait la nausée d'avance.

« La garce, la sacrée garce !... » fulminait-il, enfoui dans ses ruminations, stigmatisant aussi bien, de façon plus ou moins consciente, sous ce singulier, l'entité tricéphale composée de ses persécutrices.

Cependant, le regard heureux de Dominique cherchait en vain le sien pour le prendre à témoin de son contentement.

« ...Sans compter qu'un enfant unique... » Cette abondance de progéniture, acharnée à naître de tous côtés, avec un évident manque de tact, lui rappelait désagréablement qu'il n'aurait jamais les deux ou trois beaux rejetons que Dominique eût tant voulu lui donner. Et que Michel continuerait de rester seul pour le perpétuer, au mas, en face de Pierre et Miette Fauvelly, et de toute la descendance que Lucien pourrait aussi se mettre à procréer, un jour ou l'autre.

Et Dominique — « ...elle choisit bien son moment !... » — l'incitait à tirer de son portefeuille, pour les montrer à Claire, les plus récentes photographies du petit garçon.

Il maudit le couple Royer ; et sa propre sottise qui l'avait fait se prêter à cette rencontre. Sans trouver la moindre consolation dans le fait patent que ses interlocuteurs n'étaient guère à leur aise, eux non plus.

Au bout de trois quarts d'heure, songeant à prendre la fuite, il cherchait quel prétexte invoquer pour tirer son épingle du jeu au plus tôt.

Dominique le gagna de vitesse à son propre insu, en s'éclipsant pour aller demander à l'office qu'on leur servît des boissons frappées.

Il dut se résigner à patienter encore un peu.

Lorsqu'elle revint, Claire étouffait de son mieux quelques bâillements, et répétait, en guise d'excuses :

— C'est nerveux... Je crois bien que cela provient de mon état.

Sans que les deux hommes, occupés à parler politique, y prêtassent beaucoup d'attention, tant les passionnaient leurs considérations sur Herriot et son Cartel, l'entrée des communistes à la Chambre, la démission de Millerand, et l'élection qui, l'avant-veille, venait de porter Doumergue à l'Elysée.

Désaltérés, ils repartirent de plus belle sur Fiume, Stresemann et le plan Dawes, MacDonald et les travaillistes...

Sur quoi, Dominique et Claire décidèrent d'aller faire un tour dans le parc.

Ils les suivirent sans barguigner.

Et, tandis qu'elles cheminaient, bras dessus, bras dessous, devant eux, se découvrirent avec plaisir des vues identiques sur l'importance du raid de « Pivolo », l'art surréaliste, et les parties de quilles géantes auxquelles se livraient, bande contre bande, les gangsters de Chicago.

Le soleil pâlissait à travers le sous-bois. Des bandes d'hirondelles tournaient d'un large vol, très haut, au-dessus du parc. L'air s'allégeait d'un peu de fraîcheur. Les parfums de la roseraie se faisaient soudain plus exquis et plus forts.

Les éclats de voix et les rires des hommes accompagnaient le bavardage des deux amies. Et elles se sentaient plus proches l'une de l'autre, comme si cette entente masculine fût venue renforcer leur affection réciproque.

Dominique coupa une brassée de roses pour Claire. Et Numa en déchargea la jeune femme, prévenant Maurice, avec une galanterie taquine, un enjouement, dont elle se délecta, parmi leurs rires.

Une paix légère, heureuse, les enveloppait tous quatre.

Sur le terre-plein, devant la façade, la réverbération avait cessé de brûler le sol.

Le jardinier déplaçait l'arroseuse sur la pelouse. L'odeur des pétunias devenait perceptible. Le soir allait naître.

— Que diriez-vous d'une partie de pétanque ? proposa Maurice à Numa.

Sur la réponse de ce dernier, nanti des indications de Dominique, il s'en fut chercher les boules dans le capharnaüm de la resserre.

Pendant ce temps, à la satisfaction de Claire, qui jouissait trop de la douceur de l'heure pour envisager volontier de réintégrer Saint-Ange, Numa suggérait à leur hôtesse :

— Tu devrais nous garder à dîner, Niké.

D'elle-même, Dominique n'eût jamais osé le proposer, précisément de peur de prolonger ce qu'il eût pu tenir pour une contrainte.

Pendant qu'elle courait avec allégresse donner ses ordres à Eugénie, ils entamèrent une partie.

A la fin de la seconde, ils en étaient à se tutoyer.

Dans une improvisation dont se fût scandalisé Victor, Carlo, l'homme de ressources, leur dressa le couvert dehors, sur la table de jardin éclairée par les bougies de l'un des grands chandeliers de vermeil qui ornaient la cheminée du salon.

L'atmosphère de la soirée semblait émaner d'un sortilège. Tout se déroula sans à-coups. L'omelette flambée au Grand Marnier était réussie, les vins parfaits, la gaieté jaillissante, l'accord sans une fausse note.

Après le café, Numa et Maurice transportèrent les chaises longues sur la pelouse qui exhalait une fine et pénétrante odeur d'herbe et de terreau humide, pour y prendre le frais au clair de lune.

Celles des Royer se touchaient. La tête appuyée contre l'épaule de son mari, Claire chantonnait.

Dans la ruelle laissée entre les leurs, la main de Numa pressait furtivement celle de Dominique.

— On a passé une fameuse journée, tu sais, mon Coco, la remercia Maurice, lorsqu'il fut temps de se retirer.

Les amants se retrouvaient en tête à tête.

Et, cette même journée, Dominique redoutait un peu, malgré tout, qu'elle n'eût paru longuette à Numa.

Mais il dit, en passant son bras sous le sien :

— Il a raison, Maurice. Pour finir, ç'a été vraiment très agréable, n'est-ce pas, mon tout petit ?

— Oh ! oui, vraiment !...

Elle lui effleura la joue de ses lèvres.

— ... Il me semblait... comment t'expliquer ?... que nous étions mariés, nous aussi.

— Mais nous sommes mariés. Même si cela ne se sait pas. Pour le meilleur et pour le pire, lui glissa Numa, à voix basse.

Il lui baisa le poignet avec tendresse.

Puis, changeant de manière, conclut, très conjugalement en effet :

— Et maintenant, dis-moi, si nous allions nous coucher... ?

... Tout en faisant tinter dans sa poche le trousseau de clés où était attachée celle de leur cabane.

## 5

Un pas avait été franchi. D'autres suivirent.

Cet été-là, les visites devaient se succéder.

Ce fut d'abord Marguerite qui débarqua, dans les premiers jours de juillet, à la Sarrazine, avec mari et enfants dans ses bagages. Et, forte de l'approbation de Constant Angellier, ne fit pas mystère de son intention d'aller voir sa cousine.

Une semaine plus tard, Antoinette et Roger Dutrieux arrivaient à leur tour, dans des dispositions identiques.

Mogador, qui en avait presque perdu le souvenir, entendit de nouveau des cris, des pleurs, et des rires d'enfants, pareils à ceux de jadis. On put voir, sur la pelouse, le petit Georges Dutrieux, qui ne marchait pas encore, se traîner vers le bébé de Marguerite que l'on avait installé dans le vieux parc découvert au grenier et nettoyé en hâte. Cependant que trottinaient, main dans la main, l'aînée de la bande, Yvonne Hirigaray, et sa cousine Constance Vernet, avec des grâces ingénues et maladroites de poupées.

— Tu devrais nous réunir tous, un soir, avec Numa, avait suggéré Antoinette. Les Royer nous ont dit que vous aviez passé ensemble une si bonne soirée, il y a quelque temps.

La requête allait au-devant des vœux secrets de Dominique. Et probablement ses cousins avaient-ils résolu en commun de lui marquer le respect qu'ils accordaient à sa liaison, tenue désormais pour officielle.

Le dîner eut lieu quelques jours après. Il rassembla, autour de l'hôtesse, les quatre jeunes couples Hirigaray, Dutrieux, Royer et Vernet.

En face d'elle, à l'autre bout de la table, occupant la place qui, longtemps, avait été celle de Frédéric Vernet, Numa faisait presque figure de maître de maison.

Dominique avait la sensation de toucher au port, après tant d'étapes clandestines et d'orages.

Le dialogue qu'elle avait eu avec Henriette, avant de passer à table, chantait dans sa tête.

« — *Ton beau-père n'était pas trop furieux de vous voir tous partir pour Mogador, ce soir ?*

« — *Lui ?... Eh bien ! non, justement. Pas autant qu'on eût pu le prévoir. Je crois qu'il se lasse un peu d'être seul de son camp, au mas. En tout cas, maintenant, grâce à Margot qui a plaidé pour nous tous, les cachotteries sont devenues inutiles. C'est déjà cela, n'est-ce pas ?... Et tu vas voir qu'il finira bien par lever l'interdit, à la première occasion.* »

L'espoir entrevu resplendissait sur le visage de Dominique.

Son exil de la Sarrazine lui avait pesé lourd sur le cœur. Le jour où elle y retournerait, songeait-elle, serait un peu, à ses yeux, le signe d'un pardon céleste auquel elle ne pouvait s'empêcher de croire.

« Accordez-moi encore cela, je vous en prie, mon

Dieu !... Je sais bien que je ne le mérite pas, mais... Faites que je retrouve l'oncle Constant... Et Blanche... Et même ce loup-garou de Léon... », priait-elle, mentalement, tout en se tournant à droite et à gauche, alternativement, vers Roger Dutrieux, et Jean Hirigaray, qui discutaient avec animation Pitoëff, Dullin et Pirandello.

L'ambiance était chaleureuse. Le déroulement du repas satisfaisant, malgré quelques anicroches de détail dont la maîtresse de maison était sans doute la seule à s'apercevoir. Et « tout à fait acceptable » le service de Carlo, secondé par Mathilde, bien qu'il n'eût pas, se disait-elle, « ...la classe de celui de Victor ».

Mogador retrouvait sa véritable pulsation.

Ses maîtres disparus, fussent-ils revenus à cette minute, eussent reconnu ce même brouhaha joyeux et cette élégance dont ils avaient aimé à s'entourer. Bien que les thèmes des conversations eussent changé — à peine —, que le smoking eût remplacé l'habit de soirée, pour les hommes, et que les toilettes des femmes, décolletées jusqu'au creux des reins, ne fussent pas assez longues pour leur couvrir les genoux lorsqu'elles étaient assises.

« Toutes jolies », ces femmes, eût remarqué Frédéric Vernet, avec son grand rire luisant. « Toutes appétissantes. » Sauf, peut-être, la pauvre Claire, que déformait affreusement cette grossesse parvenue à son huitième mois.

La dernière de toutes à avoir sacrifié ses cheveux, Henriette les portait court, elle aussi, depuis Noël, selon la mode.

— ... Ceux d'Anne étaient si magnifiques... Sais-tu si elle les a conservés ? demanda Marguerite.

— Anne ?... Mais il y a bien deux ou trois ans qu'elle les a fait couper. Gaspard en était comme fou, paraît-il. Mais, avec les chapeaux actuels, ce n'était plus possible...

— Je suis contente à la pensée de la revoir, dit Antoinette.

A l'intention de son mari, elle ajouta :

— ... Tu verras comme elle est belle.

Tandis que s'échangeaient ces propos sur sa sœur, Dominique s'apercevait que la menace de ce retour, désormais si proche, ne l'effrayait plus autant, à présent qu'elle sentait derrière soi cet appui solide que lui apportait l'assentiment tacite de ses cousins.

Les Barcarin arrivèrent au début d'août.

Mais s'installèrent chez les parents de Gaspard, à Fiélouse, pour y passer le plus clair d'un séjour qui ne devait d'ailleurs durer qu'un mois.

L'apparition d'Anne à Mogador n'excéda pas une semaine.

Et Dominique n'eut pas même le loisir d'organiser pour elle la réunion qu'elle avait projetée.

A peine celui de s'émerveiller devant les dix-huit mois nacrés et dorés d'Edith, sa nièce, et les cinq ans révolus du petit Jean, dru, rablé, plein d'une turbulence où elle croyait reconnaître celle qui avait été l'apanage de François.

Le temps était trop mesuré aux deux sœurs pour que le désaccord pût se glisser entre elles.

Le soir où Anne revint d'une visite qu'elle était allée faire avec ses enfants, à la Sarrazine, elle lança cependant à sa cadette qui l'écoutait avec avidité relater le détail de sa journée :

— C'est tout de même lamentable de te voir gâcher ton existence aussi bêtement, ma pauvre chérie, alors que tu pourrais, toi aussi...

— Je t'en prie !...

La sécheresse du ton, et le haussement d'épaules qui la soulignait suffirent à contenir l'attaque mollement menée, « plutôt pour la forme... » eût-on dit.

Désarçonnée par cette proclamation d'indépendance, Anne baissa pavillon.

Se réservant sans doute, pensa Dominique, imperceptiblement narquoise, d'offrir, le cas échéant, à Angèle de Barcarin, qui devait en être l'inspiratrice, une version plus glorieuse de la tentative avortée.

Gaspard, lui, avait résolu la difficulté en restant à Fiélouse.

Son intervention personnelle auprès de Numa, à supposer qu'elle se fût produite, devait avoir eu le même résultat. Dominique eût été curieuse d'en apprendre quelque chose.

Mais, interrogé, Numa se contenta de sourire.

— Euh !... Tu sais, Gaspard...

Et, tout à coup, elle cessa d'insister, dans la crainte confuse d'avoir à soupçonner son beau-frère de n'être pas, peut-être, l'époux sans reproche qui eût pu se permettre d'en remontrer à Numa.

Anne ne tarissait pas sur Lisbonne, le Rossio, l'avenida da Liberdade, le pittoresque de l'Alfama, les bazars tenus par les marchands hindous, les plages de la Mer de Paille. A la chaleur étouffante de cet août provençal, qui l'incommodait fort, elle opposait la douceur du climat portugais. Et parlait sans cesse de la quinta qu'elle avait louée à Benfica, de sa végétation paradisiaque, de la fraîcheur de ses jets d'eau.

Ils repartirent sans s'attarder.

Et Dominique reprit avec Numa le sentier descendant vers la petite combe où se dissimulait la cabane dont Anne, bien qu'elle fût venue, à plusieurs reprises, se baigner au barrage, n'avait pas même soupçonné l'existence.

L'été courait à grand-erre sur sa fin. Les vendanges se terminèrent. Elles avaient été exceptionnelles. A Mogador, comme à Saint-Ange, les cuves regorgeaient.

Maurice Royer se frottait les mains.

— Une fameuse année, petite !... confia-t-il à Dominique. Encore deux ou trois comme ça, et je ne devrai plus un sou à personne. Hein ? si les Raynal revenaient, crois-tu qu'ils reconnaîtraient la propriété ?

Il lui tapait à petits coups du plat de la paume sur l'épaule, guettant le regard approbateur dont elle embrassait ces terres en plein rendement, qu'elle avait vues, cinq ans plus tôt, livrées à un demi-abandon.

— ... On en a fichu un coup, hein ?... Pas à dire !... Et il y a encore de quoi faire, crois-moi, Ça peut rapporter bien davantage. Tiens, c'est comme à Mogador : à mon avis, tu devrais...

L'œil de Dominique se fit moqueur. Maurice allait-il lui donner des conseils, dorénavant, après avoir, durant plusieurs saisons, quémandé les siens ?

Il le perçut et se retint. Non sans grommeler :

— Tu peux rire, ma fille ! N'empêche que... Tu verras ça un de ces jours.

« ...Ah ! reprit-il, changeant de terrain, c'est qu'il va nous en falloir, maintenant, pour élever l'héritier !... Et, en attendant, tu me diras des nouvelles du baptême. Pour le premier événement que nous fêtons à Saint-Ange, je veux que l'on s'en souvienne. Je te fiche mon billet que nous allons faire les choses en grand.

« ...D'autant plus, ajouta-t-il, au bout d'une seconde, avec son clin d'œil habituel, que le grand-père Guillermin s'est fendu d'un livret de caisse d'épargne au nom de François, avec un joli chiffre sur la première page. Alors, vive la joie !... On se remettra à économiser ensuite.

Dominique souriait en l'écoutant : porté sur l'argent avec une certaine âpreté, lorsqu'il y en avait à ramasser ; et, tout à coup, capable de faire flamber son plus beau billet pour en allumer un feu d'artifice. La contradiction contenait Maurice tout entier.

Et, pour ce petit François, modérément désiré, il semblait à présent que rien ne fût trop beau.

La marraine, d'ailleurs, elle aussi, ne rêvait plus que gâteries, à l'intention du nouveau-né.

Frédéri lui en fit la remarque sur un ton chagrin, le jour où il vint lui faire ses adieux, avant d'entrer au collège.

— Tu t'en fiches bien que je m'en aille, pas vrai, Nique ? maintenant que tu as ce bébé pour t'amuser.

Et il fallut, vite, vite, convaincre le garçon qu'il demeurait toujours le seul, l'unique favori, sur tout le domaine ; que *Milady* l'attendrait ; et que Dominique irait tout exprès à Avignon, de temps à autre, l'embrasser au parloir, et lui porter des nouvelles des chiens et de la jument.

— Il est temps qu'il ait son cheval à soi, dit Hubert à sa nièce, lorsqu'il revint à Mogador, seul, cette fois. D'ici aux vacances, je vais d'abord me mettre en campagne pour lui en dénicher un qui me plaise. Ensuite, si tu veux me l'héberger avec les tiens, je préférerais le dresser ici. Ça m'évitera d'en parler à Madeleine qui se figure toujours que je n'aurai pas de cesse qu'il ne soit arrivé un accident au petit. Et, pour Frédéri, ce sera vraiment la grosse surprise, quand nous le lui présenterons.

Dominique voulait, bien entendu.

— Il va vous manquer, oncle Hubert, observa-t-elle.

Hubert l'avoua de bonne grâce.

— ... Mais, que veux-tu ? Même si, comme je l'espère, il choisit après cela de vivre sur sa terre, je veux qu'il fasse ses classes comme je les ai faites, et qu'il essaie de décrocher son bachot. Quitte à s'arrêter, lui aussi, à la philo, s'il n'y mord pas. Aussi bien, parmi les culs-terreux, nous avons tout de même un rang à tenir. Mais va-t'en faire comprendre cela à quelqu'un qui...

Il n'en dit pas davantage.

Mais Dominique pouvait, sans risque d'erreur, compléter la pensée de son oncle. Et, plus que jamais, elle se sentait solidaire avec lui, dans l'orgueil de leur clan.

Huit jours plus tard, pour sa première sortie de pensionnaire, Frédéri accompagna ses parents à Saint-Ange, où l'on baptisait son minuscule rival, avec un vaste concours de parents et d'amis. Et, trompant la surveillance de Madeleine, s'y livra à une telle galimafrée qu'il ne put être question de le ramener, le soir, chez les Pères.

On dut l'étendre, après qu'Edouard Royer, sous l'œil de son père amusé de le voir « débuter en clientèle », lui eut donné quelques soins expéditifs mais efficaces.

Soulagé, il s'endormit bientôt, avec un léger ronflement.

Hubert n'avait fait qu'en rire.

— Eh bien, quoi ?... Une petite muflée, cela arrive un jour ou l'autre à tous les garçons.

Mais Madeleine, penchée sur son fils pour lui essuyer le front où perlait encore une fine sueur, regardait avec une incrédulité douloureuse ce futur homme, dont l'haleine gardait des relents de vin et de vomi.

Maurice ne s'était pas vanté. Ce fut une fête mémorable, bien qu'une partie de la parenté, ainsi que l'avait prévu Numa, se fût abstenue, en apprenant que Dominique avait été choisie pour tenir l'enfant sur les fonts, avec Maxime Guillermin.

— Mais Numa a envoyé des fleurs superbes à Claire. Tiens, vois : celles qui sont dans le grand vase... Avec un mot très bien. Et un cadeau personnel pour le petit. Un joli cadeau. Indépendamment de celui qu'il nous a fait avec sa femme. C'est chic, de sa part, hein ?

Il n'apprenait rien à Dominique, qui avait aidé Numa à choisir, chez un orfèvre nîmois où ne fréquentait personne de leurs connaissances, ce nécessaire à bouillie en argent.

Mais elle rougit, en l'entendant ajouter :

— Tu sais, je crois bien que, s'il était venu seul, ça n'aurait pas choqué grand monde, parmi tous ceux qui sont ici.

C'était, à sa connaissance, la première allusion directe à laquelle se risquait Maurice.

— Tu crois ? murmura-t-elle.

Pour se mettre aussi à imaginer qu'à leur tour, suivant l'exemple délibérément donné par la jeune génération familiale, leurs amis, Robert et Marie Antonetti, les frères de Roveret et leurs femmes, Francis et Mireille Lallier, Claude et Magali Chabert, pourraient, un jour prochain, trouver naturel de les rencontrer, et peut-être même de les recevoir, ensemble, Numa et elle.

Chaque ralliement à sa cause en renforçait, lui semblait-il, la pérennité. C'était une assurance de plus contre cette menace proférée par Alice, qui se laissait parfois oublier, dans l'euphorie d'une entente apparemment plus profonde et plus solide d'année en année, mais n'en restait pas moins tapie au fond de sa mémoire, prête à darder sa tête venimeuse dès la plus minime alerte.

« ...Que tous sachent bien — qu'Alice sache, là-bas — que l'amour de Numa pour moi demeure aussi fort. Et qu'il n'a pas honte de l'afficher. »

Mais serait-il venu sans les siens, l'en eût-elle prié ? Une inquiétude inavouable subsistait en elle, qui l'incitait à ne point se poser clairement la question.

Quel espoir toujours vivace pouvait nourrir le courage de cette femme ostensiblement délaissée ? Lorsqu'elle cédait à la dangereuse tentation d'y réfléchir, fascinée par l'énigme de l'inébranlable tolérance d'Alice, Dominique sentait un frisson naître sous sa peau.

Une fois de plus, elle oubliait ses résolutions de dignité, pour sonder Numa :

— Que peut-elle faire de ses journées, quand tu n'y es pas ?

« ...Et de ses nuits, tandis que nous reposons ensemble ? »

Lui ne semblait pas s'en préoccuper. Et sa réponse ne variait guère.

— Ma foi... Et que fait-elle de plus lorsque j'y suis ? Sûrement rien d'extraordinaire, va. Je suppose qu'elle s'occupe, au mas, avec ma mère et ma sœur. Comme toutes les femmes, comme tu le fais toi-même, les jours où nous ne nous voyons pas.

— Mais moi, j'ai Mogador à diriger.

Il riait.

— C'est vrai, ça, mon petit gentleman-farmer.

— A Tourvieille, vous êtes trois hommes !...

« ...Pour gérer un domaine plus vaste, certes, mais moins important. »

— ... Alors, si tu n'as pas autre chose à me dire sur Alice...

Il recommençait à rire.

— Encore, Alice ?... Mais c'est une idée fixe, mon

minet !... Et que diable veux-tu que je dise ? Elle élève Michel, et très bien, ma foi, il faut lui rendre cette justice. Elle va et vient, elle fait ses courses... Je sais qu'elle va très souvent à Arles, se faire soigner les dents. Cela lui est commode, depuis qu'elle a cette petite cinq chevaux que son père lui a donnée. Mais tu es extraordinaire. Je me demande toujours pourquoi tu veux absolument savoir...

Parce qu'elle ne parvenait pas à se faire à la fiction d'une Alice désarmée, inoffensive, indifférente à leur amour, et résignée à son sort.

Ce visage, qui s'estompait dans son souvenir, prenait vaguement les contours d'un masque de Gorgone.

« Si je la revoyais... » Il lui semblait qu'alors elle eût été capable de déchiffrer, sur les traits de l'ennemie, la nature du danger qui lui viendrait de son fait.

— Je ne sais pas... Mais elle me fait peur.

Bien que Numa ne pût l'admettre, lui qui conversait quotidiennement avec sa femme, prenait ses repas à son côté, et dormait, à peine séparé d'elle par la largeur d'un couloir.

— Des bêtises !... Que veux-tu qu'elle te fasse ? puisque je t'aime.

Il l'aimait. Mais, parfois, la franche complaisance avec laquelle il s'attardait innocemment, au café, au cinéma, dans la rue, à lorgner des filles qui n'avaient pas, elles, vingt-six ans bien passés, mettait au cœur de Dominique une angoisse sourde.

Elle s'examinait dans la glace ; scrutant longuement son teint délicat, qu'un coup de soleil trop vif faisait rougir, le dessin de sa figure, les plis, à peine visibles qui, certains matins, chiffonnaient ses paupières, au réveil ; éprouvant du doigt la fermeté de sa peau, vérifiant celle de ses seins... « Vingt-six ans et plus. Bientôt vingt-sept... Et on dit que ces traits trop fins sont ceux qui se fanent le plus vite... *Un jour viendra forcément, où...* »

Sans doute Numa aimait-il en elle autre chose qu'un joli visage et un corps désirable. Mais la difficile entreprise de vieillir à deux était-elle accessible à d'autres qu'aux gens mariés ?

Ebouriffé, vêtu d'un pantalon de pyjama, Numa, entrant dans le minuscule cabinet de toilette pour se préparer, la surprenait, perdue dans ses conjectures, devant le miroir.

— Eh bien ? Que penses-tu de la femme que j'aime ? Elle te plaît ? questionnait-il, taquin et tendre, en commençant à se savonner sous la douche.

Pour lui, tout paraissait si simple.

Les vignes avaient pris les couleurs de l'automne. Rutilants et mélancoliques, les mêmes tons d'or, de brun, et de pourpre, gagnaient la campagne entière, jusqu'au bord des routes, où le vent et la pluie arrachaient leurs feuilles mortes aux platanes.

— Il n'y a que notre coin qui ne change guère, quelle que soit la saison, observait Numa, du seuil de la cabane, en sirotant un café confectionné sur le réchaud à alcool, les matins de soleil où il s'éveillait là, et se levait de bonne heure pour regagner Tourvieille.

Les plaques de thym cramponnées au sol caillouteux, et l'épineuse fourrure verte des buissons de kermès conservaient à la petite combe sertie dans les pins de la colline sa jeunesse perpétuelle.

— ... As-tu remarqué que d'ici, on n'entend aucun bruit humain ? Pas même la cloche de Fontfresque. Le monde pourrait cesser d'exister alentour, sans que nous le sachions.

Ils étaient là, tous deux, appuyés l'un à l'autre, en paix avec eux-mêmes, défiant le temps au cœur d'un présent immobile qui plongeait ses racines dans ce paysage dont ils avaient fait leur royaume.

Mais l'existence du monde, faite d'alarmes et de deuils, n'en continuait pas moins.

Et, à Mogador, ce matin-là, sur le plateau du vestibule, une lettre arrivée au courrier de la veille au soir attendait Dominique.

Elle la décachetait, émue d'avoir reconnu l'écriture, lorsque le téléphone sonna.

— Est-ce toi, Nique ? Ici, c'est Blanche. As-tu reçu ma lettre ?

— A l'instant. Je ne l'ai pas encore lue. Pourquoi ? Qu'est-ce que... ?

Déjà, elle avait peur. Déjà, elle savait.

— C'est mon père, Nique. Il a pris une mauvaise grippe, et... Il faudrait que tu viennes vite. Il veut te voir, et... Oh ! ma petite Nique !...

La voix s'éraillait dans l'appareil. Et Dominique, agrippée des deux mains à l'écouteur, se mordait nerveusement les lèvres.

— ... Je... l'on craint qu'il n'aille plus très loin...

— Je viens. Je viens tout de suite. Dans une demi-heure, je suis là.

Si souvent, elle avait pensé à Constant Angellier, à son grand âge, avec l'inquiétude latente de sa fin. Et il semblait que le malheur eût épié, pour fondre, l'un de ces moments où, justement, elle oubliait d'y croire.

Comme s'il eût fallu, pour atteindre le vieil homme, ce défaut dans l'armure que lui avait forgée l'amour des siens.

Une sensation de culpabilité déchira Dominique.

Elle parcourut, en hâte, la lettre de Blanche :

« *...Congestion pulmonaire... fièvre depuis plusieurs*

*jours... rien de vraiment inquiétant... serait heureux que...* »

Tout le long de la route, elle s'en répétait encore les termes, essayant de minimiser la signification de cet appel téléphonique.

Et appuyait sur l'accélérateur, avec la volonté inconsciente d'arriver à la rescousse, comme si le sort de son grand-oncle en eût pu dépendre.

Au bruit de la voiture, Laurent sortit sur la terrasse.

— Je te guettais. Maman et Hiette sont en haut, près de lui.

Elle s'accrocha à son bras.

— Ce n'est pas possible, dis... il ne va pas... pour une simple grippe... ?

Laurent secoua lentement la tête.

— Mon pauvre chou... A quatre-vingt-neuf ans, tu sais... Son cœur n'est plus assez solide...

Il la prit par l'épaule.

— ... Viens, montons, il va être content. Depuis hier, il te réclame.

— Pourquoi ne m'a-t-on pas prévenue plus tôt ? s'insurgea-t-elle.

Avant de se souvenir que la lettre de Blanche l'eût touchée depuis près de vingt heures, si elle s'était trouvée à Mogador pour la recevoir.

— Jusqu'à hier, il ne paraissait pas en danger, dit Laurent. Son état a beaucoup empiré, presque subitement, depuis que Maman t'a écrit. Nous t'attendions un peu hier soir...

Dominique baissa la tête.

— Je n'étais pas à la maison. Je suis rentrée ce matin, avoua-t-elle.

— C'est ce que nous avons pensé, avec Hiette, en ne te voyant pas venir. Tante Emilie et les petites ne sont pas encore là. Maman n'a pas pu les atteindre. On lui a dit au téléphone qu'elles étaient en Seine-et-Oise, chez des amis.

A leur approche, une porte s'ouvrit sur le palier. Blanche s'avança :

— Nous t'avons entendue arriver.

... Serra Dominique contre elle, avec un hochement de tête désolé, en réponse à l'interrogation qu'elle lisait dans ses yeux. Et la fit passer devant soi :

— Papa, voilà Nique.

Cette maigre forme blanche sans épaisseur, accotée à une pile d'oreillers aussi blancs, c'était donc là, déjà, tout ce qui subsistait de l'apparence vivante de son grand-oncle ?

Elle s'avança vers l'alcôve, sans voir rien, ni personne d'autre.

— Oncle Constant...

De près, le sourire qui éclairait encore cette face prise dans l'hiver boréal de sa mort imminente lui restituait un peu d'humanité familière.

Les longs doigts osseux du vieillard se refermèrent avec un reste de force sur la main de sa nièce.

— Ma petite enfant... C'est bien, que tu sois là, murmura-t-il.

— Voulez-vous bavarder un moment avec elle, Père ? dit Blanche, en approchant du chevet une chaise pour Dominique.

Il fit un signe d'assentiment, comme s'il eût voulu épargner le souffle et les paroles dont il pouvait encore disposer.

Sa fille le redressa sur les oreillers, avec précaution, lui mit un baiser sur la tempe, et désigna le cordon à Dominique :

— Tu n'auras qu'à sonner, si ton oncle a besoin de quelque chose. Nous vous laissons, Hiette et moi.

Dominique ne s'était pas encore avisée de la présence d'Henriette. Elle se souleva pour échanger un baiser avec elle, au passage.

— Ne vous fatiguez pas trop, grand-père, recommanda la jeune femme, effleurant de sa joue celle de Constant Angellier.

En réponse, il lui adressa de la main un petit geste rassurant. Et la suivit d'un regard affectueux jusqu'à la porte, où elle rejoignit sa belle-mère.

Blanche prit son bras, pour descendre.

En bas, Hubert et Madeleine venaient d'arriver.

— Comment est-il ?

— Très faible. Mais il ne souffre pas. Tu vas le trouver paisible, lucide... Il a reçu l'extrême-onction, il y a une heure. Le docteur a pensé qu'il va s'éteindre doucement.

Tous parlaient à voix basse, guettant, malgré eux, le battement des ailes noires dans l'obscurité appesantie au-dessus de la maison.

— Ma pauvre Blanche... balbutia Hubert, impuissant à s'extérioriser.

Il l'attira contre lui.

Les larmes coulaient sur les bouffissures de la face couperosée, dont on se souvenait difficilement qu'elle avait été si jolie.

— C'est dur, dit Blanche, en se mouchant.

— Je sais.

— Tout à l'heure, reprit-elle, luttant pour surmonter sa peine, il m'a dit qu'il était content de laisser notre Laurent entre les mains de Hiette. Tu vois, c'est tout lui, ça... Il n'a jamais pensé qu'à notre bien à tous. Il s'inquiétait toujours pour nous, pour Nique, pour toi...

Elle s'arrêta brusquement, à la pensée de ce qu'elle venait de laisser échapper, et jeta machinalement un coup d'œil vers la femme d'Hubert.

Mais Madeleine parlait avec le jeune couple.

— ... Enfin, acheva-t-elle, n'osant regarder Hubert lui-même, pour tout le monde, sauf pour lui.

Son cousin ne semblait pas avoir remarqué l'allusion malencontreuse. Blanche se rassura :

— ... Si nous avions pu le garder encore un peu... Le temps que Hiette lui donne aussi un arrière-petit-fils...

— Ah... ? Elle... ?

Hubert se tourna dans la direction de la jeune femme, et posa un regard rapide sur sa taille.

Blanche se tamponnait les yeux.

— Cela fait quatre mois. Il viendra juste avec le printemps, précisa-t-elle, avec, malgré tout, une sorte de rayonnement, qui perçait sous le chagrin.

Et, au printemps, songeait Hubert, les os de Constant Angellier pourriraient sous terre.

Il ferma les yeux, pris d'un vertige d'horreur à la pensée de ce que devaient contenir, à présent, les boîtes empilées dans le caveau où il avait d'abord vu enfermer, longtemps auparavant, son frère Henri. « ...Puis Frédéric... Puis Mère... Et enfin... »

Et enfin, cette morte arrogante, aux longs cheveux noirs, aux yeux admirables, dont la cruauté négligente lui avait tout pris, et jusqu'au pardon qu'il eût encore pu lui offrir. Pour ne lui léguer que la soif d'une impossible revanche, avec un remords sans merci.

Il fit un effort pour revenir au présent.

— Puis-je le voir ?

— Oui, naturellement. Mais, pour l'instant, il s'entretient avec Nique.

— Ah ?... Nique est là-haut ? Tant mieux. Je m'étais demandé si... Alors, Léon s'est incliné ?

— Tu penses bien. Il n'est pas méchant, tu le connais. Et, au fond, je suis certaine que sa conscience est soulagée. Mais il est parti, sous prétexte de voir le baïle, en apprenant qu'elle se mettait en route.

— Ce n'est pas une solution, dit Hubert, pensif.

— Non...

Chacun d'eux songeait, sans vouloir l'avouer, aux difficultés qu'allait soulever, aux obsèques, la présence de Dominique.

Une autre voiture remontait l'allée.

— Ce doit être le docteur, dit Laurent. Il devait revenir dans la soirée.

C'étaient les Guillermin. Blanche retourna prévenir son père.

Et Dominique descendit, un moment après, les pommettes rouges, avec des yeux noyés dans lesquels surnageait la petite flamme d'un sourire.

— Tatie, oncle Hubert... Il vous attend tous.

Ils défilèrent devant elle, l'embrassant à mesure, plus fort que d'habitude.

Seule Madeleine passa sans paraître la voir.

Un peu plus tard, le facteur apporta un télégramme.

— Ma sœur et les enfants seront là demain matin, avec Caroline, annonça Blanche, après l'avoir lu.

Henriette vint lui parler à mi-voix.

Il y avait des chambres à faire préparer, des instructions à transmettre pour le repas du soir qui allait réunir une dizaine de convives, et ceux du lendemain qu'il fallait ordonner d'avance pour quinze à dix-huit personnes. Tout se mettait en branle, s'organisait, autour de l'événement prévu.

Elles sortirent ensemble, afin d'y pourvoir.

Léon Vernet entra. Et quelqu'un, dans le cercle, poussa vers lui Dominique, tremblante, tandis que, derrière son mari, Blanche, opportunément surgie de l'office, chuchotait :

— Voyons, tu ne vas pas...

— Sûrement pas.

Il étreignit avec maussaderie sa petite-cousine. Mais ne lui déroba pas sa joue :

— Allez, ça va bien, puisque tu es là.

Et demanda ensuite à sa femme :

— ... Je peux monter voir Père ?

— Attends un peu. Hubert est resté avec lui.

Il s'assit avec les autres.

Tous ces vivants en sursis éprouvaient le besoin de resserrer leur coude à coude.

Henriette revint chercher Dominique.

— Viens-tu avec moi, faire les lits ?

Installée sur le canapé, entre les Guillermin, Madeleine avait suivi des yeux leur sortie. Elle esquissa un mouvement pour se lever :

— Je pourrais peut-être aider Blanche...

Adrienne la retint :

— Laissez donc, ma chérie, c'est inutile. Les petites se débrouilleront bien, à elles deux.

Et, tout à coup, Madeleine, que ce détail n'avait jamais frappée jusqu'alors, se rappela qu'autrefois sa belle-sœur et Ludivine Vernet s'étaient toujours tutoyées.

Une gorgée d'amertume lui emplit la bouche.

Silencieuse, depuis un moment, elle avait d'abord essayé d'imaginer le dialogue qui se tenait là-haut, entre son mari et le mourant. Sans doute concernait-il leurs affaires privées, avec leurs secrets mal gardés, dont jamais, cependant, Hubert ne s'était ouvert à elle.

A son côté, Adrienne et Léon évoquaient des souvenirs qui remontaient à leur adolescence.

Ce jeune mort, nommé Edmond, elle ignorait tout de son passage en ce monde. Cet oncle Constant à la vieillesse malicieuse, couvert de jeunes filles en mal de confidences comme un arbre d'oiseaux, ce boute-entrain farceur, fougueux, et romantique, qu'ils appelaient Hubert, tous ces gens dont ils parlaient, n'étaient pas ceux qu'elle avait pu connaître.

Pour tous, pour Charles et Maxime Guillermin, même, à voir la façon dont ils écoutaient, ces anecdotes semblaient se rapporter à une existence familière.

Tous excepté elle.

Dans ce groupe, où chacun paraissait se sentir à l'aise, où la jeune femme de Laurent évoluait avec autant de naturel que si elle y fût née, où Dominique, elle aussi, la réprouvée de la veille, reprenait si aisément sa place, Madeleine ne trouvait pas la sienne.

Certes, on l'y avait accueillie, choyée, même, « *...ma chérie...* », comme le pauvre de Noël, se disait-elle, que l'on fait asseoir à table, et que l'on sert avec largesse, et courtoisie. Mais rien ne lui est vraiment partagé.

Et elle se sentait seule, parmi cette famille foisonnante. Aussi seule, aussi étrangère à eux qu'elle l'avait jamais été.

Les proches, les alliés et les amis intimes accourus suffisaient déjà à emplir la pièce d'une véritable foule, dans les allées et venues incessantes de ceux qui se succédaient pour monter faire leurs adieux à la dépouille de Constant Angellier, lorsqu'arrivèrent les Vernet de Tourvieille.

Laure et son mari entrèrent les premiers, suivis d'Agnès et d'Alice. Numa, son frère Lucien, et son beau-frère Henri, fermaient la marche.

Léon les reçut dans le vestibule, et tous ensemble se dirigèrent immédiatement vers la chambre mortuaire.

— Les cousins de Camargue sont là, dit quelqu'un qui rentrait dans le salon. Je viens de les croiser dans l'escalier.

Et aussitôt, arrachée à sa peine, Dominique, le cœur

fou, la bouche sèche, sentit s'étaler autour d'elle une flaque de curiosité visqueuse.

Ce que percevait Madeleine, à la même minute, c'était le mouvement qui s'amorçait, élargissant devant la jeune fille une sorte de *no man's land* dû au recul de certains, apparemment peu désireux de se trouver pris en tiers dans une rencontre entre elle et sa parenté de Tourvieille, dont tous connaissaient les griefs à son égard.

Cependant, par une tactique inverse, refluant peu à peu, avec la même discrétion, vinrent insensiblement s'agglomérer, pour l'encadrer, tout d'abord Hubert, puis Caroline, puis le docteur Royer, sa femme, et Maurice, puis Charles et Maxime Guillermin, que rejoignit Adrienne.

Les deux jeunes ménages Dutrieux et Hirigaray, qui entraient, complétèrent l'effectif.

Une bouffée de haine envahit Madeleine, à la vue de ce corps constitué en position de défense. Fallait-il donc, dans ce milieu, pour susciter de telles sympathies, commencer par voler un mari à sa femme ?... Et, aussi bien, plus sournoisement, un enfant à sa mère ?

Mais elle, Madeleine, qui eût songé à la plaindre ?... Qui lui rendrait son Frédéri, que cette fille sans scrupules lui avait pris ?

Elle feignit de ne pas voir les signes que lui réitirait impatiemment Hubert, et demeura assise, à l'écart des siens. Du moins, ainsi, parmi leurs relations, chacun pourrait juger de ses propres sentiments.

Le salon ressemblait à présent à une arène.

Et, dans le public en expectative, bien peu pensaient encore, pour le moment, à la funèbre circonstance qui motivait ce rassemblement, même parmi ceux qui avaient le plus aimé celui qu'on s'apprêtait à mettre en bière.

La rumeur décente des conversations s'amenuisa jusqu'au chuchotement, lorsque les Camarguais franchirent le seuil du salon.

Dominique sentait la forte main d'Hubert posée sur son épaule lui communiquer sa chaleur. Elle y puisa du courage.

Derrière, Jean Hirigaray lui dit quelque chose qu'elle ne comprit pas.

Au hasard, elle lui répondit d'un signe de tête.

Le regard de Raoul Vernet venait de rencontrer le sien. Son cousin s'approchait pour embrasser Adrienne.

L'hésitation qu'il eut ne dura sans doute pas même une seconde, bien qu'elle parût interminable à Dominique.

A présent, il serrait dans ses bras sa sœur Caroline.

La jeune fille sentit ses jambes faiblir.

La pression de la main d'Hubert se fit plus insistante.

En même temps, Raoul arrivait devant elle.

Il fit un pas de plus, se pencha... Et l'embrassa, sans mot dire, affectueusement.

Les larmes montèrent aux paupières de Dominique. A peine vit-elle, à travers son bouleversement, l'éclair bleu glacé du regard d'Alice, tandis que Laure et Agnès, d'un même mouvement, lui tournaient le dos, après un salut gourmé à l'adresse de son oncle.

Comme dans un songe, elle reçut celui qu'Henri Fauvelly se résolut finalement à lui faire, et prit la main que lui tendait Lucien, visiblement gêné.

Restait Numa.

Il s'avançait à son tour, sans hâte, après s'être attardé auprès de sa tante Caroline, le temps nécessaire pour mettre un peu de large entre les siens et lui.

La tension devenait insupportable, pour Dominique. Elle en eût crié.

Hubert avait retiré sa main. Et elle se sentait isolée, avec l'impression d'être nue, au milieu de cette assistance qui mettait un soin inutilement hypocrite à dissimuler le paroxysme de son intérêt.

« Numa... Oh ! mon Dieu ! Numa... » Elle n'était plus qu'une prière muette. Qu'il ne la reniât point devant tous, ou bien... Il lui semblait qu'elle en eût pu tomber morte, là, sur le carreau.

— Mon tout petit, murmura-t-il. C'est une terrible perte. J'ai beaucoup, beaucoup pensé à toi.

Sa main s'était emparée de la sienne, lui serrait les doigts...

Mais n'allait-il pas... ? Oserait-il... ? Ou bien... ?

Elle s'aperçut que ce n'était plus elle, mais Hubert que regardait Numa. Et vit alors les mâchoires contractées, les yeux durs, de son oncle.

... A l'instant où Numa, avec une ombre de sourire à l'adresse de ce dernier, dans un geste d'une lenteur délibérée, élevait jusqu'à ses lèvres la main qu'il tenait toujours, et y appuyait un baiser qu'il prolongea quelques secondes. Avant de passer à Hubert, qui répondit à la politesse de ses condoléances d'un rogue :

— Merci.

Ce baise-main, tendre et cérémonieux, était-il plus, ou moins, qu'elle avait espéré ? Dominique n'eût su le dire.

Elle rêvait encore à cette équivoque, lorsque l'entrée des hommes portant le cercueil vint la rappeler à la réalité douloureuse.

Hubert se disposait à les suivre, avec son cousin.

— Ne viens pas, Nique. Inutile que tu assistes à ça. Attends avec les petites, dans la salle à manger. Léon va faire descendre Blanche et Emilie.

Le bastion de ses protecteurs se désagrégeait.

Bon dernier, Maurice, que n'avait pas accompagné sa femme, retenue auprès de leur bébé, s'attacha à ses pas.

— Eh bien ! alors... commenta-t-il, à voix basse, lorsqu'ils eurent quitté la pièce. On peut dire qu'il a eu un certain cran, l'ami !... Ça a dû tout de même te réconforter, ça, mon Coco ?

Elle hocha le menton.

— Oui, c'est vrai.

Mais, jusqu'à ce que Maurice le lui dît, elle n'en avait pas été autrement certaine.

## 6

L'année suivante ne devait pas voir l'accomplissement des rêves dont s'était trop tôt bercée Dominique. Le coup d'état de la jeune génération n'eut aucune suite.

Les amis qui, l'été précédent, avaient recueilli les échos de ce fameux dîner de Mogador, où Numa Vernet s'était affiché parmi les convives, purent, selon leur tempérament, blâmer l'inconscience des autres invités, ou saluer leur largeur d'esprit « bien moderne ». Il n'en resta pas moins que nul, parmi eux, ne voulut se hasarder à suivre un tel exemple. Encore moins à réunir chez soi les deux amants à la même table.

Maurice Royer, qui l'eût courageusement tenté, afin de complaire à Dominique, dut y renoncer, devant les représentations que lui prodiguèrent parents et beaux-parents.

A la Sarrazine, plongée dans le deuil, la naissance, puis le baptême, d'Edmond Vernet, se passèrent sans festivités.

Cependant qu'à la Gloriette, Madeleine exploitait le prétexte pour célébrer dans l'intimité la plus stricte la communion de Frédéri.

Hubert se rallia sans difficulté à une solution qui le dispensait de jouer un rôle d'amphitryon pour lequel il ne se sentait pas d'aptitudes. Tout au plus eût-il volontiers convié sa nièce et les Guillermin. Mais il dut admettre que le seul moyen de ne fâcher personne était de ne faire aucune exception.

Nulle agape ne devait suivre la cérémonie, qui eut lieu à Avignon, chez les Pères Jésuites.

Le cœur gros de n'avoir pu communier à la messe de son Frédéri, Dominique, après l'avoir embrassé, préféra renoncer aux vêpres. A l'intention d'Hubert qui parlait de la retenir, elle inventa une excuse, et, fuyant l'hostilité de sa tante, rentra à Mogador.

Numa l'en dédommagea en l'emmenant à Paris, pour une semaine, visiter l'exposition des Arts Décoratifs, qui s'était ouverte deux mois auparavant.

Ils y dînèrent, sur l'une des péniches de Poiret amarrée près du Cours-la-Reine, sur la Seine illuminée où se reflétait, de haut, une Tour Eiffel blasonnée aux armoiries de Citroën.

Mais, rapidement déçus par les pavillons inachevés, les chantiers débordant de gravats, et la laideur provocante de l'ensemble, préférèrent aller explorer la Rotonde et le Dôme où le génie et l'absurdité se côtoyaient de façon divertissante ; courir les cinémas pour voir *La Ruée vers l'Or*, et *La Rue sans Joie*, comme le faisait tout Paris ; s'initier au théâtre d'avant-garde dont leur avaient tant parlé leurs cousins ; s'ébahir au spectacle de la Revue Nègre des Champs-Elysées, dont ils sortirent souffle coupé ; et danser au *Bœuf sur le Toit* avec les Dutrieux et les Hirigaray, à l'insu d'Emilie.

Pilotée de la rue Cambon au faubourg Saint-Honoré par ses cousines, auxquelles Numa avait tenu à se joindre, Dominique emporta « un petit ensemble pratique » en tricot de Chanel, une robe noire d'un raffinement strict signé Vionnet, et un turban en jersey drapé d'Agnès, outre quelques coûteuses babioles offertes par Numa, parmi lesquelles un parfum, un sac pailleté, et des colliers de verroterie qu'il trouvait « amusants », pour compléter son équipement de femme « à la page ».

A Mogador, c'était le temps de la pleine besogne.

— ... Mais tant pis ! Pour une fois...

Maurice avait d'ailleurs promis de veiller au grain.

Et l'oncle Hubert venait aussi, presque chaque matin, poursuivre le dressage du *Galant*[1], le cheval qu'il destinait à son fils.

— Et chez toi, au fait ?... Ton père a pu te laisser partir facilement ?

— Tu oublies qu'il y a Lucien. Comme la date de son mariage a été fixée à la mi-septembre, il aura besoin de mes bons offices, s'il veut pouvoir lâcher le mas à cette époque-là. Donnant, donnant... Aussi, je suis tranquille.

Dominique abandonna la valise où elle était en train d'essayer de faire entrer ses achats, et s'assit sur le lit encombré.

— Elle est gentille, cette Marie Estellon ?

— Gentille... ? — Numa fit claquer ses lèvres. — ... Mieux que ça, beaucoup mieux, mon minet !... Une jolie fille oui ! blonde aux yeux noirs, tout ce qu'il y a de plus comestible. Peu de poitrine, mais, malheureusement, c'est la mode, alors, que veux-tu ?... Mais une peau... des jambes... Et une de ces petites paires de

1. *Lou galant* : le beau, l'aimable, en provençal.

fesses... hautes, galbées... — Il semblait sculpter de mémoire la silhouette, du bout des doigts, en la décrivant. — ... Je ne te dis que ça !

Dominique prit un air amusé pour dissimuler son agacement.

— Mais, dis-moi, tu l'as expertisée de près ?

Numa retirait de l'armoire les chemises de soie à son chiffre qu'elle lui avait récemment offertes.

— Ma foi... Elle est venue se baigner au Vaccarès, la veille de mon départ. Et vos maillots actuels ne couvrent plus grand-chose. Le sien n'avait qu'un bout de jupette qui, une fois mouillée... eh ! eh !

— « *Prélude à l'Après-midi d'un Faune* », musique de Claude Debussy, chorégraphie de Numa Vernet, annonça-t-elle, s'efforçant de rire.

Il fit chorus avec elle.

— Eh ! oui. Aux approches de la quarantaine, tout homme normalement constitué commence à se pourlécher les babines à la vue des gaminettes. C'est bien connu.

Il demeura rêveur, un instant, encombré de ses chemises.

— ... Et il faut dire que celle-ci a rudement bien employé ses dix-huit ans. Il ne va pas s'embêter, le Lucien, avec cette poupée.

— On dirait que tu l'envies ? insinua Dominique, conservant avec effort le ton du badinage.

— Moi ?... — Il s'approcha d'elle. — Moi, j'ai tout ce qu'il me faut.

— Vraiment ? balbutia-t-elle, sous son regard.

— Vraiment.

Et, la renversant au milieu des lingeries et des blouses éparses, il entreprit de lui en donner la démonstration.

Ce n'était rien. Pas même une alerte. Mais « *un jour...* »

Sans doute l'eût-elle rapidement oubliée, cette légère crispation du cœur, si, un moment après, tandis que Numa s'attardait dans le cabinet de toilette, l'idée ne lui fût venue de mettre son absence à profit pour le décharger d'une corvée qu'il détestait faire.

Elle reprit la mallette de voyage qu'il avait abandonnée béante, encore aux trois quarts vide, pour achever de l'emplir avec méthode.

Dans le compartiment des chaussures, casé de façon malhabile, un paquet tenait une place incongrue.

Un paquet précieusement emballé. Qui portait le cachet de Guerlain.

Quelques jours plus tôt, elle en avait défait un semblable. Pour y trouver ce flacon de *Mitsouko*, qu'il lui rapportait, ravi de sa surprise.

Elle le secoua doucement, près de son oreille. Puis, le remit à l'endroit où elle l'avait trouvé.

A qui le destinait-il ? « ...A ma mère », pourrait-il lui dire, si elle le questionnait.

Ce n'était pas impossible. « ...Pas absolument impossible », se dit-elle, sans y croire.

Et « ...pas absolument impossible non plus... » que le cadeau fût pour sa femme.

Dominique savait déjà qu'elle n'oserait pas s'en éclaircir auprès de lui.

Elle essaya de l'ironie, vis-à-vis de soi, comme elle l'eût fait d'un baume.

« Espérons au moins qu'il n'a pas pris le même pour chacune... »

Mais c'en était fait de l'allégresse triomphante que lui avait procurée leur séjour à Paris.

Cette petite Marie Estellon semblait avoir fait la conquête de tous les habitants de Tourvieille.

— Lucien l'a rencontrée pour la première fois l'été dernier, pour la *Festo Vierginenco*[1]. Il paraît qu'elle portait divinement le costume, raconta Numa, avec, dans la voix, l'emphase légère de l'aède lancé dans sa strophe lyrique.

Et qui donc ne l'eût pas bien porté, ce costume arlaten, qui fait une reine de n'importe quelle fille correctement tournée ? avait envie de lui rétorquer Dominique, horripilée.

Elle se rappelait ses sœurs, resplendissantes, dans leurs atours du bal Mireille, et sa mère, plus belle encore.

« Mais moi, à l'âge où j'aurais pu le mettre... »

Le temps de guerre et de mort ne lui avait pas donné la permission d'être coquette.

— ... Elle a tourné la tête à tout le monde, au mas, continuait innocemment Numa. Ma mère est tout sourires, en ce moment. Ma sœur lui multiplie les avances. Et, avec Alice, elles sont déjà très amies...

— Quant à toi, tu lui fais une cour discrète, enchaîna Dominique, à bout de patience.

Il se récria :

— Moi... ? Elle est bien bonne !... Mais, mon pauvre minet, je suis un barbon, à ses yeux. Entre mon père et moi, je ne suis pas certain qu'elle trouve beaucoup de différence.

— Dommage !... persifla-t-elle.

Son attention enfin éveillée, Numa la considéra un instant, et lui mit un baiser de vassal à la naissance de l'épaule.

---

1. Fête remise en honneur par Mistral, où les filles d'Arles prenaient le costume.

— Pas plus que ça... Tant que tu voudras bien de moi.

Elle le regarda du coin de l'œil, avec un amour gonflé de rancune.

Des galanteries de ce genre, s'il les essayait sur sa future belle-sœur, quel effet auraient-elles ?

Et Numa continuait à l'assaillir d'une foule de détails à mesure que s'approchaient ces épousailles, auxquelles on ne l'inviterait pas.

On remettait à neuf l'appartement de l'aile sud-est, Marie ayant déclaré qu'elle voulait jouir de la vue sur le Vaccarès, de sa chambre. On y renouvelait les moustiquaires vétustes. On y adjoignait une salle de bains commandée à Marseille, en même temps que les meubles.

Marie disait... Marie préférait... Marie...

Marie devenait un cauchemar sans visage, pour Dominique.

— Je t'en prie, cesse pour une minute de me casser la tête avec les litanies de Marie, laissa-t-elle échapper, un jour, perdant sa retenue. Marie, Marie, et encore Marie !... Il faut croire que tu ne t'entends pas. Comment avez-vous pu vivre si longtemps sans Marie ?

Il la dévisageait, béant de stupeur.

— Mais, ma parole !... tu es jalouse ! claironna-t-il, agréablement flatté de sa découverte.

— Jalouse ? Moi ?... Tu plaisantes !

En vain se défendait-elle.

— Jalouse, parfaitement, mon trésor.

Autant qu'il avait pu l'être.

Magnanime dans sa revanche, il se mit en devoir de la rassurer.

— Mais, voyons, ça ne tient pas debout. Une petite

qui pourrait être ma fille... Et d'ailleurs, elle est folle de son Lucien. Niké, mon chéri...

Il se laissa glisser à ses pieds, contre le fauteuil où elle était assise, et, le dos calé contre ses jambes, renversa la tête dans son giron pour lui sourire :

— ... Ne fais donc pas cette figure... Ce n'est pas sérieux, dis ! tu n'y penses pas ?

— Non, bien sûr, je n'y pense pas, lui martela-t-elle, avec la rage d'avoir été devinée. Ce serait par trop ridicule ! C'est toi qui...

Elle le sentit se raidir, sous la flèche.

— Tout à fait ridicule, tu as mille fois raison.

Sa face s'était éteinte. Et il gardait les paupières closes sur son regard.

La cloche d'alarme sonna, trop tard, pour Dominique.

— Oh ! mais... ce n'est pas...

Il la laissa bafouiller sans paraître l'entendre.

Ces dix années de différence, entre eux, qui jamais, depuis qu'ils étaient amants, ne lui avaient paru receler une menace, peut-être, à son insu, avaient-elles plus d'une fois fait réfléchir Numa. Peut-être lui communiquaient-elles, plus qu'il n'eût voulu l'avouer, un sentiment d'insécurité semblable à celui qu'elle-même avait longtemps éprouvé, en face de lui, pour un motif inverse. Peut-être toutes ces plaisanteries qu'il faisait si souvent, sur son âge, ne visaient-elles qu'à la sonder. Peut-être venait-elle de toucher à quelque plaie secrète...

« ...Si l'on savait... », si l'on pouvait savoir, une fois, même une seule fois, de quoi est fait l'amour de ce qu'on aime... Le découvrir... le peser...

Et peut-être, ensuite, se reposer en lui, sans vaines terreurs, pour tout le reste de sa vie.

« Je t'ai fait mal, mon Numa... » Elle eût voulu lui

en demander pardon, en lui avouant sa propre hantise de n'être déjà plus assez belle, ni assez jeune, pour lui.

Mais le silence s'était trop épaissi entre eux, ce jour-là, pour qu'elle pût encore risquer un tel aveu.

Sa maladresse avait fermé une porte. Marie Estellon disparut des propos de Numa.

Sans qu'un changement si radical apportât à Dominique autre chose que l'inquiétude d'ignorer désormais l'évolution de leurs rapports.

Même sur la journée du mariage, il demeura peu loquace.

Les échos qu'elle en recueillit avec abondance lui vinrent des Guillermin, de Maurice et Claire, d'Hubert, même.

Et surtout de Frédéri.

« A la noce de Lucien... » devint, jusqu'à la fin des vacances, le leitmotiv de la plupart des discours du garçon.

Un matin, en arrivant à l'écurie, Dominique le trouva assis, jambes pendantes, sur la mangeoire du *Galant*, occupé à lui en décrire les fastes gastronomiques.

— ... Papa m'a dit qu'il fallait lui parler pour l'habituer à moi, tu comprends ?

— Et tu lui racontes ?...

— N'importe quoi. Quand je ne sais plus, je lui récite les poésies qu'on nous a apprises au collège.

— Ah ! bon, dit Dominique, égayée par l'imprévu de cette méthode éducative.

Elle s'en fut tout droit partager la découverte avec son oncle qui, pour l'heure, entraînait le *Cosaque* au saut d'obstacles sur une piste improvisée.

— Mmmm ! Tu sais, ce n'est pas si bête, commenta-t-il, avec un de ces sourires rajeunis qu'il semblait avoir appris de Frédéri.

— Bête ?... Mais c'est au contraire un trait si charmant, si drôle...

— Fais attention, l'avertit Hubert, tu vas bientôt te mettre à bader[1] ce petit avec aussi peu de bon sens que si tu étais sa mère.

Une bourrade affectueuse démentait la rudesse des paroles.

Mais Frédéri ne justifiait-il pas à chaque instant cette admiration ?

— ... D'autant que je me retiens de la lui laisser voir, rendez-moi cette justice, oncle Hubert.

L'étonnant petit bonhomme... Où allait-il chercher de telles idées ?

— Oh !... Ranguis, vous ne connaissez pas la dernière de Frédéri ? Imaginez-vous...

Elle avait envie d'en faire part à tout le monde.

— Tu ne... commença-t-elle à la faveur d'un silence, l'après-midi du même jour, pour Numa béatement étendu au soleil, près d'elle, sur la vieille couverture.

Mais l'expérience d'anciennes querelles lui avait appris à bannir les thèmes susceptibles de déplaire à Numa.

Et, subitement, elle prit conscience des zones interdites qu'avaient créées, peu à peu, leurs poussées d'intolérance et de suspicion réciproques, dans une entente qu'ils avaient coutume de considérer comme totale.

Peut-être, lui aussi malgré sa jalousie toujours vivace, avait-il souffert de ce mutisme auquel elle avait eu recours pour s'assurer une paix fallacieuse.

« ...Et si, un jour, à force de nous taire sur tel ou tel sujet, nous découvrions qu'il ne nous reste rien à nous dire ?... »

---

1. *Bader* : béer (devant un spectacle).

Ce front marqué des rides de l'été. Ces yeux comme l'eau d'un étang où l'on ne voit pas le fond. « Visage... visage de mon amour... », si profondément imprimé en elle, et qui lui demeurait toujours aussi inconnu.

— Oui ?... s'enquit nonchalamment Numa, la voyant demeurer en suspens.

— Tu... Tu ne m'as pas raconté comment se sont passées les noces... Ni si tu t'es bien amusé.

— Pas mal.

Circonspect, il ajouta :

— Tu sais, c'est toujours la même chose.

Elle insista, pauvrement :

— Marie était belle ?

— Heu... oui.

— Elle avait une jolie robe ?

— Ma foi...

Numa qui détaillait toujours la toilette des femmes...

« Ce n'est pas un piège. N'aie pas peur, mon amour. C'est seulement que je voudrais... »

— Et toi ? Tu étais beau comme un soleil, j'imagine ?... Et ta cavalière, qui était-ce ?

— Tu ne la connais pas. Une cousine germaine de la mariée. Agréable, intelligente, cultivée, mais... — Il la regarda du coin de l'œil, taquin : — ... point trop belle, rassure-toi.

On n'apprivoise peut-être pas si facilement les ombres que l'on a laissé naître.

Ce n'était pas sûr qu'elle y parvînt, songea-t-elle, en lui souriant, avec l'amertume des larmes au fond du gosier.

Plus que ne l'avaient jamais fait les remontrances choquées, et parfois acerbes, naguère prodiguées par Anne, ni la froideur que lui marquait en toute occasion le jeune vicaire devenu curé de Fontfresque depuis la mort de l'abbé Bersot, chaque lettre d'Isabelle, anxieuse, désolée, doucement insistante, mettait Dominique face à face avec sa conscience.

« Si seulement... » elle avait pu s'approcher encore du confessionnal, et communier de temps à autre, « ...au moins à Pâques... à la Noël... », afin de ne pas se sentir si complètement exclue, si pareille aux lépreux de l'ancien temps...

Scrupules, craintes, remords, tout ce qui l'agitait transparaissait en dépit d'elle-même dans une mélancolie à laquelle ne se trompait guère Numa, lorsqu'il la retrouvait alors.

Mais ce manque douloureux qu'elle éprouvait avec acuité ne semblait guère affecter son amant.

— Tu as encore reçu une lettre de Montpellier, je parie, maugréait-il.

N'osant aller plus loin, il se bornait, en son for intérieur, à maudire « ces punaises de bonnes sœurs qui se disent retirées du monde, mais n'en réussissent pas moins à fourrer le nez dans les affaires de ceux qu'elles y ont laissés ».

Devant la triste mine que faisait, ce jour-là, Dominique, il se mit en devoir de lui prêcher son propre évangile.

— Ecoute, mon minet, quand bien même tu serais plus couverte de péchés qu'un chien de puces, dis-toi qu'Isabelle n'a rien de mieux à faire qu'à prier pour leur rachat. Elle est au couvent pour ça, non ?... Et puis, entre nous, Dieu, qui nous a faits tels que nous sommes, aurait mauvaise grâce à nous tenir rigueur de nos imperfections.

Il ne la laissa point formuler sa protestation :

— ... Allons, je plaisante, c'est entendu. Mais enfin, notre cas n'est pas si grave. Veux-tu me dire quel traitement serait réservé au pires scélérats, si nous étions promis à la damnation, toi et moi, pas plus mauvais que beaucoup d'autres, simplement pour avoir dû nous aimer sans la bénédiction d'une soutane ?... Va, crois-moi, renvoie Isabelle à ses oraisons, et ne te laisse pas mettre martel en tête.

— Tu parles comme un athée, objecta faiblement Dominique.

— Mais non. Je fais suffisamment crédit à la puissance divine, quelle qu'elle soit, pour me refuser à admettre l'hypothèse inconvenante de sa mesquinerie. C'est tout. Et, à mon avis, c'est un acte de foi qui vaut bien quelques patenôtres.

Quelque chose devait pourtant clocher dans ce raisonnement.

— L'oncle Hubert et toi, êtes de drôles de catholiques, soupira-t-elle.

Mais la tentation était trop grande, qu'il lui mettait à portée, de se reposer sur la bonté de son Dieu.

— Cela me tracasse, de te voir broyer du noir de cette façon, reprit-il, au bout d'un court silence. Et justement aujourd'hui où je voulais te dire qu'il ne faudra pas compter sur moi, dimanche prochain. Nous devons aller en visite.

Il paraissait si déconfit que Dominique se sentit un peu coupable.

— Mais ce n'est rien, voyons, mon chéri. Rien qui puisse te faire changer tes projets, je t'assure. Ne te mets pas en souci pour moi. Je verrai si Maurice et Claire sont libres. Ou bien, tiens : je téléphonerai pour avoir Laurent et Hiette.

Elle insistait, elle le priait, afin qu'il acceptât, pour

l'amour d'elle, l'offrande qu'elle tenait à lui faire de ce dimanche de liberté.

— Enfin... si tu crois pouvoir t'arranger pour ne pas demeurer seule... En compensation, je viendrai lundi ou mardi.

La cause entendue, Numa se rassérénait déjà.

Pour la forme, il lui rappela :

— Le pire, ce sont ces fêtes de Pâques, qui vont encore nous séparer, la semaine d'après. Toute la tribu Cabanis au mas, pendant plusieurs jours !... Imagine-toi un peu l'ennui que cela représente.

Un ennui qui, d'avance, le submergeait à tel point que Dominique se sentit obligée de compatir.

— N'y pense pas. Il sera temps quand tu les verras débarquer. Nous sommes si bien, ici, en ce moment. Tiens, veux-tu ton tabac ?

L'odeur de ce printemps mouillé entrait par le fenestron entrouvert, pour se mêler à celle du feu de bois que tisonnait Dominique. La pluie chuintait sans relâche sur les buissons et les fourrés épaissis autour de l'îlot de la cabane.

— C'est vrai qu'il fait bon, dit Numa, en s'étirant.

Il prit le pot de grès, et commença de bourrer sa pipe.

— ... Quand nous étions gosses, Gaspard et moi rêvions toujours d'un repaire à nous.

— Bien sûr. — Comme en avaient rêvé ses sœurs, François et elle-même. — Tous les enfants en font autant, je pense.

« Et Frédéri... », pensa-t-elle encore, eût adoré posséder celui-ci, lui en eût-on dévoilé l'existence.

Les pensées de Numa avaient dû suivre un cours parallèle :

— Quand Michel sera un peu plus grand, il faudra que je lui donne, pour s'en installer un, le vieil appentis qui est derrière les volières, tu te souviens ? Je suis sûr qu'il sera fou de joie.

Il aimait à parler de son fils, songeait-elle, en l'écoutant, attendrie.

— ... On vient de lui acheter une culotte bleu marine, qui se boutonne sur une blouse, avec le grand col, la régate, et le sifflet. Si tu le voyais, habillé comme ça !... Un vrai garçonnet. Il doit l'étrenner dimanche, pour aller aux Martigues.

— Ah ?...

Dominique avait tout naturellement supposé quelque obligation familiale. Elle s'étonna :

— ... Ce n'est donc pas à Arles que vous allez ?

Numa tira une bouffée de sa pipe avant de répondre.

— Heu, non... Non : ce sont des cousins de Marie qui nous attendent tous, pour passer la journée chez eux. Ils ont un bateau sur l'étang de Berre. Aussi, tu penses si le petit se fait une fête d'y aller. Et comme ils nous ont invités très longtemps à l'avance, je ne puis réellement, pour ma part, trouver une excuse acceptable pour leur faire faux bond.

— Mais bien sûr, mon chéri, se hâta d'acquiescer Dominique, plaquant sur sa figure un sourire compréhensif.

Surtout, qu'il n'allât point se figurer qu'elle avait voulu le prendre en défaut.

A plusieurs reprises, au cours des mois qui suivirent, Numa retourna aux Martigues, avec les siens, sans lui en faire mystère.

Et Dominique, déshabituée de se retrouver seule, dut chercher, pour ses dimanches inoccupés, une diversion du côté des Royer, des Lallier et des Marquet-Rageac.

Mais il s'arrangeait toujours pour passer la nuit du lendemain avec elle, à leur cabane.

Et lui revenait, si empressé, si amoureux, si visiblement heureux de lui raconter sa journée, si prolixe de détails à propos du voilier de ses hôtes, de leurs sorties sur l'étang, de son apprentissage de navigateur, que Dominique se sentait fondre d'indulgence, le voyant tout à cette nouvelle passion.

L'été ramenait invariablement à Maillane, dans la demeure familiale, ceux que Léon Vernet appelait ses « Parisiens ».

Faisant le tour de la parenté, les Dutrieux et les Hirigaray s'en vinrent pour quelques jours à Mogador, après avoir passé une huitaine à Tourvieille.

Dominique les reçut avec joie.

Leur séjour apportait un regain d'animation à la maison, toujours somnolente, depuis qu'Anne bornait les siens à une courte semaine durant le voyage annuel qu'elle effectuait à présent en septembre, afin, disait-elle, d'avoir moins à souffrir de la chaleur.

Si heureuses de se revoir que fussent les deux sœurs, une contrainte pesait sur elles, faite du mutisme dont elles s'évertuaient à observer la règle, au sujet de tout ce qui se rapportait à Numa et aux siens ; de l'absence de Gaspard de Barcarin, et de la condamnation qu'elle impliquait vis-à-vis de sa belle-sœur.

Et, si solide, si vif, que fût leur Jean, si ravissante la petite Edith, Dominique ne parvenait pas, en un laps de temps trop mesuré, à se découvrir envers eux une adoration identique à celle qu'elle réservait au gros François, son filleul, et surtout à sire Frédéri, pour qui, de plus en plus, Mogador était terre féale, et tous ses habitants taillables à merci par consentement unanime.

Lorsque son père et lui y déjeunaient, ses faits et gestes devenaient, cette année-là, le point de mire, pour la tablée des petits-cousins qui le contemplaient de loin, trônant parmi les grandes personnes.

Déjà, l'été précédent, Jean de Barcarin, que son père

venait de mettre en selle sur un poney, pour ses six ans révolus, considérait avec envie ses prouesses, en le voyant caracoler sur *Milady*.

— ... Que sera-ce, cette année, où il a maintenant le *Galant* pour lui seul ? conclut Dominique.

— A peine nés, ils n'en peuvent plus d'impatience de devenir des hommes, remarqua en riant Marguerite, qui avait bien du mal à tenir son petit Robert à l'écart des sabots, lorsque les cavaliers revenaient de promenade.

« ...A Tourvieille, ajouta-t-elle, Michel est toujours perché sur l'encolure du cheval de son grand-père, ou de l'un des gardians...

— ... Ou de Numa ? compléta Dominique.

— Bien entendu.

— Mais c'est qu'en ce moment, Numa... commença l'impétueuse Antoinette.

Pour s'arrêter, tout aussi vite.

Le regard de leur cousine alla de l'une à l'autre, légèrement surpris.

Marguerite baissait le front au-dessus de la robe de batiste qu'elle brodait pour sa fille.

— Oui, quoi donc, Toinou ?... Que voulais-tu dire, au sujet de Numa ?

— De Numa ? Oh ! pas grand-chose... dit Antoinette, hésitante. Simplement que... qu'il sue sang et eau à faire le maître de manège pour Alice.

— Pour Alice ? Tiens...

Rien, dans la voix de Dominique, n'indiquait d'autre réaction qu'une certaine surprise, nuancée d'amusement.

« Pour Alice... » Elle suivit de l'œil, sans s'en apercevoir, le travail de l'aiguille qui précipitait son rythme. « Pour Alice... »

— Oui, figure-toi, continua Antoinette, inquiète

malgré tout à la pensée d'avoir pu commettre une bévue.

Dans l'espoir de réparer, elle expliqua :

— ... C'est sur l'insistance de Marie. Elle a tant dit, tant fait, qu'il a fini par s'y mettre pour lui faire plaisir.

« ...Et, tu sais, ce n'est pas rien, ajouta-t-elle encore, comme si cela eût pu rattraper l'effet de ses paroles. La pauvre Alice n'est pas des plus douées. Sans Marie qui assiste aux leçons et l'encourage, je crois qu'elle aurait déjà abandonné. Elle ne compte plus ses chutes. Il paraît qu'elle s'était sérieusement foulé la cheville, quinze jours avant notre arrivée.

« Quinze jours avant... » Dominique se livrait, de tête, à un calcul fébrile. « ...Ce devait être vers le 25... »

Cela coïncidait avec cette longue semaine où Numa, selon ses dires, avait été tellement occupé. Trop occupé pour pouvoir quitter Tourvieille.

... Et, sans doute, plus particulièrement, le chevet de sa femme dolente, auprès de qui s'empressait une jeune samaritaine dont il tenait à ne point s'aliéner les bonnes grâces.

Dominique parvint à maîtriser le tremblement de colère qu'elle sentait monter en elle, pour avancer :

— Elles sont très amies, toutes deux, si j'en crois ce que m'a raconté Numa.

Ce détachement rassura Antoinette.

— Très !... Marie ne fait rien sans prendre son avis. On les trouve toujours ensemble. Alice lui a même appris à conduire sa petite voiture.

— Elle conduit mieux qu'elle ne monte ? demanda Dominique, de son même ton neutre, avec le retroussis de narines qu'avait souvent eu sa grand-mère Julia.

— Oh ! pour cela, oui. C'est même une très bonne

conductrice. Numa dit qu'elle a des réflexes d'homme, et qu'on se sent en sûreté avec elle au volant.

Marguerite se leva brusquement, après avoir posé aiguille, dé, coton, et ciseaux, pêle-mêle avec l'ouvrage, dans son nécessaire.

— Je vais jusqu'à la montagnette, voir ce que font les enfants. Il me semble qu'il y a bien des criailleries.

— Crois-tu ?... — Antoinette prêta l'oreille. — ... Je me demande... Tu entends quelque chose, toi ? demanda-t-elle à Dominique...

Celle-ci fit, de la tête, un signe de dénégation. Tout en suivant des yeux Marguerite qui s'éloignait.

« Inutile, Margot... Inutile de te sauver. C'est déjà fait. C'est fini. » Fini, le choc de l'acier qui entre dans la chair du cœur ; fini, le petit bruit de goutte à goutte du sang qui sourd de l'entaille. Dominique ne ressentait plus rien qu'un grand vide noir qui prenait toute la place en elle. Etonnée seulement de n'avoir pas plus mal.

« J'aurais dû le savoir... » Cela coulait de source. Les détails échappés à Numa, de temps à autre, la fréquence moindre de leurs rendez-vous, et jusqu'à ce parfum, trouvé naguère dans la valise... autant d'indices qui témoignaient depuis longtemps d'une évidence qu'elle avait voulu ignorer.

« *Une bonne conductrice...* » qui savait si bien s'adapter au parcours, et grignoter la distance, pouce par pouce.

Et, à présent, la petite belle-sœur, si jeune, si séduisante, prenait à tâche de resserrer les liens relâchés de ce couple...

Comme il était facile de l'imaginer, la jolie fille, se faisant une joie, un jeu charitable de tirer les marrons du feu pour une autre, sans se brûler... Dominique la voyait déployer ses coquetteries, sous l'œil approbateur de toute la famille, « de Lucien, même... », auprès du beau-frère pris à ces charmes verdissants, pour l'amener doucement fasciné à la volte-face qu'on attendait de lui.

Et Tourvieille, tout entier aux aguets, escomptant la victoire proche, lui tressait des couronnes... Et la coalition des amis et alliés qui, tous, estimaient faire œuvre pie, unissait ses efforts pour rendre l'époux infidèle à la fidèle épouse, prête à lui pardonner.

Et tout cela si bien ourdi, si bien exécuté, que cette folle d'Antoinette n'avait pas même vu à quoi tendait la manœuvre.

« Mais Margot a compris, elle. »

Et, durant que se déroulaient les conversations, le repas du soir, la veillée, tous les rites interminables de cette interminable journée, auxquels l'astreignait son rôle d'hôtesse, c'était, d'abord, la pitié de Marguerite qui lui avait fait éprouver son poids humiliant, intolérable, tandis que la douleur s'éveillait peu à peu, comme chez un opéré, au sortir de l'anesthésie, pour devenir cette torture brûlante, ce lancinement cruel, cette suffocation au bord du cri, qui, maintenant, la tenaient éveillée, sur ce lit où elle cherchait en vain le secours d'un peu de fraîcheur.

« Six ans, ou guère plus... » Six ans seulement, de ce qu'il fallait bien appeler du bonheur... Etait-ce là tout ce qu'elle aurait eu ?

« Mais il m'aime encore ! » Elle n'avait qu'à se le rappeler, tel qu'il s'était encore montré lors de leur dernière rencontre : « *Mon trésor, si tu savais comme tu m'as manqué, tous ces jours-ci...* »

Il n'en était pas moins demeuré la semaine entière sans la voir, sous un prétexte auquel elle n'osait plus croire.

« Numa... », et sa terrible faiblesse devant la tentation, d'où qu'elle vînt... sa nonchalance qui lui faisait toujours préférer les solutions bâtardes... Numa, jamais entièrement donné. Ni tout à fait vrai, ni tout à fait sûr... « Et je t'aime, malgré tout. Je t'aime tant !... »

Comment était-ce possible ? Comment cet amour ne s'écoulait-il pas de son corps « ...comme le pus d'un abcès ouvert », pensa-t-elle brutalement.

Mais non, il l'habitait encore, plus vivace, plus exigeant que jamais. Et pour tenter de le préserver, elle allait faire face.

Ne rien dire, ne rien laisser deviner, qui pût mettre Numa sur ses gardes. Mais lutter, quand même elle devrait y user au-delà de son dernier reste d'espoir.

Le lendemain, lorsque Numa téléphona, elle prit sur soi, et lui proposa :

— Veux-tu venir dîner samedi, avec nos cousins ? Je vais demander aux Laurent Vernet et aux Royer de se joindre à nous. Comme il y a deux ans, tu te rappelles ?

Il accepta joyeusement, sans l'ombre d'une réticence.

Et, à l'issue de la soirée, alla discrètement se poster avec sa voiture, derrière la haie de fusains qui masquait les communs, jusqu'à ce que Dominique vînt l'y retrouver pour aller jusqu'à la cabane, passer les quelques heures qui restaient avant l'aube.

En se rhabillant, il s'informa, dans un bâillement :

— Quand repartent-ils, tous ?... Mardi soir ?... Bon, alors je serai là mercredi, en fin de journée. Un peu tard. Entendu comme ça ?

— Entendu.

Il acheva de s'apprêter en chantant.

— ... Et maintenant, en route !... Dépêche-toi, lambine. Ou tu vas trouver tout ton monde déjà levé, en arrivant.

Avant de la quitter, il l'étreignit, avec une tendresse qui fit monter les larmes aux yeux de Dominique.

— Ç'a été délicieux, hier soir, ce dîner.

Son smoking et ses souliers vernis portaient les traces de leur excursion dans le sentier, à travers les pins.

— Sauve-toi vite, homme des bois, plaisanta-t-elle, afin de masquer cette émotion absurde, qui lui causait un tic à la paupière.

Ainsi, chaque geste, chaque mot tendre, prenait maintenant, à ses yeux, un relief qui la bouleversait.

Le mercredi soir, Numa était là, ponctuel. Aussi amoureux qu'elle eût pu le rêver.

Mais, au réveil, avant de commencer sa toilette, il lui annonça qu'il resterait au mas, le dimanche suivant, pour recevoir les Martegaù [1], avec Lucien et Marie.

— ... Que vas-tu faire, toi, mon minet ?

— Je ne sais pas. Peut-être irai-je voir les Lallier.... Ou les Bresson. J'ai rencontré Louis l'autre jour, et il m'a reproché de ne jamais leur rendre visite.

— Très bien... Amuse-toi, dit-il, simplement, après une seconde d'hésitation.

Après son départ, Dominique médita longtemps sur sa réponse. Peut-être, après tout, avait-elle commis une erreur en essayant de cette tactique, si Numa estimait avoir gagné, en lui donnant son accord, le droit de se permettre, d'un cœur léger, certaines licences vis-à-vis d'elle et de leur amour.

Lutter, soit. Mais lutter ainsi, à l'aveuglette, sans jamais trouver devant soi l'ennemi à vaincre... Chaque reprise la trouvait un peu plus désarmée, un peu plus lasse.

Rendre à Numa tendresse pour tendresse, baiser

1. *Martegaù* : habitants des Martigues.

pour baiser, n'était pas non plus si facile, alors qu'elle défaillait de l'envie de rompre le silence, et de lui lancer enfin à la face tout ce qu'elle refoulait en soi de questions et de reproches.

« Mais si je parle... », si elle s'aventurait, si peu que ce fût, sur cette pente, elle savait que rien ne saurait plus l'empêcher d'aller jusqu'au bout. Et peut-être, alors, du château que tous deux s'étaient bâti ensemble, il ne resterait plus pierre sur pierre.

« Mon Dieu, aidez-moi !... Mon Dieu !... » Elle fatiguait le Ciel de ses supplications. Ce ciel, qui, plusieurs années durant, avait pu lui laisser croire à son indulgence, alors qu'il préparait lentement ses représailles.

A présent, elle eût souhaité avoir encore auprès de soi Antoinette et ses bavardages qui, du moins, lui eussent appris ce qu'elle désespérait de découvrir.

La venue d'Anne coïncida avec le début des vendanges. Cette fois, sa cadette l'avait impatiemment attendue.

Elle arrivait de Fiélouse. Et sans doute, là-bas, devait-on suivre de près les progrès de la réconciliation entre Numa et sa femme. Dominique se présentait avec âcreté la ronde d'Angèle de Barcarin, tenant à jour la carte des opérations, tels les va-t-en-guerre de 1914 qui marquaient avec des drapeaux de papier les fluctuations du front.

Anne était allée au mas. Elle avait vu leurs cousins, Numa, Alice, Marie... mais ne semblait nullement disposée à laisser la conversation s'égarer sur Tourvieille.

Dominique eut tôt fait de comprendre l'impossibilité de l'interroger sans se trahir.

« Et la pitié... » A la seule idée qu'elle pût en inspirer, fût-ce à sa sœur, la révolte lui montait à la gorge, aigre et râpeuse comme un flot de bile.

Elle résolut cependant de faire une tentative, avant que celle-ci ne quittât Mogador avec ses enfants. Et, le dernier matin, décida d'accompagner Anne pour son ultime sortie à cheval.

Déjà en selle sur *Milady*, elle la regardait se jucher lestement sur le grand *Cosaque*.

— Cela te va bien, d'avoir minci.

La culotte de whipcord soulignait des formes dégagées de leur superflu d'antan.

Amazone, corset, jupons froufroutants, avaient rejoint les vieilles reliques, dans quelque malle oubliée. Mais, quelle que fût la mode, Anne parviendrait toujours à y conformer sa silhouette.

— J'ai fait ce qu'il fallait pour posséder la ligne, se borna-t-elle à répondre.

Mais il était visible que le compliment lui avait fait plaisir.

Dominique en profita :

— Au fait, où en est Alice de ses exploits équestres ?

— Alice ?

— Eh bien oui : Alice Vernet. En connaissons-nous une autre ? Tu as dû la voir, à Tourvieille ?

Sa sœur lui lança un coup d'œil où se lisait une sorte d'incrédulité. Puis, détourna la tête, mécontente.

— Elle s'est fêlé la clavicule. Et tout le monde lui a conseillé d'en rester là.

Elle pressa le *Cosaque* pour couper court.

« Plût au Ciel qu'elle se fût rompu le cou !... » se dit Dominique, avec une férocité dont elle ne songeait plus même à éprouver du remords.

Elle n'en apprendrait pas davantage. Devant elle, sa sœur piquait vers le sous-bois, sans se soucier de l'attendre.

— Demain, en quittant la maison, j'irai à Montpellier, voir Isabelle, annonça Anne, au déjeuner.

Il y avait dans sa voix un défi que la cadette éprouva le besoin de relever.

— Je t'aurais bien accompagnée. Dommage que nous soyons au plein moment de la vendange.

Devant le silence avec lequel Anne venait d'accueillir ses paroles, elle eut envie de ricaner. « Dommage, n'est-ce pas ?... Cela vous eût sans doute bien gênées, toutes les deux. Alors que vous allez pouvoir vous en donner à cœur joie de me mettre sur la sellette !... »

Et soudain, consciente de cette bouffée de haine qui la dressait contre ses sœurs, s'effraya de se sentir si changée, si dure... Si vieille. « Numa... oh ! Numa, c'est cela que tu as fait de moi ? »

Numa, lui, semblait ne se douter de rien. Tout en lui, respirait l'enjouement, la satisfaction, l'équilibre. Moins assidu, il se montrait cependant envers elle aussi amoureux que jamais.

Mais, pour Dominique, il n'était plus un moment de bonheur dont elle ne ressentit l'amertume cachée.

A chaque instant, elle se demandait quelle part revenait encore à leur amour, dans ce goût de vivre, si vif, qu'il laissait volontiers paraître. Et, au milieu de leurs caresses, il lui arrivait de penser à celles qu'il avait peut-être recommencé de prodiguer à sa femme.

— Tu maigris, tu as mauvaise mine, avait déjà remarqué Hubert. Fais attention, petite. Porter le poids de Mogador exige la carrure d'un homme. Et voici près de dix ans que tu y dépenses tout ton capital de forces. A ce train-là, tu verras vite le bout du rouleau.

— Mais comment voulez-vous que je fasse, oncle Hubert ? Il n'y a personne, que moi, pour s'en occuper. Alors, il faut bien...

« Mogador ?... Quelle erreur ! » La terre est franche

et fidèle ; elle se contente de ce qu'on peut lui donner, si c'est le maximum de soi.

Et son oncle se méprenait, aussi bien, sur l'infinie capacité que possèdent les femmes, de supporter, et supporter encore, tellement plus que leur charge normale.

« La preuve !... » Depuis tant de jours et de semaines, qui, à la longue, finissaient par faire des mois, elle supportait de se mouvoir au ralenti, au sein d'un élément irrespirable, économisant son souffle et ses gestes, rectifiant, à force de volonté, chacune de ses démarches, pour s'y adapter, bien que tout son sang alourdi charriât dans ses veines l'asphyxie de l'angoisse.

De l'angoisse, de la jalousie, des doutes, des soupçons. Et de l'espoir ; le tenace, l'épuisant espoir... Avec la perpétuelle nausée que lui laissait ce manège vertigineux.

Numa, qui la retrouvait toujours attentive à lui plaire, et apparemment sereine, finit cependant par s'alarmer :

— ... Quelque chose qui ne va pas ?... Tu n'as plus le même entrain. Tu es pâlotte. Tes joues se creusent. Tu parais triste...

Il l'avait prise par le menton, et plongeait son regard dans le sien, non sans une ombre d'inquiétude, mal définie, ou entrait peut-être un vague sentiment de culpabilité.

— Mais si, je le vois bien. Allons, qu'y a-t-il ? Tu peux bien me le confier, à moi ?... Des ennuis ?... A Mogador ?

Une mauvaise année. Le vin de la campagne précédente ne s'était pas vendu. L'inflation, la dévaluation... Et les récoltes pour lesquelles on avait pu traiter, payées au taux du nouveau franc Poincaré, rapportaient moins qu'elles n'avaient coûté à obtenir.

Dominique saisit la perche qu'il lui tendait :

— Bien sûr. Qui n'en a pas, en ce moment ?

— Oh ! ça, tu peux le dire. A Tourvieille aussi... On tient le coup, mais c'est dur.

Il s'attendrit :

— ... Mon pauvre chaton, va !... Ecoute, je sais ce qui te manque, moi : un petit voyage, pour te changer les idées. Il y a une éternité que nous n'en avons pas fait. Laissons passer le Jour de l'An, et ensuite, si tu veux, nous pourrions aller... oh ! pas bien loin, mais, par exemple, au Grau-du-Roi, pour une semaine. Non ?

Les yeux dilatés, Dominique l'écoutait, osant à peine croire à la réalité de sa proposition.

— C'est vrai ? Tu vas pouvoir ?...

A cette époque de l'année, se libérer n'avait rien que de facile, mais ce n'était pas au travail qu'elle pensait.

Il eut sa formule usuelle :

— Je m'arrangerai.

« Toute une semaine... A moi, rien qu'à moi... »

Alice et sa chère Marie, et tous ceux qui s'acharnaient pour le lui arracher n'avaient donc pas encore partie gagnée.

— Tu ne me parles plus de ta petite belle-sœur, hasarda-t-elle, prise d'audace, un soir où ils marchaient contre le vent, du même pas bien rythmé, se tenant par le bras, sur le chemin de sable, humide et lisse, qui s'allonge au bord de la mer, léché par l'écume.

En face d'eux, le soleil descendait rapidement se coucher dans les vagues, loin derrière le phare de la jetée. Leur double silhouette exceptée, la plage entière était déserte, à perte de vue.

Et Numa, qui venait de développer le détail de son

plan pour introduire à Tourvieille la culture, probablement fort rémunératrice, de l'artichaut de primeur, Numa n'était plus, à cette heure, que confiance et abandon.

— Marie ?... dit-il, sans s'étonner de la question. Ma foi, il n'y a pas beaucoup à en dire. C'est un charmant petit oiseau... Un peu gâté, un peu capricieux... Mais enfin, puisque Lucien s'en accommode, n'est-ce pas ?... Ils ne l'ont pas encore annoncé, mais la rumeur court à la maison qu'elle attend un enfant pour l'été prochain.

Dominique n'écoutait plus que d'une oreille. Il était clair que l'enthousiasme de Numa, pour quelque raison personnelle, avait baissé de ton. La réalité ne correspondait peut-être pas, après tout, à l'image de cet adversaire invulnérable et tout-puissant, que sa hantise lui avait fait de la jeune personne.

Elle s'enhardit à poursuivre ses sondages.

— Alice fait toujours bon ménage avec elle ?

— Toujours. Du moins... corrigea-t-il, pour le peu que j'en puis savoir. Vous autres, femmes, vous baisotez, vous prenez de bec, vous raccommodez... Bien fou qui perdrait son temps à essayer de vous suivre.

Bon, l'entente laissait donc parfois à désirer, nota encore Dominique, avalant comme une rasade d'alcool la joie de ces découvertes successives.

Elle se serra un moment sans parler contre Numa.

Puis, reprit doucement :

— Et ces leçons d'équitation... ?

— Tiens ! tu sais ça ? — Il lui jeta de biais un coup d'œil amusé. — Qui diable t'a raconté... ?

— Je ne sais plus, mentit Dominique, quelque peu rougissante.

Numa souriait, loin de songer à lui en faire grief.

— Figure-toi que je m'étais laissé entortiller comme

un imbécile. Et je t'assure que je l'ai regretté plus d'une fois. Quelles séances !... Non ! quand j'y pense, maintenant !... Si Alice n'avait pas lâché, c'est moi qui aurais demandé grâce. Heureusement que Michel ne tire pas d'elle. Il a déjà une bonne assiette, tu sais ?... Et lui, au moins, sait tomber sans se ramasser en miettes.

Le soulagement montait comme un chant de triomphe dans le cœur de Dominique. « Et moi qui ai pu croire... » Que restait-il, de toutes les terreurs qu'elle s'était forgées ?

« D'ailleurs... », eût-il été là, si tranquille, heureux, détendu, auprès d'elle, depuis plusieurs jours, si sa femme avait pu s'arroger le moindre droit sur lui ?

« Mon amour, que j'ai soupçonné... Si sottement, si bassement... Pour rien. Rien du tout ! »

Rien, en tout cas, précisait le peu d'esprit critique subsistant en elle, à cette minute, qui justifiât l'enfer par lequel elle était passée.

Et même s'il y avait eu « quelque chose », durant ces mois écoulés, quoi que ce pût être, elle ne voulait plus le savoir.

Le vent marin était bon à respirer, chargé de l'embrun venu du large. Il la lavait de sa longue peine, de sa folie dérisoire.

— Si la crise agricole voulait s'arranger, rêvait tout haut Numa, à son côté, j'aimerais bien acheter un petit voilier comme celui de Marcel Combette. Nous pourrions l'amarrer par ici, et sortir dans le golfe, de temps à autre. Avec un pêcheur, au début. Tu te mettrais vite à la manœuvre...

— Mais nous pouvons... Nous l'achèterons quand tu voudras, si tu en as envie. Cet été, au lieu de changer de nouveau ma voiture...

Elle buvait à grandes gorgées l'ivresse de recommencer à faire des projets en commun.

Durant les deux derniers jours au Grau, ils s'amusèrent comme des enfants avec leur futur bateau. Le baptisèrent. En aménagèrent la cabine. Croisèrent dessus jusqu'à la côte espagnole. Affrontèrent des gros temps, et se dorèrent sur le pont au soleil d'un fabuleux été.

« Mon matelot », disait Numa, pour s'adresser à Dominique, de même qu'il l'appelait parfois « mon copain ». Et tout ce qu'il sous-entendait dans ce vocable en faisait pour elle le plus grave et le plus pur tribut qu'il pût offrir à leur amour.

— Allez, viens, mon matelot, on s'en va. Jusqu'à la prochaine, ajouta-t-il, avec un clin d'œil, la prenant par l'épaule pour l'entraîner vers la voiture où il venait de transporter leurs valises.

Au dernier moment, ils avaient décidé de dîner ensemble, à Mogador, avant de se séparer.

Ils chantèrent tout le long du chemin.

*« Nous irons à Messine*
*Pêcher la sardine... »*

entonnait Numa, soutenu bravement au refrain par Dominique, pour alterner avec ce qu'il avait pu retenir, depuis sa lointaine enfance, des quelque vingt ou trente couplets du « *Grand Coureur* ».

— « *Douze ans !* » jubilait-il. « *Tu as douze ans, mon pauvre garçon !...* » Voilà ce que dirait ma mère, si elle m'entendait en ce moment. En me dévisageant de haut en bas. Comme ça, tiens, regarde.

Dominique riait de cette imitation de Laure.

Et Mathilde, bon gré, mal gré, dut convenir, en voyant « sa picholette », sitôt arrivée, se précipiter à l'office pour organiser avec Eugénie un petit dîner fin impromptu, que, « tout de même... », l'appétit et les couleurs lui étaient revenus, « ...à baruler comme ça, avec son galant, qui sait où !... ».

La semaine suivante, au rendez-vous qu'ils avaient pris, Dominique attendit vainement Numa dans leur cabane, durant tout l'après-midi.

Le feu se mourait, qu'elle avait oublié de regarnir. Elle avait froid, elle était inquiète.

A la nuit tombée, perdant espoir, elle prit sa lampe électrique de poche pour remonter seule, à travers le bois, jusqu'à sa voiture.

Peut-être aurait-il téléphoné à la maison en son absence, songeait-elle à présent, pressée d'arriver.

Carlo l'attendait, en effet, avec un message à lui transmettre :

— Monsieur Vernet était désolé d'avoir manqué Mademoiselle. Il a dit que son beau-père venait de mourir subitement, et qu'il fallait qu'il parte tout de suite accompagner sa femme en Lorraine.

## 7

— ... Mais enfin, sois raisonnable, se défendait Numa. Réfléchis un seul instant, et tu conviendras que tes reproches n'ont pas de sens commun !... Quels que soient les torts d'Alice — et il faut avouer que je ne me suis pas beaucoup gêné pour lui en rendre la monnaie —, il me semble qu'en une telle circonstance, elle avait bien droit à un peu de compassion. Ne peux-tu le comprendre ?... Tu sais pourtant ce que c'est que de perdre son père !... Alice aussi aimait le sien. D'ailleurs, moi-même, j'ai toujours éprouvé pour lui beaucoup de respect et de sympathie. C'était un homme du genre de ton grand-oncle Angellier : droit, bienveillant, compréhensif...

— Il ne s'agit pas... tenta de lancer Dominique.

Mais Numa n'était pas disposé à se laisser interrompre. Elle l'avait suffisamment tarabusté, estimait-il. « A moi, maintenant. »

— ... Essaie d'imaginer notre arrivée là-bas, par un temps de chien, après un voyage harassant, interminable, pendant lequel Alice m'a fait pitié, j'en conviens... La maison pleine de monde, sens dessus dessous... Le défilé des gens, la station dans la chambre mortuaire, les larmes de ma belle-mère... Par là-dessus, une fatigue abrutissante, une migraine qui me martelait le crâne, après ces quelque trente heures passées dans des pataches inconfortables, sans wagons-lits ni wagons-restaurants bien entendu, et des salles d'attente surchauffées et pleines de courants d'air... Bref, j'aurais dormi aussi bien sur une étagère, s'il l'eût fallu, pourvu que je puisse m'allonger.

« ...Et, d'autre part, je ne me voyais pas très bien en train d'expliquer à la pauvre madame Frauenhöfer, dans un moment comme celui-là, que sa fille et moi faisions chambre à part depuis des années ; et lui en réclamer une pour moi tout seul, lorsqu'elle m'a conduit à la chambre d'Alice.

Il arpentait fébrilement l'espace compris entre la cheminée et le fenestron, les poings serrés au fond de ses poches, sous le regard de Dominique, tassée dans son fauteuil, les coudes sur les genoux, devant l'âtre.

— Et... Alors ? questionna-t-elle, d'une voix dure, après avoir attendu un instant qu'il continuât.

Numa se retourna tout d'une pièce vers elle, la dévisagea, puis haussa les épaules :

— Alors ?... Mais rien. Strictement rien. J'ai dormi comme un ivrogne, sans demander mon reste. Sans même me rendre compte du moment exact où Alice est venue s'étendre, elle aussi. Ça t'étonne ?

— Non, admit-elle, après une hésitation. Mais c'est la suite que j'aimerais connaître. Le lendemain, les jours d'après ? Ta lassitude ne persistait sans doute plus au point que tu puisses ignorer encore s'il y avait ou non quelqu'un dans ton lit, je suppose ?

Le jeu des muscles au creux des joues de Numa n'annonçait rien de bon. Dédaignant de relever le sarcasme, il s'appuya contre l'embrasure du fenestron et croisa les bras.

— Les autres jours... ? Eh bien ! après la veillée funèbre, Alice a eu la délicatesse de faire monter un divan, sous prétexte que son état nerveux m'empêchait de me reposer.

Et, apparemment, il souhaitait que, de cette délicatesse, Dominique prît de la graine, au lieu de le harceler comme elle le faisait à ce moment même.

— Sans doute dois-je lui en être reconnaissante ? s'enquit-elle, l'œil glacé d'une ironie hostile.

— Je te laisse juge.

Au bord de la haine, tous deux s'entre-regardaient avec défi.

— ... Mais, nom de Dieu ! explosa tout à coup Numa, c'est bientôt fini, cet interrogatoire ?... Tu serais ma femme légitime que tu ne...

Dominique le coupa net :

— C'est que tu m'avais toujours laissé croire jusqu'ici que je l'étais, en droit, sinon en fait. Et je...

— ... Et je n'avais jamais cru, moi, qu'un jour viendrait où tu me le ferais regretter !

— Parce que tu le regrettes ?

Cela devenait un assaut au fleuret.

— En ce moment, oui. De toute mon âme.

Dominique crut vaciller sous le choc.

« Pourquoi... oh ! pourquoi... », se demanda-t-elle, confusément, les tempes bourdonnantes de vertige, pourquoi en étaient-ils à se jeter au visage des paroles qu'ils ne pourraient plus oublier ensuite ?

Et cependant, à travers la douleur, aiguë et brûlante, que venait de lui infliger Numa, une force la poussait à rendre malgré soi coup pour coup, à chercher la blessure qui le ferait, lui aussi, gémir et saigner.

— Dommage que ce soit si tard. Tu aurais pu m'éviter de gâcher toute mon existence.

Il ne répondit pas, et se tourna vers l'échappée que lui offrait le calme paysage familier de la garrigue, derrière le carreau, y cherchant, d'instinct, un peu d'apaisement.

Une bûche dégringola dans le feu, en crachant des étincelles.

Dominique prit machinalement les pincettes pour la replacer au-dessus des autres, mais ne put y parvenir. La souffrance et la fureur agitaient tout son corps d'un tremblement qui paralysait ses gestes.

— As-tu jamais fait le bilan de ce que tu m'as apporté ? reprit-elle, âprement. Me voici au seuil de la trentaine, sans mari, sans enfants, sans foyer... Brouillée avec la moitié de ma famille... Quant à mes relations, une partie m'a tourné le dos, et l'autre me reçoit à la sauvette, par charité, pourrait-on dire... Et le curé de ma paroisse préfère ne pas me voir, quand nous nous rencontrons dans le village.

Numa se retourna vers elle.

Il s'était mordu la lèvre inférieure si fort qu'un peu de sang perlait au creux de son menton.

— Je sais, dit-il, s'essuyant d'un revers de main. J'y ai songé. Peut-être plus souvent que tu ne le crois. Mais, à présent, il semble que tu sois décidée à me le faire payer.

« Oh ! mon Dieu... » Si le temps était réversible... « Une heure, pas même !... » Si tout avait pu s'effacer comme la craie sur l'ardoise, depuis l'instant où l'appel de klaxon de Numa l'avait fait accourir au bas du perron.

Dominique rit avec amertume :

— Te le faire payer... ? Mais comment ? Peux-tu me le dire ?... Le voudrais-je, que je n'en verrais guère la possibilité. Tu es libre. Tu peux me quitter à l'instant. Je n'ai aucun moyen de te retenir, et tu ne l'ignores pas !

Elle attendait une protestation, un élan...

Rien ne vint.

— Pars ! Mais pars donc, si tu en as envie !... cria-t-elle.

Hochant la tête, Numa la contemplait, les yeux mi-clos.

— On jurerait que tu le souhaites.

— Je ne sais pas... Je n'en sais plus rien... avoua-t-elle, luttant contre l'immense découragement qui l'envahissait. Non... Tout ce que je sais, c'est que je n'admettrai pas le partage.

Cela, combien de fois le lui avait-il dit, presque dans les mêmes termes, autrefois, au début de leur liaison, alors qu'à chaque instant il redoutait si fort de la perdre ?

Dans un sursaut, elle refoula les larmes prêtes à déborder. « Pas cela, surtout pas cela !... Pas maintenant, pas devant lui !... »

De sa seule pitié, elle n'avait que faire.

Et s'il fallait recommencer à s'user le cœur, à s'écorcher vive, à se traîner sur le chemin de croix qu'elle avait parcouru depuis l'été, elle se disait qu'elle n'aurait plus la force, quoi qu'il arrivât, de le garder à ce prix.

Numa tambourinait contre la vitre.

— Qui te parle de partage ? demanda-t-il enfin, d'un ton neutre, sans la regarder.

A son tour, elle demeura muette.

— Ne peux-tu me répondre ?

Comment l'eût-elle pu ?... Comment cerner avec des accusations précises les mois d'épreuve qu'elle venait de vivre près de lui, à son insu ?... Comment trouver un regain d'énergie pour reprendre une discussion épuisante, inutile... ?

Pour Numa aussi, le paroxysme de la colère était passé.

— ... Je ne t'ai jamais vue ainsi ! poursuivit-il, avec un ressentiment dont la violence allait s'atténuant. Cette jalousie mesquine, injustifiée... cette agressivité... cet égoïsme... Qui te ressemble si peu...

« Tu me connais mal, voilà tout », pensait-elle, avec une douloureuse dérision.

— ... Et il faut que ce soit juste le jour où je reviens, tout content de te retrouver !... N'as-tu pas honte ?... Enfin, je voudrais tout de même que tu me dises ce que j'ai fait d'extraordinaire, de tellement blâmable, selon toi, en assistant de mon mieux, dans des heures pénibles, une pauvre fille qui porte mon nom !... Figure-toi qu'Alice est un être humain, après tout !...

Et une femme désirable, avec laquelle il venait de cohabiter pendant dix jours, dans une occasion qui justifiait précisément tous les attendrissements.

« Oh ! Numa, Numa !... — *Jure-moi que tu ne l'as pas touchée...* »

Il l'eût juré, de toutes manières. « ...Je te connais si bien !... »

Rien qu'elle ne sût, de lui, à travers tout ce qu'il avait d'inconnaissable. Et elle sentait peser sur sa nuque, ses épaules, son dos, comme un poids trop lourd, la fatigue, la mortelle fatigue de l'aimer.

Elle ouvrit les mains, et les laissa retomber au creux de sa jupe, vaincue d'avance devant l'effort nécessaire pour s'exprimer avec des mots.

Numa reprit sa promenade à travers la pièce.

Au passage, elle lui voyait ce visage absorbé, lointain, qu'il avait parfois devant une grave décision à prendre. Et, fascinée par le dénouement qu'elle imaginait, engourdie dans la peur qui l'enveloppait comme une chape étroite et oppressante, elle attendait sans réagir.

Lorsqu'il parla, elle en ressentit une sorte d'étonnement, lente à comprendre le sens de ce qu'il disait.

— Ecoute-moi. Tu t'es fait des idées absurdes. Il n'y a rien de changé. Je l'ai laissée là-bas, auprès de sa mère, pour deux ou trois semaines encore. Lorsqu'elle rentrera, nous reprendrons chacun nos habitudes. Un point, c'est tout. Alors... — Il revint vers elle, et lui posa une main sur l'épaule. — ... cesse de te montrer odieuse, et n'en parlons plus. Veux-tu ?

Sans mot dire, à la fois soulagée et désespérée, elle appuya sa joue contre cette main.

« — *Je n'admettrai pas le partage...* » Mais que faisait-elle d'autre, déjà, avec cette reddition silencieuse ?

Numa tâtait ses poches.

— Allons bon ! mes cigarettes... ?

— Tu as ton tabac dans le placard. Veux-tu que je te le donne ? offrit-elle, se levant pour essayer de sortir de son hébétude.

— Non, non. Je préférerais... J'ai laissé le paquet dans la voiture. Ne bouge pas. Je fais un saut pour le chercher, et je reviens.

Dominique s'approcha du seuil, afin de le suivre des yeux.

Il s'éloignait à grands pas rapides, sans avoir pris le temps d'endosser son pardessus, malgré le froid vif du dehors.

Elle le vit disparaître derrière les fourrés. Puis émerger au bas de la colline, et entreprendre l'escalade du sentier.

Elle-même frissonnait, mais ne pouvait se résoudre à refermer la porte, et laissait l'air froid rafraîchir sa figure en feu.

« Numa... » songeait-elle, sans joie ni douceur.

Sans doute avait-il pris ce prétexte. Il s'aérait, après leur dispute étouffante. Et lui donnait le temps de se dominer pour le recevoir comme il souhaitait d'être reçu. « Pouce ! » disent les enfants. Et on recommence...

Sans doute, quant à lui, aurait-il tôt fait d'écarter de sa mémoire, pour peu que Dominique le lui permît, cette révolte inexplicable de la femme qui l'aimait.

Et la vie qui poussait de toutes parts ses prolongements continuait de s'arrêter à la grille de Mogador.

Parfois, le Temps y écoulait sans bruit le dernier grain d'un sablier. Berthe... Ranguis... la femme de Tonin...

Dominique, et ceux qui restaient, s'en allaient en cortège les accompagner jusqu'au grand champ, au bout du village, où chacun trouvait sa place. Et rentraient poursuivre la tâche qui n'en finit jamais : eux, en famille, dans leurs fermes ; elle dans sa maison trop grande et trop silencieuse.

De toutes les jeunes filles de naguère qui, longtemps, avaient composé son entourage, seule demeurait encore, entre le vieux docteur et sa femme, l'aînée des sœurs Marquet-Rageac, Angéline, infertile comme elle, mais entourée, choyée, par ses parents.

A la Cantarelle, sa sœur Suzon et Jacques du Roveret avaient quatre enfants. Et Alban, remarié depuis cinq ans à la fille d'un pédiatre avignonnais dont il avait repris le cabinet, en était à son troisième.

Au regard de la solitude envieuse de Dominique, tous ces foyers amis semblaient grouiller de tout-petits qu'elle allait voir, admirer, caresser, bercer, avec des gestes avides.

Chez Claire et Maurice Royer, les cloches de Pâques 1927 avaient sonné comme la sage-femme emmaillotait un nouveau-né. Un beau petit Pascal.

— ... Qui, lui aussi, fera honneur à l'élevage, répétait volontiers Maurice, tout glorieux.

Mais lorsqu'il entendit Dominique insinuer :

— A présent, pour le prochain, il vous faudrait une fille.

... L'heureux père bondit :

— Ah ! non. Ça suffit comme ça !... On voit bien que ce n'est pas ta bourse qui trinque pour les élever, dis donc, Coco !... Dans la conjoncture actuelle, j'ai déjà bien assez de mal à joindre les deux bouts. Si ma grand'Daubenois n'était pas morte, la pauvre, je ne sais comment j'aurais fait pour lui verser ses intérêts.

Mais l'héritage, ainsi que le reconnaissait Maurice sans vaine hypocrisie, était « tombé à pic » pour éteindre ses dettes. Et pour fournir au docteur Edouard Royer, fraîchement diplômé, de quoi renouveler le matériel professionnel en s'installant à la suite de son père.

— Tu vois bien !... remarqua Dominique, mignotant le petit Pascal, à défaut de son filleul dont les trois ans batailleurs lui échappaient déjà.

— Rien du tout !... D'ailleurs, je ne tiens pas à

transformer Claire en pondeuse. Si tu veux une fille, fais-la toi-même ! conclut-il, avant de sortir en faisant claquer la porte.

— Excuse-le, se hâta de dire Claire, gênée. Ces temps-ci, il a eu tellement de déboires avec la propriété... Toi, ce n'est pas pareil, tu peux compter sur un fonds de roulement suffisant pour voir venir, à Mogador. Et puis, tu n'as aucune charge. Tandis que nous, ici...

De mauvaises années, il y en avait eu d'autres. Maurice en verrait encore, songeait Dominique.

Et c'était dur aussi, pour elle, d'avoir à faire face aux soucis, sans cette compensation inestimable que ses amis puisaient dans leur union. Mais qui donc y pensait ?

« — *Toi, au moins, tu es tranquille... — Toi, tu fais ce que tu veux... — Toi, tu n'es pas esclave... — Toi...* » répétaient à l'envi tous ses familiers, lorsqu'ils venaient lui confier leurs ennuis. Sans paraître se douter qu'elle eût donné cher pour avoir, elle aussi, le surcroît de peines d'une coqueluche à soigner, ou d'un conjoint morose à qui rendre un peu d'optimisme.

Pour la tendresse, pour l'amour, n'avoir que quelques heures dérobées à l'existence quotidienne, en fait de viatique ; et, en fait de soutien, quelques visites de l'oncle Hubert et de Frédéri...

Encore ces visites étaient-elles devenues moins fréquentes, depuis que le garçon avait obtenu la permission d'emmener son *Galant* à la Gloriette.

— Comme ça, je le retrouverai tous les samedis, en arrivant du collège. Mais n'aie pas peur, va, ma Nique : aux vacances, je reviendrai quand même toujours à Mogador.

Il n'était plus question qu'elle-même vînt jusqu'à la Gloriette.

La prédilection dont la favorisait Frédéri n'avait fait qu'aigrir à son endroit la rancune de Madeleine. Et Hubert, qui fût aisément passé outre pour la recevoir, concevait néanmoins que l'animosité flagrante de celle-ci eût de quoi rebuter le bon vouloir de sa nièce.

Entre Madeleine et lui ne demeurait pas même le souvenir de la passion timide qu'il lui avait longtemps inspirée. Depuis qu'il l'avait dépossédée de son Frédéri, elle cachait à peine le ressentiment qu'elle en éprouvait. Son hostilité croissante et l'indifférence d'Hubert réduisaient désormais leur dialogue au strict nécessaire.

Quelques années avaient suffi pour faire, de la fraîche et douce jeune femme, cette créature tôt desséchée, au teint jaune, à la parole brève, au regard acéré, aux gestes étriqués et nerveux, qui ne portait plus guère d'âge défini.

Seul paraissait subsister en elle, d'autant plus âpre, plus exclusif, plus revendicateur, cet autre amour déçu qu'elle vouait à son fils.

Mais à présent, Dominique ne songeait pas plus à plaindre Madeleine qu'à se soucier de sa transformation.

Que Frédéri se montrât heureux de la selle ou du fusil qu'elle lui offrait ; qu'il vînt, le plus souvent possible, galoper avec elle dans la campagne ; lui raconter ses affûts, et ses équipées du collège, lui montrer ses livres de prix, lui chuchoter ses confidences, et se fier à elle, en dernier ressort, pour résoudre ses embarras pécuniaires, importait bien davantage.

— Est-ce ma faute, s'il se plaît mieux ici que chez lui ?... Je n'ai rien fait pour l'attirer.

Simplement, elle avait accueilli l'enfant, ainsi que l'en priait son oncle.

Et qui donc eût imaginé de le lui imputer à crime,

sinon cette mère abusive et jalouse, qui n'avait pas su remplir convenablement son rôle ?

— Mais tu le lui as tout de même pris, bel et bien, s'obstinait à soutenir Numa, lorsque le sujet revenait entre eux.

Impatientée, devant ce parti pris, Dominique se mordait les lèvres. Lui dirait-il un jour, aussi, qu'elle l'avait pris, lui-même, à sa femme ?

Elle revit Alice telle qu'elle l'avait aperçue, de loin, au milieu d'un groupe de dames camarguaises, quelques jours plus tôt, à Arles, dans la foule des obsèques de Maître Marquet-Rageac, le frère du docteur.

Blonde, blanche, et rose, un peu plus encore que de coutume, dans le grand deuil qu'elle portait toujours, madame Numa Vernet, assurément, n'avait point l'air d'une victime.

— Laissons Alice où elle est, veux-tu ? trancha Numa, lorsqu'elle le lui dit.

Avec un sourire qui atténuait la sécheresse de sa réplique, il commenta :

— ... C'est un thème qui ne nous réussit guère, tu le sais bien. Il risquerait de nous gâcher la journée.

Probablement ne lui venait-il pas à l'esprit que l'obsession de ce même thème pût gâcher, pour Dominique, des jours et des nuits qu'elle n'en était plus à dénombrer.

Sur les moments les plus parfaits qu'elle et Numa passaient ensemble, revenait aussi bien, à l'improviste, se projeter cette ombre fuligineuse qu'il se refusait à exorciser. Il suffisait d'une allusion distraite, d'un mot, ou moins encore.

Plus tard, seule de nouveau, Dominique reprenait chacune des paroles qui l'avaient atteinte, en examinait le sens exact, en recherchait les prolongements possibles, en pesait l'intonation, se livrant à des recoupements minutieux pour tenter d'en extraire une certitude dont la perspective finissait par lui paraître moins torturante, comparée aux affres qu'elle subissait.

Cependant, Numa revint à la charge de lui-même :

— Et moi, tu ne m'as pas vu, à cet enterrement ?

Craignait-il qu'elle n'eût surpris quelque manifestation trop évidente de son intimité conjugale ?

— Non. Je pensais même que tu n'étais pas venu.

De sa place parmi l'assistance féminine qui ouvrait le défilé, il n'eût pas été possible à Dominique de détailler la suite des hommes massés derrière le corbillard.

— ... Mais toi, en revanche, tu aurais pu m'apercevoir.

Il lui dédia une moue taquine :

— Tu portais ton tailleur bleu marine, et ton chapeau garni de blanc. Non ?

Elle inclina la tête.

Quoi qu'il eût dit ou fait, il se trouverait toujours, tôt ou tard, à Tarascon, une bonne âme pour le lui apprendre sans lui faire grâce d'un détail. Surtout si l'on avait pu relever à son actif une marque de prévenance envers Alice, n'eût-elle été que de pure courtoisie.

« — *... J'ai rencontré votre cousin Numa Vernet et sa femme. On eût cru deux tourtereaux...* » Elle n'eût su dire combien de fois la malignité qui ne désarmait pas avait saisi l'occasion de lui assener une phrase semblable, avec le sadisme que peut mettre la « bonne société » à pratiquer ce jeu où elle excelle.

Restait, lors même qu'elle avait fait la part de l'exagération, voire de la cruauté inventive, l'image d'un Numa promenant à son côté une Alice épanouie, confiante en l'avenir, qui devait évaluer à mesure chaque pouce de terrain regagné.

Les témoignages d'attention qu'elle-même recevait de Numa, sa tendresse, son empressement affichés, la laissaient dorénavant sur ses gardes. Elle éprouvait la sensation d'être devenue pour lui l'habitude chère, parfois un peu lassante, en quoi peut se muer, au regard de certains époux, la compagne légitime, lorsqu'elle est irréprochable et aimante.

Affectueux, amoureux, même, lorsqu'il revenait, c'était cependant, songeait-elle, dans son foyer qu'il trouvait désormais, paradoxalement, des distractions d'un charme moins prévu, en engageant cette manière de flirt avec sa propre femme.

Et tous les indices laissaient prévoir le triomphe de la reconquête vers lequel s'acheminait Alice. Si, déjà, elle ne l'avait point parachevée.

Rajeuni, plein d'alacrité, Numa semblait se mouvoir à l'aise dans ce renversement de la situation.

... Qu'il eût d'ailleurs nié, au besoin, avec toute la véhémence requise. De cela aussi, Dominique était convaincue.

Misérable, elle acceptait ses caresses, avec le sentiment humilié de sa propre déchéance. Et, fermement résolue, coûte que coûte, lorsqu'il était absent, à ne pas tolérer plus longtemps l'équivoque, mais désarmée, réduite au silence, sitôt qu'il la tenait entre ses bras, perdait jusqu'à l'estime de soi dans ces alternatives.

« Ce n'est pas possible... cela ne peut plus durer... » Elle priait afin que quelque chose arrivât qui en terminerait pour elle, dans l'impuissance où elle était d'écourter, de sa seule volonté, cette agonie.

Mais, en même temps, elle continuait à faire le ménage de la cabane, à la fleurir, à renouveler les provisions du placard. Elle commandait à son fournisseur de Tarascon les conserves de foie gras qu'appréciait Numa ; envoyait Gustave regarnir le coffre à bois en prévision de l'hiver. Sans cesse hantée par la pensée qu'elle accomplissait peut-être chacun de ces rites pour la dernière fois.

Parfois, abandonnant pour un moment la routine des tâches qui l'appelaient d'un bout à l'autre des terres durant sa journée, elle courait d'un galop jusqu'à la petite combe, attachait à un buisson la bride de *Milady*, prenait la clé dans sa cachette, sous une pierre, et entrait, implorer de ce cadre bâti pour la paix du bonheur une réponse qu'il ne pouvait lui donner.

La pipe et le pot à tabac sur la table, avec les plus récents numéros de « *Candide* » et « *Gringoire* », le rasoir, le peignoir de bain en tissu-éponge, la robe de chambre, les mules dans le cabinet de toilette, tout attendait Numa. Et il semblait impossible que tout cela pût un jour disparaître avec lui.

Elle débouchait le flacon d'eau de Cologne et le respirait, comme elle respirait les plis de l'étoffe, pour retrouver un peu de cette même odeur qu'exhalait le corps de son amant lorsque, ses ablutions achevées, Numa la rejoignait au lit, avant de se vêtir.

« Tant de douceur, Numa... comment peux-tu... ? »

Les souvenirs revenaient en foule, de longues soirées, de belles nuits passées là, de réveils dans la lumière gaie qui filtrait à travers l'andrinople rouge du rideau.

Mais d'autres, d'une espèce différente, y mêlaient déjà leurs poisons. « ...Le jour où il s'est trahi en parlant de l'anniversaire d'Alice, et de la broche que Michel... Comme si la tirelire d'un petit garçon eût pu permettre... !

« ...Et cet été, au baptême de sa nièce Marie-Laure... » Que s'était-il passé, au juste, dont n'avaient pu

— ou voulu — l'éclaircir Laurent et Henriette, qui y assistaient ? « ... — *Mais rien, je ne vois pas... Si tu te fies aux ragots...* »

« Et la valse... » Etait-ce aussi un ragot, cette valse dansée par le couple, au cours du réveillon de la Saint-Sylvestre ? « *...Le chagrin d'Alice...* Oui, vraiment !... Quand il n'y a pas même un an qu'on enterrait... »

« L'an passé, à cette époque... » Ils étaient au Grau-du-Roi. Si unis, si heureux...

Mais, de tous les projets qu'ils avaient échafaudés alors, qu'était-il advenu ? « Ce bateau, nous aurions pu... » La terre n'avait pas si mal donné. Les pêches avaient rapporté gros. Le vin finirait par se vendre. Maurice lui-même reconnaissait qu'il n'y avait pas trop à se plaindre... A Tourvieille aussi, cela devait aller mieux. « Ces artichauts... » sur lesquels comptait Numa...

Mais, du bateau, il n'avait plus parlé. Et, depuis ce séjour au Grau, il n'avait proposé aucune autre escapade.

« Dix jours merveilleux... *Mon matelot*... Oh ! Numa !... » N'y en aurait-il plus jamais de semblables ?

Au dehors, *Milady* commençait à donner des signes d'impatience. Son sabot sonnait sur la terre dure.

« Peut-être a-t-elle froid... », malgré le chaud soleil de ce janvier sans rigueur, où dans certains coins de colline, au cagnard, des amandiers se couvraient prématurément de leur duvet blanc-rose, au parfum de miel.

Ce fut Dominique qui grelotta, en se levant. Recroquevillée sur le divan, près de l'âtre où le feu était tout préparé, elle n'avait pas même songé à y mettre une allumette. Et, tout à coup, se découvrit transie.

— ... Un peu de congestion des bronches sur une

grosse fatigue, diagnostiqua le lendemain matin Vincent Royer, qu'elle avait dû faire appeler après une mauvaise nuit peuplée des cauchemars de la fièvre.

« — ... *Avec Edouard, je me sentirais trop gênée, vous comprenez ?...* »

Le vieux médecin comprenait beaucoup de choses, outre celles qu'on lui disait.

Assis au chevet de Dominique, il s'attardait, caressant *Nahum* qui survivait à son compagnon de jeunesse.

— Je ne te fais pas d'ordonnance. Je trouverai ce qu'il te faut à la maison, dans les échantillons pharmaceutiques. Ta marraine te l'apportera cet après-midi. Deux ou trois jours de lit, une semaine à la chambre, et ça s'arrangera.

— Mais vous n'y pensez pas ? C'est impossible !... Comment pourrais-je abandonner Mogador, mes occupations... ?

En cette saison, il n'y en avait guère de pressantes.

— Personne n'est indispensable, fillette. Et ton état général n'est pas tellement brillant que tu puisses te permettre une imprudence. Repose-toi. C'est un ordre.

Il se tourna vers Mathilde, debout en sentinelle au pied du lit, les bras croisés sur le ventre.

— ... Je compte sur vous.

« Et Numa ?... » songeait Dominique, désolée. « Numa, qui devait venir... »

Numa vint le lendemain. Et sonna, tout bonnement, étonné de ne point voir accourir Dominique dès son appel de klaxon.

Rongeant son frein, Mathilde se vit forcée de le conduire jusqu'à la chambre de sa maîtresse.

— Mon minet, ça ne va pas ?

Devant cette confrontation inopinée avec la maladie, son assurance ordinaire se trouvait en défaut.

Il s'assit sur le bord du lit pour embrasser Dominique.

Et sursauta, en se redressant, au bruit de la porte qui se refermait brutalement.

— Je crois que j'ai mis ta duègne en fuite.

La vigueur, l'optimisme, le plaisir de vivre, étaient entrés avec lui, dans la pièce confinée.

Dominique lui sourit, et lui caressa doucement la joue.

— Mon chéri... Tu sens bon l'air du dehors.

— C'est que le temps s'est mis au vif, depuis hier. Alors, voyons, qu'est-ce que tu as ?

— Un petit refroidissement de rien du tout.

— Ah ?... De la fièvre ?

— Oh ! à peine. J'ai pris des quantités de cachets, depuis hier.

Elle s'était aussi coiffée, parée, fardée, longuement, au début de l'après-midi, dans l'expectative de sa venue.

— Ça te va bien, ce petit air dolent sur fond d'oreillers, dit Numa, qui l'examinait d'un œil critique.

Comme elle commençait une quinte, il s'inquiéta :

— ... Oh ! mais dis donc, tu tousses ?

— Juste un peu, par moments.

Elle essayait de se retenir. En vain.

— Tu ne vas pas être malade pour de bon, dis, mon trésor ?... Qu'est-ce que je deviendrais, alors, moi ?

Oui, que deviendrait-il ? Que ferait-il ? Auprès de qui chercherait-il... ? Le cœur de Dominique se serra.

Mais l'alarme que laissait percer Numa était manifestement sincère.

Elle avança la main pour presser la sienne.

— Non, bien sûr. D'après le docteur Royer, j'en ai pour deux ou trois jours, pas plus.

« Oh ! Numa, est-ce vrai que tu m'aimes encore ?... Que tu as encore besoin de moi ? »

— ... Mais tu vas t'ennuyer, aujourd'hui, acheva-t-elle, sur un ton d'excuses.

— Moi ? Pourquoi ça... ? Je vais te tenir compagnie, voilà tout. — Soulagé, il lui faisait offrande, avec gratitude, de tout son bon vouloir. — ... Attends, que je me mette à l'aise. Tu permets ? Il fait chaud, ici.

Sa veste suspendue au dossier d'un fauteuil, il revint s'asseoir près d'elle, sur le lit ; et passa un bras derrière l'oreiller.

— Mère-grand, que vous avez un grand lit !

— C'est pour mieux t'y garder, mon enfant... lui renvoya Dominique, entrant dans le jeu, tandis qu'il lui mordillait la joue.

— C'est vrai, ça ?... Mais je ne l'ai pas encore essayé, remarqua-t-il, faisant sauter l'une après l'autre ses chaussures sur la descente de lit, pour s'allonger confortablement à son côté.

« ... Au fait, c'est aussi la première fois que tu me reçois dans ta chambre.

Ses yeux faisaient le tour de la pièce, errant sur le camaïeu bleu de la tapisserie à personnages, sur la mousseline brodée des rideaux, la coiffeuse juponnée, la commode Régence, le petit fauteuil à médaillon, les deux bergères à oreilles...

— Elle te plaît ? s'inquiéta Dominique.

— Ma foi... oui. Heureusement, tu n'as pas suivi la mode. Si tu voyais l'ensemble — il ponctua le mot de guillemets — que se sont fait aménager Lucien et Marie, au mas : le comble du ridicule !... Pompeux, géométrique... avec des oppositions de couleurs à faire hurler, et des glaces et du fer forgé partout. Pour rien au monde je ne voudrais y faire l'amour. Et encore moins y être malade et y mourir.

Dominique enroulait sur ses doigts les mèches de cheveux cuivrés, que la gomina ne parvenait pas à rendre raides.

— Et, dans la mienne, tu accepterais... ?

— Eh ! eh !... Pour ce qui est de mourir, pas si vite !... Mais enfin, disons que ça me paraîtrait quand même plus acceptable.

Il se rassit, et remit ses souliers, afin d'entreprendre une exploration approfondie des aîtres.

Dominique le regardait examiner les bibelots sur la cheminée, s'attarder devant les photographies posées sur la commode, manier les flacons et les brosses de la coiffeuse, s'emparer du peigne, se pencher sur les roses apportées la veille par Elise Royer, feuilleter le livre qui traînait sur la table bouillotte, croquer un chocolat...

Et se disait qu'un peu de lui, désormais, quoi qu'il arrivât, séjournerait dans cette pièce.

Il se rapprocha de l'une des fenêtres, et souleva le rideau.

— Quelle vue !... Evidemment, toi, tu n'as pas le Vaccarès à la porte ; mais c'est tout de même bien beau, ton Mogador.

— Oui... murmura-t-elle, le considérant avec amour, reconnaissante de ce qu'il venait de dire.

Il retourna vers la bonbonnière.

— Pas mauvais, tes chocolats ! Pas mauvais du tout.

Cela fit pouffer Dominique.

— Ce sont les tiens. Ceux que tu m'as apportés pour le Jour de l'An.

Mathilde, chargée d'un lait de poule destiné à sa maîtresse, trouva Numa la bouche pleine, et Dominique en proie à une quinte de toux causée par son fou rire.

Elle s'en fut, mécontente, après s'être entendu réclamer le carafon de carthagène, et du cake, pour monsieur Numa.

Non sans lancer sa flèche :

— Sûr que, ce soir, vous aurez de la température.

— C'est vrai, découvrit Numa, après son départ, je te fatigue, peut-être ?

— Non, oh ! non... C'est si bon de t'avoir là.

... Et d'éprouver, inexplicablement, cette sérénité joyeuse, qu'elle n'avait plus connue depuis longtemps.

— Tu aurais dû dire à Carlo de monter cela à ta place, observa-t-elle, en voyant reparaître Mathilde et son plateau.

Celle-ci haussa les épaules.

— Où je le mets ?

— Sur le guéridon. Tiens, attends... Numa, veux-tu le transporter ici ?

L'imprévu de cette dînette auprès d'elle avait amusé Numa. Le coup de sonnette qui retentit dans le vestibule lui fit hausser le sourcil.

— Tu attends quelqu'un ? Si c'est ton oncle Hubert... Ou ta tante Adrienne...

— Mais non, elle est venue hier soir, et mon oncle est passé ce matin.

Rembruni, il remettait déjà sa veste.

— Bon. Qui que ce soit, c'est quelqu'un qui a vu ma voiture, et peut s'attendre à me trouver chez toi. Mais selon le cas, tu ne m'en voudras pas si je file sans trop m'attarder, n'est-ce pas ?

Ils attendirent, mal à l'aise, l'un et l'autre.

— C'est monsieur Maurice, annonça Mathilde, décidée à ne point ménager ses jambes en l'occurrence. Je l'ai fait monter. Il est là derrière, dans le couloir.

Son attitude proclamait ouvertement la satisfaction de voir le tête-à-tête en passe d'être interrompu.

Un regard jeté à Numa rassura Dominique. Il s'estimait quitte à bon compte, cela se voyait.

— Je ne m'assieds pas, déclara Maurice, en entrant. Je suis juste passé afin de prendre des nouvelles, pour Claire, qui a les deux garçons enrhumés.

Lui-même paraissait éprouver quelque gêne à trouver les deux amants réunis dans cette chambre.

A la nuit tombée, cependant, il était toujours là, installé dans l'une des bergères, sirotant son troisième verre de carthagène, de conserve avec Numa.

Fort occupés des futures élections d'avril, tous deux en étaient à pronostiquer le retour des radicaux, et le triomphe personnel de Galmot le Magnifique, qui s'embarquait pour aller reconquérir son siège de la Guyane. Après avoir passé en revue les progrès de l'aviation, l'exploit de Lindbergh, le mystère Nungesser et Coli, l'exécution de Sacco et Vanzetti, le trotskysme, Al Capone, le problème noir aux U.S.A., la ceinture de bananes de Joséphine Baker, le charleston, et *la Garçonne*.

Un peu lasse, un peu fiévreuse, Dominique suivait distraitement, à présent, les développements politiques dans lesquels s'était engagée la conversation.

Maurice se leva enfin pour partir.

— ... Claire doit se demander ce que je suis devenu.

Il se tourna vers Numa :

— ... Qu'est-ce que tu fais, ce soir ?

— Ma foi ?... dit celui-ci, perplexe. Je pensais rester avec Niké, mais, à présent, je n'ai plus qu'à rentrer chez moi.

Un remords lui vint à la regarder :

— Tu n'en peux plus, mon trésor, ça se voit. Tu as les yeux qui parpelègent.

Maurice retrouvait sa gêne.

— Si tu venais dîner à la maison... ? proposa-t-il.

— Comme ça... ? Sans prévenir... ? Que va penser Claire ?

Tenté, Numa consultait Dominique du regard.

— Va donc.

Maurice brusqua les choses :

— Elle sera ravie. Allez, c'est dit. Je passe devant t'annoncer. A demain, Coco. Ça ne t'ennuie pas, au moins, que je te l'enlève ?

— Mais non, au contraire.

Au contraire, elle était contente de songer que Numa choisissait du moins de passer cette soirée perdue pour elle dans l'atmosphère amicale d'un foyer où elle se savait aimée.

Rien d'étonnant si l'entrée de cette visiteuse dans le salon où madame Lallier recevait, assistée de sa belle-fille Mireille, avait, de prime abord, causé à Dominique un petit choc désagréable.

L'on a beau jeu, plus tard, d'attribuer le sens d'un pressentiment à une simple réaction d'antipathie. Et, parmi le clan des jeunes ménages, dans lequel on la traitait volontiers de vieille rate-penade[1], nul n'ignorait que madame Crégut et sa langue véloce, eussent, au besoin, porté la guerre entre le pic de l'Aiguille et la montagne de Cordes[2].

Pourtant, absorbée dans un aparté qui l'isolait avec Mireille, Dominique eût pu laisser passer sans y prêter autrement attention les commérages de la vieille dame, si le nom qui venait d'être prononcé n'eût possédé cette étrange propriété de se frayer un chemin jusqu'à

1. *Rate-penade* : chauve-souris.
2. Deux sommets séparés par une vingtaine de kilomètres et toute la largeur des Alpilles.

son cœur quand bien même il fût demeuré quasi imperceptible à son oreille.

« Mais de toutes façons, il m'aurait bien fallu l'apprendre, tôt ou tard », se dit-elle ensuite.

Et madame Crégut lâchait rarement prise, avant d'avoir mis à mal sa proie.

— ... Non, Madame. Je vous demande pardon, mais... J'avoue que je n'ai pas entendu.

— Je racontais à l'instant... Mais certainement il a dû vous en revenir déjà des échos, dans votre famille... que, la semaine passée, au jour de la sous-préfète d'Arles, la jeune madame Numa Vernet a eu un malaise qui a mis toute l'assemblée en émoi.

A l'abri des paupières plissées, les petits yeux brillants vrillaient Dominique, jaugeant son trouble.

— Mon Dieu, non, je... Moi-même, j'ai dû garder la chambre, la semaine dernière, pour un refroidissement, et...

— Ma chère enfant, ce n'est certainement pas le même cas. Vous n'êtes pas venue à votre âge sans savoir que, lorsqu'une jeune femme de la complexion de votre cousine s'évanouit subitement sans rime ni raison, il y a de fortes chances pour que cela présage un heureux événement.

« Comment... oh ! Dieu !... Comment se fait-il que l'on ne s'effondre pas ?... Que l'on trouve la force de répondre quelques mots d'un air paisible ; d'attendre encore, en échangeant des considérations oiseuses, le moment convenable pour prendre congé sans que cette fuite ait par trop l'air d'être ce qu'elle est ? »

... Et de rentrer jusqu'à Mogador, les mains crispées sur le volant, sans laisser la voiture faire l'embardée qui renverrait dans le néant ce mot qui brûle de toutes ses lettres de poix sous le voile rougeâtre interposé devant la route.

« Enceinte !... La semaine passée, a-t-elle dit... Peut-être le jour même où il était là, près de moi, à jouer sa comédie de tendresse. Enceinte... Et il a pu... Numa !... » Ce cri, si l'on savait comment s'en délivrer !... Ce cri planté au travers du corps, tout à la fois le hurlement et la blessure... Serrant les dents, hors d'elle-même, elle commençait à accoucher de sa douleur.

Aux abords de Barbegal, elle croisa sans le voir Edouard Royer, qui effectuait sa tournée auprès des malades.

— Nique est folle à lier, de conduire à une allure pareille, devait-il confier, le même soir, à ses parents. Lorsqu'elle se sera jetée contre un platane, comme son père...

Mais, ce jour-là, il ne se trouva pas de platane pour faire à Dominique cette miséricorde.

« Enceinte... Il l'a reprise, c'était bien vrai... Il lui a fait un enfant... » Un enfant ! Alors qu'elle-même n'en aurait jamais un de lui.

— Ma galinette ! qu'est-ce qu'il y a ? s'exclama, en la voyant, Mathilde, effarée. Vous vous êtes...

— Laisse-moi ! Au nom du Ciel, laisse-moi !

Elle ne supporterait pas une parole affectueuse.

Le verrou poussé, elle s'écroula sur le tapis, enfonçant son mouchoir dans sa bouche, afin de ne pas alerter Mathilde qu'elle sentait aux aguets derrière la porte.

« Papa !... Mamé, Maman... vous, c'est vous, que je veux !... Venez me prendre, venez me tirer de là, je vous en supplie... Emmenez-moi !... »

Mais ils s'étaient enfoncés trop avant dans la forêt de la mort, à présent, pour que son appel au secours pût les atteindre. Même cette trace, qui avait persisté, si longtemps après eux, avait fini par disparaître.

« Seule... seule pour tout de bon... » Puisque Dieu, lui aussi, se refusait.

Et comment renoncer, pourtant, à crier grâce, lorsqu'on se débat dans cette géhenne ? « Mon Dieu, c'est assez ! je ne peux plus... je vous dis que je ne peux plus endurer... Assez ! arrêtez !... Je t'aime tant ! Vous le savez bien, mon Dieu !... Je ne peux pas vivre si elle me l'enlève. Vous entendez ?... Vous entendez ? Aidez-moi ! Laissez-le-moi, ou je... ! »

Mais, « bien sûr !... » Dieu était de l'autre côté, avec l'épouse légitime.

Les poings serrés, s'écorchant les paumes, elle menaçait en vain, impuissante à rétablir le dialogue avec ce Dieu qui savait se faire si terriblement absent, lui aussi, lorsqu'il décidait de punir.

Elle gémit, tout à coup, à la pensée que le coussin dans lequel elle enfouissait sa figure était celui du fauteuil qu'avait occupé Numa, quelques jours plus tôt.

En chancelant, elle se releva, et alla jusqu'à l'armoire à pharmacie de la salle de bains. « Dormir... », dormir indéfiniment, s'enfoncer indéfiniment dans le noir, sans mémoire, sans pensées, sans rêves, « oh ! mon Dieu ! sans rêves !... ».

Restaient trois comprimés dans le tube. Une nuit entière. C'était tout ce qu'elle pouvait demander. Demain était au bout d'un long voyage. « Une nuit de sommeil... » Et ensuite, elle trouverait peut-être le courage de souffrir.

La même souffrance, tapie au fond de son ventre, exacte au rendez-vous du réveil. Sournoise, lancinante, inexorable. Une morsure, un élancement, qui la rongeaient vive.

— Vous faites peur, regardez-vous, ma pichotette. Il faut rappeler monsieur le docteur.

— Je te le défends bien : Laisse-moi tranquille.

L'amour de Mathilde lui était à charge. Elle repoussait ce luxe dérisoire, alors que l'essentiel lui était arraché.

— ... Si quelqu'un vient, je ne suis pas là. Que je ne te prenne pas à faire des histoires !... Je ne suis pas malade. Je veux la paix, tout simplement. C'est bien compris ? Ne laisse monter personne. Maurice ? Pourquoi Maurice ?... Non, pas plus lui que les autres... Pas même... ? Ah ! non, surtout pas mon oncle Hubert !

Mais, le lendemain, la sonnerie du téléphone la fit se ruer dans l'escalier.

En bas, Carlo parlementait.

— Je ne sais pas si Mademoiselle... Oui, Monsieur, je sais bien, mais... — Il l'aperçut, et mit sa main sur l'appareil : — C'est monsieur Numa Vernet qui insiste...

— Donnez.

— Niké, c'est toi ? Enfin !... — La voix de Numa contenait une vibration anormale. — J'ai besoin de te voir. Est-ce que je peux venir tout de suite ?

— Si tu veux.

Ni le son mat du timbre de Dominique, ni le laconisme de la réponse, ne parurent le frapper.

— Bon. Je suis à Arles. Le temps d'arriver...

— J'irai t'attendre à la cabane, dit Dominique.

Son cœur battait à grands coups martelés dans sa poitrine, tandis qu'elle se changeait en hâte pour sortir.

Afin de mater la houle de violence dont elle se sentait gonflée, elle partit à pied, coupant à travers les terres où s'achevaient les labours d'hiver.

Machinalement, sitôt arrivée, elle accomplit les gestes usuels pour ouvrir le volet intérieur du fenestron et allumer le feu.

Dans sa tête, se composait, par phrases entières, le réquisitoire dont elle allait cingler Numa.

La flambée commençait à peine à chauffer la pièce, lorsque des cailloux s'éboulèrent dans le sentier, sous un pas précipité.

Les nerfs de Dominique se contractèrent. Sa bouche sécha instantanément. Cependant, elle ne bougea point du divan sur lequel elle s'était assise.

— Niké ? Tu es là ?...

Elle était là. Changée en pierre.

Mais Numa ne prit pas le loisir de s'en étonner, lorsqu'il l'aperçut, du seuil. En quatre enjambées, il vint se laisser tomber lourdement à côté d'elle.

— Niké, mon chéri, si tu savais ce qui m'arrive...

A tel point obnubilé par son propos que l'inertie et le mutisme de Dominique, tandis qu'il l'embrassait, ne l'arrêtèrent pas davantage.

Elle l'observait âprement, notant les traits bouleversés, l'allure fébrile, la cravate de travers... Numa arracha le nœud, pour ouvrir le col de sa chemise.

— J'étouffe... Je suis dans un état... C'est bien simple : depuis hier soir, je ne sais plus ce que je fais. Et encore, je ne me doutais pas...

Et elle, Dominique, pensait-il qu'elle n'étouffât point, à ce même instant ?... Elle le considéra, emplie d'une véritable haine, cependant qu'il cherchait à retrouver son calme, la tête entre ses mains.

Se déciderait-il ? Ou bien allait-elle être obligée de l'y aider ?

— Je croyais que tu avais hâte de me mettre au fait ?

— Oui. En effet, mais... Ce n'est pas facile de commencer, tu sais ?... Enfin, voilà : c'est... Alice qui...

— ... Qui attend un enfant, dis-le donc ! coupa, les dents grinçantes, Dominique, incapable de se retenir plus longtemps.

— Non, ça, heureusement, ce n'est... — Il s'arrêta

soudain, interdit : — Mais... ? Comment as-tu deviné... ?

— Deviné ?...

Echappant à la main qu'il posait sur son épaule, elle ricana.

— ... Mais c'est la fable de toutes nos connaissances, voyons ! depuis qu'elle a pris soin de choisir la réception de la sous-préfète pour se trouver mal.

L'air expira en sifflant entre les lèvres de Numa.

— Elle s'est... oh ! nom de Dieu !...

Au bout d'un instant, il tira son mouchoir de sa poche pour s'essuyer les tempes et le cou.

— ... Comme ça, c'est complet !

Cet accablement stupéfiait Dominique.

Il n'avait pourtant pu croire possible de garder le secret ?... Et qu'avait-il dit, aussi, de bizarre, un instant plus tôt ?... Elle cherchait à s'en souvenir.

— Ma pauvre chérie, reprit Numa, tu dois te demander...

— ... Quoi ?... De qui est cet enfant, peut-être ? l'interrompit-elle encore, avec un rire méchant.

Il la regarda, plus surpris que honteux, semblait-il.

— De qui... ? Ah !... voilà !... Si seulement je le savais !... Impossible de le lui faire avouer, à cette garce.

— Tu... ? — Dominique ouvrit la bouche et la referma, avant de parvenir à proférer d'une voix étranglée : — Comment... ce... n'est pas... ? Numa !

Il sortit enfin de l'univers clos dans lequel il se débattait depuis des heures, pour découvrir le malentendu.

— Moi ? Tu t'es figuré qu'il était de moi ? Et c'est pour ça que tu... ? Mon pauvre minet, va !... Mon tout petit... Aussi, c'est vrai que je ne te trouvais pas comme d'habitude.

Elle sanglotait spasmodiquement, tandis qu'il la cajolait.

— ... Mais, voyons, si je t'avais joué un tour pareil, je ne serais tout de même pas accouru sans perdre un instant pour de le dire ! Tu penses bien...

C'était l'évidence même.

Et, alors qu'il eût pu s'indigner, et lui tenir rigueur, il ne songeait qu'à la rassurer. « Oh ! Numa... » Tant de générosité, de gentillesse... « ...Quand je me figurais te connaître... »

Elle noua ses bras autour du cou de son amant, et pleura de plus belle, délivrée à tout jamais, pensait-elle, de la méfiance, des soupçons dégradants, des terreurs inconscientes, d'une jalousie sans objet, dont ses larmes la lavaient. « Mon amour... » Elle eût voulu s'agenouiller devant Numa, pour lui demander pardon.

— Que je te raconte !... dit-il, achevant de lui tamponner délicatement la figure à petits coups, avec sa pochette de soie.

Calée contre l'épaule de Numa, Dominique était maintenant prête à lui donner toute son attention, impatiente de savoir quelles incidences l'événement survenu allait avoir sur son propre sort, et déjà travaillée d'espoirs encore confus.

— Hier après-midi, commença-t-il, Alice était allée à Arles : deux ou trois courses à faire, et une séance chez le dentiste... enfin, le programme habituel. Cela s'est prolongé beaucoup plus longtemps que de coutume. Bref, il faisait nuit noire lorsqu'elle s'est remise en chemin. Bêtement, pour gagner un kilomètre et demi, elle a voulu prendre par la petite draille, après le mas de Bouchaud. Or, on avait curé la roubine dans la journée, et laissé sur place, tout au long, rassemblé en tas, ce qu'on en avait sorti. Tu te représentes la cinq chevaux sur ces montagnes russes. Le docteur affirme qu'il n'en fallait pas plus pour provoquer l'accident.

— L'accident... ? répéta après lui Dominique, suspendue à ses explications. Tu veux dire qu'elle... ?

Il lui caressait les cheveux.

— Attends, j'y arrive. Bien entendu, au mas, nous ne savions rien de son état. Ou plutôt... corrigea-t-il, après avoir réfléchi,... je ne savais rien. Car, à présent que j'y pense, ma mère devait bien se douter... Elle me regardait d'un drôle d'air, ces temps-ci. Mais moi, je croyais que c'était... enfin, passons. Donc, Alice n'était pas rentrée depuis deux heures qu'elle commençait à souffrir de nausées, de vertiges, d'un fort mal de reins, que sais-je encore ?... Nous lui conseillons d'aller s'étendre, et ma sœur et Marie montent avec elle pour l'aider à se mettre au lit.

La main de Dominique se glissa dans la sienne. Il la porta à ses lèvres, avant de poursuivre :

— Cinq minutes plus tard, Agnès redescend chuchoter je ne sais quoi à ma mère qui la suit, après m'avoir dit d'aller à Arles chercher le docteur. Il n'était pas chez lui. Madame Ménard me promet de l'envoyer au plus tôt. Je retourne au mas, pour y trouver mon père et Lucien dans un coin, totalement annihilés par le branle-bas de toutes les femmes de la maison trimbalant des cuvettes, des piles de serviettes-éponges... Enfin, je te passe les détails.

« ...Ménard arrive. On m'expulse de la chambre où j'essayais d'entrer voir comment ça allait. Les va-et-vient continuent avec les gémissements qu'on entendait chaque fois que quelqu'un ouvrait la porte, là-haut... Et je finis par me retrouver je ne sais comment, sur les trois heures du matin, dans le grand fauteuil de la salle à manger, réveillé en sursaut par le docteur qui m'apprend que tout va bien, qu'il s'en va. Et que ma femme se repose... après nous avoir fait une fausse couche de trois mois !...

La sueur perlait à son front. Il dut s'essuyer de nouveau.

— ... Oui. On croit rêver, n'est-ce pas ?... — Le sourire qu'il adressa à Dominique était assez pâle. — ... Le tout, reprit-il, empaqueté de quelques phrases lénifiantes. « *Et maintenant, mon cher ami, vous n'aurez plus qu'à vous mettre à en fabriquer un autre, d'ici quelque temps.* » Non ! tu imagines ça ?... J'ai eu bien du mal à me retenir de le lui rentrer dans la gorge, son conseil, à ce pauvre Ménard !... Quand j'y pense, bon Dieu ! quand j'y pense !...

Repris de fureur, il serrait les poings à les faire craquer.

— ... Tu te doutes comment s'est terminée ma nuit. Le sujet de méditations que me laissait le bon docteur m'avait fait passer l'envie de dormir, je t'en réponds !

Dominique hochait la tête.

— C'est incroyable ! Qui aurait pu s'imaginer... ? Et tu as pu parler avec Alice ?

— Oui, mais pas tout de suite. Pense donc, elle dormait, elle ! commenta-t-il avec rancune. Défense de la déranger. Dix fois, peut-être, je me suis fait éconduire, à sa porte. Enfin, vers midi, elle s'est tout de même décidée à ouvrir un œil, fraîche et dispose.

— Oh ! non ? émit Dominique, incrédule.

— Façon de parler !... Mais prête, en tout cas, à tirer le meilleur parti de l'avantage que lui conférait sa faiblesse ; et d'attaquer pour le règlement de comptes, ça, je m'en suis vite aperçu. Et tu te trompes fort si tu te figures qu'elle avait perdu bec et ongles. Le repentir, la vergogne, elle ne sait pas ce que c'est. Dès mes premiers mots, elle m'a déclaré tout net qu'en effet, elle avait un amant, que j'aurais dû m'en douter, et le trouver naturel, la responsabilité n'en incombant qu'à moi... Qu'elle n'avait ni l'âge, ni la tournure, ni le tempérament, pour s'accommoder d'une vie de nonne... Qu'elle avait assez fait pour le respect du nom qu'elle porte, en usant d'une extrême discrétion qui tenait les commérages à l'écart, bien que je ne me sois jamais soucié d'éviter à son amour-propre ce même genre d'humiliations... Et qu'il fallait que je sois bien naïf, ou bien fat... oui, ce sont ses propres termes... pour avoir pu croire, depuis huit ans, qu'elle se contenterait de rancir dans la chasteté, à m'attendre, tandis que je courais la prétentaine aux yeux de tous avec ma dulcinée.

— Evidemment... murmura Dominique, pensive.

A son corps défendant, elle en venait à éprouver une certaine admiration pour l'intrépidité de cette femme, en même temps que son sens de la justice l'empêchait de lui dénier un droit de représailles, dont l'orgueil de Numa pouvait seul se trouver atteint.

Il s'était levé pour aller chauffer ses pieds à la flamme ronronnante.

— Tu as froid, s'inquiéta-t-elle, tout de suite.

— Froid ? Non, je... Oui, c'est vrai, un peu. Bah ! tu comprends, l'énervement, la nuit blanche... Ne te fais pas de souci. Mais, bon Dieu, quand je me dis qu'il y a pas loin un type qui me ridiculise tout à son aise depuis des mois ou des années !... Sans que je puisse seulement savoir qui, pour lui en faire passer le goût !...

« Dieu merci ! » songea Dominique, à part soi. Elle était tentée d'admettre Alice, elle-même, au bénéfice de son action de grâces.

Cette Alice qui ne se posait plus en rivale, pourquoi ne pas lui laisser simplement sa chance de bonheur, puisqu'elle l'avait trouvée, et négocier avec elle, à l'amiable, une séparation qui eût tout remis en ordre ? « Si nous pouvions enfin... »

— ... Et elle me bravait, encore, du fond de son lit, continuait de fulminer Numa. Jamais tu ne te feras une idée de ce que nous avons pu nous dire, pendant près d'une heure. Et je t'avoue qu'elle ne m'a pas laissé le dernier mot. Je me tenais à quatre pour ne pas la gifler, la... lui tordre le cou !...

Impressionnée par la cruauté meurtrière qui déformait ses traits, Dominique demeurait silencieuse.

Il dut faire un effort sur soi pour se reprendre.

— ... Naturellement, j'ai tout de suite parlé de divorce...

« Ah ?... » Il l'avait donc envisagé, lui aussi.

— Et elle... ?

— ... Mais cela ne fait pas son affaire. Le partenaire n'est pas libre, ou bien il ne peut faire un mari présentable, ou... qui sait ? Une chose est sûre, c'est qu'elle le sacrifiera s'il le faut, mais elle entend rester madame Vernet. Et cela, que je le veuille ou non. Elle ne me l'a pas mâché. Sais-tu qu'elle m'a ri au nez, ou peu s'en faut, en me demandant quel prétexte je pensais faire valoir devant un tribunal ?

Un espoir si neuf, si miraculeusement né de ses cendres... Déjà, il fallait y renoncer.

Dégrisée, Dominique observa :

— C'est vrai. Tu ne possèdes pas l'ombre d'une preuve matérielle. Et, te sachant averti, elle va plus que jamais se tenir sur ses gardes. J'ai bien peur qu'il ne te soit pas facile de découvrir quelque chose. Nul n'a jamais rien soupçonné, jusqu'ici. Je me demande comment elle s'y est prise. Rappelle-toi, pour nous... Toutes ces précautions accumulées, en vain...

— Oh ! elle est forte, reconnut Numa avec amertume. Rudement plus forte que nous, ça ne fait aucun doute... Mais patience !... Elle ne s'en tirera pas comme ça. Ni elle, ni son amant. Je la ferai suivre. Demain j'irai à Marseille trouver une agence. A moins qu'elle n'ait déjà rompu avec lui, ce qui n'est guère probable, je te jure bien que je saurai qui il est. Et, à ce moment-là...

Le coup de pied vengeur qu'il envoya parmi les bûches semblait contenir en germe tout un programme.

— ... Même si elle a rompu !

— A quoi bon ? lui représenta Dominique, anxieuse des suites de cette action coercitive. A quoi bon, mon chéri, si cela ne peut te mener au divorce ?

Il lui jeta un regard irrité :

— Si c'était toi qu'on cocufie, tu comprendrais.

Elle se leva pour aller rebâtir le feu écroulé.

Tout tourbillonnant de rage intérieure, Numa la regardait, sans la voir, accomplir une besogne qu'il revendiquait d'habitude.

— Alice ne t'a pas réellement trahi... Puisque vous n'êtes rien l'un pour l'autre... Alors, quelle importance... ? — Elle avançait avec précaution ses arguments, cherchant ceux qui pourraient l'apaiser. — ... Du moment que personne ne le sait...

Numa se déchaîna :

— Personne ?... Eh bien ! et son amant ? Il ne le sait pas, lui, peut-être ?... Et elle, cette putain, qui me nargue, qui se moque de moi !

— Mais tu le lui as bien rendu d'avance. Tout le monde sait que tu la délaisses et que tu la trompes... C'est vrai, au fond, ce qu'elle t'a dit.

Il l'avait suivie jusqu'au cabinet de toilette, et piétinait, tandis qu'elle se lavait les mains.

— Ah ! oui, vraiment ?... Et c'est toi qui te fais son avocat ? Parfait !...

— Mais non, je...

— ... Sans doute estimes-tu, comme elle, que c'est moi le vrai coupable ?... Que je l'ai contrainte à en venir là ?

Comme toujours, lorsqu'il ne se sentait plus maître de soi, Numa s'était mis à marcher de long en large dans la pièce.

— ... Et que toute son astuce, ses combinaisons, ses ruses, étaient de bonne guerre ?... Et que c'est bien fait pour moi ?... Mais l'enfant, alors ? L'enfant, tu l'oublies ?

En effet, elle venait un moment de l'oublier.

— ... Quand il s'en est fallu d'un rien qu'elle ne réussît son coup. Trois mois !... Trois mois qu'elle me préparait ça ! Qu'elle me... — Il s'étranglait, hors d'état, désormais, de mesurer ses paroles. — ... Comprends-tu seulement que, sans cet accident providentiel, je risquais fort d'endosser, les yeux fermés...

En face du regard agrandi de Dominique, il s'arrêta subitement.

— « Endosser, les yeux fermés... » répéta-t-elle, avec lenteur. Comment cela ?

Il se mordait l'intérieur de la bouche, avec un air haineux et sournois d'animal pris au piège.

— C'est-à-dire...

— Comment pouvait-elle te faire endosser, les yeux fermés, la paternité de l'enfant d'un autre ? Allons, dis tout, Numa, puisque tu as commencé.

Droite, appuyée au mur, elle se raidissait, déjà poignardée par le coup qui allait venir.

— Niké...

— Non. Réponds seulement.

— Eh bien ! oui, là !... avoua Numa, cédant, en dépit de soi-même, devant ce regard qui le mettait à vif. Je... Laisse-moi t'expliquer : elle m'a appâté comme une anguille, tous ces temps derniers ; et, il y a un mois, environ, je ne sais trop comment ni pourquoi, je me suis laissé... Enfin, oui, quoi !... j'ai couché avec elle.

Il détourna la tête. Et lui jeta, plein de rancune :

— ... Tu es satisfaite, maintenant !... Ça y est ! tu es parvenue à me le faire avouer.

Puis, alla se rasseoir sur le bord du divan, et cacha son visage dans ses paumes.

Satisfaite ? certes, non. Mais étrangement libérée.

— Une seule fois ?... Non, n'est-ce pas ?

Devant le silence de Numa, elle s'approcha, et posa la main sur son dos.

— Réponds.

Sa voix était calme.

Sans relever la tête, il haussa les épaules, et marmonna :

— Une ou plusieurs fois, qu'est-ce que ça peut fiche ?

Sa réponse, elle l'avait.

Mais elle insista tout de même :

— Il faut que je sache, pour pouvoir te pardonner.

Préparé au pire, Numa n'en crut pas ses oreilles.

— Me... tu... ?

D'un mouvement brusque, il lui ceintura les hanches de ses bras refermés, avec une telle force qu'elle faillit perdre l'équilibre, et dut se cramponner à lui.

— Niké... tu veux bien... ?

Il l'attira sur ses genoux, lui parcourut la figure de baisers, sans qu'elle se défendît.

— ... Mon trésor, ma petite fille, ma douce, mon petit amour chéri... C'est fini. Tu n'auras jamais plus un seul reproche à m'adresser, je te le jure !... Toi, embrasse-moi, je t'en prie.

Elle obéit.

Probablement ces dix-huit mois écoulés dans l'angoisse de l'espoir et du désespoir alternés avaient-ils épuisé toutes ses réserves. La révélation la laissait au-delà du chagrin. Infiniment triste, infiniment lasse... Infiniment résignée, aussi. Dorénavant, quoi que pût encore lui faire accepter Numa, jamais il ne la mettrait à plus dure épreuve, songeait-elle.

Tout à coup, au bruit spasmodique de sa respiration, à ses épaules tressautantes, elle s'aperçut qu'il pleurait.

— Numa !...

Honteux, il balbutia :

— C'est bête... Ne fais pas attention. Ce n'est rien... J'ai eu si peur de te perdre.

— Numa, mon chéri...

Comme elle l'eût fait d'un enfant malade, Dominique berçait cette tête rousse, berçait cet amour, qui pesaient sur sa poitrine. Avec une tendresse sans illusions, assez semblable à de la pitié.

## 8

Une légère grippe qui vous tient à la chambre, en négligé, la tête à peine un peu vague, peut devenir une aubaine, par un jour grisâtre et venteux de décembre quand, au-dehors, le roussaù [1] charrie des paquets de pluie froide.

Certaine de ne point voir arriver Numa, qui l'avait quittée le matin même, assez enrhumé, lui aussi, Dominique rangeait ses tiroirs.

Elle avait refusé les services de Mathilde :

— Non, va. Laisse... Je t'appellerai pour m'aider à

1. *Le roussaù* : le vent du Rhône.

remettre de l'ordre, mais j'aime mieux faire mon tri bien tranquillement, toute seule.

Toute seule, prête à jouir de ces quelques heures dérobées au temps quotidien et à ses exigences, dans la grande pièce douillette, où le feu de bois ajoutait l'appoint de sa gaieté au confort du chauffage central installé à Mogador l'année précédente.

Après le terrible hiver 1929, au cours duquel les conduites d'eau avaient éclaté dans plusieurs des chambres inoccupées, Dominique s'était résolue à cette dépense.

Anne, dorénavant, ne se plaindrait plus de geler dans la vieille maison, ainsi qu'elle l'avait fait sans répit durant son séjour en plein mois de janvier, l'année des obsèques de sa belle-mère. Peut-être ne disposait-elle pas d'un tel luxe, dans son lointain Bucarest où Gaspard était en poste depuis deux ans et demi.

La besogne de Carlo s'en trouvait grandement facilitée. Et même la vieille garde du personnel domestique, hostile par principe à toute innovation, devait convenir à présent qu'il était bien agréable de circuler dans le vestibule et les couloirs, au fort du mauvais temps, sans devoir se couvrir d'un fichu ; et de ne plus grelotter en se levant à la nuit noire dans les chambrons sous les toits, où l'eau chaude coulait en outre à volonté sur les lavabos flambant neufs.

« Si Papa et Maman revenaient... » Dominique sourit à la pensée de ce Mogador rajeuni, qu'elle eût été fière de leur présenter.

Les travaux avaient entraîné la réfection des pièces principales. Et le résultat, obtenu grâce aux judicieux avis de Numa, procurait toujours à Dominique le même plaisant effet de surprise, chaque fois qu'elle pénétrait dans le grand salon où éclatait la note somptueuse des doubles rideaux de faille rouge sur les boiseries repeintes d'un gris perle discrètement rehaussé d'or sur les moulures ; et plus encore dans la salle à manger, jadis si sombre, si humide, que les tentures tilleul rechampies de blanc et les fenêtres dégarnies de leurs vitraux de couleur rendaient méconnaissable.

Dans ce cadre, dont la luminosité harmonisait les proportions, le grand lustre, la table monumentale, les consoles et les dessertes à colonnes ornées de cuivres voyaient s'alléger les leurs.

Pour solennels et démodés qu'ils fussent, ces gros meubles datant du premier Empire, Dominique n'eût pu se résoudre à s'en défaire. Là, comme dans le salon, elle s'était bornée à faire recouvrir les sièges, dont le tissu avait fait son temps.

— Tu as raison, approuvait Numa. Peu importe la mode actuelle. Ils ont de la race. Et l'on y reviendra, un jour ou l'autre, quand la mollesse et le tape-à-l'œil du style Arts Déco ne diront plus rien à personne.

L'opinion d'Hubert, devant ces changements, s'était exprimée de façon lapidaire par un long sifflement modulé.

Et celle de Frédéri, accouru dès son premier jour de congé, par un hochement de tête béat, immédiatement suivi d'une suggestion :

— Papa, on devrait bien en faire autant à la Gloriette !

Dominique se rappelait la réponse de son oncle :

— Bah ! attends quelques années de plus. Sinon il nous faudrait tout refaire de nouveau, au goût de la femme que tu nous amèneras.

Cela viendrait vite. Déjà, la boutade semblait à peine une plaisanterie, lorsqu'on voyait ce grand, beau garçon, mince, mais bien bâti, qui accusait plus que ses dix-huit ans ; et, disait-on, s'était dépensé tout l'été, dans la meilleure tradition des Vernet, auprès des donzelles en fleur, sur tout le terroir de Boulbon jusqu'à Barbentane.

Elle ferma les yeux, afin de mieux évoquer ce jour de juillet dernier, où, soudain, s'étant retournée au bruit d'un galop, elle avait cru, de loin, le long de la haie de cyprès, voir déboucher à fond de train son frère.

— Hourrah ! Nique... Je suis en vacances ! Hip ! hip ! hip !

C'était François, qui enfourchait ainsi *Azraël*, sitôt arrivé du collège ; et entonnait le même chant de libération frénétique.

Durant une minute défaillante, le temps s'était ouvert. La vie recommençait. La vraie, la belle, couleur du matin et de l'espérance. Père allait surgir, lui aussi, avec son rire taquin. Mère était à sa toilette, Mamé dans son fauteuil, Chris...

... Et Numa, énigmatique et princier, viendrait un jour, en grand arroi, comme dans les contes, pour l'étonnement de toute la maisonnée, demander au maître de Mogador la main de sa petite dernière.

« Oh ! Dieu !... Comment supporter tant de bonheur ?... »

Mais la fête n'aurait pas lieu. Les fenêtres de la façade restaient closes. Toutes, sauf deux, dont les vitres brillantes prenaient l'air d'une anomalie. La journée s'en allait doucement vers le soir. « *Où sont passés les Rois ?... Derrière la montagne*[1] *!* »

Dominique soupira. François, comme leurs parents, avait rejoint le fabuleux cortège. Et, fût-il revenu, par miracle, dans son adolescence préservée pour l'éternité, qu'il n'eût point reconnu désormais sa jumelle en cette jeune femme posée, élégante, telle qu'aimait la

---

1. Mistral : *Mémoires et récits*.

voir son amant, qui, bientôt, ne serait déjà plus qu'une femme « encore jeune ».

Elle se leva, et alla chercher sur la coiffeuse sa glace à main, pour s'examiner dans le jour triste de la fenêtre.

« Trente-trois ans... — *Tu ne les parais pas, tu sais, mon minet.* » Peut-être que non. Mais elle en sentait le poids.

Et la jeunesse était partie, la jeunesse intacte et lisse que possédaient d'autres filles, sur l'arrogante fraîcheur desquelles se retournait Numa, avec un clappement de langue gourmand.

« Allons... » Cette gourmandise-là, du moins, ne tirait pas à conséquence, quand bien même il lui arrivait de s'en passer la fantaisie.

« Les fantaisies de Numa... », la nouvelle s'en colportait si vite, parmi leurs relations, « ...— *Mais vous savez qu'il court, par-dessus le marché !...* » — qu'il ne pouvait guère espérer les lui tenir secrètes.

— ... Et puis après ?... C'est plus fort que moi, une fille ou un bock bien frais, quand je les rencontre à portée, que veux-tu ? l'envie me prend, et... lui avait-il dit, un jour où les précisions dont elle étayait ses griefs l'avaient acculé à la franchise.

« ... Mais si tu savais le peu d'importance...

Et il fallait que ce fût vrai, pour qu'aucune de ces « passades », ainsi qu'il les désignait lui-même, ne l'eût jamais empêché d'être, auprès d'elle, ce même compagnon, toujours attentif, toujours amoureux, après onze années.

— ... Toi ? Mais voyons ! ça n'a rien de commun !... Toi, tu es ma femme. Ma seule, ma vraie femme. La douceur d'un foyer, la confiance, la compréhension... enfin, quoi ! l'amour, que veux-tu que je te dise ?... Tu devrais tout de même savoir, depuis le temps, que jamais je n'irai les demander à nulle autre !... Mon trésor chéri, ne pense plus à cette petite. J'ai eu tort, c'est entendu. Mais c'est fini, oublié. Niké, ma Niké, je t'en prie...

La pente est glissante, pour quiconque a pardonné une fois. Comment ne pas pardonner encore, et encore ?

Absous, la conscience blanchie de frais, tel le pécheur au sortir du confessionnal, Numa, rasséréné, entamait alors une nouvelle lune de miel, nanti de résolutions dont la sincérité authentique n'en achoppait pas moins sur la première occasion.

Sans doute en userait-il ainsi jusqu'à la vieillesse. Dominique avait maintenant acquis cette conviction mélancolique.

« Mais il ne me quittera jamais. » De cela aussi, elle était certaine, depuis le jour où Alice avait cessé de lui apparaître comme une rivale.

Après quelques mois, las de payer inutilement pour une filature infructueuse, Numa, son ire apaisée, s'était désintéressé de la vie privée de sa femme.

— Oh ! et puis, tu as raison. Qu'elle agisse comme bon lui semble, pourvu qu'elle ne fasse point parler d'elle !... Elle sait que je ne la raterai pas, si elle m'en fournit les moyens... D'ailleurs, avait-il ajouté, en riant, malgré son culot, elle doit avoir du plomb dans l'aile ; et, d'autre part, ma mère a l'œil sur ses déplacements.

Ce ne devait guère être confortable de vivre au mas, en butte à la suspicion de Laure Vernet. Il y eût eu de quoi plaindre Alice, si elle n'eût librement choisi son sort, se disait parfois Dominique, depuis qu'elle savait Michel à Nîmes, pensionnaire à Saint-Stanislas.

« Un unique enfant... » quand le temps est si court,

où ils vous appartiennent... La maternité d'Alice ne l'avait pas faite beaucoup plus riche qu'elle-même.

Avec un haussement d'épaules, elle se remit à inventorier le contenu des tiroirs de son secrétaire.

Des photographies d'amateur : Numa au volant de la Talbot, Numa fumant sa pipe sur le seuil de la cabane, « ...celle-ci, c'est moi qui... », Numa à cheval, au bord du Vaccarès, en compagnie de son fils, Numa...

« Et Frédéri, et les enfants de Laurent et Hiette, ceux de Margot, ceux de ma sœur, celui de Toinou... » Et François, son filleul, avec le petit Pascal... Et encore : le dernier-né de Maxime Guillermin, la fille d'Edouard Royer... Tous ces enfants, dont aucun n'était sien...

Quelques lettres... d'Isabelle, d'Anne... Elle en prit une au hasard :

« *...grande cérémonie... dixième anniversaire... la cour de la chapelle royale... château de Cotroceni... la reine Marie... ses robes extraordinaires dont l'ourlet balaie le sol, et ses voiles d'abbesse médiévale... l'allure d'une héroïne de Maeterlinck... le petit roi Michel...* »

« Une vieille lettre. » Elle regarda la date : « 24 mai 1929. » A présent, Carol avait repris le trône.

Un programme fastueux : « *Bal des Petits Lits Blancs.* »

Elle rêva un moment à cette nuit fantastique, dont la féerie avait couronné en apothéose leur avant-dernier séjour à Paris. « ...Le Pont d'Argent... les beautés internationales... le défilé de tous ces gens célèbres... » Et le spectacle éblouissant de l'Opéra illuminé de l'orchestre à la coupole, vu de la loge des Hirigaray... Numa en habit, et elle-même gainée dans un fourreau lamé blanc et argent bordé de renard blanc, qu'elle n'avait jamais eu l'occasion de remettre.

Un bouquet de violettes séchées, souvenir d'une

journée à Cannes, où la sérénité de leur bonheur avait conservé jusqu'au bout une merveilleuse perfection, tandis qu'autour d'eux, sur la Croisette, les camelots clamant les dernières nouvelles du krach Oustric et du procès de madame Hanau, annonçaient la démission du garde des Sceaux, la chute imminente du cabinet Tardieu...

« Et c'est à mon retour... »

Comme si le mauvais sort ne vous laissait prendre un peu d'avance que pour vous rattraper en se jouant, au moment où il paraît loin.

Une lettre de sa tante Adrienne l'attendait à Mogador, pour l'informer qu'on avait pensé perdre Hubert, pris d'une crise d'angine de poitrine dont il se remettait à peine.

« — ... *Quand je me suis senti étouffer, les côtes serrées dans cette espèce de griffe de fer, ah ! j'ai bien cru que ça y était, cette fois, tu sais...* »

« Oncle Hubert, oncle Hubert... ! » Faut-il donc le voir entrer dans l'ombre de la menace pour découvrir à quel point un être vous est précieux ?

« — *Et voilà, c'est le commencement de la fin, petite. Plus de cheval, plus de parties de chasse... Plus rien, autant dire. Et que veulent-ils que je fasse de ma peau, ces toubibs de malheur ?* »

Heureusement, ce n'avait été qu'une alerte sans lendemain. Il s'était bien remis. Et, progressivement, il avait repris une partie de ses habitudes, sans que sa santé parût en souffrir. Droite, solide, sa silhouette ne variait pas.

Pour le moment, il devait encore être aux Iscles, calcula-t-elle.

« — *Soyez prudent, je vous en prie.*

« — *Ne t'inquiète pas. Pour l'affût, on prend le nègue-chin, et c'est Max, ou Frédéri qui rament. Moi, je me fais tirer comme un pacha. D'ailleurs, j'ai toujours sur moi les ampoules et les pilules qu'on m'a ordonnées.* »

« La semaine prochaine... », ils seraient de retour, Frédéri et lui, pour passer les fêtes, comme toujours, au Cigalier.

Et non seulement eux, mais Maurice et Claire y seraient, « ...avec Marraine », et aussi Edouard, le cadet des Royer, avec sa femme, pour lesquels le jeune ménage Guillermin s'était engoué d'amitié.

Cela ferait, cette année-là, cinq petits, pareils à celui qu'avait été naguère Frédéri, ce Frédéri que l'on chargeait maintenant d'allumer les bougies du sapin, avant que la marmaille surexcitée n'eût la permission d'entrer. Cinq petits, pour se presser autour de l'arbre étincelant, avec des piaillements d'oiseaux et des figures éblouies.

Elle sourit de plaisir à se les représenter.

Les cadeaux s'entassaient en bas, dans le bureau : ceux qu'elle offrirait à tous, au Cigalier, et celui que recevrait Numa, l'avant-veille, avec les autres, destinés au Nouvel An du petit peuple de Mogador.

La joie qui l'envahissait à la perspective de tous ces rites, familiers et immuables, lui ôta toute envie de poursuivre sa futile besogne de rangements. Pressée d'en savourer les prémices à son aise, elle bâcla rapidement le reste de l'inventaire, classa les factures, déchira quelques vieux papiers, remit le tout en place, et referma le secrétaire, abandonnant à Mathilde le soin de remédier au désordre de lingeries et de parures qu'elle avait tirées de la commode.

Il y avait là, cependant, parmi d'autres colifichets épars, tel sac d'antilope au fermoir enrichi de marcassites, tel carré de tweed imprimé dans les tons inimitables d'Hermès, tel déshabillé de mousseline, tel sweater de floconneuse laine anglaise, qui, témoignant du goût de Numa, et du plaisir qu'il prenait, de son côté, à la combler, rappelaient chacun une étape heureuse de leur amour.

Mais l'avenir devait bien tenir aussi quelques promesses en réserve. Et, subitement, c'était vers ces promesses ignorées qu'elle éprouvait, d'instinct, le besoin de se tourner, tout de suite, sans perdre un instant, pendant qu'elle le pouvait encore.

La porte avait crié en s'ouvrant. Frédéri referma le vantail avec précaution, et vint s'asseoir à côté de Dominique, qui s'était retournée au bruit.

— Ta mère est allée se reposer ? questionna-t-elle.

— Oui. Il a fallu discuter. Mais elle a fini par admettre que c'était mieux ainsi. Demain, elle aura une rude journée, et il est plus de deux heures. Et, d'autre part, dès qu'il y aura tout le monde, ce ne sera plus pareil, pour toi et pour moi. Alors, je tenais, pour cette nuit, ou enfin ce qui en reste, à nous ménager un moment...

Ils parlaient à voix basse.

— ... Nous deux, seuls, avec lui. C'est ce qu'il aurait voulu, tu ne crois pas ?

Dominique acquiesça du menton.

— Elle n'a pas fait de difficultés pour... pour me laisser ici ?

— Ne t'inquiète pas pour ça.

« — *Non, Mère, elle restera. Tant que mon père n'a pas quitté sa maison, ceux qu'il aimait ont encore le droit d'y être reçus, et...* »

— ... J'ai besoin que tu sois là, Nique, tu le sais bien. Tu as vu, je t'ai fait téléphoner tout de suite.

— Mon petit...

Le jeune homme lui tapota le bras, de ce même geste qu'avait si souvent emprunté, pour se laisser entrevoir, l'ombrageuse affection de son père. Dominique en fut frappée. Une vague d'émotion la parcourut. Elle mordit sa lèvre et se cramponna à l'épaule de Frédéri.

Comme en réponse, il appuya sa joue contre les cheveux de sa cousine. Et tous deux restèrent ainsi, sans bouger, un long moment, en silence.

Dominique revivait avec une sorte d'incrédulité cet appel, arrivé peu avant neuf heures, qui l'avait surprise dans sa chambre, déjà prête pour la nuit et plongée dans la *Légende de Gösta Berling*, pour la jeter sur la route dans une course folle, éperdue, en larmes, poursuivie par les chiens de la mort, comme Ebba Dohma à travers la forêt.

« — *C'est Max Roche... Oui, Max Roche, des Iscles, l'ami de votre oncle...* »

Devant elle, les lumières jaunes vacillantes de chaque côté du lit devenaient troubles sous son regard noyé.

Elle se domina, pour Frédéri.

— Tout à l'heure, je pensais à notre dernier Noël. Te souviens-tu ?

— Oui. Qui nous aurait dit, alors... ?

— Quels bons moments nous avons eus là, tous réunis, insista Dominique, obstinée à chercher un apaisement à offrir au jeune homme, dans le rappel de cette conjoncture heureuse qui ne datait pas encore d'une année entière.

On eût dit alors qu'entré dans la soixantaine, Hubert y avait trouvé un havre de miséricorde. Ce solitaire s'était enfin découvert un compagnon. Détendu, le sourire moins rare, il jetait de temps à autre sur son fils un regard indulgent qui dissimulait mal la fierté que lui inspirait le garçon.

— ... Le pauvre oncle Charles paraissait si bien portant, lui aussi, ce jour-là, avec ses bonnes joues roses, malgré ses soixante-quatorze ans... Après sa mort, Tatie m'a confié qu'il souffrait déjà depuis longtemps de sa prostate. Mais on ne s'en fût pas douté. Jamais je ne l'ai entendu se plaindre. Te rappelles-tu comme il nous a fait rire, le soir du réveillon, en rentrant des Baux ?

— C'est vrai... Papa en a souvent reparlé. Aux Iscles, l'histoire avait eu le gros succès. On la lui faisait répéter chaque fois que venait quelqu'un qui ne la connaissait pas.

Les Iscles, le cercle des chasseurs venus faire la passée aux canards... La diversion tentée par Dominique ramenait de nouveau l'esprit de Frédéri sur ce dont elle eût voulu l'écarter, malgré le désir douloureux qu'elle avait d'entendre de lui jusqu'au moindre détail...

Elle demeura muette.

— Au fond, reprit-il, après un autre silence, s'en aller de cette façon sordide, après tous ces sondages, ces soins humiliants, pénibles, qu'a dû subir l'oncle Charles, c'est pire, tu ne trouves pas ?... Au moins, Papa, lui, est parti d'un seul coup. Une crise, il y a deux ans, très douloureuse, certes, mais aussi très courte... Et, cette fois, il n'a même pas eu le temps de savoir ce qui lui arrivait... C'est une belle mort, qu'il a eue : debout, le fusil à l'épaule... S'il avait pu choisir, je doute qu'il en eût préféré une autre.

Sa main et celle de Dominique se rencontrèrent sur l'accoudoir du fauteuil, et s'unirent un moment.

— Oui, sûrement. Mais pour toi, mon Frédéri...

Ce père, envers lequel son amour avait démesurément crû jusqu'aux limites du fanatisme, disparaissant avec une telle soudaineté... Dominique se rappelait la mort du sien, presque aussi brutale. Et l'épreuve endurée par son jeune cousin lui semblait intolérable.

— Eh bien ! tu vois, dit-il, pensif, ç'a été d'abord tellement terrible pour le sortir du marais que, sur le coup, je crois bien que j'en ai perdu de vue que c'était lui, réellement lui, ce corps inerte, trempé, couvert de boue, qui me faisait l'effet de peser une tonne... Nous l'avions pris chacun par un bras, sous les épaules, pour le soulever le plus possible, mais malgré ça, ses jambes traînaient dans l'eau. On eût dit qu'il nous tirait en arrière. Il fallait nous arc-bouter. Et dans cette saleté de vase qui faisait ventouse, nous devions en même temps arracher un pied après l'autre, à chaque pas, pour avancer, mètre par mètre, au prix d'un effort dont tu ne peux te faire une idée... C'est d'ailleurs sûrement ce qui a tué Papa. Son cœur n'a pas dû y résister.

Dominique le laissait parler, sentant qu'il lui était à présent nécessaire de tout dire, pour se délivrer d'une partie du cauchemar dont cette nuit n'était que la suite.

— ... Si tu avais vu, cet après-midi, comme il était d'entrain !... et content !... Francine nous avait fait, à déjeuner, un gigot mariné, avec un de ces pâtés de canard comme on n'en mange que chez elle. Il s'était régalé.

« ...En prenant le café, il lui a dit : "Vous savez ce qui manque dans cette maison ? Une fille. Une belle chato, qui tiendrait de vous, voilà ce qu'il nous faudrait, pour marier à Frédéri." Et il m'a envoyé une bonne bourrade : "Pas vrai, petit ?..." Là-dessus, ils m'ont tous chiné, pendant un long moment. J'en étais même agacé, à la fin...

Il se tenait penché en avant, les coudes sur les genoux, la tête dans ses mains.

— ... Non, jamais personne n'eût pu s'imaginer que, trois heures plus tard... Sans cette folie qu'il nous a fait faire, d'abandonner le barquet pour patouiller là-dedans, il serait encore vivant, j'en suis persuadé.

— Mais aussi, pourquoi l'avez-vous écouté ?

Frédéri releva le front, et s'essuya les yeux du revers de sa manche.

— Tiens ! comme si tu ne le connaissais pas... Tu as déjà vu quelqu'un qui ait pu l'empêcher de faire une chose quand il se l'était mise en tête ?...

L'orgueil, le désespoir, l'attendrissement, la colère, se mêlaient inextricablement dans la question.

— ... Max, lui, était d'avis qu'on pouvait tenter de rentrer en écopant, reprit-il. Evidemment, il y avait un risque : même colmatée avec ce qu'on avait, la fente était de taille ; et rien ne garantissait que la planche n'allait pas lâcher complètement. Quand ça commence, tu sais...

« ...Père a dit que ce serait idiot, si on coulait en plein marais ; que nous trouverions probablement du fond, qu'un bain glacé au clair de lune n'avait rien d'attrayant ; et qu'il valait mieux profiter du peu d'eau qu'il y avait à l'endroit où nous étions, pour couper au plus court jusqu'à la route, en suivant les roseaux pour éviter le milieu des clairs. Avec les cuissardes, on était sûrs de ne pas se mouiller.

« ...Et, en effet, quand j'ai mis le pied hors du barquet, je n'en avais pas plus haut que les genoux.

« ...Il a dit : « — Allez, Max, on y va. Le petit nous montre le chemin. Ton nègue-chin, on le laisse ici. En tirant droit vers le bord, c'est tout juste si nous en avons pour trois cents mètres.

« — Trois cents mètres avec un fond de sable, cocagne ! a grogné Max, ... mais, ici, ça va être quelque chose.

« ...Ça, moi qui avais pris les devants, je commençais déjà d'en faire l'expérience. Et je suppose que

Papa n'a pas tardé à comprendre, lui aussi. Seulement, on y était... Moi, je n'allais tout de même pas me mettre à rechigner. Et lui, pour le faire reculer... Alors, on a continué à peiner, tous les trois à la file, dans cette pourriture de vase.

« ...Et, tout à coup, j'ai entendu Max crier : "— Holà ! qu'est-ce qui t'arrive ?" Je me suis retourné, Papa était tombé en avant, de tout son long. Vite, nous l'avons rejoint, empoigné... il ne réagissait pas. Max a dit : "— Bon sang !... mais il a perdu connaissance !" Je me suis accroupi pour lui tenir la tête et le buste hors de l'eau. Pendant que Max lui essuyait la figure, j'ai pensé à ses médicaments, à l'ampoule, tu sais, qu'il fallait casser sur un mouchoir pour lui en faire respirer le contenu ?... J'ai dit à Max de la prendre dans sa poche, et alors... il m'a dit : "— Mon pauvre petit, ce n'est plus la peine, tu ne vois pas que ton père..." Oh ! Nique !... cette tête ballante, avec les yeux grands ouverts qui luisaient vaguement... Et, malgré tout, je n'arrivais pas à comprendre. Ça n'entrait pas. Je me répétais : "— Mon père est mort..." Mais je ne sentais rien.

« ...Alors nous l'avons chargé, entre nous deux, et nous sommes repartis, comme nous avons pu. Je n'avais plus qu'une idée : le sortir de là. Comme si, après...

Dominique déchirait son mouchoir entre ses dents pour ne pas sangloter, en l'écoutant revivre cette bataille inhumaine contre l'enfer clapotant de la Souteyranne.

— ... Ça m'a paru durer des heures. Par moments, on glissait... il nous entraînait... Max a failli tomber, lui aussi. On s'arrêtait pour souffler, et changer de côté. On repartait. C'était... ah ! c'était... épuisant, abominable... Malgré le froid, la sueur nous ruisselait littéralement du front, et dans le dos, dans le cou, sous les bras, sur la poitrine, au creux du ventre... par tout le corps, quand nous en sommes sortis.

« ...Max est parti chercher la voiture. Moi, je suis resté avec Père, au bord de la route. Je lui ai fermé les yeux. Après, je lui ai nettoyé la figure, du mieux que j'ai pu. Je... comment t'expliquer ? c'était stupide, évidemment, mais, d'avoir trimé si dur pour le ramener, et de continuer à le tenir, la tête sur mes genoux, à l'éponger... ça me donnait l'impression de l'avoir mis à l'abri, de... presque de l'avoir sauvé. Je pense aussi que le choc avait dû m'assommer un peu. Je ne me suis pas même rendu compte du temps qu'a pu mettre Max pour faire les trois ou quatre kilomètres jusqu'aux Iscles, prévenir Francine, sortir l'auto, et revenir avec le gardian.

« ...Ce n'est que pendant le retour que j'ai commencé à prendre réellement conscience de sa mort.

« ...Au début, Max me parlait. Je crois qu'il me racontait n'importe quoi ; pour m'empêcher de penser, probablement. Nous avons traversé Saint-Gilles. Il y avait de la lumière, des gens dans les cafés de la place... Je me rappelle même avoir entendu deux ou trois bouffées d'un air de phonographe. C'était comme dans un rêve... Et, petit à petit, Max est devenu silencieux. Moi non plus, je ne pouvais plus rien dire...

« ...Je me rappelle : nous étions à peu près entre Bellegarde et Beaucaire. Il y a un passage aride, très découvert. Je ne voyais que le ciel, devant moi, dans mon pare-brise, au-dessus des phares. Un ciel immense, avec des étoiles en pagaille, qui clignaient, qui avaient l'air de palpiter... Et tout à coup, en face de cette vie énorme de l'univers, où tout continuait à tourner, je me suis dit qu'il était là, lui, derrière nous, étendu sur la banquette, une couverture sur lui... et que, ce ciel, ces étoiles, tout ça... Il ne le voyait pas, il avait fini pour toujours de le voir... Que, sur cette route, où nous étions passés si souvent, tous les deux, c'était notre dernier parcours ensemble... Et que nous ne le faisions pas même côte à côte.

« ...J'ai été tenté de dire à Max de me remplacer au volant, pour pouvoir aller derrière, avec lui, et avoir encore ça, au moins ça : ce bout de chemin qui restait à faire jusqu'à la maison. Tant que personne ne savait encore, là-bas ; et que tout était comme si ce ne fût pas arrivé... Enfin, je veux dire... Oh ! tu comprends, Nique ?

Elle était là pour comprendre. Et pour partager.

— Bien sûr.

— Je me disais qu'en arrivant, il allait falloir prévenir ma mère, lui expliquer... mettre les domestiques au courant, les envoyer chercher le curé, le docteur... enfin, tout mettre en branle... et le tirer de cette voiture, le transporter de nouveau, devant tout le monde... Je pensais à ce qu'il me faudrait supporter d'exclamations, de questions, de cérémonies, de condoléances de la part d'un tas de gens qui, au fond, n'auraient peut-être pas tous tellement de chagrin... dont certains, je le sais, ne l'aimaient guère...

« ...Tu sais combien c'était difficile d'arriver à le connaître... Moi, quand j'étais gamin, il m'a longtemps inspiré une véritable peur. Alors, j'admets que les autres... Mais se mettre entre lui et moi. Toi, tu peux le comprendre, parce que tu l'aimais, Max aussi, aurait compris.

« ...Et cependant, pour finir, je n'ai rien dit. J'ai roulé, roulé... Sans même ralentir malgré l'envie que j'en avais.. Et je crois que je le regretterai tout le reste de ma vie.

— Non, ne crois pas cela. Derrière, ou à côté, quelle

importance ?... Il était avec toi quand même, mon Frédéri. Comme il l'est en ce moment, comme il ne cessera plus de l'être.

Ces paroles, que l'on dit... qu'il faut dire... Dominique en connaissait la vanité.

Elle savait, elle, à présent, que les morts s'éloignent, s'éloignent toujours davantage. Et qu'un temps vient, où leurs traits, devenus flous, refusent de laisser notre mémoire les recomposer, où leur sourire familier n'accroche plus en nous une image précise... où le son de leur voix s'est enfui de notre oreille. Et que c'est la plus cruelle absence, qui, cette fois, nous laisse dénués.

Mais Frédéri l'apprendrait toujours trop tôt.

Il se leva pour aller jusqu'au chevet du lit. Et elle vint derrière lui, poser la main sous son bras, dans un geste irraisonné de protection.

A la lueur des cierges, la face immobile acquérait un semblant de vie.

Hypnotisée, Dominique s'enfonça dans sa contemplation.

« Je vous promets, oncle Hubert... tout ce que je pourrai faire... » Les larmes, prêtes à jaillir, brûlaient ses paupières.

Le jeune homme lissait doucement du bout des doigts les cheveux gris, fer et argent mêlés, planté dru, qui blanchissaient aux tempes.

— Ils sont restés un peu terreux, dit-il, avec un regret. Pourtant, on les lui a frottés avec de l'eau de Cologne ; et peignés, brossés...

Dominique ne répliqua rien.

C'était le travail de la mort qu'elle reconnaissait dans ce ternissement, cette texture rêche ; et la boue du marais n'était pas en cause. « Les nattes noires de maman, si brillantes, si souples... »

Maintenant, Frédéri rectifiait, inutilement, les plis de

l'oreiller et du drap de parade, avec un soin jaloux et appliqué, qui révélait la tendresse, l'admiration, qu'il portait à son père, et l'humble désir douloureux de faire encore, si peu que ce fût, quelque chose pour lui.

— Mère voulait qu'on lui mît son habit de soirée. Mais j'ai tenu bon pour ce costume de chasse. J'ai bien fait, qu'en dis-tu ?

— Oui, bien sûr.

« Un habit !... » Eût-il pu se sentir à l'aise, ainsi affublé, pour le long sommeil qui attendait son corps dans la terre, le cavalier aventureux, le coureur d'harmas et de marécages qu'aurait été Hubert Vernet jusqu'à son dernier souffle ?

L'incompréhension de Madeleine éclatait bien là, flagrante, une fois de plus, songea Dominique, avec une rancune irritée.

Puis, elle se repentit du tour qu'elle laissait prendre à ses pensées. Et s'agenouilla au bord du lit, la figure dans ses mains jointes, pour s'abstraire dans ses oraisons.

— Il n'est pas changé, n'est-ce pas ? dit Frédéri, la voyant se relever sur un signe de croix.

Elle regarda longuement son oncle.

— Il a rajeuni.

— C'est vrai. Et on dirait... Regarde. Ne trouves-tu pas qu'il a l'air de sourire ?

Sans doute n'était-ce qu'une ombre portée jouant au creux des maxillaires d'Hubert. Mais son fils avait un tel besoin de le croire.

— Oui... C'est peut-être qu'il a rejoint Mamé et mon père, suggéra doucement Dominique.

« Et aussi... » Elle se rappelait soudain, surgi des brumes où s'étaient fondues quatorze années, le visage défait d'Hubert, et son départ précipité, à l'issue de son dernier entretien avec Ludivine, le jour de la mort de celle-ci. « Pauvre oncle Hubert... Mon Dieu, faites qu'il trouve sa paix auprès d'elle ! », pria-t-elle, sans s'arrêter à l'étrangeté de sa prière.

Rêveur, Frédéri hochait le menton.

— Ton père... Il fallait que ce fût quelqu'un, pour lui avoir laissé un tel souvenir, à lui qui, déjà... Il m'en parlait toujours, pour regretter que je ne l'aie pas connu. Et moi aussi, j'aurais bien voulu... Physiquement, ils ne se ressemblaient pas beaucoup, je crois ?

— Non, pas vraiment. Bien sûr, ils avaient quand même un air de famille, lorsqu'on les voyait ensemble. Mais mon père était plus grand, presque blond, avec des yeux gris très clairs qui riaient toujours... C'est plutôt toi qui le rappellerais.

— C'est ce que Papa m'a dit et répété, quand je me suis mis à forcir des épaules et du coffre : « Ma parole, animal, tu vas finir par ressembler à mon frère !... », avec cet air bourru qu'il prenait lorsqu'il ne voulait pas trop laisser voir qu'il était content.

Ils se sentaient envahis de la même douceur complice, à constater leur commune connaissance d'une pudeur secrète, que tous deux avaient su percer. Et la mort ne pouvait rien contre cette entente, à laquelle Hubert continuait de participer.

— Tu ne peux imaginer, poursuivit Frédéric, avec un long regard sur son père, combien il aimait à me raconter ses souvenirs, à propos de Mamé, de l'oncle Henri, aussi ; mais surtout de l'oncle Frédéric, de leur jeunesse à Mogador... Je crois qu'en esprit, il n'a jamais vécu tout à fait à la Gloriette. (Je ne veux pas parler de son amour pour la Camargue, c'est autre chose). Ici, il travaillait, il faisait son métier de paysan, aussi bien qu'on peut le faire. Mais le seul endroit au monde qu'il aimait, comme on aime un être vivant, la seule terre...

— Je sais.

Comme une graine enfouie depuis longtemps, une phrase lancée bien des années plus tôt par Maurice Royer en manière de plaisanterie, avait commencé à germer dans le cerveau de Dominique, en un projet confus que la mort subite de son oncle amenait maintenant au jour.

« Mais, pour cela... »

La réalisation n'en serait pas aisée.

« ...D'abord, racheter sa part à Sabel. De toutes manières, il faudra tôt ou tard en venir là. C'est notre intérêt, aussi bien que celui de sa communauté... » On ne pouvait laisser la terre tomber, pour une partie indivise, dans le patrimoine de ces nonnes, qui l'eussent fait vendre, à leur gré.

Elle entreprit de supputer la valeur des vignes, des olivettes, des vergers de pêches et de pommes, des prés. Celle du cheptel. Celle des fermes. De la maison... Les chiffres s'additionnaient de façon impressionnante.

A supposer que sa sœur acceptât, le plus clair de la fortune personnelle de Dominique passerait à solder l'opération, si, comme le nécessitait son plan, elle l'assumait seule. Et sans doute resterait-elle dangereusement démunie d'argent liquide pour assurer le roulement de l'exploitation. Les difficultés de trésorerie qu'avait connues Maurice Royer en 1926 lui revinrent à l'esprit.

« Mais je ne suis tout de même pas tenue de faire perpétuellement l'avance pour tout le monde. Anne n'aura qu'à le comprendre... Depuis des années, Sabel et elle trouvent naturel de profiter... Et si elle n'est pas satisfaite... »

Et soudain, honteuse, elle revint de nouveau à l'instant présent.

Accoté contre le montant du lit, Frédéri dévisageait avidement son père, comme s'il eût espéré en imprimer pour jamais l'image au fond de ses yeux. De grosses larmes débordaient au coin de ses paupières et roulaient sur ses joues.

Dominique reporta son regard sur le gisant, pour lui renouveler en son cœur la promesse qu'elle lui avait faite.

A cette figure paisible, qu'elle avait vue si souvent contractée, et sombre, le hâle épais qui recouvrait la peau épargnait la teinte cireuse de la mort.

Par quelque chemin qu'il fût passé, sa vie durant, ce voyageur revenu jadis du bout de la terre, délivré, désormais, infiniment loin, infiniment au-dessus de la souffrance et de l'inquiétude, il venait, cette nuit, de rentrer au port. Il n'était que de le regarder pour en avoir la certitude.

« Et, véritablement... » — comme attirée, Dominique se rapprocha, sans s'en apercevoir — ... c'était bien une sorte de sourire qu'esquissait la lèvre supérieure à peine relevée. Le même que ses yeux d'adolescente, brouillés de pleurs, avaient cependant décelé, longtemps auparavant, sur la face identiquement sereine et pétrifiée de son propre père.

Ce sourire, elle eut l'impression qu'Hubert le lui adressait. Et ne put résister au désir de se pencher davantage pour caresser la main froide.

« Avec Sabel, je pourrai sûrement obtenir de m'acquitter par des paiements échelonnés à long terme... D'autre part, je toucherai, dès lors, les deux tiers des revenus. Ce qui compensera en partie... » Et il y aurait aussi à envisager la possibilité d'une transaction pour désintéresser Anne. Peut-être sous forme d'échange avec la Gloriette. « Quand Frédéri sera majeur, il faudra examiner cela avec lui. Car, évidemment, jamais sa mère... »

La voix rauque du jeune homme la tira de ses réflexions.

— Vois-tu, j'ai le sentiment qu'avec Papa, c'est la grande lignée des Vernet qui vient de finir. Eux, ils étaient des rois. Moi, à côté, je me sens un si pauvre petit bougre...

« ...De finir ? » Dominique eut envie de le secouer, de lui crier sa certitude : « — Tu rentreras à Mogador, pour y régner à ton tour. Tu y transmettras la vie à d'autres garçons, qui, un jour, te succéderont, comme tu vas toi-même succéder... »

Mais le moment n'était pas encore venu. Elle dit simplement :

— Tu t'appelles Frédéric Vernet.

Il secoua la tête.

— Sans Papa, que veux-tu que je devienne ?... Lui, aurait pu faire de moi un homme, taillé sur son modèle. Mais maintenant...

La lèvre de Dominique tremblait.

— Ne dis pas de sottises, le tança-t-elle, avec une sécheresse volontairement coupante. Tu seras ce qu'il voulait que tu sois. Il t'a confié à moi, une fois pour toutes. Ne va pas croire que je te permettrai de flancher.

Frédéri ouvrait de grands yeux. Un instant, il la regarda fixement, comme incrédule. Puis, rougit.

Et, se jetant sur elle, lui entoura le cou de son bras.

— Tu as raison, engueule-moi. Je ne sais pas comment j'ai pu me laisser aller à ce point... Et devant lui, encore !...

Dominique se détendit.

— Ce n'est rien. C'est naturel, avec ce que tu viens de subir aujourd'hui. Mais, voyons, comment crois-tu t'être conduit, sinon en homme ? Tout ce que tu as supporté, tout ce que tu as fait... Penses-y ! Jamais encore tu ne lui as donné sujet d'être aussi fier de toi. Et, fier, il l'était. Joliment fier, je t'assure. D'ailleurs, tu le sais aussi bien que moi. Mais tu es à bout de forces, voilà tout.

— Heureusement que je t'ai, Nique.

Elle le sentait s'appuyer inconsciemment de tout son poids sur elle. Et se raidissait pour continuer à le soutenir.

Dans leur dos, la porte grinça. Ils sursautèrent.

Et se retournèrent, d'un même mouvement.

— Maman, tu m'avais promis... !

Madeleine considérait d'un œil dur le groupe apparemment indissoluble qu'ils formaient.

Frédéri eut conscience de cette malveillante attention dont elle les enveloppait. Et, instinctivement, se détacha de Dominique.

— Je n'ai pas pu m'endormir, dit enfin Madeleine, brièvement.

Du seuil, elle regardait son fils s'approcher d'un pas alourdi.

— ... C'est toi qui ferais mieux d'aller t'étendre pendant quelques heures. Tu tombes de fatigue.

— Non, Mère.

— Ne dis pas non. Cela se voit.

Il avait eu l'intention de l'embrasser. Découragé, il tourna les talons, en haussant les épaules, et revint se mettre en faction, au pied du lit.

— Au moins, descends prendre un peu de café chaud. Augusta vient d'en faire. La pauvre ne s'est pas couchée, pour le cas où tu aurais besoin d'elle.

Devant le silence de Frédéri, elle insista encore :

— ... Cette pièce est une glacière. Ta cousine a son manteau, mais toi... Quand tu auras pris mal...

— Mais non, Mère, répéta-t-il, avec impatience.

Cette voix dolente et grondeuse, qui résonnait haut, ne se tairait-elle donc pas ?... Devrait-il encore lutter, même cette nuit-là, contre la sollicitude agressive qui tendait toujours à l'envelopper de la mollesse même qu'il avait appris de son père à rejeter ?

Son regard excédé alla prendre à témoin celui de Dominique.

— Ta mère a raison, se contenta de dire celle-ci, d'un ton neutre.

Madeleine serra les dents.

Raidie, elle traversa la pièce, prit une chaise, l'attira de l'autre côté du lit, et s'assit. Chacun de ses gestes semblait contenir un défi.

Le silence se prolongea.

Dominique découvrait l'exactitude cruelle que revêtait le sens de ce triangle fermé autour du corps de son oncle, qui la dressait, face à Madeleine, avec Frédéri entre elles pour enjeu.

Forte du droit dont Hubert l'avait investie, elle se sentait prête à lutter, s'il le fallait, pour disputer son cousin à l'aigre amour de celle qui n'avait pas su s'amalgamer à leur race. Elle ne la blesserait pas inutilement. Mais elle ne céderait sur rien d'essentiel, se jura-t-elle.

— Descends, je te prie, Frédéri. Ne m'oblige pas à te donner un ordre, reprit Madeleine.

« ...Et toi, accompagne-le donc, ajouta-t-elle, sans regarder sa nièce. Puisqu'il faut tout vous dire, j'aimerais que vous me permettiez tous deux de rester seule ici un moment, à mon tour. Après tout, ton oncle Hubert était aussi mon mari. J'ai à lui faire mes adieux, tout comme vous. Alors, si vous n'y voyez pas d'inconvénient... ?

L'amer sarcasme dont s'imprégnait la revendication les cingla.

— Viens, dit vivement Dominique, prévenant la riposte de Frédéri. Viens donc.

Il hésita encore une seconde. Puis, comme elle s'avançait, lui prit le bras au passage, pour quitter la pièce, sans un regard pour sa mère.

## 9

Le jour où Frédéri prit enfin le chemin de la caserne d'Orange pour aller y revêtir l'uniforme des dragons, son cousin Numa ne put s'empêcher de pousser un discret soupir de soulagement.

Depuis un an que Dominique exerçait sa tutelle sur le garçon, il n'était pas de semaine où lui-même ne dût, bon gré mal gré, participer à ses espoirs et à ses craintes.

Le marasme où s'enlisait la situation agricole se conjuguait, pour elle, avec les obstacles élevés par Madeleine, opiniâtrement résolue à la contrecarrer.

D'abord intéressé par ses projets, Numa n'avait pas tardé à en concevoir un certain agacement, vite mué en déplaisir extrême, à mesure que les péripéties de ce duel d'influences prenaient dans les préoccupations quotidiennes de Dominique une place dont il estimait l'importance excessive.

— Mais songe donc qu'elle menace de mettre la propriété en métayage et d'aller se fixer à Nîmes auprès de son frère l'abbé, si Frédéri devance l'appel, comme nous en étions convenus !...

— Eh bien ! et après ?... Qu'il attende, voilà tout. Quelques mois de plus ou de moins ne font pas matière à un drame.

Que Madeleine Vernet ne voulût pas se résoudre, au moins pour les premiers temps de son veuvage, à vivre seule dans ce mas haut perché, loin de tout, lui paraissait un sentiment parfaitement normal auquel il eût été cruel de passer outre.

Mais que Frédéri eût hâte de se dérober à la surveillance et aux récriminations maternelles tout en se débarrassant au plus tôt de l'inévitable corvée du service militaire, semblait plus normal encore à Dominique.

— Mon pauvre minet, c'est de l'inconscience ! Tu deviens féroce, dès lors qu'il s'agit de cette histoire... Et tu en perds le sens commun !... Car enfin, crois-tu que ce soit le moment, avec la crise que nous traversons, de mettre tous tes œufs dans le même panier ?... Allons donc ! réfléchis un peu, avant de faire cette sottise. Tu ne vas pas, tout de même, vendre à perte des titres sûrs, qui remonteront dès que la Bourse ira mieux, pour t'en aller racheter la part d'Isabelle, alors que le rapport de la terre se traduit, chaque année, par un taux d'intérêt de plus en plus dérisoire qui, bientôt, ne rémunérera plus même les frais ? Enfin, voyons !...

— Je sais bien, soupirait Dominique. Je sais bien, mais...

Il était las de la raisonner, elle d'ordinaire si raisonnable ; las de voir perpétuellement revenir cette discussion entre eux ; las, surtout, de se trouver frustré d'une bonne part de l'attention et de l'intérêt auxquels elle l'avait si bien habitué, et cela, précisément, dans cette ère de vaches maigres, alors que ses propres ennuis à Tourvieille le tarabustaient, sans qu'elle fît mine d'en tenir compte.

— Ne comprends-tu pas que j'aimerais oublier un moment tout ça, auprès de toi ?

Frédéri éloigné, on allait peut-être pouvoir parler d'autre chose.

Cependant, le garçon s'arrangeait encore, à chacune de ses permissions, pour faire un saut jusqu'à Mogador où il avait ramené son *Galant* avant de partir.

— Je compte sur toi, Nique. Tu le sortiras souvent, dis ?... Qu'ils se tienne en forme pour mon retour.

Et elle qui, jadis, abandonnait à Maurice Royer le soin bénévole de faire prendre l'air au *Cosaque*, montait maintenant chaque jour, ponctuellement, le cheval de son cousin, laissant son filleul François faire, à son tour, ses classes, sur *Milady* qui avait pris de l'âge.

— Tu devrais songer à remonter un peu ta cavalerie, insinuait Maurice. Si ta sœur et tes neveux viennent, cet été...

Elle demeura évasive.

— Je verrai.

La propension qu'avait son ami d'enfance à utiliser les ressources de Mogador pour son usage personnel, épargnant ainsi ses propres deniers, amusait le plus souvent Dominique.

— Un beau pur-sang de trois ou quatre ans, ferait bien son affaire, s'il parvenait à me le faire acheter, confia-t-elle à Numa.

Mais, cette fois, la prodigalité n'était pas de mise. Maurice, qui faisait, comme tout un chacun, en ces temps difficiles, un nœud supplémentaire aux cordons de sa bourse — et plutôt deux ou même trois, qu'un seul, prétendait la rumeur, parmi ses proches —, eût pu garder un semblant de pudeur.

Anne, d'ailleurs, ne vint pas. Son fils Jean passait ses vacances en Angleterre. Et elle-même, dès les premières chaleurs, avait quitté Sofia, où Gaspard était à présent consul général, pour aller résider jusqu'à l'automne, avec Edith, « ... *au plus près, puisque nous en sommes réduits aux économies* », écrivit-elle, « ...à Varna, sur la Riviera bulgare, dans une villa spacieuse, agréablement située, et qui se prête fort bien aux réceptions sans protocole ».

Dans le voisinage et la parenté, avait eu lieu le même exode vers la montagne ou la mer, devenu traditionnel en quelques années. Laurent et Henriette étaient à Cavalaire, avec leurs deux enfants, dans la propriété récemment acquise par les Hirigaray. Claire et les siens séjournaient dans une villa de Vals-les-Bains, louée en commun, avec la jeune femme de son beau-frère Edouard, celle de son frère Maxime, et Adrienne, qui s'était laissé convaincre de quitter le Cigalier pour veiller sur la bruyante théorie d'enfants qui, de la petite Irène Guillermin à François Royer, s'échelonnait entre deux et neuf ans.

Comme chaque été, selon un rite désormais établi, Dominique veilla sur les époux abandonnés à eux-mêmes. Maurice, Edouard, Maxime, les frères du Roveret, Francis Lallier, prenaient avec satisfaction le chemin de Mogador, les soirs où leurs propres demeures leur apparaissaient trop désertes, la longue journée de travail achevée.

Le maillot sous le bras, roulé dans un peignoir de bain, ils arrivaient, revigorés à la perspective d'un plongeon dans l'eau fraîche du barrage suivi d'un repas sans cérémonie où l'hôtesse, ils le savaient, s'ingénierait avec tact à les choyer, tout en les dispensant des menues contraintes parfois fastidieuses dont les hommes ont coutume de payer la sollicitude d'une présence féminine.

Le plus souvent, Numa se joignait à eux, laissant, lui aussi, un Tourvieille où manquaient femmes et progénitures, à l'exception de Laure Vernet, peu soucieuse d'échanger ses habitudes contre le confort relatif des hôtels ou des chalets de location où aimaient à s'entasser les jeunes générations, sacrifiant au goût de ces migrations annuelles.

Dominique et lui firent un jour les honneurs de la cabane à Maurice, venu seul, par extraordinaire. Et jouirent fort de ses exclamations ébahies, devant l'aménagement de la pièce, les commodités qu'offrait le coin réservé à la toilette, l'astuce du petit moteur installé dans le réduit qui fournissait l'électricité, et la quasi-perfection étonnante du camouflage extérieur.

— Là, tu sais, rectifia malgré tout, honnêtement, un Numa rengorgé, les buissons ont poussé à leur idée, et nous n'y sommes pour rien.

N'importe, l'admiration de Maurice n'était pas en veine de marchandage.

— Ça, alors !... ça, alors !... Notre ancien repaire... eh bien ! dis donc, Coco !... Fantastique !...

— Tu as vu, il n'en revenait pas, commenta orgueilleusement Dominique, un peu plus tard, en se préparant pour la nuit.

Cela fit rire Numa.

— Oui... Et nous deux, nous étions comme un vieux couple de petits retraités tout fier de faire visiter son pavillon de banlieue.

Il avait quitté sa chemise, et se grattait les aisselles, lentement, voluptueusement, assis au bord du divan-lit, avec cette absence de gêne qui naît d'un long passé commun.

Dominique se retourna, sa brosse à la main.

— Mais nous sommes un vieux couple, mon chéri. Quatorze ans et demi, ça compte.

Sur l'arithmétique de leur liaison, elle était imbattable. Numa s'attendrit, à le constater une fois de plus.

La passion qui, autrefois, les roulait aux bras l'un de l'autre, confondus dans une frénésie toujours renouvelée, s'était peu à peu consumée pour ne jeter plus qu'une flambée intermittente dont ils tiraient encore des joies profondes.

Mais l'amour, plus grave, plus affermi, l'entente plus complète, le pardon mutuel depuis longtemps accordé pour toutes les imperfections, tous les manques, tous les égoïsmes, qu'ils s'étaient découverts, l'indulgence sans illusions, la confiance sans aveuglement, nées entre eux, avaient accompli leur office, pour leur donner la certitude sereine qu'ils formaient ensemble une entité.

— Je ne me sens pas vieux, moi, dit Numa. Et toi, trésor ?

— Moi, si. Très vieille, merveilleusement vieille, sage, paisible...

— Ah ? si c'est comme ça... Viens ici.

Il l'assit sur son genou, et lui parcourut la joue, l'oreille, la tempe, de baisers légers, qui l'effleuraient à peine.

... Avec une fugitive pointe de remords à la pensée de la petite cagole, au fumet de laquelle il n'avait pu résister, depuis une semaine qu'il la trouvait partout, effrontément postée sur son passage.

Mais « Bah !... » les vendanges finies, d'ici peu, elle aurait quitté Tourvieille, avec la colle d'Italiens dont elle faisait partie.

— Allez, ouste ! au lit... Que, demain, je dois être au mas de grand matin.

Ce fut par une nuit semblable, quelques semaines plus tard, que Dominique se réveilla en sursaut, pour l'entendre gémir à côté d'elle.

— Mon chéri, qu'y a-t-il ?

— Je souffre... Oh ! bon Dieu ! que je souffre... c'est... dans le ventre, dit-il, d'une voix entrecoupée, haletante. Quelque chose a dû... me faire mal, à dîner... je crois... que je vais vomir...

— Attends...

Elle sauta à bas du lit.

— ... Ne bouge pas. Je t'apporte...

Mais il n'y avait rien d'approprié, dans cette cabane. Elle finit par rapporter du réduit un cuveau en terre.

— ... Là... Tu vas être soulagé. Appuie-toi à moi. Ça va être fini, mon chéri. Je suis là... Laisse-toi aller.

Chacun de ses gestes se chargeait de tout son amour inquiet. Elle retourna chercher des serviettes, lui essuya le front, la bouche...

— Tu es mieux ?... Veux-tu une infusion ?

— Non, rien. C'est... ah !... c'est au ventre. On dirait qu'on me laboure, qu'on m'enfonce... un fer rouge...

La sueur perlait sur sa face.

Elle s'habilla rapidement, talonnée par les plaintes que la souffrance arrachait à Numa.

— Tu ne vas pas rester dans cet état sans que... Il faut faire quelque chose. Peux-tu patienter un seul moment ? Je vais chercher Edouard.

— Non, non !... protesta-t-il, sans force. Ça va passer. Ce n'est qu'une... ah !...

Il serra les dents, incapable de poursuivre.

— Un quart d'heure pour aller et revenir, mon amour. Vingt minutes, au plus. Et je te le ramène.

Endurer de le voir souffrir ainsi n'était pas possible.

Elle déposa sur une chaise, à sa portée, le cuveau rincé, les serviettes ; lui bassina le visage avec un gant de toilette mouillé d'eau froide qui, aussitôt, devint tiède ; l'embrassa :

— Je vais me dépêcher.

Numa la retint :

— Ne va pas trop vite. Fais attention... Cette voiture... pas l'habitude...

Sa phrase s'acheva en un cri étranglé.

Les mains tremblantes, Dominique vérifia la lampe de poche...

— Ne t'inquiète pas. A tout de suite. Courage !...

... L'embrassa derechef. Et s'élança dans la nuit.

Une belle nuit transparente et froide, où le baudrier d'Orion se dessinait avec netteté dans le ciel, reconnaissable entre toutes les constellations d'automne.

Dominique arriva hors d'haleine en haut du raidillon, sur le plateau où la voiture de Numa était garée entre les pins, comme toujours.

Elle dut rouler doucement sur l'étroite descente, cahotée entre les trous et les bosses de ce chemin mal tracé dont les pièges se révélaient à chaque tournant, brutalement surgis dans le faisceau des phares.

« Ce n'est rien, j'en suis sûre. Mon Dieu, faites que ce ne soit rien !... Mon Dieu. Vous n'allez pas... ? Dites !... »

Pourquoi fallait-il que lui revînt constamment la pensée insistante de cette autre nuit, au cours de laquelle, onze mois auparavant... ?

Elle se rappelait le récit de Frédéri. Et, dans son dos, à elle, qu'y avait-il, pour la guetter, sur cette banquette vide ?

« Vide... Vide ? » N'osant regarder derrière elle, Dominique retenait sa respiration, la tête pleine de phantasmes qui s'agitaient dans le vacarme dont le moteur, tournant au-dessous de son régime, emplissait l'espace clos de la voiture.

« Mais bien sûr, vide !... Oh ! mon Dieu !... Quel rapport... ? » Une banale indigestion, sans nul doute. Et Numa n'avait pas non plus l'âge de l'oncle Hubert. « Je suis ridicule. »

Heureusement, elle débouchait sur la route carrossable.

« Enfin !... Vite, vite... »

La régularité du ronflement bien huilé de la machine la réconforta un moment. Les limites de Mogador dépassées, elle longeait Saint-Ange, où Maurice et Claire devaient dormir tranquillement. Eux, et tous les autres...

« Frédéri... » Frédéri avait dit aussi... Elle s'en voulut d'y penser de nouveau. « Aucun rapport... Aucun. Numa... Que peut-il faire, là-bas ? Qui sait comment... ? Il n'y a sûrement pas dix minutes que... » Elle avait oublié sa montre. Et le temps était une surface étale aux profondeurs de gouffre.

Fontfresque s'effaça derrière la voiture, désert et lunaire, tel un village pétrifié.

Mais à présent qu'elle approchait de Barbegal, une autre inquiétude commençait à lanciner Dominique. « Pourvu qu'Edouard n'ait pas été appelé... Pourvu qu'il y soit, mon Dieu !... »

Il y était. Et l'écouta attentivement, avec un calme qui finit par déteindre sur elle.

— Bon, ne t'affole pas. Le temps d'enfiler un vêtement et de prendre ma trousse, je te suis. Au fait, si tu as de la glace, à Mogador, passe donc en chercher. Ça pourrait être utile. J'aurai ce qu'il faut pour la mettre. Pars devant. On se retrouvera au bas de la montée. N'oublie pas qu'il te faudra me guider : je n'y suis jamais allé, moi, à ta cabane. Même quand j'étais gosse. Maurice et François ne me prenaient jamais avec eux.

On eût dit qu'il le regrettait encore.

Livrée, cette fois, aux tentations de l'espérance, Dominique repartit à fond de train.

Dix minutes plus tard, ils dévalaient le sentier dans un éclaboussement de pierraille.

Chargé de sa trousse, et d'un seau de glace, Edouard s'évertuait à suivre les zigzags lumineux que traçait la lampe-torche de Dominique, lancée en avant.

— Pas si vite, tonnerre de nom ! ou je n'arriverai pas entier !... Malheureuse, tu me prends pour le médecin des chèvres, dis ?

Cette voix connue, rassurante... Edouard arrivait, armé de ses pouvoirs contre la maladie. De taille à faire reculer la peur. Et même, il plaisantait. « Merci, mon Dieu !... » Tout irait bien.

— Nous y sommes.

« Nous arrivons, mon amour. »

Une lueur rougeâtre, diffuse, filtrant à travers le rideau du fenestron et le clair entre les fourrés, signalait la cabane.

— Regarde, c'est là, en face, à vingt mètres. Tiens, je te laisse la lampe.

Elle prit sa course, trébuchant sur le sol inégal.

Dans le silence de la combe, Numa devait avoir perçu leur approche.

La paix nocturne était telle qu'elle s'attendit presque à le retrouver guéri, souriant : « — *Tu vois, ce n'était pas la peine...* »

Mais il avait vomi de nouveau. Les serviettes mouillées traînaient sur le sol.

Et le visage contracté qu'il leva vers elle la replongea dans le cauchemar.

— Tu as été longue.

Cependant, le jeune docteur Royer prenait possession de son malade :

— Alors, mon vieux, qu'est-ce qui se passe ? Vous vous amusez souvent à faire des blagues comme ça ?

La sympathie rayonnait de lui. Dominique la recevait comme un fluide tonique, qui semblait agir aussi sur Numa.

— ... La première fois ? Bon. On va voir... Et, dites-moi un peu, est-ce qu'il ne vous est pas arrivé de ressentir...

Tout en posant ses questions, il rejeta le drap pour commencer une palpation minutieuse sur la chair ballonnée du ventre luisant de sueur.

Après avoir rapidement remis un peu d'ordre, Dominique, adossée au mur, le cœur sautant dans sa poitrine, attendait le verdict.

Une autre crise de vomissements secoua Numa.

— Laisse, je suis là, dit Edouard, comme elle voulait s'interposer.

Après avoir jeté un coup d'œil sur le contenu, il tendit le cuveau à Dominique.

— Mmmm... Tiens, emporte ça, mon chou.

Lorsqu'elle revint, il épongeait la figure de Numa, avec des gestes précis.

— Bon, dit-il, en se redressant. Bon, eh bien !... Fais-moi passer ma trousse, Nique... Tu vas me préparer une poche de glace. Mais d'abord... — Il parut peser sa décision. — Oui... maintenant que le diagnostic est fait, je puis tout de même... Fais bouillir ça dans un peu d'eau, veux-tu ?...

Elle courut mettre une casserole sur le réchaud à alcool. Les conjectures se bousculaient dans son cerveau à la débandade.

— Alors ? parvint-elle à questionner.

Plongé dans ses pensées, il la regardait sans la voir.

— Alors, c'est bien ce que j'avais reniflé : une histoire appendiculaire à forme aiguë. Avec réaction péritonéale.

Pourquoi les médecins ne s'expriment-ils jamais comme tout le monde ?

— Tu veux dire que ?...

— ... Qu'il va falloir organiser sans perdre de temps son entrée en clinique, pour le débarrasser de cette cochonnerie.

Il lui prit des mains la poche de caoutchouc qu'elle ne songeait pas à remplir, et fit le nécessaire à sa place.

Comme une somnambule, elle se dirigea vers le réduit, et se mit machinalement à surveiller l'ébullition de la seringue.

« Ce n'est pas vrai. Je vais me réveiller... Mon Dieu ! faites que je me réveille !... »

— La piqûre d'abord... disait Edouard, à quelques pas. C'est prêt, Nique ?... Donne... Essayez de vous tourner légèrement...

C'était la pièce qui tournait. Tournait, tout autour d'elle.

— ... Attendez, je vous aide... Ça suffit... Voilà... Maintenant, la glace. Tu as un mouchoir, Nique ?

Elle fit les gestes nécessaires, sans que sa volonté y fût pour rien.

— ... Merci, mon chou. Là... Ça devrait vous faire du bien. D'ailleurs le Sedol aussi, va bientôt...

Se laissant tomber dans le fauteuil qu'occupait généralement Numa, il se mit à réfléchir, la main sur les paupières.

Dominique s'était glissée jusqu'au lit, et demeurait immobile, incapable de quitter du regard cette face blême où s'accusaient le flux et le reflux de la douleur.

A tâtons, la main de Numa chercha la sienne, et s'y cramponna.

— Niké...

— Mon amour...

La voix songeuse d'Edouard couvrit leur chuchotement.

— C'est le transport qui me pose un de ces problèmes...

Il s'affaira un instant à tisonner les braises dans l'âtre, et remit quelques rondins. Puis, mania le soufflet, pour faire repartir le feu.

— ... A Tarascon, je ne vois rien d'autre qu'un loueur de taxis. Autant vaudrait alors l'emmener dans ma voiture. Et ce serait faisable, à la rigueur, n'était cette escalade qui complique tout... Il faudra une double équipe de costauds pour se relayer, si l'on ne veut pas risquer le pépin... Le mieux serait de l'emmener à Avignon. Là-bas, je puis m'adresser à un service d'ambulance privé... Je suppose qu'Arles arrangerait mieux sa famille, pour la question des visites, mais... Je ne vois pas le moyen de l'y transporter sans que ça fasse un foin de tous les diables, et vous ne tenez probablement ni l'un ni l'autre à ce que toute la ville sache...

— Peu importe ce que diront les gens, l'interrompit Dominique. Si c'est pour moi que tu envisages ces précautions, n'en tiens aucun compte, et agis au mieux pour lui.

« ...Mais si, mon chéri, ajouta-t-elle, prévenant la protestation qu'ébauchait Numa.

— Oui, mais d'autre part, continua Edouard, ignorant leur débat, le chirurgien avignonnais auquel je voudrais le confier est vraiment très fort. S'il s'agissait d'une intervention sur l'un des miens, c'est à lui que je m'adresserais sans hésiter. Si bien qu'en définitive...

— Va pour Avignon, trancha Numa, retrouvant un reste d'autorité.

Le médecin se leva.

— Parfait. Je vais faire le nécessaire. Renouvelle la glace tant qu'il t'en restera, Nique. Je reviendrai tout à l'heure avec l'ambulance.

L'engrenage s'était mis en marche.

Dominique reconduisit le docteur Royer jusqu'au plateau.

— Donne un coup de klaxon en arrivant. Je monterai te chercher.

Elle courut d'une traite vers la cabane.

Et l'attente commença, peuplée de toutes les formes innommables que peut emprunter l'épouvante au cœur de la nuit.

Dominique avait éteint le lampadaire, pour ne garder allumée que l'applique du cabinet de toilette dont la clarté traçait un pinceau blond à travers la pièce, laissant le lit dans une demi-pénombre.

Sous l'effet de la morphine, Numa s'assoupissait, entre deux accès de vomissements. Son souffle, plus bruyant qu'à l'ordinaire, paraissait aussi plus précipité.

Dominique caressa les cheveux humides qui reprenaient leur pli indocile. Accroupie plutôt qu'assise sur un coussin qu'elle avait jeté par terre, au pied du divan, elle se pressait inconsciemment contre cette couche d'où l'on viendrait bientôt arracher le corps fiévreux, douloureux, auquel jamais elle ne s'était sentie plus unie.

Cet enfant, qu'elle n'aurait pas eu, c'était Numa qui lui en tenait lieu, aussi bien que de mari. « *...Chair de ma chair...* », et c'était bien dans sa chair à elle qu'on allait, quelques heures plus tard, mettre le couteau.

« ...Rien dit pour me rassurer... J'aurais dû l'obliger... » Mais l'expérience lui avait appris, durant la maladie de sa mère, quelles réponses dilatoires, quelles promesses restrictives, la pitié comme la prudence peuvent inspirer au médecin. « *Appendicite aiguë... opérée à chaud...* », elle extrayait des recoins de sa mémoire tous les cas dont elle avait entendu parler. « *Le meil-*

*leur chirurgien...* » La voix d'Edouard résonnait de nouveau, nette, posée.

Eût-il laissé voir une telle quiétude, s'il ne l'eût ressentie au moins pour une part ?

« Numa... Numa, mon amour... » Cela semblait incroyable qu'ils se fussent couchés, ce soir-là, comme tant d'autres, sans un pressentiment, « ...sans le moindre signe, rien qui... »

Rien ? Pas tout à fait. Une remarque lui revint, tellement anodine, lorsque Numa l'avait faite : « *Le foie gras me pèse un peu. Je n'aurais pas dû en reprendre. Donne-moi un doigt de marc, veux-tu ?* » Il aimait bien fournir une bonne raison qui justifiât un léger excès de gourmandise. Tous deux en riaient ensemble. « *Hypocrite, va !* »

Le petit verre était encore sur la table. Un éclat de lumière se réfractait sur sa forme bombée.

« Et maintenant... Et tout à l'heure, on va... Oh ! Numa, Numa !... En même temps que toi... », elle sentirait, comme elle le sentait d'avance, le froid de l'instrument découpant, pénétrant, fouillant l'intégrité de son propre corps.

Elle mit les derniers morceaux de glace dans la vessie.

Du moins, s'ils avaient pu veiller ensemble, craindre ensemble, et se réconforter mutuellement.

Mais Numa se renfonçait dans le sommeil avec l'indifférence d'un mort. Et elle avait mal, et elle avait peur, à sa place. L'envie lui prenait de crier, sous la morsure de cette bête tapie dans ses entrailles, les siennes, tandis que s'approchait interminablement la menace dans un lourd piétinement sans merci.

Ce cri... Elle l'étouffa de son mieux, en voyant s'ouvrir la porte.

— Voilà. Je me suis bien repéré, dit Edouard, avec satisfaction. Nous avons fait vite, n'est-ce pas ?

Il se tenait sur le seuil, suivi de plusieurs hommes, cachant en partie de leur masse compacte, plus sombre, le ciel dont la couleur indécise laissait prévoir la fin de la nuit.

Non sans difficulté, Dominique se dressa sur ses jambes ankylosées.

— Il dort, murmura-t-elle, comme si cela eût pu lui valoir un délai de grâce.

Mais les infirmiers dépliaient le brancard au milieu de la pièce.

Quatre serviteurs bien nourris de la maladie... — Elle se retint de penser : « de la mort ». — Bonasses, l'air compétent, pressés de se mettre à la besogne.

Edouard dut pénétrer son angoisse.

— Ne t'en fais pas. Ça va se passer très bien, avec la morphine que je lui ai faite. Il a continué de vomir ?... Trois fois ? Bah ! c'est normal. Tout est prêt. La chambre l'attend à la clinique. Grandier l'opérera dès son arrivée. Je me suis arrangé avec mon père pour être libre, ce matin.

Il découvrit Numa, palpa son ventre encore une fois.

— ... Plus de glace ? Tant pis. Nous arrêterons au premier bistrot, sur la route, pour en prendre. Ils ouvrent tôt, à cause des maraîchers.

Et se tourna vers les quatre hommes :

— Allons-y. Doucement, hein ?

La manœuvre s'effectua, infiniment moins ardue que ne l'avait redouté Dominique.

Tandis que les infirmiers achevaient d'arrimer solidement sur le brancard le malade à moitié inconscient, roulé dans des couvertures, elle alla prendre son chapeau et son manteau.

— Ah ?... Tu veux venir ? dit Edouard, la voyant rentrer dans la pièce, prête pour le départ.

Lui qui prévoyait tout, paraissait n'avoir pas prévu cette éventualité.

— Bien sûr.

Dehors, il faisait maintenant assez clair pour se conduire.

Deux des hommes avaient empoigné leur fardeau.

Le médecin parut vouloir dire quelque chose. Puis, y renonça.

— Bon. Alors, passe la première.

Le cortège s'engagea entre les buissons, pour aller faire étape au bas de la pente.

La manœuvre critique allait commencer.

— Ouf ! ça y est tout de même, souffla l'un des porteurs, lorsqu'ils atteignirent le sommet. — Il ajouta : — C'est qu'alors, pardon ! ça grimpe.

Tous quatre étaient en nage.

Mais Numa, que l'air frais avait tiré de sa somnolence, paraissait avoir assez bien supporté l'épreuve, malgré les nausées qui l'avaient repris, immobilisant l'expédition à mi-côte.

— Niké, tu es là ?

— Oui, mon chéri.

— Ah ! bon.

Cela seul semblait importer pour lui, découvrit Dominique, le cœur gonflé d'une douceur cruelle.

Après avoir veillé à l'installation de son patient dans la voiture, le docteur Royer lui reprit le pouls.

— Vous ne vous sentez pas trop mal ? Bon. Maintenant, le reste va être du billard. En route.

Il arrêta Dominique, qui se disposait à grimper dans l'ambulance, à la suite des infirmiers.

— Monte avec moi, mon chou.

— Mais Numa ?...

— Tu le rejoindras quand nous nous arrêterons pour la glace. Pour le moment, viens. Il faut que nous parlions.

Il la poussa doucement. Puis referma la portière sur elle, prit place au volant... Et remarqua enfin le regard dilaté par la terreur qu'elle fixait sur lui.

— Numa... est-ce qu'il... ? articula-t-elle, sans pouvoir achever.

— Mais non, il n'est pas question... Qu'est-ce que tu t'imagines ?

Devant eux, l'ambulance prenait au ralenti le premier tournant de la descente.

— Tu es folle, mon petit !... C'est sérieux, évidemment. Très sérieux, je ne te le cache pas. Mais enfin... Non, pour le moment, tu n'as aucune raison de te désespérer, crois-moi.

Dominique laissa tomber sa tête en arrière pour aspirer l'air qui venait un moment de lui manquer. A mesure, la vie rentrait en elle.

— ... Ce que je voulais te dire, reprit la voix d'Edouard, ouatée, lointaine, environnée de bourdonnements sur lesquels elle ressortait à peine.... Tu m'écoutes, Nique ?... Voilà... En attendant l'ambulance, je suis allé jusqu'à Saint-Ange réveiller Maurice, pour le mettre au courant.

Un cahot la rejeta en avant. Elle rouvrit les yeux.

— ... Et... Tu vas m'en vouloir, mais il fallait le faire... Je... Bref, il a fini par accepter de se rendre à Tourvieille afin de prévenir tes cousins.

Dominique avait pâli, et se mordait les lèvres.

Devant son silence, le médecin insista.

— Tu comprends bien qu'il le fallait, Nique ?

Lentement, elle hocha la tête. Un nœud coulant se serrait autour de son cou.

— Il est parti... depuis longtemps ? questionna-t-elle enfin, avec effort.

— Assez, dit Edouard sans la regarder. Il doit être presque rendu, maintenant.

— Alors... — Elle avala péniblement sa salive. — ... ça veut dire... ?

— Oui.

Cela voulait dire qu'une heure après elle tout au plus, ils seraient probablement aussi à Avignon.

« Pas une minute... » Dominique s'était promis de ne rien laisser perdre du peu de temps qui lui était imparti.

Tant qu'on ne viendrait pas l'en chasser, elle demeurerait assise au chevet de Numa, sa main serrant la sienne, pendant qu'une infirmière s'activait, de l'autre côté du lit, afin de le préparer pour l'opération.

De toutes ses forces, elle eût voulu ne plus penser qu'à lui seul. Mais chaque allée et venue, dans le couloir, la mettait en alerte.

Edouard entra en coup de vent, congédia l'infirmière :

— Un instant, voulez-vous ?

Et prit Dominique par les épaules :

— Nique, mon petit, ils sont en bas. Je viens de leur parler.

En réponse à son interrogation muette, il précisa :

— Son père, sa mère, et sa femme. Il te faut céder la place.

Sans un mot, elle libéra sa main, avec d'infinies précautions, et se mit debout.

Ses jambes la portaient à peine. Elle dut s'appuyer contre la literie pour se pencher sur Numa.

— Niké... balbutia-t-il, la voix pâteuse. Niké, ne t'en va pas.

Le regard désespéré de Dominique alla chercher celui d'Edouard.

Le jeune médecin fit un geste d'impuissance.

Elle se pencha davantage, couvrit de baisers le visage qui s'était défait en quelques heures, les cheveux mouillés de sueur...

— Je ne te quitte pas, mon amour. Je serai à côté, tout près. Ne t'inquiète pas.

Edouard intervint de nouveau :

— Dépêche-toi.

Et l'entraîna, presque de force, dans le couloir.

De la cage d'escalier, leur parvinrent, accompagnées d'un bruit de pas discrets, les voix chuchotantes de Laure et de Raoul Vernet.

— Ça y est ! souffla Edouard. Oh ! bon sang !... Qu'est-ce que ?...

Il fit quelques pas, sans la lâcher, avisa une porte vitrée à mi-hauteur, jeta un coup d'œil à l'intérieur, poussa le battant :

— Entre vite.

Et n'eut que le temps de la refermer sur eux.

C'était une pièce étroite et longue, où s'alignaient plusieurs armoires, en face d'un évier de faïence accolé à une paillasse sur laquelle tout un matériel de laboratoire voisinait avec des boîtes de pansements, des paquets de coton hydrophile, des cuvettes d'émail, et des outils nickelés, dont la vue fit frémir Dominique.

Edouard lui avança une chaise :

— Reste ici, je reviens.

Prostrée, frissonnante d'un froid intérieur, insensible au remue-ménage qui lui parvenait du corridor, elle demeura là, un temps inévaluable.

Edouard la retrouva en proie à cette hébétude.

— Voilà, ça y est, on l'a emmené. Tu n'as pas vu passer le chariot ?

— Le chariot ?

Il lui fallut un instant pour comprendre.

— ... Le... Il est passé là ?

— Mais oui : pour aller dans l'ascenseur. Le bloc opératoire est à l'étage au-dessus.

« Là, devant cette porte... » Et elle avait manqué sa dernière chance de l'apercevoir, « ...avant que, peut-être... Oh ! Dieu ! Dieu !... ».

Un sanglot sans larmes la secoua.

Ses doigts s'enfoncèrent dans le bras du médecin.

— Et tu ne me l'as pas dit !... Tu ne me...

Il pressentit l'imminence de la crise nerveuse :

— Nique, allons... Calme-toi... Veux-tu prendre quelque chose ?

Elle refusa d'un geste brusque.

— ... Cela te soutiendrait. Tu es à jeun depuis hier... Je puis te faire apporter...

— Non, rien, je te dis !... Laisse-moi, au nom du ciel ! Laisse-moi ! Laisse-moi !...

— Allons, allons...

Edouard l'attira de force contre lui, toute raidie, les yeux fous, semblable à un gibier rejoint par la meute, qui sent venir l'assaut final.

— ... Tu n'en peux plus, mon pauvre chou. Là... eh bien ?... Toi qui as été si vaillante, jusqu'ici... — Une idée lui vint : — Ecoute, veux-tu que je te fasse conduire à la chapelle ?... Oui... Bon, alors, attends, je t'envoie quelqu'un tout de suite. Moi, je vais assister à l'intervention. Reste là-bas, pendant ce temps. Aussitôt que ce sera terminé, je t'apporterai des nouvelles.

Longtemps après, c'est à ce souvenir que Dominique, parfois encore, avait recours, aux heures où un fardeau trop pesant menaçait de lui faire plier les épaules.

Elle n'avait qu'à fermer les yeux pour retrouver intacte l'image de cette chapelle : petite, silencieuse, assez sombre en dehors de la zone de lumière vivante et chaude des cierges brûlant sur l'autel entre deux vases de fleurs.

Et, jusqu'à des perceptions qu'elle n'avait pas cru enregistrer au moment même : l'usure du dallage, le dessin du tapis, la paille du prie-Dieu incrustée peu à peu dans ses genoux... tout lui revenait. Avec le miracle de cette main providentielle posée soudain sur la masse terrorisée de souffrance et de sanglots, ouverte sous le scalpel, que Dieu semblait avoir voulu faire d'elle...

« — *Puis-je quelque chose pour vous ?* »

— L'aumônier des Sœurs de la Corde ? Oui, je le connais : il est venu me voir, à la clinique. Un chic type, en effet, dit Numa, le jour où elle tenta de lui dépeindre ses affres de ce matin-là, et l'intervention du prêtre inconnu dont la charité l'avait prise en charge, elle et la misère de son péché...

« — *Je sais que c'est impardonnable, mon père, je voudrais m'en empêcher... En ce moment, je le voudrais de toutes mes forces... Mais s'il m'est rendu, jamais je ne pourrai me retenir de courir vers lui...*

« — *Essayez seulement, mon enfant, essayez... Dieu n'est pas exigeant. Pour lui, même la simple contrition compte dès lors qu'elle est sincère.* »

... Pour la sauver de cette asphyxie, et la ramener absoute, aux portes de l'espérance.

Numa se moquait d'elle, si gentiment, si tendrement que ce fût :

— Si tu as fait vœu de me quitter pour acheter ma guérison, ne compte pas que je m'en vais t'aider à tenir ta parole. J'ai bien l'intention, au contraire, de m'offrir encore un bon bail de vie en ta compagnie.

— Mais non, tu ne comprends rien. Justement, je t'explique que je n'ai pas eu le courage de le promettre. Et pourtant, j'étais presque folle de terreur, à force de me répéter que Dieu allait certainement t'enlever à moi pour me punir... Mais, malgré cela, je n'ai pas osé faire mon sacrifice, parce que je savais que je commettrais un terrible parjure, si tu venais à être sauvé, en échange.

— Eh bien ! tu vois... Au fond, le ciel n'est pas si mauvais diable : tu n'as rien promis, et je suis tiré d'affaire. Autrement dit : tout est pour le mieux, conclut-il, en l'embrassant.

« ...Avec la complaisance indulgente que l'on manifeste aux enfants », pensa-t-elle, attristée.

— Mais j'ai tout de même payé... Oh ! mon chéri, si tu savais !...

Comment eût-il pu le savoir ? La douleur physique laisse peu de traces dans la mémoire. Emergé des brumes de l'anesthésie, il avait eu trois semaines pour se rétablir. Trois semaines remplies par des soins parfois pénibles, des visites parfois ennuyeuses, et une convalescence dont les lents progrès réalisés au jour le jour lui avaient permis de rêver patiemment à ses retrouvailles avec Dominique, comme à une joie mise en réserve, plus précieuse de s'être fait désirer.

— ... Tu n'as pas su ce que c'était, toi, que de trembler, d'attendre, et encore attendre, que de... Oh ! quand j'y pense !...

Cette incertitude, encore étirée durant trois mortelles journées. « *L'intervention a bien marché, mais...* » Cette fièvre d'angoisse et d'impuissance, ces détails obtenus à grand-peine d'Edouard...

« — *Pour l'instant, il somnole, il bat la campagne... Tu sais, il est encore très faible...* »

« Très faible... ? » Que voulait-il sous-entendre ?

« — *Tu me jures que tu ne me caches rien ?*

« — *Mais non ! il va aussi bien que possible. Comment faut-il te le dire ?... Mais on ne peut se prononcer définitivement avant d'être assuré qu'aucune complication...* »

Cette impossibilité de l'approcher... Ces discussions, lorsque Edouard, arrivant tard dans la soirée, la trouvait aux aguets dans la rue, depuis des heures, à quelques pas du portail...

« — *A quoi ça rime, de rester là. Si l'on te voyait... Non, je ne peux pas te faire monter, je t'assure.*

« — *Une minute, rien qu'une minute ! Je t'en prie...* »

De guerre lasse, il cédait.

« — *Bon, je veux bien essayer, mais il faut que je le trouve seul. Ne bouge pas, je reviendrai te chercher si je vois que c'est possible.* »

Cinq, dix minutes... un quart d'heure...

« — *Mon pauvre chou, je n'ai pas pu. Madame Vernet ne le perd pas de vue. Oui, elle est encore là-haut.*

« — *Mais il a dû me réclamer ?... Oh ! Voyons, ce n'est pas possible qu'il ne...* »

Ou bien n'éprouvait-il plus ce même besoin d'elle ?

« — *Tu te représentes mal les choses. Un malade est comme un enfant. Il n'a plus de volonté propre...* »

Dominique ne l'écoutait guère.

Au fond d'elle-même, le vieil ennemi vaincu se réveillait de son long somme, prêt à reprendre le siège, avec d'autres arguments. Si la maladie avait changé Numa... « Si les siens l'avaient circonvenu, repris ?... S'il ne pensait plus à moi ?... Si Alice s'était rendue indispensable ? »

— Rentre à Mogador, conseillait Edouard. Que fais-tu de plus, ici ?

Rien, sinon se dévorer de la soif de l'entrevoir.

Mais, du moins, pouvait-elle dix fois, vingt fois par jour, longer le mur de la communauté, et jeter un coup d'œil en passant, sur l'entrée de la clinique. Respirer le même air que Numa, le savoir tout proche, derrière l'une de ces fenêtres que l'on apercevait au-dessus du jardin, du côté des remparts. Et espérer inlassablement une occasion de se glisser jusqu'à lui.

Hélas ! le système instauré par Laure se révélait sans faille.

Logées toutes deux dans un hôtel de la ville, ainsi que Dominique, elle et sa bru se relayaient, que cela plût ou non à celle-ci. Chaque matin, Alice arrivait assez tôt pour assister au réveil du malade. Et, l'après-midi, Laure Vernet prenait à son tour la garde jusqu'à la fin de la soirée, laissant alors son fils endormi.

« — *Je crois qu'elle a très mal pris le fait que ce soit arrivé chez toi. Sois certaine que c'est en ton honneur qu'elle entretient ce luxe de précautions, même à présent qu'il est hors de danger.* »

« *Hors de danger.* » Le soir où Edouard Royer lui avait laissé cette formule pour viatique, Dominique avait cessé ses objurgations pour adresser au ciel une action de grâces éblouie ; et dormir, ensuite, dormir pour la première fois depuis qu'on avait emporté Numa de la cabane, une longue et bienheureuse nuit de douze heures.

Mais lorsqu'elle sut qu'il pouvait désormais recevoir des visites, que son fils, que Lucien et Marie, que les Fauvelly, puis tout le reste de la parenté, et les amis même, étaient admis à le voir, elle se tortura de nouveau, à la pensée que n'importe qui pouvait l'approcher, hormis elle seule.

Encore, fût-ce bien pis, lorsqu'on l'eut ramené en

Camargue, enfermé, cadenassé, à l'intérieur du bastion ennemi.

Edouard Royer s'était déchargé de son patient sur le confrère arlésien qui soignait ordinairement la famille. Dominique en fut réduite à recueillir par bribes les informations que pouvaient lui rapporter ceux qui songeaient à s'arrêter à Mogador en revenant de Tourvieille, pour satisfaire son désir avide de savoir ce qui s'y passait.

— Mon chéri, pourquoi n'as-tu pas exigé qu'on me laissât venir, au moins à la clinique ? Il leur eût bien fallu céder. Tu n'avais donc pas envie de me revoir ?

Lorsqu'elle lui posa la question, non sans une pointe de reproche, Numa haussa les épaules.

Pour la première fois, il se retrouvait avec elle dans leur cabane, heureux, savourant ce renouveau comme un vin au bouquet subtil, qui lui montait légèrement à la tête. Dominique allait-elle le lui gâcher ?

— Tu en parles à ton aise, trésor. Comment l'aurais-je pu ? Je ne savais même pas que tu étais là.

— Edouard te l'aurait dit, si tu l'avais interrogé.

Ce genre de débat n'était pas le fait de Numa. Elle eût dû le savoir.

— Encore eût-il fallu pouvoir lui parler seul à seul.

— Pourquoi ? Ta question n'eût surpris personne, j'imagine.

— Non, évidemment, mais... Ce que nous sommes l'un pour l'autre n'a pas à être étalé devant eux.

Une fois de plus, il constatait combien la pudeur diffère selon le sexe, et s'en choquait quelque peu.

— ... Comprends-le, voyons, mon minet chéri, et ne sois pas injuste. Tu es là, je suis là... Que veux-tu de plus ? Laisse-moi jouir de notre réunion, depuis le temps que je l'attendais... Après ce que j'ai subi, il me semble que je ne l'ai pas volé, non ?

Sa bouche, ses mains, se faisaient plus précises.

Cependant que, docile à son vouloir, mais harassée, endolorie, exsangue, au sortir de l'épreuve, Dominique oubliait de voir le bout de ses peines, en cet instant où lui apparaissait avec une évidence désolante l'impossibilité d'obtenir de l'amour de Numa qu'il lui reconnût, à la face de tous, le droit le plus nécessaire d'une compagne authentique.

Ses vêtements tombaient à ses pieds.

Numa chuchota, la voix rauque :

— Tu le sais bien que le meilleur de ma vie est à toi.

Mais ce n'était pas le meilleur qu'il importait de partager ; ne le savait-il donc pas encore ?

## 10

« — *Espérons que cela ira mieux l'année prochaine.* »

On l'avait dit, au bout de cette sombre année 1934, commencée avec l'émeute parisienne, qui, tout au long, s'était traînée dans la boue et le sang de l'Europe, année de scandales, de chômage, et de misère, année de complots et d'assassinats, année de catastrophes...

On l'espérait toujours — pour la suivante — en disant adieu à 1935, où le plébiscite de la Sarre, la brouille avec l'Italie mussolinienne, le renchérissement de la vie, les grèves ouvrières, la pluie persistante, le mildiou, et les inondations en Provence, avaient, à divers titres, pesé sur l'existence quotidienne de la plupart des Français.

Tant, que l'espoir devenait une réaction raisonnable.

— Deux campagnes consécutives qui tournent au désastre, ce n'est pas déjà si fréquent. Il serait bien invraisemblable que nous en ayons à supporter une troisième, répétait Dominique.

Numa n'était pas absolument du même avis.

— ... D'autant que la politique viticole du gouvernement ne nous garantit pas, loin de là, contre la mévente : même au cas où il nous tomberait enfin les belles récoltes dont tu rêves, l'importation massive des vins d'Algérie, et la prolifération des vignobles acclimatés dans les régions du Nord qui n'en avaient que faire, continueront de jouer contre nous.

« ...Ces deux mauvaises années ont du moins permis de vendre convenablement le peu qu'elles ont produit. Mais revienne l'abondance, tu verras de nouveau s'effondrer les cours.

« ...Et quant aux oliviers, tu ne me diras pas qu'il faut s'attendre à en tirer grand profit, à présent que, partout ailleurs qu'ici, les gens se sont mis à préférer l'huile d'arachide.

« ...Il n'y a plus guère que les fruits de table qui soient d'un rapport intéressant. Et encore...

Tout cela, Dominique le savait, bien entendu. Mais elle se refusait à admettre que la terre, la belle terre de Mogador, si patiemment soignée, pût cesser d'être, bon an mal an, la source inépuisable de biens, l'alliée fidèle, la généreuse mère nourricière avec laquelle, depuis près d'un siècle, les Vernet avaient conclu un pacte d'amour.

— ... D'ailleurs, pour nous autres, avec la nature de notre sol de Camargue, la question ne se pose pas. Non, vois-tu, le temps est bel et bien fini de la vie large et agréable. Il nous faudra échanger nos bonnes voitures rapides pour de quelconques Celtaquatre, nous restreindre sur tout... bref : vivoter dans nos mas en vrais culs-terreux, comme à l'époque de Jacques Bonhomme, prophétisait amèrement Numa, que cette perspective touchait au plus vif.

Dominique soupirait sans mot dire. Son plus grand sujet d'inquiétude personnel était de voir reculer indéfiniment l'échéance des projets qu'elle avait formés concernant l'avenir de Frédéri.

Rendu depuis un an à la vie civile, le jeune homme s'était mis courageusement au travail, à la Gloriette.

Mais dans ce mas qui, jadis, avait tiré sa richesse des oliveraies, du miel, et des amandiers, autant que de la vigne, la reconversion nécessaire pour accommoder les cultures aux possibilités de débouchés de la nouvelle économie rurale présentait plus de difficultés qu'ailleurs. Pour ses débuts d'exploitant, Frédéri n'eût pu rencontrer tâche plus ingrate, ni conditions pires.

— Dans ces terres caillouteuses, je crois qu'il ne pourra s'en sortir qu'en plantant des pommiers et des abricotiers. C'est le conseil que je lui ai donné. Mais il faut tenir plusieurs années avant que les arbres ne commencent à produire... Ah ! je sais bien que ce n'est guère le moment, mais, s'il pouvait trouver à vendre...

Numa béa ostensiblement :

— Vendre ?... Mais que fera-t-il, ce garçon, s'il abandonne sa terre ? On ne lui a pas appris d'autre métier, que je sache !...

Devant le silence significatif de Dominique, il avança, péremptoire :

— ... Quant à les voir s'installer à Mogador, si c'est là le fond de ta pensée, laisse-moi te dire que jamais Madeleine n'acceptera...

— Frédéri est majeur, l'interrompit doucement Dominique.

Elle lui offrait un visage obstiné.

— Mais pas orphelin, à ma connaissance. Voyons,

tu ne songes pas sérieusement à le dresser pour tout de bon contre sa mère ?

Dominique demeura un moment sans répondre.

— Y a-t-il longtemps que tu as vu Madeleine ? demanda-t-elle enfin.

— Ma foi... Cela remonte à la mort de ton oncle. Mais... où veux-tu en venir ? Je ne saisis pas...

— Allons donc ?... Tu m'avoueras qu'à cette époque, déjà, elle avait bien perdu le charme, la gentillesse... enfin : tout ce qui nous l'avait fait aimer, autrefois.

Sans s'arrêter à la protestation qu'ébauchait visiblement Numa, elle se hâta de poursuivre :

— ... Eh bien ! depuis trois ans, elle est devenue impossible. Pire qu'on ne pouvait le prévoir. D'une méchanceté vipérine, dès que je suis en cause. Et, vis-à-vis de son fils, hargneuse, exigeante, rapace même ; perpétuellement agressive ; pleine de soupçons, et de calculs mesquins... Au moral comme au physique, elle s'est desséchée. S'il fallait lui donner un âge, n'importe qui lui attribuerait sans hésiter dix ou quinze ans de plus que les quarante-cinq qu'elle a tout juste. Un pregadiablo [1], voilà à quoi elle ressemble. Je crois bien qu'elle finit par détester Frédéri, lui aussi, à force de jalouser l'affection qu'il me porte. En tout cas, elle n'ouvre la bouche que pour l'accabler de revendications et de reproches... Quand le pauvre petit a déjà tant de soucis !... Crois-tu qu'il va pouvoir supporter encore longtemps la vie qu'elle lui mène ? Elle a pris la Gloriette en horreur, paraît-il... Par conséquent, c'est très simple : le jour où un acquéreur se présentera avec une offre convenable, je prends Frédéri avec moi, à Mogador. Madeleine n'aura plus qu'à expédier ses malles à

1. *Prega-diablo* : (litt. : prie-diable), mante religieuse.

Nîmes, chez l'abbé Brun. Depuis le temps qu'elle menace de le faire, je suppose qu'elle les tient prêtes. Frédéri lui versera les arrérages de sa part d'usufruit, et voilà tout.

Numa siffla longuement :

— Eh bien !... quand tu arranges les affaires des autres, tu n'y vas pas de mainmorte.

— Mais puisque je te dis...

— Pauvre Madeleine !...

Le visage de Dominique s'empourpra d'indignation.

— Oh ! je sais que tu t'es toujours attendri sur elle...

— Non, parlons sérieusement, coupa-t-il, sans tenir compte de l'accusation. Je la plains, c'est entendu. Mais ce n'est pas ce qui importe dans cette histoire.

Elle s'était levée afin de débarrasser la table des reliefs du repas qu'ils venaient de prendre, et dépensait sa nervosité en allées et venues inutiles, sous l'œil critique de Numa.

Comme elle passait à sa portée, il allongea le bras pour l'empoigner par la jupe :

— Pose ça, mon tout-petit. Et écoute-moi un peu...

... L'attira contre sa cuisse, usa d'une tendre violence pour l'y faire asseoir, et lui caressa la nuque, afin de l'apaiser.

— ... Tu ne peux pas installer Frédéri chez toi, voyons, tu le sais bien.

Elle se rebiffa :

— Et pourquoi ?

— Pourquoi, pourquoi !... Mais enfin, à quel titre ? Il n'est ni ton fils ni même ton neveu... Tu tiens à ce que les pierres se soulèvent contre toi ?... Allons, mon chéri... Parles-en à Maurice, à ta tante Adrienne, à qui tu voudras, et tu verras ce que...

Lui-même ne perdit pas de temps pour informer tous ceux qu'il put atteindre :

— ... De la pure folie !... N'est-ce pas ? C'est bien ton avis ?... Le vieux scandale va rebondir, et cette fois, elle se fera lapider !... Il faudrait la convaincre...

A l'insu de Dominique se réunit un véritable conseil de famille, qui tomba d'accord sur l'urgence d'intervenir.

Laurent et Henriette Vernet acceptèrent sans enthousiasme la charge de former avec les Royer une délégation pour venir chapitrer l'intéressée.

Numa, pour sa part, avait jugé préférable de s'abstenir, laissant ainsi à ses alliés toute latitude pour produire des arguments que la délicatesse leur eût interdits en sa présence.

Ce fut Maurice qui déclencha l'attaque.

— Mais tu ne peux pas faire ça, mon Coco !... Du moins, tant que ce gamin ne sera pas marié... Songe seulement à ce que la malignité des gens s'en irait déduire de l'exil de madame Vernet et de la cohabitation en tête à tête d'un beau garçon de vingt-deux ans passés que tout le monde connaît comme un pistachier [1] de première grandeur, avec une femme de...

— ... Trente-huit ans, dis-le donc ! compléta, non sans dureté, Dominique, le voyant hésiter malgré son intrépidité ordinaire.

Il ne se laissa pas démonter :

— Précisément : une femme dans la force de l'âge. Jolie, séduisante, fortunée, et...

— ... Qui possède une réputation déplorable, coupa encore Dominique, la bouche serrée.

— ... Et dont on chuchote entre haut et bas qu'elle

1. *Pistachier* : coureur de jupons.

a brisé un ménage, oui, là !... puisque tu tiens à me le faire dire, acheva-t-il, furieux.

Avalant d'un trait le reste de son Martini, il se tourna vers Laurent et les deux femmes qui ne pipaient point devant cette escrime.

— ... Mais, bon Dieu ! vous autres, dites un peu ce que vous pensez !

— Il a raison, Nique, je t'assure, commença piteusement Laurent.

Mais elle ne l'écoutait pas :

— Brisé un ménage !... Non, ne me fais pas rire. Je n'en ai guère envie... Et quant à Frédéri... Mais il pourrait être mon fils, Frédéri ! Ne comprenez-vous pas que, pour moi, c'est tout comme ? Ce petit que l'oncle Hubert m'a confié, que j'ai vu grandir... Comment osez-vous imaginer, vous qui me connaissez... ?

— Permets, s'interposa Claire, fermement. Nous n'imaginons rien, sinon les insinuations et les commérages qui vont se colporter partout, pour peu que tu t'entêtes à faire cette sottise monumentale. Et si, toi, tu refuses de comprendre qu'il faut t'aimer comme nous t'aimons pour avoir assumé la corvée d'une pareille démarche, disons qu'il y a maldonne, et que nous avons tort de nous faire du mauvais sang à ton sujet.

— Voilà !... dit Maurice, étalé sur le canapé, avec l'allure du guerrier descendu des premières lignes après la relève.

Laurent, lui, examinait le fond de son verre, comme s'il eût vu dans le tain liquide et doré de ce miroir de sorcière la suite de complications désastreuses que le projet de sa cousine risquait d'engendrer.

— Quand je pense au temps qu'il a fallu pour te réconcilier avec la famille !...

— Mais enfin, tu le sais... Tu en as fait l'expérience, avança Henriette, reprenant à son tour l'assaut.

Elle ajouta, après une pause :

— Même si cela te plaît, de t'exposer de nouveau à l'ostracisme de tous ceux qui nous touchent de près ou de loin, tu pourrais penser à nous, à la position où tu nous mets... Cela n'a pas toujours été commode, de te défendre, bien que nous ne t'en ayons rien dit. Et je ne sais, quant à moi, si, le cas échéant, j'aurais encore le courage de prendre ton parti envers et contre tous.

Un silence épais souligna les paroles d'Henriette.

Gênés, tous étaient cependant bien aise qu'elle eût pris sur soi de divulguer le fond de leur pensée.

Dominique promena sur chacun d'eux tour à tour un regard où l'envie le disputait au ressentiment : ils étaient là, l'époux avec l'épouse, appuyés l'un à l'autre, chaque couple pourvu de beaux enfants, pareils à des avares sur leurs trésors. Et, refusant de voir sa solitude personnelle, ils lui déniaient le droit d'y chercher remède.

« Même cette Henriette qui s'y met. »

La « petite Royer » qui avait été la fiancée de François Vernet n'existait plus pour personne. A sa place, madame Laurent Vernet exposait son point de vue avec l'assurance d'une mère de famille respectée, d'une femme qui, à maintes reprises, s'était rencontrée avec la mort pour lui disputer son mari de haute lutte.

Elle surprit l'expression admirative et tendre avec laquelle Laurent contemplait sa compagne.

« Pauvre Laurent... », si florissant d'aspect, grand et gros, le teint rose, dont, pourtant, les poumons s'émiettaient inéluctablement, peu à peu, au cours de chaque nouvelle crise.

Sa rancune faiblissait au rappel de la menace pesant sur ce foyer.

— Et puis, reprit Claire, as-tu songé que, ces conséquences inévitables de ta décision, tu les feras, du même coup, endosser à Frédéri, qu'il le veuille ou non ?... N'y aura-t-il pas, de ta part, quelque égoïsme à ne pas l'en avertir loyalement ?... Es-tu sûre qu'à lui, cette réprobation générale, dont tu fais fi, ne sera pas insupportable ?... Qu'il n'en viendra pas, un jour, à te haïr de l'avoir attirée sur sa tête ?

Dominique eut l'impression que le sang se retirait de son corps.

— Sais-tu ce qu'on dira de lui ? continuait Claire, impitoyable.

— Je t'en prie !...

Mais elle pouvait le deviner sans peine : « *...Un garçon qui a chassé sa mère de chez elle... Qui vit avec cette...* » Et quelle famille voudrait alors de lui pour gendre ?... « Un paria au milieu de ses pairs... Par ma faute... »

Ils n'avaient que trop raison, tous quatre.

— Très bien. Inutile de discuter plus longtemps, vous avez gagné, dit-elle, s'armant de froideur pour dissimuler ses larmes prêtes à jaillir.

Plus prompte qu'ils n'eussent osé l'espérer, leur victoire les laissa confondus.

Henriette quitta son fauteuil pour venir embrasser Dominique :

— C'est la sagesse, ma chérie.

Et Maurice, comme honteux, ne put se tenir d'ajouter, en manière de baume sur la blessure dont il pressentait confusément la profondeur :

— Plus tard, quand il sera établi, si ta tante souhaite toujours se retirer à Nîmes... Tu comprends, un jeune ménage, ce ne sera plus pareil.

Elle hochait la tête, incapable de répondre.

A présent, leur mission remplie, n'allaient-ils pas se décider enfin à partir ?

Mais non, il leur fallait encore se défaire de ce sentiment de culpabilité que devait susciter en eux le résultat obtenu. Chacun à son tour cherchait à se rendre agréable.

Henriette proposa :

— Je t'amènerai les enfants, aux vacances de Pâques. Veux-tu ?

« A titre de consolation, sans doute... » pensa Dominique, avec âcreté.

Mais ce petit homme d'Edmond était si drôle... Et Constance si charmante, à la fois enfantine et déjà mûrie pour ses quatorze ans...

— Oui... dit-elle, parvenant à sourire. Tu devrais me les laisser pour quelques jours... D'autre part, cet été, quand tout le monde sera là, j'avais pensé réunir à Mogador toute la bande des petits-cousins au complet, pendant une semaine ou deux, comme dans l'histoire de Cadichon, vous vous souvenez ? ajouta-t-elle, dans un effort pour s'adresser à tous avec naturel.

— Oui, mais les nôtres ne sont pas des enfants de livres d'images, remarqua Laurent. N'empêche, si tu t'en sens le courage... C'est une jolie idée.

Amusés, les deux hommes entamèrent le recensement de l'effectif que cela pourrait faire.

— Exactement la douzaine, découvrit Laurent.

Dominique avait son compte arrêté d'avance :

— Davantage, si ma sœur vient avec les siens.

Aussitôt, désireux de lui complaire, Maurice demanda si Anne allait bien. Si elle se plaisait à Rio de Janeiro. Si... Toutes choses qui, Dominique le savait, lui étaient parfaitement indifférentes.

Claire ne voulut point paraître en reste.

— Au fait, lança-t-elle, et mes deux garnements, je te les envoie, jeudi ? Ça tient toujours, cette invitation à déjeuner ?

— Bien sûr.

« Pourquoi pas ? Puisqu'on me les prête... » Dominique n'était pas dans une situation qui lui permît de refuser l'aumône.

— Ne crois pas que je renonce à mon projet : il n'est que remis à plus tard, avait-elle déclaré d'un air de défi, à Numa. Quand Frédéri sera marié...

— Mais naturellement, mon minet. Et je souhaite que tu sois bientôt à même de le reprendre. Ne serait-ce que pour t'ôter de la tête l'idée absurde que je suis hostile à ce projet.

La protestation qu'il escomptait ne vint pas.

Si la raison avait amené Dominique à céder, celle-ci n'en conservait pas moins un fond de rancœur à l'égard de ceux qui la lui avaient prêchée.

Trois mois plus tard, au retour de l'un de ses brefs voyages à Montpellier, elle trouva un goût de revanche délectable à la satisfaction de pouvoir leur annoncer :

— Je vais faire estimer Mogador par le notaire. Sabel est d'accord pour me céder sa part. Je lui ai exposé mes intentions, et elle les approuve. Elle pense seulement qu'il faut en informer Anne.

La réponse, lorsqu'elle arriva de Rio de Janeiro, combla l'attente de Dominique. Anne, songea-t-elle fièrement, eût mérité une amende honorable de la part de ceux qui, tels Maurice Royer, « et l'oncle Hubert, lui-même... », n'avaient jamais suffisamment rendu justice à ses qualités.

Son aînée admettait sans récriminations que le bien familial exigeât un maître capable de lui consacrer son existence entière, et d'y perpétuer la lignée.

« *...Jean, tu le sais, se destine lui aussi à la Carrière. Quant à Edith, elle fera certainement un brillant mariage dans la diplomatie, surtout si elle devient* *aussi jolie qu'elle semble le promettre. Par conséquent, malgré le regret d'ordre sentimental dont nous ne pouvons nous défendre, Gaspard et moi aurions mauvaise grâce à nous élever contre ce projet. A Friélouse, mon beau-père, en désespoir de cause, s'est résigné à prendre avec soi, pour lui succéder, le mari de la sœur cadette de Gaspard. Au moins, ta solution présente-t-elle l'avantage de maintenir les Vernet à Mogador. Ainsi, arrange-toi comme tu l'entendras avec Sabel, et dispose de ta part à ta guise. Si, plus tard, tu te vois en mesure de racheter la mienne, nous n'y ferons pas obstacle, pourvu que nous conservions le droit de séjourner à la maison.* »

Dominique serra impulsivement la feuille de vélin contre son cœur, ainsi qu'elle eût aimé le faire d'Anne.

Nulle trace de petitesse, chez sa sœur, elle l'avait toujours su. Et cela pouvait faire passer sur un ou deux travers sans importance, auxquels s'attachaient trop rigoureusement les esprits critiques effarouchés par cette personnalité étincelante, se répéta-t-elle, reprenant avec émotion chaque phrase, l'une après l'autre.

— Oui, ça, je dois dire... avoua sportivement Maurice Royer, auquel elle se fit un malin plaisir de communiquer la teneur de la lettre. En somme, c'est ton héritage, bel et bien, qui va passer sous le nez de ses enfants... Eh bien ! s'il en arrivait autant aux miens, je ne sais pas si je le prendrais avec cette désinvolture.

Sur ce point, Dominique avait son opinion. Elle rit sous cape, tandis que Maurice, avec une mimique pleine de révérence, ajoutait :

— Chapeau !...

Pratique, après avoir rêvé un instant, il conclut :

— ... Alors, maintenant, ce garçon n'a plus qu'à se trouver rondement une femme.

Frédéri, lui, ne paraissait nullement pressé.

Désireux de se laver du soupçon de partialité que Dominique s'obstinait à lui imputer à l'encontre du jeune homme, Numa conseillait :

— Tu devrais le mettre au courant de ce que tu veux faire pour lui, à présent que cela se dessine.

— Pourquoi ? Tant que je ne pourrai réaliser mon plan, je ne vois pas l'utilité de le décourager du travail qu'il accomplit en ce moment, en lui ôtant l'intérêt qu'il porte encore à la Gloriette.

— Et s'il allait s'y enraciner pour de bon, à force ?... insinua Numa, point fâché d'enfoncer le clou du doute dans cette agaçante certitude monolithique derrière laquelle se retranchait Dominique.

Pour elle, cela ne posait aucun problème.

— Comment veux-tu... ? Il aime Mogador autant que son père a jamais pu l'aimer. Et Dieu sait !... Il y est comme chez lui. Il y vient plusieurs fois par semaine. Il connaît les terres presque aussi bien que moi, à présent... La comparaison s'impose d'elle-même ; et qu'est-ce que la Gloriette, à côté ?...

Pour refuser une telle aubaine, le jour où il se la verrait offrir, il eût fallu, à coup sûr, que Frédéri ne possédât plus un atome de sens commun.

— Bon, bon... Moi, tu sais, ce que j'en dis...

L'approche de la cinquantaine tendait à polir les arêtes vives du caractère de Numa.

Il n'en voyait qu'avec plus d'étonnement la maturité agir en sens inverse sur celui de Dominique.

Certains sujets tabous, l'expérience le lui enseignait, avaient désormais le pouvoir de transformer la douceur conciliante bien connue de celle-ci en un péremptoire refus de discuter qui rappelait étrangement, tout à coup, pour qui avait connu sa mère, la manière tranchante de Ludivine Vernet.

Mais, à l'égard de Frédéri, son indulgence demeurait entière.

Quoi qu'il fît ou qu'il dît, le garçon était sûr d'obtenir son soutien sans condition.

Et s'il paraissait décidé à n'agir que selon son seul gré, il savait d'ailleurs, à l'occasion, plaider sa cause avec adresse auprès d'elle.

Avec une faiblesse toute maternelle, Dominique, littéralement, « buvait » alors ses discours, oubliant même d'argumenter, ainsi qu'elle se l'était promis, lorsqu'il repoussait ses allusions à une possibilité de mariage.

— Lilette Foulque ?... Oui, c'est un beau morceau de fille... Mais tu comprends, ma Nique, sans attendre jusqu'à quarante ans comme l'a fait mon père, j'ai tout de même envie de me ménager encore quelques années de joyeuse vie. Il y a tant de « fraîcheurs » que l'on peut... respirer de près, sans que cela tire à conséquence !... Laisse-moi profiter de mon reste, il n'y en a pas pour si longtemps. Sans compter qu'avec tout ce qui se prépare, mieux vaut peut-être s'abstenir de « fonder un foyer », comme disent les bons bourgeois.

— Ma parole !... mais c'est un rouge, ton petit cousin, déduisit Maurice, après le départ du jeune homme, du tour qu'avait pris la conversation au déjeuner qui les avait réunis, sa femme et lui, avec Numa, et le dauphin de Mogador.

L'étiquette de « rouge » appliquée à Frédéri parut à Dominique une de ces plaisanteries dont Maurice était coutumier.

— Pas possible ? Tu crois ?

Elle n'avait pas saisi grand-chose, non plus que Claire, dans tous leurs débats. « La politique », jusqu'alors, était toujours demeurée lettre morte pour les femmes du clan.

— Si je crois !... Mais tu ne l'as pas entendu ? Il va voter Front Popu, dimanche prochain.

— Mon Dieu ! dit Dominique, innocemment, quand il s'en explique, ce qu'il dit de ce rassemblement paraît raisonnable, et même tout à fait chrétien dans les principes.

Un demi-sourire aux lèvres, Numa, prudent, se contentait de téter sa pipe, en regardant l'ami Maurice foncer au milieu de ce nid de guêpes.

Celui-ci se frappa le front à deux mains :

— Mon pauvre Coco, va !... Quand je pense que ton sexe réclame le droit de vote !... Les principes et les partis, ça fait deux. On ne te l'a jamais dit ?... En tout cas, pour la logique, il repassera, ton Frédéri. Parce que ça n'est peut-être pas très indiqué de vouloir transformer la France en pétaudière, même fraternelle, même idyllique, au moment où les copains de derrière la frontière s'alignent au pas de l'oie comme un seul homme sur l'air de la trompette d'Adolf Hitler. Et...

— Oh ! écoute, je ne sais pas. Parlons d'autre chose, pria Dominique, excédée.

Elle énuméra avec véhémence :

— Hitler, Mussolini, Blum, Jouhaux, Daladier, Thorez, le Frente Popular, les Cortès espagnoles, la militarisation de la Rhénanie... Et quoi encore ?... Ça suffit comme ça, n'est-ce pas ton avis, Claire ?

Durant tout le repas, elle en avait eu les oreilles rebattues, sans parvenir à comprendre pourquoi les trois hommes s'étaient si fort opposés, pour tomber finalement d'accord qu'à plus ou moins bref délai, une guerre était inévitable.

« Une guerre, oh ! mon Dieu !... » Quand celle de 14, avec ses millions de morts, s'était terminée la veille... « Ce n'est pas possible. Ils se trompent... » Pas un chef de gouvernement, pas un être humain ne pouvait vouloir cela.

Les portes de l'été s'ouvraient grandes sur l'orgueilleux carnaval bigarré des roses. Léon Blum était à la présidence du Conseil, des échauffourées éclataient à Paris entre les Croix de Feu et la police. Et cela n'empêchait pas le raisin de commencer à gonfler sous la fraîche épaisseur verte des feuilles éclaboussées de turquoise. L'haleine de la terre en travail montait sur l'horizon blanc de chaleur. Les journaux arboraient subitement de gros titres sur le coup de force d'un militaire espagnol qui ramenait les Maures à la conquête de l'Andalousie. Mais au bout d'une quinzaine, déjà, il y avait beaucoup trop à faire à Mogador, avec tous les préparatifs de la vendange, pour que Dominique eût encore le temps de les lire chaque jour.

Sa sympathie allait aux Cadets de Moscardo retranchés dans l'Alcazar de Tolède, sans qu'elle s'inquiétât beaucoup de savoir au juste quel idéal ils avaient choisi de défendre.

A écouter Frédéri parler des *requetes*, des carlistes, des phalangistes, de la Légion et des milices gouvernementales, elle mélangeait un peu le tout, sans trop oser l'interrompre pour lui réclamer un supplément d'explications.

Une aberration délirante semblait d'ailleurs régner, dans cette lutte où les chrétiens dévastaient les églises, tandis que les regulares marocains posaient en groupe pour le reporter de *l'Illustration*, l'image du Sacré-Cœur attachée sur la poitrine avec une épingle de nourrice ; et où les combattants peignaient à grands traits sur les murs : « *Viva la muerte*. »

Frédéri, lui, en suivait toutes les étapes, tour à tour rayonnant d'enthousiasme, ou bouillant de fureur, pour parler de Guadalajara, de Badajoz, de Madrid, de Torremolinos, d'Oviedo, de Talavera de la Reina.

Et il fallait le questionner avec insistance pour détourner un moment son esprit des trimoteurs allemands dont disposait Franco et du refus français d'alimenter en munitions le camp adverse, si l'on voulait savoir ce que donnerait finalement la récolte, à la Gloriette.

Dominique ne s'attendait guère, cependant, à ce qu'il allait venir lui annoncer, un matin de novembre. Un beau matin ensoleillé de l'été de la Saint-Martin, où elle faisait le compte des rentrées qu'allaient lui procurer les divers marchés de bétail conclus à la foire de Salon.

Il fallut à Frédéri un long moment pour se décider.

Intriguée par son mutisme inhabituel, elle attendait, imaginant une nouvelle querelle avec Madeleine qu'il éprouvait quelque pudeur à lui confier.

— Tu déjeunes ici ? questionna-t-elle, afin de lui venir en aide.

— N... non... — Il manipulait au hasard les objets à sa portée, sur le bureau. — Non, il faut que je rentre. Je l'ai promis à ma mère. Ecoute, Nique... je suis venu te dire... — Son élan pris, il lâcha d'un trait : — voilà, je pars cette nuit pour Perpignan, rejoindre les volontaires pour l'Espagne. Je suis venu t'embrasser, et te demander de veiller sur la Gloriette jusqu'à mon retour.

— Tu... oh ! non !...

Dominique crut voir les murs osciller autour d'elle. Le visage de Frédéri devenait une chose inconnue, étrangère, qu'elle fixait, hypnotisée, la bouche entr'ouverte.

— ... Ça n'est pas possible... Mon petit, tu ne vas pas faire ça ? balbutia-t-elle, vidée de ses forces.

Frédéri passa derrière le bureau et lui entoura l'épaule de son bras pour lui parler presque à l'oreille, penché comme sur un enfant.

— Il faut qu'on les aide, tu comprends. Sans quoi ils sont foutus.

Dominique sortit de son hébétude.

Qu'on les aide ?... Et qui donc ? Les déterreurs de carmélites, les massacreurs de femmes et d'enfants ?

Il sourit et l'embrassa sur la tempe.

— Ma pauvre chérie, inutile de demander où tu pêches tes informations. Tu devrais bien prendre *Marianne*, par exemple, de temps à autre, pour te changer de *l'Illustration* et de *Gringoire*.

— Mais c'est l'affaire des Espagnols, s'ils veulent se battre ! Ça ne te regarde pas ! objecta-t-elle, avec la violence du désespoir qui commençait à l'envahir.

Frédéri dit doucement :

— Partout où il y a des hommes qui se battent pour conserver leur liberté, ça regarde les autres hommes, ma Nique. Quand mon père est parti pour le Transvaal, c'est bien ce qu'il a dû se dire.

Elle s'écroula contre lui.

— Oh ! Frédéri... Mais tu ne peux pas... Moi qui croyais que tu... C'est... oh ! c'est affreux...

Les larmes la suffoquèrent.

— Nique, voyons... Tu ne vas pas m'ôter tout mon courage. Je n'en ai pas tellement, tu sais ? — Il lui essuya les yeux, maladroitement. — Là... Je vais te faire un aveu. Rien que pour toi. Ecoute... : de mon naturel, je ne suis pas très brave. Papa l'était. Mais pas moi. Il faut toujours que je me force... Alors, raison de plus pour que je tienne à y aller. Je ne puis faire moins que lui. Sinon, j'aurais honte tout le reste de ma vie. Toi-même, rappelle-toi : la nuit de sa mort, tu m'as dit que jamais tu ne me laisserais flancher. Alors, tu vois ?... Tu ne vas pas, tout de même... ?

— Et ta mère, demanda-t-elle, avec un regain d'espoir, crois-tu qu'elle va accepter... ?

— Oh ! ma mère... Ç'a été dur. Enfin, n'en parlons plus, ça vaudra mieux. Allons, promets-moi que tu monteras inspecter le mas de temps à autre. Rigaud est prévenu. C'est un bon baïle, mais il se fait vieux. Il se sentira plus tranquille, et moi aussi, si tu prends les responsabilités à ton compte.

Tout abandonner du jour au lendemain, faire table rase de l'affection des siens, du travail entrepris la veille, des plaisirs simples savourés au jour le jour, des promesses de l'avenir, était-ce donc si facile à un homme ?

Dominique se le demandait, le cœur gonflé d'un chagrin amer, au milieu même des consolations que lui prodiguait Numa.

— ... Mais moi, je suis là, je te reste, ma Niké. Allons, fais-moi un sourire... Ton vieux Numa n'ira pas faire le fou, lui, comme tous ces gamins... Tu m'aimes donc moins qu'auparavant, que je ne puisse plus te suffire ?

— Non, oh ! non, mon chéri, tu le sais bien ! Mais...

Elle essayait de s'expliquer, et les mots venaient mal.

— ... Nous deux, c'est... une chose unique. Toi ou moi, pour moi, c'est pareil. Aujourd'hui, demain, ce sera toujours pareil... comme un présent qui dure. Tandis que Frédéri... Lui, c'est la suite... ce qui peut encore m'arriver. Il... il me prolonge... Essaie d'imaginer ce que je veux dire... Un peu comme s'il était notre fils...

Numa se bornait à des cajoleries sans commentaires.

Nul sentiment particulièrement chaleureux ne l'animait envers ce jeune gaillard qui fréquentait peu la famille, lui préférant les amis chez qui l'avait introduit son père ; affichait des idées politiques et sociales d'une couleur incongrue ; et en prenait vraiment par trop à son aise avec le respect et l'obéissance dus à sa mère. « ...Si Michel s'avisait, d'ici trois ou quatre ans, de se donner ce genre... »

La faute, à ses yeux, en incombait tout entière à Hubert Vernet, et à Dominique elle-même, qui lui avait prêté la main pour soustraire le garçon à l'influence de Madeleine, « comme s'il n'y eût pas eu un juste milieu à garder ! »

Mais ç'eût été vain, songeait Numa, de forcer Dominique à reconnaître, dans cette peine qu'elle remâchait à présent, le fruit empoisonné de son erreur. « Ma pauvre chérie... pas de foyer, pas d'enfants... elle qui en eût tant voulu... » Ce n'était que trop compréhensible qu'elle eût fini par s'approprier de bonne foi ce fils d'une autre, dont le père lui avait dévolu la tutelle.

Parfois, remontant aux causes plus lointaines, il en arrivait à faire son *mea culpa* : « Tout est venu de la bêtise que j'ai faite... » Vingt ans plus tard, « cette malheureuse coucherie » de quelques semaines, dont Dominique et lui, outre sa femme, portaient toujours le poids, infléchissait encore d'autres destinées.

Il se sentait alors coupable, lui aussi, envers Madeleine Vernet, « cette pauvre Madeleine », ainsi que la désignait dorénavant toute la parenté, déplorant avec une compassion dépourvue d'effets pratiques la faillite de cette existence, et la retraite farouche dans laquelle s'était renfermée la veuve d'Hubert.

— Ce sont ses jérémiades, ses remontrances sempiternelles, qui ont poussé Frédéri à la fuir, soutenait au contraire avec acharnement Dominique.

Au fond de soi, elle ne le croyait pas. Mais le besoin de nourrir cette rancune qui lui offrait un exutoire nécessaire, l'emportait sur son honnêteté.

Le premier jour où elle monta à la Gloriette pour tenir sa parole à Frédéri, préparée à affronter une rencontre malveillante, elle fut presque désappointée de trouver portes et volets clos à la maison, et d'apprendre du baïle que madame Vernet avait quitté le mas, le surlendemain du départ du jeune maître, pour s'en aller passer l'hiver à Nîmes.

Les journaux devinrent sa pâture quotidienne. Ceux qu'on avait lus de tout temps à Mogador, avec ceux que Frédéri avait pris l'habitude de lire.

Et la guerre dont ils parlaient n'était pas la même guerre, Dominique s'en aperçut vite.

Elle aussi, eut la sienne, sitôt qu'un court billet arrivé par des voies compliquées, avec bien du retard, lui eut appris que Frédéri avait été versé au bataillon Edgar André, le premier de la XIe Brigade.

Tout au long de l'année 1937, modérément intéressée par les occupations d'usines, le fiasco de l'Exposition, la banqueroute du franc Poincaré, la chute du ministère Blum, elle parcourut aussi les articles concernant le front du Levant, celui des Asturies, ou de la Biscaye, sans s'y attarder autrement que pour y découvrir une indication éventuelle sur le sort final de la lutte et sa durée probable.

Sa guerre, à elle, ce fut Madrid. D'abord, la Cité universitaire. Puis, Brunete, Boadilla, le Jarama et Las Rozas, et Guadalajara, et Trijueque, Utande, sous la neige. Et l'offensive de juin dans la sierra de Guadarama. Et, de nouveau Brunete. Et Belchite...

Les nouvelles de Frédéri étaient rares, et peu explicites.

A l'automne, elle sut qu'il avait été blessé à Quinto,

en recevant les quelques lignes dans lesquelles il lui apprenait sa guérison.

Et les boutons-d'or, mêlés de sauges violettes et de trèfles roses, s'épandaient une fois de plus en nappes onduleuses au-dessus des herbes hautes, dans les prés reverdis de Mogador, lorsqu'elle apprit qu'il avait passé les fêtes de Noël et du Jour de l'An engagé dans la bataille de Teruel, par douze degrés sous zéro, au milieu d'une tempête de neige — « ... Alors que nous autres, pendant ce temps, au Cigalier, bien au chaud, bien tranquilles... oh ! mon Dieu !... —, et qu'une nouvelle blessure lui avait valu d'être évacué, après un combat sanglant, le 27 janvier, dans un passage montagneux appelé El Muleton, qui commandait la rive de l'Alfambra.

Les nuages montaient dans le ciel de l'Europe. L'Anschluss à peine avalisé, Hitler s'en prenait aux Sudètes de Tchécoslovaquie, où Henlein et ses hommes de main commençaient une campagne d'agitation.

— Ça va mal, grognait Maurice Royer. Un de ces quatre matins, à force de jouer avec les allumettes, ces salauds de nazis vont nous foutre le feu partout.

Tout le voisinage n'en donnait pas moins des dîners et des surprises-parties, auxquelles Dominique, ne trouvant pas toujours un prétexte pour s'excuser, assistait quelquefois, avec un aimable ennui.

Les gelées de printemps avaient anéanti les promesses d'une belle récolte fruitière, malgré toutes les précautions prises. Et la prochaine échéance des versements dus à Isabelle risquait d'entraîner des embarras dans la trésorerie de Mogador.

Mais peut-être le mauvais temps, là-bas, avait-il gêné les raids de bombardiers italiens. Et comment savoir si Frédéri n'était pas, à présent, sur ce front de l'Ebre, où l'aviation de l'Axe faisait de si meurtriers ravages pour le compte de Franco ?

Quand la 43e Division gouvernementale, enfermée dans la poche de Bielsa, fut repoussée vers la frontière pyrénéenne par les *requetes*, Dominique espéra, contre toute vraisemblance, que Frédéri avait fait partie des neuf mille réfugiés passés en France.

Plusieurs nuits durant, elle s'éveilla en sursaut, à maintes reprises, épiant un pas imaginaire, en bas, sur le gravier, insensible à la tiédeur odorante de l'air qui entrait par les fenêtres béantes sur le parc où cascadaient les rires des rossignols.

Numa, qui s'était vu pour la première fois refuser un rendez-vous à la cabane, entreprit de la raisonner.

— Mais, mon pauvre minet, à quoi est-ce que ça t'avance de faire le guet ? De toute façon, il n'arriverait pas à pied. Ni, d'ailleurs, à une heure pareille. Et, s'il avait été rapatrié, tu aurais déjà reçu un télégramme. Et il n'est pas question de combattants, mais de réfugiés. Alors ?...

— Bien sûr, tu as raison. Mais c'est plus fort que moi, que veux-tu ?...

C'était seulement en tête à tête avec Numa qu'elle osait étaler l'inquiétude qui la rongeait.

Chez les Guillermin, comme chez les Vernet de la Sarrazine, « ... et sans doute aussi... », songeait-elle, « ceux de Tourvieille », bien que Numa se gardât de le lui dire, l'opinion s'était montrée sévère à l'égard du « coup de tête de Frédéri ».

Et si, chez les Royer, les Lallier, les Marquet-Rageac, ou les frères du Roveret, on évitait, en présence de Dominique, toute allusion à ce qu'on appelait, d'un euphémisme pudique, « les événements d'Espagne », elle sentait bien que, seule, la délicatesse de ses amis les empêchait de prendre une position condamnant implicitement celle de son jeune cousin pour qui l'on connaissait son faible.

Mais Numa, qui pensait comme eux, s'astreignait cependant à demeurer le confident patient et tendre dont elle avait besoin pour recharger son courage.

— Il n'y a pas de quoi t'alarmer, voyons !... En ce moment, occupés comme ils le sont, les pauvres bougres ne doivent pas avoir beaucoup de temps pour rédiger leur correspondance.

— Tu crois qu'il est sur le front de Catalogne ?

— Ma foi, c'est probable. On les a certainement tous regroupés en vue de l'offensive de Miaja.

L'assertion, bien qu'elle pût, en effet, expliquer un silence prolongé, n'en était pas, pour cela, plus rassurante. Le mouvement irrésistible qui venait de ramener les Républicains au sud de la boucle du fleuve, depuis Mequinenza jusqu'à Mora de Ebro et Gandesa, développé sans aviation et presque sans artillerie de soutien, avait dû coûter cher en poitrines humaines.

Numa en venait à escompter le double souci des vendanges à Mogador et à la Gloriette, pour distraire de sa hantise une Dominique surmenée.

Mais, tout à coup, annoncée par le roulement de tonnerre nazi du congrès de Nuremberg, une terrifiante nuée noire s'amassa, prête à crever au-dessus des plages grouillantes et des villes d'eaux où les Français en vacances profitaient des derniers jours d'un magnifique été tard venu.

Dominique et Numa, comme chacun, assistèrent, lourds d'angoisse, au sinistre ballet orchestré par la voix rauque, graillonneuse, vociférante, retransmise par la radio, qui lançait de nouvelles revendications et de nouvelles menaces parmi des torrents d'injures. Entrevues, réunions et conférences, à Berchtesgaden, à Downing Street, à Godesberg, tenaient en haleine les peuples oscillant, jour après jour, puis, bientôt, heure par heure, de l'espoir au découragement, en d'épuisantes alternatives.

Le 24 septembre, comme un million d'autres réservistes, Numa vit, placardé sur les murs, son ordre de rappel.

L'heure n'était plus à de vaines précautions pour ménager les apparences. Dominique le rejoignit à la gare d'Arles, pour l'accompagner en voiture à Marseille. Ils se séparèrent devant les grilles de la caserne.

— Ne te fais pas de mauvais sang. Sitôt que je le puis, je te téléphone. Pour le moment, je ne vais sûrement pas bouger d'ici. Tu pourras venir me rejoindre, mon trésor. Du reste, ça n'ira peut-être pas plus loin. Hitler tente probablement un coup de poker. Attendons le discours qu'il doit prononcer demain soir, au Sport-Palatz.

... Et, le lendemain, au téléphone, il répétait, comme tout le monde :

— Attendons. Peut-être va-t-il sortir quelque chose de l'appel de Roosevelt.

... Et vingt-quatre heures plus tard, vers la fin de l'après-midi, serrés l'un contre l'autre parmi les gens massés devant le tableau d'affichage du *Petit Marseillais*, tous deux lisaient ensemble, à mesure qu'on l'écrivait, mot à mot, la nouvelle de l'intervention de Mussolini, et de la rencontre imminente des deux dictateurs avec Daladier et Chamberlain, à Munich.

Ils allèrent dîner au bord de la mer, dans un restaurant de la Corniche.

— C'est presque comme lorsque nous venions faire une petite fugue.

Dominique observa douloureusement qu'il parlait déjà au passé.

— Presque, oui, mon chéri.

Mais l'uniforme kaki donnait à Numa une tournure bien différente.

— Je pense bien ! J'éclate, là-dedans. Il va falloir que j'en commande un neuf. A ma dernière période, déjà... D'ailleurs, la vareuse boutonnée jusqu'au menton ne se porte plus.

Comment pouvait-il... ?

— Attends encore un peu, pria-t-elle, superstitieusement, avant d'ajouter : — Qui sait s'il n'y aura pas un miracle.

Tous deux passèrent la nuit dans leur hôtel habituel.

Et, deux jours après, eut lieu le miracle. Triste miracle, que la France entière, ou peu s'en faut, célébra sans honte, oubliant qu'un petit pays ami qui lui avait fait confiance allait le payer de sa mise à mort.

Numa démobilisé, Dominique, de retour chez soi, s'aperçut alors que ces journées vécues en dehors du temps familier s'étaient étirées sur trois longues semaines, durant lesquelles le loisir et les informations lui avaient manqué pour se tenir au courant des affaires espagnoles, après que quelques mots envoyés de Barcelone furent venus lui apporter l'allégement, au sujet de Frédéri.

— Et s'il y avait eu la guerre, qu'aurait-il fait, là-bas ?

— Bah ! je suppose que ses chefs auraient laissé revenir les Français, dit Numa, à qui elle posait la question. De toute manière, derrière Franco, il y a Hitler et Mussolini. Alors...

A la dérobée, Dominique lui jeta un coup d'œil. N'était-ce pas là, pour Frédéri, une pleine justification ?

Il fallait à présent éplucher chaque page des quotidiens pour y découvrir les entrefilets consacrés aux opérations militaires, évincées de la grande actualité.

Lorsque, vers la mi-novembre, après une période de stagnation, la contre-offensive lancée par les franquistes réussit à reconquérir toute la rive droite de l'Ebre, Dominique eut à peine le temps de se remettre à trembler. Les Brigades Internationales licenciées quittaient l'Espagne.

Frédéri arriva à Mogador quelques jours plus tard.

Vieilli, las, la peau tannée, la figure creusée de rides précoces. Sa ressemblance avec son père apparaissait soudain, et jusque dans ces longs silences auxquels avait fait place son ancienne exubérance.

— Et tes blessures ? Elles étaient graves ? Tu n'en souffres plus ?...

— Bah ! une cicatrice au flanc gauche, une autre sous la clavicule. Rien de bien méchant, au fond, tu vois ? En somme, j'ai eu de la veine.

Dominique avait cent questions à lui poser. Il l'arrêta dès la première.

— Dur ?... Oui, assez. Mais je préfère n'en pas parler.

Son sourire — ce sourire où elle retrouvait celui de Frédéri Vernet — corrigea la dureté qu'avait prise malgré lui son intonation :

— ... Enfin... pour le moment. Mais tu ne m'as pas laissé le temps de te remercier, ma Nique. J'ai vu tout ce que tu as fait, là-haut, avec Rigaud.

— Tu es content ?

Elle se tenait assise en équilibre sur l'accoudoir du siège qu'il avait pris, avide de l'approcher, de toucher ses vêtements, de vérifier la réalité de sa présence.

Frédéri lui prit la main et l'appuya contre sa joue.

— Rudement plus que je ne suis fichu de te le dire !... Et rudement content, aussi, de me retrouver avec toi, ici, à Mogador. C'est fantastique... oui, j'ai l'impression que c'est un rêve. Ce salon... cette vue que l'on a sur le parc... ce calme... oh ! ce calme... Et... — Il fit un geste du menton avec un clin d'œil amical vers Carlo qui entrait, voiturant une table roulante — ... Et les chatteries que m'envoyait Eugénie, quand j'étais gosse, pour mon goûter. Tout y est !...

Elle se leva pour le servir.

— Tout le monde est si content de te revoir.

« ...Et Vigouroux, au fait ? Il arrive ? s'informa-t-elle, tournée vers Carlo.

— Sûrement, Mademoiselle. Gustave est parti le prévenir. Il a pris un cheval pour aller plus vite.

Dominique sourit. Sa joie était si grande qu'il lui fallait la partager avec tous.

— Bien entendu, tu restes dîner, reprit-elle. Numa sera là, et il va être...

— Non, dit Frédéri. Non, vrai, je ne peux pas, aujourd'hui. Je suis vite accouru, mais il faut que je remonte. En passant à Nîmes, j'ai ramené ma mère. Elle m'attend. Alors, tu comprends, pour le premier soir...

Dominique dut poser le carafon qu'elle avait pris pour remplir le verre du jeune homme.

— Ah ? Elle est revenue ?...

Elle ne put se tenir de commenter, durement :

— ... Après deux années d'absence, elle doit avoir du travail pour remettre la maison en état.

Frédéri négligea le trait.

— La pauvre... Je n'ai pas toujours été très chic avec elle. J'ai mis du temps à m'en apercevoir, mais j'ai l'intention de réparer ça.

Dominique eût voulu pouvoir lui crier : « Ne me parle pas de Madeleine ! » Devrait-elle donc toujours passer après, quoi qu'elle fît pour Frédéri ?

Elle se contenta de questionner :

— Et maintenant, qu'as-tu l'intention de faire ?

Frédéri acheva posément de manger son morceau de gâteau.

— Rentrer dans ma peau de paysan, et me remettre au travail, le plus tôt possible. Labourer, semer, planter, produire... Et récolter... Si l'on m'en laisse le temps.

Le pessimisme qui se faisait jour dans son intonation toucha Dominique au cœur.

— Si l'on t'en... ? Tu veux dire... ? Oh ! mais c'est fini, voyons. Toutes les causes de conflit sont désormais supprimées. Hitler a été formel...

— Fini... ?

Il avait fermé les yeux. Et Dominique se demanda quelle vision, derrière ses paupières, pouvait lui faire ce visage d'une tristesse impitoyable.

— ... Non. C'est seulement le dernier entr'acte. Reste à savoir combien de temps ça nous laissera.

## 11

A bout de souffle, après trente-deux mois de siège, affamé, recru, Madrid, enfin réduit à merci, avait eu droit au spectacle triomphal des unités motorisées italiennes, des bataillons bleu pâle du Tercio, des Maures enturbannés de blanc, et des Allemands de la légion Condor, défilant sur la Castellana devant le nouveau maître de l'Espagne.

Cependant, l'ogre hitlérien, ayant achevé de dévorer les lambeaux de la Tchécoslovaquie, en était à croquer allégrement Memel pour son dessert, non sans lorgner Dantzig, la salive aux babines. Tandis que l'Italie fasciste, pour n'être pas en reste de gloutonnerie, réclamait à grands cris la Savoie et Nice, en dépit des affres auxquelles la difficile digestion de l'Albanie soumettait son estomac.

— D'ici à ce que ça claque !... prophétisait Maurice, tout en inspectant d'un œil obstinément morose les vignes alourdies de grappes que le soleil quotidien dorait avec lenteur, préparant une belle récolte.

— C'est terrible de vous entendre tous répéter cela, toi, Numa, Frédéri, mes cousins de Paris... se plaignit Dominique.

— Eh oui ! ma pauvre fille, mais on en est là... Trouve-moi quelqu'un qui croie encore le contraire, à l'heure actuelle, et je te paie ce que tu voudras.

Les poings enfoncés dans ses poches, les épaules remontées, la lippe désabusée, il était l'image même du pessimisme.

— Oh ! Dieu !... Je ne parviens pas à croire qu'une chose pareille puisse nous arriver... Quand tout le monde se rappelle encore ce que cela a été... Il faut être fou pour vouloir...

Le regard de Dominique errait sur l'étendue des champs respirant au rythme d'une vie mystérieuse, où régnaient la paix et l'ordre, dans un silence d'éternité, sous le grand ciel pur que la tombée du soir commençait à empourprer vers l'horizon.

Et, dans sa tête, revivait le déroulement de la fête qui, la veille, avait repeuplé Mogador d'une foule de jeunes gens en habits de soirée et grandes robes à crinolines, éparse dans les bosquets et sur la pelouse illuminée de lanternes, comme au temps jadis, pour les vingt ans d'Isabelle.

« Vingt ans... » C'étaient ceux de Jean de Barcarin, à présent, que l'on venait de fêter. Avec six mois de retard. Mais Anne s'était emparée de ce prétexte pour la réunion de gala qu'il lui avait pris fantaisie d'organiser.

Vingt ans passés... Dominique demeurait stupéfaite devant ce jeune gentleman au spencer blanc, son neveu, « ...plutôt Barcarin que Vernet, à vrai dire », s'avouait-elle.

« Pourtant... C'était hier aussi, que François et moi regardions, de loin, le bal d'Isabelle, trop jeunes pour avoir la permission de nous y mêler... » Elle se souvenait si bien de tous les détails : « ...Chris, en rose, pour ses débuts... Et Anne, dans cette robe de mousseline verte... »

« Oh Anne, Anne !... Qu'est-il arrivé, qui... ? Où est passée notre vie ? »

Le savait-elle, cette maîtresse de maison admirablement parée, et « toujours belle », recevant leurs invités — « ou plutôt : les siens » — avec la même aisance souveraine qu'elle devait déployer à la légation d'Ottawa, dans les occasions officielles, aux côtés de son mari, le ministre de France ?

... Le savait-elle ?

Ou bien, dans l'incessant tourbillon au milieu duquel elle paraissait se mouvoir, n'avait-elle jamais le temps de se le demander ?

La même atmosphère idéalement tiède, parfumée des senteurs végétales qu'exacerbent les nuits d'été, la même musique, dont la brise de minuit emportait des bouffées, le même nonchaloir heureux... Les mêmes illuminations, dont on avait retrouvé le plan dans les archives laissées par Victor à l'office...

Anne s'était enthousiasmée pour les lanternes vénitiennes exhumées d'un coin du grenier :

« — *Ce sera si délicieusement coco !... Il faut me procurer un stock de ces gros ballons orange...* »

Mais ces longues robes, dont la mode était revenue, d'autres jeunes filles les portaient à présent, que Dominique regardait avec une sorte d'incrédulité valser les mêmes vieilles valses, dans un tournoiement de percales glacées, de piqués blancs, de cretonnes à ramages, et d'organdis.

De la brune Yvonne Hirigaray, qui ressemblait tant à Christine, de la blonde Constance Vernet, cachant sa vive malice sous l'aspect angélique d'une figure de keepsake, de la ravissante petite Edith de Barcarin, la benjamine qui éclipsait toutes ses aînées, sortie de quelque conte d'Andersen armée de sa chevelure châtain doré, de ses prunelles gris bleu, de son ovale parfait, et de sa grâce aérienne, pour conquérir ce monde... De toutes ces filles-fleurs de la nouvelle génération, laquelle eût accordé, ne fût-ce qu'un regard, une pensée, à la fillette d'autrefois, timide et gauche, encore postée à la lisière de cette fête, et rêvant à celle dont elle serait peut-être enfin, à son tour, la reine ?

— Tu t'amuses, il me semble, ma petite Edith ?

— Oh oui, tante Nique. C'est merveilleux, n'est-ce pas, un premier bal ?

Elle lapait son plaisir avec des mines de chatte fée.

— Sûrement, ma chérie.

Ce devait l'être. Mais comment Dominique eût-elle pu le savoir ?

Frédéri paraissait à son affaire, lui aussi.

— Je te retiens pour la prochaine valse, ma Nique, lui avait-il lancé, au passage, tout occupé à enlacer de près une jolie cavalière.

Garçons et filles désertaient le plancher établi à l'intention des danseurs, pour étirer dans l'allée de lauriers-tins le cortège bouffon du lambeth-walk dont ils ponctuaient les figures du cri rituel.

— Je me sens trop vieux pour participer sans ridicule à ce genre d'amusement. Mais puis-je vous demander un boston ou un tango, Dominique ?

« Pourquoi non ? »

Après le départ de leurs derniers hôtes, Anne, faisant le bilan de la soirée en tête à tête avec sa sœur, avait remarqué, entre deux bouchées d'un sandwich picoré dans le fond des assiettes qui garnissaient le buffet :

— Je t'ai vue danser avec Louis Bresson... Ma petite, il a vieilli en beauté ! Je le trouve follement séduisant, avec ses cheveux blancs. Quelle sottise tu as faite, autrefois, de ne pas l'épouser.

— Mon Dieu ! il n'a pas l'air de le regretter tant que cela. Sa femme et lui font un ménage très uni.

Mais Dominique n'en avait pas moins été secrètement sensible à cette fidélité du souvenir qu'il lui manifestait :

— ... Les enfants ? Ils poussent. Avec une rapidité qui, parfois, me déconcerte. Alain vient d'obtenir sa première partie de bachot, et Marianne va commencer sa troisième en octobre. C'est une drôle de petite bonne femme. Je crois qu'elle vous plairait. Mais pourquoi vous faites-vous si rare pour vos vieux amis ?... Anne nous a promis de venir passer une journée aux Mourguettes, avec vos neveux. Ne voulez-vous pas les accompagner ? Magali et moi en serions si heureux.

« Oui, j'irai », décida-t-elle.

Numa, même s'il l'apprenait — et pourquoi ne pas l'en informer, du reste ? —, n'y trouverait plus matière à redire. « C'est si vieux, tout cela... » Si loin, si oublié...

Il prit en effet un intérêt assez mince au récit qu'elle lui fit de sa visite, et ne s'en cacha guère. Lui-même, ce jour-là, avait bien autre chose en tête, qui reléguait tout le reste, et jusqu'aux menaces internationales, hors de ses préoccupations immédiates.

Dominique n'avait eu qu'à le voir s'éventer distraitement avec un journal, un demi-sourire énigmatique aux lèvres, tandis qu'elle parlait, pour deviner qu'il lui ménageait une révélation, et se retenait à grand-peine de prendre la parole.

— Mon chéri, qu'y a-t-il ? Tu as quelque chose à me dire ?

Etalé dans son fauteuil attitré, il allongea les jambes, et la regarda d'un air taquin :

— Quelle chaleur ! On se rabine[1], sur la route, malgré la vitesse. Tu devrais me préparer un pastis léger.

Son impatience de parler se tempérait maintenant du plaisir de l'avoir intriguée.

Tandis qu'elle s'affairait dans le réduit, il prit encore le temps de quitter cravate et veste, avant d'attaquer, sur un ton détaché :

— Tu sais que Mazoyer s'est tué en voiture ?

Dominique avança la tête dans l'embrasure de la porte.

— Qui donc ?

— Mazoyer... notre dentiste, à Arles.

— Ah oui ? dit-elle, médiocrement intéressée.

En lui apportant son verre, elle posa machinalement la question d'usage :

— ... Il était âgé ?

— Non. Quarante-huit ans. Il laisse une veuve et deux enfants dont l'aîné a l'âge de Michel.

— Pauvres gens, commenta-t-elle, avec la dose d'apitoiement requise.

Le sourire ne quittait plus les coins de la bouche de Numa.

Préparant son effet, il avala une gorgée, considéra par transparence le contenu opalescent du verre qui s'embuait sous ses doigts...

1. On se grille.

— Ce matin, au retour des obsèques, j'ai surpris Alice en proie à une véritable crise de désespoir.

— Alice... ?

Dominique le dévisageait, hésitant à comprendre :

— ... Mais... pourquoi ?

Numa triompha :

— Tu ne vois pas ? C'est pourtant simple. La vérité crevait les yeux. Et c'est probablement pourquoi personne n'y a pensé, pas même ma mère, qui est pourtant une fine mouche... Un bon truc : les soins dentaires, les rendez-vous ostensiblement affichés... — Il la regarda en riant : — Et dire que, par-dessus le marché, des années durant, moi j'ai payé la note d'honoraires !... Recta !... C'est le plus beau, ça, non ?

Il semblait plus amusé que marri, au bout du compte.

— Mais... tu es sûr... ?

— Autant qu'on peut l'être : j'ai fini par le lui faire avouer.

— Oh !... exhala seulement Dominique.

Elle se fût presque laissé aller à plaindre Alice.

— Quelqu'un de sa trempe... Quand je l'ai vue sangloter, j'ai eu vite saisi. Et, avec deux ou trois questions... C'était le moment ou jamais, tu penses bien.

La cruauté de l'assertion la laissa sans voix. Bon gré, mal gré, elle imaginait, jusqu'à les ressentir, la souffrance, et le désarroi, de cette femme.

— Mon Dieu !... soupira-t-elle, enfin.

Péniblement, elle ajouta :

— ... Et... qu'est-ce que tu as l'intention de faire ?

Numa achevait son pastis. Il fit claquer sa langue avec satisfaction, posa le verre, et déboutonna sa chemise pour aérer son torse en sueur.

— Tu sais, je ne suis pas un tortionnaire : j'y ai mis du tact. La pauvre fille me faisait plutôt peine. Après tout, son amant est mort. Comme on dit : « L'action de la justice est éteinte. » D'autre part, je ne suis pas non plus sans reproche, et, avec le recul, on en vient à une plus saine appréciation des choses. Alice a été très bien, à l'époque de mon opération, et, depuis lors, nos rapports se sont établis sur la base d'une espèce de... de neutralité bienveillante, de... enfin : de camaraderie, qui nous est bien commode, non seulement entre nous, mais vis-à-vis de Michel. Je m'en voudrais d'y rien changer. Bref... Je lui ai prêté mon mouchoir, et j'ai tiré un trait. Tu m'approuves ?

Dominique n'hésita pas :

— Tout à fait.

Soulagée de savoir qu'il s'était montré clément, elle s'approcha et s'assit sur l'accoudoir.

Numa lança un bras autour de sa taille, et, la ramenant contre lui, posa la tête au creux de sa hanche.

— Mais je ne suis pas mécontent d'avoir fini par tirer cette histoire au clair, conclut-il, en se passant la langue sur les lèvres.

Pour toute réponse, elle fourragea la tête rousse dont le cuivre rutilant, après avoir foncé presque jusqu'au châtain, s'éclaircissait à présent du reflet de nombreux fils d'argent.

Les paupières mi-closes, Numa s'abandonnait à la caresse, « ... avec son air de matou satisfait », observa-t-elle.

Le long chemin qu'ils avaient fait ensemble s'était souvent frayé passage dans les cailloux et les ronces. Mais le paysage qui s'étendait devant eux n'était plus, désormais, à perte de vue, que douceur et sérénité. Elle en avait enfin la certitude. Ni Louis Bresson, ni Alice, ne conservaient le pouvoir d'y susciter le trouble.

— Penses-tu que Michel sache à quoi s'en tenir à notre sujet ?

Sur ce point, elle s'était souvent interrogée, sans oser, jusqu'alors, s'en ouvrir à Numa.

— Ma foi, oui. Il a l'esprit trop délié pour ne s'être pas, très vite, posé des questions, en dépit des égards que sa mère et moi avons toujours pris soin de nous témoigner devant lui, aux pires moments de notre ménage. Et tu penses bien qu'il aura eu tôt fait de comprendre, en me voyant m'absenter du mas si souvent, pendant qu'elle y demeurait à jouer les Pénélope. De là à trouver quelqu'un pour lui dévoiler qui j'allais rejoindre, et où...

« ...La preuve en est que, lorsque je rentre, jamais il ne s'enquiert de ce que j'ai fait. Et, tiens : lorsque ta sœur et tes neveux sont en visite à la maison, s'il leur arrive de parler de Mogador, il n'a jamais l'air d'entendre... De même qu'Edith et Jean sont censés, eux aussi, tout ignorer, mais s'arrangent de leur côté pour éviter de prononcer ton nom. Cela aussi, je l'ai remarqué.

— Dieu sait comment ils nous jugent, murmura Dominique, avec mélancolie.

Abandonnant sa désinvolture un peu forcée, Numa devint grave, pour lui répondre.

— Avec rigueur, sois-en certaine. Que veux-tu ? Il nous faut l'accepter. La lucidité et l'intransigeance sont des vertus de la jeunesse, tout autant que la pudeur et la discrétion. Plus tard, quand ils auront appris que l'entreprise de vivre nécessite pas mal de compromissions, ils penseront probablement à nous avec plus d'indulgence. Pour l'instant...

« ...Nous sommes, certes, d'excellents amis, Michel et moi ; je crois même pouvoir dire qu'il m'aime beaucoup. Mais cela ne fait aucun doute qu'il préfère sa mère. Et c'est naturel. Après tout, n'est-ce pas ? j'aurais tort de me plaindre. On ne peut tout avoir.

Il avait envie d'ajouter : « Tout le monde n'a pas la chance d'Hubert, que Frédéri avait mis sur un piédestal, le diable m'emporte si je sais pourquoi !... »

Mais il fit à Dominique le sacrifice de se taire.

La joue inclinée de celle-ci s'appuyait contre sa tempe.

Il se dégagea, d'un baiser, et s'étira :

— Avec tout ça, si nous étions seuls, je serais bien allé piquer un plongeon au milieu du barrage, pour me rafraîchir.

Dominique lui rendit le baiser avec une ferveur silencieuse, consciente tout à coup de n'avoir jamais su évaluer à son prix le renoncement auquel il avait consenti sans chercher à s'en prévaloir auprès d'elle.

— Tu peux. Anne et les enfants sont partis pour Montpellier jusqu'à demain soir. Il n'y a guère qu'Edouard et Maurice, et peut-être Francis, qui soient susceptibles de venir tout à l'heure faire un tour. Tout le monde est à la mer ou à la montagne.

— Chouette ! dit Numa, qui s'en fut vers le cabinet de toilette à la recherche de son slip de bain.

Il trouva d'abord le deux-pièces de Dominique, et le lui lança, à travers la salle :

— Tiens, prépare-toi, trésor, on y va tout de suite.

Et discourut, en se déshabillant :

— ... A Tourvieille aussi, c'est le désert. Plus d'épouses ni de gosses. Lucien était allé les rejoindre à Cavalaire depuis samedi. C'est comme ça qu'il a pu ramener Alice pour l'enterrement, ce matin.

Porte et fenestron grands ouverts sur la garrigue incandescente, desséchée, dans le poudroiement de la lumière, laissaient pénétrer jusqu'au fond de la cabane le chant entêtant des cigales qui sciaient de leur resse sans fin l'après-midi immobile.

— ... Il va falloir que je me décide à faire, à mon

tour, l'expédition, dimanche prochain, continuait Numa, en remettant son pantalon pour descendre jusqu'au bord de l'eau.

Un bain délicieux. Un dîner partagé avec Maurice, « entre copains ». Et une nuit paisible et chaude, qui incitait les corps nus à se joindre et à s'aimer longuement, dans l'ombre de la cabane où se coulait le clair de lune par les ouvertures demeurées béantes.

Mais, le lendemain matin, le journal que Dominique trouva plié sur le plateau, en rentrant, portait, en lettres énormes, un titre qu'elle lut et relut, atterrée.

Un quart d'heure plus tard, Numa, qui venait de la quitter, téléphonait de Tarascon :

— Tu as vu ? Eh bien ! cette fois, mon pauvre minet, je crois que nous y sommes.

C'était aussi l'avis de Vigouroux :

— Ça, Mademoiselle, pour un sale coup... ! Maintenant qu'il est tranquille du côté des Russes, vous pensez s'il va en profiter, ce Hitler.

Et celui des frères Royer qu'elle rencontra l'un après l'autre, dans la matinée, au village où la consternation rassemblait les gens par petits groupes, sur la place.

A onze heures, Anne réintégrait Mogador avec ses enfants :

— Gaspard va sûrement m'appeler après déjeuner.

Et, en effet, vers trois heures, la postière de Fontfresque mettait avec révérence madame de Barcarin en communication avec le Canada.

On était au 23 août.

Dix jours plus tard, placardées jusque sur les murs du village, les affiches blanches aux drapeaux tricolores croisés proclamaient la mobilisation générale.

La veille, au matin, l'armée allemande avait envahi la Pologne.

Et le dimanche 3 septembre, par un début d'après-midi torride et bleu appesanti sur les campagnes somnolentes et la morne torpeur provinciale des rues vides, où la même émission de radio se propageait par toutes les fenêtres ouvertes, la France glissa sans bruit dans l'état de guerre.

— Pour nous, c'est une fin, remarqua Numa. Quoi qu'il arrive, cette fois, nous en sortirons tous vieux, et hors jeu.

— Qu'importe, mon amour, si nous pouvons encore l'être ensemble ?

— Oui, tu as raison, c'est ce qui compte.

Il prit la main de Dominique et l'embrassa, au creux de la paume.

— ... En tout cas, s'il m'arrivait d'y rester... Non, laisse-moi te dire... D'y rester sans t'avoir revue, je voudrais que tu saches que tu auras été pour moi, depuis vingt ans, toute la joie, la tendresse, la douceur, la... enfin, tout ce que j'avais rêvé, et bien au-delà, mon amour chéri.

Leurs regards se perdaient l'un dans l'autre.

Numa se reprit :

— Allons, ne t'inquiète pas, nigaude. Je te dis ça par précaution, mais je t'avertis que je suis fermement décidé à survivre, pour te contraindre à me supporter encore longtemps, que cela te plaise ou non.

Il l'entraîna dans la demi-obscurité d'une porte cochère entrebâillée, et la pressa contre lui, avec tant de force qu'elle sentit, à travers sa robe légère, les boutons de la vareuse d'uniforme s'incruster dans sa poitrine.

— ... A présent, sauve-toi vite. Mieux vaut nous séparer ici. D'ailleurs il est l'heure...

Et tout recommença, de la routine que Dominique avait connue, jeune fille.

La réquisition vida les écuries de Mogador, où le *Galant* de Frédéri avait une fois de plus trouvé asile, au départ de son maître. Le problème de la main-d'œuvre se posait déjà pour les vendanges à leur début.

Vigouroux, heureusement, n'était plus mobilisable. Le vieux baïle de la Gloriette non plus, qui se trouvait presque seul, là-haut, pour faire face à la situation.

— Ne vous tourmentez pas, Rigaud, on se débrouillera quand même.

Dût-elle prendre sur son sommeil, elle ne manquerait pas à cette confiance que Frédéri, avant de rejoindre son corps, lui avait renouvelée :

« — *Je sais que ce ne sera pas facile, dans la période où nous entrons, et j'ai honte de toujours te mettre à contribution, ma pauvre Nique. Mais je n'ai que toi à qui me fier. L'oncle Dieudonné est trop âgé pour venir de si loin. Et tu sais que Maman, la pauvre...* »

— Madame Vernet est repartie pour Nîmes, je suppose ?

— Eh oui, Mademoiselle. Elle, vous savez bien... Déjà qu'elle se plaît pas trop ici au mas, même quand le jeune maître y est...

Dominique sourit avec quelque mépris.

— D'ailleurs, à quoi servirait qu'elle restât ?

— Oh ! pour ça, c'est vrai.

A Barbegal, Vincent Royer reprenait ses visites pour les cas urgents, malgré ses soixante-dix-sept ans. Tout voûté, tout creusé, comme un vieil arbre dont l'hiver a gelé la sève.

— Vous en faites trop. Ménagez-vous.

— Ne t'inquiète pas pour moi, fillette. Je suis encore solide, malgré mes apparences de château branlant. Mais... c'est ta marraine qui me donne un peu de souci. Son cœur ne va pas très fort, depuis quelque temps. Ceci entre nous. Va la voir, tu lui feras plaisir.

— Entendu.

Elle essaierait d'y faire un saut, le jour même.

Si, du moins, la besogne lui en laissait la possibilité. Et si Claire ne l'appelait pas à son secours, à Saint-Ange.

Il fallait bien aussi donner un coup d'épaule à celle-là qui se débattait de son mieux entre des tâches masculines auxquelles nulle expérience ne l'avait préparée.

— J'ai d'abord téléphoné à Laurent, mais il ne pouvait venir avant demain soir. Et Mamie a déjà tant de mal que je n'ai pas osé...

Au Cigalier, c'étaient Adrienne, malgré son âge, et la femme de Maxime, qui s'efforçaient de faire marcher la propriété.

Mais à Saint-Ange, Claire était seule.

— François voudrait abandonner le lycée pour m'aider, mais je sais que son père serait mécontent. L'année de son bachot, tu comprends...

Dominique acquiesçait.

— Bien entendu. Il faut qu'il soit reçu. D'ailleurs je suis si près... Ne te gêne pas quand tu auras besoin de moi.

Mais les journées n'étaient plus assez longues.

« Tant mieux ! », si cela raccourcissait aussi celles qui s'écoulaient sans que le courrier apportât une lettre.

L'automne se fondait insensiblement dans l'hiver.

Le mauvais temps, la froidure, et les brouillards s'installaient sur les terres qui allaient entrer en repos.

S'installaient aussi sur le front où, « Dieu merci ! », la guerre semblait croupir comme un monstre malade.

Les seules hostilités sérieuses se poursuivaient sur mer.

« *Au cours de la nuit, activité habituelle de nos patrouilles* », répétait jour après jour, immuablement, le communiqué.

Frédéri et Jean de Barcarin étaient quelque part entre les Ardennes et les Vosges, comme Maxime Guillermin, Edouard Royer, et Francis Lallier. Et aussi Jean Hirigaray et Roger Dutrieux.

Tandis que Numa se trouvait à la frontière italienne, de même que Lucien ; et que les frères du Roveret, Louis Bresson, Alban Marquet-Rageac. Tous disséminés de l'Estérel aux Alpes.

A deux reprises déjà, Dominique était allée séjourner près de lui, dans un hôtel de Cagnes. Et l'on parlait de permissions pour les fêtes.

Il survint à Mogador, l'avant-veille de Noël, avant d'aller à Tourvieille. Puis, Frédéri arriva, presque en même temps que Maxime, pour le Nouvel An.

Et tous, parents, amis, se présentaient à l'improviste, embrassaient Dominique :

— On va se revoir, tu penses !...

Mais dix jours s'écoulent si vite :

— Déjà demain, le départ ! Comment est-ce possible ?

Ils repartaient, maugréant :

— ... Aller faire le zouave loin de chez soi... Qui sait jusqu'à quand... ?

Le gouvernement collectait la ferraille, « *pour forger l'acier des canons* ». Mais la seule bataille dont on parlât se réglait en Carélie, entre la Finlande et l'Union Soviétique.

Les bruits recommençaient à se répandre de pourparlers secrets avec Hitler..., d'une volte-face ramenant l'Italie dans le camp des Alliés. Bientôt démentis par la rencontre des deux dictateurs au Brenner.

Les commentateurs professionnels avançaient l'hypothèse d'une solution navale. Ou bien d'une guerre d'usure économique.

Au mois d'avril, l'invasion du Danemark et l'attaque de la Norvège par des troupes parachutées apportèrent un autre espoir de voir l'issue se résoudre par un biais permettant aux mobilisés de regagner leurs foyers avant d'avoir eu à combattre.

La bataille dans le Skagerrak coûtait, disait-on, la moitié de sa flotte à l'Allemagne, qui venait de se fermer la route maritime du fer. Notre corps expéditionnaire se couvrait de gloire à Narvik. Et sa retraite de Trondheim n'était rien d'autre qu'une suprême habileté stratégique.

Eparpillée, éloignée de ses bases de ravitaillement, l'armée du Reich perdait de sa puissance offensive.

L'Etat-Major, compréhensif, mettait au point un programme de permissions agricoles, en vue de la récolte de pommes de terre, des foins et de la moisson.

Michel Vernet venait d'être appelé avec son contingent. Et Numa n'envisageait pas d'un cœur léger la perspective du départ de son fils pour le front de l'Est, à l'issue de la période d'instruction.

Il insista pour faire venir Dominique auprès de lui, dans la somptueuse villa où l'avait introduit le hasard d'un billet de logement.

« *Tu passeras pour ma femme* », écrivait-il. « *Du reste, nul ne te demandera rien. Les propriétaires sont au Venezuela. Ils ont mis à ma disposition la maison entière, le personnel, et la cave. Toutes choses dont j'use avec le maximum de discrétion, comme tu peux le penser. Mais tu partageras ma chambre. Et le parc est un véritable paradis.* »

« Encore une quinzaine... », et, dès que les gelées blanches ne seraient plus à craindre, elle irait le rejoindre.

Quelques jours plus tard, à la petite aube, divisions motorisées et aéroportées, blindés, bombardiers allemands, déchaînaient simultanément leur assaut sur la Hollande, la Belgique, et le Luxembourg.

Ce matin-là, sous un soleil déjà brûlant, on enterrait Elise Royer dans le petit cimetière de Barbegal bourdonnant d'insectes, où le lilas de Chine, le cytise, les iris, et les genêts, en fleurs, mettaient un air de fête parmi les tombes.

Venus en hâte, Edouard et Maurice repartirent sitôt après la cérémonie.

« Encore un être cher qui s'en va », songeait Dominique, refoulant ses larmes, par un effort de volonté, afin de soutenir Henriette, effondrée, que n'avait pu même accompagner Laurent, malade depuis une semaine.

De ceux-là qui l'avaient vu naître, et dont elle avait reçu amour et protection, bien peu demeuraient en vie.

Sa marraine disparue, comme quelqu'un ouvre une porte et passe dans une autre pièce, sur la pointe des pieds, avec la même discrétion qu'elle avait observée durant toute son existence, Dominique sentait qu'elle-même aurait à rassembler ses forces, pour payer désormais davantage de sa personne. « C'est la mort des autres, et cela seulement, qui nous fait adultes », se redisait-elle, la gorge amère, les yeux fixés sur le caveau où le cercueil descendait avec des à-coups et des raclements.

Et qui, « Oh ! mon Dieu !... » qui donc allait mourir, encore ?

... Mourait peut-être, au même instant, dans cet enfer brutalement déchaîné à des centaines de kilomètres ?

« Par bonheur, Numa, lui... Mais Frédéri ?... Et Jean ?... Et Maxime ?... Et... » Un nom en appelait un autre, auquel Dominique se reprochait de n'avoir pas pensé plus tôt. Comme si cette omission impardonnable eût eu le pouvoir d'influencer leur destin.

De la mer du Nord aux Vosges, un gigantesque cordon bickford avait pris feu. On se battait sur le canal Albert, et dans la Sarre. A Liège, à Namur, à Dinant...

Et, soudain, les informations parlèrent d'Avesnes, de Vervins, de la poche de Sedan. Désormais, la guerre avançait en terre française.

Les premiers convois de réfugiés belges atteignaient le Midi, ballots et gens misérablement entassés dans des autos bardées de matelas, ou bien sur des charrettes, où les hardes hétéroclites et les visages hâves prenaient, au grand soleil, un air de détresse plus déchirant encore.

Le cœur de Dominique crevait de pitié à la vue des vieillards et des enfants jetés ainsi comme un gibier sur les routes labourées par les bombes et le mitraillage de la chasse aérienne.

A la mairie de Tarascon, elle rencontra deux religieuses qui convoyaient un orphelinat depuis Louvain.

Le même jour, elle se rendait à Avignon auprès de la Supérieure du pensionnat de la Visitation, où ses sœurs et elle avaient fait leurs études.

— Je vis seule à Mogador, avec les domestiques, ma Mère. Et la maison est assez grande pour abriter au besoin une vingtaine d'enfants, en aménageant les pièces. Je voudrais tant servir à quelque chose...

La vieille religieuse l'avait écoutée avec sympathie. Elle hocha la tête :

— Je vous comprends, ma chère petite. Mais tout ce que je puis faire est de transmettre immédiatement votre offre à la Supérieure Générale de notre ordre. Elle seule a le pouvoir de décider. Je lui signalerai en même temps que vous êtes une de nos anciennes filles, et que je vous ai bien connue... Et qu'une de vos sœurs est bénédictine.

— Oh ! oui, je vous en prie ! Je voudrais tant, tant...

Elle ne savait plus dire autre chose.

— Pensez-vous que la réponse doive tarder beaucoup, ma Mère ? demanda-t-elle encore, anxieusement, en se levant pour prendre congé.

La Supérieure fit un geste d'ignorance.

— Je vous aviserai aussitôt, promit-elle.

L'ennemi était à Péronne, sur l'Ailette, à Malmédy. Nos troupes se repliaient. Et se repliaient encore. « *Sur des positions préparées.* » On changeait de ministère, on changeait de généralissime. Le « miracle de la Marne » était présent dans toutes les mémoires. Il allait se répéter. Aujourd'hui, demain... Mais c'étaient les noms sinistres de la Grande Guerre qui reparaissaient au communiqué.

Il y eut la rupture du front sur la Meuse, le jour même où la Belgique capitulait. Il y eut la déroute, sous le feu des Panzerdivisionen, de l'armée Corap, à la charnière du dispositif, et la retraite sur Dunkerque.

« *Je ne puis te laisser venir, mon pauvre trésor* », écrivait Numa. « *Nous avons reçu des ordres sévères, et l'on s'attend d'ailleurs, d'un jour à l'autre...* »

L'Italie fasciste entra dans la guerre. Les Allemands avaient atteint la Basse-Seine. Ils prenaient possession de Paris d'où le gouvernement avait fui. Puis, s'emparaient de la Normandie, de la Bretagne, passaient la Loire, refoulant toujours plus avant, sous un soleil implacable, l'interminable troupeau terrorisé des réfugiés.

La Ligne Maginot était encerclée. Lyon occupé, les avant-gardes allemandes infiltrées jusqu'au cœur de l'Auvergne descendaient la vallée du Rhône, quand l'armistice demandé le 17 juin fut enfin signé, cinq jours après.

Mais Dominique n'avait plus même le loisir de se désoler, ni de trembler pour les siens, accaparée par le souci de pourvoir à l'emménagement d'une douzaine et demie d'orphelines accompagnées de trois religieuses et d'un vieil aumônier, qui voyaient enfin s'achever à Mogador leur long exode commencé à Dunkerque.

Dix-sept petites filles pâlichonnes et amaigries, à bout de terreur et de fatigue, échelonnées de six à treize ans d'âge, qu'il allait falloir rassurer, suralimenter, et rendre à une vie normale.

A l'exception de sa chambre et de sa salle de bains, Dominique leur livra les appartements du premier et du second étage. Les capitons à franges de Julia et le Louis XV fanfreluché de Ludivine prirent de conserve le chemin du grenier.

Une sourde révolte avait grondé, quelques jours durant, à l'office, dont les échos n'étaient pas moins parvenus à Dominique, à travers les portes closes.

Après s'être gendarmées avec véhémence contre un tel bouleversement des aîtres, les deux régentes, dûment assorties chacune d'une auxiliaire recrutée à Tarascon parmi les exilés en quête d'un gagne-pain et d'un toit, oubliaient déjà leurs préventions pour s'attendrir sur les petites.

— Tant comme elles sont bravettes, les pauvres pichoto, s'extasiait Mathilde. Si vous voyiez tout ça faire son lit, et frotter partout, et passer le *cedar* par terre, bien comme il faut !... Que la sœur Monique, qui est pas commode, y trouve pas souvent à redire après.

« ...Et, pour Eugénie, c'est pareil : elle en a, des aides, dans sa cuisine. Ça, elle se plaindra pas.

La semaine ne s'était pas écoulée que le parc retentissait des piaillements pointus et des rires de tous ces oisillons, vite familiarisés avec les attraits de leur nouvelle volière. Le pacte était conclu, aussi bien avec Gustave et Carlo qu'avec les deux gros chats tigrés, orgueil d'Eugénie, et les chiens derniers-nés de cette race d'origine indécise, mais solide, loyale, et débonnaire, qui se perpétuait dans les communs de Mogador, aussi vieille que celle des maîtres.

Les religieuses, la sœur Paula, surtout, en qui Dominique découvrait une jeunesse de cœur, alliée à une grande culture et une largeur de vues assez remarquables, se révélaient d'un commerce facile, contrairement aux craintes que les tâtonnements des premiers contacts avaient d'abord fait naître chez leur hôtesse. Et l'aumônier se montrait tout heureux d'avoir trouvé, en la personne de Carlo, un acolyte zélé pour sa messe matinale.

Les habitudes prises, tout devint simple, et quotidien.

Avec, pour Dominique, la récompense de voir les enfants recouvrer leurs joues rondes, leurs figures roses, leurs bras et leurs mollets dodus ; et les plus petites, enhardies, se précipiter à son approche, pour se pendre à ses jupes, et rivaliser de câlineries.

Restait à prier le ciel enfin que les absents émergeassent bientôt du chaos de la défaite, et qu'aucun foyer n'eût à prendre le deuil.

D'un jour à l'autre, l'espoir et le découragement alternaient, selon les rumeurs recueillies. La démobilisation de l'armée des Alpes était commencée. A Font-fresque, et aux alentours, des hommes rentrèrent, précédant les officiers.

Peu à peu, ils arrivaient, humiliés de n'avoir pu se battre, et soulagés, pourtant, que tout fût enfin terminé.

Pressés de se remettre à une tâche d'homme, qu'ils pussent mener à bien.

La Cantarelle retrouva ses maîtres, et Saint-Ange le sien. Alban Marquet-Rageac rouvrait son cabinet médical à Avignon. Louis Bresson était revenu aux Mourguettes. Et Numa reprenait le chemin de la cabane, évitant dorénavant les abords de la maison, à la prière de Dominique, désireuse de ne point choquer ses commensaux.

Libérés dans la Creuse où s'étaient regroupés les débris de leur unité, Jean Hirigaray et Roger Dutrieux retrouvèrent leurs familles réfugiées à la Sarrazine.

Une lettre d'Anne, empruntant les détours de la voie diplomatique, finit par arriver à Mogador : Jean de Barcarin, qui servait comme interprète auprès du corps expéditionnaire de Lord Gort, avait pu rembarquer avec lui, et se trouvait présentement à Londres. Elle ne semblait point choquée que son fils fît cause commune avec cet allié de la veille, en passe de devenir l'ennemi en titre, depuis le coup de main raté sur la flotte française ancrée à Mers el-Kébir.

Sur les autres, le silence continuait de s'étendre.

Numa s'efforçait de réconforter Dominique hantée par la disparition de Frédéri.

— Disparu, allons donc !... Regarde autour de toi : il n'est pas le seul dont on ne sache rien. Pourquoi te mettre martel en tête en imaginant le pire ?... Je te prédis que nous en verrons plus d'un reparaître, tôt ou tard. Sois tranquille : s'ils étaient morts ou grièvement blessés, nous le saurions. Mais s'ils ont été faits prisonniers, comme c'est plus que probable, ce sera long, avec la pagaille qu'il y a eu, avant que la Croix-Rouge n'ait pu établir des listes complètes. Patiente, mon petit chéri. Dès que Jean Hirigaray ira à Vichy, il obtiendra certainement, par ses relations, des recherches sérieuses. Tu le reverras, va, ton favori...

A la mi-septembre, le retour, à travers la zone occupée, d'Edouard Royer, évadé au cours de son transfert en Rhénanie, vint corroborer ces arguments.

Mais Dominique, tenaillée par l'incertitude, et incapable de se rendre à des raisons froidement raisonnables, dépérissait d'angoisse.

Pour précieuse qu'elle lui fût, la présence de Numa ne la délivrait pas de ses tourments. Parfois, au contraire, elle était tentée de faire grief à son amant d'une assurance qui lui coûtait si peu de peine à conserver. On voyait trop que nul ne manquait à Tourvieille où son fils, son frère, et son neveu, étaient rentrés sans avoir eu à tirer un coup de feu.

Et, finalement, après presque cinq mois de cette ignorance oppressante, à peu de jours d'intervalle, les familles demeurées dans l'expectative furent avisées que Francis Lallier, Frédéric Vernet et Maxime Guillermin, vivants, indemnes, se trouvaient internés, respectivement, dans les oflags IV, II D, et VII B. Et qu'un système de correspondance allait, à bref délai, permettre d'entrer en relation avec eux.

## 12

« Ils sont trop. Tu penses bien que les Allemands ne pourront les retenir. Puisqu'il parle de collaboration. Hitler aura sûrement un geste... »

A Dominique comme à bien d'autres, toutes les raisons étaient bonnes pour se bercer d'espoir.

Mais le retour de l'unique prisonnier que la générosité nazie consentît à rendre à la France, tout émouvant qu'il fût, ne présentait nul caractère d'urgence pour le jeune mort qui l'avait attendu plus d'un siècle durant, dans sa crypte viennoise, au regard des dix-neuf cents et quelque mille vivants qui usaient leur patience derrière les barbelés des camps.

En ce glacial mois de décembre où la procession nocturne parvenue jusqu'aux Invalides restituait au duc de Reichstadt son titre de roi de Rome, en réunissant un fils à son père, combien de pères, combien de fils, séparés des leurs, allaient célébrer tristement la Nativité, entassés dans des baraquements de planches, parmi la boue et la neige d'un désolant paysage d'exil ?

Autour du vieux docteur Royer, plus émacié de jour en jour, qui surmontait mal la perte de sa compagne, Maurice et Claire réunirent à Saint-Ange, outre le ménage d'Edouard et les Laurent Vernet, Adrienne Guillermin et la femme de Maxime avec ses trois petits.

— Et, naturellement, toi aussi, Coco. J'y compte. Ce ne sera pas bien gai, mais il faut venir. Edouard ne me l'a pas caché : Père n'en a plus que pour deux ou trois mois...

— Oh ! non !... — Impulsivement, Dominique s'accrochait au bras de Maurice : — Non ! Que dis-tu ? Ce n'est pas possible !...

Refusant de s'attendrir, il détourna la tête.

— Une tumeur à l'estomac. Inopérable.

Lorsqu'il parvint à la regarder de nouveau, il la vit immobile, les yeux dilatés débordant de larmes.

— Allons, je t'en prie... Mais tu viendras, pas vrai ?... Qu'au moins, pour son dernier Noël, il voie tout son monde rassemblé.

— Bien sûr, balbutia-t-elle.

Cette vie... cette vie mortelle, où jamais le glas n'arrête de sonner... Où tout nous quitte, avant même que nous n'ayons épuisé la maigre provision de jours qui nous est impartie...

Dominique se sentait couler comme une pierre dans des profondeurs de détresse et de lassitude. A quoi bon lutter ? A quoi bon tenter de sauver quelque chose, si, d'avance, tout est déjà perdu ?

Puis, le courage lui revint. Le vieux courage des Vernet, capable de survivre même à la faillite de l'espérance.

A Mogador, les petites orphelines eurent leur crèche peuplée de santons, celle-là même, retrouvée dans le grenier providentiel, qu'autrefois Frédéric Vernet prenait plaisir à disposer pour sa nichée ; leur arbre de Noël garni de menus cadeaux pour chacune. Et Eugénie, convertie pour une fois à la sainte vertu d'imprévoyance, puisa sans lésiner dans ses réserves patiemment constituées depuis le début du conflit, pour leur confectionner le pantagruélique repas aux treize desserts de la tradition provençale.

Dominique avait redouté de voir la petite communauté regagner son pays après l'armistice, tout dévasté qu'il dût être. Elle fut soulagée d'apprendre que la Flandre côtière devenait une zone interdite. Et reçut avec bonheur la réponse favorable à ses instances auprès des autorités de la Congrégation pour continuer d'assurer l'hébergement des fillettes et de leurs maîtresses.

Et le temps d'attente continua. Continua l'existence rétrécie qui, désormais, allait comptabiliser petitement toutes les démarches, tous les besoins, dans leur banalité quotidienne, au moyen de tickets de ravitaillement, de bons d'essence ou de monnaie-matière, de cartes de charbon, de points de textiles.

— Nous autres, encore, nous pouvons nous arranger. Ce sont les gens des villes que je plains, disait Numa.

Il avait remplacé sa quinze chevaux grand sport par une petite Simca. Mais n'en persistait pas moins à se déplacer en voiture, pour venir à Mogador.

Tout d'abord, Dominique s'en inquiéta, naïvement :

— Tu n'es pas à court d'essence ?

Il cligna de l'œil.

— Bah !... on se débrouille pour tirer un peu sur l'attribution.

Tant que les répartiteurs, de leur côté, seraient à la recherche de denrées susceptibles d'améliorer la table familiale, les exploitants agricoles obtiendraient aisément laissez-passer et suppléments de carburant, lui enseigna-t-il.

« Se débrouiller » devenait l'idée motrice de tout un peuple.

Et les gens de Mogador ne firent pas exception. « Après tout... », se répétait Dominique, les restrictions profitaient aux vainqueurs ; et, que l'on trichât ou non, le rationnement demeurerait aussi strict pour tout le monde.

A l'abri de cette excuse, résolue à pratiquer l'autarcie, elle-même se mit en quête sans excès de scrupules afin de pourvoir, au moyen de trocs ou de dons judicieusement distribués, à la subsistance de ceux dont elle avait la charge sur l'étendue du domaine.

Un estagnon d'huile offert à propos lui procura suffisamment de coke pour que la chaudière qui s'en contentait, vaille que vaille, ne s'arrêtât point d'alimenter le chauffage central, tandis qu'au-dehors le mistral s'en donnait à cœur joie sur la neige fraîchement tombée.

Vigouroux avait fait rentrer plusieurs vaches. Chez les fermiers comme à la maison de maître, nul enfant ne manquerait de lait. Les porcelets et la volaille à l'engrais s'étaient multipliés sous la surveillance de la femme du baïle. La bergerie était pleine. Et, à tout cela, venaient encore s'ajouter les ressources de la Gloriette, dont le miel et les olives, dédaignés, depuis des années, redevenaient une richesse primordiale.

Il n'était pas un produit de consommation qui ne trouvât nombre d'acquéreurs prêts à toutes les surenchères pour l'emporter. Des citadins s'abattaient par nuées sur les campagnes, mendiant de porte en porte un morceau de beurre, un lapin, quelques œufs, plus surpris que reconnaissants s'il advenait qu'on les leur cédât à un prix honnête, ainsi qu'à Mogador Vigouroux en avait reçu la consigne.

— Il faut avouer que cette seule année va suffire à nous rattraper d'une notable partie de nos pertes accumulées durant les dix dernières, constatait Maurice, frottant joyeusement ses paumes l'une contre l'autre. Qui diable l'eût pensé. Hein ? Voilà que cette saloperie de guerre finit du moins par apporter leur revanche aux culs-terreux. Nous allons nous retrouver à flot, pour peu...

L'œil irrité de Dominique le fusilla d'un éclair au milieu de sa péroraison.

— Pour peu... ? Achève donc ! Pour peu que ça dure. C'est bien ce que tu allais dire ?

Penaud, il se défendit maladroitement.

— Bon Dieu ! Coco, ne prends donc pas tout de travers... C'est un fait patent que la situation s'est retournée, pour nous autres, ruraux. Tu en conviens tout de même, non... Libre à toi de dédaigner l'aubaine. Mais ton cousin, lui, à sa libération, ne sera peut-être pas mécontent de trouver son mas revalorisé, avec une bonne pelote devant lui, pour voir venir.

— De sorte qu'avec cette perspective assaisonnée

d'un grain de patience, d'ici quinze ou vingt ans, il se sentira dans la peau d'un véritable Crésus, là-bas, dans son oflag, dit Dominique, les lèvres serrées.

— Oh ! nom de sort !... jura Maurice, furieux à son tour. Tu es d'une mauvaise foi, quand tu t'y mets !... je voulais dire, et tu le sais parfaitement, que, toutes choses égales pour ce qui est du reste, nous aurions pu, de surcroît, nous voir ruinés, et... Oh ! et puis, bonsoir !... Je ne sais pas pourquoi je discute, alors que tu fais semblant de ne pas comprendre.

Encore frémissante de colère, elle le laissa partir.

— Nique est impossible, ces temps-ci, se plaignit-il à leur entourage. Elle ne prendrait pas davantage au tragique la captivité de ce garçon s'il était son fils. Avant de lui parler, il faut tourner sept fois sa langue... Et encore !... L'ami Numa doit la trouver saumâtre si elle le tarabuste comme ça, au moindre prétexte.

Mais Numa, plus diplomate, ne manquait pas, en arrivant, de s'enquérir des nouvelles de Frédéri. Il apportait du tabac, ou quelque autre présent propitiatoire, pour contribuer aux colis que confectionnait Dominique à l'intention de son jeune cousin. Et, faisant montre de plus d'intérêt qu'il n'en éprouvait à l'égard de celui-ci, discutait avec elle de la moindre information recueillie sur le retour possible de certaines catégories de prisonniers.

A Tourvieille en fête, les enfants d'Agnès se marièrent tous deux, à peu d'intervalle.

« Mais Frédéri, lui... » pensait Dominique, non sans aigreur, pendant que Numa lui décrivait en détail les noces de son neveu Pierre, sensiblement du même âge que l'absent, qui prenait la fille unique d'un gros propriétaire de Maussane.

Au moins, les Hirigaray qui, eux aussi, venaient de

marier leur Yvonne, à Paris, y avaient-ils mis la discrétion que réclamaient les circonstances.

Yvonne mariée... Et Constance qui se fiançait, à la Sarrazine... Ces petites qu'on avait à peine eu le temps de voir grandir. Elle fit le calcul, et s'effara : « A mon âge, il ne restait plus même à Maman un an de vie. » Avait-elle donc atteint, sans s'en être aperçue, le tournant au-delà duquel peut se boucler une existence ? « ...Mais je n'ai pas fini... Je n'ai rien fait de ce que je devais faire... Oh ! mon Dieu, donnez-moi le temps, faites que je puisse... arrêtez cette guerre !... »

Les mois se succédaient sans apporter de changement.

La Luftwaffe écrasait sous ses bombes les villes anglaises, et la Royal Air Force lançait des raids sur Berlin. Les troupes italiennes entreprenaient en Grèce, en Yougoslavie, des campagnes malheureuses, que les Allemands venaient finir à leur place. Un corps expéditionnaire anglais occupait l'Ethiopie. Les Forces Françaises Libres attaquaient en Syrie celles du gouvernement de Vichy. Tandis que le monde, béant de stupeur au spectacle d'un tel retournement, assistait à l'entrée foudroyante des divisions du Reich en territoire soviétique.

En juillet, tous les anciens combattants de 1914 qui se trouvaient internés furent rapatriés. Et, parmi eux, Francis Lallier.

Ils retrouvaient, après treize mois de captivité, une France partagée en tronçons, amoindrie et cocardière, où la bourgeoisie décorée défilant au pas militaire sous les francisques de la Légion Tricolore se flattait d'accomplir la rénovation des valeurs morales et spirituelles. Cependant que la chasse aux victuailles transformait le marché noir en une manière d'institution nationale.

Instruit par l'expérience, Maurice Royer évitait dorénavant, en présence de Dominique, toute allusion à la pluie d'or qui répandait ses bienfaits sur la paysannerie. Mais supputait avec satisfaction le bénéfice qu'allaient pouvoir lui laisser des vendanges prometteuses, quand, déjà, la pièce de vin, après avoir valu 400 francs l'année précédente, se négociait maintenant aux alentours de 1 500 francs.

Il fallait bien pourtant que Dominique eût fait, elle aussi, ses comptes, se dit-il, lorsqu'il apprit de sa propre bouche qu'elle allait incessamment soumettre à Anne une proposition en vue de lui racheter sa part du domaine.

Numa, cette fois, la poussait à réaliser l'opération.

— Même aux prix atteints actuellement par les terres, c'est le moment ou jamais, si tu veux solder sans mal de grosses échéances. Tout monte, et montera encore pendant un bon bout de temps, tu peux m'en croire.

Un tel raisonnement impliquait, tout comme ceux de Maurice, le pronostic d'une paix encore lointaine, contrairement aux affirmations dont Numa se montrait volontiers prodigue envers elle.

Mais Dominique ne s'en avisa point, tant la possédait l'envie opiniâtre de forcer le destin en préparant l'avenir pour Frédéri, au moment même où un silence inexplicable du jeune homme ravivait ses pires inquiétudes sur le sort de celui-ci.

Obstinément, elle se mit à rassembler ses capitaux disponibles, pendant que sa lettre cheminait lentement à travers frontières et continents jusqu'à la destinataire.

Une forte somme en argent liquide, songeait-elle, pourrait, en outre, rendre service aux Barcarin, réduits à leurs propres ressources, Gaspard n'émargeant plus au budget des Affaires Etrangères depuis qu'il avait refusé de rentrer en France pour se mettre aux ordres du gouvernement de Vichy.

L'armée allemande poursuivait une marche glorieuse à travers l'immensité des plaines russes. Deux armées soviétiques étaient hors de combat, la ligne Staline percée. Léningrad encerclé. Et Smolensk, pris, laissait Moscou à la porte des avant-gardes hitlériennes.

Un pli d'ironie au coin des lèvres, distillant le suc de chaque phrase, Numa lisait tout haut pour Dominique les dithyrambes hebdomadaires dédiés aux héros germaniques par l'éditorialiste de l'*Illustration*, dont la vindicte déferlait en flots intarissables sur la collusion anglo-judéo-maçonnique favorisée par « *l'attentisme finassier* » ou la trahison pure et simple de ses compatriotes, imperméables au sens de la grandeur, aussi bien qu'à la mansuétude dont avait fait preuve le Führer envers la nation déchue.

— ... Un qui fera bien d'avoir sa valise prête quand sonnera le dernier quart d'heure, ce Lesdain...

Une goutte d'espoir s'ouvrait un chemin jusqu'au cœur de Dominique.

— Parce que tu penses toujours, malgré tout... ?

Pour lui sourire, il ôtait les lunettes qu'il avait dû se mettre à porter.

— Mais oui. Ça ne fait pas l'ombre d'un doute.

— Pourtant... Regarde où ils en sont, en Russie.

Le sourire de Numa s'accentuait :

— Ça, mon minet, ça ne signifie rien. Un hiver, dans ces régions, peut changer la face de la guerre. Relis donc ton histoire de France.

Il rêva un moment, tassant d'un pouce machinal le tabac dans le fourneau de sa pipe éteinte.

— ... Et le jour où l'on pourra utilement donner un coup de main, tu verras quelques-uns d'entre nous retrousser leurs manches... Du reste, quand Michel est rentré de sa période au Chantier de Jeunesse, il nous a bien dit que l'organisation pouvait, du jour au lendemain, se transformer en unité de combat.

— Mais quand... Quand crois-tu... ?

Il fit un geste vague.

— Ah !... Mais patience, mon minet, patience !...

L'hiver attendu par Numa était aux portes. Là-bas, sur le front de l'Est, la neige recouvrait déjà le terrain depuis plusieurs semaines.

Rentrant un jour de Tarascon, Dominique trouva un inconnu dans le petit bureau.

— Lieutenant Jacques Rey, ingénieur-conseil dans la vie civile. J'étais en captivité avec...

Tandis qu'il se présentait, elle s'efforçait uniquement de lire sur son visage ce qu'il allait lui dire.

— ... Votre cousin et moi nous sommes évadés ensemble, au début d'août. Malheureusement... ils l'ont repris, le lendemain.

« *Evadé... repris...* », les mots s'entrechoquaient en elle, comme la joie et la déception amère.

— ... Pour brouiller la piste, nous avons marché en direction du sud, jusqu'à Chemnitz, pensant qu'on nous chercherait plutôt à Dresde. C'est à la gare, en revenant du guichet avec nos billets que je l'ai vu, de loin, se faire épingler par la Feldgendarmerie. J'ai pu me sauver de justesse...

Pâle et tremblante, Dominique écoutait, mordant sa lèvre.

— Je suis sans nouvelles depuis onze semaines. Que pensez-vous qu'ils lui aient fait ?

Le visiteur fit un geste rassurant.

— Mon Dieu... Le pauvre vieux a pu écoper d'une peine de détention en cellule. Peut-être, au pire, en forteresse. C'est sans doute pourquoi vous n'avez rien reçu. Songez donc qu'il faut un délai de trente à quarante jours pour que la correspondance vous parvienne, lorsqu'il aura recouvré le droit de vous écrire. Mais ne vous faites pas trop de souci : un officier, chez eux, bénéficie toujours d'un minimum d'égards. Le tout est de patienter. Le contact finira bien par se rétablir.

« Patientez... Patience... » : le refrain sans cesse repris. Mais quelle patience est inusable ?

Une quinzaine plus tard, cependant, arrivait enfin un message de Frédéri.

Transportée de joie, Dominique courut expédier un colis, en même temps que sa réponse.

Puis, elle se remit à faire des projets, tablant sur l'agrément d'Anne qui, sans doute, n'allait plus tarder beaucoup à lui parvenir.

Mais lorsqu'elle le reçut, il n'était plus temps de conclure. Depuis la veille, les Etats-Unis étaient entrés dans le conflit.

Cette fois, le feu était à la planète. Dans la dernière chaîne des réactions déclenchées d'un pays à l'autre, on finissait par ne plus savoir exactement qui faisait la guerre à qui.

Le mauvais temps prit des proportions exceptionnelles. La neige ensevelit le pays tout entier, s'amoncela sur les routes coupées de congères ; les communications interrompues isolèrent chacun chez soi, autour des feux qu'il fallait forcer jour et nuit pour lutter contre l'assaut d'un froid cruel.

Plus encore que l'hiver précédent, Dominique se félicita d'avoir pu accumuler le piètre combustible grâce auquel Carlo et Gustave, au prix d'un labeur de soutiers, parvenaient à entretenir dans la maison une température convenable.

L'hiver n'en finissait plus d'épuiser sa rigueur. Quand, la petite combe redevenue praticable, Dominique et Numa purent enfin se rejoindre dans leur cabane, février était écoulé.

Jamais, sauf à l'époque de l'opération de Numa, séparation si longue ne s'était produite.

— Mon chéri, si tu savais comme tu m'as manqué...

Il la tenait contre lui, et l'embrassait sur le front, les tempes, les paupières, doucement, méticuleusement, comme pour reconnaître le visage dont il avait été privé.

— Ma foi... le fait est que ça m'a paru bigrement long, à moi aussi. Je tourniquaillais partout, au mas, « comme un chien malade », s'il faut en croire mon frère.

Tous deux s'assirent côte à côte sur le divan. Enlacés, joue contre joue, savourant le bien-être que leur communiquaient ces retrouvailles.

Il n'y avait pas de glace, en face d'eux, pour refléter leur image. Y eussent-ils vu, d'ailleurs, tels qu'elle les leur eût montrés, appuyés l'un à l'autre, cet homme grisonnant au teint coloré, élargi, épaissi par la cinquantaine largement entamée, et cette femme dont les traits, un peu brouillés à présent, avaient perdu la fraîcheur de la jeunesse ?

— C'est drôle, reprit Numa. Je crois bien que j'en suis venu à considérer cette bicoque comme mon véritable foyer.

Dominique lui pressa la main sans rien dire. Son cœur débordait d'une plénitude qu'elle eût été incapable de traduire avec des mots.

— J'ai un sac de riz dans la voiture, pour les potages de tes gamines, annonça-t-il. Et quelques paquets de tabac anglais que j'ai dénichés pour Frédéri.

Jusqu'au soir, ils allaient parler de lui, et de Michel, des petites orphelines de Mogador, des enfants de Lucien et de Marie, de la verte vieillesse de Raoul qui faisait l'admiration des siens, des Guillermin et de Maxime, de leurs amis, et aussi bien, à l'occasion, d'Alice. Numa fumerait une pipe pendant que Dominique dresserait le couvert. Puis, après avoir un peu lu, écouté deux ou trois disques, avancé — pour sa part à elle — le chandail qu'elle tricotait, pris les nouvelles de la B.B.C. à la radio, et, peut-être, écourté la soirée pour satisfaire le désir mutuel de leurs corps, ils s'endormiraient ensemble dans leurs chaleurs confondues.

« En dépit de tout, c'est pourtant vrai que nous aurons fini par devenir un vrai couple », pensa-t-elle, illuminée d'un sourire intérieur.

Sporadique jusqu'alors, un nouvel exode commença vers la zone libre, à dater de la première rafle d'envergure organisée à Paris par les nazis.

La dernière semaine de juillet, la sœur Paula eut à se rendre à Avignon, auprès de la Supérieure de la Visitation.

Venue l'attendre à la gare pour la ramener à Mogador, Dominique vit la religieuse descendre du train en compagnie de deux vieillards.

Manifestement épuisés, écrasés, à la limite de l'hébétude, ils laissèrent sœur Paula expliquer à leur place ce qu'elle avait appris de leur histoire durant le trajet effectué debout, agglutinés ensemble dans les W.-C. du wagon.

— ... Monsieur Cohen n'avait pas beaucoup d'argent sur lui lorsqu'ils ont quitté leur appartement, à l'improviste, et leur fuite a coûté cher : à la ligne de démarcation, le passeur leur a pris la moitié de ce qui leur restait. D'ici un jour ou deux, ils seront sans un sou. Et ils ignorent ce qu'ils vont devenir.

Le soir même, deux nouveaux spécimens s'ajoutaient à l'arche de Noé humaine qu'était devenu Mogador.

Trop éprouvé pour mesurer exactement ce qui lui arrivait, le vieux ménage, installé dans la chambre contiguë à celle de l'abbé Vanhaver, mit plusieurs jours à comprendre qu'il venait de retrouver, mieux qu'un refuge temporaire, une sorte de foyer, au sein de l'assemblée disparate que les repas réunissaient dans la salle à manger, désormais tout juste assez vaste, où la table conservait à demeure toutes ses rallonges.

— Si tu les avais vu marcher à petits pas, le premier matin, autour de la pelouse, en se donnant le bras ; et regarder les arbres, le soleil, les fleurs, comme... comme s'ils avaient cru ne jamais les revoir...

Les larmes montaient aux yeux de Dominique, à mesure qu'elle racontait à Numa l'odyssée des rescapés.

— ... Petit à petit, ils font connaissance avec les enfants, ils se décoquillent, ils retrouvent le sourire. Et c'est tellement... tellement...

Elle ne put achever, et se réfugia contre l'épaule de Numa.

— Là, là !... disait-il, la berçant comme une fillette. Ils ont fini d'en voir, à présent, tes deux bons vieux. Tu vas les cocotter comme une poule ses poussins. Alors... ?

Mais elle pensait à tous les autres, traqués, capturés, par dizaines de milliers, pour lesquels jamais elle ne pourrait rien.

— Oh ! mon chéri, comment peut-il arriver des choses pareilles ?...

— Sois tranquille, va, grommela-t-il. Il faudra bien que tout ça se paie.

L'échec de la tentative anglaise de débarquement à Dieppe n'avait pas ébranlé la confiance de Numa. A l'automne, il suivit avec une surexcitation croissante l'établissement des Alliés à Madagascar, le repli de Rommel après Benghazi, et la défense de Stalingrad où fondait comme cire, au brasier de ce « Verdun de la Volga », l'élite de l'armée allemande sacrifiée en de vains assauts.

Surexcité, Maurice Royer l'était autant que lui. Au point d'en oublier la médiocrité des récoltes de l'année, et les difficultés croissantes pour les exploitants aux prises avec la pénurie d'engrais, de matériel, et d'hommes : toutes choses qui, en d'autres temps, eussent provoqué ses récriminations.

Dominique le remarqua, un soir où ils étaient tous réunis à Saint-Ange : il venait d'expédier le sujet en deux phrases :

— C'est bien simple, nous voici revenus aux méthodes d'il y a cinquante ans !... Mais enfin, nous sommes sûrs de nous y retrouver quand même, surtout maintenant que le coup de l'Afrique du Nord va nous laisser seuls maîtres du marché.

... Pour s'embarquer incontinent avec Numa et Edouard dans une discussion passionnée sur l'occupation d'Alger, d'Oran, et de Casablanca, l'attitude de Darlan, et le sabordage de la flotte en rade de Toulon.

De temps à autre, la voix de François s'élevait parmi les leurs.

Alors, à l'autre bout de la pièce, Dominique et Claire, occupées à bavarder entre haut et bas, abandonnaient un instant, l'une son tricot, l'autre sa couture, pour jeter un coup d'œil sur le garçon de dix-huit ans qui briguait une place au milieu des adultes.

— Comme il change, observa Dominique. Le voilà tout à l'heure un homme.

— Maurice dit qu'il se tire parfaitement des responsabilités et des initiatives à prendre, depuis qu'ils travaillent ensemble sur le domaine.

Mère et marraine reportèrent leur regard avec le même orgueil nuancé d'attendrissement sur le futur seigneur de Saint-Ange.

— Tu te rappelles, lorsqu'il avait quatre ans, la fois où il est allé dire à Frédéri...

Il n'y avait plus, dans la France entière, un seul endroit où les occupants ne fussent implantés. Partout, à Tarascon, à Fontfresque même, les uniformes gris avaient fait leur apparition. Mais, ce soir-là, qui donc s'en affectait beaucoup, dans ce petit cercle calfeutré, des deux femmes confrontant, par-delà le temps de guerre, des souvenirs heureux, tout frais dans leur mémoire, dont elles s'étonnaient qu'ils fussent déjà si vieux, ou des hommes penchés sur de futures revanches, ironisant à grands éclats de rire sur le fiasco de la Relève souligné par les trémolos de Laval et les scrongneugneu de Darnand ; tous en attente de l'heure de la B.B.C. ?

Peut-être avaient-ils eu tort de rire. Les mesures de coercition devaient suivre de près l'échec de la manière persuasive.

Ce fut trois mois plus tard, en février, que Maurice vint un soir, à la nuit, demander à Dominique l'hospitalité de la cabane pour un réfractaire de Marseille qui se dirigeait vers la Drôme.

— C'est Numa qui m'a dit de m'adresser à toi en

cas de besoin. Le temps d'établir certaines liaisons, il va falloir le garder là, environ quarante-huit heures.

Non sans une pointe de regret à la pensée de cette intrusion dans leur ermitage, elle alla chercher la clé dans son secrétaire :

— Rapporte-la-moi quand il sera parti. Il y a des provisions dans le placard du réduit, des draps et des serviettes propres dans l'armoire, et du bois dans le coffre.

Durant les premières semaines de ce printemps précoce où les hommes atteints par le décret de réquisition gagnaient au hasard des villages éloignés pour s'y soustraire, la cabane reçut ainsi d'autres visiteurs de passage dont les traces, pour Dominique, se bornaient généralement à des cendriers remplis, des boîtes de conserve vides, du linge à changer, des journaux abandonnés.

Puis, les relais s'organisant, cette cachette trop écartée, malaisément accessible aux convoyeurs, perdit son utilité, et, de nouveau, n'abrita plus que les rendez-vous de Numa et Dominique, à chaque fin de semaine.

Michel Vernet avait quitté Tourvieille sans attendre l'ordre le concernant, et se cachait en pays camisard, aux environs de Lasalle.

— Ils sont en train de former un groupe de francs-tireurs, là-haut, confia son père, l'œil luisant, à Dominique.

Elle eût voulu savoir comment il se tenait au courant, comment il se trouvait mêlé à toutes ces allées et venues, tous ces mouvements secrets, dont elle percevait seulement les ondes de vibration autour d'elle.

Mais Numa décourageait ses questions avec une tendre fermeté.

— Mieux vaut que tu n'en apprennes pas trop. Pour ta sécurité et celle de tes protégés... — Il prévint ses protestations : — ... Ou, si tu préfères : pour ma tranquillité personnelle, je tiens à te garder en dehors de tout cela, le plus possible.

« ...Moi ? Mais non, ne te tracasse pas. Je ne fais pas grand-chose, et ne cours pas grand risque.

Il lui mit un baiser sur les cheveux :

— ... Et, à propos de risque, tu es en règle, pour les Cohen ? On parle de vérifications, de perquisitions...

— Aucune crainte : les faux papiers sont magnifiques. C'est le maire qui me les a fournis.

Cela fit rire Numa.

— Oh ! alors... Et comment vont-ils, tes tourtereaux ?

Le visage de Dominique s'éclaira :

— Très bien. Philémon fait un cours de sciences aux petites (il a été médecin, autrefois, tu sais ?), et Baucis leur tricote des montagnes de chaussettes avec le fil de mes vieilles couvertures au crochet qu'elle a défaites. L'abbé Vanhaver est ravi d'avoir un partenaire pour les échecs.

— Pas trop de frottements dans les rouages ?

— Quelques-uns, de temps à autre, bien sûr. Je crois que c'est inévitable. D'autant qu'il y a le personnel, aussi. Mathilde a soixante-seize ans, et Eugénie soixante-dix. Ce n'est pas qu'elles aient beaucoup à faire : je me suis arrangée pour les décharger de leur travail ; et Dieu sait qu'elles se sont attachées aux enfants !... Mais, à leur âge, on a besoin de calme. Et, quelquefois... Moi-même, d'ailleurs, je ne me sens pas toujours d'humeur sociable. En ce cas, on s'enferme chez soi, et on fait une cure d'isolement, voilà tout. Ce n'est pas grave.

Numa hocha le menton.

— D'accord... tant qu'on a cette ressource... Au fond, à Tourvieille, l'existence a toujours été assez semblable : entre mes parents, le ménage de ma sœur, celui de Lucien... sans compter le mien, tout boiteux par lui-même... Lorsque tous les gosses ont commencé à devenir des adolescents, il m'est arrivé, certains soirs, de trouver que cela faisait beaucoup de monde dans la même pièce.

Pensif, il conclut :

— A présent, c'est plus calme.

— Et tu le regrettes, avança Dominique.

— Ça m'arrive aussi... Michel manque bigrement, à sa mère, et... à moi.

De nouveau, il demeura un instant silencieux, avant d'ajouter :

— Tu vois, il m'aura peut-être fallu ce départ pour saisir réellement ce que tu éprouves à propos de Frédéri.

Dominique s'appuyait contre la poitrine de Numa. De la main, elle attira la joue de son amant contre la sienne :

— Mon chéri...

Encore ne devait-il guère se représenter le sentiment qu'elle avait de voir le temps se perdre sans recours — le temps de la jeunesse —, vertigineusement, pour l'homme de trente ans que devenait dans sa captivité le garçon parti sept années plus tôt pour la guerre d'Espagne.

— Le jour où le vieux Rigaud ne pourra plus tenir le mas, je me demande ce que je vais faire... — Avec rancœur, elle souligna : — Madeleine s'en moque bien, elle. Pourvu qu'elle touche ses arrérages, et que le commissionnaire lui livre régulièrement à Nîmes les colis de ravitaillement que la mère Rigaud s'échine à lui confectionner... ! C'est bien tout ce qui l'intéresse.

Numa ne dit rien. Sans doute Dominique serait-elle toujours portée à l'injustice envers Madeleine Vernet.

Mais il n'avait pas envie de rompre des lances pour quelque cause que ce fût, à part celle qui requérait à présent le meilleur de son énergie.

L'empoignant par les cheveux, il lui plia la nuque sans rudesse, pour l'embrasser.

Et se leva, ensuite.

— Que fais-tu ? s'étonna Dominique, lorsqu'elle le vit prendre dans le tiroir la lampe-torche.

— Un mot à dire à Vigouroux. Je vais passer par les terres.

— A Vigouroux... ? A cette heure-ci ?... Mais, voyons...

Soudain, elle comprit : Vigouroux était aussi de ceux qui partageaient le secret. C'était comme si elle eût mis le pied par mégarde sur un filet mouvant aux mailles innombrables.

Numa disait :

— Que veux-tu, avec leur sacrée heure allemande, il faut maintenant...

Sans l'écouter, elle s'accrocha à son bras :

— Je viens avec toi.

Il se retourna, l'air taquin, et lui fit une grimace :

— Tsss tsss tsss !

Puis, redevint sérieux :

— Non, mon minet. Attends-moi, c'est préférable. Je ne fais qu'aller et venir. J'ai simplement quelqu'un à voir deux minutes, chez lui.

Il l'embrassa encore, et s'en fut, vite englouti par les ténèbres de goudron qui pesaient sur la garrigue.

Dominique s'assit sur la marche du seuil pour l'attendre.

« Vigouroux aussi... Bien sûr : le fils de leur Frédou va avoir vingt ans. Frédou... le filleul de Père... »

Elle se rappela le repas de baptême, dans la cour de la ferme : le premier auquel les jumeaux avaient eu la permission d'assister. Et l'indigestion que s'était donnée François. « Comme c'est loin... » Loin, et pourtant si proche.

Le fils de Frédou, comme les autres jeunes de Fontfresque, prendrait le maquis, plutôt que de se laisser expédier en Allemagne comme il était prévu pour les Chantiers de Jeunesse.

« Mais qu'est-ce que Numa peut bien... ? »

L'orage qui s'amassait roulait comme un train en marche dans le ciel, du côté de Tarascon. « Un train... » Un de ces trains qui, à présent, sautaient parfois sur le parcours. « ... *Convois de troupes... attentats terroristes...* Des jeunes gens... Il y en a de si jeunes parmi les leurs... Des gamins aux joues roses, dans ces wagons bondés, qui défilent. Et, tout d'un coup... Oh ! mon Dieu !... Ceux qui mangeaient des cerises, l'autre matin, à Fontfresque, devant l'épicerie. Le casque plein de cerises au creux du bras... tout juste des gamins, pareils aux nôtres... »

L'ennemi, cette entité haïssable, n'avait pas de visage. Mais beaucoup de ces Allemands, quand on les avait vus, ressemblaient à tous les maris, les enfants, les pères de famille du monde. « ...S'ils pouvaient seulement rentrer chez eux... Et libérer Frédéri... Tous les Frédéri, tous les Cohen... » Etait-ce donc si difficile de respecter la vie dans chacune des créatures de Dieu ?

La nuit exsudait une touffeur moite sur la petite combe.

Dominique avala les gouttes salées qui venaient de glisser le long de ses joues. Elle s'essuya les yeux d'un revers de main, et se pencha en arrière pour regarder sa montre à la lumière de la lampe demeurée allumée près du divan.

Onze heures dix. « Seulement trente-cinq minutes, depuis... Oh ! Numa, Numa... »

Tout bas, elle l'implorait, gorgée d'un chagrin amer, comme s'il eût dû ne jamais revenir.

Accoutumée désormais à l'irrégularité qu'avait prise insensiblement la fréquence des visites de Numa, de même que celle de Claire Royer, Mireille Lallier, la femme du forgeron de Fontfresque, ou celle du fermier du clos de la Coupe d'Or, à certaines éclipses intermittentes de leurs conjoints, Dominique dormait profondément, cette nuit-là, les fenêtres grandes ouvertes sur le ciel clair criblé d'étoiles où voyageait un léger souffle d'air plus frais froissant à peine les feuillages du parc, desséchés par les chaleurs d'août.

Un bruit la réveilla, qu'elle n'eût pas localisé si, derechef, quelque chose comme une averse de grêle n'eût envahi la pièce, en ricochant au sol, sur le glacis des tommettes.

Le temps qu'elle se frottât les yeux, mal convaincue de n'avoir pas rêvé, cela se répéta.

Cette fois, elle bondit vers la fenêtre.

En bas, une silhouette se détachait en noir sur le sable du terre-plein.

— Nique, c'est moi, Maurice. Descends.

Le chuchotement lui parvenait à peine.

— Tout de suite, souffla-t-elle.

Plus tard, elle repasserait bien des fois dans sa mémoire chacune des étapes de la soirée, de la journée même qui avaient précédé cet instant, à la recherche d'un pressentiment, d'un signe quelconque. Et sans doute en découvrirait-elle. Mais au moment même, tirée du lourd repos sans rêves où l'avait abandonnée la dernière vague des travaux et des soucis quotidiens, depuis l'inspection matinale sur les terres de Mogador, jusqu'à la tombée du soir, si lente à venir, après les heures torrides de l'après-midi, consacrées à la Gloriette, la seule pensée qui lui vint, d'abord, comme elle se vêtait rapidement, fut de prendre la clé de la cabane dont Maurice allait sans doute avoir besoin pour abriter quelqu'un.

Il était dans l'embrasure de la porte, lorsqu'elle ouvrit.

— Qu'y a-t-il ?

— Chut !... Viens par là.

Elle se laissa entraîner à distance de la maison, du côté de l'allée d'honneur.

— Mais enfin, que veux-tu ? Tu peux parler, maintenant, là où nous sommes.

— Attends...

Maurice parut hésiter, puis entra sous le couvert, la remorquant dans l'ombre plus dense, vers le salon de verdure.

— ... Tiens, assieds-toi.

Lui-même s'assit à côté d'elle, et passa un bras autour de ses épaules.

Une peur diffuse commençait à ramper, comme un liquide visqueux et froid, dans les veines de Dominique.

La lumière nocturne faisait de la figure de Maurice une sorte de négatif photographique insolite et inquiétant, qu'elle cherchait en vain à déchiffrer.

— Ecoute, mon Coco... Il est arrivé un... une...

Maurice s'arrêta, cherchant les mots dont il allait se servir.

— Numa ?... jeta-t-elle dans un gémissement.

Comme il continuait de se taire, elle se débattit contre l'horreur où l'enfermait ce silence.

— ... Mais réponds ! Tu ne vois pas que tu me...

— Oui.

— Il est...

— ... Blessé, compléta-t-il, précipitamment, bouleversé par le son rauque, animal, qu'avait pris la voix de Dominique.

— Est-ce que... c'est... grave ? parvint-elle à demander.

— Je ne sais pas, mon petit, je ne peux pas te dire. J'ai quitté la maison avant qu'Edouard ne soit là... Oui : c'est Numa qui a demandé qu'on le ramène à Mogador. Alors, ils se sont arrêtés à Saint-Ange pour que je vienne t'avertir. Et François est parti chercher mon frère d'un coup de vélo.

Rassemblant son courage, il se lança dans des explications :

— Cette nuit, il convoyait quatre garçons jusque dans la Drôme. Du côté de Cavaillon, à vingt kilomètres d'ici, ils sont tombés sur un barrage. Numa a fait planquer les gars à plat ventre sur le plancher de la camionnette, face à l'arrière de la route, mitraillettes en batterie, et il a foncé. C'était d'ailleurs la seule chose à faire. Les chleus les ont arrosés. Eux, la même chose. Ils disent même qu'il les ont eus. Mais Numa a été touché aux reins sur sa banquette. Il a tout de même continué à tenir le volant, le temps de prendre le large, jusqu'au premier chemin de traverse.

Dominique enfonçait les dents dans la chair de sa main.

— ... Est-ce que tu vas avoir une chambre pour le mettre ? dit encore Maurice.

— Il y a la mienne, articula-t-elle, luttant pour se maîtriser.

Il lui frappa sur l'épaule à petits coups, avec une affection pataude.

— Bon. Dans cinq minutes, je suis là, avec eux. Si tu es sûre de Gustave et de Carlo, mets-les dans le coup. Pour le monter, ils s'y prendront mieux que ces jeunes, qui ne connaissent pas la maison. Il va falloir se débrouiller pour ne pas réveiller toute ta ménagerie. On arrêtera la camionnette contre la maison. Où sont situées leurs chambres ? Ça ira, si je me place côté ouest, vers les communs ?... Bon, alors, je pense qu'on y arrivera. Allons-y.

Dominique le retint. Et il se demanda si le sens même de ses recommandations lui était parvenu.

— Il souffre beaucoup ?

— Pas pour l'instant. Au début, oui, paraît-il, lorsqu'on l'a étendu sous la bâche, à l'arrière. Mais, tu sais, c'est toujours comme ça, les blessures : on commence par passer un mauvais quart d'heure, et puis, ça se tasse... Maintenant, écoute-moi : il faut se dépêcher. Reste la question des garçons. Demain soir, je remplacerai Numa pour les charger, mais, en attendant, il va falloir les emmener à la cabane. Ça m'embête de tout te mettre sur le dos, mais il n'y a pas trente-six solutions.

Sans rien dire, Dominique tira la clé de la poche de sa robe, et la lui tendit.

— Non ?

— Je l'avais prise à tout hasard.

Il la serra contre lui :

— On peut dire que tu es quelqu'un, toi. Alors, je m'en occuperai dès que nous aurons installé Numa. Et je verrai Vigouroux, pour qu'il fasse la liaison, en cas de pépin.

Il s'était levé, prêt pour l'action, y puisant visiblement du réconfort, comme la plupart des hommes. Et lui tendait la main.

Dominique la prit, d'un réflexe machinal, et se dressa, non sans peine, sur ses jambes devenues de plomb.

— Allez, mon Coco, courage ! Faut s'y mettre.

L'aube n'est pas tellement loin. D'ici là, tout doit être camouflé, y compris la camionnette.

— Oui.

Dominique avait beau se raidir, un tremblement convulsif s'était emparé d'elle.

De cette voix éraillée, cassée, méconnaissable, qui avait impressionné Maurice, elle mendia, tandis qu'il l'entraînait :

— Tu crois... dis, tu crois qu'il va s'en tirer ?

— Pourquoi pas ? Il faut l'espérer, mon Coco chéri. Viens vite, dit-il, brièvement.

Il avait honte de sa lâcheté. Mais « ...à quoi bon lui dire... ? » — et comment le lui dire ? — que Numa, après avoir pu, dix minutes après l'accrochage, se traîner jusqu'à l'arrière de la camionnette avec l'aide des jeunes gens, était paralysé du bassin et des membres inférieurs en arrivant à Saint-Ange.

Il avait fait si chaud pendant cette journée... ou bien était-ce la précédente ? Elle ne le savait pas.

Des images lui restaient, incohérentes ; des lambeaux de phrases, des sensations. Les stries de lumière zébrant toute la chambre, derrière les volets clos que le soleil ronge. Quelqu'un qui dit :

« — *Il vous faut manger un morceau, ma galine.* »

Manger ?

« — *Elle a raison, mon minet, il faut.* »

« *Mon minet...* » Le même petit mot, la même inflexion caressante, depuis... combien ? Vingt... Non : vingt-trois années. Exactement comme d'habitude.

« — *Tu n'as pas mal ? Tu n'as pas de fièvre ?...* »

Mais qui parle de mourir ? Comme si c'était possible !

Aurait-elle demandé davantage que de le garder là, dans cette chambre, dans ce lit ? « — *Il va faire plus frais, tout à l'heure, tu vas voir, mon amour. Cette nuit...* »

Mais, cette nuit... « *Non ! oh non ! encore un peu de temps, mon Dieu, je vous en supplie !... Rien qu'un peu... un tout petit peu de temps !...* »

« — ... *Temps de faire la grande lessive, si ton aumônier veut bien...* »

« — ... *Une bonne confession, mademoiselle Dominique... en homme, oui... Et une fin chrétienne...* »

« *Mais que je ne veux pas ! Pas de fin. Pas encore ! Cet homme qui est mien... Mien ! Mien !... Et Dieu le sait bien, tout de même !... Comment peut-il... ?* »

« — *Te souviens-tu de ce que tu m'as dit, le jour de la déclaration de guerre, avant de me quitter ?... Tu le penses toujours ?* » Ce grand morceau de vie bien à eux, passé, intangible. Et ce legs, fait d'avance, que nul ne pourrait ôter à Dominique. « — *Tu auras été pour moi tout la joie, toute...* » Combien de fois, déjà, depuis quatre ans, s'était-elle redit chaque syllabe, en retrouvant à mesure l'intonation, la chaleur ?

Il a ri faiblement :

« — ...*Les grandes phrases qu'on se laisse aller à faire dans les grandes occasions hein ?... Mais c'est vrai, quand même. Profondément vrai, que tu m'as comblé. C'est tout le merci que je puis te redire, mon pauvre trésor... Et je voudrais aussi te demander pardon pour tout à l'heure, oui : quand ma mère...* »

« — *Je me demande ce que nous faisons dans cette chambre, puisqu'il paraît...* » Comment a-t-elle dit ? Oui, c'est ça : « — ... *que mon fils n'a pas besoin des siens.* »

Laure ne pouvait pas, tout de même, s'attendre à ce qu'elle-même se tînt à l'écart « ... *jusqu'à... jusqu'à...* » Le cerveau de Dominique se révoltait contre la cruauté du mot.

Et ce regard d'Agnès qui refusait de la voir...

« J'ai fait ce qu'il a voulu, pourtant. Je l'ai laissé seul avec eux, avec Alice... Tant qu'il a voulu. » Enfermée dans le cabinet de toilette, jusqu'à ce que Raoul... : « — *Reviens, va, Numa te réclame. Ma pauvre enfant, ma pauvre petite... c'est terrible, ce qui nous arrive...* »

Et c'est affreux de mourir dans une pièce pleine de monde. Il faut du silence, et de l'amour, seulement de l'amour, pour aider une âme à s'en aller. « *Quand je mourrai, moi... Qui... ?* » Y aurait-il quelqu'un pour la lui accorder, cette aide ?

Mais le docteur Cohen savait, lui. C'est cela qu'il essayait de suggérer à Laure. Rien de plus.

« — *Excuse ta cousine, ma petite fille, je t'en prie. Nous allons l'emmener au village, avec Alice et Agnès, cela vaut mieux. Si tu le permets, je reviendrai tout à l'heure, seul avec Lucien.* »

« Le départ de ces trois femmes... » durcies dans leur mépris.

« — *Mon amour, tu ne souffres pas ?* » Ce visage si blanc, si décoloré, et la peau tendue sur les os...

« ... *Hémorragie interne...* »

« — *Non. Mais je ne sens plus mon corps, à partir de la ceinture. C'est bizarre de s'en aller de cette façon. On ne croirait pas... Ces salauds de chleus, tout de même !... J'aurais bien voulu être là pour les voir filer d'ici... Et j'aurais aussi aimé voir Michel marié... Et fêter notre vingt-cinquième anniversaire, et nos noces d'or, et celle de diamant, dis, mon trésor. C'est bête, oh ! bon Dieu ! que c'est bête !...* »

« — *Ne vous agitez pas... Votre ami Royer vous a confié à moi...* »

« — *Philémon...* » Il a souri, et il a répété :

« — *Philémon...* » quand le docteur Cohen lui a pris le pouls.

« Mais il n'a plus beaucoup parlé, ensuite, jusqu'à la venue de l'abbé Vanhaver. »

Le crépuscule dans la chambre. Et la rumeur des fillettes que l'on avait tenues éloignées au fond du parc, toute la journée. La présence muette de Raoul et de Lucien, à quelques pas. Et la respiration haletante de Numa, sa main refermée sur celle de Dominique.

« — *Niké...* » On ne l'entendait plus qu'à peine. « — *Niké, tu es là... Tu sais, l'important, c'est tout de même de nous être aimés...* »

« — *Je suis là mon amour.* » Elle serait toujours là, malgré l'engourdissement qui gagnait son bras, gagnait son propre corps, agenouillée sur le tabouret bas, au bord du lit, visage contre visage, souffle contre souffle.

Et chaque nuit, ensuite, qui lui resterait à passer dans ce lit.

A l'aube... « *... Si vous êtes arrêtés en route, nous y passerons tous.* »... contre l'avis d'Edouard Royer, la famille avait emporté le corps à Tourvieille pour y organiser la mise en scène des obsèques auxquelles Dominique n'aurait point de part.

Dans la cabane, le passage des quatre compagnons de la dernière équipée devait avoir effacé les plus récentes traces que l'intimité de l'amour y avait laissées. Dominique n'était pas certaine de trouver la force d'y retourner, à la recherche de l'ombre de Numa.

Restait cette chambre, où la mort avait officié à leurs noces.

Le chagrin et la solitude ne faisaient encore que s'annoncer. Elle pensa qu'ils grignoteraient, jour après jour, la mince personne grise aux cheveux mêlés de fils blancs qu'elle avait dévisagée avec une sorte de curiosité devant la glace piquetée d'humidité du vestibule, avant de sortir « *...prendre un peu l'air* », pour obéir à la suggestion de sa vieille bonne.

Et, d'avance, accepta son sort : « Tandis que j'en ai encore le courage. »

Sans en avoir conscience, elle avait suivi l'allée d'honneur jusqu'au portail.

Quelqu'un avait dû omettre de fermer une vanne d'arrosage, cette même nuit où l'on avait ramené Numa. A présent, la terre était sèche. Mais l'empreinte demeurait, à l'endroit où le fossé avait débordé, d'une roue de la camionnette.

Dominique considéra longuement l'ornière profonde.

Puis, d'un geste machinal, elle referma la grille. Et remonta vers la maison.

Les Allemands partiraient un jour. Cette guerre prendrait fin, sans avoir rien apporté au monde, sinon haine, tortures, et deuils.

Et Frédéri reviendrait, enfin.

Mais, tout à coup, Dominique n'était plus aussi certaine qu'il accepterait le don royal qu'elle souhaitait lui faire — ou fallait-il penser : la charge dont elle voulait l'investir ?

« Et, en ce cas... » qui donc viendrait, après elle ?

Le terrible hiver 1942, où l'on n'avait pu chauffer la serre, avait fait une hécatombe parmi les orangers. Au passage, malgré sa peine, elle jetait un coup d'œil sur les grands vases d'Anduze où ceux qu'on avait replantés poussaient leur végétation encore chétive. Il y aurait toujours des orangers, même si c'en étaient d'autres.

Mais il n'y aurait pas toujours des Vernet.

Un jour, Mogador serait en vente chez un notaire. Des étrangers à leur race y vivraient, y mourraient, à leur tour, qui ne sauraient rien « ...ni de Père et Mère, ni de Mamé... », ni d'elle-même. « Comme si aucun de nous n'avait jamais existé, peiné, souffert, tremblé, pour le domaine. »

Tout était vain, au bout du compte.

Sauf, pensa-t-elle, se répétant les derniers mots de Numa, « sauf d'avoir aimé ».

Le jour où nous nous relèverons pour nous retrouver face à face avec les nôtres, tous ensemble, nus et blêmes sous la lumière du Jugement, nous sera-t-il tenu compte d'autre chose, quand la sueur de sang que chacun de nous doit verser dans cette vie aura depuis longtemps noyé tous les péchés ?

« *... Toute ma joie, toute ma tendresse...* » Elle serra dans son cœur ces clés qui, le moment venu, peut-être, lui ouvriraient l'éternité.

La nuit tombait. Comme elle était tombée, l'avant-veille, sur une autre existence désormais révolue.

Des chambres où se couchaient les petites filles, lui parvenait le ronron décalé des réponses à la prière que sœur Paula et sœur Thérèse prononçaient, chacune au même moment, à son étage.

Face à l'allée d'honneur brillait une petite clarté, à la fenêtre ouverte, en haut, sur l'angle ouest de la maison. « L'exposition la plus chaude... » pour les pauvres Cohen, arrivés bons derniers. « Et jamais ils ne se plaignent. »

Au-dessus de la porte d'entrée, la lanterne s'alluma, et Mathilde parut dans l'encadrement.

Manifestement inquiète, elle s'avança sur le perron, la main en auvent sur ses yeux usés pour scruter la pénombre.

Celle-là aussi, à sa manière, songea Dominique, témoignait pour l'amour.

Elle pressa le pas :

— Je suis là, ma vieille chérie. J'arrive.

Et prit sa servante par l'épaule pour rentrer ensemble dans la maison.

# "Illustres passions"

***1 - Les escaliers de Montmartre***
***(Pocket n°10683)***

***2 - Le temps des ivresses***
***(Pocket n°10684)***

**D**u temps légendaire où la Butte de Montmartre regorgeait d'artistes de génie, une petite fille dessine sur un trottoir. Remarquée par sa grâce et son talent, Suzanne Valadon devient la protégée de Puvis De Chavannes, pour lequel elle sera modèle, amante et maîtresse. Renoir, Degas, Toulouse-Lautrec et même Erik Satie viendront chercher réconfort et inspiration dans ses bras. Mais ces maîtres de l'art ne lui feront pas oublier sa toute première passion, la peinture...

Composé par Nord Compo,
Villeneuve-d'Ascq, Nord

*Impression réalisée sur Presse Offset par*

BRODARD & TAUPIN

GROUPE CPI

23772 – La Flèche (Sarthe), le 21-04-2004
Dépôt légal : mai 2004

POCKET – 12, avenue d'Italie - 75627 Paris cedex 13
Tél. : 01.44.16.05.00

*Imprimé en France*